오 헨리

08 **세계문학 단편선**

오 헨리

고정아 옮김

현대문학

차례

동방박사의 선물
The Gift of the Magi

1달러 87센트. 그게 다였다. 그중 60센트는 1센트짜리 동전들이었다. 동전은 식품점과 채소 가게와 정육점에서 우격다짐으로 1,2센트씩 깎아 모은 것이었다. 그렇게 빡빡하게 흥정하다 보면 자신의 궁핍함에 대한 상대의 말 없는 비난에 얼굴이 벌게지곤 했다. 델라는 돈을 세 번 셌다. 1달러 87센트였다. 그리고 내일은 크리스마스였다.

낡은 소파에 주저앉아 우는 것밖에 할 수 있는 일이 없었다. 그래서 델라는 그렇게 했다. 울다 보면, 인생은 흐느낌과 훌쩍임과 미소로 이루어졌고 그중 훌쩍임이 지배적이라는 격언을 떠올리게 된다.

집의 여주인이 아래로 천천히 가라앉는 동안 집 안을 살펴보자. 주당 8달러의 집세를 내는 가구 딸린 아파트. 딱히 형언 불가능한 상태라고 할 수는 없어도, 그런 말을 듣지 않도록 조심해야 하는 수준인 것은 분명했다.

1층의 공동 현관에는 편지가 오지 않는 편지함이 있고, 산 자의 손으로는 울릴 수 없는 전기 초인종이 있었다. 그리고 그 위에 '제임스 딜링햄 영'이라는 이름의 카드가 붙어 있었다.

그 '딜링햄'이라는 글자는 주급 30달러를 받던 풍요의 시절에는 바람에 나부꼈지만, 수입이 20달러로 줄어든 지금은 윤곽이 흐릿해져서 마치 겸손하게 D만 남기고 사라져 버릴까 진지하게 고민하는 것 같았다. 하지만 제임스 딜링햄 영 씨가 귀가해서 위층에 있는 자기 아파트에 도착하면, 조금 전에 델라라고 소개한 제임스 딜링햄 영 부인은 그를 '짐'이라고 부르며 다정하게 포옹해 주었다.

델라는 울음을 멈추고 두 뺨에 분첩을 두드렸다. 그리고 창가에 서서 잿빛 고양이가 잿빛 뒷마당의 잿빛 울타리 위를 걷는 것을 멍하니 바라보았다. 내일이 크리스마스인데 짐의 선물을 살 돈은 1달러 87센트뿐이었다. 그녀는 여러 달 동안 가능한 모든 동전을 모았고, 이것이 그 결과였다. 주급 20달러로는 할 수 있는 게 많지 않다. 지출은 그녀가 계산한 것보다 컸다. 원래 그런 법이다. 짐의 선물을 살 돈이 1달러 87센트뿐이었다. 그녀의 짐. 델라는 그에게 어떤 선물을 하면 좋을까 하는 즐거운 상상을 하며 많은 시간을 보냈다. 멋지고 흔치 않고 순도 높은 것, 짐이라는 주인을 만날 자격이 있는 것이라야 했다.

두 개의 창문 사이에 틈새 거울이 있었다. 독자 여러분 가운데도 주당 8달러짜리 아파트 벽에 걸린 틈새 거울을 본 사람이 있을 것이다. 몸집이 가는 사람이 날래게 움직이면, 거울 속에 연속적으로 등장하는 세로로 잘린 형상들을 통해 자신의 전체 모습을 꽤 정확하게 파악할 수 있다. 날씬한 델라는 그 기술에 통달해 있었다.

그녀는 불현듯 창가를 벗어나 거울 앞에 섰다. 두 눈은 반짝였지만 얼굴은 20초도 지나지 않아 핏기를 잃었다. 그녀는 긴 머리를 확 풀어서 아래로 늘어뜨렸다.

제임스 딜링햄 영 부부의 소유물 가운데 두 사람이 아주 자랑스러워하는 물품이 두 가지 있었다. 하나는 짐이 아버지와 할아버지에게서 물려받은 금시계였다. 다른 하나는 델라의 머리카락이었다. 시바 여왕이 중앙 통로 맞은편에 살았다면, 델라는 창밖에 머리카락을 널어서 여왕의 보석과 선물이 빛을 잃게 했을 것이다. 솔로몬 왕이 그 건물 수위로 와서 지하실에 보물을 쌓아 두었다면, 짐은 그가 지나갈 때마다 시계를 꺼내 들어서 그가 질투심에 수염을 잡아 뜯게 했을 것이다.

델라의 아름다운 머리가 길게 늘어져서 갈색 폭포처럼 물결치며 반짝거렸다. 무릎 아래까지 내려오는 머리카락은 그 자체로 그녀의 옷 같았다. 잠시 후 델라는 불안하고 빠른 동작으로 다시 그것을 말아 올렸다. 잠시 손이 떨렸고, 그녀는 가만히 서서 해어진 붉은 카펫 위로 눈물 몇 방울을 떨구었다.

델라는 낡은 갈색 재킷을 입었다. 낡은 갈색 모자도 썼다. 그리고 치맛자락을 휘날리며 빙글 돌더니 여전히 눈물이 반짝이는 눈으로 문밖으로 나가, 계단을 내려가, 거리로 뛰쳐나갔다.

델라가 발길을 멈춘 곳에는 '마담 소프로니. 모발 제품 일체'라는 간판이 붙어 있었다. 델라는 2층으로 달려 올라간 뒤 잠시 숨을 고르며 마음을 다스렸다. 마담은 덩치가 큰 데다 피부는 싸늘해 보일 만큼 새하얘서 '소프로니'라는 이름과 어울리지 않아 보였다.

"제 머리를 팔고 싶어요." 델라가 말했다.

"좋아요. 머리를 좀 보게 모자를 벗어 봐요." 마담 소프로니가 말했다.

갈색 폭포가 쏟아져 내렸다.

"20달러 쳐드리죠." 마담이 능숙한 손으로 풍성한 머리채를 들어 올리며 말했다.

"네, 얼른 주세요." 델라가 말했다.

그런 뒤 장밋빛 날개를 달고 날아다닌 두 시간이여. 하지만 엉터리 비유는 그만두자. 델라는 짐의 선물을 사려고 상점들을 샅샅이 훑었다.

그리고 마침내 원하던 것을 찾았다. 그것은 분명 다른 누구도 아닌 짐만을 위한 것이었다. 어떤 상점에도 그런 것은 없었다. 그녀는 모든 상점을 이 잡듯이 뒤졌기에 그 사실을 알았다. 그것은 간소한 디자인의 백금제 회중시계 사슬로, 요란한 장식 없이 재료만으로 제 가치를 빛내고 있었다. 좋은 물건은 그런 법이다. 그것은 심지어 그 시계의 가치에도 걸맞았다. 사슬을 보자마자 델라는 짐이 그 주인이 되어야 한다는 것을 알았다. 그것은 짐과 비슷했다. 둘 다 조용하고 귀중했다. 그녀는 21달러를 지불한 뒤 남은 87센트를 가지고 집으로 돌아왔다. 시계에 그 사슬을 걸면 짐은 어떤 사람들 앞에서도 시간을 확인하고 싶어질 것이다. 시계가 그렇게 훌륭한데도 거기에 번듯한 사슬 대신 낡은 가죽끈이 달려 있는 까닭에 그동안 그는 사람들 눈을 피해 시계를 볼 때가 있었다.

집에 도착하자 델라의 환희는 약간 누그러들고 그 자리에 신중함과 분별력이 들어섰다. 그녀는 고데기를 꺼내고 가스 불을 켜서 사랑의 희생이 일으킨 파괴를 복구하는 작업을 했다. 그것은 언제나 엄청난 일이다. 친구들이여, 막대한 일이다.

델라의 머리는 40분 안에 촘촘한 곱슬머리가 되었고, 그 모습은 학교를 빼먹는 남학생과 놀라울 만큼 비슷했다. 그녀는 거울 속 자기 모습을 오래, 꼼꼼히, 까다롭게 바라보았다.

"짐이 나를 죽이지 않고 다시 한 번 본다면," 그녀가 혼잣말을 했다. "나더러 코니 아일랜드* 공연장의 무희 같다고 말하겠지. 하지만 1달러 87센트로는 아무것도 할 수가 없었어!"

7시가 되자 커피가 끓었고, 델라는 프라이팬을 스토브 뒤쪽 버너에 올려 고기를 요리할 준비를 마쳤다.

짐은 늦는 법이 없었다. 델라는 시계 사슬을 손에 쥐고 그가 늘 들어 오는 문 옆의 탁자 모퉁이에 걸터앉았다. 곧 그가 1층 계단을 올라오는 발소리가 들렸고, 그녀는 잠시 얼굴이 하얘졌다. 그녀는 평범한 일들에 대해 말없이 기도하는 버릇이 있었고, 이제 이렇게 속삭였다. "하느님 제발, 제가 아직도 그이 눈에 예뻐 보이게 해주세요."

문이 열렸고, 짐이 들어와서 문을 닫았다. 그는 여윈 체격에 진지한 표정을 한 젊은이였다. 불쌍한 친구, 이제 겨우 스물두 살인데 가장의 짐을 지고 있다니! 외투도 새것이 필요했고 장갑도 없었다.

짐이 문 안쪽으로 들어왔다가 메추라기 냄새를 맡은 사냥개처럼 자리에 얼어붙었다. 그는 델라에게 눈을 고정했는데, 델라는 그 표정을 읽을 수가 없어 겁이 났다. 그것은 분노도 아니고, 놀라움도 아니고, 나무람도 아니고, 공포도 아니고, 그녀가 마음속으로 대비하던 어떤 감정도 아니었다. 그는 그저 그 특이한 표정으로 그녀를 빤히 바라볼 뿐이었다.

델라는 탁자에서 내려와 그에게 다가갔다.

"짐, 그런 눈으로 날 보지 마." 그녀가 소리쳤다. "오늘 머리를 잘라서 팔았어. 당신한테 크리스마스 선물을 하지 않고 지나갈 수가 없어서. 머리는 다시 자라날 거야. 괜찮지? 이렇게 하지 않을 수 없었어. 난 머리가

---

*뉴욕 시 브루클린 남단에 있는 섬으로 놀이 공원과 해변 휴양지로 유명하다. 지금은 육지와 연결되었다.

정말 빨리 자라. '메리 크리스마스!' 하고 말하고 기뻐해 줘. 내가 얼마나 멋진…… 얼마나 아름답고 멋진 선물을 준비했는지 모를 거야."

"머리를 잘랐다고?" 짐이 힘겹게 물었다. 아무리 열심히 머리를 굴려도 그 명백한 사실을 이해하기가 힘든 것 같았다.

"잘라서 팔았어." 델라가 말했다. "그래도 전과 다름없이 나를 좋아하지? 머리카락이 없어도 나는 여전히 나잖아."

짐은 기묘한 눈길로 방을 둘러보았다.

"이제 머리카락이 없다고?" 그는 거의 바보처럼 말했다.

"그걸 찾아봐야 소용없어." 델라가 말했다. "말했잖아, 팔았다고. 이제 없어졌어. 오늘은 크리스마스이브야. 화내지 마. 당신을 위해 한 일이니까. 내 머리카락 개수는 셀 수 있다고 해도," 그녀의 애정 어린 목소리에 진지함이 담겼다. "내가 당신을 사랑하는 마음은 누구도 헤아릴 수 없어. 저녁을 차릴까, 짐?"

짐은 이제 몽환 상태에서 깨어나는 것 같았다. 그는 델라를 끌어안았다. 10초 동안 우리는 눈길을 돌려 다른 방향에 있는 시시한 물건들을 보자. 일주일에 8달러짜리 방과 1년에 100만 달러짜리 방은 무엇이 다를까? 수학자나 재담꾼은 틀린 답을 줄 것이다. 동방박사는 보배로운 선물을 여럿 가져왔지만, 그중에도 위 질문에 대한 답은 없었다. 이 모호한 주장의 뜻은 잠시 후에 밝혀질 것이다.

짐은 외투 주머니에서 꾸러미를 꺼내서 탁자에 가볍게 내려놓고 말했다.

"오해하지 마, 델라. 머리 모양이 어떻건, 아예 삭발을 하건, 어떤 샴푸를 쓰건, 그런 걸로 당신에 대한 내 사랑이 줄어들 수는 없어. 하지만 그 포장을 뜯어보면 내가 처음에 왜 얼떨떨해했는지 알게 될 거야."

희고 날랜 손가락이 끈과 포장지를 풀었다. 그리고 기쁨의 탄성이 터졌지만 아! 그것은 즉시 안타까운 눈물과 울음으로 변했고, 남편은 성심을 다해 아내를 위로하지 않을 수 없었다.

그것은 장식 빗핀이었기 때문이다. 델라가 오래전부터 브로드웨이의 상점 창문들에서 보고 감탄하던 옆머리와 뒷머리용 빗핀 세트였다. 거북 등껍질로 만들고 가장자리에 보석을 박은 아름다운 빗핀. 색깔도 이제는 사라진 아름다운 머리에 딱 어울렸다. 그녀는 그것이 비싸다는 걸 알았기에 그걸 소유할 희망을 품지 않으면서도 그에 대한 열망을 떨치지 못했다. 그런데 이제 그것이 손에 들어왔지만, 그 탐내던 장신구가 장식해 줄 머리채는 사라지고 없었다.

하지만 그녀는 빗핀을 가슴에 댔고, 마침내 흐릿해진 눈을 들고 미소를 지으며 말했다. "내 머리는 아주 빨리 자라, 짐!"

그런 뒤 델라는 불에 덴 고양이처럼 벌떡 일어나서 소리쳤다. "아, 아!"

짐은 아직 그를 위해 준비한 아름다운 선물을 보지 못했다. 델라는 손바닥을 펼치고 기대감에 차서 그것을 그의 앞에 내밀었다. 그 귀금속의 창백한 빛은 그녀의 밝고 뜨거운 영혼을 반사하며 반짝이는 것만 같았다.

"멋지지, 짐? 온 시내를 다 뒤져서 찾은 거야. 이제 하루에 시계를 수백 번씩 봐도 돼. 시계를 이리 줘봐. 사슬이 얼마나 잘 어울리는지 보게."

하지만 짐은 그 말에 따르는 대신 소파에 주저앉아 두 손으로 뒤통수를 잡고 빙긋이 웃었다.

"델라, 크리스마스 선물은 잠시 다른 데 넣어 두자. 너무 훌륭한 것들이라서 바로 사용할 수가 없어. 나는 시계를 팔아서 그 빗핀을 샀거든. 이제 고기를 불에 올려도 될 것 같아."

동방박사는 여러분도 알다시피 현명한 사람들이었다. 놀라울 만큼 현명한 사람들로, 구유에 누운 아기 예수에게 선물을 가져왔다. 그래서 크리스마스에 선물을 주는 풍습을 만들었다. 그들은 현명한 이들인 만큼 선물도 당연히 현명한 것이었다. 어쩌면 선물이 겹칠 경우를 대비해서 다른 것으로 바꿀 권리도 있었을 것이다. 지금까지 나는 작은 아파트에 사는 두 어리석은 젊은이가 현명치 못하게도 서로를 위해 자신의 가장 소중한 보물을 희생한 시시한 이야기를 어설프게 전했다. 하지만 오늘날의 현명한 사람들에게 마지막으로 한마디 하자면, 선물을 주는 모든 이들 가운데 이 두 사람이 가장 현명했다. 선물을 주고받는 모든 사람들 가운데 이들이 가장 현명하다. 어디에도 이들보다 현명한 이들은 없다. 바로 이들이 동방박사이다.

카페의 세계시민
A Cosmopolite in a Cafe

자정의 카페는 붐볐다. 우연히도 내가 앉은 작은 탁자는 들어오는 사람들의 시선을 피해 있었고, 탁자 앞의 빈 의자 두 개는 밀려오는 손님들에게 환영의 팔을 뻗었다.

얼마 후 한 의자에 세계시민이 앉았고 나는 기뻤다. 아담 이래로 진정한 세계시민은 없다는 것이 내 지론이었기 때문이다. 우리는 세계시민들에 대한 많은 이야기를 듣고 외국의 라벨을 단 많은 짐을 보지만, 실제로 발견할 수 있는 것은 여행객일 뿐 세계시민이 아니다.

카페의 풍경은 이랬다. 대리석 상판 탁자, 벽 앞에 놓인 긴 가죽 의자, 유쾌한 일행들, 간소한 몸치장을 하고 나와서 취향, 경제, 풍요로운 예술에 대해 세련되고 똘똘하게 말하는 여자들, 성실하고 팁을 좋아하는 가르송*들, 작곡가의 의도를 비틀어서 모든 이의 요구를 널리 만족시키는 음악, 이야기와 웃음의 멜랑주,** 그리고 어치의 부리 쪽으로 가지째 흔들리며 당겨지는 익은 버찌처럼 길쭉한 유리잔에 담긴 채 우리 입으로 다가오는 뷔르츠부르거 포도주. 나는 모청크*** 출신의 조각가에게서 이런 풍경이 파리와 아주 비슷하다는 말을 들었다.

내 앞에 앉은 세계시민의 이름은 E. 러시모어 코글런이었는데, 그 이름은 내년 여름에 코니 아일랜드에 가도 들을 수 있을 것이다. 그가 거기에 새 '시설'을 차려서 최고 수준의 오락을 제공할 거라고 내게 말했기 때문이다. 그런 뒤 그의 이야기는 지구의 경도와 위도를 종횡무진 훑었다. 그는 말하자면 이 크고 둥근 세상을 손안에 익숙하고도 냉소적으로 쥐고서 지구가 세트 메뉴에 나오는 자몽 속 버찌 씨앗에 지나지 않는 것처럼 대했다. 그는 적도에 대해 무례하게 말했고, 대륙과 대륙을 넘나들었으며, 기후대를 조롱했고, 대양쯤은 냅킨으로 훔쳤다. 또 손을 한 번 흔들어 하이데라바드의 특정 시장에 대해 말했다. 그가 후우! 하면 우리는 라플란드에서 스키를 타고, 핑! 하면 케알라이카히키에서 카나카 사람****들과 파도를 탄다. 얍! 소리와 함께 그는 우리를 아칸소의 습기 찬 백참나무 저습지로 데리고 갔다가 자신의 아이다호 목장 알칼리 평원에서 잠시 말려 주고는 빈에 있는 대공의 궁정에 데려다 놓는다. 그러고는 곧 자기가 시카고 호수 바람으로 인해 감기에 걸렸을 때 부에노스아이레스의 에스카밀라 노인이 뜨거운 추출라 차로 치료해 준 이야기를 해준다. 이야기를 듣다 보면 우리는 편지 봉투에 '우주, 태양계, 지구, E. 러시모어 코글런'이라고 써 보내면 그게 그에게 확실히 배달될

---

*프랑스어로 '소년, 남자 종업원'이라는 뜻.
**프랑스어로 '혼합, 뒤섞임'이라는 뜻.
***펜실베이니아 주의 소도시, 지금은 짐소프로 합병되었다.
****하와이 및 남양 제도의 원주민.

거라는 믿음이 생긴다.

나는 마침내 아담 이래 유일한 진짜 세계시민을 발견했다고 믿었고, 혹시 그 역시 단순한 지구 관광객의 특징을 보이는 건 아닐까 두려워하며 그의 세계 담화를 들었다. 하지만 그의 견해는 흔들리거나 수그러들지 않았다. 그는 바람이나 중력처럼 도시, 국가, 대륙 들에 불편부당했다.

E. 러시모어 코글런이 이 작은 행성에 대해 쉼 없이 이야기하는 동안, 나는 온 세상에 대해 글을 쓰고 자신을 뭄바이에 바친 위대한 세계시민 근접자 한 명을 즐거이 떠올렸다. 그는 자신이 쓴 시 한 편*에서 지상의 도시들에는 자부심과 경쟁심이 있다고, '거기서 자라난 사람들은 이리저리 돌아다녀도 아이가 엄마 옷에 매달리듯 자기가 태어난 도시에 매달린다'고 말한다. 그리고 '소음 가득한 낯선 거리'를 지날 때마다 자신이 태어난 도시를 '가장 충실하고 어리석고 사랑스럽게 기억하며 그 도시의 시시한 이름을 질긴 인연으로' 만든다고 말한다. 나는 키플링 씨의 허점을 발견한 것이 기뻤다. 여기 이 사람은 흙으로 빚지 않은 사람이었다. 자신의 출생지와 나라에 대해 협량한 자부심을 품지 않은 사람, 만약 자랑한다면 화성인이나 달나라 사람에게만 지구 전체를 자랑할 사람이었다.

E. 러시모어 코글런의 이야기는 우리 탁자 세 번째 모서리 방향에서 들려오는 음악 소리 때문에 더욱 빨라졌다. 코글런이 시베리아 철도의 지형을 설명하는 동안 악단은 메들리 연주로 넘어갔다. 메들리의 마지막 곡은 〈딕시〉**였는데, 그 유쾌한 음정들은 사방의 탁자들에서 터져

---

* 『정글북』으로 유명한 영국의 소설가이자 시인 러디어드 키플링의 시 「7대양」을 가리킨다. 키플링은 뭄바이에서 태어났으며 젊은 시절에도 인도에서 여러 해를 살았다.
** 남북전쟁 시절 미국 남부를 찬양한 노래.

나오는 요란한 박수 소리에 거의 묻힐 지경이었다.

이 주목할 만한 장면은 매일 밤 뉴욕 시의 많은 카페들에서 볼 수 있다는 사실을 언급할 필요가 있다. 그 이유를 둘러싸고 갑론을박하는 가운데 많은 술이 소비되었다. 어떤 이는 뉴욕 시의 남부인들이 밤만 되면 모두 카페로 간다는 이론을 급조했다. 북부 도시가 이렇게 '반역적' 분위기를 찬양하는 이유는 약간 의아하기는 해도 아주 이해할 수 없는 것은 아니다. 스페인과의 전쟁, 여러 해에 걸친 박하와 수박 풍년, 뉴올리언스 경마에서 극적으로 우승한 자들과 노스캐롤라이나 협회에 소속된 인디애나와 캔자스 시민들의 멋진 연회로 인해 맨해튼에서 남부는 일종의 '유행'이 되었다. 미용사는 손톱을 다듬어 주면서 나직한 혀짤배기소리로, 손님의 왼손 검지를 보면 버지니아 주 리치먼드의 한 신사가 떠오른다고 말할 것이다. 요즘은 많은 여자들이 일을 해야 한다. 알다시피 전쟁 때문이다.

〈딕시〉가 흘러나올 때 검은 머리 젊은이가 모스비 게릴라* 같은 외침을 내지르며 어딘가에서 홀연히 튀어나와서 테가 무른 모자를 정신없이 흔들었다. 그런 뒤 연기 속으로 사라졌다가 우리 탁자의 빈 의자에 털썩 주저앉아 담배를 꺼냈다.

밤은 이제 조심스러움이 깨지는 시기로 접어들었다. 우리 중 한 명이 종업원에게 뷔르츠부르거 포도주 세 잔을 주문했다. 검은 머리 젊은이는 미소 띤 얼굴로 고개를 까딱여서 자기 몫을 함께 주문해 준 것을 알아차린 표시를 했다. 나는 내 이론을 시험해 보고 싶어서 그에게 곧바로 한 가지 질문을 했다.

---

*남북전쟁 당시 남군 게릴라.

"실례지만 혹시 출신지가……" 내가 입을 열었다.

그러자 E. 러시모어 코글런이 탁자를 주먹으로 탕 내리쳤고 나는 놀라서 입을 다물었다.

"죄송합니다." 그가 말했다. "하지만 그것은 제가 정말 듣기 싫어하는 질문입니다. 출신지가 무슨 상관입니까? 사람을 우편 주소로 판단하는 게 공정한 일입니까? 저는 위스키를 싫어하는 켄터키 사람도 보았고, 포카혼타스가 조상이 아닌 버지니아 사람도 보았고, 소설을 쓰지 않는 인디애나 사람도 보았고, 벨벳 바지 솔기에 은화를 꿰매 넣지 않은 멕시코 사람도 보았고, 재미있는 영국인, 씀씀이가 헤픈 양키, 냉혹한 남부인, 속 좁은 서부인, 너무 바쁜 나머지 외팔이 점원이 종이봉투에 크랜베리 넣는 장면을 한 시간 동안 지켜볼 수 없는 뉴욕 사람도 보았습니다. 사람을 보면 그냥 있는 그대로의 모습으로 보고, 선입견을 담은 지역의 딱지를 붙이지 말기 바랍니다."

"죄송합니다." 내가 말했다. "하지만 제가 아무 생각 없이 물어본 것은 아닙니다. 저는 남부를 아는 사람이고, 악단이 〈딕시〉를 연주할 때면 사람들을 관찰합니다. 저는 유난히 지방색이 강한 저 노래에 열렬한 갈채를 보내는 사람은 어김없이 뉴저지 주 시코커스 출신이거나 이곳 뉴욕시의 머리힐과 할렘 강 사이 지역 출신이라는 심증을 갖고 있습니다. 제가 이분께 질문을 한 건 저의 이런 견해를 확인하기 위해서였는데, 선생께서 자신의…… 그러니까 더 폭넓은 견해를 제시하셨군요."

그러자 검은 머리 청년이 입을 열었고, 그의 정신세계 또한 자신만의 사고 구조를 지녔음이 분명했다.

"나는 골짜기 꼭대기의 협죽도가 되어서 투랄루랄루 노래를 부르고 싶어요."

그 말이 너무 모호해서 나는 다시 코글런에게 시선을 돌렸다.

"저는 세계 일주를 열두 번 했습니다." 코글런이 말했다. "저는 신시내티로 넥타이를 사러 사람을 보낸 우페르나비크 에스키모를 알고, 배틀크리크 음식 이름 십자말풀이 대회에서 상을 탄 우루과이 염소치기도 보았습니다. 저는 또한 이집트 카이로와 요코하마에 1년 내내 세를 지불하는 방이 있습니다. 상하이의 찻집에는 저를 기다리는 슬리퍼가 있고, 리우데자네이루나 시애틀에 가면 제가 먹을 달걀을 어떻게 요리해 달라고 말할 필요가 없습니다. 세상은 아주 작습니다. 북부 출신이든 남부 출신이든, 골짜기의 유서 깊은 저택 출신이든 클리블랜드의 유클리드 가 출신이든, 파이크스 피크 출신이든 버지니아 주 페어팩스 카운티 출신이든, 또 훌리건스 플래츠 출신이든, 자신의 출신지를 자랑하는 게 무슨 소용입니까? 자신이 태어난 지역이라는 이유만으로 병든 도시나 광대한 저습지를 바보처럼 찬양하는 버릇을 버린다면, 우리의 세상은 한층 더 나아질 것입니다."

"코글런 씨는 진정한 세계시민이로군요." 내가 감탄하며 말했다. "하지만 애국심을 무시하시는 것 같기도 하네요."

"애국심이란 석기시대의 유물이에요." 코글런이 흥분해서 주장했다. "우리는 모두 형제입니다. 중국인, 영국인, 줄루인, 파타고니아인, 코 강 유역 사람 모두 말이죠. 언젠가 출신 도시나 주, 지방, 나라에 대한 시시한 자부심은 다 사라지고, 모두가 세계의 시민이 될 날이 올 것입니다. 당연한 일이죠."

"하지만 외국 땅을 다니실 때 자꾸만 생각나는 장소는 없습니까?" 내가 다시 물었다. "그러니까 어떤 소중한……"

"없습니다." E. R. 코글런이 무례하게 말을 잘랐다. "지구라고 하는 곳,

극 부분이 약간 납작한 이 둥근 행성, 이 땅덩어리가 제 거처입니다. 저는 해외에서 확고한 목적을 지닌 이 나라의 시민을 많이 만났습니다. 시카고 사람들은 달밤에 베네치아의 곤돌라에 앉아 자기 도시의 배수 운하를 자랑하더군요. 남부 지방 사람들은 영국 국왕을 알현하는 자리에서 눈도 깜박 않고 자기 이모할머니가 찰스턴의 퍼킨스 가와 결혼했다고 말하더군요. 제가 알고 있는 뉴욕 사람은 아프가니스탄 도적 떼에게 납치되었다가 가족과 친지가 몸값을 보내자 석방되어 중재자와 함께 카불로 돌아왔지요. 아프가니스탄 사람들이 통역을 통해 그에게 물었습니다. '어쨌건 아프가니스탄 사람들이 느리지는 않지요?' 그러자 그 사람은 모르겠다며 6번 가와 브로드웨이의 승합마차 기사들 이야기만 했습니다. 그런 생각들은 저와 맞지 않습니다. 저는 직경이 1만 2천 킬로미터가 되지 않는 어떤 것에도 매이지 않습니다. 저를 그저 지구 행성의 시민 E. 러시모어 코글런으로 생각해 주십시오."

내 앞에 있는 세계시민은 그렇게 말한 뒤 거창하게 작별 인사를 하고 자리를 떴다. 잡담과 연기 속에서 아는 사람을 본 모양이었다. 그래서 나는 협죽도가 되고 싶어 하는 청년과 함께 남았다. 그는 이제 뷔르츠부르거 포도주에 빠져서 골짜기 정상에서 노래하고픈 열망을 표현하지 못하고 있었다.

나는 가만히 앉아 방금 만난 세계시민을 생각하면서, 앞서 말한 시인이 어쩌다 그 사람을 놓쳤을까 의아했다. 그 사람은 내가 발견한 자였고 나는 그를 믿었다. 그 시에는 어떻게 쓰여 있었던가? '거기서 자라난 사람들은 이리저리 돌아다녀도 아이가 엄마 옷에 매달리듯 자기가 태어난 도시에 매달린다.'

E. 러시모어 코글런은 그러지 않았다. 온 세상이 그의……

나의 명상을 깨고 카페 한구석에서 소동이 일었다. 앉아 있는 손님들 머리 위로 E. 러시모어 코글런이 낯선 이와 격렬하게 싸우는 모습이 보였다. 두 사람은 탁자들을 사이에 두고 티탄*들처럼 싸웠다. 유리잔이 깨졌고, 남자들이 모자를 집어 들며 일어섰다가 쓰러졌고, 갈색 머리 여자가 비명을 질렀고, 금발 머리 여자가 〈장난스러워〉를 불렀다.

　종업원들이 유명한 쐐기 대형으로 두 싸움꾼을 압박했을 때에도 나의 세계시민은 지구의 긍지와 명예를 잃지 않았다. 그들은 계속 저항하면서 카페 밖으로 쫓겨났다.

　나는 프랑스인 가르송인 매카시를 불러서 싸움의 원인을 물었다.

　"붉은 넥타이를 하신 분이(그가 나의 세계시민이었다) 먼저 흥분하셨어요." 종업원이 말했다. "다른 분이 그분 고향의 보행로와 수도 시설이 형편없다고 말씀하셨거든요."

　"그럴 수가." 내가 당황해서 말했다. "그 사람은 세계시민이에요, 세계시민. 그 사람은……"

　"메인 주 매타왐케이그 출신이라고 하셨어요." 매카시가 말을 이었다. "그러면서 그곳을 헐뜯으면 가만두지 않겠다고 하셨어요."

*그리스 신화에 나오는 거인족.

중간 휴식 시간
Between Rounds

머피 부인의 하숙집 위로 5월의 달이 밝게 빛났다. 역법曆法에 따르면, 그 빛은 다른 많은 지역에도 떨어질 것이다. 봄이 절정이었고, 꽃가룻병이 곧 뒤따를 것이다. 새로 난 잎으로 푸르른 공원에는 서부와 남부 지역의 교역을 위해 몰려든 상인들이 가득했다. 꽃들이 휘파람을 불자 바람이 온화해졌고, 여름 리조트 예약업자들이 키스를 날리자 로슨 사가 부드러운 답장을 보냈다. 사방에 손풍금, 분수, 피너클 카드놀이 소리가 가득했다

머피 부인의 하숙집 창문은 열려 있었다. 하숙생들은 높은 현관 계단에 깔린, 독일 팬케이크처럼 둥글고 납작한 매트 위에 앉아 있었다.

2층 정면의 한 창가에서 매카스키 부인이 남편을 기다리고 있었다. 저녁 식사는 식탁에서 식고 있었고, 대신 매카스키 부인이 뜨거워졌다.

9시에 매카스키 씨가 왔다. 팔에 외투를 걸치고 입에는 파이프를 물고 있었다. 그는 계단에 앉은 하숙생들에게 방해해서 미안하다고 말하며, 9-D 사이즈 구두를 신은 발을 중간중간 디디며 올라갔다.

방문을 열었을 때 그는 놀랐다. 스토브 뚜껑이나 감자 으깨는 기구를 피할 준비를 하고 있었는데 날아온 것은 말뿐이었기 때문이다.

매카스키 씨는 온화한 5월 하늘의 달이 아내의 가슴을 누그러뜨렸다고 생각했다.

"다 들었어." 가재도구 대신 날아온 말이었다. "계단에 있는 저 조무래기들한테는 당신의 둔한 발이 옷자락을 밟았다고 사과를 잘도 하더군. 빨랫줄만큼이나 길어진 마누라 목을 밟을 때는 아무 소리도 안 하면서. 내 목은 당신을 기다리다가 쭉 늘어나 버렸고, 음식은 다 식었어. 당신이 토요일 저녁마다 갤러거 술집에서 탕진하고 남은 푼돈으로 마련한 음식이 말이야. 그리고 오늘 가스 요금 수금원이 두 번이나 찾아왔어."

"여보!" 매카스키 씨가 의자에 외투와 모자를 던지며 말했다. "그렇게 딱딱거리면 식욕이 싹 가서. 예의범절을 무시하는 건 사회의 토대를 흔드는 일이야. 남자가 길을 막은 여자들 틈에 발을 디뎌서 원성을 사는 건 미련한 일이야. 그 돼지 같은 얼굴 창가에서 치우고 얼른 음식이나 내와."

매카스키 부인은 무겁게 일어나서 스토브 앞으로 갔다. 그 태도에는 남편에 대한 경고가 담겨 있었다. 그녀의 입꼬리가 기압계처럼 곤두박질치면 그것은 대개 도자기나 주석 그릇의 돌진을 예고했다.

"돼지 같은 얼굴이라고?" 매카스키 부인이 그렇게 말하며 남편을 향해 베이컨과 순무가 든 냄비를 던졌다.

매카스키 씨에게 이런 반응은 처음이 아니었다. 그는 그다음에 무엇이 이어져야 할지 잘 알았다. 식탁에 토끼풀을 곁들인 돼지 등심 구이가 있었다. 그는 이것으로 응수했고, 질그릇에 담긴 빵 푸딩의 적절한 반격을 받았다. 남편이 정확하게 던진 스위스 치즈 덩어리가 매카스키 부인의 눈 바로 밑을 강타했다. 부인이 뜨겁고 향기로운 검은 액체가 담긴 주전자로 응수하면 그날의 식사 전투는 끝나는 것이 관례였다.

하지만 매카스키 씨는 50센트짜리 세트 메뉴 손님이 아니었다. 싸구려 보헤미안들은 커피가 끝이라고 생각할 수도 있다. 그들은 그런 실수를 해도 상관없다. 하지만 그는 한 수 위였다. 손가락 씻는 물그릇도 그의 경험 범위 바깥에 있지 않았다. 머피 부인의 하숙집에서는 그걸 구할 수 없었지만 그것의 등가물이 가까이 있었다. 그는 의기양양한 태도로 결혼 생활의 적수를 향해 그 화강암 대야를 던졌다. 매카스키 부인은 재빨리 피했다. 그리고 다리미에 손을 댔고, 그것을 일종의 단 음료수 삼아서 그걸로 식도락의 결투가 끝나기를 바랐다. 하지만 그때 아래층에서 요란한 비명이 들려서 그녀와 매카스키 씨 모두 무심결에 휴전 비슷한 상태가 되었다.

하숙집 모퉁이 보행로에 클리어리 경찰이 서서 한쪽 귀를 쫑긋 세우고 그릇 깨지는 소리를 듣고 있었다.

'존 매카스키하고 마누라가 또 싸우고 있군.' 경찰이 생각했다. '올라가서 소동을 말려야 할까 싶지만 안 그러겠어. 두 사람은 부부야. 그리고 즐거울 일이 별로 없잖아. 금방 끝날 거야. 계속 저러려면 그릇을 더 빌려야겠지.'

그때 아래층에서 공포 또는 곤경을 담은 긴 비명이 울렸다. "고양이일 거야." 클리어리 경찰은 그렇게 말하고는 서둘러 다른 쪽으로 갔다.

계단의 하숙생들이 술렁거렸다. 보험 모집인의 재능을 갖고 태어나서 조사원의 직업을 갖게 된 투미 씨가 비명의 원인을 알아보러 안으로 들어갔다. 그리고 머피 부인의 어린 아들 마이크가 사라졌다는 소식을 가지고 돌아왔다. 이어 머피 부인이 튀어나왔다. 눈물과 히스테리에 빠진 90킬로그램의 몸이 주근깨와 장난 가득한 15킬로그램 몸의 실종 사태에 하늘을 휘저으며 울부짖었다. 더없이 신파적인 장면이었지만, 투미 씨는 모자 직공 퍼디 양 옆에 앉았고 두 사람은 연민 속에 손을 잡았다. 날마다 복도의 소음에 대해 불평하는 두 노처녀 월시 자매는 괘종시계 뒤쪽을 보았느냐고 물었다.

뚱뚱한 아내와 함께 계단 꼭대기에 앉아 있던 그리그 소령이 일어나서 외투 단추를 잠그며 소리쳤다. "꼬마가 사라졌다고요? 제가 나가서 일대를 샅샅이 살펴보겠습니다." 그의 아내는 일몰 뒤에는 남편의 외출을 허락하지 않았다. 하지만 지금은 낮고 굵은 목소리로 말했다. "그래, 루도빅! 슬픔에 빠진 저 어머니를 보고도 도와줄 생각을 하지 않는 사람은 심장이 목석일 거야." 그러자 소령이 말했다. "30센트나 60센트를 줘, 여보. 길을 잃은 아이들은 때로 아주 멀리까지 가기도 하거든. 차비가 필요해."

4층 뒤쪽 구석방에 사는 데니 노인은 계단 맨 밑에 앉아 가로등 불빛에 신문을 읽다가 목수 파업 기사가 이어진 부분을 찾아 신문지를 넘겼다. 머피 부인이 달을 향해 소리를 질렀다. "아, 나의 마이크, 도대체 어디 간 거니?"

"아이를 마지막으로 본 게 언제요?" 데니 노인이 한 눈으로 건축 노동자 연맹 기사를 흘끗거리며 물었다.

"어제였어요." 머피 부인이 울부짖었다. "아니 네 시간 전이었나? 모르겠어요. 하지만 어쨌건 우리 아이 마이크가 없어졌어요. 오늘 아침만 해도 여기 길에서 놀고 있었어요. 아니 수요일이었나? 저는 일이 너무 바빠서 날이 어떻게 가는지도 잘 몰라요. 어쨌거나 꼭대기에서 지하까지 집을 다 뒤졌는데 아이가 없어요. 아, 하느님 제발……"

큰 도시는 욕설꾼들 앞에서 늘 그렇듯 고요하고 엄격하고 거대하게 서 있었다. 사람들은 이 도시가 돌처럼 차갑다고 말한다. 그 가슴에서 연민의 맥박이란 뛰지 않는다고. 그리고 도시 거리를 외딴 숲과 용암 사막에 비교한다. 하지만 딱딱한 가재 껍질 속에는 부드럽고 맛있는 살이 있다. 이것은 별로 훌륭한 비유가 아닐지도 모르지만, 누구도 기분 나빠하지는 않을 것이다. 큰 집게발이 없는 한 누구도 가재라고 불리는 일은 없을 테니.

아이의 실종만큼 인류 공동의 심장을 흔드는 재난은 없다. 아이들의 발은 불안하고 연약하며, 길은 가파르고 낯설다.

그리그 소령은 길모퉁이로 내려가서 대로변에 있는 빌리 술집에 들어 갔다. "라이 하이볼 위스키를 한 잔 주시오." 소령이 종업원에게 말했다. "혹시 안짱다리에 얼굴이 지저분한 여섯 살짜리 꼬맹이가 길을 잃고 헤매는 걸 봤소?"

투미 씨는 계속 퍼디 양의 손을 잡고 계단에 앉아 있었다. "불쌍한 아이." 퍼디 양이 말했다. "엄마 곁에서 사라지다니, 어쩌면 벌써 말발굽에 짓밟혔는지도 몰라요. 아, 너무 끔찍해요."

"그래요." 투미 씨가 그녀의 손을 꼭 쥐며 동의했다. "나도 나가서 아이를 찾아봐야 할 것 같아요!"

"그게 좋겠네요." 퍼디 양이 말했다. "하지만 투미 씨, 당신은 너무 거침없고…… 무모해서…… 열을 올리다 당신이 사고를 당할 것 같아요. 그러면……"

데니 노인은 손가락으로 기사를 따라가며 중재 합의 기사를 읽었다.

2층 정면 방에서는 매카스키 부부가 숨을 고르기 위해 창가로 갔다. 매카스키 씨는 검지를 구부려 조끼에 묻은 순무를 떼냈고, 아내는 아까 남편이 던진 돼지 등심 구이에 맞아 눈에 묻어 있던 소금기를 닦았다. 아래층에서 비명 소리가 들려 두 사람은 창밖으로 고개를 내밀었다.

"마이크가 없어졌대. 귀여운 말썽쟁이 꼬마가!" 매카스키 부인이 나직하게 말했다.

"그 꼬맹이가 없어졌다고?" 매카스키 씨가 계속 고개를 내민 채 말했다. "큰일인걸. 애들은 경우가 달라. 여자라면 나는 기꺼이 보낼 거야. 여자가 떠나면 평화가 오니까."

매카스키 부인은 그런 공격을 무시하고 남편의 팔을 잡았다.

"존." 여자의 목소리에 슬픔이 담겼다. "머피 부인의 꼬맹이가 없어졌어. 이렇게 큰 도시에서 아이를 잃는 건 끔찍한 일이야. 아이는 여섯 살이야. 존, 우리가 6년 전에 아이를 가졌다면 그 애도 지금 여섯 살일 거야."

"우리는 아이를 갖지 않았잖아." 매카스키 씨가 우물쭈물 말했다.

"하지만 아이가 있었다면 오늘 밤 우리가 얼마나 슬펐겠어. 우리 펠런이 집을 나가서 도시 어디론가로 사라졌다면."

"바보 같은 소리." 매카스키 씨가 말했다. "그 애 이름은 팻이라고 지었을 거야. 캔트림에 계신 우리 아버지 이름을 따서."

"무슨 소리야!" 매카스키 부인이 화도 내지 않고 말했다. "우리 오빠는 아일랜드 촌뜨기인 매카스키 씨들보다 백 배는 훌륭해. 그 아이 이름은 우리 오빠 이름으로 했을 거야." 그녀는 창밖으로 고개를 내밀고 아래층의 혼란과 법석을 내려다보았다.

"존, 아까 당신한테 성급하게 굴어서 미안해." 매카스키 부인이 부드럽게 말했다.

"성급했던 건 푸딩이야." 남편이 말했다. "순무도 바빴고, 커피도 발이 빨랐지. 정말이지 번개 같은 식사였어. 맞아."

매카스키 부인은 남편의 팔 안쪽에 자기 팔을 밀어 넣고 그의 거친 손을 잡았다.

"머피 부인이 우는 소리를 들어 봐." 그녀가 말했다. "그렇게 조그만 아이가 이렇게 큰 도시에서 실종된 건 너무 끔찍한 일이야. 우리 펠런이 그랬다면 존, 내 심장은 갈가리 찢어졌을 거야."

매카스키 씨는 어색하게 손을 빼냈다. 하지만 그것을 자신에게 다가오는 아내의 한쪽 어깨에 둘렀다.

"바보 같은 소리." 그가 거칠게 말했다. "하지만 우리…… 팻이 납치되거나 했다면 나도 미쳐 버렸을 거야. 하지만 우리는 아이가 없잖아. 주디, 가끔 내가 당신한테 지독하게 구는데, 다 잊어 줘."

그들은 서로에게 기대서 아래쪽에서 벌어지는 격렬한 비극을 내려다보았다.

그들은 그렇게 오래도록 앉아 있었다. 사람들이 보행로로 몰려와서 여러 가지 질문을 하고 소문과 어설픈 추측으로 공중을 채웠다. 그 사이를 비집고 다니는 머피 부인은 눈물의 폭포가 쏟아지는 물렁물렁한 산 같았다. 이 사람 저 사람이 소식을 들고 왔다 갔다 했다.

하숙집 앞에서 시끄러운 목소리들이 울리며 다시 한 번 소란이 일었다.

"또 무슨 일이지, 주디?" 매카스키 씨가 물었다.

"머피 부인 목소리야." 매카스키 부인이 귀를 쫑긋 세우고 말했다. "아이가 머피 부인 방 침대 밑에 말아 둔 리놀륨 뒤에서 자고 있었다는걸."

매카스키 씨는 큰 소리로 웃었다.

"그건 당신의 펠런이야." 그가 비웃으며 소리쳤다. "팻이라면 저런 장난은 치지 않았을 거야. 우리가 낳지 않은 아이가 길을 잃고 실종되면 얼마든지 펠런이라고 불러. 그리고 똥개처럼 침대 밑에 숨어 있는 걸 찾는 거야."

매카스키 부인은 무겁게 일어나서 입꼬리를 늘어뜨리고 찬장 앞으로 갔다.

사람들이 흩어졌을 때 클리어리 경찰이 모퉁이를 돌아왔다. 그러고는 깜짝 놀라서 철제 기구, 도자기 그릇, 부엌살림이 아까와 똑같이 요란하게 부딪히는 매카스키의 아파트로 귀를 쫑긋 세웠다. 클리어리 경찰은 시계를 꺼내 보더니 소리쳤다.

"어이쿠야! 존 매카스키 부부가 한 시간 15분 동안 싸우고 있네. 마누라 힘이 대단해. 남편이 힘을 내기를."

클리어리 경찰은 다시 모퉁이를 돌아 사라졌다.

머피 부인이 문을 잠그려 하자 데니 노인은 신문을 접고 서둘러 계단을 올라갔다.

지붕창이 있는 방
The Skylight Room

파커 부인은 먼저 우리에게 대응접실을 보여 준다. 우리는 그녀가 그 방의 장점과 거기 8년 동안 산 신사의 미덕에 대해 이야기하는 것을 감히 중단시키지 못한다. 그런 뒤에 우리는 의사도 아니고 치과 의사도 아니라고 더듬더듬 고백한다. 그러면 파커 부인이 어찌나 냉랭해지는지 우리는 우리에게 부인의 대응접실에 어울리는 직업을 갖게 하지 않은 부모님에게 원망의 마음을 품게 된다.

그다음에 우리는 계단을 올라가서 8달러짜리 2층 뒷방을 본다. 우리는 그 방이 투슨베리 씨가 플로리다 주 팜비치 인근에 있는 형의 오렌지 농장을 맡아 떠날 때까지 지불한 12달러의 가치가 있으며, 팜비치는 개별 욕실이 딸린 정면 2인실을 쓰는 매킨타이어 부인이 해마다 겨울을 보내는 곳이기도 하다는 파커 부인의 설명을 믿지만, 더 싼 방을 원한다고 더듬더듬 말한다.

파커 부인의 경멸을 이기고 살아남으면 우리는 스키더 씨가 하루 종일 희곡을 쓰고 담배를 피우는 3층의 큼직한 현관 옆방으로 인도된다. 방을 구하는 사람은 모두 빈방이 아닌데도 그의 방에 가서 창문 가두리 장식을 보고 감탄해 주어야 했다. 사람이 한 번씩 찾아올 때마다, 스키더 씨는 방을 비워야 할지도 모른다는 공포에 집세에 무언가를 얹어 주곤 했다.

그런 뒤에도 ─아, 그런 뒤에도─ 우리가 아직 한 발로 서서 주머니 속 뜨거운 손에 젖은 3달러를 움켜쥐고 우리 형편이 얼마나 어려운지 꺼칠한 목소리로 일러 주면, 파커 부인은 이 대목에서 집 안내를 포기한다. 그리고 "클라라" 하고 크게 외친 뒤 등을 돌리고 아래층으로 내려간다. 그러면 흑인 하녀 클라라가 우리를 카펫을 깐 사다리 위로 데리고 올라가서 4층 역할을 하는 다락방을 보여 준다. 지붕창이 뚫린 그 다락방은 4층 공간 중 가로세로 2×2.5미터 면적을 차지하고 있다. 방의 사면에는 모두 잡동사니가 찬 벽장이나 광이 있다.

방 안에는 철제 간이침대, 세면대, 의자 하나가 있다. 선반 하나가 화장대 구실을 한다. 아무 장식 없는 네 개의 벽은 관의 벽면들처럼 사람을 압박하는 것 같다. 우리는 목에 손을 얹고 숨을 헐떡이며 우물 밖을 내다보듯 위쪽을 올려다보고, 다시 한 번 숨을 쉰다. 작은 지붕창 밖으로 네모난 푸른 창공이 보인다.

"2달러예요." 클라라가 경멸과 터스키기* 사람다운 다정함이 섞인 목소리로 말한다.

---

* 앨라배마 주의 소도시.

어느 날 리슨 양이 방을 구하러 왔다. 덩치가 훨씬 더 큰 여자나 메고 다닐 수 있을 듯한 타자기를 메고 있었다. 리슨 양은 몸집이 아주 작았는데, 성장이 멈춘 뒤에도 머리카락과 눈은 계속 자라서 그 두 눈이 '왜 다른 사람들 눈은 우리만큼 커지지 않는 거지?' 하고 묻는 것 같은 표정이었다.

파커 부인은 그녀에게 대응접실을 보여 주며 말했다. "이 벽장에 해골이나 마취제나 석탄을 보관할 수 있고요……"

"하지만 저는 의사도 아니고 치과 의사도 아니에요." 리슨 양이 몸을 떨며 말했다.

파커 부인은 의사나 치과 의사 자격을 얻지 못한 사람에게 늘 그러듯 의구심과 측은함과 조롱과 냉랭함이 담긴 시선을 던지고, 2층 뒷방으로 갔다.

"8달러요?" 리슨 양이 말했다. "이런! 저는 헤티 그린*이 아니랍니다. 저는 그저 가난한 근로 여성일 뿐이에요. 더 위층에 있는 싼 방을 보여 주세요."

문 두드리는 소리에 스키더 씨가 벌떡 일어나며 바닥에 담뱃재를 떨구었다.

"죄송합니다, 스키더 씨." 파커 부인이 그의 창백한 얼굴을 보며 악마의 미소를 짓고 말했다. "안에 계신 줄 몰랐네요. 이분께 창문 가두리 장식을 보여 드리려고요."

"정말 예쁘네요." 리슨 양이 천사 같은 미소를 짓고 말했다.

두 사람이 나가자 스키더 씨는 그의 최신 (상연되지 않은) 연극 대본

---

*당시 미국에서 가장 부유하다고 알려진 여성.

의 여주인공을 검은 머리의 키 큰 여자에서 밝고 숱 많은 머리에 이목구비가 또렷한, 조그맣고 장난기 넘치는 여자로 바꾸는 작업에 당장 착수했다.

"애나 헬드*가 자기가 하겠다고 덤벼들 거야." 스키더 씨가 혼잣말을 하며 두 발을 창문 가장자리 장식에 대고 하늘을 나는 오징어 모양의 담배 연기 구름 속으로 사라졌다.

곧이어 "클라라!" 하는 경보가 온 세상에 리슨 양의 재정 상태를 알렸다. 흑인 처녀가 그녀를 넘겨받아 컴컴한 계단을 오른 뒤 천장으로 희미한 빛이 들어오는 방에 들어가서 위협적이고 음흉한 목소리로 "2달러예요!" 하고 말했다.

"이 방으로 할게요!" 리슨 양이 한숨을 쉬며 삐걱대는 철제 침대에 주저앉았다.

리슨 양은 매일 출근했다. 그리고 밤이면 손글씨가 적힌 종이를 가지고 퇴근해서 타자로 옮겨 쳤다. 일이 없는 밤에는 다른 세입자들과 함께 높다란 현관 계단에 나가 앉았다. 리슨 양이 지붕창이 있는 다락방에 살기 위해 이 세상에 온 것은 아니리라. 그녀는 명랑하고 다정하고 가벼운 공상으로 가득한 사람이었다. 한번은 스키더 씨가 읽어 주는 그의 (출간되지 않은) 3막 대작 '어린애가 아냐'(부제 '지하철의 상속자')를 가만히 듣기도 했다.

리슨 양이 짬을 내서 계단에 한두 시간 앉아 있을 때마다 남자 세입자들은 아주 기뻐했다. 하지만 사람들의 모든 말에 "이런!" 하고 대꾸하는, 큰 키에 금발 머리인 공립학교 교사 롱네커 양은 계단 맨 위에 앉아

---

*당시의 희극 배우.

콧방귀를 뀌었다. 백화점에서 일하고 일요일마다 코니 아일랜드에 가서 움직이는 오리 과녁을 사격하는 돈 양은 계단 맨 밑에 앉아서 콧방귀를 뀌었다. 리슨 양은 중간에 앉았고, 남자들은 그녀 주변에 모여들었다.

스키더 씨가 특히 그랬다. 그는 마음속으로 그녀를 실제 인생 속 (발표되지 않은) 낭만극의 주연으로 뽑아 놓고 있었다. 후버 씨도 그랬다. 마흔다섯 살의 그는 뚱뚱하고 얼굴이 붉고 어리석은 남자였다. 젊은 에번스 씨도 그랬다. 그는 그녀에게서 담배 끊으라는 말을 듣고 싶어서 헛기침을 했다. 남자들은 그녀가 '아주 재미있고 유쾌하다'고 판정했지만 계단 맨 위와 맨 밑의 콧방귀를 막을 수는 없었다.

* * * * *

이제 잠시 연극이 정지되고 합창단이 무대 전면으로 성큼성큼 나와서 후버 씨의 뚱뚱함에 비탄의 눈물을 떨굴 것이다.* 그 노래는 지방층의 비극에, 덩치의 해악에, 비만의 참화에 초점을 맞출 것이다. 살만 뺐다면 폴스타프**가 앙상한 갈비씨 로미오보다 더 낭만적이었을지도 모른다. 연인은 한숨은 지어도 헐떡거리면 안 된다. 뚱뚱한 남자들은 모모스***의 행렬로 보내진다. 52인치 허리띠를 두르고 있다면 그 위쪽에서 심장이 아무리 충실하게 뛰어도 소용없다. 후버는 가라! 45세에 얼굴이 붉고 어리석은 후버는 헬렌을 납치할 수 있을지도 모른다. 하지만 45세에 얼굴이 붉고 어리석고 뚱뚱한 후버는 파멸의 먹이일 뿐이다. 그대에

---

*고대 그리스 연극에서는 합창단이 중간중간에 등장해서 비판적 관찰자의 역할을 한다.
**셰익스피어의 역사극 『헨리 4세』의 뚱뚱한 등장인물.
***그리스 신화에 나오는 비난과 냉소의 신.

게 기회는 없다, 후버.

어느 여름날 저녁 파커 부인의 세입자들이 늘 그러듯 밖에 나와 앉아 있을 때 리슨 양이 창공을 올려다보고 작고 밝은 웃음을 터뜨렸다.

"저기 빌리 잭슨이 있어요! 여기서도 보이네요."

모두 고개를 들었다. 어떤 이들은 고층 건물의 창문을 보았고, 어떤 이들은 잭슨이 조종하는 비행선을 찾아 두리번거렸다.

"저 별 말예요." 리슨 양이 작은 손가락으로 하늘을 가리키며 말했다. "깜박거리는 저 큰 별이 아니라, 그 옆에서 한결같은 빛을 내는 파란 별이요. 저는 제 방 지붕창으로 저 별을 매일 보는데, 빌리 잭슨이라는 이름을 붙여 줬어요."

"이런!" 롱네커 양이 말했다. "리슨 양이 천문을 관찰하는 줄은 몰랐네요."

"네, 저는 천문 관측자예요." 작은 별 관측자가 말했다. "저는 이번 가을에 화성 사람들이 어떤 디자인의 소매를 입을지 어떤 천문 관측자 못지않게 잘 알아요."

"이런!" 롱네커 양이 말했다. "리슨 양이 말하는 별은 카시오페이아자리의 감마성이에요. 2등성에 가깝고 자오선 통과는……"

"그러지 말아요." 젊은 에번스 씨가 말했다. "빌리 잭슨이라는 이름이 훨씬 더 좋은 것 같아요."

"내 생각도 그래요." 후버 씨가 거센 숨소리를 내며 롱네커 양의 말에 반대했다. "리슨 양은 천문 점술사 못지않게 별의 이름을 붙일 권리가 있어요."

"이런!" 롱네커 양이 말했다.

"유성이 아닐까요?" 돈 양이 말했다. "저는 일요일에 코니 아일랜드 사격장에서 오리 아홉 개하고 토끼 한 개를 다 맞혔어요."

"여기서는 잘 안 보여요." 리슨 양이 말했다. "제 방에서는 아주 잘 보여요. 우물 속에 들어가면 낮에도 별이 보이잖아요. 밤이 되면 제 방은 광산의 갱도처럼 변하고, 그때 보면 빌리 잭슨은 밤의 옷자락에 꽂힌 큼직한 다이아몬드 핀 같아요."

그 뒤로 리슨 양은 집으로 종이 뭉치를 잔뜩 가져와서 타자를 치는 일이 없어졌다. 그리고 아침에 출근 대신 이 회사 저 회사를 다니며 무례한 사환이 전하는 차가운 거절의 말을 듣는 가슴 아픈 날들이 시작되었다. 그런 일은 한동안 계속되었다.

어느 날 저녁 그녀는 평소 늘 식당에서 저녁을 먹고 들어오는 시각에 파커 부인의 집 계단을 올랐다. 하지만 그날 그녀는 저녁을 먹지 않은 상태였다.

리슨 양이 현관에 들어서자 후버 씨가 그녀를 보고 기회를 잡았다. 그는 청혼했고, 그의 거대한 몸집은 산사태처럼 그녀를 위협했다. 그녀는 그를 피해 난간을 잡았다. 후버 씨는 그녀의 손을 잡으려고 했지만, 그녀는 손을 들어 그의 얼굴을 살짝 때렸다. 그러고는 난간을 잡고 한 걸음 한 걸음 올라갔다. 그녀가 스키더 씨 방문 앞을 지날 때 스키더 씨는 자신이 쓴 (퇴짜 맞은) 희극에 머틀 델로미(리슨 양)를 위한 무대 지시문인 '왼쪽에서 나와 무대를 춤추듯 가로질러 백작 옆으로 간다'를 붉은 잉크로 적고 있었다. 그녀는 마침내 카펫 깔린 사다리를 올라 다락방의 문을 열었다.

리슨 양은 너무 힘이 없어서 불을 켜지도 못하고 옷을 벗지도 못한 채 철제 간이침대에 쓰러졌다. 그녀의 연약한 몸은 낡은 스프링을 별로 누르지도 못했다. 그 에레보스* 같은 방에서 그녀는 천천히 무거운 눈꺼풀을 들어 올리고 미소를 지었다.

빌리 잭슨이 지붕창을 통해 차분하고 밝고 꾸준한 빛을 비춰 주고 있었기 때문이다. 그곳에는 아무것도 없었다. 그녀는 암흑 구덩이 속에 가라앉았고, 거기 있는 것은 그저 창백한 빛이 들어오는 작고 네모진 창문과 그녀가 제멋대로 빌리 잭슨이라는 어설픈 이름을 붙인 별뿐이었다. 롱네커 양의 말이 옳았다. 그것은 카시오페이아자리의 감마성이지 빌리 잭슨이 아니었다. 하지만 그녀는 그것을 감마성이라고 부를 수 없었다.

리슨 양은 자리에 누운 채 팔을 두 번 들어 올렸다. 세 번째로 들었을 때는 가녀린 손가락 두 개를 입술에 대고 검은 구덩이 바깥의 빌리 잭슨에게 키스를 보냈다. 그런 뒤 팔은 힘없이 떨어졌다.

"안녕, 빌리." 그녀가 기운 없이 속삭였다. "너는 수백만 킬로미터 밖에 있고, 한 번도 깜박이는 법이 없어. 너는 어둠밖에 볼 게 아무것도 없을 때에도 지금 그 자리를 계속 지켰어. 그렇지? ……수백만 킬로미터…… 안녕, 빌리 잭슨."

다음 날 아침 10시에 흑인 하녀 클라라가 그 방문이 잠긴 걸 발견하고 사람을 불러서 문을 강제로 열었다. 식초 냄새를 맡게 하고, 손목을 때리고, 깃털을 태워도 아무 소용이 없자 누군가가 구급차를 부르러 전화로 달려갔다.

구급차는 금세 요란한 소리를 울리며 집 앞에 도착했고, 흰 가운을 입은 젊고 유능한 의사가 싹싹함과 엄격함이 섞인 매끈한 얼굴로 활기차고 당당하게 계단을 뛰어 올라왔다.

"49번지로 구급차를 부르셨죠. 무슨 일입니까?" 의사가 짧게 물었다.

---

*그리스 신화 속 암흑의 신.

"네, 선생님." 파커 부인이 킁 콧김을 뿜었다. 부인에게는 그 집에서 문제가 일어났다는 사실이 더 큰 문제인 것 같았다. "도대체 무슨 문제인지 모르겠어요. 뭘 해도 깨어나지 않아요. 젊은 아가씨예요. 엘시, 네, 엘시 리슨 양이에요. 우리 집에서는 한 번도 이런……"

"어느 방입니까?" 의사가 파커 부인이 처음 듣는 무서운 소리로 외쳤다.

"다락방이요……"

구급차 의사는 다락방들의 위치에 익숙한 것 같았다. 계단을 한 번에 네 칸씩 올라갔다. 파커 부인은 위엄을 지키며 천천히 뒤를 따라갔다.

2층에 올랐을 때 부인은 천문 관찰자를 품에 안고 내려오는 의사와 마주쳤다. 의사는 멈춰 서서 수술칼처럼 날카롭게 말했지만 목소리는 크지 않았다. 파커 부인은 못에서 떨어진 뻣뻣한 옷처럼 구겨졌다. 그 후에도 부인의 몸과 마음에는 구김이 남아 있었고, 이따금 세입자들이 그때 의사가 뭐라고 말했느냐고 물으면 이렇게 대답하곤 했다.

"묻지 말아요. 그런 말을 들은 걸로 용서받을 수 있다면 그걸로 만족해요."

그날 인간 짐을 안은 구급차 의사는 호기심에 차서 따라붙는 사람들 무리를 뚫고 성큼성큼 걸어가야 했는데, 그들은 결국 당황하여 걸음을 멈추었다. 의사의 얼굴이 꼭 그 자신의 시체를 안고 가는 사람 같았기 때문이다.

의사는 자신이 안고 온 사람을 구급차 속 침대에 내려놓지 않았다. 그리고 운전수에게 이렇게만 말했다. "전속력으로 가요, 윌슨."

이게 끝이다. 이런 것도 이야기가 되나? 다음 날 아침 나는 신문에서 단신을 하나 보았는데, 어쩌면 기사의 마지막 문장이 사건을 이해하는 데 도움이 될 수 있을지도 모르겠다.

기사는 벨뷰 병원에 이스트 로 49번지에 사는 젊은 여자 환자가 입원했다는 내용이었다. 병명은 영양실조였다. 기사는 이렇게 끝났다.

'환자를 이송한 응급 의사 윌리엄 잭슨 박사는 환자가 곧 호전될 것으로 전망했다.'*

---

* '빌리'는 윌리엄의 애칭이므로 윌리엄 잭슨은 빌리 잭슨이다.

사랑의 헌신
A Service of Love

예술을 사랑하는 사람에게는 어떤 헌신도 지나쳐 보이지 않는다.

그것이 우리의 전제이다. 이 이야기는 그 전제에서 결론을 이끌어 낼 것이고, 동시에 그 전제가 틀렸음을 보여 줄 것이다. 그것은 논리학에서는 새로운 이론이 되고 만리장성보다도 오래된 이야기 전통에서는 하나의 위업이 될 것이다.

조 래러비는 중서부의 백참나무 저습지 출신으로 회화 예술에 천재적 재능이 있었다. 그는 여섯 살에 유명인이 마을 펌프 앞을 바쁘게 지나가는 모습을 그렸다. 그 작품은 액자에 담겨서 동네 약국 창문에 줄수가 홀수인 옥수수자루 옆에 걸렸다. 그리고 스무 살에 넥타이를 휘날리며 뉴욕으로 떠났다. 학비를 넥타이 근처에 동여매고서.

딜리어 커루더스는 남부 소나무 마을에서 6옥타브로 하는 일을 너무도 잘해서 일가친척들이 '북부'로 가서 '더 배울' 수 있도록 너도나도 돈을 보태 주었다. 그들은 그녀가 실패하는 걸 볼 수 없었지만, 어쨌건 그것이 우리의 이야기다.

조와 딜리어는 미술 학생들과 음악 학생들이 모여 명암, 바그너, 음악, 렘브란트의 작품, 그림, 발퇴펠,* 벽지, 쇼팽, 우롱차를 이야기하는 화실에서 만났다.

조와 딜리어는 상대방에게 빠져, 또는 서로 사랑에 빠져 곧 결혼했다. 아까 말했듯이 예술을 사랑하는 사람에게는 어떤 헌신도 지나쳐 보이지 않기 때문이다.

래러비 부부는 작은 아파트에서 살림을 시작했다. 아파트는 쓸쓸했다. 건반 왼쪽 끝에 있는 올림 라 음 같았다. 하지만 그들은 행복했다. 예술이 있고 서로가 있었기 때문이다. 부유한 젊은이에게 나는 이런 조언을 해주고 싶다. 가진 것을 모두 팔아 빈자에게 주고 그대의 예술, 그대의 딜리어와 함께 작은 아파트에 사는 특권을 지키라고.

작은 아파트에 사는 사람들은 그들의 행복만이 진정한 행복이라는 내 견해에 동의할 것이다. 가정이 행복하면 집은 아무리 좁아도 상관없다. 화장대가 무너져 당구대가 되건, 벽난로 선반이 노젓기 운동 기구가 되건, 개폐형 책상이 예비 방이 되건, 세면대가 업라이트피아노가 되건, 네 벽이 달라붙어 그대와 딜리어가 그 안에 끼건 말건 상관없다. 하지만 가정이 행복하지 않으면 집은 넓고 커야 한다. 금문교로 들어가서 해터러스**에 모자를 걸고 케이프 혼***에 외투를 걸고 래브라도****로 나

---

*Émile Waldteufel(1837~1915). 프랑스의 작곡가.
**미국 동부 해안의 곶.
***남미 최남단의 지명.
****캐나다 북동부의 반도.

가야 한다.

조는 위대한 매지스터의 교실에서 그림을 그렸다. 그의 명성은 모두가 알 것이다. 수업료는 높고 가르침은 가벼웠다. 그 높고 가벼움이 명성의 원천이었다. 딜리어는 로젠스톡 밑에서 공부했다. 그 또한 피아노 건반의 교란자로서 명성이 높았다.

그들은 쓸 돈이 있는 한 행복했다. 그건 다른 사람들도 마찬가지지만 나는 냉소하지 않겠다. 그들은 목표가 분명하고 또렷했다. 조는 머지않아 수염이 텁수룩하고 지갑이 두둑한 노신사들이 찾아와서 서로 사겠다고 우격다짐하는 그림을 그릴 것이다. 딜리어는 음악계에 널리 알려진 나머지 음악계를 무시하게 되어서 악단석이나 칸막이 좌석에 빈자리가 있는 걸 보면 갑자기 목이 아파지고 자기 집 식당에 있는 바닷가재 생각이 나서 무대에 오르기를 거부하게 될 것이다.

하지만 내가 볼 때 가장 좋은 것은 작은 아파트의 가정생활이었다. 하루의 공부를 마치고 나누는 열렬하고 유쾌한 대화, 편안한 저녁 식사와 신선하고 가벼운 아침 식사, 야심의 교환(서로 얽혀 있기에 중요한 야심), 상호 도움과 자극 그리고 ―내 무딘 솜씨로는 이 정도밖에 말할 수 없다― 밤 11시의 올리브와 치즈 샌드위치.

하지만 시간이 지나면서 예술이 정체되었다. 어떤 큰 외부 요인이 생기지 않아도 때로 그런 일이 있게 마련이다. 사람들이 흔히 말하듯이 모든 게 나가기만 했고 들어오는 게 없었다. 매지스터 씨와 로젠스톡 씨에게 줄 돈도 없었다. 하지만 예술을 사랑하는 사람에게는 어떤 헌신도 지나쳐 보이지 않기에, 딜리어는 식탁의 온기는 사라지지 않도록 음악 교습을 하기로 마음먹었다.

이삼일 동안 학생을 구하러 다닌 어느 날, 그녀는 기분이 좋아져서 집에 돌아왔다.

"조, 학생을 구했어." 딜리어가 기뻐하며 말했다. "정말로 사랑스러운 학생이야! A. B. 핑크니 장군의 딸이고 집은 71번로에 있어. 집이 얼마나 좋은지 몰라, 조. 현관만 봐도 대단해! 비잔틴풍인 것 같아. 그리고 실내는! 아, 조, 그런 건 나는 생전 처음 봐.

내가 가르칠 학생의 이름은 클레멘티나야. 마음에 쏙 들어. 좀 연약해. 늘 하얀 옷을 입고 상냥하고 또 소박해! 이제 겨우 열여덟 살이야. 일주일에 세 번 가고, 한 번에 5달러야. 나는 괜찮아. 학생을 두세 명만 더 가르치면 로젠스톡 선생님에게 다시 배울 수 있을 거야. 그러니 이마를 펴고 저녁을 먹자."

"딜리어, 당신은 괜찮다고 해도, 내가 괜찮지 않아." 조가 조각칼과 도끼로 완두콩 깡통을 따며 말했다. "당신이 돈을 벌려고 이리저리 뛰어다니는데 내가 고급 예술의 영토에서 희희낙락할 것 같아? 그럴 수는 없어! 신문을 팔든지 길에 자갈을 깔든지 해서 집에 돈을 가져올 거야."

딜리어가 그에게 다가와서 목을 끌어안았다.

"조, 바보 같은 소리 하지 마. 당신은 공부를 계속해야 돼. 내가 음악을 그만두고 다른 일을 하는 게 아니잖아. 가르치는 일은 배우는 일이기도 해. 나는 늘 음악과 함께 있어. 그리고 일주일에 15달러면 우리는 백만장자처럼 행복할 수 있어. 매지스터 선생님을 떠난다는 생각 같은 건 절대 하지 마."

"알았어." 조가 파란색 가리비 모양 접시로 손을 뻗으며 말했다. "하지만 나는 당신이 교습을 하는 게 싫어. 그건 예술이 아니야. 어쨌거나 그런 일을 하는 당신은 정말 대단하고 사랑스러워."

"예술을 사랑할 때는 어떤 헌신도 지나쳐 보이지 않아." 딜리어가 말했다.

"매지스터 선생님은 내가 공원에서 한 스케치의 하늘 부분을 칭찬해 주셨어." 조가 말했다. "그리고 팅클이 자기 상점 창문에 내 작품 두 점을 걸어 주겠다고 했어. 그걸 돈 많은 바보에게 팔 수 있을지도 몰라."

"그럴 수 있을 거야." 딜리어가 다정하게 말했다. "이제 핑크니 장군에게 감사하며 송아지 고기 구이를 먹자."

다음 주 내내 래러비 부부는 일찌감치 아침 식사를 했다. 조는 센트럴 공원에서 아침 분위기를 스케치하는 데 열을 올렸고, 딜리어는 그에게 아침을 먹이고 포옹과 칭찬과 키스를 해서 7시에 그를 내보냈다. 예술은 매력적인 애인이다. 그는 대개 저녁 7시에 귀가했다.

주말이 되자 딜리어는 자부심과 피로 속에 5달러 지폐 세 장을 2.5×3미터 크기 거실에 있는 20×25센티미터 크기의 중앙 탁자에 놓았다.

"클레멘티나는 가끔 좀 힘들어." 그녀가 지친 목소리로 말했다. "연습도 별로 안 하고, 그래서 같은 말을 하고 하고 또 해야 돼. 그 애는 날마다 흰옷만 입는데 좀 지루하게 느껴져. 하지만 핑크니 장군은 멋진 분이야! 당신도 한번 뵈면 좋을 텐데. 내가 클레멘티나하고 같이 피아노 앞에 앉아 있으면 그분이 가끔 들어와서⋯⋯ 아내하고는 사별했는데⋯⋯ 하얀 턱수염을 당기며 서 있어. 그리고 늘 '십육분음표하고 삼십이분음표 진도는 잘 나가나요?' 하고 묻지.

그 집 응접실의 멋진 징두리널을 당신도 볼 수 있으면 좋을 텐데! 아스트라한 모피 휘장도. 클레멘티나는 기침이 잦아. 보기보다 튼튼했으면 좋겠어. 그 애한테는 정말 애착이 가. 아주 유순하고 교양 있게 자랐거든. 핑크니 장군의 형님은 볼리비아 공사였대."

그때 조가 몬테크리스토 백작 같은 분위기로 10달러, 5달러, 2달러,

그리고 1달러를 —모두 법정 지폐로— 꺼내서 딜리어의 돈 옆에 내려놓았다.

"피오리아* 출신 남자한테 오벨리스크 수채화를 팔았어." 그가 당당하게 말했다.

"농담 아니지? 피오리아 출신이라니!" 딜리어가 말했다.

"맞아. 당신이 그 사람을 봤으면 좋았을 텐데. 모직 목도리를 두르고 깃촉을 이쑤시개로 쓰는 뚱뚱한 남자야. 팅클 상점 창문에서 내 스케치를 보고 처음에는 풍차인 줄 알았대. 그래도 그게 좋다며 샀어. 그리고 또 한 점을 의뢰했어. 래커워나 화물 창고를 유화로 그려 달래. 집으로 가져가겠다고. 당신이 음악 교습을 하는 건 안타깝지만, 거기에도 예술은 있을 거야."

"나는 당신이 공부를 계속하는 게 좋아." 딜리어가 진심으로 말했다. "당신은 성공할 거야. 33달러라니! 이렇게 큰돈은 처음이야. 오늘은 굴을 먹어도 되겠어."

"안심 스테이크하고 샴페인도. 올리브 포크는 어디 있지?" 조가 말했다.

다음 주 토요일 저녁에는 조가 집에 먼저 왔다. 그는 거실 탁자에 18달러를 내려놓고 손에 잔뜩 묻은 검은 물감 같은 것을 씻었다.

30분 뒤에 딜리어가 오른손에 붕대를 두껍게 감고 돌아왔다.

"어떻게 된 거야?" 조가 평소처럼 인사하고 물었다. 딜리어는 웃었지만 기쁜 웃음은 아니었다.

"교습이 끝난 뒤에 클레멘티나가 치즈 토스트를 꼭 먹고 가라는 거야." 그녀가 설명했다. "그 애는 참 이상해. 오후 5시에 치즈 토스트라니.

*일리노이 주의 소도시.

장군도 있었어. 그분이 보온 식기를 찾아 여기저기 뛰어다니는 모습을 당신도 봤어야 하는데. 집에 하인이 한 명도 없는 것처럼 뛰어다니더라고. 클레멘타나는 건강이 안 좋아서 신경이 아주 예민해. 그 애가 내게 토스트를 건네다가 그만 그 뜨거운 걸 내 손과 팔목에 떨어뜨려 버렸어. 아주 아팠어, 조. 그 애는 정말 미안해했어. 그리고 핑크니 장군, 그 노신사는 정말 혼비백산한 것 같았어. 아래층으로 내려가서 사람을 불러 ─ 지하실에서 일하는 보일러공이라고 했어─ 약국에 가서 기름과 붕대를 사오라고 했어. 이제는 그렇게 아프지 않아."

"이게 뭐야?" 조는 딜리어의 손을 부드럽게 잡고 붕대 밑에 있는 흰색 끈을 잡아당기며 물었다.

"솜 같은 거야." 딜리어가 말했다. "기름을 머금고 있으라고. 그런데 조, 스케치를 또 팔았어?" 그녀는 탁자에 있는 돈을 보았다.

"그랬나? 피오리아 남자한테 물어봐." 조가 말했다. "그 사람은 오늘 창고 그림을 가져갔어. 아직 확실하지는 않지만 공원하고 허드슨 강의 풍경화도 의뢰할까 싶대. 오늘 화상을 입은 게 몇 시였어, 딜리어?"

"5시였을 거야." 딜리가 서글프게 말했다. "다리미…… 그러니까 토스트가 그 무렵에 불에서 나왔어. 핑크니 장군이 얼마나 놀랐는지 당신이 봤어야 하는데……"

"잠깐 있어, 딜리어." 조가 말하고 그녀를 소파로 데리고 갔다. 그리고 그 옆에 앉아서 그녀의 어깨에 팔을 두르고 물었다.

"지난 2주 동안 뭐 했어, 딜리어?"

그녀는 잠시 사랑과 고집이 담긴 눈으로 그 눈길을 받다가 핑크니 장군이 어쩌고 하며 애매하게 중얼거리더니, 마침내 고개를 숙이고 진실과 눈물을 쏟았다.

"학생을 못 구했어." 그녀가 고백했다. "그리고 당신이 교습을 못 받는 걸 참을 수가 없었어. 그래서 24번로의 큰 세탁소에서 다림질 일을 구했어. 핑크니 장군과 클레멘티나의 얘기를 잘 꾸며 냈다고 생각했는데, 그럴듯하지 않았어, 조? 오늘 오후에 세탁소에서 어떤 여자가 뜨거운 다리미로 내 손을 지져서, 집에 오는 내내 궁리해서 치즈 토스트 이야기를 꾸며 냈어. 화내지 않을 거지, 조? 내가 일을 안 했으면 당신은 그 피오리아 사람한테 스케치를 못 팔았을 수도 있잖아."

"그 사람은 피오리아 사람이 아니야." 조가 천천히 말했다.

"어디 사람인지는 중요하지 않아. 당신은 정말 훌륭해, 조, 키스해 줘. 그런데 어디서 실마리를 잡아서 클레멘티나 이야기가 가짜라고 생각한 거야?"

"조금 전까지는 몰랐어." 조가 말했다. "그런데 오늘 내가 기관실에 있다가 다리미에 손을 덴 여자한테 솜 조각하고 기름을 올려 보냈거든. 나는 지난 2주 동안 세탁소 기관실에서 화부로 일했어."

"그러면 당신은……"

"피오리아의 신사하고 핑크니 장군은," 조가 말했다. "둘 다 예술의 창조물이야. 하지만 회화라고도 음악이라고도 할 수 없겠군."

두 사람은 함께 웃었고 조가 말했다.

"예술을 사랑하는 사람에게는 어떤 헌신도……"

하지만 딜리어가 손으로 그의 입을 막고 말했다. "아니야, 그냥 사랑하는 사람에게는, 이야."

매기의 고백

The Coming-out of Maggie

클로버 리프 클럽은 매주 토요일 밤 이스트사이드의 '체육인 상부상 조 협회' 회관에서 댄스파티를 열었다. 이 댄스파티에 참석하려면 상부 상조 협회의 회원이어야 한다. 그리고 왈츠를 오른발로 시작하는 쪽*이 라면, 라인골드 종이 상자 공장에서 일해야 한다. 클로버 리프 회원이 대 동하면 외부인도 한 차례 댄스파티에 참석할 수 있다. 하지만 상부상조 협회 회원은 대개 각자가 좋아하는 상자 공장 여공을 데리고 왔다. 그곳 의 정기 댄스파티에 가서 놀았다고 자랑할 수 있는 외부인은 매우 드물 었다.

눈빛이 흐리고 입이 큰 데다 투스텝 발동작이 어설픈 매기 툴은 애나

*여자를 가리킨다.

매카시, 그리고 애나의 '친구'와 함께 댄스파티에 갔다. 애나와 매기는 공장 옆자리에서 나란히 일하는 사이좋은 단짝이었다. 그래서 애나는 토요일에 지미 번스가 자신을 댄스파티에 데려갈 때마다 매기의 집에도 들러서 함께 데려갔다.

체육인 상부상조 협회는 그 이름에 걸맞은 활동을 했다. 오처드 로에 있는 협회 회관은 근육을 키우는 신 발명품들을 갖추고 있었다. 회원들은 그렇게 키운 근섬유로 경찰이나 경쟁 관계에 있는 다른 체육인 클럽과 즐거운 전투를 벌였다. 이런 진지한 작업들 사이에 토요일 밤마다 상자 공장 여공들과 댄스파티를 벌이는 것은 즐거운 풍류도 되었고 효과적인 차단막 역할도 되었다. 때로 비밀 정보가 돌면 어두운 뒤쪽 계단을 올라갈 수 있는 선택된 자들은 사각 링 안에서 벌어지는 어느 경기 못지않게 훌륭한 웰터급 경기를 볼 수도 있었기 때문이다.

라인골드 종이 상자 공장은 토요일이면 오후 3시에 끝났다. 어느 토요일 오후에 애나와 매기는 집 쪽으로 함께 걸어갔다. 매기의 집 앞에서 애나가 평소처럼 말했다. "정각 7시까지 준비하고 있어, 매기. 지미하고 내가 데리러 올게."

그런데 이게 웬일인가? 아무도 데려갈 이 없는 이 여자가 평소처럼 겸손한 감사의 말을 하는 대신 고개를 바짝 들었다. 큰 입가에 자랑스러운 보조개가 패고, 흐린 갈색 눈에는 살짝 광채까지 떠오르는 것 같았다.

"고마워, 애나." 매기가 말했다. "하지만 오늘은 너하고 지미가 수고 안 해줘도 돼. 나한테도 댄스파티에 데려가 줄 남자가 생겼어."

아름다운 애나는 매기에게 달려들어 어깨를 흔들고 나무라며 물었다. 매기 툴이 남자를 잡다니! 사랑스럽지만 못생기고, 충성스럽지만 매력은 없는 매기, 친구로는 더없이 좋지만, 투스텝을 출 때나 달빛 비치는 공원 벤치에서나 누구도 유혹하지 못하는 매기가? 애나는 물었다. 어떻게 된 거야? 언제 그런 일이 생겼어? 도대체 누구야?

"이따 보면 알아." 매기는 큐피드의 포도밭에서 처음 마신 포도주에 얼굴을 붉히고 말했다. "멋있는 사람이야. 지미보다 키도 5센티미터 크고 아주 멋쟁이야. 회관에 가면 바로 소개해 줄게, 애나."

애나와 지미는 그날 댄스파티에 아주 일찍 도착했다. 그리고 애나는 친구의 '남자'를 보기 위해 회관 문을 뚫어져라 바라보았다.

8시 30분이 되자 툴 양이 남자와 함께 회관에 들어섰다. 그녀의 당당한 두 눈은 충실한 지미 곁에 있는 친구를 곧바로 찾았다.

"세상에나!" 애나가 소리쳤다. "매기가 완전히 성공했네. 정말 멋진 남자인 것 같아. 옷차림 좀 봐."

"마음대로 해." 지미가 사포처럼 꺼끌거리는 목소리로 말했다. "잡고 싶으면 저놈을 잡아. 저런 신참들은 언제나 들이대서 성공하더군. 나는 신경 안 써. 저놈이 모든 여자를 차지하지는 않을 테니까!"

"그러지 마, 지미. 내 말뜻 알잖아. 매기가 잘된 게 기뻐서 그래. 그 애의 첫 남자인걸. 아, 두 사람이 온다."

매기가 홀 저편에서 위엄 있는 순양함이 호송하는 새침한 요트처럼 다가왔다. 애나의 충실한 친구 매기의 동반자는, 정말로 매기의 칭찬을 받을 만한 사람이었다. 상부상조 협회의 평균적인 체육인들보다 키가 5센티미터 컸고, 검은 머리는 구불구불 물결쳤으며, 눈과 이는 미소를 지을 때마다 반짝였다. 클로버 리프 클럽 남자들은 우아함보다는 용맹함을, 백병전의 성과를, 끊임없는 법적 압박을 견디는 것을 더 선호했다. 승리의 전차에 상자 공장 여공을 태우는 회원들은 멋쟁이 같은 태도를 경멸했다. 그것은 명예로운 전쟁 방법으로 여겨지지 않았다. 부푼 이두근, 가슴팍에서 단추가 터져 나갈 듯한 외투, 천지창조 때부터 남성이 우월하다는 확신, 큐피드의 화살을 날리는 시합에서도 안짱다리를 당당하게 드러내는 것— 이런 것들이 클로버 리프 신사들에게 인정받는 무기와 탄약이었다. 그렇기에 그들은 이 손님의 나긋나긋하고 매력적인 자세를 신기하게 바라보았다.

"제 친구 테리 오설리번 씨예요." 매기가 정식으로 소개했다. 그녀는 그를 데리고 파티장을 돌면서 새로 입장하는 클로버 리프 회원들에게 일일이 소개했다. 처음으로 애인을 데려온 여자나 처음으로 쥐를 잡은 새끼 고양이에게 떠오르는 밝은 눈빛 덕분에 그녀는 이제 거의 예뻐 보일 지경이었다.

"매기 툴에게 드디어 남자가 생겼어." 상자 공장 여공들 사이에 이야기가 돌았다. "파이프 매그의 매장 감독이야." 그렇게 상부상조 회원들은 무심한 경멸을 표현했다.

댄스파티에서 매기는 매번 등의 온기로 벽의 한 지점을 따뜻하게 했었다. 어떤 희생적인 파트너가 그녀에게 춤을 청하면 그녀는 지나칠 만큼 고마워해서 남자는 즐거움이 반감되는 느낌을 받았다. 그녀는 애나가 내키지 않아 하는 지미를 팔꿈치로 쿡 찔러서 자신과 투스텝 춤을 추게 하는 일에도 익숙했었다.

하지만 오늘 밤 호박은 웅장한 육두마차가 되었다. 테리 오설리번은 승리의 왕자님이었고, 매기 툴은 나비의 날개를 달고 첫 비행을 했다. 이런 동화적 비유에 갑자기 곤충이 들어간다 해도, 매기의 완벽한 밤의 장밋빛 선율은 그 향취를 한 방울도 잃지 않을 것이었다.

여자들은 매기를 둘러싸고 '친구'를 소개해 달라고 했다. 클로버 리프 남자들은 2년 동안 못 보았던 툴 양의 매력을 갑자기 발견했다. 그들은 그녀 앞에서 튼튼한 근육을 굽히며 춤을 청했다.

그녀는 그렇게 점수를 올렸다. 하지만 그날 밤의 영광은 테리 오설리번에게 잇따라 쏟아져 내렸다. 그는 곱슬머리를 흔들고, 미소를 지었으며, 우리가 매일 10분씩 자기 방 열린 창가에서 연습하는 일곱 가지 우아한 동작을 매끄럽게 해냈다. 그는 목양신처럼 춤추었다. 그는 댄스파티에 우아함과 세련미와 훈훈함을 들여왔다. 그는 혀 위로 말을 또르르 굴리며, 뎀프시 도너번이 데려온 상자 공장 여공과 연달아 두 번의 왈츠를 추었다.

뎀프시는 협회의 지도자였다. 그는 늘 정장을 입었고, 한 손으로 턱걸이를 두 번 했다. 그는 '빅 마이크' 오설리번의 수하 중 한 명이었기에 어떤 문제에도 시달린 적이 없었다. 경찰도 감히 그를 체포하지 못했다. 그가 수레꾼의 머리를 박살 내거나 하인릭 B. 스위니 야외 활동 및 문학 협회 회원의 무릎을 쏘면 경찰이 찾아와서 이렇게 말했다.

"경찰서장이 빨리 자네를 경찰서에서 보고 싶어 해, 뎀프시."

하지만 그가 경찰서에 가면 묵직한 금시계 사슬을 들고 검은 시가를 문 신사들이 찾아와 누군가가 재미있는 이야기를 전할 거라고 말하고, 그러고 나면 뎀프시는 거기서 돌아와 3킬로그램짜리 아령으로 30분 동안 운동을 했다. 때문에 뎀프시 도너번이 데려온 상자 공장 여공과 왈츠를 두 번이나 추는 것은 나이아가라 폭포 위에서 줄타기를 하는 것보다 더 위험한 곡예였다. 10시에 '빅 마이크' 오설리번의 둥글고 유쾌한 얼굴이 문 앞에서 5분 동안 파티장을 빛냈다. 그는 항상 5분 동안 파티장을 들여다보며 여자들에게는 미소를, 반가워하는 남자들에게는 진짜 페르펙토 시가를 나누어 주었다.

뎀프시 도너번이 그의 곁에 다가가서 무슨 말인가 했다. '빅 마이크'

는 춤추는 사람들을 유심히 보고 빙긋 웃은 뒤 고개를 젓고 떠났다.

음악이 멈추었다. 춤꾼들은 벽 앞에 놓인 의자들로 흩어졌다. 테리 오설리번은 상냥하게 목례하며 파란 옷의 미녀를 본래 파트너에게 넘기고 매기를 찾으러 갔다. 뎀프시가 그런 그를 가로막았다.

로마에서 유래한 것이 분명한 세련된 본능에 의해 사람들은 일제히 고개를 돌려 그들을 보았다. 두 검투사가 경기장에 들어선 듯한 미묘한 분위기가 감돌았다. 소매가 좁은 코트 차림의 상부상조 회원 두세 명이 그들에게 다가왔다.

"잠깐, 오설리번 씨." 뎀프시가 말했다. "파티가 즐겁기를 바랍니다. 사시는 곳이 어디라고 그러셨죠?"

두 검투사는 훌륭한 상대였다. 뎀프시는 체중을 4, 5킬로그램 줄이는 게 좋을지도 몰랐다. 오설리번의 몸은 빠른 움직임에 적합했다. 뎀프시는 얼음처럼 차가운 눈, 위압적으로 다문 입, 강고한 턱, 미인 같은 안색과 챔피언의 침착함을 지녔다. 방문객은 경멸의 불꽃을 보이며 비웃음을 자제하지 않았다. 그들은 바위에 새겨진 적수였다. 각자가 너무도 뛰어나고 강해서 누가 더 탁월한지 가늠할 수가 없었다. 오직 한 사람만이 살아남아야 했다.

"그랜드 로에 삽니다." 오설리번이 건방진 태도로 말했다. "굳이 집으로 찾아오시지는 마시지요. 그쪽은 어디 사시나요?"

뎀프시는 질문을 무시하고 말했다.

"성이 오설리번이라고요. '빅 마이크'는 한 번도 당신을 본 적이 없다고 그러는군요."

"그 사람이 못 본 게 저뿐일까요?" 그날의 인기인이 말했다.

"이 지역의 오설리번들은 서로를 잘 압니다." 뎀프시가 억센 목소리를 누르고 계속 말했다. "당신이 오늘 우리 아가씨 한 명과 함께 여기 왔으니, 이 기회에 확인해 보고 싶습니다. 당신의 가계도에서 내세울 만한 오셜리번은 누가 있나요? 아니면 우리가 당신의 뿌리를 한번 파볼까요?"

"남의 일에 신경 그만 쓰시지요." 오셜리번이 침착하게 말했다.

뎀프시는 눈이 밝아졌다. 그러더니 좋은 생각이 떠오른 듯 검지를 힘차게 들어 올리고 힘주어 말했다.

"이제 알겠네요. 실수했습니다. 당신은 오셜리번이 아니라 여우원숭이였군요. 못 알아봐서 미안합니다."

오셜리번의 눈이 번득였다. 그가 빠른 움직임을 보였지만 앤디 조건이 그의 팔을 잡았다.

뎀프시는 앤디와 클럽 비서 윌리엄 맥머핸에게 고개를 끄덕여 보이고는 홀 뒤쪽 문을 향해 신속히 걸어갔다. 다른 상부상조 회원 두 명이 재빨리 그 뒤를 따랐다. 테리 오셜리번은 이제 규율 위원회의 손에 들어갔다. 그들은 짧고 나직한 말로 그를 뎀프시가 나간 문 밖으로 데려갔다.

클로버 리프 회원들의 이 행동은 설명이 필요하다. 협회의 회합장 뒤에는 클럽이 빌려 쓰는 작은 방이 있다. 파티장에서 벌어진 개인적 갈등은 그 방에서 규율 위원회의 감독 아래 자연의 무기만을 사용하는 육탄전으로 해결되었다. 여자들은 몇 년 동안 클로버 리프 댄스파티에서 싸움이 벌어지는 걸 목격하지 못했다. 남자 회원들이 그런 일을 확실하게 막았기 때문이다.

뎀프시와 위원들이 예비 과정을 아주 수월하고 매끄럽게 진행해서 홀에 있는 많은 사람들은 오셜리번의 눈부신 사교 활동이 제지당한 사실을 미처 알아차리지 못했다. 매기도 그중 한 명이었다. 그녀는 자신의 짝을 찾아다녔다.

"이런, 몰랐어?" 로즈 캐시디가 말했다. "뎀프시 도너번이 네 멋쟁이 친구하고 시비가 붙어서 몇 사람하고 같이 격투실로 갔어. 오늘 내 머리 모양 어떠니, 매기?"

매기는 무명 블라우스 가슴에 손을 얹었다.

"뎀프시하고 싸우러 갔다고!" 그녀가 헐떡이며 말했다. "말려야 돼. 뎀프시 도너번은 그 사람한테 안 돼. 그 사람은…… 그 사람은 뎀프시를 죽일 거야!"

"뭘 신경 쓰고 그래?" 로즈가 말했다. "댄스파티 때마다 싸움은 벌어지잖아."

하지만 매기는 춤꾼들의 미로를 뚫고 정신없이 달려갔다. 그리고 뒷문 밖으로 나가서 대결의 방 문에 단단한 어깨를 쾅 부딪쳤다. 문이 열렸고, 그녀는 방에 들어가자마자 상황을 파악했다. 위원들은 시계 뚜껑을 열고 서 있었다. 뎀프시 도너번은 셔츠 바람으로 적수의 팔이 쉽게 닿을 거리에서 현대 권투에 걸맞은 신중하고 우아한 몸놀림과 가벼운 발걸음으로 껑충거리고 있었다. 테리 오설리번은 팔짱을 끼고 검은 눈동자에 살기를 띤 채 서 있었다. 그녀는 속도를 늦추지 않고 비명을 지르며 달려들어 오설리번이 번쩍 들어 올린 팔에 매달려서, 그가 가슴에서 꺼낸 길고 반짝이는 송곳칼을 빼앗았다.

칼이 쩔그렁 바닥에 떨어졌다. 상부상조 협회에서 칼을 뽑다니! 여태껏 그런 일은 처음이었다. 한순간 모두가 꼼짝 못 하고 서 있었다. 앤디 조건이 낯선 고대 무기에 맞닥뜨린 골동품 연구가처럼 구두코로 칼을 살살 찼다.

오설리번은 이를 다문 채 알아들을 수 없는 쇳소리를 냈다. 뎀프시와 규율 위원들은 서로를 바라보았다. 잠시 후 뎀프시는 길 잃은 개를 보듯 아무런 분노 없는 표정으로 오설리번을 보며 문을 향해 고갯짓을 하고는 짧게 말했다.

"뒤 계단으로 내려가, 주세페. 모자는 밖으로 던져 줄게."

매기가 뎀프시 도너번에게 다가갔다. 빨갛게 달아오른 두 뺨 위로 눈물이 흘러내렸다. 하지만 그녀는 용감하게 그를 보았다.

"다 알고 있었어요, 뎀프시." 그녀의 눈은 눈물 속에서 점점 탁하게 흐려졌다. "이 사람이 이탈리아계라는 걸요. 본래 이름은 토니 스피넬리예요. 당신이랑 이 사람이 싸운다는 말을 듣고 달려왔어요. 이탈리아 출신들은 칼을 갖고 다녀요. 하지만 뎀프시 당신은 내 사정을 몰라요. 나는 평생 남자가 없었어요. 매번 애나와 지미와 함께 파티에 오는 게 진력이 나서 이 사람을 오설리번이라는 이름으로 데려왔어요. 이 사람이 남유럽계인 게 알려지면 아무것도 안 되니까요. 이제 저는 클럽에서 탈퇴할게요."

뎀프시가 앤디 조건 쪽으로 돌아서서 말했다.

"저 치즈 칼을 창밖으로 던져. 그리고 사람들한테 오설리번 씨는 전화를 받고 태머니홀*에 갔다고 해."

그런 뒤 그는 매기를 돌아보고 말했다.

"매기, 내가 집까지 바래다주죠. 그리고 다음 주 토요일 밤 나랑 같이 파티에 갈래요?"

매기의 눈은 놀라울 만큼 빠른 속도로 둔탁한 갈색에서 반짝이는 갈색으로 변했다.

"뎀프시 당신하고요? 그야 당연히……" 그녀가 말을 더듬었다.

---

*19세기~20세기 초 민주당 뉴욕 시 위원회로. 부패의 온상이었지만 아일랜드계를 비롯해서 백인 소수 이민자 집단을 위한 활동을 많이 했다. 오설리번은 아일랜드계의 성이다.

경찰과 송가
The Cop and the Anthem

소피는 매디슨 스퀘어 가든의 벤치에서 불편하게 몸을 움직였다. 기러기가 밤하늘 높은 데서 끼룩댈 때, 물개 가죽 외투가 없는 여자들이 남편에게 다정해질 때, 그리고 소피가 공원 벤치에서 불편하게 움직일 때, 우리는 이제 곧 겨울이 다가올 것을 안다.

소피의 무릎으로 낙엽 하나가 떨어졌다. 그것은 동장군의 명함이었다. 동장군은 매디슨 스퀘어 가든의 거주자들에게 친절하게 자신의 연례 방문을 일찌감치 경고한다. 그는 동서남북 네 모퉁이에서 '야외'라는 저택의 시종인 북풍에게 명함을 주어 그 집의 주민들이 다가오는 계절을 준비하게 했다.

소피의 정신은 이제 다가오는 엄혹한 시절을 보낼 특수한 대책 위원회에 들어가야 한다는 사실을 인지했다. 그래서 그는 벤치에서 불안하게 움직였다.

소피의 월동 야심은 그리 대단한 것이 아니었다. 지중해 크루즈 여행 계획도 없고, 베수비오 만에 비친 나른한 남유럽 하늘도 없었다. 그가 영혼 깊이 열망하는 것은 섬에서 석 달을 보내는 것이었다. 보레아스*도 없고 경찰도 없고 대신 끼니와 잠자리와 마음 맞는 말벗이 있는 석 달이, 소피에게는 더없이 바람직해 보였다.

여러 해 동안 그는 친절한 블랙웰을 겨울철 거처로 삼았다. 유복한 뉴욕 사람들이 해마다 팜비치나 리비에라로 가듯이 소피는 해마다 그 섬으로 소박한 헤지라**를 떠났다. 이제 그때가 왔다. 어젯밤에 외투 속에 넣고 발목과 무릎을 감싼 일요일 신문 세 부는 유서 깊은 광장의 분수 옆 벤치의 추위를 막아 주지 못했다. 그래서 소피의 머리에 그 섬이 강력하고 시의적절하게 떠올랐다. 그는 노숙자들에게 자선의 이름으로 전달되는 식량은 경멸했다. 소피가 볼 때 법이 자선보다 더 자비로웠다. 단순한 생활을 하면서 적절한 숙소와 식량을 얻을 수 있는 기관은 시립 단체고 복지 단체고 끝없이 많았다. 하지만 소피의 자부심 강한 정신에 그런 자선단체의 선물은 거추장스러웠다. 자선단체에서 무언가를 받을 때는 돈은 안 낼지라도 매번 정신의 굴욕을 지불해야 한다. 카이사르에게 브루투스가 딸려 있었던 것처럼 자선단체의 숙소에서는 목욕이 강제되고, 그들이 주는 빵에는 사적, 개인적 조사가 따라온다. 그렇기 때문에 사법 당국의 손님이 되는 편이 낫다. 법률은 규칙에 따라 집행될 뿐 신사의 사생활에 부당한 간섭은 하지 않는다.

소피는 섬으로 가기로 결심하고, 즉시 그 소망을 달성할 계획에 착수

*그리스 신화에서 북풍의 신.
**마호메드가 메카에서 메디나로 도피한 일.

60

했다. 그것을 실행할 손쉬운 방법은 많았다. 가장 편한 것은 값비싼 식당에 가서 호화롭게 식사를 한 뒤 돈이 없다고 말함으로써 아무 소동도 일으키지 않고 조용히 경찰에 인계되는 것이다. 그러면 행정 조정관이 알아서 처리해 준다.

소피는 벤치에서 일어나 광장으로 나간 뒤 5번 가와 브로드웨이가 만나는 아스팔트의 바다를 건넜다. 그러고는 브로드웨이를 걷다가 어느 반짝이는 카페 앞에 멈추었다. 그곳은 밤마다 포도와 누에와 원형질의 최고 소산들이 모이는 곳이다.

소피는 조끼 맨 아래 단추 이상은 자신 있었다. 깨끗이 면도했고, 외투도 괜찮았고, 단정한 검은색 간편 넥타이는 추수감사절에 여자 선교사에게 받은 것이었다. 의심받지 않고 레스토랑 식탁에 앉을 수만 있다면 성공은 떼어 놓은 당상이었다. 식탁 위로 보이는 부분은 웨이터에게 아무 의심을 일으키지 않을 것이다. 청둥오리 구이가 좋을 것 같았다. 거기에 샤블리 포도주 한 병, 그리고 카망베르 치즈, 커피, 시가. 시가는 1달러짜리면 충분할 것이고, 식대 총계도 카페 측이 복수심을 느낄 만큼 대단하지 않을 것이다. 하지만 식사는 그가 든든한 배와 기쁜 마음으로 겨울철 피난처로 떠나게 해줄 것이다.

하지만 소피가 레스토랑 안에 발을 들이자마자 수석 웨이터의 눈이 그의 해어진 바지와 찌그러진 구두에 가 닿았다. 강력하고 신속한 손길이 그를 돌려세운 뒤 조용하고 빠르게 밖으로 내보내서 청둥오리의 비참한 운명을 막았다.

소피는 브로드웨이를 벗어났다. 그 섬에 가는 길이 식도락의 길은 아닌 것 같았다. 그 연옥에 들어갈 다른 방법을 찾아야 했다.

6번 가 모퉁이에 전등을 켠 유리창 안에 상품을 멋지게 진열한, 눈에 잘 띄는 상점이 있었다. 소피는 자갈돌 하나를 집어 들어 그 유리창에 던졌다. 사람들이 모퉁이를 돌아 뛰어왔고, 경찰이 선두에 있었다. 경찰을 보자 소피는 주머니에 두 손을 넣고 씩 웃었다.

"이 일을 저지른 자는 어디 갔나요?" 경찰이 흥분해서 물었다.

"제가 관련이 있을 것 같지 않습니까?" 소피가 놀리는 기미가 살짝 실리기는 했지만 행운을 만난 사람답게 다정한 말투로 말했다.

경찰은 소피가 사건을 풀 단서조차 되지 않는다고 판단했다. 창문을 깬 사람이 그 자리에 남아서 공권력과 교섭하는 일은 없다. 그들은 달아난다. 그 블록 중간쯤에서 어떤 남자가 자동차를 잡으려고 뛰어갔다. 경찰은 곤봉을 꺼내 들고 그 남자를 쫓아 달려갔다. 소피는 두 번째로 맞닥뜨린 실패에 어처구니없는 심정이 되어 주변을 어슬렁거렸다.

길 맞은편에 화려할 것 없는 식당이 있었다. 메뉴가 많고 가격이 저렴한 식당이었다. 질그릇은 두껍고 분위기는 답답했으며, 수프는 묽고 식탁보는 얇았다. 소피의 비참한 구두도 사정을 뻔히 드러내는 바지도 그곳에는 문제없이 들어갈 수 있었다. 그는 자리에 앉아서 비프스테이크, 팬케이크, 도넛, 파이를 먹었다. 그런 뒤 종업원에게 자신은 1센트 동전 하나 없다는 사실을 밝혔다.

"이제 어서 경찰을 불러요. 사람 기다리게 하지 말고." 소피가 말했다.

"경찰을 왜 불러? 이봐, 콘!" 종업원이 버터케이크 같은 목소리와 맨해튼 칵테일 속 버찌 같은 눈으로 말했다.

남자 종업원 두 명이 소피를 차가운 보도에 던졌고, 소피는 왼쪽 귀를 바닥에 찧으며 떨어졌다. 그는 목공용 접자처럼 온몸을 마디마디 펴며 일어서서 옷의 먼지를 떨었다. 체포되는 일은 장밋빛 꿈 같았다. 섬은 너무도 먼 곳에 있는 것 같았다. 두 집 건너 약국 앞에 서 있던 경찰이 픽

웃음을 터뜨리고 떠나갔다.

소피는 다섯 블록을 걷고 나서야 용기를 내서 다시 체포될 계획을 세웠다. 이번에는 기회가 아주 완벽해 보여서 '빼도 박도 못할' 거라는 확신이 들었다. 소박하지만 호감 가는 외모의 여자가 면도 거품 그릇과 잉크스탠드가 진열된 상점 창문을 유심히 들여다보고 있었고, 바로 2미터 앞에 엄격한 표정의 덩치 큰 경찰이 소화전에 기대서 있었다.

한심한 '치한'의 역할을 하는 것이 소피의 계획이었다. 피해자의 점잖은 외모와 경찰의 근접성으로 볼 때, 곧 공권력에 기분 좋게 팔을 잡혀 작은 섬의 겨울 숙소를 확보하게 될 것 같았다.

소피는 여자 선교사가 준 간편 넥타이를 매만지고, 쪼그라든 소맷부리를 당겨 빼내고, 모자를 멋들어진 각도로 쓰고는 여자에게 슬금슬금 다가갔다. 그러고는 여자를 빤히 바라보며 기침을 하고 엉큼하게 웃고는 무례하고 경멸스러운 '치한'의 대사를 뻔뻔하게 읊었다. 곁눈질로 보니 경찰이 자신을 주시하고 있었다. 여자는 몇 걸음 물러가서 다시 거품 그릇에 시선을 집중했다. 소피가 대담하게 그 옆에 가서 모자를 들고 말했다.

"안녕, 비딜리어! 우리 집에 놀러 가지 않을래?"

경찰은 여전히 그를 보고 있었다. 곤경에 빠진 여자가 손가락 하나만 까딱하면 소피는 겨울 안식처로 갈 수 있었다. 벌써 경찰서의 포근한 온기가 느껴졌다. 여자가 그를 보더니 한 손을 내밀어 소피의 외투 소매를 잡았다.

"좋아, 마이크." 여자가 기쁘게 말했다. "나한테 거품 그릇 하나만 사준다면. 더 일찍 말하고 싶었는데, 경찰이 보고 있어서."

여자는 참나무에 붙은 담쟁이인 양 그에게 매달렸고, 소피는 더없이 우울한 심정이 되어 그 상태로 경찰 곁을 지나갔다. 자신은 저주받은 자유의 운명인 것 같았다.

다음 모퉁이에 이르자 그는 여자를 떨구고 달아났다. 그러고는 밤마다 거리들이 불을 환히 밝히고 심장, 맹세, 대본이 넘쳐 나는 지역에 멈추어 섰다. 모피를 두른 여자들과 두꺼운 외투를 걸친 남자들이 겨울 공기 속을 경쾌하게 지나갔다. 어떤 무시무시한 마법이 자신의 체포를 막는 것 같다는 생각에 사로잡혀 그는 약간 당혹스러웠다. 하지만 번쩍이는 극장 앞에 또 한 명의 경찰이 호기롭게 어슬렁거리는 것을 보자 그는 지푸라기라도 잡는 심정으로 '치안 문란 행위'를 급조해 냈다.

소피는 목청을 높여서 요란하게 술주정꾼 행세를 했다. 춤을 추고 괴성을 지르고 악을 쓰며 창공을 교란했다.

경찰이 곤봉을 휘두르더니 소피에게 등을 돌리고 어느 시민에게 말했다.

"오늘 예일 대학이 하트퍼드 대학에 완승해서 신이 나서 저럽니다. 시끄럽지만 피해를 끼치지는 않을 겁니다. 막지 말라는 지시를 받았습니다."

낙심한 소피는 소용없는 소란을 멈추었다. 경찰은 무슨 일이 있어도 자신을 잡지 않을 것인가? 그가 꿈꾸는 섬은 도달 불가능한 낙원처럼 보였다. 그는 차가운 바람 속에서 얇은 외투의 단추를 여몄다.

시가 상점 안에서 옷을 잘 입은 어떤 남자가 흔들리는 불로 시가에 불을 붙이고 있었다. 상점 문 옆에 그 사람이 놓아둔 실크 우산이 있었다. 소피는 안에 들어가 우산을 집어 들고 천천히 나왔다. 시가에 불을 붙이던 남자가 급히 따라왔다.

"그거 내 우산이에요." 그가 화난 듯 말했다.

"그런가요?" 소피가 비웃어서 좀도둑질에 모욕죄를 덧붙였다. "그럼 경찰을 부르시지요. 내가 훔쳤습니다. 당신 우산을 말예요! 경찰을 불러요. 저기 모퉁이에 있잖아요."

우산 주인이 걸음을 늦추었다. 소피도 똑같이 했지만, 이번에도 행운이 자기편이 아닐 것 같다는 예감이 들었다. 경찰은 호기심 어린 눈으로 두 사람을 바라보았다.

"맞아요." 우산 주인이 말했다. "그러니까…… 누구나 이런 실수를 합니다. 댁의 우산이라면 용서해 주십시오. 오늘 아침에 식당에서 주웠습니다. 그쪽의 것이 분명하다면…… 그렇다면……"

"물론 제 우산입니다." 소피는 심술궂게 말했다.

우산의 전 주인이 물러갔다. 경찰은 긴 망토 차림의 키 큰 금발 여자가 전차를 타러 길을 건너는 것을 도와주러 달려갔다. 전차는 두 블록 떨어진 곳에서 다가오고 있었다.

소피는 보수공사를 하느라 엉망이 된 도로를 따라 동쪽으로 걸었다. 그러다가 화가 나서 우산을 땅에 팬 구멍에 던져 넣었다. 그는 헬멧을 쓰고 곤봉을 든 경찰들에게 혼자 욕을 내뱉었다. 자신이 그들에게 잡히고 싶어 하자 그들이 자신을 아무 잘못도 저지를 수 없는 왕으로 여기는 것 같았다.

마침내 소피는 번쩍임도 소란도 덜한 동쪽의 어느 대로에 이르렀다. 그는 그쪽으로 돌아들어 매디슨 스퀘어를 향해 걸어갔다. 집이란 것이 공원 벤치에 지나지 않는다 해도 귀소본능은 작용하기 때문이다.

하지만 특이할 만큼 조용한 어느 모퉁이에서 소피는 멈추어 섰다. 그곳에는 오래된 교회가 하나 있었다. 고풍스럽고 어수선하며 지붕에는 박공이 있었다. 하나뿐인 보라색 채색 창밖으로 부드러운 빛이 새어 나왔고, 안에서는 오르간 연주자가 건반 위를 거닐며 다가오는 안식일 송가를 연습하는 것 같았다. 소피의 귀로 그 부드러운 음악이 떠와서 그를 소용돌이무늬의 철제 난간에 고정시켰다.

달이 머리 위에서 휘황하고 고요하게 빛났다. 차량과 행인은 드물었다. 참새가 처마에서 나른하게 짹짹거렸다. 잠시 그곳은 시골의 교회 무덤 같았다. 오르간 연주자의 송가는 여전히 소피를 철제 난간에 붙들어 놓았다. 그 음악은 그에게 어머니, 장미, 야망, 친구, 깨끗한 생각과 깨끗한 옷깃 같은 것이 있던 시절에 자주 듣던 것이었다.

소피의 누그러든 마음 상태와 오래된 교회의 영향력이 합쳐져 그의 영혼에 놀라운 변화가 일어났다. 그는 자신이 빠져든 수렁, 타락한 나날, 비루한 욕망, 죽은 희망, 망가진 능력, 자기 존재를 이루는 한심한 동기들을 돌아보며 갑작스러운 공포를 느꼈다.

소피의 가슴도 이 새로운 기분에 뜨겁게 호응했다. 그는 즉시 강렬한 충동에 휩싸여서 절망적인 운명과 싸웠다. 이 진창에서 빠져나가리라. 다시 자립적인 사람이 되리라. 나를 사로잡은 악덕을 이겨 내리라. 시간이 있었다. 그는 아직 젊은 편이었다. 지난날의 간절한 야심을 되살리고 흔들림 없이 그것을 추구할 것이다. 엄숙하고도 따뜻한 오르간 소리가 그의 내부에 격변을 일으켰다. 내일 번잡한 시내 중심가에 나가 일자리를 찾아볼 것이다. 모피 수입상에게 운전기사 일을 제안받은 적이 있었다. 내일 그 사람을 찾아가서 그 일을 달라고 요청할 것이다. 이 세상에 쓸모 있는 사람이 될 것이다. 그리고 또⋯⋯

소피는 누가 자기 팔을 잡는 것을 느꼈다. 돌아보니 경찰의 넓은 얼굴이 앞에 있었다.

"여기서 뭐하고 계십니까?" 경찰이 물었다.

"아무것도 안 합니다." 소피가 말했다.

"그럼 같이 가시죠." 경찰이 말했다.

"블랙웰 섬에서 3개월 형." 다음 날 아침 즉결 재판소 재판관이 말했다.

누렁이의 회고록
Memoirs of a Yellow Dog

동물의 글을 읽고 크게 감동할 사람이 있을 거라고는 생각하지 않는다. 하지만 키플링 씨를 비롯한 많은 사람은 동물이 영어로 자기 생각을 표현해서 돈을 벌 수 있다는 것을 보여 주었고, 오늘날 동물 이야기가 없는 잡지는 거의 없다. 예외는 아직도 브라이언*의 사진과 몽펠레 화산의 공포를 싣는 옛날식 월간지들뿐이다.

하지만 내 글에서 곰 베어루나 뱀 스네이쿠, 호랑이 태머누가 밀림에서 대화하는 책 같은 대단한 문학을 찾을 필요는 없다. 생애 대부분을 뉴욕의 허름한 아파트에서 보내고, 구석에 깐 (롱쇼어멘 부인이 연회에서 포트와인을 흘린) 낡은 면 속치마 위에서 잠을 자는 누렁이 개에게

---

* William Jennings Bryan(1860∼1925). 미국의 민주당 소속 정치인으로, 1890년대부터 미국 대통령 선거에 세 번이나 출마했으나 격렬한 각축 끝에 석패했다.

멋진 화술을 기대해서는 안 된다.

나는 누렁이로 태어났다. 출생일, 지역, 혈통, 체중은 알려지지 않았다. 내가 첫 번째로 기억하는 것은 한 노파가 나를 바구니에 담아 나와서 브로드웨이와 23번로가 만나는 모퉁이에서 어느 뚱뚱한 여자에게 파는 장면이다. 허버드 할머니는 나를 순종 포메라니안-햄블토니안-레드-아이리시-코친-차이나-스퀘크-포지스 폭스테리어라고 떠들썩하게 광고했다. 뚱뚱한 여자는 쇼핑백에 담은 거친 플란넬 견본들 틈에서 5달러 지폐를 찾아서 지불했다. 그 순간부터 나는 애완동물이 되었다. 어떤 아줌마의 귀염둥이가 된 것이다. 독자들이여, 카망베르 치즈 냄새와 포데스파뉴 향수 냄새를 풍기는 90킬로그램 몸무게의 여자가 자신을 집어 들어 온몸에 코를 비비며 에마 임스* 같은 목소리로 "아, 어쩌면 이렇게 귀엽지? 정말 귀여워, 귀여워 미치겠어, 아이고"라고 말하는 일을 겪어 보았는가?

나는 혈통 있는 노란 강아지로 태어나 앙고라 고양이와 레몬 상자 교배종을 닮은 이름 없는 잡종개로 자라났다. 하지만 주인아줌마는 흔들리지 않았다. 아줌마는 노아의 방주에 들어간 태곳적 강아지 두 마리도 내 방계 조상에 불과하다고 여겼다. 아줌마가 시베리안 블러드하운드상을 받기 위해 나를 매디슨 스퀘어 가든에서 훈련시키려고 했을 때는 경찰관 두 명이 와서야 그 일을 막을 수 있었다.

이제 그 아파트를 설명해 보겠다. 그 집은 뉴욕의 평범한 아파트로 현관홀에 파로스 대리석이 깔려 있고 2층부터는 자갈돌이 깔려 있었다. 우리 집은 가파른 계단을 3층 올라간 곳에 있었다. 아줌마는 그 집에

---

*당시의 유명 여자 성악가.

가구 없는 상태로 세를 들어서 통상적인 살림을 채워 넣었다. 1903년 고가구풍 천 소파 세트, 할렘 찻집에서 볼 수 있는 게이샤 석판화, 고무나무, 그리고 남편까지.

아! 나는 그 두 발 동물에 안타까움을 느꼈다. 그 남자는 체구가 작고 머리칼과 구레나룻은 나와 비슷한 진갈색이었다. 아내가 암탉처럼 그를 쪼아 댔냐고? 모르긴 해도 암탉뿐 아니라 왕부리새, 홍학, 펠리컨도 그를 쪼아 댔을 것이다. 그는 설거지를 했고, 다람쥐 가죽 외투를 입는 2층 여자가 빨랫줄에 내거는 싸구려 옷들에 대한 아줌마의 수다도 들어야 했다. 저녁이 되면 아줌마는 남편에게 자기가 저녁 식사를 할 동안 나를 데리고 산책을 나가라고 했다.

여자들이 혼자 있을 때 어떻게 시간을 보내는지 안다면 남자들은 결혼을 하지 않을 것이다. 로라 진 리비*의 책을 읽고, 땅콩사탕을 먹고, 목 근육에 아몬드 크림을 바르고, 설거지해야 할 그릇들은 놔두고 얼음 장수와 30분 동안 대화하고, 옛 편지들을 읽고, 피클 두 개를 안주 삼아 맥주 두 병을 마시고, 한 시간 동안 덧창 구멍으로 중앙 통로 건너편 집을 들여다보고…… 그게 전부다. 그러다 남편이 퇴근해서 돌아오기 20분 전에 집을 청소하고, 가체 머리 장식이 밖으로 보이지 않게 정돈하고, 10분 동안의 허세를 위해 바느질감을 잔뜩 꺼내 놓는다.

나는 그 아파트에서 개의 인생을 살았다. 하루 종일 구석 자리에 엎드려서 그 뚱뚱한 여자가 시간을 축내는 걸 보는 게 일이었다. 때로 잠이 들면 사람들이 개에게 원하는 대로 고양이를 쫓아 지하실로 달려가거나 검은 벙어리장갑을 낀 할머니들에게 으르렁거리는 꿈을 꾸었다. 가

---

*Laura Jean Libbey(1862~1924). 미국의 통속 연애소설 작가.

끔은 여자가 내게 달려들어 침 흘리는 푸들처럼 수다를 떨며 내 코에 입을 맞추었다. 하지만 내가 무엇을 할 수 있었겠는가? 개는 구근은 씹지 않는 법이니.

나는 정말이지 그 남편이 불쌍해졌다. 우리는 너무 닮아서 밖에 나가면 사람들이 알아보았다. 그래서 우리는 모건 사 승합마차들이 달리는 거리를 떠나서 가난한 동네에 쌓인 지난 12월의 눈 더미 위를 오르기 시작했다.

어느 날 저녁 우리가 그렇게 산책할 때, 내가 생베르나르 고개의 유명한 인명 구조견 같은 모습이 되고 남자가 자신에게 처음으로 멘델스존의 결혼행진곡을 들려준 오르간 연주자를 죽이지 않을 듯한 모습이 되었을 때, 나는 그를 올려다보고 내 방식대로 말했다.

"뭐가 그렇게 불만스러운 거지, 얼간이 같은 남자야? 그 여자는 당신한테는 입도 맞추지 않잖아. 또 당신은 그 여자 무릎에 앉아서 코미디 뮤지컬도 에픽테토스* 교훈처럼 들리게 만드는 그 지겨운 목소리를 들을 필요도 없잖아. 당신은 개가 아닌 걸 감사해야 돼. 기운 내고 얼굴을 펴, 베너딕.**"

그의 얼굴에서 결혼의 비극이 개에 맞먹는 지성을 띠고 나를 내려다보았다.

"왜 그래, 멍멍아." 그가 말한다. "우리 착한 멍멍이. 말이라도 할 것 같은 표정이구나. 무슨 일이니? 고양이 때문이니?"

고양이라고! 말이라도 할 것 같다고!

하지만 물론 그는 모른다. 인간은 동물의 언어를 알 수 없다. 개와 인

*고대 그리스의 금욕주의 철학자.
**독신주의를 버리고 결혼한 남자를 흔히 일컫는 이름.

간이 함께할 수 있는 의사소통의 공감대는 오직 허구 속에 있다.

우리 아파트 복도 건너편 집에 사는 여자는 검정색과 진갈색의 얼룩 테리어를 키웠다. 여자의 남편은 저녁마다 개에게 목줄을 매고 데리고 나갔지만 언제나 휘파람을 불며 유쾌하게 돌아왔다. 하루는 내가 복도에서 그 얼룩개와 코를 맞대고 물었다.

"이봐, 친구." 내가 말했다. "알다시피 사람들 앞에서 개 유모 노릇하기 좋아하는 남자는 없어. 멍멍이를 데리고 다닐 때 남들이 자기를 보면 그 사람들을 때릴 듯한 표정이 되지 않는 남자를 나는 한 번도 못 봤어. 하지만 너네 주인은 날마다 멋진 마술을 펼치는 아마추어 마술사처럼 씩씩하고 기운차게 돌아와. 어떻게 그런 거지? 설마 그 일을 좋아하는 건 아니겠지?"

"우리 주인 남자?" 얼룩개가 말했다. "그 사람은 자연 본래의 방법을 써. 술에 취해 버리는 거야. 처음에 나가면 유람선에서 남들 다 잭팟을 하는데 혼자 피드로 게임을 하고 싶은 사람처럼 어물쩡거리지. 술집을 여덟 군데 들르고 나면 목줄 끝에 매달린 게 개인지 메기인지도 신경 안 써. 나는 술집 문을 피하려다가 꼬리가 5센티미터나 잘렸어."

얼룩 테리어의 말—이건 보드빌*에 써먹을 만하다—을 듣고 나는 생각에 잠겼다.

어느 날 저녁 6시 무렵에 아줌마는 남편에게 러비**에게 바람을 쐬어 주라고 명령했다. 지금까지 감췄지만 그게 바로 아줌마가 나를 부르는 이름이다. 얼룩개는 '삐약이'였다. 토끼를 쫓을 수 있는 한 나는 내가 얼룩개에 앞선다고 생각한다. 그래도 '러비'라는 이름은 내 자기 존중감

*19세기 말~20세기 초에 미국에서 인기를 끈 버라이어티 공연.
**'사랑'이라는 뜻의 '러브'를 변형시킨 말.

의 꼬리에서 덜커덩거리는 빈 깡통 같다.

안전한 지역의 조용한 곳에 있는 세련된 술집 앞에서 나는 보호자의 줄을 당겼다. 그리고 문을 향해 기를 쓰고 다가가며, 꼬마 앨리스가 냇가에서 백합을 따다 물에 빠졌다는 것을 가족에게 알리는 뉴스 속보 속 개처럼 낑낑거렸다.

"이런." 남자가 웃으며 말한다. "우리 누렁 어멈의 노란 아들이 나더러 술을 마시라는 거로구나. 어디 보자, 내가 구두를 축내지 않고 가만히 자리에 앉아 있던 게 얼마나 됐지? 아무래도……"

내 작전은 통했다. 그는 탁자에 앉아 뜨거운 스카치위스키를 마셨다. 한 시간 동안 캠벨 수프도 계속 주문했다. 나는 그 옆에 앉아서 꼬리로 바닥을 두드려 종업원을 불러서, 아파트의 아줌마가 아저씨가 귀가하기 8분 전에 가게에서 사 오는 형편없는 가정식은 따라올 수 없는 공짜 식사를 제공받았다.

호밀 빵을 뺀 나머지 스코틀랜드 제품을 모두 소비하자, 남자는 나를 탁자 다리에서 떼어 내고 어부가 그물 속 연어를 지치게 내버려 두듯이 나를 놀게 했다. 그리고 바깥에 나오자 내 목줄을 풀어서 거리에 던졌다.

"불쌍한 멍멍이." 그가 말했다. "착한 멍멍이. 이제는 아줌마가 너한테 입 맞추는 일은 없을 거야. 안타깝지만 멍멍아, 우리 곁을 떠나서 전차에 치이든 말든 즐겁게 살거라."

나는 떠나지 않았다. 대신 깔개 위의 퍼그처럼 즐겁게 남자의 다리 주변을 깡충거렸다.

"이 멍청한 인간아." 내가 남자에게 말했다. "달 보고 짖고, 토끼를 쫓고, 달걀이나 훔치는 비글 같은 사람아, 내가 아저씨 곁을 떠나기 싫어하는 걸 몰라? 우리 둘 다 숲에 버려진 아이라는 걸 몰라? 그리고 아저씨는 행주로, 나는 벼룩 연고와 분홍 꼬리 리본으로 공격하는 아줌마는 그 이야기 속 잔인한 숙부라는 걸? 이런 일을 버리고 떠나서 우리 둘이 영원히 짝패가 되는 게 어때?"

독자 여러분은 남자가 이해하지 못했다고 말할지 모른다. 그 말이 맞을지도 모른다. 하지만 그는 뜨거운 스카치를 약간 들이켠 상태였기에 잠시 서서 생각했다.

"멍멍아." 그가 마침내 말했다. "우리가 이 세상에서 인생을 열두 번을 사는 게 아니야. 그리고 300살이 넘게 사는 사람도 없어. 그 아파트에 돌아간다면 나는 멍청이고, 네가 그런다면 더 멍청이지. 서부로 가는 게 훨씬 좋을 거라는 데 60배를 건다."

나는 목줄 없이도 주인 옆을 깡충거리며 23번로 선착장으로 갔다. 길에서 우리를 본 고양이들은 자기들 발이 그토록 민첩한 데 감사해야 했을 것이다.

내 주인은 뉴저지 쪽에서 건포도 빵을 먹으며 서 있는 이에게 말했다. "저는 강아지를 데리고 로키 산맥으로 가려고 합니다."

하지만 가장 기뻤던 것은 남자가 내가 아프다고 울부짖을 때까지 내 귀를 잡아당기고 이렇게 말한 것이다.

"이 한심한 멍청아, 꼬리는 쥐 같고 몸통은 황색 깔개 같은 놈아, 내가 너를 뭐라고 부를지 알아?"

나는 '러비'가 생각나서 서글픈 소리를 냈다.

"너를 '피트'라고 부르겠어." 주인이 말했다. 내가 꼬리 다섯 개를 흔들었다 해도 그때의 기쁨을 제대로 표현하지 못했을 것이다.

아이키 쇼엔스타인의 사랑의 묘약
The Love-philtre of Ikey Schoenstein

블루라이트 약국은 맨해튼 남부 바워리 가와 1번 가 사이, 두 도로 간 거리가 가장 짧은 곳에 있다. 블루라이트 약국이 생각하는 약국은 잡화, 향수, 아이스크림소다 같은 것을 파는 곳이 아니다. 그곳에서 진통제를 달라고 하면 사탕을 주는 일은 없을 것이다.

블루라이트는 현대 약국업의 노동 절감 기술을 경멸한다. 그곳은 직접 아편을 불려서 아편팅크와 진통제를 만든다. 지금까지도 알약을 높은 처방 책상에서 직접 만든다. 제약판 위로 굴러 나온 알약은 주걱으로 잘리고 엄지와 검지로 둥글려진 뒤 산화마그네슘 가루를 입고 동그란 약통에 들어간다. 약국 인근 지역에는 누더기 옷을 입고 신나게 뛰어놀다가 기침약이나 진정 시럽이 필요해지는 아이들이 많았다.

아이키 쇼엔스타인은 블루라이트의 야간 근무자로 고객들의 친구였다. 블루라이트를 포함해서, 이스트사이드에 있는 약국들은 냉랭하지 않다. 약사는 상담자이자 고해신부, 조언자, 유능하고 열의 넘치는 선교사, 지도자로 통하며 그 학식과 신비로운 지혜를 존중받는다. 정작 그들의 약은 사람들이 입도 대지 않은 상태로 하수구로 직행하는 경우가 많지만. 따라서 블루라이트의 아이키가 그 일대에서 유명한 것은 안경을 걸친 원뿔형 코와 지식의 무게로 굽은 여윈 몸집 때문이었다. 많은 사람들이 그의 조언과 평가를 원했다.

아이키는 약국에서 두 블록 거리에 있는 리들 부인의 집에서 하숙을 했다. 리들 부인에게는 로지라는 딸이 있었다. 둘러말하지 않겠다. 무슨 일인지 짐작할 수 있을 것이다. 아이키는 로지를 연모했다. 로지는 그의 모든 생각을 물들였다. 그녀는 화학적으로 순수하고 안전한 모든 것이 복합된 에센스였다. 약국에는 그녀에 필적할 것이 전혀 없었다. 하지만 아이키는 소심했고, 그의 소망은 수줍음과 두려움의 용제 속에 불용 상태로 남아 있었다. 카운터 앞에 있을 때 그는 자신이 지닌 특별한 지식과 가치를 차분히 의식하는 우월한 존재였다. 하지만 바깥에 나가면 걸음이 흔들리고 눈이 나쁘고 전차 운전수들에게 욕을 먹는 느림보였으며, 치수가 잘 맞지 않는 옷에서는 소코트린 알로에와 암모니아 길초산염 냄새가 났다.

아이키가 연고라면 (멋진 비유 아닌가!) 거기 빠진 파리는 청크 맥가원이다.

맥가원 역시 로지의 예쁜 미소를 잡으려고 애를 썼다. 하지만 그는 아이키처럼 꾸물거리는 사람이 아니었기에 그 일에 바로 성공했다. 또한 그는 아이키의 친구이자 고객이었고, 바워리 가에서 저녁 시간을 즐겁게 보낸 뒤 자주 블루라이트 약국에 들러서 멍든 곳에 요오드를 바르고 상처에 반창고를 붙였다.

어느 날 오후 맥가원은 평소처럼 조용하고 태평하게 들어와서 의자에 앉았다. 잘생기고 말끔하고 단단하고 꼿꼿하고 선량한 모습이었다.

"아이키, 내 말 좀 들어 봐. 나한테 도움이 될 약이 있는지 알고 싶어." 맥가원이 말했다. 아이키는 약사발을 가지고 와서 앉아 안식향을 갈기 시작했다.

아이키는 평소처럼 맥가원의 얼굴에서 싸움의 흔적을 찾았지만 오늘은 보이지 않았다.

"외투를 벗어 봐." 그가 말했다. "갈빗대에 칼을 맞은 것 같군. 벌써 여러 번 말했잖아. 그 남유럽 사람들이 자네를 해코지할 거라고."

맥가원이 빙긋 웃으며 말했다. "그 사람들이 해코지한 게 아냐. 하지만 그 부위, 그러니까 외투 속에 있는 갈빗대 근처가 두근거리기는 해. 아이키! 로지하고 나는 오늘 밤 집에서 도망쳐서 비밀 결혼식을 할 거야."

아이키는 왼손 검지를 구부려 약사발 가장자리를 꽉 잡았다. 막자를 맹렬하게 두드렸지만 아무것도 느껴지지 않았다. 그런데 맥가원의 미소가 걱정스러운 우울함으로 변했다.

"그러니까 결정적인 순간까지 로지가 생각을 바꾸지 않는다면 말이지." 그가 말을 이었다. "우리는 2주 전부터 이 계획을 세웠어. 로지는 어떤 날은 좋다고 하다가 하루도 안 지나서 싫다고 그래. 어쨌건 날짜는 오늘로 잡혔고, 이번에는 이틀 동안 생각이 바뀌지 않았어. 하지만 아직 다섯 시간이나 남아 있어서 결국 내가 바람을 맞는 건 아닐까 겁이 나."

"약이 필요하다고?" 아이키가 말했다.

맥가원은 불안하고 초조한 표정이었다. 평소와는 반대였다. 그는 일반 의약품 연감을 돌돌 말아서 쓸데없이 조심스럽게 손가락에 끼웠다.

"100만 달러를 준다 해도 오늘 밤 계획을 그르칠 수는 없어." 그가 말했다. "나는 이미 할렘에 작은 아파트를 마련해 놓았어. 탁자에 국화를 놓았고, 주전자도 스토브에 준비되어 있어. 9시 반에 자기 집에서 혼례를 치러 줄 목사도 구해 놓았다고. 잘돼야 해. 로지가 마음을 바꾸지 않아야 할 텐데!" 맥가원은 말을 멈추고 근심에 빠졌다.

"그런데 나는 아직 자네가 왜 약 이야기를 하는지, 내가 뭘 할 수 있는지 모르겠는걸." 아이키가 짧게 말했다.

"로지 아버지 리들 씨는 나를 아주 싫어해." 불안한 구혼자가 설명했다. "일주일 동안 그분은 로지가 나와 함께 현관 밖으로 나가는 걸 허락하지 않아. 하숙생을 잃는 손해만 아니라면 진작 나를 내쫓았을 거야. 나는 주당 20달러를 벌고, 로지는 청크 맥가원과 도망친 일을 후회하지 않을 거야."

"미안한데 청크, 난 이제 금방 찾으러 올 처방 약을 만들어야 돼." 아이키가 말했다.

"아이키," 맥가원이 고개를 번쩍 들고 말했다. "이런 데 쓸 만한 무슨 약 없어? 가루약 같은 거, 여자가 나를 더 좋아하게 만드는."

아이키의 입술이 더 많은 지식을 가진 자의 냉소로 살짝 꼬부라졌다. 하지만 그가 대답할 겨를도 없이 맥가원이 말을 이었다.

"팀 레이시가 전에 맨해튼 북부의 어떤 의사가 준 약을 소다수에 타서 여자 친구한테 먹였대. 그랬더니 여자가 약을 먹은 순간부터 자기를 세계 최고로 보고 다른 남자는 모두 반푼이로 여기더라는군. 두 사람은 2주도 안 지나서 결혼했어."

청크 맥가원은 건강하고 단순했다. 하지만 아이키보다 사람을 조금 더 볼 줄 아는 자라면 맥가원이 뼈대는 튼튼하지만 그것을 묶은 줄은 섬세하다는 걸 알았을 것이다. 그는 적의 영토를 침입하려는 뛰어난 장군처럼 모든 지점을 방어해서 실패의 가능성을 차단하려고 했다.

"그런 약을 구해서 오늘 밤 저녁 식사 때 로지에게 먹이면," 청크가 계속 자신의 소망을 말했다. "로지가 용기를 얻어 약속을 어길 생각 같은 건 하지 않을 수도 있어. 노새까지 필요하지는 않겠지만, 여자들은 직접 움직이는 것보다 끌어 주는 걸 더 좋아하지. 약이 두어 시간만 효과를 발휘하면 모든 게 다 잘될 거야."

"그 바보 같은 도주 계획은 몇 시야?" 아이키가 물었다.

"9시." 맥가원이 말했다. "저녁 식사는 7시야. 8시에 로지는 머리가 아프다며 자기 방으로 물러갈 거야. 9시에 옆집 파벤자노 할아범이 나를 자기 집 뒷마당으로 들여보내 줄 거고. 그 뒷마당과 리들 씨 집 사이에 있는 울타리의 판자 하나가 떨어져 있어. 나는 로지 방 창문 아래로 가서 로지가 비상계단으로 내려오는 걸 도와줄 거야. 목사가 기다리고 있을 거라서 꾸물거릴 시간이 없어. 신호를 줄 때 로지가 망설이지만 않으면 아무 문제 없을 거야. 로지를 망설이지 않게 할 약을 만들어 줄 수 있어, 아이키?"

아이키 쇼엔스타인은 천천히 코를 문지르며 말했다.

"청크, 그런 약을 만들려면 약사는 아주 조심해야 돼. 지인 가운데 내가 그런 약을 지어 줄 수 있는 사람은 자네뿐이야. 어쨌건 자네에게 약을 만들어 줄 테니, 자네를 향한 로지의 마음이 어떻게 되는지 두고 봐."

아이키는 조제대로 갔다. 그리고 거기서 수용성 알약 두 개를 가루로 빻았다. 둘 다 미량의 모르핀을 함유한 것이었다. 그런 뒤 유당을 약간 섞어서 부피를 늘리고 그 혼합물을 하얀 종이에 말끔히 싸 주었다. 어른이 이 가루를 먹으면 건강에 아무 문제 없이 몇 시간 동안 깊은 잠을 자게 된다. 아이키는 이것을 청크 맥가원에게 건네면서 가능하면 물에 타서 주라고 했고, 뒷마당의 로킨바*는 그에게 깊이 감사했다.

아이키가 왜 이런 의아한 행동을 했는지는 그가 이후에 한 일을 보면 알 수 있다. 그는 리들 씨에게 전갈을 보내 맥가원이 로지를 데리고 달아날 계획을 하고 있음을 알렸다. 리들 씨는 억센 몸집에 안색이 붉고 성미가 급한 사람이었다.

"고맙네." 그가 아이키에게 짧게 말했다. "그 아일랜드 놈팡이가! 내 방은 로지의 방 바로 위층이야. 저녁을 먹고 내가 직접 로지 방에 가서 총을 들고 기다리겠어. 놈이 우리 집 뒷마당에 들어오면 신혼 마차 대신 구급차를 타게 될 거야."

로지는 몇 시간 동안 모르페우스**에게 붙들려 있을 테고, 사태를 알게 된 성난 아비가 총을 들고 기다릴 테니, 아이키의 연적은 진실로 곤경에 맞닥뜨릴 게 분명했다.

블루라이트 약국에서 밤샘 근무를 하면서 그는 비극적인 소식을 기다렸지만 아무런 소식도 오지 않았다.

다음 날 아침 8시에 오전 근무자가 오자 아이키는 결과를 알아보러 곧장 리들 부인의 집으로 가려고 했다. 하지만 그가 가게를 나서자마자 다름 아닌 청크 맥가원이 지나가던 전차에서 뛰어내려 그의 손을 잡았다. 청크 맥가원의 얼굴에는 승리자의 미소와 기쁨의 홍조가 가득했다.

"해냈어." 청크가 행복한 웃음을 지으며 말했다. "로지는 1분 1초도 안 틀리게 비상계단으로 나왔고, 우리는 9시 30분 15초에 간신히 목사의 집에 갔어. 로지는 지금 아파트에 있어. 오늘 아침에 파란 실내복을 입

---

* 월터 스콧의 서사시 『마미온』의 등장인물로, 로맨틱한 구혼자를 이르는 말이 되었다.
** 그리스 신화에 나오는 꿈의 신으로, '모르핀'은 이 말에서 유래되었다.

고 달걀을 요리해 주었어. 이런 행운이 믿어지지 않아! 조만간 우리 집에 와서 같이 식사 한번 해, 아이키. 나는 다리 근처에 직장을 구해서 지금 그리로 가는 거야."

"그…… 약은?" 아이키가 말을 더듬었다.

"아, 자네가 준 약!" 청크가 더욱 환하게 웃으며 말했다. "이렇게 됐어. 어젯밤에 리들 씨 집 저녁 식탁에 앉아서 로지를 보니 이런 생각이 들더군. '청크, 로지를 얻고 싶으면 정당한 방법으로 얻어. 로지처럼 순수한 여자한테 속임수를 쓰는 건 옳지 않아.' 그래서 자네가 준 약은 계속 주머니에 넣고 있었어. 그러다가 식탁의 다른 사람을 보았어. 장래 사윗감에게 애정을 주지 못하고 있는 그분을 말이야. 나는 기회를 살피다가 그 약을 리들 씨의 커피에 탔어. 어떻게 된 건지 알겠지?"

맘몬*과 사랑의 궁수
Mammon and the Archer

　록월 유리카 비누 회사의 전직 사장 앤서니 록월은 5번 가에 자리한 저택 서재의 창밖을 바라보며 미소 지었다. 오른쪽 집의 이웃—귀족적인 사교가 G. 밴 스카일라이트 서포크존스—이 대기 중인 자동차를 타러 나와서는 비누 궁전 전면에 있는 이탈리아 르네상스 조각을 바라보며 언제나처럼 코를 오만하게 찡그렸다.

　"하는 일이라곤 없는 조각상 같은 거만한 늙은이!" 전직 비누 왕이 말했다. "뻣뻣한 네셀로데** 같은 놈, 조심하지 않으면 이든 박물관***이 너를 데려갈 거야. 내년 여름에는 이 집을 적색, 백색, 청색****으로 칠

---

*부의 신.
**Karl Nesselrode(1780~1862). 제정 러시아의 보수 정치인.
***뉴욕에 있는 밀랍 인형 박물관.
****네덜란드 국기의 색깔.

해 봐야겠어. 저 네덜란드 친구의 콧대가 더 높아지나 어쩌나 보게."

그런 뒤 종을 좋아하지 않는 앤서니 록월은 서재 문 앞으로 가서 "마이크!" 하고 소리쳤다. 과거에 캔자스 평원의 창공을 흔들던 그의 목소리와 똑같은 목소리였다.

"아들한테 외출 전에 여기 들르라고 해." 불려 온 하인에게 앤서니가 말했다.

아들 록월이 서재에 들어서자 노인은 신문을 치우더니 크고 매끈하고 혈색 좋은 얼굴에 다정하고 엄격한 표정을 담고 아들을 바라보며, 한 손으로는 백발을 헝클어뜨리고, 다른 손으로는 주머니 속 열쇠를 달그락거렸다.

"리처드, 네가 쓰는 비누는 얼마짜리냐?" 앤서니 록월이 물었다.

대학을 마치고 집에 돌아온 지 여섯 달밖에 되지 않은 리처드는 흠칫했다. 첫 파티에 나온 소녀처럼 예측 불가능한 아버지를 그는 아직 제대로 파악하지 못했다.

"한 다스에 6달러였던 것 같아요, 아버지."

"옷값은 얼마나 하냐?"

"60달러 정도인 것 같아요."

"너는 신사야." 앤서니가 잘라 말했다. "젊은이들이 비누 한 다스에 24달러를 쓰고 옷에는 100달러도 넘게 쓴다는 말을 들었다. 너도 남들만큼은 쓸 돈이 있는데 품위를 유지하면서도 절제하니 보기 좋구나. 나는 지금도 유리카 비누를 쓴다. 특별한 감정 때문이 아니라 그게 가장 순수한 비누거든. 비누 한 장에 10센트를 넘게 주는 건 나쁜 향과 상표를 사는 거야. 하지만 50센트 정도는 네 세대와 지위와 처지의 젊은이에게는 좋아. 아까 말했듯이 너는 신사다. 신사 하나를 만들려면 3대가 걸린다고들 하더구나. 틀렸어. 돈만 있으면 모든 일이 비누 기름처럼 매끄럽게 이루어져. 돈은 너를 신사로 만들었어. 나도 거의 신사가 될 뻔했지. 무례하고 괴팍하고 교양 없기가 우리 집 양옆의 두 네덜란드 양반하고 다를 게 없는 내가 말이다. 그자들은 내가 자기들 가운뎃집을 사서 들어오는 바람에 밤잠을 설치고 있지."

"돈으로 안 되는 일도 있어요." 아들 록월이 약간 침울하게 말했다.

"그게 무슨 소리냐." 앤서니가 어이없다는 듯 말했다. "나는 언제나 돈을 믿는다. 돈으로 살 수 없는 걸 찾아서 백과사전의 Y 항목까지 훑어봤는데, 다음 주에는 부록까지 찾아봐야겠구나. 나는 대세와 반대로 돈의 편에 서겠다. 돈으로 살 수 없는 게 뭐가 있는지 말해 보려무나."

"우선 돈이 있어도 못 들어가는 폐쇄적인 사교 클럽이 있어요." 리처드가 약간 안타까워하며 말했다.

"오호, 그래?" 앤서니가 돈이라는 만악의 근원을 옹호하며 우렁차게 말했다. "애스터*가 대서양 횡단선의 삼등칸 표를 살 돈이 없었다면 폐쇄적인 사교 클럽 따위가 있었겠니?"

리처드는 한숨을 쉬었다.

"바로 그거야." 아버지가 기세를 누그러뜨리고 말했다. "바로 그래서 널 부른 거야. 너는 지금 무슨 문제가 있어. 2주 전부터 느꼈다. 뭔지 말해봐라. 나는 스물네 시간 안에 1,100만 달러를 인출할 수 있고 또 부동산도 있어. 우울한 마음이 문제라면 이틀 뒤에 항구로 가면 바하마 제도행 램블러 호가 석탄을 가득 싣고 기다리고 있을 게다."

"어느 정도 맞아요, 아버지. 전혀 엉뚱한 말씀은 아니에요."

---

*John Jacob Astor(1763~1848). 독일 태생의 미국의 전설적인 부호.

"그래, 아가씨 이름이 뭐냐." 앤서니가 예리하게 말했다.

리처드는 서재를 서성거렸다. 아버지는 거친 데가 있었지만 속마음을 털어놓을 만큼 믿음직하고 따뜻한 사람이기도 했다.

"네 마음을 솔직하게 전하는 게 좋아." 앤서니가 말했다. "여자도 좋아할 게다. 너는 돈도 있고 외모도 훤칠하고 점잖은 젊은이야. 손도 깨끗하지. 유리카 비누를 안 쓰니까. 대학도 다녔지만 그건 중요하지 않겠지."

"기회가 없었어요." 리처드가 말했다.

"기회를 만들어." 앤서니가 말했다. "공원으로 산책을 가. 밀짚 수레 타기에 데리고 가든지, 아니면 교회에서 집까지 바래다줘. 기회를 만들어!"

"아버지는 우리들의 사교 세계를 몰라요. 우리 세계가 물방앗간이라면 그 아가씨는 물방아를 돌리는 물줄기예요. 그래서 며칠 전부터 약속이 빼곡히 차 있어요. 아버지, 저는 정말 그 아가씨를 놓치고 싶지 않아요. 그 친구를 놓쳐 버리면 이 도시가 영원히 참나무 습지 같을 거예요. 그런데 편지는 절대 못 쓰겠어요."

"이런 쯧쯧!" 아버지가 말했다. "내가 가진 돈이 그 아가씨 시간을 한두 시간 못 빼낼 것 같냐?"

"이미 늦었어요. 그 친구는 모레 정오에 2년 예정으로 유럽으로 떠나요. 내일 저녁 둘이 잠깐 만나기는 할 거예요. 지금 라치먼트의 이모님 댁에 있거든요. 제가 거기 갈 수는 없지만, 내일 저녁 승합마차를 준비해서 그랜드 센트럴 역에서 기다리다가 그 친구가 8시 반 기차에서 내리면 만나기로 했어요. 우리는 브로드웨이를 달려서 월랙 극장으로 갈 거고, 거기 가면 로비에 그 친구 어머니하고 칸막이 좌석 일행이 기다리고 있을 거예요. 그 7, 8분 마차 길에서 그 친구가 제 고백을 들어 주</p>

겠어요? 그럴 리 없죠. 그리고 극장에서나 극장을 나간 뒤에도 제게 무슨 기회가 있겠어요? 없어요. 아버지, 이건 아버지의 돈이 풀 수 없는 문제예요. 시간은 돈으로는 1분도 살 수 없어요. 그럴 수 있다면 부자들은 더 오래 살 테죠. 랜트리 양이 배에 오르기 전에 제가 이렇다 할 대화를 해볼 희망은 없어요."

"좋다, 리처드." 앤서니가 기운차게 말했다. "이제 클럽으로 가려무나. 우울증이 아니라서 다행이다. 하지만 때때로 황금의 신전에 가서 신 앞에 향 사르는 걸 잊지 마라. 돈으로 시간을 살 수 없다고 했지? 물론 아무리 큰 돈이 있어도 영원한 시간을 포장 배달시킬 수는 없지. 하지만 시간 할아범이 금광 지대를 돌아다니다가 다리에 멍이 드는 건 많이 봤단다."

그날 밤 온화하고 다정하고 주름살과 한숨이 가득하고 부에 짓눌려 사는 리처드의 고모 엘렌이, 석간신문을 읽는 동생 앤서니를 찾아왔다. 그들은 연인들의 슬픔을 주제로 대화를 나누었다.

"리처드가 다 털어놓았어." 동생 앤서니가 하품하며 말했다. "내가 은행 잔고로 도와줄 수 있다고 했더니, 돈을 무시하더군. 돈은 아무 도움이 안 된다나. 억만장자가 떼로 모여도 자기네 무리의 사교 규칙은 한 치도 바꿀 수 없다는 거야."

"아, 앤서니." 엘렌이 한숨을 쉬었다. "제발 그렇게 돈을 숭배하지 않기를 바란다. 진정한 사랑 앞에서 재산 같은 건 아무것도 아니야. 사랑이 가장 강력하지. 우리 리처드가 진작 말하기만 했다면 그 아가씨는 리처드를 결코 거절할 수 없었을 거야! 하지만 이제는 늦은 것 같구나. 말할 기회가 없을 테니. 네가 가진 모든 황금도 아들에게 행복을 가져다줄 수는 없어."

이튿날 저녁 8시에 엘렌은 좀이 슨 반지 함에서 고풍스러운 반지를 꺼내서 리처드에게 주었다.

"오늘 밤에 이걸 끼렴, 조카야." 엘렌이 말했다. "네 엄마가 내게 준 거란다. 네 엄마는 이걸 끼면 사랑에 행운이 따른다면서, 네가 누구를 사랑하게 되면 이걸 너한테 주라고 하더구나."

록월은 경건하게 반지를 받아 들고 새끼손가락에 끼웠다. 반지는 두 번째 손마디에 막혀 더 들어가지 않았다. 그는 반지를 빼서 남자의 예법에 따라 조끼 주머니에 넣었다. 그런 뒤 전화로 승합마차를 불렀다.

그는 8시 32분에 기차역에서 랜트리 양을 만나 사람들 틈을 빠져나왔다.

"어머니하고 일행분들을 기다리게 하면 안 돼요." 랜트리 양이 말했다.

"월랙 극장까지 전속력으로 달려 주세요." 리처드가 충실하게 말했다.

그들은 42번로를 달려 브로드웨이로 향했고, 해 질 녘의 부드러운 초원에서 아침의 바위 언덕으로 이어지는, 불빛 가득한 브로드웨이로 들어섰다.

24번로에서 리처드가 마차 지붕 뚜껑 문을 열고 마부에게 멈춰 달라고 했다.

"반지가 떨어졌어요." 그가 사과하며 밖으로 나갔다. "어머니 반지라서 잃어버리면 안 돼요. 나 때문에 늦지 않게 할게요. 어디 떨어지는지 봤어요."

리처드는 1분도 지나지 않아 반지를 가지고 마차로 돌아왔다.

하지만 그사이에 전차가 마차 앞을 가로막고 서 있었다. 마부가 왼쪽으로 돌아가려 하자 소형 짐마차가 그들의 마차를 막았다. 그래서 오른쪽으로 돌아가려 하자 거기 있을 이유가 없는 가구 운반 마차가 길을 막고 있었다. 마부는 뒤로 나가려고 하다가 고삐를 떨구고 욕을 했다. 마차와 말들이 뒤엉켜 길이 꽁꽁 막혀 있었다.

때로 대도시의 업무와 활동을 일시에 정지시키는 도로 마비가 지금 일어난 것이다.

"왜 마차가 안 가죠? 이러다 늦겠어요." 랜트리 양이 답답해하며 말했다.

리처드는 마차에서 일어나 주변을 둘러보았다. 짐마차, 무개화차, 유개화차, 승합마차, 전차가 브로드웨이와 6번 가와 34번로가 만나는 널찍한 공간에 한꺼번에 비집고 들어와 있었다. 26인치 허리의 처녀가 22인치 거들 안에 몸을 욱여넣는 꼴이었다. 그런데도 시내의 모든 교차로에 있는 차량들이 그 수렴점을 향해 계속 전속력으로 달려와서 그 혼란 속에 몸을 밀어 넣었다. 바퀴들이 엇갈렸고, 마부들이 그 소동에 욕설을 보탰다. 맨해튼의 교통 전체가 그곳을 중심으로 마비된 것 같았다. 길가에 수천 명의 구경꾼이 늘어섰지만 그 가운데 뉴욕에 가장 오래 산 사람이라도 그렇게 갑작스러운 도로 마비는 본 적이 없었을 것이다.

"미안해요." 리처드가 다시 자리에 앉으며 말했다. "하지만 꼼짝하기가 힘들겠네요. 이 난장판이 풀리려면 한 시간도 더 걸릴 것 같아요. 내 잘못이에요. 내가 반지를 떨어뜨리지 않았으면……"

"반지를 보여 줘요." 랜트리 양이 말했다. "어쩔 수 없는 일이니 상관없어요. 저는 원래 극장에 가는 걸 안 좋아해요."

그날 밤 11시에 누군가가 앤서니 록월의 방문을 두드렸다.

"들어와요." 앤서니가 소리쳤다. 그는 붉은색 실내복을 입고 해적 모험담을 읽고 있었다.

문을 두드린 이는 엘렌이었다. 그 모습은 마치 실수로 지구에 남은 백발 천사 같았다.

"그 아이들이 약혼했다는구나, 앤서니." 엘렌이 다정하게 말했다. "그 아가씨가 우리 리처드와 결혼하기로 했어. 극장 가는 길이 정체돼서 마차가 두 시간이 지난 뒤에야 빠져나올 수 있었다는구나.

앤서니, 다시는 돈의 힘을 자랑하지 말거라. 진정한 사랑의 작은 징표, 그러니까 한계도 욕심도 없는 애정을 상징하는 작은 반지가 우리 리처드에게 행복을 안겨 주었어. 그 애가 그걸 길에 떨어뜨려서 주우러 나간 사이에 길이 꽁꽁 막혀 버렸고, 승합마차에 갇혀 있는 동안 그 애가 사랑을 고백해서 아가씨의 마음을 얻었어. 돈은 진정한 사랑에 비하면 한심한 거야, 앤서니."

"잘됐군." 앤서니가 말했다. "녀석이 원하던 걸 얻었다니 나도 기분이 좋아. 내가 그 일에 돈을 아끼지 않을 거라고 말했잖아."

"앤서니, 네 돈이 무슨 일을 했다는 말이니?"

"누나." 앤서니 록월이 말했다. "지금 이 책 속에 나오는 해적이 위기에 처했어. 배에 구멍이 났는데 이 친구는 돈의 가치에 너무 밝아서 배를 버리고 그냥 떠나지를 못해. 이 대목을 마저 읽게 해줘."

이 이야기가 여기서 끝난다면 좋을 것이다. 나도 이 책을 읽는 독자 여러분만큼이나 그것을 간절히 바란다. 하지만 우리는 진실을 찾아 우물 속 깊은 곳으로 내려가야 한다.

이튿날 손이 붉고 목에 청색 물방울무늬 넥타이를 맨 켈리라는 남자가 앤서니 록월의 집을 찾아와서 곧바로 서재에 들어섰다.

"그래, 잘해 줬어." 앤서니가 수표책으로 손을 뻗으며 말했다. "어디 보자. 자네가 가져간 게 현금 5천 달러였지?"

"300달러 이상을 더 썼습니다." 켈리가 말했다. "예상 금액을 넘었습니다. 소형 짐마차와 승합마차들은 대개 5달러였습니다. 하지만 화차들과 쌍두마차는 10달러까지 요구했습니다. 자동차들도 10달러를 요구했고, 어떤 짐마차는 20달러를 원했습니다. 경찰이 제일 어려웠습니다. 두 사람에게는 50달러를 주었고, 나머지에게도 20달러와 25달러를 줬습니다. 하지만 잘되지 않았습니까, 록월 씨? 연극 제작자 윌리엄 A. 브래디가 그 교통대란 장면을 못 본 것이 다행입니다. 만약 봤다면 질투심이 폭발했을 테니까요. 연습도 없이 그렇게 잘되다니! 사람들은 1분 1초도 어김이 없었어요. 그 두 시간 동안은 뱀도 그곳을 뚫고 그릴리 장교 동상까지 갈 수 없었을 겁니다."

"여기 1,300달러를 받게, 켈리." 앤서니가 수표를 써 주며 말했다. "약속한 1천 달러하고 자네가 쓴 300달러. 자네는 돈이 안 싫지, 켈리?"

"저요? 저는 가난을 만든 사람을 만나면 때려 줄 겁니다." 켈리가 말했다.

켈리가 문 앞으로 갔을 때 앤서니가 그를 불러 세워서 물었다.

"혹시 교통 정체 때 화살을 쏘며 돌아다니는 뚱뚱한 벌거숭이 소년을 보았나?"

"아뇨, 못 봤습니다." 켈리가 어리둥절해하면서 말했다. "그런 아이가 있었다면 저보다 먼저 경찰이 잡아갔을 겁니다."

"그 장난꾸러기가 바로 오지는 않을 거라고 생각했어." 앤서니가 웃었다. "잘 가게, 켈리."

메뉴판의 봄

Springtime à la Carte

3월의 어느 날이었다.

독자 여러분이 소설을 쓴다면 이런 식으로 시작하는 것은 금물이다. 이보다 더 나쁜 도입은 있을 수 없다. 상상력도 없고, 단조롭고, 건조하고, 바람 소리만 날 수 있다. 하지만 이 경우에는 이런 도입을 허락할 수 있다. 이야기를 진척시킬 다음 단락이 너무 기막히고 어이없어서 독자의 얼굴 앞에 불쑥 던져 놓을 수가 없기 때문이다.

세라는 메뉴판을 앞에 놓고 울고 있었다.

뉴욕 여자가 메뉴판을 보며 눈물을 흘리다니!

여러분은 이 일을 이해하기 위해 바닷가재가 떨어졌거나, 사순절 기간에 아이스크림을 먹지 않겠다고 맹세했거나, 양파를 주문했거나, 아니면 배우 제임스 케텔타스 해킷이 출연한 오후 공연을 보고 온 모양이라고 추측할 수도 있다. 하지만 그 가설들은 전부 틀렸다. 그러니 내가 이 이야기를 계속 진행하는 것을 허락해 주기 바란다.

이 세상은 굴과 같아서 칼로 가볍게 열 수 있다고 선언한 신사*는 응당 받을 몫 이상을 거두어들였다. 칼로 굴을 여는 것은 어렵지 않다. 하지만 타자기로 세상이라는 쌍각류를 열려고 하는 사람을 본 적 있는가? 누군가가 그런 식으로 열두 개의 생굴을 열 때까지 기다릴 수 있겠는가?

세라는 그 불편한 무기로 조개껍데기를 열어서 안에 든 차갑고 끈끈한 세상의 일부를 아주 조금 뜯어 먹었다. 그녀의 속기술은 상업학교에서 속기술을 배우고 세상에 막 나온 사람들보다 나을 게 없었다. 그래서 그녀는 사무 인재들이 일하는 반짝이는 은하로 들어갈 수 없었다. 결국 그녀는 잡동사니 일을 하는 외주 타자수가 되었다.

세라가 세상과 벌인 전투에서 가장 빛나는 업적은 슐렌버그 홈 레스토랑의 일이었다. 그 레스토랑은 그녀가 세 들어 사는 낡은 붉은 벽돌집의 옆 건물이었다. 어느 날 저녁 세라는 슐렌버그에서 40센트에 다섯 가지 음식이 나오는 세트 메뉴를 먹고서(음식은 야구공 다섯 개로 흑인 남자 모양 과녁을 맞히는 것과 같은 속도로 나왔다) 메뉴판을 집으로 가져갔다. 그것은 영어도 아니고 독일어도 아닌 알아보기 힘든 글씨로 적혀 있어서, 조심하지 않으면 이쑤시개와 쌀 푸딩으로 시작해서 수프와 오늘의 요리로 끝낼 수도 있었다.

다음 날 세라는 깨끗하게 타자 인쇄한 메뉴판을 슐렌버그에 가져가서 보여 주었다. '오르되브르'로 시작해서 '외투와 우산 분실 시 책임지

---

*셰익스피어의 『윈저의 즐거운 아낙네들』의 등장인물인 피스톨.

지 않습니다'로 끝나는 그 메뉴판엔, 적절한 제목을 단 음식들이 유혹적으로 정렬되어 있었다.

슐렌버그는 곧바로 그녀의 영토가 되었다. 바로 그날 그녀는 레스토랑과 계약을 맺어 식탁 스물한 개에 놓을 메뉴판을 타자 정서하기로 한 것이다. 매일 새로 교체되는 저녁 메뉴판은 물론, 음식에 변화가 생기거나 메뉴판이 더러워지면 아침과 점심 메뉴판도 작업해 주기로 했다.

슐렌버그는 그 대가로 날마다 종업원을 통해 —가능하다면 굽실거리는 종업원으로— 세라가 사는 셋방에 세 끼 식사를 보내고, 매일 오후에 다음 날 손님들에게 내놓을 메뉴의 연필 초안을 주기로 했다.

이 계약은 서로에게 만족을 안겨 주었다. 슐렌버그의 손님들은 자기들이 먹는 음식이 여전히 아리송할 때도 있지만, 어쨌건 이름은 알 수 있게 되었다. 그리고 세라는 가장 큰 문제였던 춥고 지루한 겨울 동안의 식사를 확보했다.

그런 뒤 달력이 봄이 왔다고 거짓말을 했다. 봄은 자기가 오고 싶을 때 온다. 1월의 언 눈은 아직 큰길들에 견고하게 남아 있었다. 손풍금들은 여전히 12월의 활기를 띠고 〈아름다웠던 그 여름〉을 연주했다. 남자들은 부활절 옷을 사기 위해 30일 메모를 시작했다. 수위들은 스팀을 껐다. 이런 일이 일어날 때는 도시가 아직 겨울의 손아귀에 잡혀 있을 때이다.

어느 날 오후 세라는 우아한 셋방—'난방 완비, 청결, 각종 편의 시설, 보면 가치를 알 수 있음'—에서 떨고 있었다. 그녀는 슐렌버그 메뉴판 외의 다른 일은 없었다. 세라는 삐걱대는 버들고리 의자에 앉아 창밖을 내다보았다. 벽에 걸린 달력이 계속 소리쳤다. '봄이 왔어, 세라. 봄이 왔어. 날 봐, 세라. 날 보면 알 수 있어. 너도 몸으로 봄을 보여 줘, 세라. 봄

을 알리는 몸이 되어야 해. 왜 그렇게 슬픈 얼굴로 창밖을 내다보니?'

세라의 방은 집 뒤쪽에 있었다. 창밖으로 보이는 것은 다음 블록에 있는 상자 공장 뒤편의 창문 없는 벽돌 벽뿐이었다. 하지만 그 벽은 수정처럼 맑았다. 그리고 세라의 눈에는 벚나무, 느릅나무가 그늘을 드리우고, 라즈베리 덤불과 금앵자가 경계를 이룬 풀밭 길이 보였다.

봄의 진정한 전조는 너무도 미묘해서 눈이나 귀에 잡히지 않는다. 어떤 사람은 붓꽃이 피고, 별 모양의 산딸나무가 피고, 파랑지빠귀가 노래해야 한다고 생각한다. 심지어 메밀과 굴의 작별이라는 강력한 신호가 있어야 자신의 둔한 품에 초록 옷의 여인을 맞을 수 있는 사람도 있다. 하지만 대지의 가장 가까운 친척에게는 그의 새 신부가 확실하고 달콤한 소식을 전해 그들이 의붓자식이 아니라는 것을 알려 준다.

지난여름 세라는 시골에 갔다가 한 농부를 사랑하게 되었다.

(여러분이 소설을 쓴다면 이런 식으로 지난 일을 끼워 넣지 말라. 형편없는 기법이고 흥미를 반감시킨다. 그저 앞으로 앞으로 전진하라.)

그녀는 서니브룩 농장에서 2주일을 머물다가, 거기서 늙은 농부 프랭클린의 아들 월터와 사랑에 빠지게 된 것이다. 농부들은 사랑하고 결혼하고 들판으로 돌아가는 데 시간이 그렇게 많이 걸리지 않는다. 하지만 젊은 월터 프랭클린은 현대적 농업 전문가였다. 그는 축사에 전화기를 설치해 놓았고, 캐나다의 내년 밀 작황이 그믐달 무렵에 심은 감자에 어떤 영향을 미칠지 정확히 계산해 낼 수 있었다.

월터는 라즈베리가 자란 그늘진 길에서 세라에게 사랑을 고백해 그녀의 마음을 얻었다. 두 사람은 나란히 앉아 세라가 쓸 민들레 꽃관을 엮었다. 월터는 그 노란 꽃이 그녀의 갈색 머리칼에 얼마나 잘 어울리는지를 무절제하게 칭찬했다. 그녀는 꽃관을 쓴 채 밀짚모자를 흔들며 집으로 돌아왔다.

그들은 봄에 결혼할 예정이었다. 봄이 기척만 하면, 이라고 월터는 말했다. 그리고 세라는 타자를 치기 위해 도시로 돌아왔다.

누가 문을 두드리는 소리에 세라는 행복한 날의 꿈에서 깨어났다. 식당 종업원이 늙은 슐렌버그가 앙상한 필체로 적은 슐렌버그 레스토랑의 다음 날 메뉴 연필 초고를 가지고 왔다.

세라는 타자기 앞에 앉아 롤러 사이에 두꺼운 종이를 넣었다. 그녀는 손이 빨랐다. 대개 한 시간 반 정도면 스물한 개의 메뉴판이 완성되었다.

오늘은 평소보다 메뉴판에 변화가 많았다. 수프는 가벼워지고, 돼지고기는 앙트레에서 빠져 러시아 순무를 곁들인 구이 요리에만 나타났다. 봄의 친절한 정신이 메뉴 전체에 흘러넘쳤다. 푸르러지는 언덕 기슭을 뛰어다니던 양은 그 장난을 기념하는 소스와 함께 요리되었다. 굴의 노래는 〈디미누엔도 콘 아모레〉*였다. 프라이팬은 활동을 멈추고 오븐의 자비로운 창살 뒤에 갇힌 것 같았다. 파이의 목록은 길어졌다. 기름진 푸딩은 사라지고, 겉옷을 두른 소시지는 메밀, 그리고 달콤하지만 사라질 운명인 메이플 시럽과 함께 죽음을 기다리며 간신히 남아 있었다.

세라의 손가락은 여름날 시냇물 위의 난장이들처럼 춤을 추었다. 그녀는 코스들을 쭉쭉 지나갔고, 각 항목의 위치를 그 길이에 맞추어 정확하게 잡았다.

디저트 바로 위는 채소 목록이었다. 당근과 완두콩, 아스파라거스 토스트, 다년생 토마토, 옥수수와 콩 스튜, 라이머빈, 양배추…… 그리고……

*이탈리아어로 '사랑을 곁들여 점점 작게'라는 뜻.

세라는 메뉴판을 앞에 놓고 울었다. 어떤 신성하고 깊은 절망으로부터 눈물이 솟아올라 눈앞으로 모였다. 그녀의 고개가 작은 타자기 받침대로 내려갔고, 자판들이 젖은 흐느낌에 달그락달그락 메마른 반주를 곁들였다.

2주 전부터 월터에게서 편지가 오지 않았다. 메뉴판의 다음 항목은 민들레에 달걀을 곁들인 것이었다. 하지만 달걀 따위가 다 뭐람! 민들레는 월터가 사랑의 여왕이자 장래의 신부의 머리에 씌워 준 황금빛 꽃이었고, 몸의 전령이자 슬픔의 왕관이었고, 행복했던 날을 되새기게 해주는 아픈 기억이었다.

여자들이여, 이런 시련을 겪어 보기 전에는 여러분도 웃을 수 있을 것이다. 우리가 마음을 허락한 그날 퍼시가 우리에게 준 연노랑 장미가 샐러드가 되어 프렌치드레싱과 함께 슐렌버그 세트 메뉴에 나오는 걸 생각해 보라. 만약 사랑의 징표가 그런 취급을 받았다면 줄리엣은 약제사의 망각의 약초를 더 일찍 구했을 것이다.

하지만 봄은 얼마나 대단한 마녀인가! 돌과 철로 만든 차가운 도시로 이렇게 소식을 보낸다. 그리고 그것을 전달할 자는 거친 초록 외투를 입고 소박한 태도를 지닌 들판의 강인한 전령뿐이다. 프랑스 요리사들이 '당-드-리옹dent-de-lion', 즉 사자의 이빨이라 부르는 민들레는 진정한 운명의 군인이다. 꽃이 피면 민들레는 여자의 갈색 머리를 장식해서 사랑을 키운다. 어리고 연약하고 꽃이 피지 않았을 때는 냄비에 들어가 여자에게 소식을 전한다.

세라는 차츰 눈물을 억눌렀다. 메뉴판을 완성해야 했기 때문이다. 하지만 한동안은 계속 멍한 상태로 자판을 두드렸다. 민들레의 꿈이 발하는 희미한 광휘 속에서, 세라의 머리와 심장은 젊은 농부와 함께 풀밭 길에 있었다. 그런 뒤 정신이 곧 맨해튼의 돌길들로 돌아와, 타자기는 파업 파괴자의 자동차처럼 덜그럭덜그럭 펄쩍펄쩍 뛰었다.

6시에 식당 종업원이 저녁 식사를 가져다주면서 메뉴판을 가져갔다. 세라는 한숨을 쉬며 꼭대기에 달걀을 곁들인 민들레 요리 접시를 옆으로 치웠다. 밝은 사랑의 꽃에서 굴욕적인 채소로 변모한 그 거무스름한 덩어리처럼, 그녀가 지난여름에 품었던 희망도 시들어 죽어 있었다. 셰익스피어가 말했듯이 사랑은 스스로를 먹이 삼아 사는 것인지도 모른다. 하지만 세라는 자기 심장이 품은 진정한 애정의 첫 잔치를 장식했던 민들레를 도저히 먹을 수 없었다.

7시 반에 옆방 부부가 싸우기 시작했다. 위층 남자는 플루트로 라 음을 찾았다. 가스등 불빛이 약간 희미해졌다. 석탄 마차 세 대가 짐 푸는 소리가 들렸다. 그것은 축음기가 질투하는 유일한 소리다. 뒤 울타리의 고양이들은 러일전쟁의 러시아 병사들처럼 천천히 퇴각했다. 그 퇴각 소리는 세라에겐 이제 책을 읽을 시간이라는 신호였다. 그녀는 그 달에 가장 안 팔리는 책이었던 『수도원과 노변』*을 꺼내서 트렁크에 두 발을 올리고 주인공 제라드와 함께 방랑을 시작했다.

현관 초인종이 울렸다. 주인 여자가 나갔다. 세라는 곰을 피해 나무에 올라간 제라드와 데니스를 떠나서 바깥 소리에 귀를 기울였다. 그렇다, 독자 여러분도 아마 그렇게 할 것이다!

잠시 후 아래층 복도에서 씩씩한 목소리가 들리자, 세라는 방문을 향해 달려갔다. 바닥에 떨어져 있는 책 속에서는 곰이 1회전에서 손쉽게 승리를 거두고 있었다. 여러분의 짐작이 맞았다. 그녀가 계단 꼭대기에

---

*영국의 소설가 찰스 리드의 소설.

이르렀을 때 농부가 한 번에 세 칸씩 계단을 올라와서 그녀를 이삭 하나 떨구지 않고 통째로 거둬들였다.

"왜 편지를 안 했어요, 왜?" 세라가 소리쳤다.

"뉴욕은 큰 도시예요." 월터 프랭클린이 말했다. "일주일 전에 당신의 옛 주소로 찾아갔어요. 당신은 목요일에 떠났더군요. 어쨌건 다행이라 여겼어요. 불운의 금요일은 아니었으니까. 나는 굴하지 않고 때로는 경찰과 함께 때로는 다른 방법으로 당신을 찾았어요!"

"편지를 썼는데요!" 세라가 격렬하게 말했다.

"못 받았어요!"

"그러면 나를 어떻게 찾았죠?"

"오늘 저녁 바로 옆에 있는 레스토랑에 갔어요." 그가 말했다. "누가 알아도 상관없지만, 나는 이맘때면 푸성귀 음식을 좋아해요. 그래서 그런 음식을 찾아 메뉴판을 훑었는데, 양배추라고 쓰인 곳 아래쪽을 보고 의자를 쓰러뜨리며 벌떡 일어나서 주인을 불렀어요. 주인이 당신이 사는 곳을 일러 주더군요."

"그래요, 양배추 아래는 민들레죠." 세라가 행복하게 한숨을 쉬었다.

"나는 세상 어디에 있었어도 당신 타자기의 대문자 W의 독특한 글꼴을 알아보았을 거예요." 프랭클린이 말했다.

"하지만 민들레에는 W가 없는데요." 세라가 놀라서 말했다.

젊은이는 주머니에서 메뉴판을 꺼내서 그 줄을 가리켰다.

세라는 그게 그날 오후에 작업한 첫 번째 메뉴판임을 알아보았다. 오른쪽 위편 구석에 아직도 눈물 자국이 있었다. 그런데 식물의 이름이 있어야 할 자리에, 엉뚱한 글자가 타자되어 있었다. 황금빛 꽃의 기억에 휩싸여 있던 그녀가 그런 짓을 한 것이다.

붉은 양배추와 풋고추 채움 요리 사이에 이런 이름이 적혀 있었다.

'사랑하는 월터WALTER와 완숙 달걀'*

* 완숙 달걀을 뜻하는 hard-boiled egg는 무정한 사람이라는 뜻도 있다.

승합마차 마부석에서
From the Cabby's Seat

승합마차 마부는 독특한 관점을 가지고 있다. 다른 어떤 직업에 종사하는 사람들보다 한결같은 관점을. 마차의 덜컹거리는 높은 좌석에서 내려다보면 동료 인간은 그저 떠도는 입자로 보이고, 그 입자가 의미가 있어 보일 때는 그것이 이동하려는 소망을 품을 때뿐이다. 그는 예후*이고, 우리는 운송되는 화물이다. 대통령도 떠돌이도 마부에게는 그저 승객일 뿐이다. 마부는 우리를 태우고 채찍을 휘둘러 우리 척추를 뒤흔든 뒤에 내려놓는다.

돈을 낼 때 법정 요율에 대해 따지면, 우리는 경멸이 무엇인지 알게 된다. 지갑을 가져오지 않은 걸 깨닫는다면, 우리는 단테가 묘사한 연옥

---

*구약 성서에 나오는 이스라엘의 왕.

은 온화한 것이었음을 실감하게 될 것이다.

승합마차 마부들이 이렇게 한결같은 목적과 응축된 인생관을 갖는 것이 승합마차의 독특한 구조 때문이라는 가설도 나름대로 일리가 있다. 마부는 우두머리 수탉처럼, 주피터처럼 승객들과 분리된 높은 좌석에 앉아서, 변덕스러운 가죽끈 두 개로 우리 운명을 쥐고 흔든다. 우리는 무력하고 우스꽝스럽고 옴짝달싹 못 하고 중국 인형처럼 고개를 덜그럭거리는 덫에 갇힌 쥐 신세가 되고 ─땅 위에 내려섰을 때 우리 앞에 집사들이 머리를 조아리건 말건 상관없다─ 우리의 희미한 소망을 전달하려면 그 이동 관 같은 탈것에 난 작은 틈을 통해 머리 위로 소리를 꽥꽥 질러야 한다.

거기다 우리는 승합마차의 점유자도 아니다. 그저 내용물이다. 우리는 해상 화물이고 '높은 곳에 계신 케루빔 천사'는 바다 밑바닥의 주소를 잘 알고 있다.

어느 날 밤 맥게리 패밀리 카페의 한 집 건너 이웃집인 커다란 벽돌 임대주택에서 시끌벅적한 잔치 소리가 났다. 월시 가족의 집에서 나는 소리 같았다. 집 앞길은 거기 관심을 품은 이웃들로 붐볐다. 그들은 이따금 맥게리 카페에서 잔치 관련 물건을 가지고 나오는 바쁜 심부름꾼에게 길을 열어 주었다. 모인 사람들은 여러 가지 이야기를 나누었는데, 노라 월시가 결혼식을 치르고 있다는 소식도 빠지지 않았다.

시간이 지나자 잔치 손님들이 집 밖으로 쏟아져 나왔다. 초대받지 않은 손님들이 그들을 둘러싸고 함께 어울리자 밤하늘 위로 즐거운 외침, 축하의 웃음, 그리고 맥게리 카페가 이 결혼 현장에 바친 공물이 일으킨 뭐라 말할 수 없는 소음이 솟아올랐다.

길가에 제리 오도노번의 승합마차가 서 있었다. 제리는 야간 영업자였다. 하지만 손뜨개 레이스와 11월의 제비꽃 앞에 문을 닫고 선 그의 마차보다 더 윤기 나고 깨끗한 마차는 없었다. 제리의 말도 그랬다! 그리고 녀석의 배는 귀리로 가득 차 있었다. 설거지도 하지 않고 집을 나와서 마부들을 잡으려고 돌아다니던 노부인도 그 말을 보고 미소를 ─그렇다, 미소를─ 지을 정도로.

북적북적 시끌시끌한 군중 틈에서 제리의 운두 높은 모자, 오랜 세월 비바람에 시달린 모자가 언뜻언뜻 보였다. 장난기와 기운이 넘치는 백만장자의 후손들과 억센 손님들에게 여러 차례 맞은 그의 당근 같은 코도 보이고, 놋쇠 단추가 달린 초록색 외투, 멕게리 카페 주변에서 칭찬받은 외투도 보였다. 제리는 확실히 승합마차 대신 짐마차를 몰기로 한 것 같았다. 비유를 좀 더 밀고 나간다면 빵 마차라고 할 수 있었다. 그러니까 "제리가 취했어요"*라고 말한 어느 젊은 구경꾼의 증언을 받아들인다면.

길거리의 군중 또는 많지 않은 통행객들 틈에서 젊은 여자가 발이 걸려 비틀거리다 승합마차를 붙들고 섰다. 야간 영업자인 제리는 날카로운 눈으로 그 움직임을 포착했다. 그가 승합마차로 급히 달려가는 통에 구경꾼 서너 명이 쓰러졌고 그 자신도 쓰러졌다. 아니! 그는 소화전 꼭대기를 잡고 균형을 유지했다. 그러고는 돌풍 때 줄사다리를 오르는 선원처럼 자기 업무 장소로 올라갔다. 그가 거기 오르자 멕게리 카페의 알코올 액체들은 갈 곳을 잃었다. 그는 마차 뒤쪽에 우뚝 솟은 마부석에 앉아 마천루 깃대에 올라간 굴뚝 수리공처럼 편안하게 몸을 흔들었다.

"타시죠, 손님." 제리가 줄들을 모으며 말했다.

---

* '취했다'는 뜻의 got a bun은 '빵이 있다'는 뜻도 된다.

젊은 여자는 승합마차에 올라타고 문들을 쾅쾅 닫았다. 제리의 채찍이 공기를 갈랐다. 도로변에 모였던 군중이 흩어졌고, 멋진 승합마차는 길을 달려갔다. 귀리 먹은 힘 가득한 말이 질주를 약간 늦추자, 제리는 마차 지붕 문을 열고 깨진 확성기 같은 목소리로 아래쪽을 향해 나긋나긋하게 소리쳤다.

"어디로 모실까요?"

"아무 데로나요." 음악적이고 편안한 목소리가 대답했다.

'기분 전환을 위해 탄 손님이구나.' 제리는 그렇게 생각하고는 자연스럽게 제안했다.

"공원 한 바퀴 어떤가요? 즐거우실 겁니다."

"아무 데나 좋아요." 승객이 유쾌하게 대답했다.

마차는 5번 가로 가서 그 완벽한 도로를 질주했다. 제리는 마부석에서 덜컹덜컹 튀어 올랐다. 맥게리에서 마신 강력한 액체들이 깨어나서 머리 위로 새로운 흥분을 쏘아 보냈다. 그는 킬리스눅의 옛 노래를 부르며 채찍을 지휘봉처럼 휘둘렀다.

마차 안의 승객은 쿠션 위에 꼿꼿이 앉아서 오른쪽 왼쪽으로 불빛과 집들을 구경했다. 어두운 마차 안에서도 그녀의 눈은 저물녘의 별들처럼 반짝였다.

59번로에 이르자 제리의 머리가 흔들리고 고삐가 느슨해졌다. 하지만 말은 공원 안으로 들어가서 익숙한 밤 여정을 시작했다. 그러자 승객은 황홀경에 빠진 듯 뒤로 기대앉아 풀과 나뭇잎과 꽃이 풍기는 깨끗하고 건강한 냄새를 한껏 들이켰다. 굴레에 매인 현명한 짐승은 한 시간짜리 걸음으로 들어가서 우측 보행을 유지했다.

습관은 제리의 무거워지는 졸음도 이겼다. 그는 폭풍에 감싸인 마차의 지붕 문을 열고 공원에서 으레 하는 질문을 던졌다.

"카쥬노에 들류쉬겠스미까? 간쉬글 먹고 우막울 드루세요. 모두가 거기 들륌미다."

"그게 좋겠네요." 승객이 말했다.

그들은 카지노 입구에 멈추어 섰다. 마차 문이 열렸다. 승객은 얼른 안으로 들어섰다. 그리고 금세 아름다운 음악의 그물에 사로잡히고 불빛과 색깔의 파노라마에 취했다. 누군가 그녀의 손에 34라는 숫자가 적힌 카드를 떨구었다. 여자는 주변을 둘러보다가 자기 마차가 이미 20미터 정도를 가서 다른 개인 마차, 승합마차, 자동차들 틈에 자리를 잡는 것을 보았다. 그때 온몸이 셔츠 앞면인 것 같은 남자가 뒷걸음질로 다가왔고, 그녀는 곧 재스민 덩굴이 감긴 난간 옆의 작은 탁자에 앉혀졌다.

구매를 하라는 무언의 권유가 왔다. 그녀는 얇은 지갑 속 동전들과 의논해서 맥주 한 잔을 주문해도 좋다는 허락을 받았다. 그런 뒤 그녀는 그곳의 모든 것을 빨아들이고 흡수했다. 마법의 숲 속 요정 궁전에서 펼쳐지는 새로운 색깔과 새로운 모양의 인생을.

쉰 개의 탁자 모두에 비단과 보석을 걸친 왕자들과 여왕들이 앉아 있었다. 그중 한 명이 이따금 제리의 승객에게 호기심 어린 시선을 던졌다. 그들의 눈앞에 있는 사람은 평범한 몸매에 '풀라드'라고 불리는 분홍 비단옷을 입었고, 평범한 얼굴에 여왕들이 시샘하는 삶의 활기를 띠고 있었다.

시계의 긴 바늘이 두 번을 돌았다. 왕족들이 하나둘 앨프레스코* 옥좌를 떠나서 웅장한 자동차 또는 마차를 타고 돌아갔다. 악기는 나무

---

* '야외, 노천'이라는 뜻.

상자와 가죽 또는 천 주머니 속으로 물러갔다. 종업원들은 거의 혼자 남은 평범한 여자 주변에서 눈에 띄게 탁자보를 치웠다.

제리의 승객이 자리에서 일어나 숫자가 박힌 카드를 내밀었다.

"이 카드는 뭘 뜻하는 거죠?" 그녀가 물었다.

종업원은 그것이 승합마차를 타고 왔다는 표시라며 입구의 남자에게 주면 된다고 말했다. 입구의 남자는 카드를 받고 번호를 불렀다. 남아 있는 승합마차는 세 대뿐이었다. 어느 마차의 마부가 가서 마차 안에서 잠든 제리를 깨웠다. 제리는 크게 투덜거리며 선장실로 올라가더니 자신의 배인 마차를 부두로 끌고 갔다. 승객이 탔고, 마차는 지름길을 택해 공원을 시원하게 가로질렀다.

공원 문 앞에 이르자 제리는 몽롱한 정신이 약간 깨어나면서 갑작스러운 의심이 들었다. 몇 가지 생각이 났다. 그는 말을 멈추고 지붕 문을 연 뒤 확성기 같은 목소리를 아래로 툭 떨구었다.

"더 가기 전에 4달러를 보여 주셔야겠습니다. 돈이 있으신가요?"

"4달러라고요!" 승객이 부드럽게 웃었다. "아뇨, 없어요. 동전 몇십 센트가 전부예요."

제리는 지붕 문을 닫고 귀리 먹인 말에게 채찍을 휘둘렀다. 말발굽 소리가 요란했지만 그의 욕설은 다 묻히지 않았다. 그는 별이 총총한 하늘에 대고 온갖 소리로 악을 쓰고 욕을 했다. 지나가는 차량들에도 성난 채찍을 휘둘렀다. 그가 길을 달리며 어찌나 사납고 다양한 욕설을 뿌려 댔는지 늦게 귀가하던 화물차 운전수마저 당황했다. 하지만 그는 가야 할 곳을 알았기에 그곳을 향해 전속력으로 달려갔다.

계단 옆에 녹색 등을 매단 건물 앞에 그는 마차를 세웠다. 그리고 문을 활짝 열고 땅으로 무겁게 떨어져 내렸다.

"내려요." 그가 거칠게 말했다.

승객은 평범한 얼굴에 여전히 카지노의 몽롱한 미소를 띠고 나왔다. 제리는 여자의 팔을 잡고 경찰서로 갔다. 콧수염이 희끗희끗한 경사가 책상 앞에서 날카로운 눈으로 그들을 올려다보았다. 그는 마부와 모르는 사이가 아니었다.

"경사님," 제리가 억울한 심정을 담은 거칠고 우렁찬 목소리로 하소연했다. "이분이 제 마차 손님인데……"

제리는 말을 멈추었다. 그리고 마디 굵은 붉은 손으로 이마를 훔쳤다. 맥게리의 술이 일으킨 안개가 천천히 가셨다.

"그러니까 경사님," 그가 싱글거리며 다시 말했다. "경사님께 제 손님을 소개해 드리고 싶습니다. 오늘 밤 제가 월시 가에서 결혼한 아내입니다. 오늘 밤은 아주 재미있었습니다. 정말이에요. 노라, 경사님과 악수해요. 그리고 같이 집으로 갑시다."

마차에 타기 전에 노라가 한숨을 깊이 쉬고 말했다.

"제리, 정말 재밌었어요."

끝나지 않은 이야기
An Unfinished Story

이제 우리는 더 이상 지옥 불 이야기를 들으며 두려움에 신음하거나 머리에 재를 뿌리지 않는다. 설교자들도 이미 신은 라듐이나 에테르거나 어떤 과학적 합성물이며 사악한 우리가 예견할 수 있는 최악의 사태는 화학반응이라고 말하기 시작했기 때문이다. 이런 가설은 유쾌하지만, 정통 교리가 주는 익숙한 공포는 아직도 일부 남아 있다.

자유롭게 말하면서도 비난을 피할 수 있는 경우가 두 가지 있다. 하나는 꿈 이야기를 하는 경우고, 또 하나는 앵무새에게 들은 말을 전하는 경우다. 모르페우스도 조류도 사건의 적절한 목격자가 아니기에, 사람들은 그 내용에 대해 반박할 수 없다. 그래서 내 이야기는 황당한 꿈의 형식을 취할 것이다. 귀여운 앵무새의 잡담이라는 한정된 영역 대신 이쪽을 선택한 것은 미안하고 안타깝다.

내가 꾼 꿈은 수준 높은 비평과는 너무도 먼, 유서 깊고 존중할 만하지만 유감스러운 최후의 심판 이론과 관련 있는 것이다.

가브리엘이 최후의 나팔을 불자, 그걸 막을 수 없는 우리는 심판을 위해 소환되었다. 엄숙한 검은색 옷을 입고 뒤에 단추가 달린 깃을 두른 보석保釋 보증업자들이 한쪽에 모여 있었다. 하지만 그들의 부동산 소유권에 문제가 있어서 우리 중 누구도 내보내 줄 수 없는 것 같았다.

사복 경찰―천사 경찰―이 날아와서 왼쪽 날개로 나를 잡았다. 내 곁에는 아주 부유해 보이는 영혼들도 소환되어 와 있었다.

"당신도 저 무리에 속합니까?" 경찰이 물었다.

"저 사람들이 누굽니까?" 내가 되물었다.

"그러니까 저자들은……" 그가 말했다.

하지만 이 부적절한 이야기가 진짜 이야기의 공간을 잡아먹고 있다.

덜시는 백화점 점원이었다. 그녀는 함부르크 화단 테두리나 속 채운 피망이나 자동차나 그 밖에 백화점에서 취급하는 잡동사니들을 팔았다. 그렇게 해서 버는 돈 가운데 그녀가 직접 받는 것은 주급 6달러였다. 나머지는 덜시의 채권이자 다른 사람의 채무로 하느님의…… 아니, 최초의 에너지라고요 목사님? 그렇다면 최초의 에너지의 장부에 적혔다.

백화점에서 일한 첫해에 덜시의 주급은 5달러였다. 그녀가 그 돈으로 어떻게 살았는지는 교훈이 된다. 상관없다고? 좋다. 아마 당신은 좀 더 큰 돈에 관심이 있을지도 모른다. 6달러는 5달러보다 큰 돈이다. 그녀가 주급 6달러로 어떻게 살았는지를 이야기하겠다.

어느 날 오후 6시, 덜시는 모자 고정 핀을 3밀리미터 폭의 숨골에 꽂으며 단짝 세이디에게 말했다. 세이디는 늘 손님을 왼쪽에 두고 응대한다.

"세이디, 나 오늘 피기하고 저녁 약속이 있어."

"정말이야?" 세이디가 감탄했다. "완전 행운인걸. 피기는 멋쟁이야. 언제나 여자를 멋진 곳에 데려가지. 블랜치하고는 호프먼 하우스에 갔어. 거기는 음악도 좋고 사람들도 좋아. 데이트 잘해, 덜시."

덜시는 집으로 곧장 갔다. 두 눈은 반짝였고 뺨은 인생—진짜 인생—의 새벽이 밝아 오는 예감에 여린 분홍빛을 띠었다. 그날은 금요일이었고, 지난주 주급에서 50센트가 남아 있었다.

거리는 퇴근하는 사람들 물결로 넘실거렸다. 브로드웨이의 전기 가로등이 켜지면서 나방들이 수십 리 바깥 어둠 속에서 찾아와 제 몸을 태우고 있었다. 늙은 뱃사람들이 대합에 새긴 것 같은 얼굴에 반듯한 옷을 입은 남자들이, 한눈팔지 않고 자신들 옆을 지나 달려가는 덜시를 돌아서서 바라보았다. 밤에 피는 선인장인 맨해튼이 죽음처럼 창백하고 독한 냄새를 풍기며 꽃잎을 펼치기 시작했다.

덜시는 싸구려 가게에 들어가 50센트를 주고 가짜 레이스 깃을 샀다. 그 돈은 원래 다른 곳에 쓰려고 했었다. 15센트는 저녁 식사, 10센트는 아침 식사, 10센트는 점심 식사에. 그리고 남는 돈 중 10센트는 약소한 저금액에 보태고, 5센트는 감초 사탕에 탕진할 생각이었다. 오래 빨 수 있고 빨다 보면 뺨이 치통을 앓는 것처럼 부푸는 감초 사탕, 그것은 그녀에게는 사치였다. 엄청난 과소비였다. 하지만 즐거움을 빼면 인생에 뭐가 있겠는가?

덜시는 가구 딸린 셋방에 살았다. 셋방과 하숙방 사이에는 이런 차이가 있다. 셋방에서는 누가 배를 곯아도 아무도 알지 못한다.

덜시는 자기 방으로 갔다. 웨스트사이드에 있는 적갈색 벽돌집 3층 뒤편이었다. 그리고 가스등을 켰다. 과학자들은 다이아몬드가 우리가 아는 물질 중 가장 단단하다고 말한다. 그 말은 틀렸다. 셋집 여주인들은 다이아몬드도 찰흙처럼 보이게 만드는 혼합물을 안다. 그것은 가스 버너 구멍에 모인다. 의자에 올라서서 손가락이 빨개지고 멍들 때까지 아무리 들이파도 소용없다. 머리핀으로도 그걸 떼어 낼 수 없다. 그러므로 그것은 부동의 물질이라고도 할 수 있을 것이다.

어쨌건 덜시는 가스등을 켰다. 촛불 빛의 1/4 정도 되는 그 빛 속에서 방을 둘러보자.

소파 겸 침대, 화장대, 탁장, 세면대, 의자 — 이만큼은 주인의 책임이고, 나머지는 덜시 책임이었다. 화장대 위에는 그녀의 보물들이 있었다. 세이디가 선물한 도금 도자기 꽃병, 피클 회사에서 나눠 준 달력, 꿈 해몽 책, 유리 접시에 담긴 쌀가루, 분홍 리본으로 묶은 인조 버찌 송이.

주름진 거울을 배경으로 키치너 장군, 윌리엄 멀둔, 말버러 공작 부인, 벤베누토 첼리니*의 사진이 서 있었다. 한쪽 벽 앞에는 로마 시대 투구를 쓴 오캘러핸이라는 사람의 석고 모형이 있었다. 그리고 그 옆에는 레몬 빛깔 어린이가 불붙은 나비를 공격하는 격렬한 석판화가 있었다. 이것이 덜시가 가장 마지막으로 선택한 예술이었고, 그 선택은 뒤집히지 않았다. 그녀의 휴식은 도난당한 망토의 속삭임으로 방해받지 않았다. 어떤 비평가도 곤충에 대한 상식이 아이 같은 수준이라며 그녀에게 눈썹을 추켜올리지 않았다.

피기는 7시에 그녀를 부를 것이다. 그녀가 바쁘게 준비하는 동안 우리는 다른 곳을 보며 수다를 떨자.

덜시는 그 방에 주당 2달러를 지불했다. 그녀의 평일 아침 식사 가격은 10센트였다. 그녀는 옷을 입으면서 가스 불에 커피를 끓이고 달걀을

---

*키치너는 영국 장군. 멀둔은 1880년대의 레슬링 선수. 첼리니는 16세기 이탈리아 조각가이다.

삶았다. 일요일 아침이면 '빌리스' 레스토랑에서 25센트를 내고 당당하게 송아지 스테이크와 파인애플 튀김을 먹고 여종업원에게 10센트 팁을 주었다. 뉴욕에는 사치를 유혹하는 것이 너무나 많다. 주중 점심은 백화점 식당에서 60센트로 해결했다. 저녁은 1달러 5센트였다. 석간신문에 ─일간신문을 안 보는 뉴욕 사람을 나는 본 적이 없다!─ 6센트가 들었다. 두 개의 일요 신문─하나는 개인 소식란 때문에, 다른 하나는 읽을거리로─은 10센트였다. 이게 도합 4달러 76센트였다. 이제 나머지로 옷도 사야 하고 또⋯⋯

여기서 포기하겠다. 여기저기서 멋진 의류 거래의 이야기가 들리고, 또 바늘과 실이 만든 눈부신 옷들의 이야기도 있다. 하지만 나는 의심스럽다. 내가 덜시의 인생에 그런 기쁨을, 신성하고 자연스럽지만 발효되지 않은 천국의 형평법이 여자들에게 안겨 주는 그런 기쁨을 더하고자 한다면 내 펜은 헛된 자세만 취하고 말 것이다. 그녀는 코니 아일랜드에 두 번 가서 장난감 말을 탔다. 즐거운 일이 시간 단위가 아니라 여름 단위로 일어나는 것은 사람을 힘들게 한다.

피기에게 필요한 것은 한마디뿐이다. 여자들이 그에게 피기Piggy라는 이름을 붙인 것은 고결한 돼지 가문에게는 부당한 낙인이었다. 파란색 글씨 연습 책의 세 글자 단어 부분은 피기를 설명하는 말들로 시작한다. 그는 뚱뚱했다fat. 영혼은 쥐rat 같고, 습관은 박쥐bat 같고, 관대함은 고양이cat 같았다. 그는 비싼 옷을 입었고, 허기진 사람을 귀신같이 알아보았다. 쇼걸을 보면 그녀가 마시멜로와 차 이상의 든든한 식사를 한 지가 얼마나 되는지 시간 단위로 정확히 알았다. 그는 쇼핑 지구를 어슬렁거리며 백화점을 배회하다가 여자들을 저녁 식사에 초대했다. 개를 데리고 거리를 다니는 남자들은 그를 깔보았다. 그는 한 유형이다. 나는 더 이상 이 사람에 대해 이야기할 수가 없다. 내 펜은 그를 위해 준비된 것이 아니다. 나는 목수가 아니다.

7시 10분 전에 덜시는 준비를 마쳤다. 주름진 거울에 비춰 본 자신의 모습은 만족스러웠다. 주름 하나 없이 몸에 꼭 맞는 암청색 원피스, 발랄한 검은색 깃털이 달린 모자, 조금밖에 더럽지 않은 장갑—그 모든 것이 금욕적이었고, 심지어 음식도 부정하는 것 같았다—은 아주 잘 어울렸다.

덜시는 잠시 모든 것을 잊고 자신이 아름답다는 것과 인생이 신비의 베일을 살짝 들고 그 경이를 보여 주려 한다는 것만 생각했다. 이전까지 아무도 그녀에게 데이트 신청을 한 적이 없었다. 이제 그녀는 잠시나마 반짝이는 화려한 불빛 속으로 들어갈 것이다.

여자들 말에 따르면 피기는 '돈을 잘 쓰는 사람'이었다. 덜시는 멋진 음악과 멋진 옷을 입은 여자들이 있는 멋진 저녁 식사 자리에 갈 것이고, 거기엔 발음하다가 혀가 꼬이는 이름의 먹을 것들이 있을 것이다. 그리고 그녀는 분명히 다시 데이트 신청을 받을 것이다. 그녀가 아는 한 상점 진열창에 청색 폰지 견絹 정장이 있었다. 일주일에 10센트가 아니라 20센트를 모은다면…… 음…… 아, 10년이 걸릴 것이다! 하지만 7번가에 중고 의류 상점이 있었다.

문 두드리는 소리가 났다. 덜시가 문을 열었다. 주인 여자가 거짓 웃음을 짓고서 훔친 가스로 요리를 하는 건 아닌지 코를 킁킁거렸다.

"아래층에 남자가 찾아왔어. 이름이 위긴스 씨래." 주인 여자가 말했다.

피기를 진지하게 받아들이는 불운한 사람들은 그를 바로 그 이름으로 알았다.

덜시는 손수건을 집으러 화장대로 돌아섰다. 그랬다가 우뚝 멈춰 서서 아랫입술을 깨물었다. 거울 속은 동화의 나라였고, 거기 비친 자신은 오랜 잠에서 깨어난 공주였다. 슬픔과 아름다움과 엄격함을 담은 눈으로 자신을 바라보던 이는 잊혀져 있었다. 그녀가 하는 모든 일에 찬성과 반대를 표현하는 유일한 사람. 꼿꼿하고 늘씬한 몸, 우수에 잠긴 잘생긴 얼굴에 슬픔과 비난을 담고서, 키치너 장군은 화장대 위의 금박 액자에서 그 멋진 눈을 그녀에게 고정했다.

덜시는 자동인형처럼 주인 여자에게 돌아섰다.

"못 나간다고 말해 주세요. 아프다거나 뭐 그렇게 말해 주세요. 안 나간다고 전해 주세요." 그녀가 힘없이 말했다.

그런 뒤 덜시는 문을 걸어 잠근 뒤 검은 깃털을 구기며 침대에 쓰러져서 10분을 울었다. 키치너 장군은 그녀의 유일한 친구였다. 그는 용감한 기사에 대한 덜시의 이상이었다. 그는 은밀한 슬픔을 간직한 것 같았고, 멋진 콧수염은 꿈 같았으며, 엄격하면서도 부드러운 눈빛은 약간 두려움을 주었다. 예전에 그녀는 그가 언젠가 집으로 찾아와 군화에 칼을 쩔그렁거리며 자신을 부를 거라는 소박한 공상을 품은 적이 있었다. 그래서 어떤 소년이 사슬을 가로등 기둥에 쩔그렁 부딪쳤을 때 창문을 열고 내다본 적도 있었다. 하지만 부질없는 일이었다. 그녀는 키치너 장군이 머나먼 일본에서 군대를 이끌고 사나운 터키 군과 싸우고 있다는 걸 알았다. 그 금박 액자에서 나오는 일도 없을 것이었다. 하지만 그는 눈길한 번으로 그날 밤 피기를 물리쳤다. 정말로 그랬다. 그날 밤에는.

울음이 그치자 덜시는 일어나서 한껏 차려입은 옷을 벗고 낡은 청색 실내복을 입었다. 저녁 생각은 없었다. 노래 〈새미〉를 1절과 2절까지 부르고 나니 코 옆의 작고 붉은 점에 신경이 쓰였다. 그녀는 그것을 살핀 뒤 삐걱대는 탁자 앞으로 의자를 끌고 가서 거기 앉아 낡은 카드로 점을 쳤다.

"뻔뻔하기도 하지!" 그녀가 소리 내서 말했다. "나는 그 사람이 데이트 신청을 할 어떤 빌미도 주지 않았어!"

9시가 되자 덜시는 가방에서 주석 통에 든 크래커와 라즈베리 잼을 꺼내서 성찬을 벌였다. 키치너 장군에게도 잼 바른 크래커를 주었지만, 그가 그녀를 보는 표정은 스핑크스가 나비를 보는 표정과 같았다. 사막에 나비가 있다면.

"먹기 싫으면 말아요." 덜시가 말했다. "그렇게 거만한 표정과 눈으로 꾸짖지도 말아요. 당신도 일주일에 6달러로 살아야 한다면 그렇게 계속 도도하고 까탈스럽게 굴 수 있을지 의심스럽네요."

덜시가 키치너 장군에게 무례를 저지르는 건 좋은 신호가 아니었다. 그녀는 곧 가차 없이 벤베누토 첼리니의 사진을 엎어 놓았다. 하지만 그것은 용서할 수 있는 일이었다. 그녀는 항상 그를 헨리 8세*로 여겼고, 그 사람을 싫어했기 때문이다.

9시 반이 되자 덜시는 마지막으로 화장대 위의 사진들을 일별한 뒤 불을 끄고 침대로 뛰어들었다. 키치너 장군, 윌리엄 멀둔, 말버러 공작 부인, 벤베누토 첼리니와 작별의 눈인사를 하며 잠자리에 드는 것은 괴로운 일이다.

이야기는 진척되지 않는다. 나머지는 나중에 이어질 것이다. 언젠가 피기가 덜시에게 다시 데이트를 신청하고, 그녀가 평소보다 더 외로워지고, 키치너 장군이 마침 다른 쪽을 보고 있다면……

아까 말했듯이 나는 꿈속에서 부유해 보이는 죽은 자들 옆에 서 있

---

*여섯 차례의 결혼으로 유명한 16세기 영국의 왕.

었고, 경찰은 그의 날개로 나를 잡고 그들과 한패냐고 물었다.

"저자들이 누구죠?" 내가 물었다.

"누구냐면," 경찰이 말했다. "여자들을 고용해서 일주일에 5, 6달러를 주며 그걸로 먹고살라고 한 사람들입니다. 당신도 저들과 한패인가요?"

"무슨 말씀을." 내가 말했다. "나는 그저 고아원에 불을 놓고, 푼돈 때문에 맹인을 살해한 사람이에요."

황금 반지의 자매
Sisters of the Golden Circle

러버넥 오토 버스는 출발 준비를 완료했다. 점잖은 운전기사가 즐거운 꼭대기 층 승객들을 각자의 자리에 배정시켰다. 길거리는 구경꾼들을 보려고 모여든 구경꾼들로 북적거려서 지구상의 모든 생명체는 다른 생명체에게 이용당한다는 자연법칙을 확인시켜 주었다.

관광 안내원이 확성기라는 고문 기구를 들어 올렸다. 대형 자동차 내부는 커피를 마신 사람의 심장처럼 쿵쿵 울리기 시작했다. 꼭대기 층 승객들은 불안하게 자기 좌석을 붙들었다. 인디애나 주 밸퍼레이소에서 온 노부인은 옆으로 밀리자 비명을 질렀다. 하지만 운전대가 돌아가기 전에 먼저 짧은 서론에 귀를 기울여 보라. 그것은 인생이라는 관광 여행의 흥미로운 사실 하나를 전할 것이다.

아프리카 황야에서 백인이 백인을 알아보는 일은 쉽고도 정확하다.

어머니와 아기가 나누는 영적 인사는 빠르고도 확실하다. 주인과 개는 동물과 인간 사이의 미미한 간극을 건너뛰어 자연스럽게 교감한다. 연인들 사이의 짧은 메시지는 그 신속함과 지혜로움을 이루 헤아릴 수 없다. 하지만 이 모든 공감의 사례는 러버넥 버스가 앞으로 펼쳐 보일 사례에 견주면 느리고 더듬거리는 것으로 여겨질 것이다. 여러분은 지상의 모든 거주자들 가운데 서로 마주했을 때 각자의 심장과 영혼을 가장 빨리 들여다보는 두 존재가 누구인지 (이미 알고 있지 않다면) 알게 될 것이다.

징이 울리면서 가섬* 관광버스는 위엄 있게 여행길에 올랐다.

버스 뒤쪽 최상부 좌석에 미주리 주 클로버데일에 사는 제임스 윌리엄스와 그 신부가 있었다.

신부, 인생과 사랑에서 그보다 더 빛나는 말은 없다. 꽃들의 향기, 벌의 선물, 샘물의 첫 모금, 종달새의 서곡, 창조의 칵테일에 얹힌 레몬 껍질— 신부란 바로 그런 것이다. 아내는 신성하고, 어머니는 위대하고, 여름 여자는 눈부시다. 하지만 신부는 남자가 인간의 운명과 결혼할 때 신들에게 받는 결혼 선물 가운데 가장 확실한 보증수표다.

자동차는 황금의 길을 미끄러져 갔다. 선장이 순양함 선교에 서서 승객들에게 대도시의 풍경을 큰 소리로 알렸다. 승객들은 입을 벌린 채 귀를 쫑긋 세우고 눈앞으로 밀려오는 대도시의 풍경 이야기를 들었다. 그들은 혼돈과 흥분, 지방 사람의 열망 어린 황홀감 속에 확성기가 집전하는 의식에 따라 고개를 이리저리 돌렸다. 그들은 커다란 성당들의 엄숙한 첨탑을 밴더빌트 가**의 집으로 보았다. 번잡하고 거대한 그랜드

*뉴욕 시의 별칭.
**미국의 대부호 집안.

센트럴 역에서는 신기하게도 러셀 세이지*의 검약한 오두막을 보았다. 허드슨 강 고지대를 보라는 명령이 떨어지자 그들은 아무 의심 없이 입을 벌리고 하수도를 새로 놓느라 파헤쳐진 흙더미를 보았다. 많은 이들이 리앨토 지역**으로 여기는 고가철도 역들에서는 제복을 입은 남자들이 사람들의 기차표를 썰었다. 오늘까지도 외곽 지역에 사는 많은 이들은 척 코너스가 가슴에 손을 얹고 개혁을 이끈다고, 지방 검사 파커스트의 고귀한 노력이 없었다면 악명 높은 '비숍' 포터 갱단이 바워리가에서 할렘 강까지 맨해튼 전역에서 법과 질서를 파괴했을 거라고 주장한다.

하지만 나는 여러분에게 제임스 윌리엄스 부인—그러니까 지난날 클로버데일의 미녀로 꼽힌 해티 차머스—을 볼 것을 청한다. 그 신부는 연청색 옷을 입어 그 색깔을 빛내 주었고, 채송화와 제비꽃은 그녀의 뺨에 기꺼이 분홍빛을 빌려 주었다. 하지만 그녀의 눈은 원래부터 훌륭했다. 쓸모없는 하얀 시폰 끈—아니면 그레나딘이나 튈 사※일지도 모른다—이 턱 밑에서 보닛을 고정해 주는 척하고 있었다. 하지만 모자를 고정해 주는 게 모자 핀이라는 건 당신도 나도 잘 안다.

제임스 윌리엄스 부인의 얼굴은 세계 최고의 사상을 3권으로 압축 기록하고 있었다. 1권은 제임스 윌리엄스가 훌륭한 사람이라는 믿음을 담았다. 2권은 세상이 훌륭한 곳이라는 세계관을 밝혔다. 3권은 자신들은 러버넥 버스 최상부 좌석에 앉아서 놀라운 속도로 여행 중이라는 믿음을 보였다.

제임스 윌리엄스는 누구나 짐작할 수 있듯이 곧 스물네 살이 될 예정

*수전노로 유명했던 미국의 대부호.
**19세기 뉴욕 맨해튼의 극장 지역.

이었다. 독자 여러분은 자신의 짐작이 정확했다는 사실에 기쁨을 느낄 것이다. 그의 나이는 정확히 스물세 살 11개월 29일이었다. 그는 체격이 좋고 활동적이고 다부지고 선량하고 전도유망했다. 그리고 지금 신혼여행 중이었다.

친절한 요정이여, 수표와 40마력 관광차와 명성과 새로 자란 머리칼과 보트 클럽 회장직 따위가 다 무엇인가. 그보다는 시간을 뒤로 돌려서 우리의 신혼여행을 다시 한 번 돌려주는 편이 더 낫다. 요정이여, 한 시간만 부탁한다. 풀밭과 포플러가 어땠는지, 그녀의 보닛 끈이 턱 밑에 어떻게 묶였는지 기억할 수 있도록. 실제로 보닛을 고정한 것은 모자 핀이라고 해도. 그렇게 할 수 없다고? 좋다. 그러면 관광버스와 석유 주식으로 돌아가자.

제임스 윌리엄스 부인 바로 앞에 헐렁한 진갈색 재킷을 입고 포도와 장미가 장식된 밀짚모자를 쓴 여자가 앉아 있었다. 포도와 장미를 한꺼번에 구할 수 있는 곳은 안타깝게도 꿈속과 모자 상점뿐이다. 확성기를 든 남자가 백만장자들에게 관심을 기울이라고 열변을 토할 때, 여자는 크고 푸르고 순진한 눈으로 그가 가리키는 곳들을 바라보았다. 그의 포효가 잠시 멎었을 때는 펩신 껌의 형태를 띤 금욕 철학에 의지했다.

여자의 오른쪽에는 스물네 살 정도 된 젊은이가 앉았다. 그는 체격이 좋고 활동적이고 다부지고 선량했다. 이 설명이 제임스 윌리엄스에 대한 설명과 똑같아 보인다면, 거기서 클로버데일을 빼라. 이 남자는 거친 거리와 격렬한 길모퉁이의 사람이었다. 그는 날카로운 눈길로 주변을 둘러보았는데, 자신의 최상부 좌석에서 내려다보이는 행인들 발밑의 아스팔트가 불만스러운 것 같았다.

확성기가 유명 호텔들에 대해 목청을 높이는 동안 나는 낮은 목소리로 여러분에게 바짝 붙어 앉으라고 말하겠다. 이제 곧 사건이 시작되고, 대도시가 다시 그들에게 밀려들 것이기 때문이다. 그 모습은 마치 브로 드 로*의 하락 장에서 시세 띠 조각들이 휘날려 내려오는 것과 비슷할 것이다.

진갈색 재킷의 여자는 맨 뒷좌석의 순례자들을 보려고 몸을 돌렸다. 다른 승객들은 이미 파악하고 있었다. 그녀에게 뒷좌석은 푸른 수염의 방**이라는 것을.

그녀는 제임스 윌리엄스 부인의 눈과 마주쳤다. 시곗바늘이 두 번 똑 딱거리기도 전에 그들은 서로의 인생, 사연, 희망과 공상을 교환했다. 그 리고 두 남자가 칼을 뽑을지 성냥불을 빌릴지 결정하기도 전에 눈으로 모든 것을 이루었다.

신부는 몸을 앞으로 기울였다. 신부와 여자는 함께 이야기했고, 그들 의 혀는 뱀처럼 빠르게 움직였다. 하지만 이 비유는 여기서 끝난다. 두 사람은 두 차례의 미소와 수십 번의 고갯짓으로 회담을 끝냈다.

그런데 러버넥 버스 앞의 넓고 조용한 대로에 검은 옷차림의 남자가 한 손을 들고 섰다. 보도에서 다른 남자가 그 곁으로 뛰어왔다.

과일 모자를 쓴 여자가 얼른 동행의 팔을 잡고 귓속말을 했다. 젊은이 는 신속한 행동 능력을 보였다. 몸을 숙이고 버스 옆면을 넘어가서 잠시 매달려 있다가 사라진 것이다. 꼭대기 자리 승객 대여섯 명은 그 위업에 눈이 휘둥그레졌지만 말은 하지 않았다. 이 어지러운 도시에서는 그것이 평범한 하차 방법일지 모르니 놀라움을 보이지 않는 편이 신중하다고

---

*뉴욕 시의 금융 지구.
**프랑스의 동화 작가 샤를 페로의 작품 「푸른 수염」의 남자 주인공은, 새로 결혼한 아내에 게 특정 방의 문을 열지 말라고 경고했다.

여겼기 때문이다. 차를 떠난 승객은 2인승 마차를 피하더니, 가구 배달 차와 꽃 배달 차 사이를 물결 위의 나뭇잎처럼 두리둥실 떠서 지나갔다.

진갈색 재킷의 여자가 다시 고개를 돌려 제임스 윌리엄스 부인의 눈을 보았다. 그러더니 시선을 앞으로 돌린 채 가만히 앉아 있었고, 러버넥 버스는 외투 안쪽에 배지가 반짝이는 평복 차림 남자 앞에 멈추었다.

"무슨 일이래요?" 확성기를 든 남자가 전문적이고 말끔한 말투를 버리고 물었다.

"차를 잠깐 세워요." 경찰이 명령했다. "수배 중인 남자가 이 차에 있어요. 필라델피아 강도고 이름은 '핑키' 맥과이어예요. 저기 뒷좌석에 있군요. 옆을 지켜, 도너번."

도너번은 뒷바퀴 쪽으로 가서 제임스 윌리엄스를 올려다보았다.

"내려와, 친구." 도너번이 유쾌하게 말했다. "이젠 잡혔어. 가족을 위해 슬리피타운으로 돌아가. 러버넥 버스에 숨은 건 괜찮은 발상이야. 기억해 두지."

차장이 확성기를 통해 부드럽게 조언했다.

"내려가서 설명하시지요, 손님. 버스는 예정된 코스를 가야 합니다."

제임스 윌리엄스는 분별 있는 사람이었다. 그는 필요한 만큼 느린 속도로 승객들을 뚫고 버스 앞쪽 계단까지 갔다. 아내가 뒤를 따랐지만, 먼저 뒤로 눈을 돌려서 도망자가 가구 배달 차 뒤에서 빠져나와서 거기서 15미터도 떨어지지 않은 작은 공원의 나무 뒤로 숨는 것을 보았다.

제임스 윌리엄스는 땅에 내려와서 자신을 잡은 자들을 미소로 바라보았다. 자신이 강도로 오해받는다는 사실이 클로버데일에서 얼마나 재미있는 이야기가 될까 하는 생각이 들었다. 러버넥 버스는 손님들을 위해 일부러 미적거렸다. 이보다 더 재미있는 구경거리가 뭐가 있겠는가?

"저는 미주리 주 클로버데일에 사는 제임스 윌리엄스입니다." 그는 경찰이 너무 큰 치욕을 느끼지 않도록 부드럽게 말했다. "제가 가진 편지들을 보시면……"

"같이 가지." 평복 차림의 남자가 말했다. "'핑키' 맥과이어의 인상착의가 삶아 빤 플란넬처럼 당신한테 딱 들어맞아. 어떤 형사가 센트럴 공원에서 당신이 러버넥에 있는 걸 보고 당장 체포하라고 전화했어. 설명은 경찰서에 가서 해."

결혼한 지 2주 된 신부인 제임스 윌리엄스의 아내는 이상하게 부드러운 눈빛과 홍조 띤 표정으로 그를 보며 말했다.

"조용히 따라가, '핑키'. 어쩌면 좋은 일이 될지도 몰라."

가섬 관광버스가 다시 굴러가자 그녀는 돌아서서 키스를 날렸다. 러버넥 상부 좌석에 있는 누군가를 향해서.

"여자분이 당신에게 좋은 충고를 해주는군, 맥과이어. 이제 따라와." 도너번이 말했다.

제임스 윌리엄스는 분노에 사로잡혔다. 그는 모자를 뒤통수 쪽으로 밀어 썼다.

"아내가 날 강도로 보는 것 같아요." 그가 사납게 말했다. "아내가 미쳤다는 소리는 들은 적 없으니 내가 미쳤나 봅니다. 그리고 내가 미쳤다면, 미친 인간이 당신들 두 바보를 죽여도 어떻게 할 수 없을 겁니다."

그 말과 함께 그가 어쩌나 격렬하게 체포에 저항했는지 경찰들은 호루라기를 불어 다른 경찰을 부르고, 밀려드는 구경꾼 수천 명을 물리치기 위해 지원병을 요청해야 했다.

경찰서에서 사무 경사가 그의 이름을 물었다.

"맥두들, 핑크, 아니 야수 핑키던가? 생각이 안 나네요" 하고 제임스 윌리엄스가 대답했다. "하지만 제가 강도라는 건 확실하죠. 그건 빼먹지 마세요. 그리고 핑크를 잡는 데 다섯 명이 필요했다는 것도 덧붙이세요. 나는 특히 그 점을 기록에 남기고 싶습니다."

그로부터 한 시간 뒤에 제임스 윌리엄스 부인은 매디슨 가에 사는 토머스 숙부와 함께 존경을 불러일으키는 자동차를 타고서 남편이 결백하다는 증거를 가지고 왔다. 마치 자동차 회사가 후원하는 연극의 3막 같았다.

경찰이 제임스 윌리엄스에게 유명 강도를 흉내 낸 것을 엄하게 꾸짖고 최대한 명예롭게 풀어 주자, 윌리엄스 부인이 그를 다시 체포해서 경찰서 구석으로 데리고 갔다. 제임스 윌리엄스는 한쪽 눈으로 그녀를 보았다. 그리고 누가 자기 오른손을 잡고 있는 동안 도너번이 자신의 다른 쪽 눈을 감겼다고 말했다. 그는 이전까지 아내를 질책하거나 비난한 적이 없었다.

"대체 왜 그랬는지 설명 좀 해봐." 그가 약간 뻣뻣하게 말했다.

"여보." 그녀가 말을 가로막았다. "당신이 힘들었던 건 한 시간이야. 나는 그 여자를 위해서 그렇게 했어. 버스에서 나하고 이야기한 여자 있잖아. 나는 아주 행복했어, 짐. 너무 행복해서 다른 사람도 그 행복을 누려야 한다고 생각했어. 짐, 그 사람들은 오늘 아침에 결혼했대. 그 두 사람 말이야. 나는 남자가 도망가게 하고 싶었어. 경찰이 당신하고 씨름하는 사이 그 남자는 나무 뒤에 숨어 있다가 공원 반대편으로 달아났어. 그게 다야. 나는 그렇게 해야 했어."

이렇듯 무늬 없는 금반지를 낀 여자들은 평생 단 한 번 황홀의 빛을 두르는 자매를 간단히 알아본다. 남자들은 쌀알과 나비넥타이를 보아야 상대가 결혼한 신랑임을 안다. 하지만 신부들은 가벼운 시선으로도 신부를 알아본다. 그리고 그들 사이에는 남자와 과부는 모르는 언어가 위로와 의미를 담고 빠르게 오간다.

바쁜 주식 중개인의 로맨스

The Romance of a Busy Broker

주식 중개인 하비 맥스웰이 9시 반에 젊은 여자 속기사와 함께 회사에 씩씩하게 들어오자, 그의 비서 피처의 표정 없는 얼굴에 약간의 관심과 놀라움이 비쳤다. 맥스웰은 "안녕하시오, 피처"라는 말과 함께 훌쩍 뛰어넘듯 자기 책상 앞으로 달려가서 자신을 기다리는 편지와 전보 더미 속으로 뛰어들었다.

젊은 여자는 1년 전부터 맥스웰의 속기사로 일했다. 그녀의 아름다움은 전혀 속기사 같지 않았다. 그녀는 화려한 올림머리를 포기했다. 사슬, 팔찌, 목걸이도 걸지 않았다. 점심 초대를 막 받아들이려는 분위기가 아니었다. 옷은 회색에 평범했지만 여자의 몸매에 점잖게 잘 어울렸다. 단정한 검은색의 터번 모자에는 마코 앵무새의 금록색 날개가 있었다. 오늘 아침 그녀는 은은하고도 수줍게 빛났다. 두 눈은 꿈꾸듯 밝았고, 빰은 진정한 복숭앗빛이었으며, 추억에 물든 표정은 행복해 보였다.

피처는 계속 가벼운 호기심을 느끼며 오늘 아침 여자의 태도가 변한 것을 감지했다. 여자는 자기 책상이 있는 부속실로 가지 않고 어정쩡하게 바깥 사무실에서 머뭇거렸다. 한번은 맥스웰이 알아차릴 만큼 그의 책상 가까이로 다가오기도 했다.

하지만 책상에 앉는 순간부터 맥스웰은 더 이상 남자가 아니라 기계였다. 바퀴와 용수철에 의해 바쁘게 움직이는 뉴욕 주식 중개인이라는 기계.

"무슨 일이지? 무슨 일이라도?" 맥스웰이 날카롭게 물었다. 어지러운 책상 위에는 개봉한 우편물이 무대 위 눈 더미처럼 쌓여 있었다. 무뚝뚝한 그의 날카로운 잿빛 눈이 약간 짜증을 띠고 그녀에게 가닿았다.

"아무것도 아니에요." 속기사가 대답하고는 가벼운 미소 속에 물러갔다.

"피처 씨." 그녀가 비서에게 말했다. "어제 혹시 맥스웰 소장님이 속기사를 새로 고용한다는 말을 하지 않았나요?"

"했습니다." 피처가 대답했다. "새 속기사를 구하라고 해서, 어제 오후에 협회에 연락해 오늘 아침에 후보자를 몇 명 보내 달라고 했습니다. 그런데 지금 9시 45분인데, 아직 챙 넓은 여자 모자도 파인애플 껌도 하나 나타나지 않네요."

"새 속기사가 올 때까지는 평소처럼 일하겠어요." 여자가 말했다. 그리고 곧장 자기 책상으로 가서 금록색 마코 앵무새 날개가 달린 검은 터번 모자를 익숙한 곳에 걸었다.

한창 시간에 바쁘게 일하는 맨해튼 주식 중개인의 모습을 못 본 사람은 인류학을 공부하는 데 불리하다. 시인은 '눈부신 인생의 붐비는 한 시간'을 노래한다.* 주식 중개인의 한 시간은 붐빌 뿐 아니라 분과 초가 손잡이마다 빼곡히 매달려 앞뒤 승강대까지 꽉 차 있는 전차와도 같다.

그리고 오늘은 하비 맥스웰이 바쁜 날이었다. 전신 수신기는 주식 시세 띠를 경련하듯 움찔움찔 뱉어 냈고, 책상 전화는 시도 때도 없이 울렸다. 사람들이 사무소로 몰려와서 난간 너머로 유쾌하고 날카롭고 악의적이고 흥분한 소리를 질러 댔다. 사환들이 메시지와 전보를 가지고 정신없이 들락거렸다. 사무소 직원들은 폭풍 속의 선원처럼 이리 뛰고 저리 뛰었다. 피처의 딱딱한 얼굴조차 활기 비슷한 것을 띠었다.

증권 거래소에는 태풍과 산사태와 눈보라와 빙하와 화산이 일었고, 이런 자연재해는 중개인 사무소에서도 축소된 규모로 반복되었다. 맥스웰은 의자를 벽에다 붙이고 발끝으로 춤추는 토 댄서처럼 사업을 수행했다. 전신 수신기에서 전화로, 책상에서 문으로 민첩하게 뛰어다니는 그는 숙련된 광대 같았다.

이렇게 스트레스가 고조되던 어느 순간, 맥스웰의 눈앞에 높이 말아 올린 금발 머리와 타조 깃털이 꽂힌 벨벳 덮개가 까딱거리며 나타났다. 인조 물개 가죽 원피스는 헐렁했고, 호두만 한 구슬이 엮인 띠는 바닥 근처까지 은색 하트 구슬을 드리웠다. 이런 장신구를 두르고 나타난 사람은 차분한 인상의 젊은 여자였고, 피처가 옆에서 설명했다.

"속기사 협회에서 보낸 지원자입니다."

맥스웰은 종이와 주식 시세 띠를 두 손 가득 들고 반쯤 돌아앉았다.

"지원? 뭘 지원해?" 그가 인상을 쓰고 물었다.

"속기사 자리요." 피처가 말했다. "소장님이 어제 저한테 속기사 협회에 연락해서 오늘 아침에 지원자를 보내게 하라고 말씀하셨습니다."

---

* 월터 스콧의 시 「대답」에 '눈부신 인생의 붐비는 한 시간은/ 이름 없는 한 시대만 한 가치가 있다'는 구절이 있다.

"정신이 없군, 피처." 맥스웰이 말했다. "내가 왜 그런 지시를 내리지? 레슬리 양이 1년 동안 일을 잘하고 있잖아. 레슬리 양은 자기만 원하면 언제까지든 그 자리를 지킬 수 있어. 죄송하지만 우리 사무소에는 자리가 없습니다. 협회에 다시 연락해서 의뢰를 취소하고, 더는 속기사를 불러들이지 말게."

은색 하트는 분노 속에 사무소를 떠나며 가구들에 제각기 독립적으로 부딪혔다. 피처는 잠시 짬이 났을 때 경리 직원에게 '노친네'가 점점 멍청해지고 건망증이 심해지는 것 같다고 말했다.

업무는 점점 더 맹렬하게 밀려들었다. 거래소 장내에서는 맥스웰의 고객들이 큰돈을 투자한 여섯 종의 주식을 투매하고 있었다. 사고파는 명령이 제비처럼 빠르게 오갔다. 맥스웰 자신의 주식 일부도 위험에 처했고, 그는 섬세하고도 튼튼한 고성능 기계처럼 일했다. 최고의 인장력引張力, 최고의 속도, 정확함, 빠른 판단력으로 적절하게 말하고 행동하며, 시계태엽처럼 정교하게 움직였다. 그곳은 주식, 채권, 채무, 저당, 담보 증거금, 유가증권으로 이루어진 금융의 세계였고, 인간 세계나 자연 세계가 들어갈 자리는 없었다.

점심시간이 가까워지자 법석이 잠깐 누그러들었다.

맥스웰은 두 손에 전보와 메모를 잔뜩 들고, 오른쪽 귀 뒤에 만년필을 꽂고, 이마 위에 머리카락을 흩뜨린 채 책상 옆에 서 있었다. 창문이 열려 있었고, 그 대지의 통풍구를 통해 사랑스러운 봄의 여신이 약간의 온기를 불어넣었기 때문이다.

그리고 창밖에서 떠돌던 ─아마도 길을 잃은─ 섬세하고 달콤한 라일락 향기가 안으로 들어와 잠시 동안 중개인을 어루만졌다. 그것은 레슬리 양의 향기였기 때문이다. 그녀의 것, 오직 그녀만의 것이었다.

그는 그 향기에 그녀를 생생하게, 거의 눈앞에 있는 듯이 떠올렸다. 금융 세계는 갑자기 티끌이 되었다. 그리고 그녀는 옆방에, 스무 걸음 거리에 있었다.

"아무래도 지금 당장 해야겠어." 맥스웰이 어정쩡 소리 내서 말했다. "지금 말해야겠어. 왜 진작 하지 않았을까."

그는 수비하는 유격수처럼 서둘러 안쪽 사무실로 달려갔다. 그리고 속기사의 책상으로 돌진했다.

그녀는 미소를 띠고 그를 올려다보았다. 뺨에 부드러운 분홍빛이 떠오르고, 눈빛은 다정하고 솔직했다. 맥스웰은 책상에 한쪽 팔꿈치를 얹었다. 양손에는 여전히 종이 쪼가리들이 펄럭였고, 귀 뒤에는 펜이 꽂혀 있었다.

"레슬리 양," 그가 서둘러 말했다. "시간이 별로 없군. 하지만 짬을 내서 하고 싶은 말이 있어. 내 아내가 되어 주겠어? 평범하게 연애할 시간은 없었지만 난 레슬리 양을 사랑해. 빨리 대답해 줘. 지금 유니언 퍼시픽이 혼쭐이 나고 있어."

"무슨 말씀이에요?" 여자가 소리쳤다. 그리고 둥그런 눈으로 그를 보며 일어섰다.

"내 말 이해 못해?" 맥스웰이 답답해하며 말했다. "당신이 나하고 결혼해 주면 좋겠어. 사랑해, 레슬리 양. 이 말을 하고 싶었고, 일이 좀 느슨해져서 기회를 잡은 거야. 전화가 왔다는군. 잠깐 기다려 달라고 해, 피처. 어때, 레슬리 양?"

속기사는 아주 이상하게 행동했다. 처음에는 놀라고 당황한 것 같았다. 그러다가 이내 눈물을 흘리더니 밝은 미소를 짓고 한 팔로 중개인의 목을 부드럽게 감싸 안았다.

"아, 이제 알겠네요." 그녀가 다정하게 말했다. "정신없이 일하느라 잠시 모든 걸 잊어버렸군요. 처음에는 깜짝 놀랐어요. 생각 안 나요, 하비? 우리는 어젯밤 8시에 트랜스피겨레이션 교회에서 결혼했잖아요."

가구가 딸린 셋방
The Furnished Room

　뉴욕 시 로어웨스트사이드의 붉은 벽돌 지구 거주자들은 시간 자체
만큼이나 불안하고 흔들리고 찰나적이다. 그들은 집이 없지만 백 채의
집이 그들 앞에 있다. 그들은 가구 딸린 셋방에서 셋방으로 옮겨 다니
는 영원한 떠돌이다. 거주지도 떠돌고, 심장과 정신도 떠돈다. 그들은 엇
박자로 〈즐거운 나의 집〉을 부른다. 모든 라레스 에트 페나테스*를 작은
상자 하나에 담아 가지고 다닌다. 그들이 아는 덩굴은 넓은 모자챙의
장식 덩굴이고, 그들에게 고무나무는 무화과나무나 마찬가지다.

　그래서 천 명의 주민이 사는 이 지구에는 천 가지 이야기가 있고, 그
이야기는 당연하지만 대체로 지루하다. 하지만 이 모든 방랑객의 발자

---

*라틴어로 '세간'이라는 뜻.

취 가운데 유령의 흔적이 없다면 그것도 이상한 일일 것이다.

어느 날 해 지고 어두운 저녁에 한 젊은이가 이곳의 쇠락한 저택들 사이를 돌아다니며 초인종을 울렸다. 그러다 열두 번째 집 현관 앞 계단에 보잘것없는 꾸러미를 내려놓고 모자 띠와 이마의 먼지를 닦았다. 그 집의 초인종 소리는 좀 떨어진 텅 비고 깊은 어느 곳에서부터 희미하게 울렸다.

열두 번째 집의 가정부가 그가 울린 초인종 소리를 듣고 나왔다. 가정부는 마치 호두를 다 갉아 먹어 껍데기만 남기고서 그 빈 자리에 식용 세입자를 들이려는 섬뜩하고 배부른 벌레 같았다.

그는 셋방이 있느냐고 물었다.

"들어오세요." 가정부가 말했다. 목구멍 깊은 데서 올라오는 소리였고, 그 목구멍은 털가죽으로 덮여 있는 것 같았다. "3층 뒷방이 일주일 전에 비었어요. 한번 보실래요?"

젊은이는 가정부를 따라 계단을 올랐다. 근원을 알 수 없는 희미한 빛이 복도의 그림자를 누그러뜨렸다. 그들은 베틀조차 자신이 짠 게 아니라고 부인할 듯한 계단 카펫을 소리 없이 밟고 올라갔다. 카펫은 식물이 된 것 같았다. 퀴퀴하고 응달진 공기 속의 풍성한 지의류 또는 군데군데 돋아서 유기체처럼 발밑에서 끈적이는 이끼가 된 것 같았다. 계단 모퉁이마다 벽에 빈 벽감이 있었다. 한때는 거기 화분이 놓였을 것이다. 그리고 그랬다면 이 고약하고 오염된 공기 속에서 죽었을 것이다. 거기 성인의 조각상이 있었을 수도 있지만, 그랬다면 도깨비와 악마가 그것을 어둠 속으로, 가구 딸린 지하 구덩이로 끌고 내려갔을 거라는 상상도 할 수 있었다.

"이 방이에요." 가정부가 털가죽 목구멍으로 말했다. "좋은 방이에요.

비는 때가 별로 없어요. 지난여름에는 아주 점잖은 사람들이 살았어요. 아무 말썽 없었고, 돈도 선불로 시간에 정확히 맞춰 주었어요. 수도는 복도 끝에 있어요. 스프라울스와 무니가 이 방에서 석 달을 살았어요. 보드빌 배우예요. 브레타 스프라울스라는 이름을 들으셨는지 모르겠지만 그건 예명일 뿐이죠. 화장대 위에 걸려 있는 액자는 결혼 증명서고, 가스는 여기 있고, 보시다시피 벽장이 아주 커요. 모두가 좋아하는 방이죠. 오래 비어 있을 때가 없답니다."

"여기 극장 관계자들이 많이 사나요?" 젊은이가 물었다.

"왔다 갔다 해요. 세입자의 상당수가 극장 관계자예요. 그래요, 여기는 극장 지구니까요. 배우들은 어디서도 그렇게 오래 머물지 않아요. 나는 내 몫을 벌고요. 그래요, 그 사람들은 왔다 갔다 해요."

그는 그 방을 쓰기로 하고, 일주일 치를 선불로 주었다. 지쳐 있어서 바로 들어오고 싶다며 돈을 세어 주었다. 가정부가 나갈 때 그는 그때까지 천 번쯤 한 질문을 입안에 머금고 있다가 슬쩍 던졌다.

"혹시 여기 세입자 중에 배슈너 양…… 엘로이즈 배슈너 양이라는 아가씨가 있었는지 기억하시나요? 극장에서 노래를 했을 겁니다. 얼굴이 예쁘고 키는 중간이고 몸은 날씬하죠. 머리는 붉은 금발이고 왼쪽 눈썹 옆에 검은 사마귀가 있습니다."

"아뇨, 그런 이름은 생각 안 나네요. 극장 사람들은 이름도 방만큼이나 자주 바뀌요. 왔다 갔다 하죠. 그런 이름은 생각나지 않아요."

언제나 그랬다. 다섯 달 동안 끊임없이 물었지만 언제나 아니라는 대답이 돌아왔다. 무수한 시간을 들여 낮에는 매니저, 대리인, 학교, 무용단에게 묻고, 밤에는 호화 캐스트 극장에서부터 싸구려 뮤직홀―그곳은 너무도 저속해서 혹시라도 거기서 그 사람을 찾을까 봐 두려웠다―

까지 돌아다니며 모든 관객에게 물어보았다. 그녀가 집을 떠난 직후 그는 이 거대한 바닷가 도시가 그녀를 품었을 거라고 확신했지만, 이 도시는 무시무시한 유사流砂처럼 쉴 새 없이 움직이며 아래로 꺼져 내려서 오늘 위쪽에 있던 입자들이 내일은 늪과 진흙 속으로 사라졌다.

가구 딸린 셋방은 거짓 친절을 띠고 최신 손님을 받았다. 화류계 여자의 억지 미소처럼 급하고 피로하고 기계적인 친절이었다. 거짓 위안은 미광을 반사하는 썩은 가구, 낡은 브로케이드 천 소파와 의자 두 개, 두 창문 사이에 걸린 30센티미터 폭의 싸구려 틈새 거울, 금박 액자 두어 개와 구석에 놓인 놋쇠 침대 틀에서 왔다.

손님은 의자에 힘없이 기대 누웠고, 방은 바벨탑의 일부라도 되는 듯 언어에 혼란을 느끼며 그에게 여러 세입자의 이야기를 전하려 했다.

알록달록한 깔개는 환한 꽃이 핀 직사각형의 열대 섬 같았고, 파도치는 바다 같은 더러운 바닥재가 그것을 둘러싸고 있었다. 밝은 벽지 위에는 집 없는 이들을 이 집 저 집 따라다니는 그림들―〈위그노 연인들〉, 〈첫 싸움〉, 〈결혼 피로연〉, 〈샘가의 프시케〉―이 걸려 있었다. 벽난로 선반의 단아하고 엄격한 윤곽선은 안타깝게도 아마존 춤을 출 때 두르는 어깨띠처럼 삐딱하게 늘어진 커튼에 가려져 있었다. 그리고 그 위에는 그 방에 난파했던 이들이 행운의 배를 타고 새 항구로 떠날 때 버린 표류물들이 있었다. 시시한 꽃병, 여배우 사진, 약병, 트럼프 카드 몇 장.

암호 글자가 천천히 해독되듯이 이 가구 딸린 셋방에 살다 간 여러 손님들의 작은 흔적이 하나하나 의미를 드러냈다. 화장대 앞 깔개 한 부분이 해어진 것은 그들 중에 사랑스러운 여자가 있었다는 것을 알려 주었다. 벽에 묻은 작은 지문은 그 방의 수감자들이 햇빛과 바람을 들이려고 노력했음을 보여 주었다. 터지는 폭탄의 그림자 같은 물 얼룩은 그들이 컵이나 병을 던져 깨뜨린 사건을 목격했음을 알려 주었다. 틈새 거울에는 유리칼로 삐뚤빼뚤 새긴 '마리'라는 이름도 있었다. 가구 딸린 셋방에 연달아 거주한 이들은 분노 속에서 —아마도 그 번쩍이는 차가움을 견디지 못하고— 그 방에 격정을 쏟아 낸 것 같았다. 가구들은 여기저기 깨지고 멍들어 있었다. 스프링이 튀어나오고 비틀린 소파는 어떤 기괴한 경련을 일으키던 중에 살해된 괴물 같았다. 그보다도 강력한 다른 힘은 대리석 벽난로 선반에 틈을 벌려 놓았다. 바닥 판자 하나하나가 각기 다른 고통에서 비롯된 듯한 특별한 한탄과 비명을 지니고 있었다. 이런 가해와 손상을 그곳을 잠시라도 집이라고 부르던 사람들이 행했다는 걸 믿기 어려울 지경이었다. 그들이 분노한 것은 어쩌면 맹목적으로 살아 있는 기만당한 집에 대한 본능, 가짜 보금자리 신에 대한 분개 때문인지도 모른다. 진짜 내 집이라면 우리는 허름한 오두막도 쓸고 장식하고 매만질 수 있다.

젊은 세입자는 의자에 앉아서 이런 생각들이 조용히 머릿속을 지나가게 했고, 그사이 방 안으로 가구 딸린 소리와 가구 딸린 냄새가 흘러 들어왔다. 어느 방에서 무절제하고 부주의한 웃음소리가 킥킥 들렸다. 다른 방에서는 독백 같은 훈계, 주사위 굴리는 소리, 자장가, 힘없는 울음소리가 들렸다. 위쪽에서는 밴조가 신이 나서 둥둥거렸다. 어디선가 문들이 쾅쾅거렸다. 고가철도가 간헐적으로 포효했다. 고양이가 뒷마당 울타리에서 처량하게 울었다. 그리고 그는 그 집의 공기를 마셨다. 지하 무덤 냄새에 리놀륨 냄새와 썩은 나무 냄새가 섞인 듯 차갑고 퀴퀴한 악취는 냄새라기보다 축축한 맛 같았다.

그런데 그가 그러고 있을 때, 방에 갑자기 강하고 달콤한 목서초 향기가 들어찼다. 한 줄기 바람에 실려 온 그 향기가 어찌나 또렷하고 향기롭고 강력한지 거의 살아 있는 방문객 같았다. 그래서 남자는 누가 부르기라도 한 것처럼 "뭐지?" 하고 소리치며 벌떡 일어나 돌아보았다. 진한 향기는 스르르 다가와서 그를 감쌌다. 젊은이는 그것을 잡으려고 두 손을 뻗었고, 그 순간 그의 모든 감각이 뒤섞였다. 어떻게 냄새가 사람을 그렇게 확실하게 부를 수 있을까? 그건 분명히 어떤 소리였을 것이다. 하지만 그것은 지난날 그를 어루만졌던 그 소리와는 다른 것인가?

"그녀가 이 방에 있었어." 그는 소리치고 거기서 징표를 찾으려고 했다. 그녀에게 속한 것 또는 그녀가 손을 댔던 것이라면 아무리 작은 것도 알아볼 수 있었다. 그를 감싸는 이 목서초 향기, 그녀가 몹시 사랑해서 자신의 상징처럼 만든 이 향기는…… 어디서 온 걸까?

방은 대강 정리되어 있는 상태였다. 얇은 화장대보 위에는 대여섯 개의 머리핀―여자들의 친구인 이 신중하고 구별 불가능한 존재는 여성명사고 서법은 부정법不定法이며 시제는 알 수 없다―이 흩어져 있었다. 하지만 누구의 것인지 알 수 없었기에 그는 그것들을 무시했다. 화장대 서랍을 뒤져 보니 누군가가 버린 작고 너덜거리는 손수건이 나왔다. 얼굴에 대보았다. 헬리오트로프 꽃 향기가 외설스럽고 뻔뻔하게 풍겼다. 그는 그것을 바닥에 던졌다. 다른 서랍에는 단추, 극장 프로그램, 전당포 명함, 잊혀진 마시멜로 두 개, 해몽 책이 있었다. 마지막 서랍에서는 검은색 공단으로 만든 리본 핀이 나왔고, 그는 잠시 얼음과 불 사이에 멈춰 섰다. 하지만 검은 공단 리본 핀 역시 여자들의 새침하고 개성 없고 흔한 장신구로 아무것도 알려 주지 않는다.

그는 냄새를 쫓는 하운드 개처럼 방 안을 쑤시고 다니며 벽을 훑고, 기어가는 자세로 바닥재의 불룩한 부분을 살피고, 벽난로 선반, 탁자, 커튼, 벽걸이 천, 구석에 놓인 삐딱한 캐비닛을 뒤지며, 그녀가 자기 옆에, 주변에, 앞에, 안에, 위에서 자신에게 매달려 구애하고, 자신의 둔한 감각도 알아차릴 만큼 예리한 감각으로 자신을 부르는 확실한 흔적을 찾으려 했다. 그는 다시 한 번 소리 내서 대답했다. "그래, 나야!" 그리고 거친 눈으로 돌아서서 텅 빈 방을 바라보았다. 목서초 향기에서는 아직 형체와 색깔과 사랑과 앞으로 뻗은 두 팔을 판별할 수 없었기 때문이다. 오, 하느님! 이 향기는 어디서 왔고, 향기들은 언제부터 사람을 부르는 목소리가 된 것입니까? 그렇게 그는 방 안을 더듬었다.

틈새와 구석에서 코르크와 담배가 나왔다. 그는 그것들을 조용히 경멸하며 지나갔다. 하지만 바닥재 주름 속에서 시가 꽁초가 나왔을 때는 격렬한 욕설을 뱉으며 그것을 뒤꿈치로 밟아 뭉갰다. 그는 끝에서 끝까지 방을 샅샅이 훑었다. 많은 떠돌이 세입자들의 처량하고 한심한 작은 기록들도 나왔다. 하지만 그가 찾는, 그 방에서 살았을지도 모르는, 그 영혼이 여전히 거기 머무르고 있는 것 같은 그녀의 흔적은 아무것도 찾을 수 없었다.

그때 그는 가정부가 떠올랐다.

그는 그 유령 깃든 방을 나가 아래층으로 내려가서 빛이 엿보이는 문으로 갔다. 문을 두드리자 가정부가 나왔다. 그는 최선을 다해 흥분을 눌렀다.

"부인, 제가 오기 전에 제 방에 산 사람이 누구인지 알려 주실 수 있나요?" 그가 물었다.

"네, 다시 말씀드리죠. 아까 말했듯이 스프라울스와 무니예요. 예명은 브레타 스프라울스 양이지만 실제로는 무니 부인이죠. 우리 집은 평판이 좋아요. 결혼 증명서 액자를 벽에 걸……"

"스프라울스 양은 어떤 분이었나요? 그러니까 생김새가요."

"검은 머리에 키가 작고 뚱뚱하고 웃긴 얼굴이었어요. 그 사람들은 지난주 화요일에 나갔어요."

"그럼 그 전에는 누가 있었나요?"

"화물업을 하는 독신 남자가 있었어요. 한 주 치 세를 안 주고 떠났죠. 그 전에는 크라우더 부인이 두 아이를 데리고 넉 달을 살았고요. 그 전에는 도일 씨라는 노인이었고, 아들들이 방세를 내주었어요. 그분은 여섯 달을 있었어요. 그게 1년 전이고 그 전은 기억이 안 나네요."

그는 가정부에게 고맙다고 말하고 자기 방으로 돌아왔다. 이제 그 방은 죽었다. 방에 생기를 불어넣던 정수는 사라졌다. 목서초 향기는 떠났다. 그 자리에는 퀴퀴한 가구들과 갇힌 공기의 낡고 불쾌한 냄새뿐이었다.

희망이 물러가면서 믿음도 사라졌다. 그는 자리에 앉아 노랗게 팔락이는 가스등을 바라보았다. 그러다 잠시 후 침대로 가서 침대보를 잘게 찢고는 칼로 그 조각들을 창문과 문의 모든 틈새에 단단히 박아 넣었다. 모든 것이 아늑하고 단단해지자, 그는 불을 끄고 가스를 최대치로 올린 뒤 기쁘게 침대에 누웠다.

* * * * *

매쿨 부인이 맥주를 대접하는 밤이었다. 그래서 부인은 가정부들이 어울리고 벌레는 좀처럼 죽지 않는 지하 은신처 한 곳으로 맥주를 가져가서 퍼디 부인과 함께 앉았다.

"오늘 저녁 우리 집 3층 뒷방에 새 세입자를 들였어요." 퍼디 부인이 미세한 거품을 앞에 놓고 말했다. "젊은이예요. 두 시간 전에 방으로 올라갔어요."

"정말이에요, 퍼디 부인?" 매쿨 부인이 감탄하며 말했다. "그런 방을 세 놓다니 정말 놀랍네요. 그러면 그 사람한테 말했어요?" 부인이 의아함 가득한 쉰 목소리로 나직하게 물었다.

"세를 주려고 우리 집 방들에 가구를 들였어요." 퍼디 부인은 털가죽 느낌이 특히 더 강한 목소리로 말했다. "그리고 그 사람한테 그 일에 대해 말하지는 않았어요, 매쿨 부인."

"잘하셨어요. 우리는 세를 받아서 살아야 하니까요. 부인의 사업 감각은 정말 훌륭해요. 그 방에서 누가 자살했다는 말을 들으면 사람들은 세 들기 싫어할 거예요."

"부인 말대로 우리도 먹고살아야 하니까요." 퍼디 부인이 말했다.

"그럼요, 당연하죠. 바로 일주일 전에 내가 그 3층 뒷방 치우는 걸 도와줬잖아요. 그렇게 귀여운 여자가 가스로 자살을 하다니. 얼굴도 아주 예뻤는데."

"그럭저럭 예쁜 편이었죠. 왼쪽 눈썹 옆의 사마귀만 아니었다면." 퍼디 부인이 동의하면서도 약간 비판적으로 말했다. "잔을 채워 드릴까요, 매쿨 부인?"

틸디의 짧은 데뷔
The Brief Debut of Tildy

보글의 찹 하우스 앤드 패밀리 레스토랑을 모르는 사람은 인생에서 손해를 본다고 할 수 있다. 그러니까 값비싼 식사를 할 수 있는 유복한 계층의 사람은 그렇지 않은 나머지 절반이 어떻게 식사를 하는지 관심을 가져야 한다. 식당 계산서의 금액이 중요한 쪽에 속하는 사람이라 해도 보글 레스토랑은 알아야 한다. 그곳은 돈값을 하는 곳이기 때문이다. 적어도 양 면에서는 그렇다.

보글 레스토랑은 부르주아지의 거리인 브라운-존스-앤드-로빈슨* 가, 즉 8번 가에 있다. 홀에는 식탁이 한 줄에 여섯 개씩 두 줄로 놓여 있다. 식탁마다 바퀴 달린 양념 통 스탠드가 있고, 그 위에 양념 통들이 있다.

*중산층 신사들을 일컬음. 앤서니 트롤럽의 소설에서 유래.

후추 통을 흔들면 화산 먼지처럼 아무 맛도 없고 우중충한 구름이 만들어진다. 소금 통에서는 아무것도 나오지 않는다. 시든 순무에서 붉은 물을 빼낼 수 있는 사람이라 해도 보글 레스토랑의 소금 통에서는 소금을 빼낼 수 없을 것이다. 그리고 식탁에는 '인도 귀족의 조리법'으로 만든 온화한 소스의 모조품도 있다.

계산대 의자에는 보글이 앉아 있다. 그는 차갑고 탐욕스럽고 둔하고 화난 얼굴로 우리의 돈을 받는다. 산처럼 쌓인 이쑤시개 앞에서 그는 우리에게 거스름돈을 주고, 계산서를 챙기고, 날씨 이야기를 두꺼비처럼 툭 던진다. 기상에 대한 그의 진술에 대해서는 그저 그렇다고 수긍하는 것 이상으로 나가지 않는 편이 좋다. 우리는 보글의 친구가 아니다. 우리는 그 집에서 식사를 하고 가는 손님일 뿐이고, 우리와 그는 가브리엘 천사가 나팔을 불어 최후의 심판을 알릴 때까지 다시 만나지 않을지도 모른다. 그러니 거스름돈을 받고 꺼져라. 그게 보글의 생각이다.

보글 레스토랑에 온 손님을 맞는 것은 두 여종업원과 하나의 목소리다. 종업원 중 한 명은 에일린이라는 이름이다. 키가 크고 아름답고 생기 넘치고 친절하고 유머 감각이 있다. 그녀의 다른 이름은? 보글 레스토랑에서는 손가락 씻는 물그릇 말고는 아무것도 다른 이름이 필요 없다.

다른 종업원의 이름은 틸디였다. 마틸다가 아니다. 제대로 들어 보라. 틸디, 틸디다. 틸디는 땅딸막하고 못생겼다. 그리고 호감을 얻으려는 열성이 지나쳐 호감을 얻지 못했다. 바로 전의 문장을 한두 번 반복해 말해 보고 이어 무한 반복하라.

보글 레스토랑의 목소리는 눈에 보이지 않았다. 그것은 부엌에서 왔고, 그다지 독창적이지 않았다. 그것은 이교도의 목소리였고, 여종업원들이 공허하게 반복해 말하는 음식 칭찬에 만족했다.

에일린이 아름답다고 다시 한 번 말하면 당신은 지겨울까? 그녀가 수백 달러짜리 옷을 입고 부활절 행렬에 끼었고, 당신이 그 모습을 보았다면 당신도 서둘러 그 말을 했을 것이다.

보글 레스토랑의 손님들은 에일린의 노예였다. 그녀는 식탁 여섯 개를 동시에 서빙할 수 있었다. 바쁜 사람들은 그녀의 날렵한 움직임, 우아한 자태를 하염없이 바라보고픈 열망을 억제했다. 사람들은 식사를 마치고도 그녀의 미소 때문에 더 먹었다. 그곳의 모든 남자들—그곳에 오는 사람들은 대체로 남자였다—은 그녀에게 좋은 인상을 심어 주려고 애썼다.

에일린은 열두 사람과 동시에 재치 문답을 주고받는 재주가 있었다. 그리고 그녀가 날리는 미소는 사람들 가슴에 산탄처럼 박혔다. 그러는 동안 그녀는 돼지고기와 콩, 쇠고기찜, 햄 소시지 빵 등 번철과 냄비에 있는 것뿐 아니라 그 위쪽과 옆쪽에 있는 것들까지 모조리 주문받는 위업을 이루었다. 이런 푸짐한 식사와 가벼운 희롱과 유쾌한 재치 문답이 오가는 보글 레스토랑은 에일린이 레카미에 부인*이 되어 주관하는 살롱 같았다.

뜨내기손님들이 에일린의 매력에 사로잡혔다면, 단골들은 그녀를 숭배했다. 그들 사이에는 치열한 경쟁이 일었다. 에일린은 마음만 먹으면 매일 저녁 약혼반지를 받을 수도 있었다. 적어도 일주일에 두 번은 누군가가 그녀를 극장이나 무도회로 데려갔다. 에일린과 틸디가 몰래 '돼지'라는 별명을 붙인 어떤 뚱뚱한 남자는 그녀에게 터키석 반지를 주었다. 트랙션 회사의 수리 마차를 타고 다니는 '풋내기'라는 별명의 다른 남자

---

*Juliette Récamier(1777~1849). 나폴레옹 시대에 출중한 미모로 프랑스 사교계를 지배했던 전설적인 인물.

는 자기 형이 9번 가에서 운송 계약을 따내면 푸들을 선물하겠다고 했다. 그리고 늘 돼지갈비와 시금치를 먹으며 자신이 주식 중개인이라고 말하는 남자는 그녀에게 함께 〈파르지팔〉*을 구경하러 가자고 했다.

"난 그게 어디 있는 건지도 몰라." 에일린이 틸디와 함께 그 이야기를 하며 말했다. "하지만 여행복보다 먼저 결혼반지를 장만해야 되는 거 아냐? 아무리 생각해도 그래!"

하지만 틸디는!

김이 오르고 수다가 넘치고 양배추 냄새가 흐르는 보글 레스토랑에는 안타까운 비극이 있었다. 코는 뭉툭하고 머리는 지푸라기 빛깔에 피부에는 주근깨가 박히고 몸매는 펑퍼짐한 틸디. 그녀가 레스토랑 안을 오갈 때, 허기가 져서 음식이 빨리 나오기를 기다리는 경우가 아니라면 그녀를 애타게 바라보는 남자는 단 한 명도 없었다. 애교와 재치 넘치는 대꾸를 바라며 농담을 거는 사람도 없었다. 아침나절에 달걀 요리가 늦을 때 에일린에게는 다른 손님들과 밤늦게 함께 있었던 일을 거론하며 장난스레 놀리는 사람도 틸디에게는 그러지 않았다. 터키석 반지를 주거나 수수께끼의 머나먼 '파르지팔'로 여행을 가자고 하는 사람도 없었다.

틸디는 좋은 종업원이었고, 남자들은 그녀를 용인했다. 그녀가 서빙하는 식탁 앞에 앉은 남자들은 그녀에게는 메뉴판의 내용만 짧게 묻고는, 곧바로 꿀이나 다른 향신료를 더한 말투로 아름다운 에일린에게 열렬하게 말을 걸었다. 그들은 의자에 앉은 채 몸을 비틀어 가까이 있는 틸디 뒤쪽의 에일린을 보며 그녀의 아름다움을 양념 삼아 베이컨과 달걀을 진미로 만들려고 했다.

*리하르트 바그너의 오페라.

그리고 틸디는 에일린이 칭송과 찬양을 받을 수 있다면 자신이 눈길 받지 않는 단순 노동자인 것에 불만을 품지 않았다. 뭉툭한 코의 처녀는 그리스 조각 같은 처녀에게 충실했다. 그녀는 에일린의 친구였다. 그녀는 에일린이 남자들의 심장을 지배하는 것을, 남자들의 관심이 고기 파이와 레몬 머랭에서 에일린에게로 향하는 것을 기쁘게 지켜보았다. 하지만 주근깨와 지푸라기 머리도 마음 깊은 곳에서는 왕자나 공주가 자기 친구가 아니라 자신에게 오는 날을 꿈꾼다.

어느 날 아침, 에일린은 멍이 든 눈으로 식당에 나왔다. 틸디는 어떤 눈도 낮게 할 만한 깊은 걱정을 표했다.

"풋내기 친구가 그랬어." 에일린이 말했다. "어젯밤 집에 돌아가는데 23번로와 6번 가 교차 지점에서 그 사람이 우쭐우쭐 다가오더니 실언을 했어. 나는 단호하게 거절했고 그 사람은 슬그머니 떠났는데, 그런 뒤에 18번로까지 나를 따라와서 다시 헛소리를 하려고 하는 거야. 기가 막혀서! 그래서 내가 따귀를 때렸더니 그 사람이 내 눈을 이렇게 만들었어. 진짜 보기 싫지, 틸디? 니콜슨 씨가 10시에 차와 토스트를 먹으러 왔다가 이걸 볼까 걱정돼."

틸디는 숨이 막힐 듯 감탄하며 그 모험담을 들었다. 그녀를 따라온 남자는 아무도 없었기 때문이다. 그녀는 레스토랑 밖에서 24시간 언제라도 안전했다. 사랑해서 쫓아온 남자가 눈을 때려 멍이 들었다니, 얼마나 멋진 일일까!

보글 레스토랑의 손님 가운데 세탁소 사무원으로 일하는 시더스라는 젊은이가 있었다. 여윈 몸에 머리 색깔이 흐릿한 그는, 전체적으로 바람에 말린 후 다리지 않고 풀을 먹인 옷 같은 모습이었다. 그는 에일린의 관심을 촉구할 만한 배짱이 없었다. 그래서 주로 틸디의 식탁에 앉아서 침묵 속에서 삶은 민어에 몰두했다.

어느 날 시더스 씨가 어디선가 맥주를 마시고 식사를 하러 왔다. 레스토랑에 손님은 두세 명뿐이었다. 시더스 씨는 민어를 다 먹고 일어서더니 틸디의 허리에 한 팔을 두르고 요란하고도 무례하게 키스를 했다. 그런 뒤에 밖으로 나가 세탁소 방향으로 손가락을 튕기고는 슬롯머신을 하러 오락장으로 사라졌다.

틸디는 잠시 얼이 빠진 채 서 있었다. 정신을 차려 보니 에일린이 자신에게 검지를 흔들며 말하고 있었다.

"틸디, 이런 요망한 것! 앙큼하기도 하지! 이제 네가 내 손님을 빼앗아 가겠구나. 너를 조심해야겠어, 친구."

어느덧 안개가 걷히자 틸디의 정신에 다른 생각이 떠올랐다. 그녀는 한순간에 에일린에게 감탄만 하는 희망 없고 비참한 동료에서 동등한 자매로 승격했다. 그녀도 이제 남자를 매혹하는 존재, 큐피드의 과녁, 연회장에 나타난 로마인들 앞에서 부끄러워하는 사비니 여자*였다. 그녀의 허리는 남자가 안을 만한 허리였고, 그녀의 입술은 남자가 탐낼 만한 입술이었다. 시더스 씨의 난데없는 격정은 말하자면 그녀에게 기적의 세탁소 같은 일을 행했다. 그는 틸디라는 못난 옷을 가져다가 빨고 말리고 풀 먹이고 다려서 아름다운 자수 드레스로 만들어 돌려주었다. 그 옷은 비너스 여신이 되었다.

틸디 뺨의 주근깨는 밝은 홍조 속에 한데 합쳐졌다. 그녀의 밝아진 눈에는 이제 키르케와 프시케**가 모두 들어 있었다. 에일린조차 레스토랑 안에서 공공연하게 포옹과 키스를 받은 적은 없었다.

*로마인들은 건국 직후 이웃 사비니 여자들을 납치해서 아내로 삼았다.
**그리스 신화 속 요부와 미녀.

틸디는 이 기쁜 비밀을 감출 수가 없었다. 그래서 손님이 별로 없을 때 보글이 있는 계산대 앞으로 갔다. 그녀는 눈을 반짝였고, 오만하고 우쭐한 기색을 보이지 않으려고 노력했다.

"오늘 어떤 남자 손님이 저를 능욕했어요. 제 허리를 안고 제게 키스했어요." 틸디가 말했다.

"정말이야?" 보글이 사업가의 갑옷을 약간 허물어뜨리고 말했다. "다음 주부터는 주급을 1달러 더 주겠어."

다음 식사 시간에 틸디는 알고 지내는 손님들 앞에 음식을 내다가 겸손하게, 굳이 자랑할 필요가 없는 장점을 가진 사람으로서 말했다.

"오늘 어떤 남자 손님이 레스토랑에서 저를 능욕했어요. 제 허리를 끌어안고 제게 키스했어요."

손님들은 다양한 방식으로 이 이야기를 받아들였다. 어떤 이들은 믿을 수 없어 했고, 어떤 이들은 축하했고, 또 어떤 이들은 이때까지 에일린에게만 하던 장난을 그녀에게 쳤다. 틸디의 가슴은 부풀었다. 평생토록 거닐던 잿빛 지평선에 마침내 로맨스의 탑이 솟는 것이 보였기 때문이다.

시더스 씨는 이틀 동안 다시 오지 않았다. 그동안 틸디는 구애받을 여자의 지위를 확고히 다졌다. 리본을 사고, 에일린 같은 머리를 하고, 허리를 2인치 더 조였다. 시더스 씨가 갑자기 뛰어 들어와서 자신을 총으로 쏠 것 같은 아찔하고도 짜릿한 공포에 시달렸다. 그는 그녀를 지독히 사랑하는 게 틀림없고, 충동적인 애인은 언제나 맹목적인 질투에 시달리기 때문이다.

에일린조차 총에 맞은 적은 없었다. 틸디는 그가 총을 쏘지 않기를 바랐다. 그녀는 언제나 에일린을 사랑했고, 친구가 자기 그림자에 가려지는 일은 원치 않았다.

사흘째 되는 날 오후 4시에 시더스 씨가 왔다. 식탁들은 비어 있었다. 틸디는 레스토랑 뒤쪽에서 겨자 병을 채우고 있었고, 에일린은 파이를 4 등분하고 있었다. 시더스 씨가 그들 앞으로 다가왔다.

틸디는 고개를 들다가 그를 보고 깜짝 놀라서 겨자 숟가락을 가슴에 댔다. 그녀의 머리에는 빨간 리본이 달려 있었고 목에는 8번 가에서 산 비너스의 표지, 즉 상징적인 의미가 담긴 은색 하트가 달랑거리는 파란 구슬 목걸이를 하고 있었다.

시더스 씨는 얼굴을 붉히고 민망해했다. 그는 한 손은 바지 뒷주머니에 넣고, 다른 한 손으로 막 구운 호박 파이를 찔렀다.

"틸디 양." 그가 말했다. "그날 저녁 제 행동을 사과하려고 왔습니다. 사실을 말하자면 그날 저는 많이 취했었어요. 안 그랬으면 그런 일은 하지 않았을 겁니다. 제정신일 때는 어떤 여자분에게도 그러지 않습니다. 그러니까 틸디 양, 제 사과를 받아 주시고, 제가 분별력이 있었다면 그리고 술에 취하지 않았다면 그런 일을 안 했을 거라는 말을 믿어 주시기 바랍니다."

시더스 씨는 이렇게 탄원한 뒤 물러서서, 홀가분해진 마음으로 식당을 나갔다.

하지만 틸디는 고맙게도 앞을 가려 주는 가림막 뒤에서 식탁 위의 조각 버터와 커피 잔들 틈에 몸을 던지고 서럽게 울었다. 뭉툭한 코와 지푸라기 머리의 잿빛 평원으로 다시 돌아온 것이다. 그녀는 머리에서 빨간 리본을 빼서 바닥에 던졌다. 그리고 시더스 씨를 맹렬히 경멸했다. 그녀는 그의 키스가 동화 나라 시계를 작동시키고 책장을 넘기는 예언적 왕자의 키스라고 여겼다. 하지만 그것은 술 취한 키스였고 의도하지 않았던 키스였다. 잘못된 경보는 궁정을 움직이지 않았다. 그녀는 영원히 잠자는 미녀로 있어야 했다.

하지만 모든 걸 잃은 것은 아니었다. 에일린이 그녀를 안았다. 그리고 그 친구의 따뜻한 손이 조각 버터 사이를 더듬고 있는 틸디의 붉은 손을 잡았다.

"너무 기분 나빠 하지 마, 틸디." 사정을 다 이해하지는 못하는 에일린이 말했다. "저 순무 얼굴의 말라깽이 시더스라는 사람 때문에 그럴 필요 없어. 저렇게 사과를 하다니 그 사람은 신사도 아무것도 아니야."

휘멘*의 지침서
The Handbook of Hymen

이 글을 작성하는 나 샌더슨 프랫은 미국 교육제도는 기상 당국이 맡아야 한다고 생각한다. 그리고 거기 합당한 이유를 댈 수 있다. 독자 여러분은 나에게 대학교수들을 기상 부서로 이관하면 안 될 이유를 댈 수 없을 것이다. 그들은 글을 알고, 조간신문도 쉽게 훑고, 어떤 날씨가 예상되는지 본부로 전보를 칠 수 있다. 하지만 내가 이런 제안을 하는 데에는 다른 이유도 있다. 날씨가 어떻게 나와 아이다호 그린에게 훌륭한 교육 기회를 주었는지를 이야기하려는 것이다.

우리는 금을 캐러 몬태나 철도 너머 비터루트 산악 지대로 갔다. 월라 월라**에 사는 한 털보 남자가 한 줄기 희망을 품고 우리의 비용을 대

---

*그리스 신화의 결혼의 신.
**워싱턴 주의 한 도시로 1861년 골드러시 때 그 열풍이 닿았다.

주었다. 그리고 우리는 군대도 버틸 만한 양식을 준비해서 평화 회담이 끝날 때까지 산기슭을 쪼아 나갔다.

어느 날 우편배달부가 칼로스에서 산을 넘어 우리가 있는 곳으로 오더니, 그런게이지 자두 깡통 세 개를 먹어 치우고는 최근 신문 한 부를 주고 갔다. 그 신문에는 일기예보가 실려 있었는데, 비터루트 산악 지대에 관해서는 '온화하고 맑음, 가벼운 서풍'이라고 쓰여 있었다.

그런데 그날 밤 눈이 내리면서 강한 동풍이 불었다. 나와 아이다호는 눈은 11월의 돌풍에 그칠 거라 여기고 야영지를 산 위쪽의 오두막으로 옮겼다. 하지만 눈은 90센티미터 정도 내린 뒤에도 그칠 줄 모르고 계속 내렸고, 우리는 결국 눈에 갇혔다. 눈이 높이 쌓이기 전에 장작을 잔뜩 가져다놓았고, 식량은 두 달을 날 만큼 있었기에 우리는 그저 눈보라가 제 성에 찰 만큼 날뛰고 분탕질하도록 내버려 두었다.

살인을 부추기고 싶은 사람이라면, 두 남자를 가로세로 5, 6미터 되는 오두막에 한 달 동안 가두어 보라. 인간 본성은 그것을 견딜 수 없다.

첫 번째 눈송이가 떨어졌을 때 나와 아이다호 그린은 서로 농담하고 웃고 냄비에서 꺼낸 이상한 음식을 빵이라고 부르며 즐거워했다. 하지만 석 주가 지나자 아이다호는 내게 이런 포고를 했다.

"나는 상한 우유가 풍선에서 나와서 주석 냄비로 떨어지는 소리를 들은 적이 없지만, 네 목구멍에서 지리멸렬하게 흘러나오는 숨 막히는 말들을 듣다 보면 그 소리도 음악처럼 들릴 것 같아. 네가 날마다 토하는 그 씹다 만 소음들을 들으면, 내가 암소 입안에서 되새김질당하는 것만 같아. 물론 암소는 너와 달리 숙녀답게 자기 생각을 혼자서 간직하지."

"아이다호 그린." 내가 말했다. "한때 친구였던 너에게 이런 말을 하는 게 망설여지지만, 만약 내가 너와 다리 셋 달린 황구 새끼 중에 누구하고 같이 지낼지를 선택할 수 있었다면 이 오두막에는 지금 꼬리를 흔드는 생명이 살고 있었을 거야."

우리는 이렇게 이삼일 동안 으르렁거리다가 아예 아무 말도 하지 않게 되었다. 요리 도구도 나누어서, 아이다호는 난로 한쪽에서 자기 음식을 만들고 나는 다른 쪽에서 내 음식을 만들었다. 눈이 창문까지 쌓여 있는 상태라 우리는 하루 종일 불을 피워야 했다.

나와 아이다호가 받은 교육이라고는 글자 읽는 법과 석판 위에 쓰인 '존에게 사과가 세 개 있고 제임스에게 다섯 개 있다면' 같은 문제를 계산하는 법 정도였다. 우리는 세상을 쏘다니며 긴급 상황에 필요한 핵심적 지식을 습득해야 했지만 대학 학위가 필요하다고 느껴 본 적은 없다. 서부 곳곳의 캠프에서 일하는 동부 지역 대학 졸업자들을 보면 교육을 받은 것이 오히려 단점이 되었다. 스네이크 강가에서 앤드루 맥윌리엄스의 말에게 쉬가 슬었을 때, 그 사람은 짐마차를 15킬로미터나 떨어진 곳으로 보내 식물학자라고 자처하는 고학력자를 불렀지만 말은 죽고 말았다. 그럼에도 불구하고 눈에 파묻혀 비터루트의 오두막에 갇혀 있다 보니, 처음으로 호메로스나 그리스어나 고등한 학문을 배웠다면 명상이나 개인적 생각을 할 때 도움이 되었을 거라 느껴졌다.

어느 날 아침 아이다호는 손이 닿지 않는 높이에 있는 작은 선반 위를 막대기로 쑤셨다. 책 두 권이 바닥에 떨어졌다. 나는 그 앞으로 다가가다가 아이다호와 눈이 마주쳤다. 그가 일주일 만에 처음으로 말했다.

"쓸데없이 나서지 마. 너는 잠자는 흙탕거북의 친구로나 어울리는 놈이지만 그래도 나는 공정한 거래를 하겠어. 이건 사교성은 방울뱀 같고 붙임성은 언 순무 같은 네가 세상에 나올 때 네 부모가 너한테 해준 것보다 더 너그러운 일이야. 너하고 세븐업 카드놀이를 하겠어. 그래서 이

긴 사람이 원하는 책을 갖고 진 사람이 남는 책을 갖는 거야."

우리는 카드놀이를 했고, 아이다호가 이겼다. 그는 자기가 가질 책을 골랐고, 나는 남은 책을 가졌다. 그런 뒤 각자 자신의 모퉁이로 가서 책을 읽었다.

나는 300그램짜리 금덩어리를 보았을 때보다 그 책을 보았을 때가 더 기뻤다. 그리고 아이다호는 자기 책을 어린아이가 막대 사탕을 보듯 바라보았다.

내 책은 가로세로 12, 15센티미터 정도 되는 작은 책으로 제목은 '허키머의 필수 정보 지침서'였다. 내 생각이 틀릴지도 모르지만, 나는 그 책이 인류 역사상 최고의 책이라고 생각한다. 나는 지금도 그 책을 갖고 있다. 그리고 거기 든 정보를 이용해 질문을 던져 당신뿐 아니라 50명의 다른 사람들도 꼼짝 못하게 만들 수 있다. 솔로몬이니 〈뉴욕 트리뷴〉이니 다 소용없다! 허키머는 그 양쪽을 다 담았다. 그 남자는 그 많은 걸 찾아내기 위해 50년 동안 수백만 킬로미터를 돌아다닌 게 분명했다. 책에는 모든 도시의 인구, 여자 나이를 알아맞히는 법, 낙타의 이빨 개수까지 있었다. 세계에서 가장 긴 터널, 별들의 수, 수두 발병에 걸리는 시간, 여자 목의 바람직한 수치, 정부의 거부권, 로마 수로의 건축 연대, 하루에 맥주 석 잔을 먹지 않으면 쌀을 얼마나 살 수 있는지, 메인 주 오거스타 시의 연평균 기온, 1에이커의 땅에 이랑을 파고 당근을 심을 때 필요한 씨앗의 양, 각종 해독제, 금발 여자의 머리카락 개수, 달걀 보관법, 전 세계 모든 산의 높이, 모든 전쟁과 전투의 날짜, 물에 빠진 사람과 일사병 환자를 구하는 법, 압정 500그램의 개수, 다이너마이트와 꽃 만드는 법, 침대 정돈법, 의사를 기다리는 동안 해야 할 일, 그 밖에도 앞에서 말한 것의 백 배는 되는 정보가 있었다. 허키머가 모르는 게 있었다 해도 나는 그 책에 그게 없는 것이 아쉽지 않았다.

나는 네 시간 동안 그 책을 읽었다. 교육의 모든 경이가 거기 압축되어 있었다. 나는 눈을 잊었고, 아이다호와 사이가 틀어져 있다는 것도 잊었다. 그는 여전히 간이 의자에 앉아 적갈색 구레나룻 사이로 부드러움과 신비로움이 섞인 표정을 짓고 책을 읽고 있었다.

"아이다호, 그건 무슨 책이지?" 내가 물었다.

아이다호도 모든 걸 잊은 게 분명했다. 내게 비난도 하지 않고 악의도 없이 온화하게 대답했기 때문이다.

"호머 K. M.*이란 사람이 쓴 책 같아."

"호머 K. M. 뭐라구?" 내가 물었다.

"그냥 호머 K. M.이야." 그가 말했다.

"거짓말하지 마." 나는 아이다호가 나를 놀리려 한다는 생각에 약간 화가 나서 말했다. "저자 이름이 머리글자로만 표기된 책은 없어. 호머 K. M. 스푸펜다이크나 호머 K. M. 맥스위나나 호머 K. M. 존스 같은 식으로 끝까지 다 써야지 왜 송아지가 빨랫줄의 셔츠 자락 씹어 먹듯 이름 끝을 잘라?"

"설명해 주지, 샌디." 아이다호가 조용히 말했다. "이건 시집이고, 쓴 사람은 호머 K. M.이야. 처음에는 밑도 끝도 없는 것 같았는데 계속 읽다 보니 맥이 느껴져. 붉은 담요 두 장을 준대도 이 책과 바꾸지 않을 거야."

"그 책은 네 마음대로 해." 내가 말했다. "내가 원하는 건 감정이 들어가지 않은 사실들을 아는 거고, 나한테 온 이 책에 그런 게 있는 것 같

---

* 시집 『루바이야트』를 지은 페르시아 시인 오마르 하이얌을 가리킨다.

으니까.”

“네가 가진 책에는 통계가 담겨 있어.” 아이다호가 말했다. “세상에 존재하는 가장 저급한 정보고, 정신에 독이 되지. K. M.이 만든 추량推量의 세계를 봐. 이 사람은 일종의 포도주 중개상이라고 할 수 있어. 이 사람이 가장 잘하는 축배의 말은 ‘싫다’고, 조금 거친 맛이 있지만 술기운을 잘 활용해서 최악의 맛도 즐거운 초대의 소리로 들리게 해. 이건 시집이야. 나는 통계와 수치로 의미를 전달하려는 네 헛소리가 경멸스러워. 자연의 기술로 철학의 본질을 설명하는 일에서는 K. M.이 네 책의 저자를 그 어떤 수치로도 이길 거야.”

나와 아이다호는 그런 식으로 대화했다. 낮이고 밤이고 우리는 책을 들이파며 즐거움을 얻었다. 눈보라는 분명 우리 둘 모두에게 훌륭한 성과를 안겨 주었다. 눈이 녹았을 때 누가 내게 불쑥 다가와서 ‘샌더슨 프랫, 상자 하나에 9달러 50센트 하는 가로세로 50, 70센티미터짜리 주석으로 지붕을 덮으려면 0.1제곱미터당 비용이 얼마나 들까?’ 하고 물었다면 나는 번개가 삽 손잡이를 초속 19만 2천 킬로미터로 주파하듯 재빨리 대답했을 것이다. 그럴 수 있는 사람이 얼마나 될까? 당신이 알고 있는 아무라도 한밤중에 깨워서 인간 해골에서 이빨을 뺀 뼈의 개수가 몇 개냐고, 아니면 네브래스카 주 의회에서 거부권을 무효화하는 데 필요한 표결의 퍼센트는 얼마냐고 물어보라. 그 사람이 대답할 수 있을까? 한번 해보라.

아이다호가 시집에서 어떤 이득을 얻었는지는 정확히 몰랐다. 아이다호는 입을 열 때마다 포도주 중개상을 칭찬했지만 나는 이해하지 못했다.

내가 아이다호를 통해 느낀 바에 따르면, 이 호머 K. M.이라는 사람이 인생을 바라보는 태도는 개가 자기 꼬리에 묶인 깡통을 바라보는 것과 같았다. 기를 쓰고 달린 뒤 자리에 앉아 혀를 빼물고 깡통을 보며 이렇게 말한다.

"저 시끄러운 깡통을 떼어 낼 수 없으니, 구석에 가서 저기다 술을 따라서 마시자. 모두 함께 나를 위해 건배를."

그리고 그 개는 페르시안 종인 것 같았다. 하지만 나는 페르시아에 터키 깔개나 몰타 고양이 말고 이렇다 할 물산이 또 있다는 말을 들은 적이 없다.

봄이 되자 나와 아이다호는 채산이 맞는 금광을 발견했다. 그런 경우 우리는 늘 빨리 팔고 다시 이동했기에, 각자 8천 달러씩을 받고 투자자에게 금광을 처분했다. 그런 뒤 새먼 강을 따라 작은 도시 로사까지 내려왔다. 좀 쉬기도 하고, 인간다운 음식도 먹고, 수염도 깎을 생각이었다.

로사는 광산 야영지가 아니었다. 계곡에 있었고, 시골 소읍이 대체로 그렇듯 소음도 폐습도 없었다. 5킬로미터 노선의 전차가 다녔고, 나와 아이다호는 일주일 동안 그 전차를 타고 다니다가 밤이 되면 선셋뷰 호텔에서 내렸다. 이제 세상을 떠돈 만큼이나 지식도 갖추게 된 우리는 자연스럽게 로사의 최상급 사교계에 들어가서 점잖고 고상한 모임들에 초대받았다. 그리고 시청에서 소방대를 위한 피아노 연주회 겸 메추라기 먹기 대회가 열렸을 때 거기서 로사 사교계의 여왕인 디 오먼드 샘프슨 부인을 만났다.

샘프슨 부인은 과부였고, 그 도시의 유일한 이층집에서 살았다. 노란색이 칠해진 그 집은 어느 쪽에서 보아도 금요일에 오그레이디 가* 사

*아일랜드 전통의 명문가.

람 턱에 붙은 달걀처럼 눈에 잘 띄었다. 나와 아이다호를 빼고도 스물두 명의 남자가 그 노란 집의 바깥주인이 되고자 애쓰고 있었다.

노래 책과 메추라기 뼈를 정리한 뒤 무도회가 열렸다. 스물세 명의 무리가 샘프슨 부인에게 달려가 춤을 청했다. 나는 투스텝 춤을 건너뛰고 부인에게 집까지 모시고 가게 해달라고 청했다. 거기가 내 성공 지점이었다.

집으로 가는 길에 그녀가 말했다.

"오늘 밤은 별이 정말 예쁘고 밝은 것 같아요, 프랫 씨."

"주어진 기회를 생각하면 별들은 정말로 엄청난 노력을 하고 있는 겁니다." 내가 말했다. "저기 저 큰 별은 지구에서 1천 억 킬로미터 떨어져 있습니다. 저 빛이 우리한테 오는 데 36년이 걸렸죠. 5.4미터 망원경이 있으면 저런 별 4,300만 개를 볼 수 있습니다. 13등급 별까지 포함해서요. 13등급 별이란 지금 당장 사라져도 앞으로 2,700년 동안 우리 눈에 계속 보이는 별을 뜻합니다."

"정말요!" 샘프슨 부인이 말했다. "전혀 몰랐던 사실이네요. 오늘은 날이 참 따뜻해요! 춤을 얼마나 많이 췄는지 몸이 다 젖었어요."

"당연한 일이죠." 내가 말했다. "사람에게는 200만 개의 땀샘이 동시에 작용하니까요. 땀샘관은 하나당 길이가 6밀리미터 정도 되는데, 그걸 다 이어 붙이면 11킬로미터에 이른답니다."

"어머나!" 샘프슨 부인이 말했다. "11킬로미터라면 거의 농수로만 한 길이네요, 프랫 씨. 그런 걸 다 어떻게 알고 계세요?"

"관찰을 통해서입니다, 샘프슨 부인. 저는 눈을 열고 세계를 보며 다닙니다." 내가 말했다.

"프랫 씨." 그녀가 말했다. "저는 전부터 학식 있는 남자를 좋아했어요.

이 도시의 멍청한 건달들 중에는 지식인이 워낙 드물어서 이렇게 교양 있는 분과 대화하는 게 정말 즐겁네요. 원하시면 언제라도 저희 집에 들러 주세요. 아주 기쁠 거예요."

그렇게 해서 나는 노란 집 여주인의 호의를 얻었다. 매주 목요일과 금요일 저녁이면 그 집에 가서 허키머가 자연에서 발견하여 요약, 편집해 준 우주의 경이를 이야기했다. 다른 날에는 아이다호와 명랑한 루터교 신자들이 그녀를 차지했다.

어느 날 오후 나는 그녀에게 야생 호그플럼 바구니를 전해 주려고 가다가, 아이다호도 K. M.이 일러 준 연애의 규칙에 따라 샘프슨 부인에게 공을 들이고 있음을 알게 됐다. 부인이 집에서 나와 길을 내려오고 있었다. 눈빛이 사나웠고, 모자가 한쪽 눈 위로 위험할 만큼 깊이 내려와 있었다.

"프랫 씨, 그린 씨가 당신 친구인 걸로 아는데요." 그녀가 입을 열었다.

"9년 지기입니다." 내가 말했다.

"절교하세요. 그 사람은 신사가 아니에요!" 그녀가 말했다.

"부인," 내가 말했다. "그 친구는 평범한 산사람이라 거친 데가 있고 방탕하며 거짓말을 일삼지만, 저는 어느 때라도 그 친구가 신사라는 걸 부정할 만큼 모진 마음을 먹을 수가 없습니다. 아이다호의 옷차림과 오만한 성정과 과시적인 태도가 눈에 거슬릴 수는 있지만 그 내면은 저열한 범죄와 비만에 철통같이 방비되어 있습니다. 아이다호와 9년을 어울려 지낸 저로서는 그 친구를 비난하고 싶지 않고 그가 비난받는 것도 보고 싶지 않습니다."

"프랫 씨가 우정을 위해서 친구의 치졸함을 받아들이는 건 이해할 수 있어요." 샘프슨 부인이 말했다. "하지만 그렇다고 그분이 제게 치욕감을 주는 방식으로 청혼한 사실이 변하지는 않아요.”

“뭐라고요! 아이다호가 청혼을 해요!” 내가 말했다. “미리 짐작했어야 하는데. 그 친구를 조롱할 유일한 부분이 있는데, 그건 눈보라가 원인이 었죠. 언젠가 산에서 눈에 갇혀 꼼짝 못했을 때 그 친구는 아주 어설픈 시집에 빠졌어요. 그게 그 친구의 태도를 이상하게 만들었을 겁니다.”

“맞아요.” 샘프슨 부인이 말했다. “처음 만났을 때부터 그분은 제게 루비 오트*라는 사람이 썼다는 무슨 불경한 시구절을 읊었어요. 그리고 그 시들로 판단해 본다면 그 여자는 도덕관념이 없어요.”

“그렇다면 아이다호가 또 다른 책을 발견했나 봅니다.” 내가 말했다. “제가 알고 있던 건 K. M.이라는 필명을 쓰는 남자가 쓴 책이었으니까요.”

“계속 그 책만 보는 편이 좋았을 거예요.” 샘프슨 부인이 말했다. “그게 무슨 책이었는지는 몰라도요. 오늘 그 사람은 특히 더 황당하게 행동했어요. 저한테 꽃다발을 주었고, 거기 편지가 꽂혀 있었죠. 프랫 씨, 당신은 진정한 숙녀를 알아보실 테고, 또 제가 로사 사교계에서 어떤 위치인지도 아실 거예요. 제가 남자하고 같이 포도주와 빵을 가지고 숲으로 들어갈 사람으로 보이나요? 그 사람하고 같이 노래를 부르며 깡충깡충할 사람으로 보여요? 제가 식사 때 포도주를 약간 하는 건 사실이지만, 그걸 병에 넣어서 숲으로 가는 물의를 일으키는 버릇은 없어요. 물론 그 사람은 그 시집도 가지고 가겠죠. 그러겠다고 했어요. 그런 창피스러운 소풍은 혼자 가라고 해요! 아니면 루비 오트를 데려가든지. 빵을 너무 많이 가져가지만 않는다면 그 여자가 퇴짜를 놓을 것 같지는 않으니

* 시집 제목인 ‘루바이야트’를 여자 이름으로 잘못 이해한 것.

까요. 프랫 씨는 그 신사 친구분을 어떻게 생각하세요?"

"아이다호의 소풍 제안은 시 같은 것이고 나쁜 뜻은 없었을 겁니다." 내가 말했다. "비유라고 하는 어법일 수 있어요. 비유는 법과 질서에 어긋나지만, 말하지 않는 것을 의미하기 때문에 세상에 통용됩니다. 아이다호를 위해 그런 점을 너그러이 보아주시면 고맙겠습니다. 하지만 우리는 시라는 저지대에서 빠져나와 사실과 공상의 고원으로 갑시다. 지금처럼 아름다운 오후에는, 그런 것들을 생각해야 합니다, 샘프슨 부인. 여기는 따뜻하지만 적도에서 영구동결선은 해발 4,500미터라는 걸 기억합시다. 북위 42도와 49도 사이에서는 1,200미터에서 3,600미터입니다."

"아, 프랫 씨." 샘프슨 부인이 말했다. "루비라는 이상한 여자의 짜증스러운 시를 듣고 나서 그렇게 아름다운 사실을 들으니 정말로 마음이 편안해지네요."

"도로변의 이 통나무에 앉읍시다." 내가 말했다. "그리고 잔혹하고 천박한 시인들은 잊어버립시다. 아름다움은 확인된 사실과 공인된 측정치라는 영광된 기둥 속에 있습니다. 우리가 앉은 이 통나무에 어떤 시보다도 멋진 통계가 있습니다. 나이테를 보면 수령이 60살인 걸 알 수 있습니다. 이것이 600미터 깊이의 땅속에 묻히면 3천 년 후에 석탄이 될 겁니다. 세상에서 가장 깊은 석탄 광산은 뉴캐슬 근처 킬링워스에 있습니다. 가로, 세로, 높이가 120, 90, 80센티미터인 상자에는 석탄이 1톤 들어갑니다. 동맥이 잘리면 상처 위쪽을 눌러야 합니다. 남자 다리에는 뼈가 서른 개 있습니다. 런던탑은 1841년에 화재가 났습니다."

"계속해 주세요, 프랫 씨." 샘프슨 부인이 말했다. "그런 이야기는 아주 참신하고도 마음이 편안해요. 저는 통계가 정말로 사랑스러워요."

그로부터 2주도 지나지 않은 어느 날, 나는 허키머로부터 얻을 수 있는 전부를 얻었다.

　　그날 밤 나는 "불이야!" 하는 소리에 잠에서 깼다. 벌떡 일어나서 옷을 입고 불구경을 하러 호텔 밖으로 나갔다가 그게 샘프슨 부인의 집이라는 것을 안 순간 버럭 고함을 지르고 2분 만에 거기 도착했다.

　　노란 집 1층 전체가 불길에 휩싸여 있었고, 로사 시의 모든 남자와 여자와 개가 모여서 비명을 지르며 소방대를 가로막고 있었다. 나는 아이다호가 소방대원 여섯 명을 뿌리치고 달려가려고 하는 것을 보았다. 소방대원들은 아이다호에게 1층 전체가 타고 있어서 들어가면 살아 나올 수 없다고 말했다.

　　"샘프슨 부인은 어디 있나요?" 내가 물었다.

　　"아직 확인이 안 됐습니다." 소방대원 한 명이 말했다. "2층에서 자고 있습니다. 우리가 들어가려고 했지만 실패했고, 우리 시 소방대에는 아직 사다리가 없습니다."

　　나는 불길이 특히 밝게 비치는 곳으로 가서 안주머니에서 허키머의 지침서를 꺼냈다. 손에 그것의 무게가 느껴질 때 나는 약간 웃었다. 너무도 흥분해서 정신이 약간 나갔던 것 같다.

　　"허키머." 나는 책장을 빨리빨리 넘기며 책에 대고 말했다. "당신은 아직 나한테 거짓말도 하지 않았고, 나를 실망시키지도 않았어. 말해 줘, 허키머, 말해 줘!"

　　나는 117쪽의 '사고를 당했을 때 할 일'로 가서 손가락을 책장에 대고 아래로 훑어 내려갔다. 훌륭한 허키머, 그는 어떤 것도 빠뜨리지 않았다! 책은 이렇게 말했다.

　　'연기나 가스로 인한 질식— 아마 씨보다 좋은 것은 없다. 눈꼬리 부

분에 서너 개 올려놓는다.'

나는 지침서를 주머니에 넣고는 어디론가 달려가는 소년을 붙잡았다.

"여기." 나는 소년에게 돈을 주며 말했다. "약국에 가서 아마 씨 1달러 어치를 사 오렴. 빨리 오면 1달러를 더 주마." 그런 뒤 큰 소리로 "샘프슨 부인을 구합시다!" 하고 외치며 외투와 모자를 벗었다.

소방대원 네 명과 시민들이 나를 붙잡았다. 저 집에 들어가면 살아 나오지 못한다고, 2층 바닥이 무너지고 있다고.

"아마 씨를 놓을 눈이 있어야 거기 아마 씨를 놓을 것 아닙니까?" 나는 전혀 그럴 기분은 아니었지만 약간 웃으며 소리쳤다.

나는 양 팔꿈치로 소방대원의 얼굴을 가격하고, 한 시민의 정강이를 걷어차고, 또 한 사람은 옆구리를 잡아 넘어뜨렸다. 그런 뒤 집으로 달려갔다. 만약 내가 당신보다 먼저 죽는다면 지옥이 그 노란 집 안쪽보다 더 지독한지 어떤지 편지로 알려 주겠다. 하지만 아직은 믿지 말라. 그때 나는 레스토랑에서 긴급 주문한 통닭구이보다도 더 뜨겁게 달구어져 있었다. 불길과 연기 때문에 바닥에 두 번이나 쓰러졌고, 허키머에게 욕이 튀어나오려고 했지만 소방대원들이 바깥에서 뿌려 주는 물의 도움을 받아 샘프슨 부인의 방에 이르렀다. 부인이 연기로 인해 의식을 잃은 상태라 나는 침대보로 그녀를 감싸서 어깨에 짊어졌다. 바닥은 사람들 말보다는 괜찮았다. 안 그랬다면 결코 그 일을 해낼 수 없었을 것이다.

나는 부인을 집에서 50미터가량 떨어진 곳까지 지고 가서 풀밭에 내려놓았다. 그러자 당연히 다른 스물두 명의 구혼자 모두가 함석 양동이에 물을 담아 와서 그녀를 구하려고 몰려들었다. 그리고 소년이 아마 씨를 가지고 달려왔다.

나는 샘프슨 부인의 머리에서 침대보를 풀었다. 그녀가 눈을 뜨고 말했다.

"프랫 씨세요?"

"쉬잇. 치료를 마칠 때까지 아무 말 말아요." 내가 말했다.

나는 한 팔을 그녀의 목에 둘러 머리를 부드럽게 들어 올리고 다른 손으로 아마 씨 봉지를 뜯었다. 그런 뒤 최대한 편안한 자세로 아마 씨 서너 개를 그녀의 눈 주변에 둘러놓았다.

그때 마을 의사가 달려와서 킁킁 콧방귀를 뀌며 샘프슨 부인의 맥을 짚더니, 내게 부인의 눈꼬리에 붙여 놓은 모래알 같은 게 뭐냐고 물었다.

"할라파와 예루살렘 참나무 씨앗입니다." 내가 말했다. "저는 의사는 아닙니다. 하지만 권위 있는 지침에 따랐습니다."

사람들이 내 외투를 가져오자 나는 지침서를 꺼내 주며 말했다.

"117쪽을 보세요. 연기와 가스로 질식했을 때의 처치법. 눈꼬리에 아마 씨를 놓으라고 되어 있습니다. 그게 연기를 빨아들이는 건지 위-해마 복합 신경을 작동시키는 건지는 모르겠지만 저자 허커머는 그렇게 말하고 있습니다. 제가 이 조언을 가장 먼저 보았습니다. 선생님께서 이 책을 참고하셔도 좋습니다."

의사는 책을 가져가서 안경과 소방대원의 랜턴에 의지해서 들여다보았다.

"프랫 씨." 그가 말했다. "엉뚱한 줄을 읽으셨군요. 질식의 처치는 '환자를 최대한 빨리 맑은 공기에 노출시키고 자리에 눕힌다'예요. 아마 씨는 '눈에 먼지나 재가 들어갔을 때'의 처치입니다. 바로 윗줄이요. 하지만 어쨌건⋯⋯"

"저기요." 샘프슨 부인이 끼어들었다. "제가 할 말이 있는 것 같네요. 아마 씨는 제가 시도한 어떤 것보다 효과가 좋았어요." 그러더니 고개를 들어 머리를 다시 내 팔에 얹었다. "다른 눈에도 붙여 줘요, 샌디."

　당신이 내일이건 언제건 로사에 들른다면 새로 지은 말끔한 노란 집과 그 집을 빛내고 있는 프랫 부인, 그러니까 샘프슨 부인을 볼 수 있을 것이다. 그리고 집 안에 들어온다면 모로코 가죽으로 새로 장정한 『허키머의 필수 정보 지침서』가 인간 행복과 지혜에 관한 모든 일의 지침서로 응접실 대리석 탁자에 떡하니 놓여 있는 모습을 볼 것이다.

손질한 등불
The Trimmed Lamp

질문에는 물론 두 가지 측면이 있다. 다른 면을 보자. 우리는 '여점원들'이 이러네 저러네 하는 이야기를 자주 듣는다. 그런 사람은 없다. 상점에서 일하는 여자들이 있다. 그들은 그렇게 생계를 유지한다. 하지만 왜 직업으로 사람을 결정하는가? 그건 공정한 일이 아니다. 우리는 5번가에 사는 여자들을 '여가정원'이라고 뭉뚱그려 말하지는 않는다.

루와 낸시는 친구였다. 그들은 고향 집에 먹을 것이 부족해서 이 대도시로 일자리를 찾아왔다. 낸시는 열아홉 살이었다. 루는 스무 살이었다. 둘 다 예쁘고, 활동적이고, 무대에 야심이 없는 시골 처녀였다.

그들은 높은 곳에 기거하는 케루빔 천사의 도움으로 저렴하지만 점잖은 하숙집을 구했다. 둘 다 일자리를 구해서 봉급을 받게 되었다. 그들은 계속 우정을 유지했다. 내가 여러분에게 두 사람을 소개하는 시점은 그렇게 여섯 달이 지났을 때이다. 참견하기 좋아하는 독자 여러분, 여기 나의 여성 친구 낸시 양과 루 양을 만나 보시라. 악수를 할 때 그들의 옷을 ―조심스럽게― 살펴보라. 조심스럽게 봐야 한다. 그들은 승마 쇼에 나오는 여자만큼이나 뚫어지게 보는 시선을 싫어하기 때문이다.

루는 손세탁소에서 성과급을 받는 다림질 노동자다. 자주색 원피스는 몸에 잘 맞지 않았고, 모자 깃털은 10센티미터 정도 너무 길었다. 하지만 흰담비 토시와 목도리는 가격이 25달러였고, 다른 모피들은 계절이 끝나기 전에 상점 진열창에서 7.98달러의 가격표를 붙일 것이다. 그녀의 뺨은 분홍색이고 연청색 눈은 반짝였다. 루는 평온한 만족을 발산한다.

낸시는 우리가 흔히 여점원이라고 부를 만한 사람이다. 그런 유형은 없지만 우리는 그런 딱지를 붙인다. 편벽된 세대는 언제나 유형을 찾는다. 그리고 여점원 유형은 이렇다고들 한다. 머리를 높고 요란하게 틀어 올리고, 과장된 코르셋을 입고, 쌀쌀한 봄 공기에도 모피를 두르지 않는 대신 짧은 모직 재킷을 페르시아 양모피처럼 경쾌하게 입는다고! 유형을 탐색하는 냉혹한 자들은 여점원 유형 여자들의 얼굴과 눈에서, 속은 여자들을 조용히 경멸하고 다가오는 배신을 서글프게 예견하는 표정을 본다. 그녀들이 아무리 크게 웃어도 그 표정은 계속 거기 있다. 그와 똑같은 표정은 러시아 농부의 눈에서도 볼 수 있다. 그리고 우리 중 남겨진 이들은 어느 날 최후의 심판을 알리러 온 가브리엘 천사의 얼굴에서도 그 표정을 볼 것이다. 그것은 남자를 움츠러뜨리고 당혹시키는 표정이다. 그래도 남자는 어색한 웃음을 지으며 끈을 매단 꽃들을 내민다.

그러니 루가 명랑하게 "다음에 봐요"라고 하고 낸시가 차갑고 예쁜 미소를 짓는 동안, 당신은 모자를 들어 인사하고 떠나라. 낸시의 미소는 어쩐지 당신을 빗나가서 지붕들 너머 달을 향해 날아오르는 안타까운 흰 나방 같다.

두 사람은 모퉁이에서 댄을 기다렸다. 댄은 루의 꾸준한 친구였다. 충실하냐고? 성모마리아가 어린 양을 찾기 위해 소환장 전달자를 열두 명 고용해야 할 만큼 다급했더라면 그는 바로 그녀 옆에 있었을 것이다.

"안 추워, 낸시?" 루가 말했다. "주급 8달러를 받으면서 그런 백화점에서 일하다니 너는 참 바보야! 나는 지난주에 18달러 50센트를 벌었어. 물론 다림질은 판매대에 서서 레이스를 파는 것만큼 멋진 일은 아니지만 그래도 돈이 돼. 우리 다림질꾼 중에 10달러 아래로 버는 사람은 아무도 없어. 그리고 나는 우리 일이 격이 떨어진다고도 생각하지 않아."

"네가 그 일에 만족하듯이 나는 주급 8달러와 현관 옆방에 만족해." 낸시가 턱을 들고 말했다. "나는 좋은 물건들을 보며 부자들을 만나는 편이 더 좋아. 그리고 내 일에는 분명히 기회가 있어! 얼마 전에 장갑 매장 직원이 피츠버그 사람과 결혼했는데, 제강업인지 단조업인지 그런 걸 하고 재산이 100만 달러래. 나도 언젠가 부자를 잡을 거야. 내 외모를 자랑하거나 그러는 건 아니지만, 기회가 온다면 놓치지 않을 거야. 세탁소에서 무슨 기회가 생기겠어?"

"어쨌건 나는 거기서 댄을 만났어." 루가 씩씩하게 말했다. "댄은 정장 셔츠와 옷깃을 찾으러 왔다가 맨 앞 다림판에서 다림질하고 있는 나를 보았지. 우리는 모두 맨 앞 다림판에서 일하려고 해. 그날 엘라 매지니스가 아파서 내가 그 자리를 차지했어. 댄 말로는 내 하얗고 동그란 팔이 가장 먼저 보였대. 소매를 걷어 올리고 있었거든. 세탁소에도 훌륭한 남자들이 와. 그런 사람들은 여행 가방에 옷을 넣어서 안으로 갑자기 확 들어오지."

"너는 어떻게 그런 블라우스를 입니?" 낸시는 무거운 눈꺼풀에 다정한 질책을 담아서 루의 볼썽사나운 옷을 내려다보았다. "이런 건 네 안목에 문제가 있다는 걸 보여 주는 거야."

"이 블라우스?" 루가 눈을 크게 뜨고 화가 나서 소리쳤다. "16달러나 주고 산 거야. 원래 가격은 25달러야. 어떤 여자가 세탁을 맡기고 찾아가지 않았어. 사장이 내게 팔았지. 손자수가 가득해. 네가 입고 있는 그 못난 옷은 어떻고."

"이 못난 옷은 밴 앨스타인 피셔 부인의 옷을 본뜬 거야." 낸시가 차분히 말했다. "그 부인은 작년에 우리 백화점에서 1만 2천 달러어치를 샀대. 이 옷은 내가 직접 만들었고, 돈은 1달러 50센트가 들었어. 3미터만 떨어져 있어도 그 여자 옷이랑 내 옷을 구별 못 해."

"어쩔 수 없지." 루가 온화하게 말했다. "배는 곯더라도 겉멋을 포기할 수 없다면 그럴 수밖에. 하지만 나는 벌이가 좋은 내 직업을 선택하겠어. 그렇게 번 돈으로 멋진 옷을 사서 일과 후에 입을 수도 있어."

그때 댄이 왔다. 간편 넥타이 차림이었지만, 그 도시에 흔한 경박함의 낙인을 피한 진지한 젊은이였다. 전기 기사로 주당 30달러를 버는 그는 로미오처럼 슬픈 눈으로 루를 우러러보며 그녀의 자수 블라우스를 어떤 날파리라도 기꺼이 몸을 던지는 거미줄로 여겼다.

"오언스 씨, 댄포스 양과 악수해." 루가 말했다.

"만나서 반갑습니다, 댄포스 양." 댄이 손을 내밀고 말했다. "루한테서 말씀 많이 들었습니다."

"고마워요." 낸시가 그의 손가락에 침착하게 손끝을 대면서 말했다. "저도 오언스 씨 말씀을 몇 번 들었어요."

루가 킥킥 웃으며 물었다.

"그런 악수법은 밴 앨스타인 피셔 부인한테 배운 거야, 낸시?"

"내가 하는 행동은 안심하고 따라 해도 돼." 낸시가 말했다.

"아, 나는 필요 없어. 내게는 너무 고급스러워. 그런 고상한 악수는 다이아몬드 반지를 돋보이게 하려는 의도야. 나한테 다이아몬드 반지가 생기면 그때 시도하겠어."

"이런 행동을 배우면 반지가 생길 확률이 높아져." 낸시가 지혜를 전하듯 말했다.

"이 문제를 해결할 방법을 하나 제안하죠." 댄이 미리 준비된 쾌활한 미소를 짓고 말했다. "제가 두 사람 모두를 티파니 보석상에 데리고 가는 일은 할 수 없으니 보드빌은 어떤가요? 저한테 표가 있습니다. 다이아몬드 반지를 끼고 악수를 할 수 없으니 무대 위의 다이아몬드를 보는 건 어떨까요?"

충실한 신사는 길 가장자리에 섰다. 밝고 예쁜 옷을 입은 루가 약간 우쭐하며 그 옆에 섰다. 길 안쪽에 선 낸시는 가녀리고 참새처럼 점잖게 입었지만 걸음은 진실로 밴 앨스타인 피셔 부인의 것이었다. 이렇게 그들은 저녁나절의 소박한 여흥지로 향했다.

사람들은 대형 백화점을 교육기관으로 보지 않을 것이다. 하지만 낸시가 일하는 백화점은 그녀에게 교육기관과 비슷했다. 그녀는 고상한 감각과 세련미를 뿜는 아름다운 물건들에 둘러싸여 있었다. 호사스러운 분위기 속에 살다 보면 그걸 누릴 돈이 있건 없건 호사는 우리의 것이 된다.

낸시가 상대하는 사람들은 대개 옷과 태도와 지위가 사회의 기준으로 여겨지는 여자들이었다. 낸시는 그들에게서 무언가를 조금씩 빼냈다. 그들 각자가 가진 최선의 것이라고 보이는 것들을.

한 사람에게서는 동작을 베꼈고, 또 한 사람에게서는 눈썹을 우아하게 치켜드는 것을, 다른 사람들에게서는 걷는 법, 핸드백 드는 법, 미소 짓는 법, 친구에게 인사하는 법, '지위 낮은 사람'에게 말하는 법을 배웠다. 가장 존경하는 모델인 밴 앨스타인 피셔 부인에게서는 나직한 목소리로 은처럼 맑고 개똥지빠귀처럼 명징하게 말하는 법을 뽑아냈다. 낸시는 그런 사교적 세련미와 교양의 아우라에 둘러싸여서 그 영향력에서 빠져나올 수가 없었다. 원칙보다 습관이 더 중요하다는 말이 있지만, 아마도 습관보다 태도가 더 중요할 것이다. 뉴잉글랜드인들이 부모님의 가르침을 다 잊었다 해도 등받이가 꼿꼿한 의자에 앉아서 '프리즘, 필그림'을 마흔 번쯤 되뇌면 악마가 다가올 틈이 없다. 밴 앨스타인 피셔 부인 같은 어조로 말을 할 때면 낸시는 뼛속까지 노블레스 오블리주의 전율을 느꼈다.

대형 백화점 학교는 다른 교육 수단이 또 하나 있었다. 여점원 서넛이 모여 시시한 대화를 나누며 철사 팔찌를 짤랑거릴 때, 그들이 에설의 뒷머리 모양을 흉보고 있다고 착각하면 안 된다. 그 모임에 진지한 남자들의 모임 같은 위엄은 없을지 몰라도, 그 중요성은 이브와 그 맏딸이 처음 지혜를 모아서 아담에게 적절한 집안 내 위치를 알려 주던 때와 다를 바가 없었다. 그것은 공동 방위와 세계 대항전 전략 이론 교환을 위한 여성 회담이고, 거기서 세계란 무대와 남자, 즉 무대에 계속 꽃다발을 던지는 관객이다. 그 어떤 어린 동물 가운데에도 가장 무력한 여자는 새끼 사슴처럼 섬세하지만 그처럼 빠르지는 않고, 새처럼 아름답지만 하늘을 날지는 못하고, 꿀벌의 먹이처럼 달콤하지만 독침은 없…… 아, 이 비유는 그만두자. 어떤 이들은 여자의 침에 쏘였을 수도 있으니까.

이런 작전 회의를 통해 그들은 무기를 나누고, 각자의 인생 전술을 고안하여 공식화한 전략을 교환한다.

"나는 그 사람한테 이렇게 말했어." 세이디가 말한다. "아직 뭘 모르시는군요! 저를 어떻게 보고 그런 말씀을 하시죠? 그랬더니 그 사람이 나한테 뭐라고 한 줄 알아?"

갈색, 검은색, 담갈색, 붉은색, 노란색 머리들이 모인다. 대답이 나온다. 그리고 이후 각자가 공동의 적인 남자와 싸울 때 사용할 방어책이 결정된다.

그렇게 낸시는 방어술을 익혔다. 그리고 여자에게 성공적인 방어란 승리를 의미한다.

백화점의 교육 과정은 방대하다. 어떤 대학도 훌륭한 결혼이라는 낸시의 필생의 야심을 그렇게 잘 채워 주지는 못했을 것이다.

백화점에서 낸시의 근무처는 위치가 좋았다. 음악실이 가까워서 최고 작곡가의 작품을 듣고 익숙해질 수 있었다. 그러니까 적어도 그녀가 조심스레 야심 찬 발을 들여놓으려고 하는 사교 세계에서 식견으로 통용되는 친숙함을 얻을 수 있었다. 그녀는 도예품, 비싸고 우아한 직물, 여자들에게 교양처럼 여겨지는 장식품을 통해서도 교육을 받았다.

다른 여자들이 곧 낸시의 야심을 알게 되었다. "저기 너의 백만장자가 온다, 낸시." 그 배역에 맞아 보이는 남자가 낸시의 판매대로 올 때마다 그들은 그렇게 말했다. 남자들은 여자 일행이 쇼핑하는 동안 손수건 판매대 주변을 어슬렁거리다 다가와서 흰 손수건들을 들여다보며 시간을 보내는 버릇이 있었다. 낸시의 흉내 낸 교양과 진정한 아름다움이 그들을 잡아끌었다. 많은 남자들이 그렇게 호의를 보여 주러 왔다. 어떤 이는 백만장자였을 테고, 또 어떤 이는 부지런한 흉내쟁이였을 것이다. 낸시는 구별법을 터득했다. 손수건 판매대 끝에 창문이 있었다. 그것을 통해 아래쪽 도로에서 쇼핑객을 기다리는 차들을 보면, 차도 주인만큼이나 제각각이라는 걸 알 수 있었다.

한번은 어느 매혹적인 신사가 손수건을 마흔여덟 개나 사고는 코페투아 왕* 같은 분위기로 판매대 앞에서 그녀에게 구애했다. 그가 떠나자 다른 여점원 한 명이 말했다.

"왜 그래, 낸시? 왜 저 사람한테 차갑게 군 거야? 내가 볼 때는 훌륭한 사람 같은데."

"저 사람?" 낸시가 침착하고 상냥하고 감정 없는 밴 앨스타인 피셔 같은 미소를 띠고 말했다. "나하고 맞는 사람은 아니야. 그 사람 차를 봤어. 12마력에 아일랜드 운전기사야! 너는 그 사람이 어떤 손수건을 사는지 봤잖아. 실크였어! 또 몸에 오리새풀도 묻어 있었어. 나는 진짜를 얻을 수 없다면 차라리 아무것도 없는 편이 나아."

백화점의 가장 '고상한' 여자 두 명—여자 감독과 출납계원—은 이따금 '멋진 신사 친구'들과 저녁을 함께했다. 그리고 그 자리에 한 번 낸시도 초대했다. 저녁 식사 장소는 1년 전에 이미 신년 전야 예약이 완료되는 멋진 카페였다. '신사 친구'는 두 명이었다. 한 사람은 머리카락이 전혀 없었다. 상류 생활이 머리카락을 자라게 하지는 못했다. 그건 증명할 수 있다. 또 한 사람은 자신의 가치와 세련미를 두 가지 그럴듯한 방식으로 각인시키는 젊은이였다. 한 가지는 포도주는 모두 코르크 마개가 있다고 단언하는 것이었고, 또 한 가지는 소맷부리에 다이아몬드 단추를 단 것이었다. 이 젊은이는 낸시에게서 확실한 미덕을 보았다. 그의 취향은 극장의 무희들이었다. 그런데 여기 본래 신분의 솔직한 매력에 덧붙여 상류 사교계의 목소리와 태도까지 겸비한 여자가 있었다. 그래서

---

*거지 소녀를 사랑해서 왕위를 버렸다는 아프리카 전설 속의 왕.

다음 날 그는 백화점에 나타나서 가장자리에 수를 놓고 풀밭에서 표백한 아일랜드 리넨 손수건이 담긴 상자 너머로 그녀에게 진지하게 청혼했다. 낸시는 거절했다. 3미터 뒤에서 갈색 올림머리가 눈과 귀를 곤두세우고 있었다. 거절당한 구혼자가 떠나자 그녀는 낸시에게 질책을 쏟아부었다.

"이 바보야, 기가 막혀서 정말! 그 남자는 백만장자야. 밴 스키틀스의 조카라고. 거기다 아주 진지했어. 너 미쳤니, 낸시?"

"내가 미쳤냐고?" 낸시가 말했다. "그래, 나는 그 사람을 거절했어. 그 사람은 금세 알아볼 만한 백만장자는 아니야. 집안에서 받는 돈이 1년에 2만 달러밖에 안 돼. 그날 밤 저녁 식사 때 대머리 신사가 그렇다고 놀렸어."

갈색 올림머리가 바짝 다가와서 눈을 가늘게 떴다.

"네가 원하는 게 대체 뭐니?" 그녀가 껌이 없어서 거칠어진 목소리로 물었다. "그게 부족하다는 거야? 모르몬 교도가 돼서 록펠러나 글래드스톤 도위, 스페인 국왕 같은 사람하고 결혼하고 싶어? 1년에 2만 달러가 부족해?"

낸시는 준엄한 시선을 담은 검은 실눈이 되어 약간 얼굴을 붉혔다.

"돈 때문만이 아니야, 캐리." 낸시가 설명했다. "그날 밤 그 사람은 친구한테 거짓말을 들켰어. 어떤 여자하고 같이 극장에 가지 않았다고 했거든. 나는 거짓말쟁이는 싫어. 그러니까 이것저것 다 합해서…… 나는 그 사람이 마음에 안 들고 그걸로 끝이야. 나를 도떼기시장에 내놓고 싶지는 않아. 내게는 어쨌건 남자처럼 의자에 꼿꼿이 앉아 있는 것이 필요해. 그래 맞아, 나는 왕자님을 찾고 있어. 장난감 저금통 같은 소리만 내는 사람은 안 돼."

"병원에 가야겠구나!" 갈색 올림머리가 그렇게 말하고 자리를 떴다.

높은 이상은 아니라 해도 어쨌건 이런 큰 목표를 낸시는 주급 8달러를 받으며 연마했다. 그녀는 누군지 알 수 없는 그 '왕자님'의 길 위에서 야영하며 마른 빵을 먹고 날마다 허리띠를 졸라맸다. 그 얼굴에는 남자 사냥꾼이라는 운명을 짊어진 자의 강인하고 상냥하고 엄격하고 희미한 미소가 있었다. 백화점은 낸시의 숲이었다. 그녀는 여러 차례 멋진 뿔이 달리고 덩치가 커 보이는 사냥감을 향해 총구를 겨누었다. 하지만 언제나 어떤 깊고 확실한 본능에 의해 ―사냥꾼의 본능일지도 모르고, 여자의 본능일지도 모른다― 사격을 중지하고 다시 길 위에 남는 쪽을 택했다.

루는 세탁소 일을 하며 나름대로 잘 지냈다. 그녀는 주급 18달러 50센트를 받아 하숙비로 6달러를 냈다. 나머지로는 주로 옷을 샀다. 낸시에 비하면 취향과 태도를 가다듬을 기회는 빈약했다. 증기 가득한 세탁소에서 할 수 있는 것은 오직 일하는 것과 저녁에 어떻게 놀까 생각하는 것뿐이었기 때문이다. 값비싸고 화려한 수많은 직물이 루의 다리미 밑을 지나갔다. 옷에 대한 루의 애정은 아마도 그 도체 금속을 통해서 전달되고 증폭된 것인지도 모른다.

하루 일이 끝나면 댄이 밖에서 기다렸다. 그는 루가 어떤 빛 아래 있건 상관없이 그녀의 충실한 그림자 역할을 했다.

그는 때로 세련미보다 화려함이 더해지는 루의 옷차림에 솔직하고 혼란스러운 눈길을 보냈다. 하지만 그것은 불충이 아니었다. 그가 싫어한 것은 그 옷들을 입었을 때 거리에서 사람들이 그녀에게 던지는 관심이었다.

루는 친구에게 변함없이 충실했다. 어디로 외출하건 낸시도 함께 가야 한다는 원칙이 있는 것 같았다. 댄은 그 여분의 짐을 기꺼이 또 즐겁게 지고 다녔다. 그렇게 어울려 다니는 3인조에서 루가 활기가 되고, 낸시가 품격이 되고, 댄이 무게 추가 되었다고 할 수 있다. 댄은 말끔하지만 기성품 티가 나는 정장에 기성품 넥타이를 맸고, 하는 말도 다정하지만 늘 기성품이라서 놀라움이나 충돌을 일으키는 법이 없었다. 그는 곁에 있으면 있는지 없는지 모르지만 곁에 없으면 생각나는 그런 사람이었다.

낸시의 우월한 안목에 그런 기성품 같은 여흥은 때로 약간 괴롭기도 했다. 하지만 그녀는 젊었고, 젊음은 미식가가 될 수 없으면 대식가가 된다.

"댄은 맨날 나보고 빨리 결혼하재." 루가 한번은 낸시에게 말했다. "하지만 어떻게? 나는 독립적인 생활이 좋아. 지금 나는 내가 버는 돈으로 원하는 대로 살 수 있어. 댄은 결혼하면 내가 일하는 걸 싫어할 거야. 그리고 낸시, 넌 도대체 뭘 바라기에 제대로 먹지도 입지도 못하면서 그 백화점에 붙어 있니? 네가 말만 하면 세탁소에 네 자리를 구해 줄 수 있어. 돈을 좀 더 벌고 싶다면 지금처럼 오만해서는 안 돼."

"내가 오만한 건 아니라고 생각해, 루." 낸시가 말했다. "나는 봉급이 작아도 지금 이대로 살고 싶을 뿐이야. 이미 그런 습관이 든 것 같아. 내가 원하는 건 기회야. 내가 언제까지나 손수건 판매대에 서 있지는 않을 거야. 나는 날마다 새로운 걸 배우고 있어. 그리고 늘 고상하고 부유한 사람들을 만나. 그 사람들에게 물건을 파는 역할일 뿐이라고 해도 말이야. 내 눈앞에는 화살표가 이리저리 돌아다니는 게 보이고 나는 그걸 예리하게 관찰하고 있어."

"백만장자를 잡았어?" 루가 놀리듯 웃으며 물었다.

"아직 못 골랐어. 살펴보고 있어." 낸시가 대답했다.

"이런! 한 명을 고른다니! 한 사람도 그냥 지나치지 마, 낸시. 돈이 몇 달러 부족한 사람이라도. 하지만 네 말은 농담이라고 생각해. 백만장자들은 우리처럼 일하는 여자들은 염두에 두지 않아."

"염두에 두는 게 그 사람들한테 좋아." 낸시가 차분하게 말했다. "우리는 그 사람들한테 돈 관리하는 법을 가르쳐 줄 수 있어."

"백만장자가 나한테 말을 걸면 나는 아마 화를 낼 거야." 루가 웃었다.

"그건 네가 그런 사람을 한 명도 몰라서 그래. 부자들은 그렇지 않은 사람들보다 더 자세히 봐야 해. 빨간 실크 안감은 그 외투에는 너무 밝은 것 같지 않니, 루?"

루는 친구의 우중충한 암녹색 재킷을 바라보며 말했다.

"아니, 안 그렇다고 생각해. 하지만 색이 바랜 듯한 네 옷 옆에 있으니 그렇게 보일 수도 있겠다."

"이 재킷은 재단도 형태도," 낸시가 침착하게 말했다. "얼마 전에 밴 앨스타인 피셔 부인이 입은 옷하고 똑같아. 재료비가 3달러 98센트 들었어. 그 부인 옷은 100달러도 넘을 거야."

"아, 그래." 루가 가볍게 말했다. "그걸로는 백만장자를 낚을 수 있을 것 같지가 않다. 내가 너보다 먼저 백만장자를 잡아도 이상하지 않을 거야."

두 친구가 개진하는 이론의 가치를 평가하려면 진실로 철학자가 있어야 할 것이다. 루는 쥐꼬리 봉급을 받으면서도 상점과 사무실에서 일하는 많은 여자들이 가진 자존심과 까다로움이 없었기에, 시끄럽고 숨 막히는 세탁소에서 즐겁게 다림질을 해나갔다. 그리고 그 봉급으로 매우 안락한 생활을 영위했다. 루의 의생활은 점점 화려해졌고, 그녀는 이따금 댄의 단정하지만 멋없는 의복을 답답하다는 듯 곁눈질했지만, 댄은 한결같고 변함없고 충실했다.

낸시 같은 경우는 많고도 많았다. 실크와 보석과 레이스와 장신구와 향수, 그리고 교양과 취향을 갖춘 상류사회의 음악― 이것들은 여자를 위해 만들어진 것이고, 여자가 받을 몫이다. 그것들이 여자의 인생을 이룬다면, 그리고 여자가 원한다면 여자는 그 곁에 머물 수 있어야 한다. 여자는 에서*처럼 스스로를 배신하지 않는다. 여자는 자신의 생득권을 지키고, 또 여자가 버는 죽은 형편없는 경우가 많기 때문이다.

낸시는 자신이 처한 환경 속에서 잘 지냈고, 검소한 식사를 했으며, 적은 돈으로 불만 없이 옷을 마련해 입었다. 그녀는 여자라는 동물은 이미 알고 있었고, 이제 남자라는 동물을, 그들의 습관과 갖추어야 할 자격 모두를 연구했다. 언젠가는 원하는 사냥감을 포획할 것이고, 자신에게 필요한 것은 가장 크고 훌륭한 사냥감일 뿐 거기 못 미치는 것은 절대 안 된다고 스스로에게 다짐했다.

그래서 낸시는 언제 올지 모르는 신랑을 맞기 위해 늘 등불을 손질하고 불을 켜두었다.**

하지만 그녀는 다른 교훈도 배웠는데 그 일은 아마도 무의식적으로 이루어졌을 것이다. 그녀의 가치 기준이 차츰 흔들리고 변했다. 때로 낸시의 머릿속에서 달러 표시가 흐려져서 '진실'과 '명예' 같은 단어로 바뀌고, 이따금 그냥 '친절'이 되기도 했다. 광활한 숲에서 말코손바닥사슴 혹은 엘크라고 불리는 사슴을 사냥하는 사람을 생각해 보자. 사냥꾼은 이끼가 깔리고 나무 그늘이 드리워진 작은 골짜기를 본다. 그곳을 졸졸 흐르는 실개천이 사냥꾼에게 잠시 편안히 쉬라고 속삭인다. 이런 때에

* 구약성서에 나오는 이삭의 큰아들. 죽 한 그릇에 동생 야곱에게 장자의 권리를 팔았다.
** 신약성서 마태복음에 나오는 비유.

는 니므롯*이라도 창이 무뎌지게 마련이다.

그래서 낸시는 페르시아 양모피를 두르고 다니는 사람들은 그것을 항상 시장가치로만 판단하는지가 가끔 궁금해졌다.

어느 목요일 저녁 백화점을 나선 낸시는 6번 가를 건너 세탁소가 있는 서쪽으로 갔다. 그날 저녁 그녀는 루와 댄과 함께 음악극을 보러 갈 예정이었다.

낸시가 세탁소에 도착했을 때 댄이 거기서 나오고 있었다. 그는 이상하게 긴장한 표정이었다.

"혹시 여기 사람들은 들은 소식이 없는지 알아보러 들렀어요."

"무슨 소식요? 안에 루 없어요?" 낸시가 물었다.

"낸시는 알 줄 알았는데" 댄이 말했다. "루는 월요일부터 여기에도 집에도 없었어요. 짐도 모두 옮겼어요. 세탁소 동료 한 명에게 유럽으로 갈 거라고 말했대요."

"루를 본 사람이 없나요?" 낸시가 물었다.

댄은 입을 굳게 다물고 그녀를 바라보았다. 차분한 회색 눈이 엄격하게 빛났다.

"세탁소 사람들이 어제 루가 자동차를 타고 가는 모습을 봤대요." 댄이 꺼칠한 목소리로 말했다. "동승자는 당신하고 루가 늘 말하던 그런 백만장자인 것 같아요."

낸시는 처음으로 남자 앞에서 움찔했다. 그래서 떨리는 손을 댄의 소매에 가볍게 얹었다.

"나한테 왜 그런 말을 하나요, 댄? 내가 그 일과 무슨 상관이 있다고!"

---

*구약성서에 나오는 뛰어난 사냥꾼.

"그런 뜻이 아니에요." 댄이 어조를 누그러뜨리며 말하고는 조끼 주머니를 뒤졌다.

"오늘 밤 공연 표가 있어요. 혹시 같이⋯⋯" 그가 애써 가벼운 표정을 지으며 말했다.

낸시는 그것이 용기 있는 행동이라는 걸 알아보았다.

"같이 갈게요, 댄." 그녀가 말했다.

석 달 뒤 낸시는 루를 다시 만났다.

어느 날 해 질 녘에 낸시는 작고 조용한 공원 옆길을 걸어 바삐 귀가하고 있었다. 그러다 누가 이름을 불러 돌아보니 루가 자기 품으로 뛰어들었다.

그들은 그렇게 끌어안은 뒤, 날렵한 혀에 천 개의 질문을 담아 서로를 공격하거나 매혹하기 위해 뱀처럼 머리를 뒤로 뺐다. 그때 낸시는 루가 온몸에 부富를, 값비싼 모피와 번쩍이는 보석과 일급 재단사의 옷을 휘감은 것을 보았다.

"바보야!" 루가 애정 어린 목소리로 외쳤다. "너 아직도 거기서 일하는구나. 옷차림도 똑같이 초라해. 네가 잡으려던 백만장자는 어떻게 됐어? 아직 아무 일 없어?"

그때 루는 낸시가 부보다 더 좋은 것에 감싸인 것을 보았다. 낸시의 눈에서 보석보다 밝게 빛나고, 뺨에서 장미보다 붉게 타오르고, 혀끝에서 달아나려고 안달하는 전기처럼 춤을 추는 것을.

"응, 아직도 거기서 일해." 낸시가 말했다. "하지만 다음 주에 그만둬. 드디어 나의 왕자님을 찾았거든. 세계 최고의 신랑감을 말이야. 이제는 너도 상관없겠지. 나는 댄하고 결혼해. 그 사람은 이제 나의 댄이야, 루!"

젊고 앳된 얼굴의 신임 경찰이 순찰 중에 공원 모퉁이를 돌았다. 그런 경찰은 어쨌건 시각적으로는 공권력을 참을 만하게 만든다. 그는 비싼 모피 코트를 입고 다이아몬드 반지를 낀 여자가 공원 철제 울타리 위로 몸을 굽히고 격렬하게 흐느끼는 것을 보았다. 여윈 몸집에 검소한 옷을 입은 근로 여성이 옆에서 그녀를 달래고 있었다. 하지만 귀여운 경찰은 신식이었기에 못 본 척 지나갔다. 이런 일은 경찰력으로 도와줄 수 없다는 걸 알기 때문이다. 하지만 그러면서도 야경봉으로 보도를 탁탁 두드렸고, 그 소리는 아주 먼 별들까지 올라갔다.

시계추
The Pendulum

"81번로. 먼저 내린 다음에 타세요." 푸른 옷의 양치기가 외쳤다.

시민 양 떼가 밀려 나가고 밀려들었다. 딩동! 맨해튼 고가철도의 가축차량이 덜컹거리며 떠나가자, 존 퍼킨스는 다른 가축들과 함께 기차역 계단을 내려왔다.

존은 천천히 자기 아파트로 갔다. 천천히 간 것은, 그의 일상의 사전에 '어쩌면' 같은 말이 없었기 때문이다. 시내 아파트에 사는, 결혼한 지 2년 된 남자에게 놀라운 일이란 없다. 존 퍼킨스는 길을 걸으며 침울한 냉소 속에 단조로운 날의 뻔한 일들을 예견했다.

케이티가 콜드크림과 버터스카치 냄새를 풍기며 문 앞에서 키스로 자신을 맞을 것이다. 자신은 외투를 벗고 자갈로 속을 채운 듯한 안락의자에 앉아 석간신문을 펼치고 러시아인과 일본인을 혹독하게 비난하는 기사를 읽을 것이다. 저녁 식사로는 고기찜, 가죽을 손상시키지 않는다는 소스를 얹은 샐러드, 대황 스튜, 라벨에 화학적으로 순수하다는 낯 뜨거운 주장이 쓰여 있는 딸기 마멀레이드가 나올 것이다. 저녁을 마치면 케이티는 그 바보 같은 조각보에 새로 붙인 조각을 보여 주며, 얼음 장수가 넥타이 끄트머리를 잘라서 준 거라고 말할 것이다. 7시 반에는 뚱뚱한 위층 남자가 운동을 시작하면 떨어질 석고 조각을 받기 위해 가구 위에 신문지를 펼 것이다. 그리고 정각 8시에는 복도 맞은편에 사는 (어느 극장에도 계약되지 않은) 보드빌 팀 히키와 무니가 알코올의 부드러운 영향력 속에서, 해머스타인*이 주당 500달러에 자신들과 계약하고자 한다는 착각에 사로잡혀 의자들을 뒤집을 것이다. 잠시 후 중앙 통로 건너편에 사는 신사가 플루트를 꺼낼 것이다. 야간에 누출되는 가스는 도로로 장난치러 나갈 것이다. 소형 화물 엘리베이터는 기중기에서 미끄러져 빠질 것이다. 수위는 재너위츠키 부인의 다섯 아이를 다시 한 번 압록강 너머로 쫓아 보낼 것이고, 샴페인 색 구두를 신은 여자는 스카이테리어 종 개를 데리고 계단을 내려가서 초인종과 편지함에 목요일용 이름을 붙일 것이다. 그렇게 프로그모어 아파트의 저녁이 이어질 것이다.

존 퍼킨스는 이런 일들이 일어날 것을 알았다. 그리고 자신이 8시 15분에 용기를 내서 모자를 집어 들면 아내가 성난 목소리로 이렇게 말할 것도 알았다.

"대체 어디를 가는 거야, 존 퍼킨스?"

"매클로스키 술집에 가서 친구들이랑 포켓볼을 칠 거야." 그는 대답할

---

*당시 유명 극장의 흥행사였던 오스카 해머스타인 1세.

것이다.

존 퍼킨스의 최근 습관은 그랬다. 그런 뒤 그는 10시나 11시에 돌아올 것이다. 케이티는 때로는 자고 있었고, 때로는 깨어서 기다리며 분노의 도가니에 결혼의 강철 사슬을 넣고 거기서 금박을 조금 더 녹여 내고자 했다. 큐피드는 프로그모어 아파트에 사는 이 사랑의 피해자들과 함께 법정에 설 때 이런 일들에 대해 대답해야 할 것이다.

하지만 오늘 밤 존 퍼킨스가 문 앞에 도착해 보니 평범한 일상이 완전히 뒤집혀 있었다. 케이티가 다정한 키스로 그를 맞지 않았다. 세 개의 방은 불길한 무질서를 보여 주었다. 사방에 케이티의 물건들이 어지럽게 흩어져 있었다. 구두는 방바닥 중간에 놓여 있었고, 고데기와 리본 핀과 실내복과 분갑은 화장대와 의자에 뒤엉켜 있었다. 그것은 케이티의 방식이 아니었다. 존은 빗살 사이에 구름처럼 엉켜 있는 그녀의 갈색 머리카락을 보고 가슴이 덜컹했다. 아주 급박한 일이 닥친 게 분명했다. 케이티는 빗질할 때 빠진 머리카락은 언제나 벽난로 위의 작은 청색 꽃병에 넣어 두었다. 언젠가 그걸로 여성미 물씬한 '가체'를 만들겠다고 했다.

가스 분출기에 접힌 종이가 눈에 잘 띄게 끈으로 매달려 있었다. 존은 종이를 집어 들었다. 아내가 남긴 쪽지는 이런 내용이었다.

존에게

어머니가 위중하시다는 전보를 받았어. 4시 30분 기차를 타야 해. 거기 역에서 오빠 샘이 나를 맞을 거야. 아이스박스에 차가운 양고기가 있어. 편도주위농양이 재발한 건 아니길 바라고 있어. 어머니는 지난봄에 그 병을 심하게 앓았거든. 우유 배달부에게 50센트를 줘. 가스계량기 회사에

편지 보내는 것도 잊지 말고. 깨끗한 양말은 맨 위 서랍에 있어. 내일 다시
편지할게.

급하게 나가며
케이티

결혼하고 2년 동안 그와 케이티는 하룻밤도 따로 보낸 적이 없었다.
존은 어리둥절한 채 편지를 여러 번 거듭 읽었다. 판에 박힌 일상에 균
열이 생기자 그는 멍해졌다.

의자 등받이에는 케이티가 식사를 준비할 때 늘 입는 검은 물방울무
늬의 붉은 실내복이 형체를 잃고 처량하게 걸려 있었다. 아내가 서둘러
나가는 바람에 그녀가 평일에 입는 옷들이 여기저기 흩어져 있었다. 아
내가 가장 좋아하는 버터스카치를 담은 종이봉투는 끈이 풀린 채 구르
고 있었다. 바닥에 펼쳐진 일간신문은 철도 시각표 부분만 사각형으로
잘려 나가 있었다. 방 안의 모든 것이 상실을, 훈기의 실종을, 영혼과 생
명의 종언을 전했다. 존 퍼킨스는 가슴에 기이한 황폐감을 느끼며 죽은
잔해 틈에 서 있었다.

잠시 후 그는 최선을 다해 집을 정돈했다. 아내의 옷에 손을 대자 공
포와도 같은 전율이 몸을 뚫고 지나갔다. 그는 케이티 없는 삶을 생각해
본 적이 없었다. 그녀는 그의 인생에 너무도 강력하게 박혀 있어서, 숨
쉬는 공기처럼 꼭 필요하지만 거의 의식하지 못하는 존재가 되었다. 그
런 그녀가 이제 불현듯 이 세상에 전혀 없었던 것처럼 자취를 감추었다.
물론 며칠, 길어야 1, 2주 정도에 그치겠지만 그는 마치 죽음의 손가락
이 그의 안전하고 평온한 가정을 가리키기라도 한 듯한 느낌을 받았다.

존은 아이스박스에서 차가운 양고기를 꺼내고 커피를 끓이고 딸기

마멀레이드의 뻔뻔한 순수성 주장을 바라보며 외로운 식사를 시작했다. 사라진 많은 축복 가운데 고기찜과 구두약 색깔 샐러드가 두드러지게 떠올랐다. 그의 집은 부서졌다. 편도주위농양에 걸린 장모가 가정의 보물들을 하늘로 날려 버렸다. 홀로 식사를 마친 존은 정면 창가에 앉았다.

그는 담배를 피우고 싶지 않았다. 밖에서는 도시가 어서 나와서 방종과 쾌락의 대열에 합류하라고 포효했다. 밤은 그의 것이었다. 그는 다른 유쾌한 독신남들처럼 아무 눈총 받지 않고 밖에 나가서 환락에 빠질 수 있었다. 원한다면 동이 틀 때까지 먹고 마시며 놀 수 있었다. 그의 기쁨의 찌꺼기를 분노의 잔에 담아 들고서 기다리는 케이티는 없을 것이다. 원한다면 매클로스키 술집에서 아우로라*가 전등 빛을 흐리게 할 때까지 술친구들과 포켓볼을 칠 수도 있었다. 재미없는 프로그모어 아파트에 그를 묶어 두던 결혼의 끈은 풀어졌다. 케이티는 없었다.

존 퍼킨스는 자기 감정을 분석하는 일이 익숙하지 않았다. 하지만 케이티를 잃은 3×4미터 크기 응접실에 앉아 있는 동안, 자신의 불편함이 어디에서 비롯되는지 확실히 깨달았다. 케이티는 그의 행복에 꼭 필요했다. 가정생활의 지루한 반복 속에서 무의식에 가라앉아 있던 그녀에 대한 감정이 그녀의 부재 속에서 또렷하게 살아났다. 속담과 설교와 우화는 늘, 우리는 노래하던 새가 날아간 뒤에야 음악의 가치를 깨닫는다고 귀에 못이 박이도록 말하지 않던가? 그런 뜻을 담은 또 다른 화려하고 진실한 말도 있지 않은가?

'케이티를 그렇게 대한 나는 얼간이 중에서도 상얼간이야.' 존 퍼킨스

---

*로마 신화에 나오는 새벽의 여신.

가 생각했다. '매일 밤 케이티 곁에 있지 않고 나가서 남자들과 포켓볼을 치며 술을 마시다니, 불쌍한 아내를 쓸쓸하게 집에 두고 그러고 다니다니! 존 퍼킨스, 너는 최악의 놈팡이야. 이제 나는 그동안 케이티한테 잘못한 걸 갚아 주겠어. 아내를 데리고 나가서 함께 놀겠어. 그리고 지금 이 순간부터 매클로스키 무리하고는 관계를 끊을 거야.'

그렇다. 바깥에서는 도시가 존 퍼킨스에게 모모스의 열차에 함께 타고 춤을 추자고 포효했다. 매클로스키 술집에서는 한가롭게 게임을 하는 남자들이 공을 구멍에 넣고 있을 것이다. 하지만 앵초꽃 핀 길도 달각거리는 당구봉 소리도 아내를 잃은 퍼킨스의 후회막심한 영혼을 꾀어낼 수 없었다. 자기 것으로 여겨 가볍게 쥐고 반쯤 경멸하던 것이 사라지자, 그는 그것을 되찾기를 원했다. 후회하는 퍼킨스의 조상을 거슬러 올라가면 케루빔 천사가 동산에서 내쫓은 아담이라는 남자에게까지 닿을 것이다.

존 퍼킨스 오른편에 의자가 있었다. 의자 등받이에 케이티의 파란색 블라우스가 있었다. 옷에는 아직도 아내의 굴곡이 남아 있었다. 소매 중간 부분에는 아내가 그의 안락과 기쁨을 위해 일하면서 생겨난 주름이 잘게 잡혀 있었다. 거기서 섬세하지만 강력한 초롱꽃 향기가 흘러나왔다. 존은 그 반응 없는 옷을 들고 한참 동안 그것을 골똘히 들여다보았다. 케이티는 반응이 없을 때가 없었다. 눈물이…… 그렇다, 눈물이 존 퍼킨스의 눈에 차올랐다. 아내가 돌아오면 모든 것이 달라질 것이다. 그동안 무심했던 태도를 벌충할 것이다. 아내 없는 인생이 무엇이란 말인가?

그때 문이 열렸다. 케이티가 작은 손가방을 들고 들어왔다. 존은 아내를 멍하니 바라보았다.

"아! 집에 오니까 좋다." 케이티가 말했다. "엄마 일은 그렇게 심각한 게 아니었어. 역에서 오빠를 만났는데, 엄마가 잠깐 크게 아팠지만 전보를 보낸 직후에 다시 좋아지셨대. 그래서 다음 기차로 바로 돌아왔어. 얼른 커피 한 잔 마시고 싶다."

프로그모어 아파트 3층 앞쪽 집이 톱니바퀴를 덜그럭거리며 본래 구조로 돌아가는 소리는 아무도 듣지 못했다. 하지만 띠가 끼워지고 용수철이 손질되고 톱니가 조정되면서 바퀴들이 옛 궤도를 돌았다.

존 퍼킨스는 시계를 보았다. 8시 15분이었다. 그는 모자를 집어 들고 문 앞으로 걸어갔다.

"대체 어디를 가는 거야, 존 퍼킨스?" 케이티가 성난 목소리로 물었다.

"매클로스키 술집에 가서 친구들하고 포켓볼 치려고." 존이 말했다.

벽돌 가루 거리
Brickdust Row

블링커는 기분이 좋지 않았다. 교양과 균형과 부가 그만 못한 사람이 었다면 욕을 했을 것이다. 하지만 블링커는 언제나 자신이 신사라는 점을 잊지 않았다. 그것은 신사라면 하지 말아야 하는 일이었다. 그래서 마차를 타고 귀찮은 곳으로 가는 동안 그는 그저 지루하고 경멸 어린 표정을 지었을 뿐이다. 귀찮은 곳이란 브로드웨이에 있는 올드포트 변호사의 사무실이었고, 올드포트 변호사는 블링커 가의 재산 관리자였다.

"제가 왜 늘 이렇게 복잡한 서류들에 서명을 해야 하는 건지 모르겠어요." 블링커가 말했다. "짐도 다 싸놓았고, 오늘 아침에 노스우즈로 떠날 예정이었어요. 그런데 이제 내일 아침까지 기다려야 해요. 전 야간 기차는 싫거든요. 제 가장 좋은 면도칼은 어느 알 수 없는 트렁크 바닥에 처박혔어요. 이건 저를 면도 향수와 말 많고 솜씨 없는 이발사에게 보내려는 음모예요. 안 긁히는 펜을 주세요. 긁히는 펜은 싫어요."

"앉아." 턱이 접히고 머리는 희끗희끗한 변호사 올드포트가 말했다. "더 나쁜 일이 기다리고 있어. 아, 부자들은 힘들기도 하지! 서명할 서류가 아직 준비되지 않았다는 거야. 서류는 내일 11시에 준비될 거야. 그러니까 여행을 이틀 늦춰야 해. 이발사가 블링커 씨의 답답한 코를 두 번이나 비틀어야겠군. 이발까지 할 필요가 없다는 데 감사해라."

"만약 그렇게 했는데도 서류 준비가 되어 있지 않으면," 블링커가 일어서면서 말했다. "아저씨한테 이제 제 일에서는 당장 손을 떼시라고 할 거예요. 시가 하나 주세요."

"내가 옛 친구의 아들이 상어들에게 잡아먹히는 걸 보고 싶었다면 예전에 이 일을 관뒀을 거야." 올드포트 변호사가 말했다. "바보 같은 소리 그만해라, 알렉산더. 너는 내일 네 이름을 서른 번쯤 서명하는 힘겨운 일에 덧붙여서 사업과 관련해서도 고려해 봐야 할 일이 있어. 사업적인 일이자 인간애나 인권과 관련된 일이지. 5년 전에 이미 말했지만 그때 너는 듣지 않았어. 한시 바삐 마차 여행을 떠나고 싶어 했으니까. 그 주제가 돌아온 거야. 그 부동산은……"

"아, 그 부동산!" 블링커가 말을 가로막았다. "아저씨, 내일이라고 말씀하셨죠? 내일 한꺼번에 해결하죠. 서명이랑 부동산이랑 고무 밴드랑 냄새 나는 봉인 밀랍 모두요. 저랑 점심 같이 하실래요? 내일 오전 11시에 잊지 않고 들를 수 있도록 해볼게요."

블링커 가의 부는 법률 용어로 말하자면 토지, 건물, 상속재산에 있었다. 올드포트 변호사는 예전에 알렉산더 블링커를 헐떡이는 작은 휘발유 자동차에 태우고 그가 그 도시에 소유한 많은 건물들을 보여 주었다. 그가 유일한 상속자였기 때문이다. 그는 그 건물들을 보고 아주 즐거위했다. 집들은 겉모습만 보면 올드포트 변호사가 블링커를 위해 은행에 계속 쌓아 두는 그 큰돈을 만들어 낼 것 같지 않았다.

저녁이 되자 블링커는 식사를 하러 어느 클럽에 갔다. 거기에는 휘스트 카드놀이를 하는 구닥다리 노인들밖에 없었는데, 그들은 그에게 정중하게 말을 걸면서도 경멸의 눈길을 던졌다. 노인들 외의 사람들은 모두 그 도시를 떠나 있었지만, 그는 학생처럼 서류에 자기 이름을 쓰고 쓰고 또 쓰기 위해 남아야 했기에 속이 쓰렸다.

블링커는 구닥다리들에게서 등을 돌리고는, 자신에게 다가와서 차갑고 싱싱한 연어알이 어쩌고 하며 헛소리를 하는 클럽 집사에게 말했다. "시먼스, 나는 코니 아일랜드에 갈 거야." 그 말투는 마치 '다 끝났어. 나는 강에 투신할 거야' 하는 것 같았다.

시먼스는 그 말을 재미있는 농담이라 여기며 고용인에게 법으로 허용된 음량의 1/16 크기로 웃었다.

"물론 그러시겠죠." 그가 가볍게 웃으며 말했다. "코니 아일랜드에서 블링커 씨를 볼 수 있을 것 같군요."

블링커는 신문을 가져와서 일요일 증기선 운행 상황을 확인하고는 클럽을 나왔다. 첫 번째 모퉁이에서 승합마차를 발견하고는 그것을 타고 노스 강*의 선착장 한 곳으로 갔다. 그는 남들 못지않게 민주주의자였기에 줄을 서서 표를 샀고, 밟히고 떠밀린 끝에 배의 상갑판에 올라섰다. 그러고는 접의자에 혼자 앉아 있는 어떤 여자를 뻔뻔하게 쳐다보았다. 하지만 원래부터 그렇게 뻔뻔하게 바라볼 의도는 없었다. 여자가 너무도 아름다워서 자신이 정체를 감춘 왕자라는 사실을 깜박 잊고 사교

*허드슨 강의 하류.

계에서와 같은 행동을 한 것이다.

여자도 그를 보았지만 눈빛은 별로 매섭지 않았다. 한 줄기 바람이 블링커의 밀짚모자를 흔들었다. 그는 조심스레 모자를 잡아 제자리에 고정시켰다. 그 움직임이 인사를 하는 듯한 효과를 냈다. 여자도 고개를 까딱이며 미소를 지었고, 다음 순간 그는 여자 옆에 앉았다. 그녀는 온통 흰색으로 차려입고 있었고, 피부도 하얬다. 블링커는 젖 짜는 여자나 지위 낮은 여자들의 피부가 그렇게 하얄 거라고는 생각하지 못했다. 태도는 벚꽃처럼 단정했고, 차분하고 솔직한 잿빛 눈은 그늘도 고통도 없는 대담하고 깊은 영혼을 드러내 보였다.

"그렇게 다짜고짜 모자를 들어 인사하시는 건 무례한 일 아닌가요?" 여자가 딱딱하게 말했지만 미소가 그것을 누그러뜨려 주었다.

"그런 게 아닙니다." 블링커가 말했다가, 얼른 실수를 깨닫고 덧붙였다. "당신을 보자 인사를 하지 않을 수가 없었습니다."

"저는 소개받지 않은 신사분이 제 옆에 앉는 걸 허락하지 않아요." 그녀는 돌연 오만한 태도가 되어 말했고, 그는 거기 속아서 마지못해 일어섰다. 하지만 그녀의 맑고 장난스러운 웃음에 다시 의자에 앉았다.

"무례했다고 생각하지 않아요." 여자가 미인의 눈부신 자신감을 보이며 말했다.

"코니 아일랜드로 가나요?" 블링커가 물었다.

"저요?" 여자가 두 눈에 가벼운 놀라움을 가득 담고서 그를 돌아보았다. "어떻게 그런 질문을! 제가 지금 공원에서 자전거를 타고 있는 거 안 보여요?" 그녀의 장난이 무례의 형태를 띠었다.

"저는 높은 공장 굴뚝에 벽돌을 놓고 있습니다." 블링커가 말했다. "코니 아일랜드 구경을 저와 함께하시면 안 될까요? 저는 혼자고 거기 가는 것도 처음입니다."

"그건 상황에 따라 달라요." 여자가 말했다. "거기 도착할 때까지 당신의 요청 사항을 고려해 보겠어요."

블링커는 요청이 거절당하지 않도록 열심히 여자의 비위를 맞추었다. 그가 쓴 엉터리 비유를 응용해 보자면, 그는 예의의 굴뚝에 벽돌을 하나하나 쌓아서 마침내 튼튼한 굴뚝을 완성했다. 최상급 사교계의 예절은 결국 단순함이다. 그리고 여자의 태도는 본래 단순했기에 그들은 처음부터 소통의 구조가 잘 맞았다.

그는 여자가 스무 살이라는 것과 이름이 플로렌스라는 것을 알게 되었다. 그리고 모자 상점에서 모자 장식 일을 한다는 것, 구두 가게 계산원인 친구 엘라와 함께 가구 딸린 셋방에서 산다는 것을 알게 되었고, 거기다 창틀에 얹힌 우유 한 잔과 머리를 마는 동안 익은 달걀 하나는 누구에게도 훌륭한 아침 식사가 된다는 것도 알게 되었다. 플로렌스는 '블링커'라는 이름을 듣자 웃으며 말했다.

"상상력이 아주 형편없지는 않네요. '스미스'라는 이름을 선택하지는 않았으니까요."

그들은 코니 아일랜드에 닿았고, 쾌락 추종자들의 거대한 물결을 타고 보드빌 무대가 된 동화 나라의 길에 들어섰다.

블링커는 호기심 어린 눈과 비판적 정신으로, 그리고 분별력을 잠시 유보한 채 대중오락의 사원과 탑과 노점 들을 바라보았다. 군중들이 그를 밟고 밀고 당기고 했다. 바구니를 든 무리가 그에게 부딪혔다. 끈적거리는 아이들이 발밑에서 넘어지고 울부짖었다. 어렵게 구한 지팡이를 한쪽 겨드랑이에 끼고 쉽게 구한 여자를 반대편에 낀 무례한 젊은이들이 부스 사이를 어슬렁거리며 싸구려 시가 연기를 그의 얼굴에 반항적으로 내뿜었다. 광고원들은 각각의 놀이 시설 앞에 확성기를 들고 서서 그의 귀에 대고 나이아가라 폭포처럼 포효했다. 금관, 목관, 가죽 악기, 현악기에서 뒤틀려 나온 온갖 음악이 경쟁자들을 물리치고 진동할 공간을 찾아 공중에서 겨루었다. 하지만 블링커를 사로잡은 것은 군중, 대중, 프롤레타리아였다. 그들은 악을 쓰고 허우적거리고 서두르고 헐떡이고 무절제한 열광에 몸을 던져서 어처구니없는 싸구려 쾌락의 야바위 궁전에 부끄러움 없이 빠져들었다. 그들의 천박함, 그들이 블링커의 계층이 굳게 지키는 억제와 심미의 원칙을 이토록 야만적으로 유린하는 모습은 그에게 강한 거부감을 안겨 주었다.

그는 그런 역겨움의 한가운데서 돌아서서 옆에 있는 플로렌스를 내려다보았다. 그녀는 빠른 미소와 행복한 눈으로 응답했고, 그 눈은 송어 연못의 물처럼 맑고 깨끗했다. 그 눈은 자신에게 반짝거릴 권리와 행복할 권리가 있다고 말했다. 그 눈의 소유자는 지금 자신의 남자(어쨌건 현재로서는), 신사 친구이자 즐거운 환상 도시의 열쇠를 보유한 자와 함께 있었기 때문이다.

블링커는 그녀의 표정은 정확히 읽지 못했지만, 어찌 된 일인지 기적처럼 갑자기 코니 아일랜드가 제대로 보였다.

사람들은 더 이상 천박한 즐거움을 추구하는 상스러운 무리가 아니었다. 그들은 이제 수십만의 진정한 이상주의자들이었다. 그들은 불쾌하지 않았다. 이 번득이는 사원의 싸구려 오락거리들은 가짜고 엉터리지만, 그렇게 금박 껍데기를 쓴 채로 불안한 인간 심장에 구원과 적절한 위로와 만족을 주고 있었다. 이곳에 어쨌건 로맨스의 껍데기가, 공허하지만 빛나는 기사도의 투구가, 짜릿하면서도 안전한 모험의 비행이, 사람들을 동화 나라로 태우고 가는 마법의 양탄자가 있었다. 그의 눈에 비친 사람들은 이제 천박한 구경꾼이 아니라 이상을 추구하는 형제들이었다. 물론 그곳에 시적이거나 예술적인 마법은 없었지만, 사람들의 빛나는 상상력은 황색 캘리코 천을 황금 천으로, 확성기를 기쁨의 은나팔로 변모시켰다.

블링커는 거의 겸손한 사람이 되어 마음의 소매를 걷고 이상주의자들에 합류했다.

"당신은 여자 의사예요." 그가 플로렌스에게 말했다. "이 즐겁고 복잡한 동화 나라를 어떻게 누비고 다닐까요?"

"저기서 시작해요." 공주가 바닷가의 재미난 탑을 가리키며 말했다. "그리고 전부 다 둘러봐요."

그들은 8시 귀환 배를 탔다. 그리고 즐거운 피로 속에 뱃머리 난간에 기대앉아 이탈리아 사람들이 켜는 바이올린과 하프 소리를 들었다. 블링커는 모든 걱정을 던져 버렸다. 노스우즈는 사람이 살 수 없는 황야 같았다. 자기 이름을 서명하는 일을 두고 그런 소동을 벌이다니…… 푸! 이제는 백 번이라도 서명할 수 있었다. 그리고 그녀의 이름은 그녀만큼이나 아름다웠다. "플로렌스." 그는 그 이름을 혼잣말로 계속 불러 보았다.

노스 강 부두가 가까워지자 외국 배로 보이는, 굴뚝이 두 개 솟은 우중충한 원양 증기선이 만으로 다가오는 게 보였다. 그들의 배는 뱃머리를 선착장 쪽으로 돌렸다. 증기선은 강 안쪽으로 가려는 듯 방향을 바꾸었다가 침로를 벗어나면서 속도가 빨라지는가 싶더니 그들이 탄 배의 뒤쪽 옆면에 부딪혔고, 그 엄청난 충격과 굉음 속에서 배를 우그러뜨리며 들어왔다.

배의 승객 600명이 갑판을 구르며 비명을 질렀고, 선장은 증기선을 향해서 지금 물러나면 갈라진 틈새로 물이 들어오니 그 자리에 가만히 있으라고 소리쳤다. 하지만 증기선은 사나운 톱상어처럼 선체를 빼내고 냉정하게 전속력으로 떠났다.

배는 뒷부분부터 가라앉기 시작했지만 천천히 선착장을 향해 움직였다. 공포에 사로잡힌 승객들은 보기에 아름답지 않은 광란의 무리가 되었다.

블링커는 배가 바로잡힐 때까지 플로렌스를 끌어안고 있었다. 그녀는 겁에 질린 내색은 전혀 하지 않았다. 그는 접의자에 올라서서 머리 위의 나무 널을 뜯어 구명대들을 끌어 내린 뒤 그중 하나를 플로렌스에게 입혔다. 썩은 캔버스 천이 찢어지면서 가루가 된 코르크 입자가 쏟아져 나왔다. 플로렌스는 그걸 한 줌 쥐고 즐겁게 웃었다.

"아침에 먹는 시리얼 같네요. 벗겨 줘요. 아무 소용 없어요."

그녀는 구명대를 벗어 갑판에 던졌다. 그리고 블링커를 앉히고 그 옆에 앉아 그의 손을 잡았다. "아무래도 우리 배는 부두에 닿지 못할 것 같아요." 그녀는 그렇게 말하더니 나직이 콧노래를 불렀다.

이제 선장이 승객들에게 명령을 내렸다. 배는 분명히 선착장에 닿을 테니 여자와 아이들은 먼저 상륙할 수 있도록 뱃머리로 가라고 했다. 배는 꽁무니를 물속에 꽤 깊이 담근 채 약속을 지키려고 노력하고 있었다.

"플로렌스, 사랑해요." 그녀가 한 팔과 손으로 그를 바짝 붙들고 있을 때 블링커가 말했다.

"모두 그렇게 말하죠." 그녀가 가볍게 대답했다.

"나는 그런 '모두'가 아니에요." 그가 항변했다. "지금까지 나는 사랑할 만한 사람을 만난 적이 없어요. 그런데 당신과 함께 평생을 살면 매일이 행복할 것 같아요. 나는 부자예요. 당신 인생을 편안하게 해줄 수 있어요.”

“모두 그렇게 말해요.” 여자가 개의치 않고 그 말을 가사로 만들어서 노래를 불렀다.

“다시는 그런 말 하지 말아요.” 블링커가 말하자 그 어조에 여자가 놀라서 그를 바라보았다.

“왜 안 되죠? 모두가 그렇게 말하는 게 사실인데요.” 그녀가 차분하게 말했다.

“어떤 사람들을 말하는 건가요?” 그는 생전 처음으로 질투심에 휩싸여서 물었다.

“제가 아는 사람들요.”

“그게 모두 몇 명인데요?”

“아, 저는 관심을 못 받는 여자는 아니에요.” 그녀가 겸손하고 차분하게 대답했다.

“그 사람들…… 그 남자들을 어디서 만나나요? 당신 집에서?”

“물론 아니죠. 당신을 만난 것과 똑같아요. 배에서도 만나고 공원에서도 만나고 거리에서도 만나요. 저는 남자를 볼 줄 알아요. 1분만 있으면 그 사람이 뻔뻔한 시도를 할지 안 할지 알죠.”

“뻔뻔한 시도라는 건 뭐죠?”

“키스하려는 거죠.”

“그런 사람이 있나요?” 블링커가 이를 앙다물고 물었다.

“네, 모두가 그래요. 아시잖아요.”

“그러면 허락합니까?”

“일부는요. 많지는 않아요. 그렇게 하지 않으면 아무 데도 데려가지 않아요.”

그녀는 고개를 돌리고 블링커에게 호기심 어린 눈길을 보냈다. 그 눈은 아이처럼 순진했다. 그를 이해할 수 없다는 듯 어리둥절한 표정이었다.

"제가 남자들을 만나는 데 무슨 문제가 있나요?" 그녀가 물었다.

"다 문제예요." 그가 거칠게 말했다. "왜 사람들을 집에 불러서 만나지 않죠? 꼭 그렇게 길에서 어중이떠중이를 만나야 해요?"

그녀는 꾸밈없는 눈으로 그를 계속 바라보았다.

"제가 사는 곳을 보신다면 그렇게 말씀하시지 않을 거예요. 저는 브릭 더스트 로*에 살아요. 사방에서 붉은 벽돌 가루가 떨어져서 그런 이름이 붙었죠. 저는 거기서 4년도 넘게 살았어요. 사람을 부를 장소가 없어요. 침실에 손님을 들일 수는 없잖아요. 그러면 달리 어떻게 해야 하나요? 여자는 남자를 만나야 하잖아요."

"그래요." 그가 쉰 목소리로 말했다. "여자는 남자를…… 남자들을 만나야 하죠."

"맨 처음 남자가 길에서 저한테 말을 걸었을 때," 그녀가 말을 이었다. "저는 집에 달려가서 밤새 울었어요. 하지만 그런 일에는 금방 익숙해져요. 교회에서도 좋은 남자를 많이 만나요. 비 오는 날 교회 현관에 서 있으면 누군가 우산을 가지고 와요. 제 집에 응접실이 있어서 블링커 씨를 부를 수 있다면 좋겠지만…… 그런데 정말로 아직도 블링커 씨예요? 스미스 씨가 아니라?"

배는 안전하게 부두에 닿았다. 블링커는 혼란 속에 여자와 함께 조용한 시내 도로를 걸었다. 마침내 여자가 모퉁이에서 멈추어 손을 내밀고 말했다.

---

* '벽돌 가루 거리'라는 뜻.

"저는 여기서 한 블록 거리에 살아요. 덕분에 즐거웠어요. 고마워요."

블링커는 뭐라고 중얼거려 인사한 뒤 북쪽으로 가다가 승합마차에 탔다. 오른쪽에 잿빛 교회의 거대한 덩치가 천천히 떠올랐다. 블링커는 마차 창문에 대고 교회를 향해 주먹을 휘둘렀다.

"바로 지난주에 저 교회에 천 달러를 기부했는데," 그가 나직하게 외쳤다. "플로렌스는 바로 저 교회 앞에서 남자들을 만나. 이건 잘못된 일이야. 잘못된 일이야."

이튿날 11시에 블링커는 올드포트 변호사에게서 받은 새 펜으로 자기 이름을 서른 번 서명했다.

"이제 노스우즈로 떠나도 되겠군요." 그가 부루퉁하게 말했다.

"얼굴이 별로 안 좋구나." 올드포트 변호사가 말했다. "여행을 하면 좋아질 거다. 하지만 잠깐, 내가 5년 전에 말하고 어제 또 말한 부동산 관련 일이 남았어. 건물 몇 동, 정확히 말하면 열다섯 동의 5년 임대차계약을 다시 해야 돼. 네 아버지는 임대차 규정을 바꾸려고 했지만 그렇게 하지 못하고 세상을 떠났지. 그러니까 세입자들이 응접실을 재임대하지 못하게 하려고 했어. 그래야 거기서 손님을 맞을 수 있으니까. 쇼핑구역에 있는 그 집들에는 주로 젊은 근로 여성들이 살아. 그런데 사정이 이렇다 보니 그 여자들은 어쩔 수 없이 집 밖에 나가서 친구를 만나. 그 붉은 벽돌집들은……"

블링커는 거친 웃음으로 그의 말을 막고 소리쳤다.

"브릭더스트 로를 말씀하시는 거군요. 제가 거기 주인이란 말이죠? 제 말이 맞나요?"

"세입자들이 그런 이름을 붙였더군." 올드포트 변호사가 말했다.

블링커가 일어서서 모자를 눈 앞으로 푹 눌러썼다.

"아저씨 원하는 대로 하세요." 그가 거칠게 말했다. "수리하든지, 불태우든지, 갈아엎든지. 하지만 이제 늦었어요. 늦었어. 너무 늦었어요."

잃어버린 비법
The Lost Blend

성직자들도 술집을 축복했고 상류계급 사람들도 칵테일로 만찬을 시작하니, 술집 이야기를 해도 좋으리라. 금주자들이 굳이 이 이야기를 들을 필요는 없다. 10센트를 내고 냉수프를 주문하면 드라이 마티니가 나오는 슬롯머신 같은 식당은 어디에나 있다.

콘 랜트리는 케닐리 카페의 바 안쪽에서 일했다. 당신과 나는 그 맞은편에 거위처럼 한쪽 다리로 서서 일주일 치 봉급을 자발적으로 마셔 없앴다. 안쪽에서는 청결하고 온화하고 차분하고 예의 바르고 흰 재킷을 입고 시간을 잘 맞추고 믿음직스럽고 젊고 책임감 있는 콘이 바삐 움직이며 우리 돈을 가져갔다.

술집은 (축복을 받았건 저주를 받았건) 도로변이 아니라 평행사변형으로 생긴 작은 '광장'에 면해 있었는데, 그곳에는 세탁소들과 몰락한 네덜란드 후손들의 집이 있었고, 또 세탁소나 네덜란드와 아무 상관 없는 보헤미안들도 살았다.

케닐리 가족은 카페 위층에 살았다. 케닐리의 딸 캐서린의 눈은 아일랜드인다운 짙은 빛이었다. 하지만 당신에게 이 이야기를 할 필요는 없다. 당신은 당신의 제럴딘이나 일라이자 앤에 만족해라. 콘이 캐서린을 꿈꾸고 있기 때문이다. 그녀가 뒤 계단을 내려와서 저녁 식탁에 놓을 맥주 한 주전자를 나직이 부탁하면, 콘의 심장은 칵테일 혼합기 속 우유펀치처럼 출렁거렸다. 로맨스의 규칙은 정연하고 확실하다. 우리가 마지막 동전을 탈탈 털어 바에서 위스키를 사 마시면 바텐더는 그 돈을 받고 사장의 딸과 결혼할 테고, 모든 일이 잘될 것이다.

하지만 콘의 경우는 달랐다. 그는 여자 앞에서 말문이 막히고 얼굴이 빨개지는 사람이었다. 클라레*를 마시고 시끄럽게 떠드는 젊은이를 눈빛으로 진압하고, 레몬 압착기로 난폭한 손님을 가격하고, 소란 피우는 자들을 길바닥에 던져 버려도 그의 매끄러운 흰색 넥타이에는 주름 하나 잡히지 않았지만, 여자 앞에만 서면 그는 할 말을 잃고 횡설수설하며 부끄러움과 괴로움에 파묻혔다. 캐서린 앞에서는 어땠을까? 그저 덜덜 떨며 자기 마음을 담은 말은 한마디도 못 하는 돌멩이, 자신의 여신 앞에서 날씨 이야기만 하는 멍청한 짝사랑꾼이었다.

어느 날 케닐리 카페에 햇볕에 검게 탄 두 남자 라일리와 매쿼크가 왔다. 그들은 케닐리와 회담을 했다. 그러더니 술병과 사이펀 병, 주전자, 약품 계량컵이 가득한 뒷방으로 갔다. 술집의 모든 장비와 주류가 거기 있었지만, 그들은 아무 술도 내오지 않았다. 대신 하루 종일 거기서 땀

---

*보르도 산 적포도주.

을 뻘뻘 흘리며 그 가게의 여러 가지 술을 섞고 달여서 온갖 배합을 만들었다. 배운 사람인 라일리는 배합하는 액체들의 양을 미세하게 줄여 가면서 여러 장의 종이에 계산을 했다. 붉은 눈에 뚱한 표정인 매쿼크는 실패한 배합을 배수관에 계속 버리며 나직하고 쉰 목소리로 욕을 했다. 그들은 어떤 신비의 액체를 만들기 위해, 평범한 물질로 금을 만들려는 연금술사처럼 끈질기게 노력했다.

어느 날 저녁, 일이 끝난 콘이 이 뒷방으로 어슬렁어슬렁 찾아왔다. 그는 이 수수께끼의 바텐더들이 팔지 않을 술을 만든다는 것과 또 날마다 케닐리 카페의 술로 힘들고 성과 없는 실험을 한다는 사실에 직업적인 호기심을 느꼈다.

그때 캐서린이 귀버라 만*의 일출 같은 미소를 띠고 뒤 계단을 통해 내려왔다.

"안녕하세요, 랜트리 씨. 오늘 무슨 재미있는 일 없나요?" 그녀가 말했다.

"비, 비가 올 것 같네요." 콘은 수줍음에 말을 더듬으며 벽으로 뒷걸음질을 쳤다.

"그러면 정말 좋겠어요. 물은 좋은 거니까요." 캐서린이 말했다.

라일리와 매쿼크는 수염 난 마녀들처럼 계속 열심히 이상한 배합을 하고 있었다. 라일리가 쉰 개의 병에서 미리 계산한 분량의 액체를 조심조심 커다란 유리그릇에 따른 후 전체를 섞었다. 잠시 후 매쿼크가 우울하게 욕을 하며 그걸 던져 버렸고 그들은 다시 시작했다.

"앉아요. 사연을 말해 주죠." 라일리가 콘에게 말했다.

*아일랜드 북서부 해안 소재.

"지난여름에 나와 팀은 니카라과에 미국식 술집을 열면 성공할 거라는 데 합의했습니다. 거기 한 해변 도시에 가보니 먹을 거라곤 키니네뿐이고 마실 거라곤 럼주뿐이었거든요. 원주민들과 외국인들은 추위에 떨며 잠자리에 누웠다가 열기 속에 일어났는데, 좋은 술은 그런 열대지방의 고충을 달래 주는 천연의 치료약이 될 수 있죠.

우리는 뉴욕에서 좋은 술, 필요한 장비, 유리잔들을 사서 정기 증기선을 타고 산타팔마 시로 갔습니다. 배에서 나하고 팀은 날치도 보고 선장, 승무원들과 어울려 세븐업 카드놀이도 하면서 벌써 남회귀선의 칵테일 왕이 된 기분을 느꼈죠.

그렇게 다섯 시간이 지나 탄산주와 거스름돈 속임수를 소개할 그 나라에 도착하니, 선장이 우리를 배 우현의 나침함으로 불러서 말했습니다.

'친구들, 깜박 잊고 말을 안 해줬는데, 니카라과에서는 지난달부터 병에 든 모든 제품에 판매 가격의 48퍼센트를 관세로 매겨. 대통령이 신시내티 헤어 토닉을 타바스코 소스로 착각해서 마신 일 때문에 보복을 하는 거지. 큰 통에 든 제품은 무관세야.'

'진작 말씀해 주셨으면 좋았을걸.' 우리는 그렇게 말하고, 선장에게서 150리터짜리 통 두 개를 샀습니다. 그리고 가지고 온 술을 전부 통 안에 쏟아부었습니다. 48퍼센트 관세를 내면 망할 수도 있었기 때문에 그걸 모두 버리는 것보다는 1,200달러어치 칵테일을 만드는 쪽을 택한 거죠.

배에서 내린 뒤 우리는 통 하나를 따보았습니다. 그 혼합물은 참담했습니다. 색깔은 바워리 가의 싸구려 술집에서 파는 완두콩 수프 같았고, 맛은 우리가 엉뚱한 사람을 골라 가슴앓이를 할 때 이모나 고모가 주는 가짜 커피 같았습니다. 그것을 흑인에게 큰 잔으로 한 잔 먹여 보니, 그자는 사흘 동안 코코넛 나무 아래 누워 발뒤꿈치로 모래를 차며 제품을 추천하기를 거절했죠.

하지만 다른 한 통은! 아, 혹시 노란 띠를 두른 밀짚모자를 쓰고 예쁜 여자와 함께 주머니에 800만 달러를 갖고 풍선을 타고 날아오른 적이 있나요? 그걸 서른 방울만 마시면 그런 기분이 됩니다. 그걸 반 잔 마시면 얼굴을 손에 묻고 울게 되고요. 또 이 세상에 짐 제프리스*보다 때려눕히기 쉬운 게 없어져요. 그렇습니다. 두 번째 통에 든 술은 승리와 부와 호화로운 인생을 증류한 영약이었습니다. 황금색 빛깔에 유리처럼 투명했고, 해가 진 뒤에도 햇빛을 잡아 가둔 듯 반짝였습니다. 앞으로 천 년 뒤에는 누구나 술집에서 그런 술을 마실 수 있을 겁니다.

우리는 그 술로 장사를 시작했고, 더 이상 필요한 게 없었습니다. 그 나라의 혼혈 신사들이 벌 떼처럼 달려들었습니다. 술통이 바닥나지 않았다면 그 나라는 세계 최고의 나라가 되었을 겁니다. 아침에 문을 열면 장군, 대령, 전직 대통령, 혁명가 들이 다음 블록까지 줄을 서 있었습니다. 처음에는 한 잔에 50센트로 시작했는데, 마지막 38리터는 한 모금에 5달러도 쉽게 받았습니다. 아주 멋진 술이었죠. 남자에게 용기와 야심과 기백을 주었고, 또 자기 돈이 오염된 돈인지 얼음 독점 업체에서 막 나온 건지 신경 쓰지 않게 해주었습니다. 통이 절반쯤 사라지자 니카라과는 국채 지불을 거부하고, 담배 관세를 철폐하고, 미국과 영국에 선전포고를 준비했습니다.

우리는 우연히 술의 제왕을 발견했고, 그걸 다시 만들 수 있다면 행

*당시의 권투 챔피언.

운일 겁니다. 우리는 지난 열 달 동안 노력했습니다. 주류 업계에 알려진 온갖 해로운 물질을 조금씩 섞어 보았죠. 나하고 팀이 그동안 버린 위스키, 브랜디, 단 술, 쓴 술, 진, 포도주를 합치면 술집 열 개도 채울 겁니다. 세상이 그토록 황홀한 술을 맛보지 못하고 있다니! 이건 정말로 슬픈 일이자 사업적 손실이에요. 미국인들은 그 술을 열렬히 환영하며 기꺼이 돈을 내고 마실 겁니다."

그러는 동안 매쿼크는 소량의 각종 독주―라일리가 그렇게 불렀다―를 라일리의 마지막 지시에 따라 조심스레 계량하고 섞었다. 완성된 혼합물은 맛이 고약했고 색깔은 얼룩덜룩한 초콜릿 빛이었다. 매쿼크는 그것을 맛보고 적절한 욕과 함께 싱크대에 버렸다.

"사실이라고 해도 아주 이상한 이야기네요. 저는 저녁을 먹으러 가봐야겠습니다." 콘이 말했다.

"한 잔 마셔 봐요. 잃어버린 비법의 술 말고는 없는 게 없답니다." 라일리가 말했다.

"나는 술을 안 합니다." 콘이 말했다. "물이면 충분하거든요. 방금 계단에서 만난 캐서린 양이 진실한 말을 했어요. '물은 좋은 거'라고요."

콘이 떠나자, 라일리는 매쿼크가 쓰러질 정도로 그의 등에 강한 주먹을 날렸다.

"들었어?" 그가 소리쳤다. "우리는 바보야. 우리 배에는 아폴리나리스 생수 70병이 있었어. 네가 땄지. 그걸 어디에 넣었어? 멍청아, 그걸 어느 통에 넣었어?"

"아마 두 번째 통이었던 것 같아." 매쿼크가 천천히 말했다. "옆면에 파란 종이가 붙어 있던."

"됐어." 라일리가 소리쳤다. "우리한테 부족했던 게 그거야. 비결은 물이야. 다른 건 모두 제대로 했어. 얼른 카페에 가서 아폴리나리스 두 병을 가져와. 그동안 나는 연필로 비율을 계산해 볼게."

한 시간 뒤 콘은 케닐리 카페를 향해 걸어갔다. 그토록 충실한 종업원들은 쉬는 시간에도 어떤 알 수 없는 힘에 끌려 자신의 일터 근처를 배회한다.

카페 옆문에 경찰 순찰차가 서 있었다. 유능한 경찰 세 명이 라일리와 매쿼크를 뒤 계단 위로 끌고 밀고 하며 올라갔다. 두 사람의 눈과 얼굴에는 험악한 갈등을 암시하는 멍과 상처가 있었다. 하지만 그들은 이상한 환성을 지르며, 호전적 광기의 잔여물을 경찰에게 쏟고 있었다.

"뒷방에서 두 사람이 싸웠어." 케닐리가 콘에게 설명했다. "그리고 노래도 불렀어! 그게 더 나빴지. 그러면서 모든 걸 다 부수었어. 하지만 좋은 친구들이니 다 변상해 줄 거야. 저 친구들은 새 칵테일을 연구하고 있었거든. 내일 아침에는 풀려나올 거야."

콘은 전쟁터를 보러 뒷방으로 갔다. 복도를 지날 때 캐서린이 계단을 내려왔다.

"안녕하세요, 랜트리 씨? 날씨에 새 소식은 아직 없나요?"

"아직도 비, 비가 올 것 같아요." 콘이 말하고 희고 매끈한 뺨을 붉히며 지나갔다.

라일리와 매쿼크가 벌인 우정 어린 싸움은 정말로 대단했다. 깨진 병과 잔이 사방에 흩어져 있었다. 방은 알코올 증기로 가득했다. 바닥은 쏟아진 술로 얼룩덜룩했다.

탁자에는 눈금을 새긴 90밀리리터 계량컵이 놓여 있었고, 컵 바닥에는 두 숟가락 분량의 액체가 있었다. 햇빛이라도 가둔 것처럼 밝은 황금빛 액체였다.

콘은 냄새를 맡았다. 그리고 혀를 대본 뒤 훌쩍 마셨다.

그가 복도로 되돌아왔을 때 캐서린이 계단을 올라가고 있었다.

"무슨 새 소식 없나요, 랜트리 씨?" 그녀가 감질나는 웃음을 머금고 물었다.

콘은 그녀를 번쩍 들어 올려 끌어안고 말했다.

"새 소식은, 우리가 곧 결혼할 거라는 거예요."

"내려 줘요!" 그녀가 성난 목소리로 외쳤다. "안 그러면…… 그런데 콘, 도대체 어디서 이런 용기가 난 거예요?"

할렘 비극
A Harlem Tragedy

여기는 할렘이다.

핑크 부인은 한 층 아래에 사는 캐시디 부인의 아파트에 들렀다.

"멋지지 않아?" 캐시디 부인이 말했다.

그녀는 친구인 핑크 부인에게 자랑스럽게 얼굴을 돌렸다. 한쪽 눈이 거의 감겨 있었고, 눈자위에 녹색과 자주색 멍이 큼직했다. 입술은 터져서 피가 약간 났고, 목 양옆에는 붉은 손가락 자국이 있었다.

"우리 남편은 나한테 그런 짓 절대 안 할 거야." 핑크 부인이 부러움을 감추고 말했다.

"나는 일주일에 한 번 이상 나를 때리지 않는 남자는 싫어." 캐시디 부인이 선언했다. "때리는 건 남자가 나를 중요하게 생각한다는 증거거든. 아! 하지만 잭의 이번 폭력은 가벼운 예방주사 같은 게 아니었어. 아직도 별이 보이네. 어쨌거나 잭은 이제 그걸 벌충하기 위해 일주일 동안 세상에 없이 다정한 남편이 될 거야. 이 눈이면 최소한 극장표에 실크 블라우스는 확보했다고 봐야 돼."

"우리 남편은 너무 신사라서 내게 손을 못 대는 거야." 핑크 부인이 평온을 가장하고 말했다.

"아, 매기!" 캐시디 부인이 풍년화 이파리 즙을 눈에 바르면서 웃었다. "넌 그냥 질투하는 거야. 네 남편은 뻣뻣하고 둔해서 마누라한테 주먹질 한 번 못해. 집에 오면 그냥 앉아서 신문을 보는 게 신체 운동의 다지. 내 말 틀리니?"

"우리 남편은 물론 집에 오면 신문을 정독해." 핑크 부인이 고개를 까딱이며 인정했다. "하지만 재미를 위해 나를 스티브 오도널*로 만드는 일은 절대 하지 않아."

캐시디 부인은 남편의 보호를 받는 행복한 아내답게 흡족한 웃음을 지었다. 그리고 코르넬리아가 보석을 자랑하듯** 실내복 깃을 잡아 내려서 가운데는 적갈색이고 가장자리는 녹갈색과 주황색인 다른 멍 자국을 보여 주었다. 이제 거의 나아 가지만 아직 소중하게 기억하는 상처였다.

핑크 부인은 항복했다. 격식을 차리던 그녀의 눈빛은 부러운 감탄의 기색을 띠었다. 핑크 부인과 캐시디 부인은 결혼 전 시내 종이 상자 공장에서 함께 일하면서 친구가 되었다. 그리고 지금 핑크 부인은 메임 부인의 아파트 한 층 위에 살았다. 그래서 메임에게는 점잔을 뺄 수가 없

---

*호주의 권투 선수.
**코르넬리아는 고대 로마 정치가인 그라쿠스 형제의 어머니로 고결하고 검소한 인생을 살았다고 한다. 그녀가 자랑한 '보석'은 아들들을 말한다.

었다.

"맞을 때 아프지 않아?" 핑크 부인이 궁금해하며 물었다.

"아프지!" 캐시디 부인이 소프라노의 비명으로 기뻐했다. "벽돌 공장이 머리 위로 무너져 내린 적 있어? 바로 그런 느낌이야. 사람들이 나를 폐허 밖으로 끌고 나오는 것 같아. 하지만 오후에 두 번 잭의 왼손 주먹을 맞으면 새 옥스퍼드 구두 한 켤레가 생겨. 그리고 오른손 주먹을 맞으면 코니 아일랜드 여행과 거기 어울리는 여섯 켤레의 라일 사緣 그물 스타킹이 생기지!"

"하지만 네 남편이 너를 때리는 이유는 뭐니?" 핑크 부인이 눈을 동그랗게 뜨고 물었다.

"바보같이!" 캐시디 부인이 너그럽게 말했다. "배가 부르기 때문이지. 주로 토요일 저녁에 그래."

"하지만 너는 무슨 빌미를 주는데?" 핑크 부인이 계속 추궁했다.

"내가 그 사람 마누라잖아. 잭이 술에 취해서 집에 와. 그러면 내가 여기 있어. 때릴 사람이 나밖에 더 있어! 때로는 저녁이 준비되지 않았다는 게, 때로는 준비되었다는 게 이유야. 잭은 까탈스럽지 않아. 그냥 자기가 결혼한 남자라는 걸 잊지 않을 만큼만 술을 마시고 집에 와서 나를 손보는 거야. 토요일 밤이면 나는 모서리가 날카로운 가구를 치워둬. 남편이 일을 시작했을 때 머리가 깨지지 않도록. 왼손 타격은 정말 굉장해! 가끔은 내가 첫판에 뻗기도 해. 하지만 일주일을 즐겁게 보내고 싶으면, 아니면 새 옷이 필요하면 더 때려 달라고 대들지. 어젯밤이 바로 그랬어. 잭은 내가 한 달 전부터 검은 실크 블라우스를 사고 싶어 하는 걸 알았어. 그리고 나도 한쪽 눈만 멍든 걸로는 안 될 거라고 생각했지. 있잖아 매기, 그이는 오늘 밤 분명히 아이스크림을 사 올 거야."

핑크 부인은 생각에 잠겨서 말했다.

"우리 마틴은 여태 나를 한 번도 안 때렸어. 메임, 네 말대로야. 그이는 부루퉁해서 돌아와서 말이라고는 한마디도 안 해. 나를 데리고 어디 가는 일도 없어. 집에서는 의자에만 앉아 있어. 가끔 뭘 사 주기는 하지만 그럴 때 표정이 어찌나 불만스러운지 나는 그게 고맙지도 않아."

캐시디 부인은 한 팔로 친구를 안고 말했다.

"어떡하니! 하지만 모두 잭 같은 남편을 얻을 수는 없어. 모두가 잭 같으면 결혼이 실패할 일이 없어. 세상에 넘쳐 나는 불행한 아내들······ 그 여자들한테는 집에 와서 일주일에 한 번씩 갈빗대를 날려 주고 그런 다음 키스와 초콜릿 크림으로 속죄하는 남자가 필요해. 그러면 인생이 흥미로워져. 나는 술 취했을 때는 나를 때리고 맨정신일 때는 안아 주는 당당한 남자를 원해. 그 어느 쪽도 할 배짱이 없는 남자는 딱 질색이야!"

핑크 부인은 한숨을 쉬었다.

그때 복도에서 무슨 소리가 났다. 캐시디 씨의 발길질에 문이 벌컥 열렸다. 그의 품에는 꾸러미가 한가득이었다. 메임이 날아가서 그의 목에 매달렸다. 사랑의 빛이 반짝이는 그녀의 건강한 눈은 구혼자에게 맞아 정신을 잃은 뒤 그의 오두막에 끌려가서 깨어난 마오리 처녀의 눈 같았다.

"안녕, 여보!" 캐시디 씨가 소리쳤다. 그러더니 꾸러미들을 내려놓고 아내를 두 발이 바닥에서 떨어지도록 번쩍 안아 올렸다. "바넘 앤드 베일리 쇼 표를 구했어. 그리고 저 꾸러미 하나에 그 실크 블라우스가 있어. 안녕하세요, 핑크 부인. 이제야 봤네요. 마틴은 잘 지내요?"

"아주 잘 지내요, 캐시디 씨. 고맙습니다." 핑크 부인이 말했다. "이제

가봐야겠네요. 마틴이 곧 와서 저녁을 먹을 테니까요. 내일 네가 말한 그 옷본 가지고 올게, 메임."

핑크 부인은 자기 집으로 올라가서 약간 울었다. 의미 없는 울음, 여자만 아는 울음, 특별한 이유 없는 울음, 전체적으로 멍청한 울음, 비탄의 목록에서 가장 무상하고 희망 없는 울음이었다. 왜 마틴은 자신을 때리지 않는 걸까? 그는 잭 캐시디 못지않게 크고 튼튼하다. 자신을 아끼지 않는 것인가? 그는 싸우지 않았다. 집에 오면 말도 없이 뚱한 얼굴로 빈둥거릴 뿐이었다. 돈은 잘 벌지만 인생의 감칠맛을 더하는 양념을 몰랐다.

핑크 부인의 꿈의 배는 멈추었다. 그녀의 선장은 건포도 빵과 해먹 사이를 오갔다. 그가 이따금 다리를 떨거나 후갑판에 발을 쾅 굴러 준다면! 그녀가 생각하던 것은 낭만적인 섬들의 항구에 들르며 즐거이 항해하는 것이었다! 하지만 이제 그녀는 스파링 파트너와 벌인 그 많은 대결 모두가 남에게 보일 상처 하나 남기지 않은 온순한 것이었다는 사실에 지쳐서 포기하고 싶은 심정이었다. 한순간 그녀는 메임이 거의 싫어질 지경이었다. 메임의 찢어지고 멍든 상처, 선물과 키스라는 위안, 싸우고 때리고 사랑을 퍼붓는 남편과 함께하는 폭풍 속의 항해.

핑크 씨는 7시에 집에 왔다. 그는 가정생활의 저주에 싸여서 안락한 집 밖으로 나가는 것을 좋아하지 않았다. 그는 전차에 올라탄 사람, 먹이를 삼킨 아나콘다, 쓰러진 자리에 가만히 있는 나무였다.

"저녁 먹을 거야, 마틴?" 핑크 부인이 애써 마음을 달래고 물었다.

"으음…… 응." 핑크 씨가 부루퉁하게 말했다.

저녁을 먹은 뒤 그는 신문을 집어 들더니 양말 바람으로 앉았다.

어딘가 있을 단테의 후예여, 일어나서 노래해 다오. 집에 와서 양말 바람으로 앉은 남자에게 어울리는 지옥의 한구석은 어디인지! 인연 때문이건 의무 때문이건 견사, 털실, 면사, 라일 사, 모사로 된 양말을 견뎌 낸 인내의 자매들이여, 여기에 새로운 노래가 있어야 하지 않는가?

다음 날은 노동절이어서 캐시디 씨와 핑크 씨는 태양이 하늘을 한 번 지나갈 때까지 일을 쉬었다. 노동자들은 당당하게 거리를 행진하거나 즐겁게 놀았다.

핑크 부인은 일찌감치 캐시디 부인이 말한 옷본을 가지고 내려갔다. 메임은 새 실크 블라우스를 입고 있었다. 그녀는 망가진 눈으로도 휴일의 빛을 내고 있었다. 잭은 풍성하게 참회했고, 두 사람은 공원으로 소풍 가서 필즈너 맥주를 마시며 즐겁게 놀 거라고 했다.

위층의 자기 집으로 돌아올 때 핑크 부인은 분노의 질투에 사로잡혔다. 아, 행복한 메임, 그 많은 상처와 그 뒤를 바로 따라오는 위로! 하지만 메임만 이렇게 행복을 독차지해야 하는가? 마틴 핑크도 잭 캐시디 못지않게 좋은 사람이었다. 그런데 그의 아내는 이렇게 폭행도 위로도 받지 못하고 살아야 하는가? 핑크 부인의 머리에 눈부시고 아찔한 생각이 번쩍 떠올랐다. 다른 남편들도 잭 못지않게 주먹을 잘 쓰고 그런 뒤 다정해질 수 있다는 것을 메임에게 보여 주고 싶었다.

핑크 부부에게 휴일은 이름뿐일 게 분명했다. 부엌의 붙박이 세탁조에는 밤새 불려 놓은 2주일 치 빨래가 있었다. 핑크 씨는 양말 바람으로 앉아 신문을 읽었다. 그렇게 노동절은 순식간에 지나갈 기색이었다.

핑크 부인의 가슴속에 질투가 솟구쳤고, 대담한 결단은 그보다 더 높이 솟구쳤다. 남편이 자신을 때리지 않는다면…… 그런 방식으로 남자다움과 특권과 결혼 생활에 대한 관심을 증명하지 않을 거라면, 자신이 그 일을 추동해야 했다.

핑크 씨는 불붙인 파이프를 입에 물고 앉아 양말 신은 발목을 평화롭게 문질렀다. 그는 푸딩 속에 섞이지 않고 떠 있는 기름 덩어리처럼 결혼 상태 속에 안주했다. 이것이 그의 한결같은 낙원이었다. 아내가 거품 빨래를 하고 유쾌한 냄새를 풍기며 아침 그릇을 치우고 저녁 그릇을 내는 동안 편안히 앉아서 신문에 찍힌 세상을 흡수하는 것. 그는 많은 행동을 상상하지 못했지만, 특히 더 상상하지 못하는 것은 아내를 때리는 일이었다.

핑크 부인은 뜨거운 물을 틀고 거품 속에 빨래판을 담갔다. 아래층에서 캐시디 부인의 낭랑한 웃음소리가 올라왔다. 그것은 매 맞지 않는 위층 아내의 면전에 대고 자기 행복을 자랑하는 소리처럼 들렸다. 지금이 기회였다.

그녀는 신문을 읽고 있는 남자에게 복수의 여신처럼 돌아서서 소리쳤다.

"이런 게으름뱅이! 내가 당신처럼 못난 남자를 위해 팔이 떨어져 나가라 빨래를 하고 살림을 해야 돼? 당신은 남자야? 아니면 부엌 개야?"

핑크 씨는 신문을 떨구고, 놀라서 얼어붙었다. 그녀는 그가 자신을 때리지 않을까 봐 걱정이 되었다. 도발이 부족한 것 같았다. 그녀는 그에게 달려들어서 주먹으로 남편의 얼굴을 사정없이 때렸다. 그 순간 오랫동안 느끼지 못한 강렬한 사랑이 느껴졌다. 일어서, 마틴 핑크, 당신 왕국으로 들어와! 아, 그녀는 지금 그의 손의 강력한 타격을 열망했다. 남편의 사랑을 보여 주는…… 사랑을 보여 주는!

핑크 씨는 벌떡 일어섰다. 매기는 반대편 손으로 그의 턱을 때렸다. 그리고 그의 타격을 기다리는 두렵고도 황홀한 순간 눈을 감고 입속으로 그의 이름을 속삭였다. 그런 뒤 충격을 기대하며 몸을 앞으로 기울였다.

아래층에서는 캐시디 씨가 부끄럽고 뉘우치는 표정으로 메임의 눈에 분을 발라 주며 나들이를 준비하고 있었다. 그때 위층에서 격앙된 여자의 목소리가 들렸다. 부딪히는 소리, 넘어지는 소리, 발 끄는 소리, 의자 쓰러지는 소리…… 부부 싸움을 하는 소리가 분명했다.

"마틴하고 매기가 싸우는 거야?" 캐시디 씨가 물었다. "그 사람들이 자제력을 잃기도 하는 줄은 전혀 몰랐네. 올라가서 거즈가 필요한지 살펴볼까?"

캐시디 부인이 한쪽 눈을 다이아몬드처럼 반짝였다. 다른 쪽 눈은 적어도 인조 보석만큼은 반짝였다.

"아, 아." 그녀가 여성스러운 감탄을 내뱉으며 부드럽고 모호하게 말했다. "혹시…… 혹시! 잠깐, 잭, 내가 올라가서 볼게."

그녀는 계단을 올라갔다. 그녀의 발이 위층 복도에 다다랐을 때, 핑크 부인의 집 부엌문에서 핑크 부인이 격한 얼굴로 달려 나왔다.

"아, 매기. 네 남편이 드디어? 정말로?" 캐시디 부인이 기쁨의 속삭임을 낮게 외쳤다.

핑크 부인은 친구에게 달려가 그 어깨에 얼굴을 묻고 참담하게 흐느꼈다.

캐시디 부인은 두 손으로 매기의 얼굴을 잡고 가만히 들어 올렸다. 눈물범벅에 불그레해진 얼굴이었지만, 귀여운 주근깨로 덮인 보드라운 연분홍 살결에는 핑크 씨의 주먹이 남긴 긁힌 상처도 멍든 상처도 없었다.

"어서 말해 봐, 매기." 메임이 말했다. "네가 말하지 않으면 내가 들어가서 알아낼 거야. 무슨 일이야? 널 때렸어? 그 사람이 무슨 일을 한 거니?"

핑크 부인은 다시 절망 속에 친구의 가슴팍으로 고개를 떨구며 흐느졌다.

"제발 부탁이니까 그 문 열지 마, 메임. 그리고 아무한테도 말하지 마. 비밀로 해줘. 그 사람은…… 그 사람은 나를 건드리지 않았어. 그리고…… 아, 세상에…… 지금 빨래를 하고 있어, 빨래를!"

마지막 잎새
The Last Leaf

워싱턴 광장 서쪽에 있는 작은 지역은 거리가 복잡해지고 '소로'라고 하는 작은 길들로 쪼개진다. 이 '소로'들은 이상한 각도로 갈라지고 이상한 모양으로 휘어진다. 한 번인가 두 번 자기 자신과 교차하는 거리도 있다. 예전에 한 미술가가 이 거리를 보고 귀중한 가능성을 발견했다. 수금원이 물감, 종이, 캔버스 값의 청구서를 들고 이 길을 찾아왔다가 돈을 한 푼도 받지 못하고 같은 자리로 돌아오는 경우를 생각해 보라!

그래서 이 낡고 독특한 그리니치빌리지에는 북향 창문과 18세기식 박공과 네덜란드식 다락과 낮은 집세를 찾는 미술 하는 사람들이 기웃 기웃 모여들었다. 그리고 6번 가에서 백랍 컵과 보온 식기를 들여온 그들이 '부락'을 이루었다.

수와 존시의 화실은 옹색한 3층 벽돌 건물 꼭대기에 있었다. '존시'는 조애나의 애칭이었다. 수는 메인 주 출신이고 존시는 캘리포니아 주 출신이었다. 그들은 8번로의 '델모니코' 식당에서 세트 메뉴를 먹다가 만났는데 미술, 치커리 샐러드, 비숍 소매*에 대한 취향이 일치해서 공동화실을 차렸다.

그것이 5월의 일이었다. 11월에 의사들이 폐렴이라고 부르는 낯설고 냉혹한 자가 부락을 활보하며, 얼음장 같은 손가락으로 사방을 건드렸다. 이 약탈자는 이스트사이드에서는 대담하게 활보하며 수십 명을 쓰러뜨렸지만, 좁고 이끼 긴 '소로'들의 미로에서는 걸음이 느려졌다.

폐렴 씨는 그다지 기사도적인 노신사가 아니었다. 캘리포니아의 서풍에 피가 묽어진 작은 여자는 거친 주먹을 휘두르며 숨을 몰아쉬는 떠돌이의 공정한 상대가 아니었다. 하지만 그는 존시를 타격했다. 그래서 여자는 자리에 누웠고, 색칠한 철제 침대에 묶인 채 내리닫이창 밖으로 옆집 벽돌 담벼락만 하염없이 바라보았다.

어느 날 아침, 바쁜 의사가 텁수룩한 잿빛 눈썹을 추켜올린 채 수를 복도로 불러냈다.

"회복 확률은…… 열에 하나라고 할 수 있어요." 그가 체온계를 흔들어 수은을 내리면서 말했다. "그리고 그 확률도 환자분이 살려고 하느냐에 달려 있어요. 장례식을 기다리는 이런 태도라면 백약이 무효예요. 친구분은 건강을 회복하지 않기로 마음먹었어요. 친구분이 특별히 간절하게 원하던 것이 있나요?"

"존시는…… 언젠가 나폴리 만을 그리고 싶어 했어요." 수가 말했다.

"그림이요? 어이쿠! 그런 것 말고 마음에 오래 품고 있던 그런 것 말입

---

*소맷부리를 아물린 펑퍼짐한 소매.

니다. 예를 들면 남자나 그런 거요."

"남자요?" 수가 황당하다는 듯한 목소리로 말했다. "남자가 그럴 가치가 있……? 하지만 없어요, 선생님. 그런 종류의 일은 없어요."

"그렇다면 쇠약함 때문이겠군요." 의사가 말했다. "최선을 다해 치료를 해보겠습니다만, 환자분이 장례 행렬의 마차 수를 세기 시작하면 치료 확률은 반으로 떨어집니다. 반대로 환자분이 올겨울에 새로 유행할 나팔 소매를 궁금해한다면, 병을 이길 확률은 1/10이 아니라 1/5로 올라갈 겁니다."

의사가 떠난 뒤 수는 작업실에 가서 일본풍 손수건이 흠뻑 젖을 정도로 울었다. 그런 뒤 화판을 들고 휘파람을 경쾌하게 불며 존시의 방으로 갔다.

존시는 이불에 주름도 거의 만들지 않고 얼굴을 창 쪽으로 돌린 채 누워 있었다. 수는 그녀가 잠들었다고 여겨 휘파람을 멈추었다.

수는 화판을 놓고 잡지에 실릴 잉크 드로잉 삽화를 시작했다. 젊은 작가들이 문학으로 가는 길을 닦기 위해 잡지 글을 쓴다면 젊은 미술가들은 거기 삽화를 그려서 예술로 가는 길을 닦아야 했다.

수가 주인공 아이다호 주 카우보이의 몸에 우아한 승마 바지와 외알 안경을 그려 넣을 때, 나직한 소리가 서너 차례 반복해서 들렸다. 그녀는 얼른 침대 옆으로 갔다.

존시는 눈을 크게 뜨고 있었다. 창밖을 바라보며 수를 세고 있었는데, 거꾸로 세고 있었다.

"열둘." 그렇게 말하더니 잠시 후에 "열하나," 그리고 "열," 이어 "아홉," 그러더니 "여덟," "일곱"을 거의 붙여서 말했다.

수는 걱정스러운 눈길로 창밖을 보았다. 거기 셀 게 뭐가 있지? 볼 거라곤 아무것도 없이 우울한 마당과 6미터 앞에 있는 단조로운 벽돌 담벼락뿐이었다. 마디가 지고 뿌리 부분이 썩은 담쟁이가 담벼락을 중간 높이까지 기어 올라가 있었다. 쌀쌀한 가을바람에 이파리들이 떨어져서 가지의 골격만이 낡은 담벼락에 앙상하게 달라붙어 있었다.

"무슨 일이야?" 수가 물었다.

"여섯." 존시가 거의 속삭이듯 말했다. "점점 빨라져. 사흘 전에는 백 개가 다 됐거든. 세느라고 머리가 아플 지경이었어. 그런데 이제 아주 쉬 워졌어. 또 하나 떨어진다. 이제 다섯 개밖에 안 남았어."

"뭐가 다섯 개라는 거야? 네 친구 수한테 말해 봐."

"잎사귀 말이야, 저 담쟁이. 마지막 잎새가 떨어지면 나도 떠날 거야. 사흘 전에 그걸 알았어. 의사가 말해 주지 않았어?"

"그런 말도 안 되는 소리가 어디 있니." 수가 격렬하게 비웃었다. "저 담 쟁이 잎사귀하고 네 건강이 무슨 상관이야? 그리고 너는 저 담쟁이를 좋아했잖아. 나쁜 계집애, 바보 같은 소리 하지 마. 의사가 오늘 아침에 말하길, 네가 위험해질 확률은 열에 하나래! 의사가 딱 그렇게 말했어. 그건 우리가 뉴욕에서 전차를 타거나 새 건물 앞을 지나갈 확률과 거의 비슷해. 이제 수프를 좀 먹고, 네 친구 수가 계속 그림을 그리게 해줘. 그 래야 잡지사에 그림을 팔아서 아픈 아이한테 먹일 포도주도 사고 자기 배를 채울 돼지고기도 살 테니까."

"이제는 포도주를 살 필요 없어." 존시가 눈을 창밖에 고정하고 말했 다. "또 하나 떨어진다. 아냐. 수프 안 먹어. 이제 남은 잎사귀는 네 개뿐 이야. 어두워지기 전에 마지막 잎새가 떨어지는 걸 보고 싶어. 그러면 나 도 떠날 거야."

"존시," 수가 고개를 숙이고 말했다. "내가 일을 마칠 때까지 제발 눈을 감고 창밖을 외면해 주지 않겠니? 나는 내일까지 이 그림을 제출해야 돼. 나한테 빛이 필요하지 않다면 차양을 쳤을 거야."

"다른 방에서 그림 그리면 안 돼?" 존시가 차갑게 물었다.

"나는 네 옆에 있는 게 좋아." 수가 말했다. "거기다 네가 저 바보 같은 담쟁이 이파리들을 보는 게 싫어."

"끝나면 바로 말해 줘." 존시가 말하고 눈을 감더니 쓰러진 석고상처럼 하얀 얼굴로 조용히 누워 있었다. "마지막 잎새가 떨어지는 걸 보고 싶거든. 기다리기 지겨워. 생각하는 것도 지겨워. 모든 것을 다 내려놓고 저세상으로 떠나고 싶어. 저 불쌍하고 지친 이파리들처럼."

"어서 자." 수가 말했다. "베어먼 아저씨를 불러다 은둔 광부의 모델로 삼아야겠다. 금방 올 거야. 내가 올 때까지 꼼짝하지 마."

베어먼은 같은 건물 1층에 사는 화가였다. 예순이 넘은 나이에 미켈란젤로의 〈모세 상〉 같은 수염이 사티로스* 같은 머리에서 꼬마 도깨비 같은 몸을 따라 구불구불 흘러내렸다. 베어먼의 예술 인생은 실패였다. 40년 동안 붓을 휘두르며 예술이라는 여주인을 섬겼지만 그녀의 치맛자락에도 가닿지 못했다. 언제나 곧 걸작을 그리겠다고 했지만 시작도 하지 못했다. 지난 몇 년 동안은 이따금 상업이나 광고 쪽 그림을 그리는 것 외에는 아무것도 그리지 않았다. 그리고 전문 모델을 쓸 돈이 없는 부락의 젊은 미술가들에게 모델을 서주며 푼돈을 벌었다. 그는 술을 지나치게 마셨고, 여전히 앞으로 걸작을 그릴 거라 말했다. 그 밖의 면에서 보면 그는 사나운 노인으로, 사람들의 약한 모습을 사정없이 비웃었지만, 위층 화실에 사는 두 젊은 미술가에 대해서는 특별한 감시견 역

---

*그리스 신화에 나오는, 염소와 닮은 반인반수.

할을 자처했다.

수가 아래층으로 베어먼을 찾아가 보니 그는 침침한 불빛 속에서 술 냄새를 강하게 풍기고 있었다. 한쪽 구석의 이젤 위에는 25년 동안 걸작의 첫 붓질을 기다려 온 텅 빈 캔버스가 있었다. 수는 베어먼에게 존시의 망상을 이야기하고, 그 잎새들만큼이나 가볍고 연약해진 존시가 그 가느다란 희망의 끈을 잃으면 정말로 떠나 버릴 것 같아 겁난다고 말했다.

베어먼은 충혈된 눈으로 눈물을 흘리며 그런 바보 같은 망상을 소리쳐 나무랐다.

"뭐라고! 덩굴에서 잎사귀가 떨어져서 죽는 어리석은 사람이 세상에 어디 있어? 나는 그런 말은 들어 본 적 없어. 아니, 나는 은둔하는 얼치기 모델 따위 하지 않겠어. 수 양은 존시 양이 그런 바보 같은 생각을 하도록 내버려 두는 거야? 불쌍한 존시 양."

"존시는 지금 아프고 기운이 없어요." 수가 말했다. "그리고 열 때문에 정신도 약해지고 자꾸 이상한 공상을 해요. 좋아요, 베어먼 씨, 모델을 서주시기 싫다면 안 해주셔도 돼요. 하지만 제가 베어먼 씨를…… 형편없는 떠버리 노인네라고 생각한다는 말은 해야겠네요."

"수 양도 다른 여자들이랑 똑같군!" 베어먼이 소리쳤다. "내가 모델을 서주지 않겠다고 누가 그래. 걱정 마. 수 양 집까지 같이 올라갈 테니. 나는 30분 전부터 모델을 설 준비가 됐다고 말하려고 했어. 염병할! 존시처럼 착한 사람이 여기서 병에 걸려 죽으면 안 돼. 나는 앞으로 걸작을 그릴 거고, 그때 다 같이 떠나는 거야. 우라질, 정말이야."

그들이 위층에 올라갔을 때 존시는 자고 있었다. 수는 차양을 창턱까지 끌어 내리고 베어먼에게 손짓으로 다른 방을 가리켰다. 거기서 그들은 두려운 눈길로 담쟁이덩굴을 내다보았다. 그런 뒤 한순간 아무 말 없이 서로를 바라보았다. 눈이 섞인 찬비가 추적추적 내리고 있었다. 베어먼이 낡은 청색 셔츠를 입은 은둔 광부가 되어 바위 대신으로 뒤집어 놓은 주전자에 앉았다.

다음 날 아침, 수가 한 시간 잠을 자고 깨어나 보니 존시가 멍한 눈을 둥그렇게 뜨고 창문에 친 녹색 차양을 바라보고 있었다.

"저거 올려! 빨리 보고 싶어." 그녀가 낮은 목소리로 명령하듯 말했다.

수는 기운 없이 그 말에 따랐다.

하지만 이럴 수가! 밤새 거센 비가 몰아치고 사나운 바람이 불었는데도, 담벼락에는 담쟁이 잎 하나가 남아 있었다. 마지막 잎새였다. 줄기와 가까운 부분은 아직 진한 녹색이지만, 톱니 모양 가장자리는 노랗게 시들어 가고 있었다. 이파리는 6미터 정도 높이의 가지에 씩씩하게 매달려 있었다.

"마지막 잎새야." 존시가 말했다. "밤중에 분명히 떨어질 거라고 생각했어. 바람 소리를 들었거든. 어쨌건 오늘은 떨어질 거고, 나도 같이 죽을 거야."

"제발 그러지 마!" 수가 베개에 얼굴을 묻고 말했다. "네 생각을 하지 않겠다면 제발 나라도 생각해 줘. 내가 어떻게 해야겠니?"

하지만 존시는 대답하지 않았다. 세상에서 가장 외로운 것은 기나긴 미지의 여행을 준비하는 영혼이다. 존시를 친구와 또 지상과 맺어 주고 있는 끈이 하나둘 풀어지면서 그녀의 공상은 점점 더 강해지는 것 같았다.

하루가 지났을 때, 그들은 땅거미 속에서도 담쟁이 잎이 줄기에 매달린 채 담벼락에 붙어 있는 것을 보았다. 그런데 밤이 되면서 다시 한 번

북풍이 닥쳤고, 비는 계속 유리창을 때리고 낮은 네덜란드식 처마 아래로 떨어져 내리고 했다.

날이 충분히 밝자, 냉혹한 존시는 차양을 올리라고 말했다.

담쟁이 잎은 그대로 있었다.

존시는 누워서 한참 동안 그것을 바라보았다. 그러더니 가스스토브 앞에서 닭 수프를 젓는 수를 불렀다.

"나는 나쁜 애였어, 수." 존시가 말했다. "무언가 알 수 없는 힘이 내가 얼마나 나쁜 애였는지 보여 주려고 마지막 잎새를 저기 계속 남아 있게 했어. 죽고 싶어 하는 건 죄악이야. 수프 좀 가져다줘. 우유에 포트와인도 좀 넣어서…… 아니, 손거울부터 가져다줘. 그리고 등 뒤에 베개를 받쳐 줘. 일어나 앉아서 네가 요리하는 걸 보고 싶어."

한 시간 뒤에 존시가 말했다.

"수, 언젠가 나폴리 만을 그리고 싶어."

오후에 의사가 왔고, 그가 떠날 때 수는 복도로 그를 따라 나갔다.

"이제 확률이 반반이에요." 의사가 수의 떨리는 여윈 손을 잡으며 말했다. "잘 간호하면 희망이 있습니다. 저는 이제 아래층의 다른 환자를 보러 가야겠습니다. 이름이 베어먼이라고 하네요. 미술 하시는 분인가 본데 그분도 폐렴에 걸렸습니다. 그분은 나이도 많고 몸도 약한 데다 병도 급성이에요. 회복될 가망은 없지만, 조금 더 편히 지내실 수 있도록 오늘 입원시키려고요."

다음 날 의사가 수에게 말했다. "이제 고비는 벗어났습니다. 두 분이 이겼어요. 이제 영양을 챙기고 잘 돌봐 주기만 하면 됩니다."

그날 오후 수는 침대에 기대앉아서 아무 쓸모 없는 파란색 모직 숄을 편안히 뜨고 있는 존시 곁으로 가서, 한 팔로 친구와 베개를 모두 끌어

안았다.

"너한테 전해 줄 소식이 있어." 수가 말했다. "베어먼 씨가 오늘 병원에서 폐렴으로 죽었어. 병난 지 이틀 만에. 첫날 아침에 수위 아저씨가 베어먼 씨가 방에 쓰러져 앓고 있는 걸 봤는데, 신발과 옷이 쫄딱 젖어서 얼음처럼 차가웠대. 사람들은 그 지독한 밤에 베어먼 씨가 어딜 갔던 건지 상상도 못했어. 그런데 보니까 랜턴에 아직 불이 켜져 있었고, 다른 데서 가져온 사다리도 있고 붓도 몇 자루 흩어져 있고, 또 녹색과 노란색 물감이 섞인 팔레트도 있었대. 창밖을 봐. 벽에 매달린 마지막 담쟁이 잎을. 바람이 불어도 팔랑이지 않는 게 이상하지 않았니? 아, 저건 베어먼 씨가 남긴 걸작이야. 그분은 마지막 잎새가 떨어진 날 밤 저기다 저걸 그렸어."

백작과 결혼식 하객

The Count and the Wedding Guest

어느 날 저녁 앤디 도너번이 2번 가의 하숙집으로 저녁을 먹으러 갔을 때, 스콧 부인이 새 하숙생인 젊은 처녀 콘웨이 양을 소개해 주었다. 콘웨이 양은 작고 조용했다. 소박한 진갈색 옷을 입었고, 그다지 관심 없어 보이는 눈길로 음식 접시를 바라보고 있었다. 그러다 머뭇거리는 눈꺼풀을 들어 도너번 씨를 딱 한 번 또렷하고 차분하게 바라보며 예의 바르게 인사한 뒤 다시 양고기 접시로 시선을 돌렸다. 도너번 씨도 언제나 그에게 빠른 속도로 사교적, 사업적, 정치적 이점을 안겨 주는 우아한 태도와 밝은 미소로 목례하고, 진갈색 여자를 고려 목록에서 지웠다.

그로부터 2주일 뒤 앤디는 현관 앞 계단에 나가 앉아 시가를 피웠다. 그때 등 뒤에서 가볍게 바스락거리는 소리가 들려 고개를 돌렸다가, 계속 그곳을 바라보았다.

콘웨이 양이 현관에서 나오고 있었다. 새카만 크레이프 드레스 차림이었다. 아, 검고 하늘거리는 크레이프 드레스. 역시 검은색인 모자에는 거미줄처럼 얇은 흑단 빛 베일이 매달려 팔락였다. 그녀는 계단 꼭대기에 멈춰 서서 손에 검은색 실크 장갑을 끼었다. 의복 전체에 흰색이나 다른 색은 전혀 보이지 않았다. 주름 하나 없이 팽팽하게 당긴 풍성한 금빛 머리는 목덜미 밑에서 매끄럽고 빛나는 매듭을 이루고 있었다. 그녀의 얼굴은 예쁘다기보다 평범한 축이었지만, 잿빛 눈동자에 매력적인 슬픔과 우수를 담고 길 건너 집들 위의 하늘을 올려다보는 그 얼굴은 빛이라도 비치는 듯 아름다워 보일 지경이었다.

여자들이여, 이것을 기억해라. 온통 검은 크레이프 옷―크레프드신*이면 더 좋다― 그거면 된다. 머리에서 발끝까지 검은색을 입고, 슬프고 아득한 표정을 짓고, 검은 베일에 덮인 머리(물론 금발이어야 한다)를 반짝이며, 자신의 짧은 인생이 이제 막 세상의 문턱을 넘으려는 순간 참담한 재난에 맞닥뜨렸지만 지금 이 순간 공원을 한 바퀴 산책하고 싶다는 표정을 지어라. 그리고 중요한 것은 적절한 순간에 ―그런 순간은 계속 찾아온다― 문을 나서야 한다는 것이다. 하지만 상복을 이런 식으로 말하는 것은 정말 가혹한 것 같다. 나는 지독히 냉소적인 작가이다.

도너번 씨는 갑자기 콘웨이 양을 고려 목록에 올렸다. 그는 4센티미터 정도 남아서 앞으로 8분은 더 피울 수 있는 시가를 던져 버리고, 몸의 무게중심을 얼른 목 짧은 에나멜 가죽 구두로 옮겼다.

"청명한 저녁입니다, 콘웨이 양." 그가 말했다. 기상청이 그토록 확신에 찬 말을 들었다면 당장 흰색 사각 신호기*를 돛대에 달았을 것이다.

*견직물로 된 크레이프.

"좋은 날씨를 즐길 여유가 있는 사람들에게는 그렇겠죠, 도너번 씨."
콘웨이 양이 한숨 쉬며 말했다.

도너번 씨는 마음 깊이 맑은 날씨를 저주했다. 무정한 날씨! 콘웨이 양의 기분에 맞추어서 우박이 쏟아지고 바람이 불고 눈이 내려야 했다.

"혹시 콘웨이 양에게 어떤…… 그러니까 슬픈 일이 닥친 것은 아니기를 바랍니다."

"죽음이 닥쳤어요." 콘웨이 양이 망설이며 말했다. "가족은 아니지만, 아, 아니에요. 공연히 도너번 씨에게 제 슬픈 사연을 들으라는 강요는 하지 않겠어요."

"강요라고요?" 도너번 씨가 반박했다. "콘웨이 양, 저는 그런 이야기를 기쁘게, 아니 안타깝게…… 그러니까 저보다 콘웨이 양의 이야기를 진정으로 공감해 줄 수 있는 사람은 없을 거라고 생각합니다."

콘웨이는 살짝 미소를 지었다. 그리고 아, 그 표정은 차분한 표정보다 더 슬펐다.

"'네가 웃을 때는 사람들이 함께 웃고, 네가 울 때는 사람들이 웃는다'고 하죠."** 그녀가 말했다. "제가 배운 바로는 그래요, 도너번 씨. 저는 이 도시에 친구도 없고 달리 아는 사람도 없어요. 하지만 당신은 제게 친절을 베풀어 주셨고, 그에 깊이 감사드립니다."

그는 전에 식탁에서 그녀에게 후추를 건네준 적이 두 번 있었다.

"뉴욕에서 혼자 지내는 건 힘든 일이죠." 도너번 씨가 말했다. "하지만 이 촌 동네도 마음을 풀면 나름대로 아주 다정해져요. 그러니까 콘웨이 양이 공원이라도 잠깐 산책하면…… 그 우울함도 조금 쫓을 수 있지 않

* '맑다'는 뜻.
** 엘라 휠러 윌콕스의 시 「고독」의 한 구절을 변형한 것.

을까요? 그리고 허락해 주시면……"

"고맙습니다, 도너번 씨. 가슴에 우울을 가득 담은 사람과 동행하는 것을 즐거움으로 여겨 주신다면 기꺼이 그 제안을 받아들이겠어요."

그들은 한때 상류계급 사람들이 바람을 쐰, 철제 난간을 두른 오래된 공원 안에 들어가서 조용한 벤치를 찾았다.

젊음의 슬픔과 노년의 슬픔은 이런 차이가 있다. 젊음의 짐은 다른 이와 함께 나누면 그만큼 가벼워진다. 노년의 슬픔은 아무리 주고 또 주어도 그대로 남아 있다.

"제 약혼자였어요." 한 시간이 지난 뒤에 콘웨이 양이 털어놓았다. "내년 봄에 결혼할 예정이었죠. 꼭 거짓말처럼 들리겠지만, 그 사람은 정말로 백작이었어요. 이탈리아에 영지도 있고 성도 있었죠. 이름은 페르난도 마치니 백작이었어요. 저는 우아함에서 그 사람을 뛰어넘는 사람을 본 적이 없어요. 아버지는 당연히 반대하셨고 저희는 한 번 달아났어요. 하지만 아버지가 저희를 따라잡아서 저를 도로 데려갔죠. 저는 아버지와 페르난도가 정말로 결투를 할 줄 알았어요. 아버지는 마차 대여업을 하세요. 퍼킵시*에서요.

하지만 결국 아버지가 마음을 바꾸고 내년 봄에 결혼해도 좋다고 허락을 하셨어요. 페르난도는 아버지에게 작위와 재산의 증거를 보여 주었고, 앞으로 우리가 살 성을 준비해 두려고 이탈리아로 건너갔어요. 아버지는 자랑스러워하셨고, 페르난도가 제 혼수비로 7천 달러를 내놓으려고 하자 크게 꾸짖었어요. 아버지는 제가 그 사람에게서 반지건 무엇이건 선물을 일절 받지 못하게 하셨어요. 페르난도가 배를 타고 떠나자 저

---

*뉴욕 주 동부의 도시.

는 이 도시에 와서 사탕 가게 계산원으로 취직했죠.

그런데 사흘 전에 이탈리아에서 편지가 왔어요. 퍼킵시로 온 걸 전송한 건데 페르난도가 그만 곤돌라 사고로 죽었다는 거예요.

그래서 저는 상복을 입었답니다. 제 심장은, 도너번 씨, 영원히 그 사람 무덤에 함께 묻혀 있을 거예요. 제가 좋은 말벗이 되지 못하는 걸 알지만 다른 사람에게 관심을 가질 수가 없어요. 저는 도노번 씨의 기쁨과 즐거운 교우 관계를 가로막고 싶은 생각이 없습니다. 이제 집으로 돌아가고 싶으시겠지요?"

여자들이여, 젊은 남자가 곡괭이와 삽을 찾으려고 허겁지겁 나가는 모습을 보고 싶다면, 자신의 심장이 다른 남자의 무덤에 묻혔다고 말하라. 젊은 남자는 본능적으로 도굴꾼이다. 아무 과부나 붙들고 물어봐도 그런 대답을 들을 것이다. 도굴꾼들은 무덤 속 심장을 되찾아서 크레프드 신을 입고 울고 있는 천사에게 돌려주어야 한다. 죽은 남자만 불쌍하다.

"정말로 안타까운 일이로군요." 도너번이 부드럽게 말했다. "하지만 아직 집에 안 가도 됩니다. 그리고 이 도시에 친구가 없다는 말은 하지 마세요, 콘웨이 양. 정말이지 안타까운 일이지만, 어쨌건 제가 당신의 친구라는 것, 그리고 이 일을 깊이 애도한다는 것을 믿어 주시기 바랍니다."

"이 목걸이 함에 그 사람 사진이 있어요." 콘웨이 양이 손수건으로 눈을 훔치고 말했다. "아무한테도 보여 준 적 없지만 당신에게는 보여 드릴게요. 도너번 씨는 제 진정한 친구라고 생각하니까요."

도너번 씨는 콘웨이 양이 열어 준 목걸이 함 속 사진을 한참 동안 유심히 바라보았다. 마치니 백작의 얼굴은 사람의 관심을 끄는 얼굴이었다. 윤기 있고 총명하고 환하고, 거의 미남이라 할 만한 얼굴…… 강인하고 유쾌하고 한 집단의 지도자가 될 만한 얼굴이었다.

"제 방의 액자에는 큰 사진도 있어요." 콘웨이 양이 말했다. "집에 돌아가면 그것도 보여 드릴게요. 이제 페르난도를 되새기게 해주는 건 사진들뿐이에요. 하지만 분명한 건, 그 사람은 언제까지나 제 가슴속에 있으리라는 거예요."

도너번에게 미묘한 과제가 닥쳤다. 콘웨이 양의 심장에서 그 불운한 백작을 밀어내는 것이었다. 그녀에 대한 감탄이 그 일을 결심시켰다. 하지만 그 과업의 크기는 그의 정신에 별달리 큰 짐이 되지는 않을 것 같았다. 그는 인정 많고 유쾌한 친구의 역할을 시도했다. 그리고 그 역할을 아주 잘 수행해서 그로부터 30분이 지났을 때 두 사람은 아이스크림 접시 두 개를 앞에 두고 대화를 하게 되었다. 물론 그때도 콘웨이 양의 큰 잿빛 눈에서는 슬픔이 줄어들지 않았다.

복도에서 헤어지기 전에 그녀는 위층으로 올라가서 흰 실크 목도리로 곱게 감싼 사진 액자를 가지고 내려왔다. 도너번은 불가사의한 눈길로 그것을 살펴보았다.

"이탈리아로 떠나는 날 밤 이걸 저한테 주었어요." 콘웨이 양이 말했다. "제가 이걸로 목걸이 함 속의 사진을 만들었어요."

"잘생긴 분이군요." 도너번이 진심으로 말했다. "그런데 콘웨이 양, 이번 일요일에 저와 함께 코니 아일랜드에 가는 친절을 베풀어 주시지 않겠습니까?"

그로부터 한 달이 지났을 때 그들은 스콧 부인과 그 집의 하숙생들에게 두 사람의 약혼을 알렸다. 콘웨이 양은 계속 검은 옷을 입고 있었다.

약혼 발표 일주일 뒤에 두 사람은 그날 그 공원의 그 벤치에 앉았다. 나뭇잎들이 팔랑거리며 달빛 아래 어룽어룽한 그림을 만들었다. 하지만 도너번은 하루 종일 멍하고 우울한 표정이었다. 오늘 밤 그가 너무 말이 없어서 그의 애인은 더 이상 사랑의 심장이 제기하는 질문을 막을 수 없었다.

"앤디, 무슨 일이야? 당신 오늘 너무 무겁고 찌무룩해 보여."

"아무 일도 아냐, 매기."

"내가 모를 것 같아? 지금까지는 이런 적이 한 번도 없었어. 무슨 일이야?"

"별거 아냐, 매기."

"그렇지 않아. 제발 말해 줘. 다른 여자 생각을 하는 거지? 좋아. 원한다면 그 여자한테 가. 원한다면 그 팔도 치우고."

"그러면 말할게." 앤디가 사려 깊게 말했다. "하지만 잘 이해하지 못할 거야. 마이크 설리번이라고 들어 봤어? '빅 마이크'라는 별명이 있는 사람이야."

"아니, 들어 본 적 없어." 매기가 말했다. "그 사람 때문에 당신이 이러는 거라면 알고 싶지도 않아. 뭐 하는 사람인데?"

"뉴욕에서 가장 잘나가는 사람이야." 앤디가 존경심 담은 어조로 말했다. "태머니홀을 통해서건 정계의 다른 줄을 통해서건 자기가 원하는 건 뭐든지 할 수 있지. 하늘만큼 높고 이스트 강만큼 넓은 사람이야. 빅 마이크를 험담하면 2초 안에 사방에서 멱살이 잡힐 거야. 그 사람이 언젠가 고국*에 갔을 때는 왕들이 토끼처럼 굴속으로 숨어 버렸어.

빅 마이크는 내 친구야. 이 지역에서 내가 가진 영향력이야 2달러어치밖에 안 되지만, 마이크는 높은 사람 못지않게 시시한 사람, 가난한 사람한테도 좋은 친구거든. 오늘 바워리 가에서 그 사람을 만났어. 그 사

---

*아일랜드를 가리킨다. 도너번, 콘웨이, 설리번은 모두 아일랜드식 이름이다.

람이 어쨌을 것 같아? 다가와서 악수를 하고 이렇게 말했어. '앤디, 그동안 자네를 지켜봤어. 자네는 이 거리의 맡은 구역에서 많은 수고를 했고, 나는 자네가 자랑스러워. 뭘 마실 텐가?' 그 사람은 시가를 피웠고, 나는 하이볼을 마셨지. 내가 2주 후에 결혼한다니까 '앤디, 청첩장을 보내 줘. 잊지 않고 결혼식에 참석하지'라고 빅 마이크가 말했어. 그 사람은 자기가 한 말은 꼭 지키는 사람이야.

매기, 당신은 이해하지 못하겠지만 우리 결혼식에 빅 마이크 설리번을 부를 수 있다면 손목 하나도 잘라 버릴 수 있어. 그날은 내 인생 최고로 자랑스러운 날이 될 거야. 그 사람이 참석하는 것만으로 결혼식의 주인공은 인생이 달라지게 돼. 그래서 내가 오늘 이렇게 침울한 얼굴인 거야."

"그렇게 훌륭한 사람이라면 결혼식에 부르면 되잖아?" 매기가 가볍게 말했다.

"그러지 못할 이유가 있어." 앤디가 서글프게 말했다. "그 사람이 오면 안 되는 이유가 있어. 제발 묻지 마, 대답할 수 없으니까."

"신경 안 써." 매기가 말했다. "뭔가 정치하고 관련된 거겠지. 하지만 그렇다고 나한테 이렇게 무뚝뚝할 필요는 없잖아."

"매기." 앤디가 잠시 후 말했다. "당신한테 내가 그…… 마치니 백작만큼 소중해?"

그는 한참을 기다렸지만 매기는 대답하지 않았다. 그러더니 그의 어깨에 기대 울기 시작했다. 그의 팔을 꼭 잡고 크레프드신을 눈물로 적시며 격렬하게 흐느꼈다.

"이런! 당신 또 왜 그래?" 앤디가 자기 고민을 밀어 두고 매기를 달랬다.

"앤디." 매기가 흐느꼈다. "다 거짓말이었어. 이제 당신은 나하고 결혼도 하지 않고 더 이상 나를 사랑하지도 않을 거야. 하지만 말해야 될 것 같아. 앤디, 백작 같은 건 없어. 나는 평생 한 번도 애인이 없었어. 하지만 다른 여자들은 모두 애인이 있었고, 늘 애인 이야기를 했지. 그런데 그러면 남자들이 여자를 더 좋아하는 것 같았어. 그리고 앤디, 나는 검은색이 잘 어울려. 당신도 알 거야. 그래서 사진 가게에 가서 그 사진을 사고 또 그걸 작게도 만들어서 목걸이 함에 넣고 백작 이야기를 꾸며 낸 거야. 검은 옷을 입으려고 그 사람이 죽었다는 이야기를 지어냈어. 하지만 거짓말쟁이를 사랑할 사람은 없으니, 앤디 당신도 나를 떠날 테고 이제 나는 수치심에 죽을 거야. 나는 당신 말고 아무도 좋아한 적이 없어. 그게 전부야."

하지만 매기는 앤디가 자신을 밀어내기는커녕 오히려 더 바짝 끌어안는 것을 느꼈다. 고개를 들어 보니 그의 얼굴은 근심 없이 웃고 있었다.

"나…… 나를 용서해 줄 수 있어, 앤디?"

"물론이지." 앤디가 말했다. "그건 괜찮아. 무덤 속 백작에 대해 당신이 모든 걸 밝혔잖아, 매기. 결혼식 전에 그러기를 바라고 있었어. 잘했어!"

"앤디." 용서를 받았다는 확신이 들자 매기가 약간 부끄러운 미소를 짓고 물었다. "당신 백작에 대한 이야기를 다 믿었어?"

"별로 많이 믿지는 않았어." 앤디가 시가 상자로 손을 뻗으며 말했다. "당신 목걸이 함에 있던 사진 속 인물이 빅 마이크 설리번이거든."

인간 자력술사 제프 피터스
Jeff Peters as a Personal Magnet

제프 피터스는 사우스캐롤라이나 주 찰스턴의 쌀 요리 가짓수보다 더 다양한 방법으로 돈을 벌었다.

그중에서 내가 가장 좋아하는 것은 그가 길거리에서 고약과 기침약을 팔아 근근이, 하지만 사람들과 진심을 나누며 살던 초기 시절의 이야기다. 그 시절 그는 마지막 동전을 던져 앞날을 점치는 불안한 나날을 살았다.

"나는 아칸소 주 피셔힐에 닿았습니다." 그가 말했다. "녹비鹿皮 옷을 입고 모카신을 신고 머리는 길게 기르고 텍사캐나의 한 배우가 준 30캐럿짜리 다이아몬드 반지를 끼고 있었죠. 내가 반지의 대가로 준 주머니칼로 그 배우가 무슨 일을 했는지는 모르겠습니다.

나는 이름 높은 인디언 주술사 워후 박사였습니다. 그때 나는 확실한 상품이 하나뿐이었고 그건 '부활의 영약'이었습니다. 촉토 족 족장의 아름다운 아내 타콸라가 수확 축제 때 개고기 요리 고명으로 쓸 풀을 따다가 우연히 발견한 원기 촉진 식물과 약초로 만든 것이었죠.

그 전에 들른 도시에서 장사가 잘 안 돼서 내 수중에는 5달러밖에 없었습니다. 나는 피셔힐의 약사를 찾아갔고 그 사람에게서 240밀리미터짜리 병과 코르크 마개 열두 다스를 외상으로 샀습니다. 가방에는 지난번 도시에서 쓰고 남은 상표와 재료들이 있었지요. 내가 방에 수돗물이 나오는 호텔 방에 들어가 탁자에 부활의 영약을 한 다스씩 줄지어 놓으니 인생이 다시 장밋빛으로 보였습니다.

가짜 약이었느냐고요? 그렇지 않습니다. 여섯 다스의 영약에 기나피 2달러어치와 아닐린 10센트어치를 넣었죠. 오랜 뒤에 그 도시들을 다시 둘러보니 사람들이 아직도 그걸 찾더군요.

나는 그날 밤 마차를 빌려서 중앙로에서 영약을 팔기 시작했습니다. 피셔힐은 말라리아가 도는 저지대였고, 나는 그 사람들에게 복합 가설 심폐 항괴혈성 강장제가 필요하다는 진단을 내렸지요. 영약은 채식 식탁에 나온 내장 고기 토스트처럼 잘 팔렸습니다. 한 병에 50센트씩 받고 스물네 병을 팔았을 때 누가 내 외투를 잡아당겼습니다. 나는 그게 무슨 뜻인지 알았습니다. 그래서 마차에서 내려 옷깃에 독일식 은색 별을 단 남자의 손에 5달러 지폐를 쥐어 주었습니다.

'경관님, 좋은 밤입니다.' 내가 말했습니다.

'이런 야바위 불법 음료를 약이라는 이름으로 팔아도 된다는 시의 허가를 받았나요?' 남자가 말했습니다.

'아뇨, 안 받았습니다.' 내가 말했습니다. '여기가 시라는 것도 미처 몰랐습니다. 내일 시청을 찾으면, 그리고 필요하다면 허가를 받겠습니다.'

'그때까지 영업을 금지합니다.'

나는 장사를 그만두고 호텔로 돌아갔습니다. 그리고 호텔 주인에게 그 일을 이야기했지요.

'피서힐에서는 가능성이 없어요.' 그가 말했습니다. '이곳의 유일한 의사인 호스킨스 박사는 시장의 처남이에요. 그 사람들은 여기서 가짜 의사가 활동하는 걸 허락하지 않을 겁니다.'

'내가 하는 건 의료 행위가 아니에요.' 내가 말했습니다. '주 정부에서 발행한 이동 판매 허가증이 있어요. 그리고 시 당국에서 요청하면 언제나 시의 허가증도 받습니다.'

다음 날 아침 시청에 가보니 아직 시장이 오지 않았다고 했습니다. 그리고 언제 올지도 모른다고 했습니다. 그래서 워후 박사는 다시 호텔 의자에 웅크리고 앉아서 독말풀 여송연에 불을 붙이고 기다렸습니다.

그러고 있는데 청색 넥타이를 맨 젊은이가 내 옆에 앉아서 시간을 물었습니다.

'10시 반입니다.' 내가 대답했습니다. '아니, 당신은 앤디 터커 씨 아닙니까. 터커 씨가 출시한 제품을 보았습니다. 남부 지방에서 '그레이트 큐피드 세트'를 출시하셨죠? 칠레 다이아몬드 약혼반지, 결혼반지, 감자 으깨기, 거기다 진정 시럽과 도로시 버넌*까지 갖춘 세트로, 하나에 50센트였잖아요.'

앤디는 내가 자기를 기억하는 걸 기뻐했습니다. 그 사람은 훌륭한 길거리 장사꾼, 아니 그 이상이었습니다. 그 사람은 자기 직업에 자부심을 갖고 있었고, 300퍼센트 이익에 만족하고 있었습니다. 불법 약물과 종

---

* 찰스 메이저의 연애 소설 『해던 홀의 도로시 버넌』의 주인공.

자 사업 제안을 많이 받았지만 한 번도 바른 길에서 벗어나지 않았습니다.

나는 동업자가 필요했기에, 앤디와 같이 나가기로 했습니다. 나는 그에게 피셔힐의 사정을 설명하고 지역의 정치 상황과 할라파* 때문에 영업이 쉽지 않다는 점도 말했습니다. 앤디는 그날 아침 기차를 타고 거기 온 참이었지요. 그 사람도 사정이 안 좋았고, 거기서 몇 달러를 만들어서 유리카 스프링스에서 공모 형식으로 새 전함을 구축할 생각이었습니다. 그래서 우리는 현관에 나가 앉아서 함께 그 일을 의논했습니다.

다음 날 아침 11시에 내가 혼자 앉아 있는데 흑인 한 명이 호텔로 찾아와서 뱅크스 판사 댁에 가서 환자를 봐달라고 했습니다. 그 판사는 바로 시장이었는데 크게 아픈 것 같았습니다.

'나는 의사가 아니에요. 의사를 부르세요.' 내가 말했습니다.

'선생님,' 흑인이 말했습니다. '호스킨스 박사님은 환자를 보러 30킬로미터 떨어진 곳에 가셨어요. 우리 시에 의사는 그분뿐인데 뱅크스 나리가 많이 아픕니다. 선생님을 모셔 오라고 저를 보냈습니다.'

'남자 대 남자로 가서 그분을 살펴보겠습니다.' 내가 말하고 부활의 영약 한 병을 주머니에 넣고는 언덕을 올라 시장의 저택으로 갔습니다. 피셔힐 시에서 가장 좋은 집으로, 이중 경사 지붕이 있고 잔디밭에 무쇠로 만든 개 동상도 두 개 있었습니다.

가보니 뱅크스 시장은 얼굴과 발만 내놓고 누워 있었습니다. 그리고 샌프란시스코 사람이라면 누구라도 공원으로 나가게 만들었을 몸속 소리를 내고 있었지요. 옆에는 젊은 남자가 물 잔을 들고 서 있었습니다.

*하제로 쓰이는 멕시코 원산의 풀.

'의사 선생, 내가 큰 병이 나서 곧 죽을 것 같소. 어떻게 좀 해주시오.' 시장이 말했습니다.'

'시장님,' 내가 말했습니다. '저는 제대로 교육받은 I. S. Q. 래피어스*의 제자가 아닙니다. 의과대학에 다닌 적이 없습니다. 그저 혹시라도 도움이 될 수 있을까 하고 찾아온 보통 사람일 뿐입니다.'

'고맙소이다.' 시장이 말했습니다. '워후 박사, 이 아이는 내 조카 비들이오. 이 아이가 나를 조금이라도 편히 해주려고 애쓰지만 소용이 없구려. 아, 하느님. 아— 아— 아야!!' 그가 소리쳤습니다.

나는 비들 씨에게 고개를 끄덕이고 침대 옆에 앉아 시장의 맥을 짚었습니다. '간을 봅시다. 그러니까 혀를 내밀어 보세요.' 내가 말하고 눈꺼풀을 들어 올려서 동공을 자세히 살펴보았습니다.

'아프신 지 얼마나 오래되셨습니까?' 내가 물었습니다.

'어젯밤에…… 아— 아야…… 쓰러졌습니다. 어떻게 좀 해주시오.' 시장이 말했습니다.

'피들 씨, 창문 차양을 좀 올려 주시겠습니까?' 내가 말했습니다.

'비들입니다.' 젊은이가 대답했습니다. '햄과 달걀을 드리면 드실 수 있나요, 제임스 삼촌?'

'시장님, 하프시코드의 오른쪽 쇄골에 초염증이 생겼습니다!' 내가 시장의 오른쪽 어깨뼈에 귀를 대고 소리를 들은 뒤에 말했습니다.

'아이고 하느님! 거기 뭘 문질러 바르든지 바로잡든지 해줄 수 없소?' 그가 신음하며 말했습니다.

나는 모자를 집어 들고 나가려고 했습니다.

*고대 그리스 의술의 신 아스클레피오스를 빗댄 이름.

'가시는 건 아니겠지요, 의사 선생님?' 시장이 울부짖으며 말했습니다. '내가 그 새골의 초헌증으로 죽게 내버려 둘 거요?'

'워우하 박사님, 인류애를 지닌 사람이라면, 고통에 빠진 동료 인간을 그냥 버려두고 가지 않습니다.' 비들 씨가 말했습니다.

'워후 박사입니다, 이름을 제대로 불러 주시지요.' 내가 말하고 다시 침대로 가서 긴 머리를 뒤로 넘기고 말했습니다.

'시장님, 희망은 하나뿐입니다. 약은 소용없습니다. 하지만 그보다 강한 힘이 하나 더 있습니다. 물론 약도 충분히 강합니다만.'

'그게 뭡니까?' 시장이 말했습니다.

'과학적으로 입증된 겁니다.' 내가 말했습니다. '사르사파릴라의 약효를 능가하는 정신적 요법이지요. 몸이 안 좋다는 느낌 말고는 아무 고통도 질병도 없다고 믿는 것입니다. 중지 선언을 하세요. 입증해 보이세요."

'무슨 복잡한 말씀인가요? 혹시 사회주의자요?' 시장이 말했습니다.

'제가 말하는 건 심령 금융의 대원칙입니다.' 내가 말했습니다. '원격 계몽 학교, 오류와 수막염의 잠재의식 치료, 인간 자력으로 알려진 놀라운 실내 스포츠입니다.'

'그걸 해주시겠소?' 시장이 말했습니다.

'저는 내부 설교단의 유일한 산헤드린*이자 명목 선전단의 일원입니다.' 내가 말했습니다. '제가 안수를 하면 절름발이가 말을 하고 맹인이 목을 빼고 바라봅니다. 저는 영매, 콜로라투라 최면술사, 증류주 신령입니다. 최근에 앤아버에서 열린 강령회에서 작고한 비네가 주류 회사 사장이 지구로 찾아왔을 때 여동생 제인을 만나게 한 것은 오직 저뿐이었

---

*고대 유대의 최고 의결 기관. 종교상 사법상의 재판권을 가진 의원들로 구성되어 있다.

습니다. 저는 길에서 가난뱅이들에게 약을 팔지만, 그 사람들한테 인간 자력은 실시하지 않습니다. 그걸 먼지 속에 굴리지 않습니다. 그 사람들 은 먼지가 없으니까요.'

'내 병을 치료해 줄 거요?' 시장이 물었습니다.

'저는 가는 곳마다 의사 협회와 많은 갈등을 빚었습니다.' 내가 말했 습니다. '그래서 저는 의료 행위를 하지 않습니다. 하지만 시장님이 허가 증 문제를 거론하지 않으시겠다면 시장님의 목숨을 구하는 심령 치료 를 해드리겠습니다.'

'당연히 그러리다. 어서 해줘요. 다시 통증이 오고 있으니.' 시장이 말 했습니다.

'치료비는 250달러입니다. 두 번 하면 완치를 보장합니다.' 내가 말했 습니다.

'좋소. 드리겠소. 내 목숨이 그만한 가치는 있을 거요.' 시장이 말했습 니다.

나는 침대 옆에 앉아서 그의 눈을 똑바로 들여다보았습니다.

'이제 병에 대한 생각을 멈추세요.' 내가 말했습니다. '시장님은 아프지 않아요. 시장님 몸에는 심장도 쇄골도 척골도 두뇌도 아무것도 없어요. 고통도 없어요. 잘못을 인정하세요. 애초에 있지도 않았던 고통이 떠나 는 게 느껴지나요?'

'조금 낫군요.' 시장이 말했습니다. '확실해요. 이제 내 왼쪽 옆구리가 부풀지 않았다는 거짓말을 해주시오. 그러면 나는 침대에 앉아서 소시 지와 메밀 케이크를 먹을 수 있다고 생각할 거요.'

나는 손으로 몇 가지 안수 동작을 했습니다.

'이제 염증은 가셨습니다.' 내가 말했습니다. '근일점 우엽은 가라앉았

습니다. 이제 졸립니다. 눈꺼풀이 무거워집니다. 당분간 병은 가로막힙니다. 이제 잠이 듭니다.'

시장은 천천히 눈을 감고 코를 골기 시작했습니다.

'보세요, 티들 씨. 현대 과학의 경이입니다.' 내가 말했습니다.

'비들입니다. 나머지 치료는 언제 해주실 건가요, 푸푸 박사님?' 그가 말했습니다.

'워후입니다.' 내가 말했습니다. '내일 11시에 오겠습니다. 시장님이 깨어나면 테레빈유 여덟 방울과 스테이크 1킬로그램을 먹이십시오. 그럼 이만.'

이튿날 오전 나는 정각에 그 집에 다시 갔습니다. 그리고 침실 문이 열리자 말했습니다. '리들 씨, 숙부님은 좀 어떠신가요?'

'훨씬 좋아지셨습니다.' 젊은이가 말했습니다.

시장의 혈색과 맥박은 좋았습니다. 나는 다시 한 번 치료를 했고, 시장은 마지막 통증도 사라졌다고 말했습니다.

'이제 하루 이틀 정도 더 누워서 몸조리를 계속하십시오.' 내가 말했습니다. '그러면 나으실 겁니다. 제가 피셔힐에 있던 게 천만다행입니다. 정규 의과대학에서 사용하는 어떤 치료약도 시장님을 살리지 못했을 테니까요. 이제 잘못은 사라졌고 고통은 거짓말이 되었으니 좀 더 밝은 이야기로 넘어갑시다. 250달러 말입니다. 수표는 안 됩니다. 저는 수표 뒷면에 이름을 쓰는 건 앞면에 쓰는 것만큼이나 싫어합니다.'

'여기 현금이 있소.' 시장이 베개 밑에서 수첩을 꺼내면서 말했습니다.

그리고 50달러짜리 지폐를 세어서 들고 비들에게 말했습니다.

'영수증을 가져오거라.'

나는 영수증에 서명했고 시장은 돈을 건넸습니다. 나는 돈을 안주머니에 조심스레 넣었습니다.

'이제 할 일을 하시오, 경찰.' 시장이 아픈 사람답지 않게 웃으며 말했습니다.

비들 씨가 내 팔을 잡고 말했습니다.

'당신을 체포합니다, 워후 박사, 아니 피터스 씨. 주 법의 인가 없이 의료 행위를 한 죄목으로.'

'당신은 누구요?' 내가 물었습니다.

'내가 말해 드리리다.' 시장이 침대에서 일어나 앉으며 말했습니다. '우리 주 의사 협회가 고용한 탐정이오. 이 사람은 다섯 개 카운티를 다니며 당신의 행적을 조사했소. 그리고 어제 나를 찾아왔고, 우리는 함께 당신을 잡기 위해 이런 계획을 꾸몄소. 돌팔이 선생, 이제 이 지역에서 더 의사 행세하기는 글렀소. 내가 무슨 병이라고?' 시장이 웃었습니다. '복합 어쩌고라고 하셨는데, 그 병이 머리까지 둔하게 만들지는 않은 것 같소.'

'탐정이라.' 내가 말했습니다.

'맞습니다. 이제 같이 보안관에게 갑시다.' 비들이 말했습니다.

'그러시지요.' 내가 그렇게 말하고는 비들의 목을 잡아 그를 창밖으로 던지려 했지만, 그가 총을 꺼내 내 턱 밑에 박는 바람에 얼어붙고 말았습니다. 그는 내 손에 수갑을 채우고 내 주머니에서 돈을 꺼냈습니다.

'우리가 표시해 둔 바로 그 돈입니다, 뱅크스 판사님.' 그가 말했습니다. '제가 보안소에 가서 보안관에게 주면 보안관이 시장님께 영수증을 보낼 겁니다. 이건 일단 사건의 증거로 써야 할 겁니다.'

'좋아요, 비들 씨.' 시장이 말했습니다. '그리고 워후 박사, 그 논증이란 걸 해보시오. 이빨로 자력의 뚜껑을 열고 수갑을 떨구는 요술을 부려

보라고.'

'갑시다.' 내가 위엄을 되찾고 말했습니다. '어쨌건 나도 최선을 다해야 할 것 같습니다.' 그런 뒤 뱅크스에게 돌아서서 수갑을 흔들고 말했습니다.

'시장님, 인간 자력술이 성공적인 기술이라는 걸 금방 믿게 되실 겁니다. 그리고 지금도 성공했다는 것을 아시게 될 겁니다.'

그리고 분명 그랬을 거라고 생각합니다.

대문 앞에 왔을 때 내가 말했습니다. '밖에 나가면 누가 볼지 몰라, 앤디. 이것 좀 풀어 줘. 그리고……' 그러니까 그 사람은 앤디 터커였습니다. 이 일 전체가 앤디의 작전이었고, 그렇게 해서 우리는 함께 사업을 시작할 자금을 얻었습니다."

결혼의 정밀과학
The Exact Science of Matrimony

"전에도 말했듯이 나는 여자를 별로 믿지 않습니다." 제프 피터스가 말했다. "여자들은 동업자로도 또 가장 순수한 형태의 신종 사기술에도 적합하지 않아요."

"여자도 훌륭한 점이 많습니다. 나는 여자들이 대체로 정직하다고 봅니다." 내가 말했다.

"당연하죠." 제프가 말했다. "남자가 여자를 위해 조작도 하고 초과 근로도 하잖아요. 여자도 사업에 괜찮지만, 그건 감정에 빠지거나 머리를 과도하게 매만지거나 하기 전까지입니다. 그런 일이 생기면 우리는 차라리 평발에 숨을 헐떡이고 구레나룻이 수북하고 애가 다섯인 데다 주택이 저당 잡힐 위기에 놓인 남자가 그 자리를 차지하기를 바라게 됩니다. 나와 앤디 터커가 케이로에서 소규모 결혼 중개 사업을 시작했을 때 우리를 도와주기로 한 어떤 과부가 있었습니다.

광고할 자본이 충분하다면, 그러니까 지폐가 두둑이 준비되어 있다면, 결혼 중개업은 돈이 됩니다. 우리는 6천 달러 정도가 있었고, 두 달 안에 그걸 두 배로 불릴 계획이었습니다. 그건 뉴저지 주 면허장을 따지 않고도 그런 계획을 수행할 수 있는 최대한의 기간이었죠.

우리는 이런 광고문을 작성했습니다.

미모와 부덕을 갖춘 32세의 사별녀가 재혼을 원합니다. 현금 3천 달러와 값나가는 시골 부동산을 소유했습니다. 재산가보다는 가난하되 다정한 성격의 남자분을 선호합니다. 이 숙녀분은 인격자는 서민층에 더 많다고 보기 때문입니다. 성실하고 정직한 성품에 재산을 관리하고 현명하게 투자할 능력을 갖추신 분이라면 나이가 많거나 외모가 떨어지더라도 상관없습니다.

피터스 앤드 터커 결혼 중개사(일리노이 주 케이로 소재)로 연락 바랍니다.

'여기까지는 훌륭해.' 그 광고문을 완성한 뒤 내가 말했습니다. '그런데 이런 여자가 어디 있지?'

앤디는 내게 예의 차분히 비난하는 표정을 지어 보이고 말했습니다.

'제프, 자네는 지금 우리 사업의 현실주의 이상을 잊어버린 것 같군. 여자가 왜 필요해? 월 스트리트에서 파는 그 많은 물타기 주식에 인어가 있을 거 같아? 결혼 광고가 여자하고 무슨 상관이 있어?'

'앤디, 자네도 알다시피 나한테는 규칙이 있어.' 내가 말했습니다. '내가 아무리 법과 겨루는 사업을 한다고 해도 모든 물품은 실제로 존재하고 눈에 보이고 사람들 앞에 제시할 수 있어야 해. 그런 원칙으로, 그리고 해당 시의 조례와 기차 시각표를 꼼꼼히 연구하는 방법으로, 나는 지금껏 5달러와 뇌물 시가로 해결되지 않는 경찰과의 모든 충돌을 피했어. 이 계획을 실행하려면 우리는 광고에 적은 과부, 미모건 아니건 부동산이나 다른 재산이 있건 없건 어느 정도 매력 있는 과부나 그 비슷한 사람을 내놓을 수 있어야 해. 안 그러면 치안판사에게 잡혀.'

'우체국이나 치안 위원회가 우리 회사를 조사하려고 한다면 그 편이 안전하겠지.' 앤디가 생각을 고치고 말했습니다. '하지만 결혼과 상관없는 결혼 계획에 시간을 낭비할 과부를 찾을 수 있을까?'

나는 앤디에게 거기 딱 들어맞는 사람이 있다고 말했습니다. 서커스 공연에서 탄산수도 팔고 이도 뽑던 내 친구 지크 트로터는 1년 전에 평소에 늘 마시던 타박상 로션 대신 의사가 준 소화제를 마시고서 아내를 과부로 만들었지요. 나는 전에 그 친구 집에 자주 들렀기 때문에 그의 부인을 우리 일에 동참시킬 수 있을 거라고 생각했습니다.

부인이 사는 소도시는 거기서 거리가 100킬로미터 정도밖에 되지 않았기 때문에 나는 도시 간 급행열차를 타고서 변함없이 해바라기가 피어 있고 빨래 통 위에 수탉들이 서 있는 그 오두막에 가서 부인을 만났습니다. 트로터 부인은 광고에 아주 잘 맞았습니다. 안 맞는 점이라면 미모와 나이와 재산 정도뿐이었습니다. 하지만 얼굴도 그런대로 보기 괜찮았고, 그런 일을 맡기는 것은 지크를 추억하는 한 방법이기도 했습니다.

'이건 정직한 사업인가요, 피터스 씨?' 내가 사업의 취지를 설명하자 부인이 물었습니다.

'트로터 부인,' 내가 말했습니다. '앤디 터커와 제가 계산한 것에 따르면, 이 넓고 불공정한 나라에서 그 광고를 보면 3천 명 정도가 부인의 미모와 돈과 재산을 얻으려고 달려들 겁니다. 그 가운데 300명 정도는 돈에 눈먼 게으름뱅이 부랑자, 인생 실패자, 사기꾼, 저열한 한탕꾼일 겁니다. 저와 앤디는 이런 사회의 약탈자들에게 교훈을 주려고 합니다. 저희는 회사 이름을 위대한 도덕과 영원한 징벌 결혼 중개 회사로 하고 싶은 것을 정말이지 겨우 참았습니다. 이 정도면 괜찮겠습니까?'

'네, 괜찮은 것 같아요, 피터스 씨.' 부인이 말했습니다. '부끄러운 일은 하지 않으실 분이라고 생각해요. 하지만 제가 할 일이 뭔가요? 제가 그 3천 명을 일일이 거절해야 하는 건가요? 아니면 여러 명씩 한 번에 묶어서 차버릴 수 있나요?'

'트로터 부인, 부인께서 할 일은 그저 하늘의 별로 반짝이는 겁니다.' 내가 말했습니다. '조용한 호텔에 계시기만 하면 되고 달리 할 일은 없습니다. 앤디하고 제가 연락과 사업 쪽 일을 다 처리할 겁니다.

물론 열렬하고 충동적이고 또 기찻삯도 있는 자들은 케이로까지 와서 개인적으로 청혼하기도 할 겁니다. 그런 경우에는 부인께서 직접 얼굴을 보고 쫓아 보내는 수고를 해주셔야 할 겁니다. 우리는 부인께 주당 25달러의 급료를 드리고 호텔 비용도 대드리겠습니다.'

'5분만 주세요.' 트로터 부인이 말했습니다. '화장품을 챙기고 이웃에게 현관 열쇠를 맡겨야 해요. 그리고 바로 급료 계산을 시작해 주세요.'

그래서 나는 트로터 부인을 케이로로 데려와서 나와 앤디의 숙소에서 적당한, 그러니까 의심은 피하되 연락은 쉽게 닿을 만한 거리에 있는 가족 호텔에 투숙시키고 앤디에게 그 사실을 전했습니다.

'좋아.' 앤디가 말했습니다. '이제 이렇게 미끼의 현실성과 접근성에 대한 자네의 양심을 충족시켰고 양고기도 치워 두었으니 고기를 낚아 보세.'

그리하여 우리는 그 광고를 방방곡곡의 신문에 끼워 넣었습니다. 우리가 사용한 것은 광고 한 가지뿐이었습니다. 다른 방법도 사용했다면 사무원과 여직원을 아주 많이 고용해야 했을 테고 그러면 그들의 껌 씹는 소리에 우정 공사 총재가 괴로워졌을 겁니다.

우리는 트로터 부인 이름으로 은행에 2천 달러를 예치하고, 중개업체의 정직성과 신뢰도를 묻는 사람에게 보여 주라고 부인에게 통장을 건넸습니다. 트로터 부인은 반듯하고 믿을 만한 사람이라서 그걸 부인 이름으로 해도 안전했습니다.

그 광고 하나로 앤디와 나는 하루에 열두 시간을 편지 답장에 바쳐야 하는 처지가 되었습니다.

편지는 하루에 백 통 정도 왔습니다. 나는 우리 나라에 매력적인 과부를 얻어 그 여자의 돈을 힘들여 투자해 주고 싶은 너그럽고 곤궁한 남자가 그렇게 많은 줄 미처 몰랐습니다.

그들 대부분은 자신들이 나이가 많고 직업이 없고 세상에서 인정받지 못한다는 것을 인정했지만, 그럼에도 불구하고 자신에게는 사랑이 가득하고 남자다운 기개가 넘치므로 부인이 자신을 선택하면 일생일대의 행운이 될 거라고 장담했습니다.

피터스 앤드 터커 사는 지원자 모두에게 답장을 해서 부인이 그의 솔직하고 흥미로운 편지에 깊은 인상을 받았다고 전하며 다시 한 번 편지를 해달라고, 더 자세한 이야기를 알고 싶다고, 그리고 가능하다면 사진도 동봉해 달라고 요청했습니다. 피터스 앤드 터커 사는 또 지원자들에게 두 번째 편지를 그 미녀 고객에게 전달하는 수수료가 2달러이니 그것도 함께 동봉해 달라고 했습니다.

이제 그 계획이 얼마나 단순하면서도 뛰어난 사업인지 아실 수 있을 겁니다. 지원자의 90퍼센트는 국내에 있는 외국 귀족이었고, 웬일인지 요청한 것 이상의 돈을 보냈습니다. 그 일은 그게 전부였습니다. 나와 앤디가 툴툴거리며 편지 봉투를 개봉해서 돈을 꺼내는 수고를 했다는 것만 빼면 말입니다.

어떤 고객들은 직접 찾아왔습니다. 우리는 그 사람들을 트로터 부인에게 보냈고, 그러면 부인이 알아서 처리했습니다. 물론 그중 서너 명은 우리에게 돌아와서 교통비를 물어내라고 공격하기도 했습니다. 우편망이 뻗은 농촌 지역의 편지들이 들어오면서 우리의 수입은 하루에 200달러가 되었습니다.

어느 날 오후, 일이 한창 바쁠 때였습니다. 내가 2달러, 1달러 지폐를 시가 상자에 챙겨 넣고 앤디가 휘파람으로 〈그녀의 혼례 종소리는 없네〉를 부르는데, 체구가 작고 매끈한 남자가 들어와서 게인즈버러*의 사라진 그림이라도 찾는 것처럼 벽을 훑어보았습니다. 그를 보자 나는 강력한 자부심을 느꼈습니다. 우리의 사업은 정직했으니까요.

'우편물이 꽤 많이 왔군요.' 남자가 말했습니다.

나는 모자를 집어 들고 말했습니다.

'기다리고 있었습니다. 저희 상품을 보여 드리죠. 워싱턴의 루스벨트 대통령은 안녕하신가요?'

나는 그를 데리고 리버뷰 호텔로 가서 트로터 부인과 악수를 시켰습니다. 그런 뒤 그에게 2천 달러가 든 부인의 통장을 보여 주었습니다.

'문제없어 보이는군요.' 감찰 공무원이 말했습니다.

'그렇습니다.' 내가 말했습니다. '유부남이 아니시라면 부인과 잠시 말

---

*Thomas Gainsborough(1727~1788). 영국의 화가.

씀 나누실 시간을 드리겠습니다. 2달러 이야기는 하지 않겠습니다.'

'고맙습니다만,' 그가 말했습니다. '안타깝게도 그럴 수는 없겠네요. 안녕히 계십시오, 피터스 부인.'

석 달가량 지나는 동안 우리는 5천 달러가 넘는 돈을 벌었고, 이제 그만둘 때가 되었다는 걸 알았습니다. 우리는 많은 항의를 받았고, 트로터 부인도 그 일에 진력이 난 것 같았습니다. 많은 구혼자들이 자신을 찾아오는 것이 싫은 것 같았습니다.

그래서 우리는 정리하기로 했고, 저는 트로터 부인의 호텔에 갔습니다. 마지막 주급을 주고 작별 인사를 하고 2천 달러를 돌려받으려고요.

그런데 호텔에 가니 부인이 학교에 가기 싫은 아이처럼 울고 있었습니다.

'부인, 무슨 일이죠?' 내가 물었습니다. '누가 무례하게 굴었습니까? 아니면 집에 돌아가고 싶으신 건가요?'

'아뇨, 피터스 씨.' 부인이 말했습니다. '말씀드릴게요. 당신은 언제나 지크의 친구였고, 당신에게라면 상관없어요. 피터스 씨, 사랑하는 남자가 생겼어요. 너무도 열렬히 사랑해서 그 사람을 절대 놓치고 싶지 않아요. 그 남자는 제가 늘 꿈꾸던 이상형이에요.'

'그러면 그 사람을 잡으세요.' 내가 말했습니다. '그분도 같은 마음이라면요. 그분이 부인의 감정에 응답을 합니까?'

'네.' 그녀가 말했습니다. '하지만 그 사람은 광고를 보고 온 남자 중한 명이고, 제가 그 2천 달러를 주지 않으면 결혼하지 않을 거래요. 이름은 윌리엄 윌킨슨이에요.' 그런 뒤 부인은 다시 사랑의 흥분과 히스테리에 빠졌습니다.

'트로터 부인.' 내가 말했습니다. '남자 중에 저만큼 여자의 애정에 공감해 주는 남자는 없습니다. 게다가 부인은 저의 절친했던 친구의 반려자였습니다. 제가 결정할 수 있다면 부인께 그 2천 달러를 드리고 부인이 선택한 그분과 함께 행복하게 사시라고 말씀드리겠습니다.

우리는 그만한 여력이 있습니다. 부인과 결혼하고 싶어 한 호구들 때문에 돈을 5천 달러도 넘게 벌었으니까요. 하지만 앤디 터커에게 이야기해 봐야 합니다.

그 친구는 좋은 사람이지만 사업에는 냉정해요. 앤디와 저는 재정적으로 동등한 동업자입니다. 제가 앤디에게 이야기하고 방법을 알아보겠습니다.'

나는 우리 호텔로 가서 앤디에게 정황을 설명했습니다.

'처음부터 이럴 줄 알았어.' 앤디가 말했습니다. '감정과 애정이 개입되면, 여자에게 충성을 기대할 수 없어.'

'우리는 여자의 가슴을 아프게 했고, 그건 슬픈 일이야, 앤디.' 내가 말했습니다.

'그래.' 앤디가 말합니다. '내가 방법을 일러 줄게, 제프. 자네는 늘 인정 많고 너그러운 사람이었어. 어쩌면 내가 너무 몰인정하고 세속적이고 의심이 많은 건지 몰라. 이번 한 번은 타협해 주지. 트로터 부인한테 가서 2천 달러를 인출하시라고, 그 돈을 사랑하는 남자에게 주고 행복하게 사시라고 해.'

나는 벌떡 일어나서 앤디와 5분 동안 악수하고, 트로터 부인에게 돌아가서 이야기를 전했습니다. 부인은 기쁨을 주체하지 못하고 아까 슬픔의 눈물을 흘릴 때만큼이나 격렬하게 울었습니다.

이틀 뒤에 나와 앤디는 그곳을 떠나려고 짐을 쌌습니다.

'떠나기 전에 자네가 시내에 가서 트로터 부인을 한번 보는 게 어때?'

내가 그에게 물었습니다. '부인도 자네를 보고 싶을 테고 또 감사의 말도 하고 싶을 테니.'

'아니, 싫어. 그냥 얼른 기차를 타는 게 좋아.' 앤디가 말했습니다.

내가 평소처럼 돈을 전대에 넣어 몸에 묶을 때 앤디가 주머니에서 두툼한 지폐 뭉치를 꺼내더니 함께 넣으라고 했습니다.

'이게 뭐지?' 내가 물었습니다.

'트로터 부인의 2천 달러야.' 앤디가 말했습니다.

'어떻게 이게 자네 손에 들어간 거야?' 내가 물었습니다.

'부인이 나한테 주었어. 내가 한 달도 넘게 일주일에 세 번씩 부인을 찾아갔거든.' 앤디가 말했습니다.

'그러면 자네가 윌리엄 윌킨슨인 거야?' 내가 물었습니다.

'그랬지.' 앤디가 말했습니다."

철저하게 사업적
Strictly Business

아마도 당신은 무대와 무대 사람들에 대해 모르는 게 없을 것이다. 배우들과 여러 가지 방식으로 접촉을 했고, 신문 비평은 물론 주간지에 실린 리앨토 지역과 무희들과 장발의 비극 배우들에 대한 농담도 읽었을 것이다. 그리고 신비한 무대 세계에 대한 당신의 생각은 아마 이런 몇 가지로 요약될 것이다.

여주인공은 남편이 다섯이고, 모조 다이아몬드 장신구를 달고, 온몸에 댄 패드가 아니라면 당신의 여자보다 딱히 더 훌륭한 몸매도 아니다. 무희들은 과산화수소, 파나르 자동차, 피츠버그와 불가분이다. 모든 쇼는 갈색 옥스퍼드 구두와 철도 침목을 통해 뉴욕으로 돌아간다. 흠잡을 데 없는 여배우들이 희극적인 집주인 역할을 피하는 것은 브로드웨이에서는 어머니를 위해서고 뉴욕 바깥에서는 의붓 숙모를 위해서다. 컬

벨루의 진짜 이름은 보일 오켈리다. 축음기에서 나오는 존 매컬로의 미친 헛소리는 엘런 테리 회상록의 초판본에서 훔친 내용이다. 조 웨버는 E. H. 서던보다 웃기지만, 헨리 밀러는 그보다 늙어 가고 있다.*

극장 관계자들은 밤에 극장을 나서면 다음 날 정오까지 샴페인을 마시고 바닷가재를 먹는다. 그리고 이제 활동사진이 모두를 곤경에 빠뜨렸다.

하지만 우리 중에 극장 사람들의 진정한 인생을 아는 사람은 별로 없다. 만약 그게 알려진다면 그 직업에 지금보다 더 많은 사람이 꼬일지도 모른다. 우리는 우월감에 차서 공연자들을 삐딱하게 바라보지만, 집에 가서는 거울 앞에 서서 온갖 대사와 제스처를 연습한다.

근래에 배우를 새로운 관점으로 바라보는 이야기가 많아졌다. 자동차에 탄 파티광이나 다이아몬드에 굶주린 로렐라이가 아니라 사업가 같은 부류, 연구자, 아이와 가정과 서재가 있는 금욕주의자라는 사실이 누설된 것 같다. 부동산을 보유하고, 사적 업무를 조용하게 처리하는 것이 가스, 집세, 석탄, 얼음, 관리인 같은 전차 바퀴에 묶인 우리 보통 시민과 하등 다를 바 없다는 사실이.

희극 또는 비극 배우에 대한 오래된 이야기와 새 이야기가 맞는지 어떤지 추측할 자리는 여기 없다. 나는 여기서 두 산책꾼에 대한 짧은 이야기를 전할 뿐이고, 그게 진실이라는 증거로 보여 줄 것은 키터 보드빌 극장 무대 출입문 주물 손잡이 위의 검은 자국뿐이다. 장갑 낀 손으로 둔한 빗장을 풀기 번거로운 배우들이 문을 쾅쾅 밀어 대는 바람에 생긴 자국이다. 거기서 나는 체리가 언제나처럼 1분도 어김없이 제비가 둥지

*모두 배우의 이름들이다.

로 날아들 듯 옷을 갈아입으러 뛰어드는 마지막 모습을 보았다.

하트 앤드 체리 보드빌 팀은 열정의 자극제였다. 밥 하트는 이전까지 4년 동안 동부와 서부를 순회하며 독백, 노래 부르면서 유명 흉내꾼들 흉내 내기, 여러 극장의 베이스비올 연주자에게 칭찬의 눈길을 받은 — 그것은 훌륭한 공연에 대한 가장 만족스러운 증거다 — 벅앤드윙 춤으로 구성된 복합 쇼를 공연했다.

배우가 가장 유쾌해질 때는 다른 배우가 한심한 공연으로 무대를 모독하는 모습을 목격할 때다. 밥 하트는 그런 기쁨을 얻기 위해 양지바른 34번로와 44번로 사이의 브로드웨이 모퉁이를 버리고 재능이 떨어지는 동료들이 하는 낮 공연을 자주 보러 갔다. 예전 민스트럴 쇼* 시절에는 관객들이 웃으려고 갔다가 극장에서 가장 어려운 운동, 그러니까 한 손바닥에 다른 손바닥을 부딪쳐 소리를 내는 일을 하려고 남아 있기도 했다.

어느 날 밥 하트는 경쟁 작품 공연장의 매표소 창문에 보드빌계에서 잘 알려진 그 상냥하고 진지한 얼굴을 내밀고 악단석의 쿠폰을 얻었다.

A, B, C, D가 차례로 무대에 나왔다가 망각 속으로 사라졌고, 모두가 하트 씨를 더 깊은 침울함 속에 빠뜨렸다. 다른 관객들은 소리 지르고 꼼지락거리고 휘파람 불고 박수를 쳤다. 하지만 밥 하트, '혼자서 다 하는 남자'는 할머니 앞에서 털실 타래를 잡고 앉아 있는 소년처럼 우울한 표정이 되어 두 손을 양옆으로 벌리고 있었다.

하지만 H가 올라오자 그는 허리를 꼿꼿이 펴고 앉았다. H는 교훈 노래와 흉내 내기를 하는 위노나 체리를 가리키는 유쾌한 알파벳이었다.

---

*백인들이 흑인 분장으로 한 희극 공연.

체리는 큰 역할은 아니었다. 하지만 맡은 역할을 예쁘게 소화해 내고 자기 몫을 가져갔다. 처음에는 귀여운 체크무늬 원피스를 입은 시골 소녀로 가짜 데이지 바구니를 들고 나와서, 옛날 통나무집 학교에서는 셈하기와 글쓰기 말고도 배울 게 있었다고, 특히 '선생님이 나를 집에 보내지 않았을 때' 더 그랬다고 천진하게 일러 주었다. 그러고는 체크무늬 앞치마 끈을 팔랑이며 사라졌다가 순식간에 맹한 '파리 여자'로 변신해서 나타났다. 예술이 빨간 풍차를 물랭루주*로 변신시키듯이. 그런 뒤……

하지만 나머지는 당신도 알 것이다. 밥 하트도 알았다. 그러나 그는 다른 것도 보았다. 그는 그 이류 무대에서 본 체리가 자신이 전에 써서 여행 가방에 꿍쳐 둔 단막극의 주인공 '헬렌 그라임스' 역할에 꼭 맞을 유일한 배우라고 생각했다. 밥 하트 역시 다른 평범한 배우, 식품점 주인, 신문 판매원, 교수, 장외 주식 중개인, 농부와 마찬가지로 꿍쳐 둔 희곡이 있었다. 사람들은 여행 가방에, 나무줄기에, 책상에, 건초 시렁에, 비둘기장에, 주머니에, 대여 금고에, 석탄 저장실에 단막극을 간직해 두고 프로먼** 씨가 부르기를 기다린다. 그런 사람들은 57가지 유형이 있다.

하지만 밥 하트의 단막극은 볕 볼 날만 기다리다가 끝날 운명이 아니었다. 작품 제목은 '생쥐들의 놀이'였다. 그는 작품을 쓴 뒤 줄곧 그것을 숨겨 두고, '헬렌 그라임스' 역할에 꼭 맞을 파트너를 찾았다. 그리고 여기 '헬렌'이 있었다. 천진한 열정, 젊음, 발랄함, 그리고 그의 까다로운 안목이 요구하는 완벽한 연기술까지 갖춘.

하트는 공연이 끝난 뒤 매표소에 있는 극장 지배인을 찾아가 체리의

---

* 파리의 유명 카바레로, 프랑스어로 '빨간 풍차'라는 뜻이다.
** 찰스 프로먼을 비롯한 프로먼 삼형제는 20세기 초 브로드웨이에서 연극 제작자로 유명했다.

주소를 알아냈다. 그리고 다음 날 오후 5시에 웨스트사이드 40번로 인근에 있는 낡은 집을 찾아가서 명함을 올려 보냈다.

평범한 블라우스와 수수하고 하늘하늘한 치마를 입고, 머리를 묶고, 자선단체 수녀 같은 눈빛을 한 위노나 체리를 대낮에 보니, 제목 미정인 (그리고 쓰지도 않은) 뉴잉글랜드 배경의 연극 속 목사 딸 프루든스 와이즈* 같았다.

"하트 씨의 공연을 알아요." 그녀가 그의 명함을 찬찬히 보고서 말했다. "무슨 일로 저를 찾아오신 건가요?"

"어젯밤 체리 양의 공연을 보았습니다." 하트가 말했다. "제가 오래전에 써둔 단막극이 있습니다. 등장인물이 두 사람인데 체리 양이 제 상대역할에 잘 맞을 것 같습니다. 그래서 의견을 묻고자 왔습니다."

"응접실로 오세요." 체리 양이 말했다. "저는 그런 일을 기다리고 있었어요. 공연의 한 코너를 맡는 것보다는 연기를 하는 게 좋거든요."

밥 하트는 주머니에서 소중한 작품 '생쥐들의 놀이'를 꺼내서 그녀에게 읽어 주었다.

"다시 한 번 읽어 주세요." 체리 양이 말했다.

그런 뒤 그녀는 전화 대신 연락꾼이 와서 소식을 전하게 하고, 절정 직전에 두 사람이 권총을 가지고 싸울 때의 대화를 삭제하고, 질투에 사로잡힌 헬렌 그라임스의 대사와 동작을 완전히 바꾸면 극이 훨씬 더 좋아진다는 것을 똑똑히 보여 주었다. 하트는 그에 반박하지 않고 그녀의 비판을 모두 받아들였다. 체리 양이 단막극의 허약한 대목을 즉시 알아보았기 때문이다. 그에게 없는 여자의 직감이었다. 이야기가 끝나자

* '현명한 신중함'이라는 뜻.

하트는 '생쥐들의 놀이'가 순회공연계에서 다닌 흥행물이 될 거라는 데 4년 동안 보드빌을 하며 얻은 판단, 경험, 저금을 기꺼이 걸고 싶다고 했다. 체리 양은 그렇게 쉽게 판단하지는 않았다. 그녀는 여러 차례 매끄럽고 젊은 이마를 찌푸리고 작고 흰 이를 납 연필 끝으로 두드린 뒤 공식 견해를 밝혔다.

"하트 씨, 이 작품은 성공할 것 같아요. 그라임스 역할은 서툰 손세탁 전문점에서 확 줄여 버린 플란넬 셔츠처럼 저한테 딱 맞아요. 저는 주부 바자에 간 44연대 대령처럼 그 역할을 두드러지게 할 수 있어요. 그리고 저도 하트 씨 연기를 보았어요. 제 상대 역할을 잘하실 것 같아요. 하지만 사업은 사업이죠. 하트 씨는 지금 공연으로 일주일에 얼마를 버시나요?"

"200을 법니다." 하트가 대답했다.

"저는 100이에요." 체리가 말했다. "여자라서 받는 자연스러운 차별이죠. 하지만 저는 그 돈으로 생활하고 있고, 부엌 화로의 헐거운 벽돌 아래에 매주 몇 달러씩 모아요. 무대는 좋아요. 저는 무대를 사랑해요. 하지만 제가 더 좋아하는 건…… 언젠가 시골에 작은 집을 짓고, 폴리머스록 닭과 오리 여섯 마리를 집 마당에 풀어 놓고 키우는 거예요.

그러니까 하트 씨, 저는 철저하게 사업적이에요. 저에게 하트 씨 작품의 상대 역할을 맡기고 싶다면 제가 하겠어요. 우리 둘이 하면 작품은 잘될 것 같아요. 그런데 말씀드리고 싶은 게 또 하나 있어요. 저는 허황된 성품이 아니에요. 저는 솔직하고, 제가 무대에 서는 이유는 거기서 돈을 벌 수 있기 때문이에요. 다른 여자들이 상점이나 사무소에서 일하는 것과 똑같아요. 저는 더 이상 공연을 할 수 없을 때를 대비해서 열심히 돈을 모을 거예요. 노인 요양원이나 분별없는 여배우 수용소 같은 데

갈 수는 없어요.

하트 씨가 허황된 것을 모두 버리고 저를 이 일의 동업자로 삼고자 하신다면 저는 하겠어요. 저는 대부분의 보드빌 팀이 어떤지 어느 정도 알아요. 하지만 우리는 특별한 팀이 되어야 해요. 하트 씨가 아셔야 할 건 제가 무대에 오르는 건 급료일에 받는 작은 황색 봉투, 계산원이 바른 침 때문에 덮개에 니코틴 자국이 있는 봉투 때문이에요. 장래의 궂은 날들을 위해 방수포를 준비하는 것이 제 취미라고 할 수 있어요. 제가 이런 사람이라는 걸 아셨으면 해요. 저는 심야 식당이 어떤지 몰라요. 마시는 건 싱거운 차뿐이에요. 저는 평생토록 무대 입구에서 남자와 이야기한 적도 없고, 또 저축은행 다섯 곳에 돈을 넣어 두고 있어요."

"체리 양이 원하시는 대로 하세요." 밥 하트가 부드럽지만 진중한 어조로 말했다. "'철저하게 사업적'이라는 문구는 제 모자에 붙어 있고 분장 상자에도 새겨졌습니다. 저는 언제나 롱아일랜드 북부 해변의 방 다섯 개짜리 별장에서 밤을 보내는 것을 꿈꿉니다. 부엌에서 일본인 요리사가 대합 수프와 오리 고기를 요리하고 있고, 나는 그 집의 부동산 권리증을 얇은 외투 주머니에 꽂은 채 옆문 현관 해먹에 누워 스탠리의 『아프리카 탐험』을 읽지요. 주변에는 아무도 없고요. 체리 양은 아프리카에 관심 없으신가요?"

"네, 없어요." 체리가 말했다. "제가 돈으로 하고 싶은 일은 저금이에요. 돈을 은행에 넣으면 4퍼센트 이자가 붙어요. 지금 버는 돈만 계산해도 10년 후면 저는 한 달 이자 소득이 50달러 정도예요. 원금 일부를 모자 상점이나 미용실 같은 작은 사업에 투자해서 더 벌 수도 있고요."

"체리 양의 생각이 옳습니다." 하트가 말했다. "배우들 중에는 버는 돈을 꼬박꼬박 저축해서 궂은 날에 대비하는 사람이 정말 드물어요. 체리 양이 올바른 사업가의 정신을 갖고 있는 게 기쁩니다. 나도 똑같거든요. 그리고 이 단막극이 제대로 모양을 갖추면 우리 두 사람의 벌이가 지금의 두 배 이상이 될 거라고 생각합니다.”

이후 ‘생쥐들의 놀이’에 벌어진 역사는 성공한 모든 무대 작품의 역사를 반복한 것이다. 하트와 체리는 작품을 잘라서 붙이고, 수선하고, 대화와 사건을 도려내고, 대사를 고쳤다가 원상 복구하고, 더했다가 잘라내고, 이름을 바꾸었다가 본래 이름으로 돌아가고, 전체적으로 다시 쓰고, 권총을 단검으로 바꾸었다가 다시 권총으로 돌아가는 등 압축과 개선에 필요한 모든 절차를 거쳤다.

그들은 거의 쓰지 않는 응접실에서 낡은 하숙집 시계에 맞추어 연습했고, 마침내 절정으로 치닫는 대목에서 한 번도 어김없이 55분을 알리는 시계 소리 0.5초 후에 헬렌 그라임스가 총알 없는 권총의 방아쇠를 찰칵 당기게 되었다.

그렇다, 그것은 스릴러 작품이고 뛰어난 작품이었다. 공연에서는 진짜 탄창을 끼운 32구경 권총을 사용했다. 헬렌 그라임스는 버펄로 빌처럼 능숙하고 담대한 서부 여자로, 프랭크 데스먼드와 열렬한 사랑에 빠졌다. 프랭크 데스먼드는 헬렌의 아버지 ‘어라퍼호’ 그라임스의 개인 비서이자 신임하는 장래 사윗감이다. 어라퍼호는 재산이 25만 달러에 이르는 축산왕이며, 배경 그림으로 판단해 보건대 그 농장은 롱아일랜드의 배드랜즈 아니면 애머건셋에 있었다. 폴로 클럽 승마 바지에 가죽 각반을 찬 데스먼드(밥 하트 씨가 맡은)는 자기 집은 뉴욕에 있다고 말하는데, 그가 배드랜즈인지 애머건셋인지에 왜 왔는지 관객들은 궁금해진다. 축산업자가 왜 목장에 가죽 각반을 찬 비서를 두는지도 궁금증을 불러일으킨다.

인정을 하건 않건 우리 모두 그런 연극을 좋아한다는 것은 모두 잘 아는 사실이다. 그러니까 〈푸른 수염 2세〉와 러시아어로 하는 〈심벨린〉* 중간의 어떤 것이었다.

〈생쥐들의 놀이〉의 등장인물은 2.5명이었다. 하트와 체리가 2명이고, 0.5명은 무대 스태프가 연기하는 미미한 역할로 꼭 한 번 턱시도 차림에 당황한 얼굴로 등장해서 인디언들이 집을 둘러쌌다고 알린 뒤 관리자가 시킨 대로 벽난로의 가스 불을 끄는 게 전부다.

작품에서는 다른 여자—뉴욕 사교계의 멋쟁이—가 목장을 방문하는데, 그 여자는 잭 밸런타인**이 아직 돈을 잃지 않고 3번 가 남쪽 클럽에 드나드는 부자였을 때 그를 유혹한 전력이 있다. 이 여자는 무대에 사진으로만 등장한다. 잭이 그녀의 사진을 찍어 애머건셋인지 배드랜즈인지의 응접실 벽난로 선반에 두었다. 헬렌은 물론 질투했다.

이제 스릴러 부분이다. 아버지 '어라퍼호' 그라임스가 어느 날 밤 비서와 단둘이 있다가 협심증으로 죽는다. 그렇다고 헬렌이 각광脚光 너머로 우리에게 들으라는 듯 속삭여서 알려 준다. 그리고 그날 그가 동부에서 소 떼를 팔아서 번 현금 64만 7천 달러를 (목장) 서재에 두었다는 사실이 알려졌다. (우리가 먹는 스테이크 값이 그래서 비싼 것이다!) 그런데 그 현금도 없어졌다. (알려진 대로) 잭 밸런타인은 이 목장주가 숨을 거둘 때 그의 곁에 있던 유일한 사람이다.

"나는 그 사람을 사랑해요. 하지만 그 사람이 혹시라도……" 무슨 일인지 감이 올 것이다. 그런 뒤 뉴욕 여자에 대한 안 좋은 이야기가 나온다. 그 여자는 무대에 한 번도 등장하지 않지만 그걸 비난할 수 있을까?

*셰익스피어의 로맨스극.
**프랭크 데스먼드 배역의 바뀐 이름.

보드빌 연합이 연극표 가격을 내리는 바람에 돈이 많이 드는 하녀 대신 무대 사환이 여배우 등 뒤의 단추를 잠가 주는 이 시기에?

하지만 잠깐. 이제 절정 부분에 이른다. 헬렌 그라임스는 들풀처럼 질긴 여자지만 격심한 고통에 빠진다. 그녀는 잭 밸런타인이 사기꾼일 뿐 아니라 횡령범이라고 믿는다. 64만 7천 달러와 장티푸스 환자의 차트처럼 들쭉날쭉한 승마 바지를 입은 애인을 한꺼번에 잃으면 아무리 완벽한 여자라도 미쳐 버릴 것이다. 이윽고!

그들은 엘크 머리들로 장식된 (목장) 서재에 서 있고, (엘크회 사람들이 애머건셋에서 생선 튀김을 먹은 적이 한 번 있지 않나?) 대단원이 시작된다. 나는 이 연극에서 도입부가 끝나 가는 때를 빼면 이때가 가장 재미있다.

헬렌은 잭이 돈을 취했다고 생각한다. 달리 누가 있는가? 매표소 관리자는 자리를 지키고 있다. 악단은 자리를 떠나지 않았다. 누구도 스카이 테리어 개나 자동차로 재산을 증명하지 못하면 무대 문지기인 '올드 지미' 앞을 지나갈 수 없었다.

(아까 말했듯이) 격심한 고통에 빠진 헬렌이 잭 밸런타인에게 말한다. "강도, 도둑, 그리고 그보다 더 나쁜 배신자, 이게 당신의 운명이야!"

그 말을 하면서 그녀는 당연히 그 믿음직한 32구경 총을 꺼낸다.

"하지만 나는 자비를 베풀겠어." 헬렌이 말을 잇는다. "당신을 살려 줄 거야. 그게 당신이 받을 벌이야. 하지만 내가 얼마나 쉽게 당신을 죽일 수 있는지 지금 보여 줄 거야. 저 벽난로 선반에 그 여자 사진이 있어. 나는 당신의 비겁한 심장을 꿰뚫어야 할 총알로 저 여자의 아름다운 얼굴을 박살 내겠어."

그리고 그렇게 한다. 그리고 거기 가짜 탄알이나 세트 담당자가 당기는 줄 같은 것은 없다. 헬렌은 총을 쏜다. 총알—진짜 총알—은 사진의 얼굴을 관통한다. 이어 총알이 벽 속 미닫이 패널의 숨겨진 용수철을 치면서…… 이런! 패널이 밀려 열리고 사라진 64만 7천 달러가 지폐 더미와 금화 자루의 모습으로 나타난다. 훌륭하다. 우리 모두 그렇다는 것을 안다. 체리는 두 달 동안 하숙집 지붕에서 과녁을 놓고 연습했다. 사격 솜씨가 필요했다. 작품에서 그녀는 벽지에 덮여 패널 안에 숨은 지름 8센티미터짜리 놋쇠 원판을 맞혀야 했다. 그리고 매일 밤 정확히 똑같은 자리에 서야 했고, 사진도 똑같은 곳에 놓여야 했고, 그녀는 매번 확실하게 총을 쏘아야 했다.

말할 것도 없이 아버지 '어라퍼호'는 돈을 그 비밀 장소에 숨겨 두었던 것이다. 역시 말할 것도 없이 잭은 급료 말고는 아무것도 가져가지 않았다. (급료야말로 '부당 취득'이라고 할 만한 것인지 모르지만 그렇다고 대단한 것은 아니다.) 그리고 말할 것도 없이 뉴욕 여자는 뉴욕 브롱크스 구의 콘크리트 주택 건설업자와 약혼한 상태였고, 그리고 필연적으로 잭과 헬렌은 하프넬슨* 상태가 되었다. 그런 내용이다.

하트와 체리는 〈생쥐들의 놀이〉를 완벽하게 가다듬은 뒤 보드빌 극장에서 시험 공연을 했다. 작품은 대성공이었다. 극장을 홍수처럼 휩쓰는 보기 드문 역작이었다. 꼭대기석 손님들은 울었고, 악단석 손님들은 옷을 잘 차려입은 만큼 눈물 속을 헤엄쳤다.

시험 공연 이후 예약 대행사들이 백지수표를 가져와서 하트와 체리에게 만년필을 내밀었다. 일주일에 500달러의 계약이 성사되었다.

그날 밤 11시 30분에 밥 하트는 체리의 하숙집 문 앞에서 모자를 벗

---

*뒤에서 끌어안고 목을 조르는 레슬링 기술.

고 작별 인사를 했다.

"하트 씨." 체리가 심각하게 말했다. "잠깐 안에 들어올래요? 이제 목표를 이루고 돈을 벌 기회를 잡았으니 최대한 비용을 줄여서 최대한 많이 모아야 해요."

"맞아요." 밥이 말했다. "나한테도 중요한 일이에요. 체리 양은 저축 계획이 있어요. 나도 매일 밤 일본인 요리사가 있고 주변에 골치 아픈 사람 하나 없는 그 별장을 꿈꿉니다. 순 수령액을 늘려 주는 일이라면 무엇이든 관심이 있습니다."

"잠깐 안으로 들어오세요." 체리가 생각에 잠겨 다시 말했다. "우리 비용을 크게 줄여 주고, 하트 씨와 저의 미래 설계에 도움이 될 만한 방안이 하나 있어요. 우리의 사업 원칙에 따라서요."

〈생쥐들의 놀이〉는 뉴욕에서 10주간 흥행에 크게 성공했고 ─보드빌용 단막극치고는 아주 훌륭했다─ 이후 순회공연을 시작했다. 굳이 관심이 없는 사람도 작품이 2년 동안 견실한 인기를 유지했다는 것을 알수 있었다.

뉴욕 소재 키터 극장 한 곳의 관리자인 샘 패커드는 하트와 체리에대해 이렇게 말했다.

"변함없이 알차고 수준 높은 작은 팀이 순회공연에 나섰습니다. 공연예약 목록에서 그들의 이름을 보는 것은 즐거운 일입니다. 그들은 조용하고 성실합니다. 조니와 메이블 같은 허황됨도 없고, 직무를 정확히 수행하며, 일이 끝나면 바로 집으로 돌아가고 둘 다 아주 신사 숙녀답습니다. 나를 이렇게 덜 힘들게 하고 또 그 직업을 이토록 존경하게 만드는공연은 다시없을 것 같습니다."

그리고 이제 껍데기를 다 깨고 이야기의 핵심 알맹이를 전하겠다.

두 번째 시즌 말미에 〈생쥐들의 놀이〉는 뉴욕으로 돌아와 다시 한 번 옥상정원과 여름철 간이 극장에서 공연을 했다. 그들은 아무 어려움 없이 최고 가격에 공연 계약을 했다. 밥 하트는 별장 값을 거의 다 치렀고, 체리는 은행 통장이 너무 많아서 그걸 넣어 둘 책장을 할부로 구입했다.

당신이 믿지 않는다 해도 내가 강조하고 싶은 것은 무대에 서는 많은 사람이 목표를 향해 성실하게 노력하는 사람들이라는 것이다. 대통령이 되고 싶은 사람이나, 플랫부시*에 집을 마련하고 싶은 식품점 점원이나, 백작을 피해 왕자를 만나고 싶은 여자하고 똑같다. 그리고 내가 볼 때 그들은 수수께끼 같은 방식으로 놀라운 일을 해낼 때가 많다.

이야기를 마저 들어 보라.

뉴욕의 웨스트팔리아 극장에서 〈생쥐들의 놀이〉 첫 공연을 할 때 위노나 체리는 불안했다. 그녀가 벽난로 선반 위 뉴욕 미녀의 사진을 쐈을 때 총알은 사진을 뚫고 원반을 때리는 대신 밥 하트의 목 왼쪽 아래로 들어갔다. 총알이 그리 올 것을 예상하지 못한 하트는 깔끔하게 쓰러졌고, 체리는 예술적으로 기절했다.

관객들은 자신들이 본 것이 비극이 아니라 주인공들의 결혼이나 화합으로 끝나는 희극이라 짐작하고 열렬한 박수갈채를 보냈다. 언제나 그런 자리를 빛내 주는 냉정한 관계자가 종을 울려 커튼을 내렸고, 두 개 조의 무대장치 인부들이 하트와 체리를 각기 따로 무대 밖으로 조심스레 옮겼다. 다음 코너가 돌아갔고, 모든 것이 유쾌하게 흘러갔다.

*뉴욕 시 브루클린 구의 한 지역.

인부들이 무대 입구에 가보니 젊은 의사 한 명이 아메리칸 뷰티 장미 달인 물을 들고 환자를 기다리고 있었다. 의사는 하트를 주의 깊게 검진한 뒤 웃었다.

"큰일은 아니에요." 그가 내린 진단이었다. "총알이 왼쪽으로 5센티미터만 더 갔어도 경동맥을 플랫부시의 레드 프런트 약국까지 날려 보냈을 겁니다. 하지만 소품 담당자에게 여자들 옷에서 레이스를 찢어 달라고 해서 상처에 묶고 집에 가서 하트 씨 동네의 가내 개업의에게 처치 받으면 아무 문제 없을 거예요. 저는 바깥에 중환자가 기다리고 있어서 이만 가봐야겠습니다."

그러고 나자 밥 하트는 기분이 나아졌다. 그가 누워 있는 곳에 유랑 곡예사 빈센트가 왔다. 빈센트는 버몬트 주 브래틀버러 출신의 엄숙한 남자로, 고향에서는 샘 그리그스라 불리며 어느 도시에서 공연하건 고향의 어린 두 딸에게 장난감과 메이플 시럽을 보냈다. 빈센트는 하트와 체리와 함께 순회공연을 한 유랑 길의 친구였다.

"밥." 빈센트가 예의 심각한 목소리로 말했다. "큰일 아니라니 다행이야. 그런데 그 조그만 아가씨가 자네한테 완전히 미쳐 있는걸."

"누구?" 하트가 물었다.

"체리 말이야." 빈센트가 말했다. "자네 상태가 어떤지 몰라서 자네 옆에 못 가게 했거든. 관리자하고 여자 세 명이 붙잡고 있어."

"사고였는걸." 하트가 말했다. "체리는 괜찮아. 오늘 컨디션이 별로 안 좋았어. 안 그랬으면 그랬을 리 없지. 나쁜 감정 같은 건 없어. 체리는 철저히 사업적이야. 의사 말로 사흘이면 다시 공연에 복귀할 수 있대. 걱정 말라고 해."

"이봐, 친구." 샘 그리그스가 주름진 얼굴을 찌푸리고 말했다. "자네는 체스 기계야 아니면 무통각증 환자야? 체리는 자네 때문에 심장이 터져라 울고 있어. 쉴 새 없이 '밥, 밥' 하면서. 자네한테 못 오게 사람들이 붙들고 있다니까."

"체리가 왜 그러지?" 하트가 눈을 크게 뜨고 물었다. "연극은 사흘 뒤면 다시 할 수 있어. 큰 부상이 아니라고 의사가 말했어. 사흘이면 일주일의 반도 안 되니까 수입에도 큰 손실이 없어. 사고였다는 거 알아. 왜 그러는지 모르겠네."

"자네는 눈이 멀었거나 바보인 게 분명해." 빈센트가 말했다. "체리는 자네를 사랑하고 자네가 다쳐서 괴로운 거야. 체리가 왜 그러냐고? 체리가 자네한테 아무것도 아니야? 자네를 얼마나 간절하게 부르는지 그 목소리를 들려주고 싶군."

"체리가 날 사랑해?" 밥 하트가 몸을 눕혔던 무대장치 위에서 몸을 일으키면서 물었다. "체리가 나를 사랑해? 말도 안 돼."

"체리가 자네를 부르는 목소리를 들려주고 싶다니까."

"하지만 말도 안 돼." 밥 하트가 일어나 앉으며 말했다. "불가능해. 그런 일은 꿈에도 생각해 본 적 없어."

"그건 누구도 착각할 수 없어." 유랑 곡예사가 말했다. "체리는 자네를 열렬하게 사랑해. 어떻게 그렇게 눈치가 없을 수 있지?"

"맙소사." 밥 하트가 일어서면서 말했다. "늦었어. 이제 늦었어. 샘, 이제 늦었어. 불가능해. 자네가 착각한 거야. 불가능해. 오해가 있어."

"자네를 부르며 운다니까." 유랑 곡예사가 말했다. "자네에 대한 사랑 때문에 세 사람과 싸우고 있고, 자네 이름을 열렬하게 외쳐서 사람들이 막을 못 올리고 있어. 정신 차려, 친구."

"나에 대한 사랑 때문에?" 밥 하트가 눈이 휘둥그레져서 말했다. "하지

만 아까 말했듯이 늦었어. 너무 늦었어, 친구. 체리하고 나는 2년 전에 결혼
했는걸!"

시인과 농부

The Poet and the Peasant

평생 동안 자연과 밀접하게 교류하며 산 내 시인 친구 한 명이 언젠가 시를 한 편 써서 편집자에게 가져다주었다.

그것은 들판의 꾸밈없는 숨결과 새들의 노래, 시냇물의 유쾌한 조잘거림이 가득한 생생한 전원시였다.

시인이 시가 어떤 평가를 받았는지 궁금해서 저녁으로 비프스테이크를 먹을 것을 기대하며 편집자를 다시 찾아갔더니, 편집자는 이런 평가와 함께 작품을 돌려주었다.

"너무 인공적입니다."

그 후 우리 친구 몇몇이 스파게티와 더치스 카운티 산 키안티 포도주를 앞에 놓고 만나서 미끈거리는 포크로 분노를 집어삼켰다.

거기서 우리는 그 편집자를 골탕 먹이기로 했다. 우리 중에 성공한 소설가 코넌트가 있었다. 그는 평생토록 아스팔트를 밟았고, 목가적인 풍경은 특급열차 창밖으로 짜증스레 바라본 것이 전부였다.

코넌트가 시를 한 편 써서 제목을 '사슴과 개울'이라고 지었다. 꽃구경이라고는 꽃집 창문 앞까지밖에 가본 적 없고, 새와 관련된 이야기는 식당에서 닭 요리를 주문할 때뿐인 시인이 쓸 법한 견본 같은 시였다. 코넌트는 시에 서명을 해서 바로 그 편집자에게 보냈다.

하지만 이것은 본래 이야기와 별로 상관이 없다.

다음 날 아침 편집자가 그 시의 첫 줄을 읽을 때, 어떤 이가 웨스트쇼어 여객선에서 비틀거리며 내려오더니 천천히 42번로로 들어섰다.

그 침입자는 연청색 눈동자의 젊은이였다. 입술은 튀어나왔고 머리칼 색깔은 블레이니* 씨의 연극에 나오는 (나중에 백작의 딸로 밝혀지는) 어린 고아와 똑같았다. 바지는 코르덴이고 외투는 반소매였으며, 등 뒤 중앙에 단추가 있었다. 바지 한 자락은 길쭉한 구두 목 안으로 들어가 있었다. 사람들은 밀짚모자를 보고 귓구멍을 찾아보았지만 ―모자의 이전 주인이 말이었던 것 같다는 의심이 일었기에― 실패했다. 젊은이의 손에는 여행 가방이 있었는데, 그 모양을 설명하기는 불가능하다. 보스턴 사람이라면 거기 도시락과 법률 서적을 넣고 출근하지 않을 것이다. 그리고 한쪽 귀 위쪽, 머리카락 틈에 지푸라기가 있었다. 그것은 시골뜨기의 신용장, 순수함의 기장, 겉만 번지르르한 이들에게 수치를 안겨 주기 위해 마지막으로 남아 있는 에덴동산의 흔적이었다.

도시의 군중은 알겠다는 미소를 짓고 그의 곁을 지나갔다. 촌뜨기 방문객은 길가에 서서 목을 빼고 고층 건물을 바라보았다. 그러자 군중은

*미국의 연극인으로 추측되나 누구인지는 확실치 않다.

미소를 멈추었고 그에게 눈길을 던지는 일조차 하지 않았다. 그런 일은 아주 자주 있었다. 몇몇 사람은 그의 낡은 여행 가방을 보고 코니 아일랜드의 어떤 놀이 시설이나 어떤 상표의 껌이 그의 기억 속으로 떠들썩하게 들어갈까 생각했다. 하지만 대체로 그는 무시당했다. 그가 서커스 광대 같은 동작으로 허둥지둥 승합차와 전차를 피할 때 신문 판매소 점원들조차 식상하다는 표정을 지었다.

8번 가에 콧수염을 염색하고 선량한 눈을 반짝이는 '야바위 해리'가 서 있었다. 해리는 예술적 안목이 뛰어났기에 배우의 과장된 연기를 보면 큰 고통을 받았다. 그가 보석상 창문 앞에 입을 벌리고 서 있는 촌사람에게 다가가서 고개를 저었다.

"너무 심하군, 친구." 그가 날카롭게 말했다. "너무 심해. 자네 분야가 뭔지는 모르겠지만 소도구가 지나쳐. 그 지푸라기…… 그런 건 이제 프록터 순회공연에서도 쓰지 않아."

"무슨 말씀이신지요?" 풋내기가 말했다. "저는 서커스를 찾는 게 아니에요. 건초 작업이 끝나서 얼스터 카운티에서 뉴욕 시를 구경하러 왔어요. 그런데! 여긴 정말 어처구니없이 크네요. 퍼킵시가 아주 큰 도시라고 생각했어요. 하지만 여기는 그 다섯 배는 되네요."

"아, 그렇군." '야바위 해리'가 눈썹을 치켜 올리며 말했다. "끼어들 생각은 아니었어. 굳이 말 안 해도 돼. 나는 그저 과장이 지나치다고 생각했고, 그걸 알려 주려고 한 거야. 하는 일이 뭔지 몰라도 성공을 빌겠어. 가서 술이나 한잔 하지."

"라거 맥주 한 잔 정도면 좋습니다." 상대가 말했다.

그들은 얼굴이 매끈하고 눈빛이 불안한 사람들이 드나드는 카페에 가서 술잔을 앞에 놓고 앉았다.

"만나서 반갑습니다." 밀짚 머리 청년이 말했다. "세븐업 카드놀이를 청해도 될까요? 저한테 카드가 있어요."

그는 노아의 방주 시절에 만든 것 같은 여행 가방에서 카드를 꺼냈다. 베이컨 기름과 옥수수밭 흙으로 얼룩진, 아주 희귀하고도 도무지 흉내낼 수 없는 카드였다.

'야바위 해리'는 크고 짧게 웃었다.

"아냐, 친구." 그가 확고하게 말했다. "자네 연기에는 반대하지 않아. 하지만 그래도 조금 지나쳐. 루브 극단도 79년 이후로는 그렇게 입지 않았어. 그런 복장으로는 브루클린에서 태엽 시계 하나 구할 수 없어."

"아, 제가 돈이 없다고 생각하지는 마세요." 밀짚 머리 청년이 우쭐해하며 말했다. 그러고는 종잇조각인지 지폐인지를 돌돌 만 두툼한 다발을 꺼내서 탁자에 올려놓았다.

"할머니 농장을 팔고 내 몫으로 받은 돈이에요." 그가 말했다. "모두 950달러예요. 뉴욕에 와서 할 만한 사업을 알아봐야겠다 생각했어요."

'야바위 해리'는 돈다발을 집어 들고는 미소 띤 눈에 거의 존경 비슷한 표정을 짓고 바라보았다.

"물론 자네가 최악이라는 건 아냐." 그가 비판적으로 말했다. "하지만 그런 옷으로는 성공 못 해. 그런 엉터리 소품에서 벗어나려면 갈색 구두, 검은 정장, 색띠 두른 밀짚모자를 구하고, 피츠버그에 대해 그리고 운임 차이에 대해 이야기를 많이 하고, 아침 식사 때 셰리 주를 마셔야 해."

"뭐하는 친구야?" 밀짚 머리가 무시당한 돈을 챙겨서 떠나자 눈빛이 흔들리는 '야바위 해리'의 친구 두세 명이 물었다.

"얼치기 같아." 해리가 말했다. "아니면 제롬의 부하거나 신종 사기범. 그런데 너무 촌뜨기야. 아마 그…… 지금 보니까…… 아냐, 진짜 돈이었을 리가 없어."

밀짚 머리는 계속 돌아다녔다. 갈증이 다시 습격했는지 그는 골목길의 어두운 선술집에 들어가서 맥주를 샀다. 바 끝에 몇몇 음험한 사람들이 어슬렁거렸다. 그를 보자 사람들 눈이 반짝였다. 하지만 그가 계속 과장된 촌티를 보이자 그들의 표정은 의심으로 바뀌었다.

밀짚 머리는 여행 가방을 바 위로 넘겼다.

"이걸 보관해 줘요." 그가 독한 황갈색 시가 끝을 씹으며 말했다. "잠깐 나갔다 올게요. 잘 지켜야 돼요. 안에 950달러가 들었거든요. 내 모습을 보면 거짓말이라고 생각할지도 모르겠지만."

바깥 어딘가에서 축음기가 악단의 음악을 틀었고, 밀짚 머리는 단추 달린 외투 꼬리를 등 위로 펄럭이며 음악을 들으러 나갔다.

"나눠 가질까, 마이크?" 바에 매달린 사람들이 서로 대놓고 눈짓을 주고받으며 말했다.

"설마 내가 저치한테 속아 넘어갈 거라고 생각하는 건 아니겠지?" 바텐더가 여행 가방을 한쪽으로 차 넣으며 말했다. "저치가 얼간이가 아닌 건 누구라도 알 수 있어. 매커두의 야바위 일당 같아. 혼자 저렇게 꾸며냈다면 장난치는 거지. 농촌 지역 우편제도가 로드아일랜드 주 프로비던스까지 확대된 뒤로 이제 시골 사람들도 저런 옷을 입지 않아. 저 가방에 있다는 950달러는 9시 50분에 멈춘 98센트짜리 워터베리 시계일 거야."

밀짚 머리는 에디슨 씨의 발명품을 다 즐기고 돌아와서 여행 가방을 되찾았다. 그런 뒤 브로드웨이를 돌아다니며 파란 눈으로 여기저기를 열심히 구경했다. 하지만 브로드웨이는 계속 가벼운 눈길과 조롱하는 웃음으로 그를 거절했다. 그는 뉴욕이 허용하는 가장 오래된 '농담'이었다. 시골 마당이나 건초 밭, 보드빌 무대에서도 그토록 별난 날조품은 볼 수 없을 만큼 그의 모습은 과장되게 촌스러워서, 가는 곳마다 싫증과 의심만 불러일으켰다. 머리의 지푸라기도 진짜처럼 너무 생생하고 풀 향기 강하고 농촌색이 요란해서, 길거리 야바위꾼도 그를 보면 영업 탁자를 접었을 것이다.

밀짚 머리는 돌계단에 앉아 다시 한 번 여행 가방에서 뒷면이 노란 지폐 다발을 꺼냈다. 그리고 맨 겉에 있는 20달러짜리를 빼내서 신문 판매 소년을 불렀다.

"얘야, 아무 데나 가서 이걸 잔돈으로 바꿔다 주렴. 잔돈이 다 떨어져 가는구나. 빨리 갔다 오면 5센트를 주마."

소년의 지저분한 얼굴이 당황한 표정을 지었다.

"그럴 거 없어! 가서 그 멍청한 돈을 바꿔 오라니까. 너는 시골 옷을 입지 않았잖아. 그 가짜 돈을 가지고 얼른 가."

길모퉁이에서 예리한 눈의 도박장 호객꾼이 어슬렁거렸다. 그는 밀짚 머리를 보더니 표정이 차갑고 고상해졌다.

"뭐 좀 물읍시다." 시골뜨기가 말했다. "이 도시에 세븐업 게임이나 키노 게임을 할 만한 곳이 있다고 들었습니다. 저는 가방에 950달러가 있고, 얼스터에서 관광을 왔습니다. 9달러나 10달러로 도박을 할 만한 데를 아시나요? 조금 놀고 나서 사업을 알아볼까 생각 중입니다."

호객꾼은 얼굴을 찌푸리더니 왼손 검지 손톱의 흰 반점을 유심히 들여다보았다.

"그만하지." 그가 나무라듯 중얼거렸다. "그런 시골뜨기 복장으로 사람을 보내다니 경찰이 미쳤나 보군. 그런 토니 패스터* 같은 복장으로는 두 블록을 걸어도 한 게임도 안 끼워 줘. 엘리자베스 시대를 재생하는 거라면 데스밸리의 스코티 씨**가 그쪽을 멀찌감치 따돌렸어. 그러니 조용히 떠나 주시오. 나는 경찰차를 부르고 싶어 하는 도박장은 한 군데도 모르니까."

밀짚 머리 청년은 가짜를 너무도 빨리 감지하는 대도시에 다시 한 번 퇴짜를 당한 채 보도 경계석에 앉아 생각에 잠겼다.

"아무리 봐도 내 옷이 문제야." 그가 말했다. "여기 사람들은 내가 촌뜨기로 보이니까 상대하려 들지도 않아. 얼스터 카운티에서는 아무도 이 모자를 비웃지 않았어. 뉴욕에서 사람들의 인정을 받으려면 뉴욕 사람들처럼 입어야 될 같아."

그래서 밀짚 머리는 쇼핑을 하러 시장에 갔다. 그곳 남자들은 콧소리로 말을 하고 두 손을 비벼 댔으며, 치수를 잴 때는 그의 불룩한 안주머니 위로 줄자를 두르며 —실제로 안주머니 안에 든 것은 줄 수가 짝수인 옥수수였다— 기뻐했다. 꾸러미와 상자를 든 심부름꾼들이 롱에이커***의 빛이 비치는 브로드웨이의 호텔로 밀물져 들어왔다.

저녁 9시에 얼스터 카운티는 알아보지 못할 한 사람이 거리로 나왔다. 그의 구두는 밝은 갈색이었다. 모자는 최신 디자인이었다. 연회색 바지에는 주름이 선명하게 잡혀 있었다. 우아한 영국식 반코트 윗주머니에는 밝은 청색 손수건이 살짝 늘어져 있었다. 옷깃은 세탁소 창문에 걸려 있던 것 같았다. 금발 머리는 짧게 잘리고 지푸라기는 사라지고 없었다.

그는 잠시 여유롭게 서서 머릿속으로 저녁 여흥 코스를 계획했다. 그

---

*미국 보드빌의 아버지로 불리는 공연자.
**데스밸리에 금광이 있다고 속인 사기꾼 월터 스콧을 말한다.
***현 타임스 스퀘어.

런 뒤 백만장자의 느긋한 걸음으로 유쾌한 거리를 걸어갔다.

하지만 그가 멈춰 선 순간, 그 도시에서 가장 똑똑하고 예리한 눈들이 그를 포착했다. 잿빛 눈동자의 뚱뚱한 남자가 눈썹을 추켜올려 호텔 앞을 어슬렁거리는 친구들 가운데 두 명을 골라서 말했다.

"지난 6개월 동안 저렇게 돈이 보이는 친구는 처음이야. 따라와."

11시 반이 지났을 때 웨스트사이드 47번로 경찰서로 한 남자가 뛰어들어서 자신이 당한 부당 행위를 고발했다.

"950달러, 할머니 유산 전부예요." 그가 숨을 헐떡였다.

당직 경찰은 그가 얼스터 카운티 소재 로커스트 밸리 농장의 자베즈 불텅이라는 사실을 알아내고, 폭력배들의 인상착의를 기록했다.

코넌트가 시의 운명을 알아보러 편집자를 찾아가자 그는 곧장 사환 소년 앞을 지나서 로댕과 J. G. 브라운의 소형 조각상이 있는 안쪽 방으로 인도되었다.

"「사슴과 개울」의 첫 줄을 읽었을 때," 편집자가 말했다. "평생토록 자연과 깊은 교감을 나누고 살아온 사람의 작품이라는 걸 알았습니다. 세련된 시 작법도 그 사실을 가리지 못했습니다. 소박한 비유를 하자면 숲과 들판에서 거칠 것 없이 살던 아이가 멋쟁이 옷을 입고 브로드웨이를 걷는 것 같은 느낌입니다. 그 옷을 입은 사람의 실제 모습이 아주 잘 드러나 보입니다."

"고맙습니다." 코넌트가 말했다. "언제나처럼 목요일에 수표를 기다리겠습니다."

이 이야기에는 두 가지 교훈이 섞여 있다. '농장을 떠나지 마라'와 '시를 쓰지 마라' 중에서 마음에 드는 것으로 선택하라.

인생은 연극
The Thing's the Play

며칠 전에 나는 무료 입장권을 두어 개 가지고 있는 신문기자와 함께 어느 인기 보드빌 극장의 저녁 공연을 보러 갔다.

공연 목록 가운데 외모가 특이한 한 남자의 바이올린 독주가 있었다. 마흔을 갓 넘긴 것 같았지만, 숱 많은 머리가 꽤 희끗희끗했다. 나는 음악에는 별 취미가 없기에 건성으로 들으며 그 남자만 유심히 살펴보았다.

"한두 달 전에 저 남자에 대해 취재해서 기사를 쓰라고 하더군." 기자가 말했다. "특별 기사로, 가볍고 재미있게 쓰라고 했어. 우리 사장은 내가 쓰는 유쾌한 분위기의 지역 기사를 좋아하는 것 같아. 그래, 내가 지금 익살극을 쓰고 있기는 해. 어쨌건 나는 극장에 가서 자세한 사정을 들었어. 하지만 기사를 쓰는 데는 실패했지. 대신 이스트사이드의 한 장례식에 관한 재미난 기사를 제출했어. 왜냐고? 아, 내 그물로는 도저히 거기서 유머를 잡아 올릴 수 없었거든. 어쩌면 자네가 저 남자의 이야기를 단막 비극으로 써서 보드빌 공연 도입부에 상연할 수 있을지도 모르겠군. 자세한 사연을 일러 주지."

공연이 끝난 뒤 내 기자 친구는 뷔르츠부르거 포도주를 앞에 놓고 그 남자의 이야기를 해주었다.

"이해가 안 되는걸." 친구가 이야기를 마치자 내가 말했다. "그게 왜 재미있는 이야깃거리가 안 된다고 생각한 거지? 그 세 사람이 벌인 일은 무대 위에서 벌어지는 일들보다도 더 황당해. 어쨌거나 내가 볼 때는 안타깝게도 무대는 세상이고, 모든 배우는 그저 남자와 여자일 뿐이거든.* 나는 '인생은 연극'이라는 셰익스피어의 말도 자주 인용하지."

"그럼 자네가 한번 써봐." 기자가 말했다.

"그러지." 내가 말했고, 실제로 그것이 신문의 유머 칼럼이 될 수 있다는 것을 보여 주기 위해 이 글을 썼다.

애빙던 광장 근처에 집이 한 채 있다. 1층에는 25년 동안 장난감과 잡화와 학용품을 팔아 온 문구점이 있다.

20년 전 어느 날 밤, 그 문구점 위층 살림집에서 결혼식이 열렸다. 그 집의 주인은 문구점 주인이기도 한 과부 메이오 부인이었다. 부인의 딸 헬렌이 프랭크 배리와 결혼했다. 존 덜레이니가 신랑 들러리였다. 헬렌은 열여덟 살이었고, 그녀의 사진은 조간신문에 몬태나 주 뷰트 출신의 '여자 살인마' 기사 옆에 실린 적이 있다. 하지만 그 두 가지가 아무 상관이 없다는 걸 눈과 이성으로 확인한 뒤에 확대경을 들고 보면, 그녀가 로어

---

*셰익스피어의 연극 『뜻하는 대로』에 나오는 '세상은 무대고, 모든 남자와 여자는 그저 배우일 뿐'이라는 대사를 거꾸로 표현한 것.

웨스트사이드 지역 최고 미인 대회 출연자라는 설명을 읽을 수 있다.

프랭크 배리와 존 덜레이니 역시 같은 지역의 최고 미남이자 죽마고 우였고, 사람들은 막이 오를 때마다 그들이 서로 맞서는 것을 예상한다. 악단석 자리와 소설책을 사는 사람들이 대개 그런다. 바로 이 점이 이 이야기에서 가장 먼저 등장하는 재미난 부분이다. 프랭크와 존은 둘 다 헬렌의 마음을 얻으려고 많은 노력을 했다. 프랭크가 승리하자 존은 악수를 하며 친구를 축하했다. 정말로 그렇게 했다.

결혼식이 끝나자 헬렌은 모자를 가지러 위층으로 올라갔다. 결혼식은 여행복 차림으로 치렀다. 그녀와 프랭크는 일주일 동안 올드 포인트 컴퍼트로 여행을 떠날 예정이었다. 아래층에서는 늘 모이는 수다스러운 세입자 무리가 짧은 부츠와 옥수수 봉투를 들고서 기다리고 있었다.

그때 비상계단이 덜그럭거리더니, 분별 잃은 존 덜레이니가 젖은 곱슬머리를 이마에 늘어뜨린 채 헬렌의 방으로 뛰어들었다. 그는 잃어버린 사랑에게 격렬하고 고약한 행동을 한 뒤 자신과 함께 리비에라나 브롱크스나 아니면 이탈리아 하늘과 돌체 파르 니엔테*가 있는 곳으로 달아나자고 간청했다.

헬렌이 그를 격렬하게 거부하는 모습을 보았으면 블레이니**도 뿌듯했을 것이다. 그녀는 경멸의 눈빛으로, 점잖은 사람에게 무슨 의도로 그런 말을 하느냐고 물어 그를 위축시켰다.

잠시 후 그녀는 그에게 나가라고 했다. 그를 사로잡았던 남자다움이 사라지자 그는 고개를 깊이 숙이고 '억누를 수 없던 충동'이니 '평생 가슴속에 간직할 기억'이니 어쩌니 하는 말을 했고, 그녀는 당장 비상계단

*이탈리아어로 '달콤한 게으름'이라는 뜻.
**286쪽의 각주 참조.

으로 내려가라고 말했다.

존 델레이니는 말했다. "나는 세상 끝으로 떠날 겁니다. 당신 곁에서 당신이 다른 사람의 여자인 것을 견디며 살 수는 없어요. 나는 아프리카로 갈 겁니다. 거기서 다른 풍경들을 보며……"

"당장 나가요. 누가 오면 어떻게 해요." 헬렌이 말했다.

그는 한쪽 무릎을 꿇었고, 그녀는 그가 작별의 키스를 할 수 있도록 하얀 손을 내밀었다.

여자들이여, 위대한 아기 신 큐피드의 이런 정선된 선물을 받은 적이 있는가? 자신이 원하는 남자는 확고하게 손에 넣고, 원하지 않는 남자는 이마에 젖은 머리를 늘어뜨린 채 찾아와서 무릎을 꿇고 아프리카가 어쩌고 이 모든 시련에도 가슴속에 영원히 피어 있을 사랑이 어쩌고 하고 말하는 일을? 자신이 지닌 힘을 알고, 자신의 행복이 확고하다는 데 달콤함을 느끼는 일, 상심한 이를 외국 땅으로 보내는 일, 그리고 그가 자기 손등에 마지막 키스를 할 때 손톱이 잘 손질되어 있는 일. 여자들이여, 이 마지막 사실은 아주 멋진 일이니 대충 넘기지 마라.

그런 뒤 —당신들은 어떻게 알았는가?— 물론 문이 열리더니, 모자를 쓰는 데 왜 이렇게 시간이 오래 걸리는지 답답해하던 신랑이 들어온다.

작별의 키스는 헬렌의 손에 새겨져 있고, 존 델레이니는 창밖으로 나가 비상계단을 달려간다. 아프리카를 향해.

느린 음악 —가녀린 바이올린과 희미한 클라리넷, 그리고 첼로— 을 떠올려 보자. 그리고 장면을 상상해 보자. 분노한 프랭크가 상처 입은 남자의 비명을 외친다. 헬렌은 달려가서 그에게 매달린 채 자초지종을 설명하려 한다. 그는 그녀의 손을 어깨에서 잡아뗀다. 한 번, 두 번, 세 번 그녀를 이리저리 흔든 뒤 —방법은 무대 감독이 정할 것이다— 바닥으로 밀치고 그녀는 쓰러져서 신음한다. 그는 다시는 당신 얼굴을 보지 않겠노라고 소리치고 집 밖으로 나가 놀라서 바라보는 손님들을 뚫고 달려간다.

그리고 이것은 연극이 아니라 인생이기 때문에, 이제 관객은 진짜 세상의 대기실로 들어가서 20년 후에 다시 막이 오를 때까지 결혼하고 나이 들고 부유해지거나 가난해지고 행복해지거나 슬퍼진다.

배리 부인은 문구점과 집을 물려받았다. 서른여덟 살이지만 미인 대회에 나간다면 열여덟 살 소녀들을 세부 점수와 최종 결과에서 모두 이길 수 있었다. 결혼식 날의 소동을 기억하는 사람은 별로 없었지만 그녀는 그것을 굳이 감추지 않았다. 그렇다고 특별히 보존 처리해 두지도 않았고 잡지에 팔지도 않았다.

어느 날 그 문구점에서 법률 용지와 잉크를 사던 잘나가는 중년 변호사가 카운터 앞에 서서 그녀에게 청혼했다.

"정말 감사합니다." 헬렌이 상냥하게 말했다. "하지만 저는 20년 전에 결혼했어요. 남자라기보다는 어린애였지만 여전히 그 사람을 사랑해요. 결혼식 끝나고 30분 지난 뒤로 다시는 그 사람을 보지 못했죠. 원하시는 게 복사용 잉크인가요 아니면 필기용 잉크인가요?"

변호사는 카운터 위로 예스럽고 정중하게 고개를 숙이고 그녀의 손등에 존경의 키스를 남겼다. 헬렌은 한숨을 쉬었다. 이별의 절은 아무리 낭만적이라고 해도 과도해 보였다. 그녀는 서른여덟이지만 여전히 아름다운 흠모의 대상이었다. 그런데 그녀가 구혼자들에게서 받는 것은 비난과 작별뿐인 것 같았다. 그리고 지금 이 사례에서는 더욱 안타깝게도 고객마저 잃었다.

문구점 장사가 시들해지자, 그녀는 '세입자 구함'이라는 광고를 내걸었다. 3층의 큰 방 두 개가 바람직한 세입자를 맞을 준비를 갖추었다. 세입자들은 왔다가 안타까워하며 떠났다. 배리 부인의 집은 깔끔하고 안락하고 품위 있는 거처였기 때문이다.

어느 날 바이올리니스트 라몬티가 와서 3층의 앞방을 계약했다. 맨해튼 북부의 불화와 소란은 그의 섬세한 귀에 불편했다. 그래서 한 친구가 그를 소음의 사막에 자리한 이 오아시스로 보냈다.

라몬티는 아직도 젊음이 남은 얼굴, 짙은 눈썹, 짧고 뾰족하고 외국인 같은 갈색 턱수염, 숱 많은 반백 머리에 예술적 기질—가볍고 명랑하고 인정 많은 태도—을 지녔고, 애빙던 광장 옆 낡은 집은 그를 세입자로 반갑게 맞아들였다.

헬렌은 문구점 위층에 살았다. 그 집은 구조가 특이했다. 현관 홀이 아주 널찍하고 거의 정방형이라서 방으로 쓸 수 있었다. 그 방 한쪽 면 전체를 가로질러서 개방형 계단이 위층으로 이어졌다. 헬렌은 이 방을 응접실 겸 사무실로 꾸미며, 책상을 두고 업무 편지를 썼다. 저녁이면 따뜻한 난로와 붉은빛의 밝은 등불 앞에서 바느질을 하거나 책을 읽었다. 라몬티는 그곳의 분위기를 아주 좋아해서 거기서 많은 시간을 보내며, 배리 부인에게 자신이 파리에서 악명 높고 시끄러운 선생에게 바이올린을 배울 때 겪은 신기한 일들을 이야기해 주었다.

이어 2번 세입자가 온다. 사십대 초반의 우수에 젖은 미남으로, 수수께끼 같은 갈색 턱수염을 기르고 두 눈은 기이할 만큼 간절한 빛을 띠고 있었다. 그도 헬렌과 어울리기를 좋아했다. 그는 로미오의 눈과 오셀로의 혀로 먼 나라들의 매혹적인 이야기를 해주며, 정중하고 은근한 애정의 말을 덧붙였다.

처음부터 헬렌은 그 남자와 함께 있는 일에 불가사의하고도 강렬한 기쁨을 느꼈다. 그의 목소리를 들으면 젊은 날의 낭만이 되살아났다. 그 느낌이 점점 커지자 그녀는 거기 굴복했고, 그러자 그가 그 낭만의 한 요소였다는 직감적인 믿음이 생겼다. 그런 뒤 여자의 추론으로 (그렇다, 여자도 때로는 추론한다) 일반적 연역과 이론과 논리를 뛰어넘어 남편이 자신에게 돌아왔다고 믿었다. 그의 눈에서 사랑과 —여자라면 이것을 착각할 수 없다— 수천 톤의 후회와 회한을 보았기 때문이다. 그것은 연민을 불러일으켰고, 연민은 위험하게도 사랑의 보답에 아주 가까우며, 사랑의 보답은 인간이 지은 집의 필수 요소다.

하지만 그녀는 아무런 내색을 하지 않았다. 남편이 20년 만에 모퉁이를 돌아 집에 돌아온다면 자기 슬리퍼가 가지런히 놓여 있고, 성냥이 시가 옆에 얌전히 준비되어 있기를 기대해서는 안 된다. 속죄와 설명, 가능하다면 통렬한 자책까지 있어야 한다. 그런 뒤 정말로 겸허하다면 얼마간의 속죄를 한 뒤에 하프와 왕관을 받을 수 있다. 그래서 그녀는 자신이 알거나 의심한다는 내색을 하지 않았다.

그런데 내 기자 친구는 이 이야기에 재미있는 점이 없다고 한 것이다! 기절할 듯이 재미있고 환상적으로 웃기는 이야깃감을 찾는 친구가 말이다. 하지만 더 이상 친구를 흠잡지는 않겠다. 이야기를 계속하자.

어느 날 저녁 라몬티가 헬렌의 사무실 겸 접견실에 들러서 들뜬 예술가의 애정과 열정을 담아 사랑을 고백했다. 그의 말은 몽상가이자 행동가인 남자의 심장에서 빛나는 천상의 밝은 불길이었다.

"하지만 대답을 듣기 전에 먼저," 그는 그녀가 갑작스러운 고백을 비난하기 전에 말을 이었다. "내가 당신에게 알려 줄 수 있는 이름은 '라몬티' 뿐이라는 걸 말해야겠습니다. 이 이름은 매니저가 붙여 준 이름입니다. 나는 내가 누구인지 고향이 어디인지 모릅니다. 병원에서 눈을 뜬 기억이 내 인생의 첫 기억입니다. 그때 나는 젊었고, 몇 주 동안 입원해 있었습니다. 이전의 인생은 알 길이 없습니다. 사람들은 머리를 다쳐서 길에 쓰러져 있는 나를 구급차로 실어 왔다고 말했습니다. 아마 넘어져서 돌멩이에 머리를 찧은 것 같다더군요. 내가 누구인지를 알려 주는 단서는 아무것도 없었습니다. 나도 기억해 내지 못했고요. 퇴원한 뒤 나는 바이올린을 배웠습니다. 그리고 성공했죠. 배리 부인, 이 이름 말고 당신의 다른 이름은 전혀 모르지만 분명한 건 내가 당신을 사랑한다는 겁니다. 부인을 처음 보았을 때 나는 당신이 이 세상이 내게 점지해 준 유일한 여자라는 걸 알았습니다. 그리고……" 아, 그 비슷한 여러 가지 이야기를 했다.

헬렌은 다시 젊음을 느꼈다. 자부심의 물결과 허영심의 달콤한 전율이 밀려들었다. 이어 라몬티의 눈을 보자, 커다란 박동이 그녀의 심장을 꿰뚫고 지나갔다. 전혀 예상하지 못했던 그 박동에 그녀는 깜짝 놀랐다. 음악가가 자기 인생의 중요한 요소가 되어 있었음을 미처 의식하지 못하고 있었던 것이다.

"라몬티 씨." 그녀가 슬프게 말했다. (이것은 무대 위가 아니라 애빙던 광장 근처의 오래된 집에서 벌어진 일이라는 걸 잊지 말자.) "정말 죄송합니다만 저는 결혼한 여자입니다."

그리고 그녀는 자기 인생의 슬픈 사연을 이야기했다. 여주인공이라면 으레 극장 관리자에게든 기자에게든 그런 이야기를 한다.

라몬티는 그녀의 손을 잡고 깊이 고개 숙여 거기 키스를 한 뒤 자기 방으로 올라갔다.

헬렌은 자리에 앉아 슬픈 눈으로 손을 바라보았다. 당연한 일이다. 세 명의 구혼자가 그 손에 키스하고는 붉은 말을 타고 떠났으니.

한 시간 뒤에 간절한 눈빛의 수수께끼 같은 남자가 들어왔다. 헬렌은 버들고리 흔들의자에 앉아서 원면으로 쓸데없는 물건을 뜨고 있었다. 그는 계단을 내려와 가벼운 대화를 위해 그녀에게 왔다. 그녀와 탁자를 사이에 두고 앉아서 그 역시 사랑의 서사를 쏟았다. 그러더니 이렇게 말했다. "헬렌, 날 잊었어요? 내 생각엔 알고 있는 것 같은데요. 지난날을 용서하고 20년 동안 계속된 사랑을 믿어 줄 수 있나요? 나는 당신에게 정말 큰 잘못을 저질렀어요. 돌아오기가 두려웠어요. 하지만 사랑이 이성을 눌렀습니다. 나를 용서해 줄 수 있나요?"

헬렌은 벌떡 일어섰다. 수수께끼의 손님은 떨리는 손으로 그녀의 손을 꽉 잡았다.

그녀는 서 있었고, 안타깝게도 연극은 이런 장면과 그녀가 가진 감정을 포착한 적이 없다.

그녀는 양분된 심정으로 일어섰기 때문이다. 신랑에 대한 사랑은 생생하고 강렬하고 순결했다. 자신의 첫 번째 선택에 대한 소중하고 신성하고 고결한 기억은 영혼의 절반을 채웠다. 그녀는 그 순수한 감정에 기울었다. 명예와 신뢰, 달콤하고 영원한 로맨스가 그녀를 그 감정으로 이끌었다. 하지만 심장과 영혼의 나머지 반쪽에는 다른 것이 채워져 있었다. 더욱 최근에, 더욱 가까이에서, 더욱 충만하게 밀려드는 힘. 그래서 옛것과 새것이 싸웠다.

그녀가 망설이는 사이 위층에서 부드럽고 절절한 바이올린 음악이 들려왔다. 음악의 마녀는 가장 고귀한 사람의 마음도 사로잡는다. 심장을 고막 가까이 두는 사람은 남에게 감정을 드러내지 않는다 해도 목 근처에 상처를 입는다.

그 음악과 음악가가 그녀를 불렀고, 옆에서는 명예와 옛사랑이 그녀를 당겼다.

"용서해 줘요." 그가 말했다.

"사랑한다고 생각하는 사람에게서 어떻게 20년을 떨어져 있을 수 있나요?" 그녀가 정죄하듯 말했다.

"어떻게 말할까요?" 그가 사정했다. "모든 걸 밝히겠습니다. 그날 밤 그가 떠났을 때 나는 그를 뒤쫓았습니다. 질투로 제정신이 아니었거든요. 어두운 거리에서 그를 쳤는데, 그는 일어나지 않았습니다. 자세히 보니 머리를 돌에 찧었더군요. 죽일 생각은 없었습니다. 그저 사랑과 질투로 미쳤던 거죠. 근처에 숨어서 그가 구급차에 실려 가는 것을 보았습니다. 비록 당신이 그와 결혼했지만, 헬렌……"

"당신은 누구세요?" 여자가 눈이 휘둥그레져서 소리치며 손을 빼냈다.

"나를 잊었나요, 헬렌? 언제나 당신을 가장 사랑했던 사람을? 나는 존 덜레이니예요. 당신이 나를 용서한다면……"

하지만 그녀는 사라졌다. 그녀는 허겁지겁 계단을 올라가서 음악을 향해, 모든 걸 잊은 남자를 향해, 두 번의 인생에서 모두 자신을 선택한 사람을 향해 달려갔다. 그러고는 흐느끼며 소리쳐 불렀다. "프랭크! 프랭크! 프랭크!"

세 사람이 세월을 그렇게 당구공처럼 굴린 이 이야기에서 내 기자 친구는 재미있는 점을 찾지 못했다는 것이다!

어느 도시의 보고서

A Municipal Report

도시들은 자부심에 가득 차서
서로가 서로에게 도전한다.
이 도시는 산기슭에서
저 도시는 짐을 쌓은 해변에서.

— 러디어드 키플링

시카고나 버펄로에 대한 소설, 또는 테네시 주 내슈빌에 대한 소설을 상상
해 보라. 미국에서 '이야깃감'이 되는 큰 도시는 딱 세 개다. 당연히 뉴욕
이 그중 하나고, 또 하나는 뉴올리언스, 그리고 최고는 샌프란시스코다.

— 프랭크 노리스

캘리포니아 주 사람에게 동부는 동부지만 서부는 곧 샌프란시스코다.
캘리포니아 사람은 한 주의 거주자에 그치지 않고 하나의 인종을 이룬
다. 그들은 서부의 남부인이다. 시카고 사람도 그들 못지않게 자기 도시
에 충성심이 깊지만, 그 이유를 물으면 말을 더듬으며 호수의 물고기가
어떻고 신축한 오드 펠로스 빌딩이 어떻고 할 뿐이다. 하지만 캘리포니
아 사람들은 그 이유를 아주 자세히 설명한다.

물론 그들은 석탄 값과 두꺼운 속옷을 걱정하는 사람들에게 캘리포니아의 기후를 30분 동안 자랑할 수 있다. 하지만 그들이 우리의 침묵을 우리의 소신으로 여기는 순간, 그들은 광기에 젖어 금문교의 도시를 신세계의 바그다드로 묘사한다. 여기까지는 그저 의견이므로 반박할 필요가 없다. 그러니 (아담과 이브를 조상으로 둔) 모든 사촌들이여, 지도에 손가락을 대고 '이 도시에는 낭만이 있을 수 없어. 여기서 무슨 일이 일어나겠어?'라고 말하는 것은 성급한 일이다. 그렇다. 한 문장으로 어느 한 곳의 역사, 낭만, 그리고 랜드 맥널리 사*를 폄하하는 것은 무모하고 성급한 행동이다.

내슈빌 – 인도항引渡港이자 테네시 주의 주도로 컴벌랜드 강변에 위치했으며, 내슈빌-채터누가-세인트루이스 철도와 루이빌-내슈빌 철도가 있다. 남부 최고의 교육 중심지로 꼽힌다.

나는 오후 8시에 기차에서 내렸다. 적절한 형용사를 찾는 데 실패했기에 배합의 형식으로 설명해 보겠다.

런던 안개 30퍼센트, 말라리아 10퍼센트, 누출 가스 20퍼센트, 해 뜰 무렵 벽돌 공장에 떨어지는 이슬방울 25퍼센트, 인동덩굴 냄새 15퍼센트를 섞어라.

그러면 내슈빌 가랑비의 느낌을 근사치로 알 수 있을 것이다. 나프탈렌처럼 향기롭지도, 완두콩 수프처럼 걸쭉하지도 않다. 하지만 그 정도면 충분히 이해할 수 있을 것이다.

*미국의 여행 안내서 및 지도 출판사.

나는 사형수 호송차 같은 짐마차를 타고 호텔로 갔다. 마차 꼭대기로 올라가 시드니 카턴*을 흉내 내고픈 충동을 참기가 보통 힘든 게 아니었다. 마차는 지난 시대의 늙은 동물들이 끌었고, 검은 피부의 해방된 노예가 몰았다.

호텔에 도착했을 때는 졸리고 피곤했기에 그자가 요구한 50센트를 (그리고 적당한 팁도) 재빨리 지불했다. 나는 그들의 버릇을 알았고, 그가 옛 '주인님'과 '전쟁 전의 일'을 지껄이는 소리를 듣고 싶지 않았다.

호텔은 흔히 '새 단장'을 했다고 말하는 그런 곳이었다. 다시 말해서 대리석 기둥, 타일, 전등, 로비의 놋쇠 침받이대를 새로 개비하고, 위층 대형 특실들 각각에 새 루이빌-내슈빌 철도 시각표와 룩아웃 산을 묘사한 석판화를 거는 데 2만 달러를 들였다는 뜻이다. 호텔 관리는 흠잡을 데 없었고, 고객 응대는 섬세한 남부 예절이 흘러넘쳤으며, 서비스는 달팽이처럼 느리고 립 밴 윙클**처럼 너그러웠다. 음식은 천 킬로미터 바깥에서도 찾아올 가치가 있었다. 그런 닭 간 꼬치구이가 나오는 호텔은 세상에 달리 없다.

저녁 식사 때 나는 흑인 종업원에게 이곳에 어떤 볼거리가 있느냐고 물었다. 그는 잠시 심각하게 생각하고 대답했다. "해가 진 다음에는 볼거리가 없는 것 같은데요."

해는 이미 졌다. 벌써 한참 전에 가랑비 속에 저물었다. 그러니 구경거리는 없었다. 하지만 나는 혹시 무엇이 있을까 하고 가랑비 속으로 길을 나섰다.

---

*찰스 디킨스 『두 도시 이야기』의 주인공. 단두대에서 처형당한다.
**워싱턴 어빙의 동명 단편소설의 주인공.

도시는 구릉지에 건설되었고, 전기를 쓰는 가로등은 비용이 연간 32,470달러다.

호텔을 나설 때 인종 폭동이 있었다. 해방 노예 또는 아랍인 또는 줄루인 한 무리가 내게 몰려왔다. 그들은 무기를 들었는데 다행히 총이 아니라 채찍이었다. 그리고 검은색의 투박한 마차들이 줄지어 선 모습이 희미하게 보였다. "시내 어디건 50센트에 모십니다"라는 외침에, 나는 그들이 날 제물이 아니라 '요금'으로 생각한다는 걸 깨닫고 안심했다.

나는 길게 뻗은 여러 거리를 걸었는데, 모두 오르막길이었다. 그 길들이 어떻게 다시 내려갈지 궁금했다. 땅을 '깎기' 전에는 안 될 것 같았다. 몇몇 '대로'에서는 상점 불빛이 보였고, 전차들이 훌륭한 시민을 이리저리 실어 날랐다. 사람들은 대화에 몰두한 채 지나갔고, 소다수와 아이스크림 가게에서 약간 활기찬 웃음소리가 들려왔다. '대로'가 아닌 길들에는 평화와 가정생활에 전념하는 집들이 정렬되어 있는 듯했다. 많은 집들의 창문에 조심스레 차양이 드리워지고, 그 안에서 불빛이 반짝거렸다. 몇 대의 피아노가 정연하고 흠잡을 데 없는 음악을 딩동거렸다. 그러니까 '볼거리'는 정말 없었다. 해가 지기 전에 이 도시에 도착하지 못한 것이 안타까웠다. 나는 호텔로 돌아왔다.

1864년 11월에 남군의 후드 장군은 내슈빌로 진격해서 토머스 장군이 이끄는 북군을 봉쇄했다. 그러나 북군은 이후 공격을 감행해서 격전 끝에 남군을 물리쳤다.

씹는담배 애용 지역*에서 온건한 충돌 사건이 발생하면 남부인들이 얼마나 뛰어난 사격술을 발휘하는지를 나는 평생토록 듣기도 했고, 실제로 목격도 했다. 그래도 그 호텔에서 벌어진 일을 보니 놀라웠다. 호텔 로비에는 새로 설치해서 반짝반짝 윤이 나는 큼직한 놋쇠 침받이대가 열두 개 있었다. 항아리라고 해도 좋을 만큼 높직하고 입구가 넓어서 일급 여자 야구 투수라면 다섯 걸음 밖에서 공을 던져 넣을 수 있을 정도였다. 그 크고 널찍하며 반짝거리는 새 침받이대를 둘러싸고 지독한 전투가 벌어지고 있는데도, 그것은 아무 타격도 받지 않은 채 서 있었다. 대신 제퍼슨 사의 타일…… 그 아름다운 타일 바닥이 침으로 얼룩져 있었다! 나는 어리석게도 자꾸만 내슈빌 전투**를 생각하며 남부인의 사격술에 대한 결론을 내리려 했다.

그리고 그때 처음으로 나는 웬트워스 캐스웰 소령을 (예의상의 호칭일 뿐 실제로는 소령이 아니었다) 보았다. 그에게 눈길이 닿은 순간 그 사람의 유형을 알아보았다. 쥐는 특별히 정해진 지리적 서식지가 없다. 내 옛 친구 앨프리드 테니슨***은 거의 모든 것에 대해 멋진 말을 남겼듯이 이런 말도 했다.

예언자여, 주절거리는 입술을 저주해 주오.
그리고 영국의 유해 동물인 쥐를 저주해 주오.

저 문장에서 '영국의'라는 말은 모든 곳으로 바꿔도 무방할 것이다. 어느 곳에 있든 쥐는 쥐니까.

*미국 남부를 일컫는다.
**남북전쟁 중이던 1864년 12월에 내슈빌에서 벌어진 전투로, 남군이 북군에게 크게 패배했다.
***19세기 영국의 계관 시인.

그 남자는 뼈다귀를 묻어 둔 곳을 잊은 굶주린 개처럼 호텔 로비를 쏘다녔다. 얼굴은 넓적하고 붉고 흐물거렸으며, 부처님 얼굴 같은 나른한 육중함이 있었다. 그의 미덕은 단 하나, 면도를 말끔히 했다는 것이었다. 수염 자국이 보이지 않을 때에는 짐승의 표지를 감출 수 있다. 그가 그날 면도를 하지 않았다면 나는 그의 접근을 물리쳤을 테고, 세계 범죄 연감은 살인 사건 한 건을 덜었을 것이다.

내가 침받이대에서 1.5미터도 떨어지지 않은 곳에 서 있을 때, 캐스웰 소령이 거기 맹렬히 침을 뱉었다. 나는 그의 실력이 22구경 소총이 아니라 개틀링 총 수준임을 간파하고 얼른 비켜섰고 소령은 기회를 잡아 비전투원인 내게 사과했다. 그는 주절거리는 입술의 소유자였다. 4분 후에 그는 어느새 내 친구가 되어서 나를 술집으로 데려갔다.

여기서 내가 남부 출신임을 밝혀야겠다. 하지만 내 직업은 남부인의 직업이 아니다. 나는 리본 넥타이, 카우보이모자, 더블 단추 롱 코트를 차려입지 않고, 북군의 셔먼 장군이 파괴한 원면 꾸러미 개수를 읊지도 않고, 씹는담배를 애용하지도 않는다. 악단이 〈딕시〉를 연주할 때도 환호하지 않고 대신 앉아 있던 가죽 의자에서 살짝 미끄러져 뷔르츠부르거 포도주를 한 잔 더 주문하고 그저 마음속으로 남군의 롱스트리트 장군이…… 하지만 그게 다 무슨 소용인가?

캐스웰 소령이 주먹으로 바를 내리칠 때, 포트 섬터*의 첫 포화가 다시 울렸다. 그가 애퍼머턱스**에서 마지막 포화를 날렸을 때 나는 희망을 품었다. 하지만 그 뒤 그는 가계도로 넘어가서 아담이 캐스웰 가와 방계의 8촌일 뿐임을 보여 주었다. 그리고 계보학이 끝나자 불쾌하

---

*남북전쟁이 시작된 곳.
**남북전쟁의 마지막 전투가 있던 곳.

게도 가정사로 들어갔다. 아내의 혈통을 이브까지 거슬러 올라갔고, 놋의 땅*에 친척이 있을지 모른다는 소문을 불경하게 부인했다.

이때쯤 나는 그가 그렇게 요란하게 소리를 지르는 것은 자신이 술을 주문했다는 사실을 무마하고, 내가 정신이 얼떨떨해지면 나한테 술값을 치르게 하려는 의도가 아닌가 하고 생각했다. 하지만 술을 다 마시자 그는 바에 1달러 은화를 탕 내려놓았다. 물론 다음 주문이 이어져야 했다. 다음 주문 값을 치렀을 때 나는 이제 가보겠다고 퉁명스럽게 말했다. 더 이상 그와 함께 있고 싶지 않았다. 하지만 내가 떠나기 전에 그는 자기 아내의 수입을 큰 소리로 떠들면서 은화 한 줌을 보여 주었다.

내가 접수부에서 열쇠를 받았을 때 직원이 내게 예의 바르게 말했다. "캐스웰 씨가 손님을 괴롭혔으니, 손님께서 항의하시면 저희가 저분을 내쫓겠습니다. 저분은 늘 여기 와서 문제를 일으키고, 일정한 직업도 없는데 수중에 돈은 항상 있는 것 같습니다. 어쨌건 저분을 합법적으로 내쫓을 수단이 마땅치가 않습니다."

"아닙니다." 내가 잠시 생각해 보고 말했다. "항의할 뚜렷한 근거는 없네요. 하지만 분명한 것은, 저 사람과 어울리고 싶은 마음은 추호도 없다는 점입니다. 이 도시는 조용한 곳 같습니다. 이 도시가 손님들에게 제공할 여흥, 모험, 오락은 어떤 것이 있습니까?"

"그런 거라면," 직원이 말했다. "다음 주 목요일에 공연이 있습니다. 제가 알아보고 손님 방에 얼음물을 올려 보낼 때 알려드리겠습니다. 안녕히 주무십시오."

나는 방에 올라가서 창밖을 내다보았다. 10시 정도밖에 되지 않았지

---

*구약성서에서 카인이 살인을 저지르고 도망간 땅.

만, 눈앞의 도시는 고요했다. 가랑비는 계속 내리며 흐린 가로등 불빛 속에 반짝였고, 가로등은 주부 바자에서 파는 케이크의 건포도만큼이나 드문드문했다.

"조용한 곳이야." 나는 아래층 방의 천장에 구둣발을 쿵 디디며 혼잣말을 했다. "이곳의 생활은 그 어떤 것도 동부와 서부 도시 같은 색채와 다양함을 만들지 못해. 이곳은 그저 성실하고 평범하고 단조로운 산업 도시야."

내슈빌은 미국 제조업의 주요한 중심지 가운데 하나다. 미국 5위의 신발 시장이고, 남부 최대의 제과 제조업 도시이며, 직물, 식품, 약물 도매업이 활발하다.

이제 내가 내슈빌에 온 이유를 말해야겠다. 이런 곁가지 이야기들은 독자 여러분만큼이나 나도 지루하다. 나는 개인 용무로 다른 곳에 가는 길이지만, 북부에 있는 한 문학 잡지사로부터 중간에 내슈빌에 들러서 잡지 기고자인 어젤리아 어데어와 잡지사 사이에 개인적인 연락망을 만들어 달라는 의뢰를 받았다.

어데어는 (필체를 빼고는 성품을 짐작할 만한 단서가 전혀 없었다) 몇 편의 (이제는 사라진 예술인!) 수필과 시를 그 잡지사에 보냈고, 편집자들은 1시에 점심을 먹으며 작품에 감탄했다. 그래서 그들은 다른 출판사가 이 어데어라는 남자인지 여자인지와 단어당 10센트 또는 20센트에 계약하기 전에 나더러 얼른 먼저 가서 단어당 2센트의 계약을 성사시키라고 했다.

다음 날 아침 9시에 나는 닭 간 꼬치구이를 먹고 (그 호텔에 가면 여러분도 꼭 먹어 보라) 여전히 상설 공연 중인 가랑비 속으로 나갔다. 그리고 첫 번째 모퉁이에서 엉클 시저를 만났다. 그는 건장한 흑인으로 나이가 피라미드보다 많은 것 같았고, 희끗희끗한 머리에 얼굴은 처음 봤을 때는 브루투스를, 다시 봤을 때는 줄루 족 왕 케츠와요를 연상시켰다. 그의 외투는 평생 본 적도 없고 볼 거라고 예상한 적도 없을 만큼 대단했다. 길이가 발목까지 오는 그것은 한때 청회색 남군 군복이었다. 하지만 비와 햇빛과 세월이 다양한 색깔을 만들어 내서, 거기 견주면 요셉의 외투*도 희미한 단색으로 보일 지경이었다. 외투가 이 이야기와 관련이 있기에 조금 더 자세히 설명해야겠다. 이야기가 시작되는 데 이렇게 시간이 오래 걸리는 것은, 내슈빌에서는 어떤 일이 일어날 것을 기대하기 힘들기 때문이다.

어깨 망토는 사라졌지만 한때 그것은 장교의 군용 외투였다. 과거에는 앞면 전체에 끈으로 된 단추걸이와 술이 화려하게 달려 있었겠지만, 지금은 단추도 술도 사라져 있었고, 그 대신 평범한 대마 끈을 요령 있게 꼬아 만든 새 단추걸이를 공들여 달아 놓고 있었다. (나는 아직 남아 있는 어떤 '흑인 유모'의 솜씨가 아닐까 생각했다.) 그 끈은 해어지고 너덜거렸다. 그것은 사라진 영광을 대체하기 위해, 안목은 없다 해도 정성은 가득 들여 외투에 추가한 게 분명했다. 오래전에 사라진 끈 단추걸이의 곡선을 충실하게 재현하고 있었기 때문이다. 그리고 그 의복의 희극과 안타까움을 완성한 것은 거기 걸 단추가 하나만 빼고 다 떨어져 나갔다는 사실이었다. 맨 위에서 두 번째 단추만 남아 있었다. 외투는 단춧구멍에 다른 삼끈을 넣고 그것을 반대편에 새로 뚫은 거친 구멍에 꿰

---

*구약성서 창세기에 야곱이 막내아들 요셉을 사랑해서 화려한 옷을 지어 입혔다는 이야기가 있다.

는 방식으로 여며져 있었다. 그렇게 환상적인 장식과 얼룩덜룩한 색 조합을 갖춘 기이한 의복은 세상에 다시없었다. 하나 남은 단추는 크기가 큼직한 은동전만 했고, 재질은 노란 뿔이었으며, 거친 삼끈으로 꿰매져 있었다.

그 흑인 옆에 서 있는 마차는 어찌나 낡았는지 함*이 마차에 말 두 마리를 매달고 방주를 떠난 뒤 바로 영업 마차 일을 시작한 것 같았다. 내가 다가가자 흑인이 문을 활짝 열고 깃털 먼지떨이를 꺼내더니 그것을 공중에 흔들면서 굵고 우렁찬 목소리로 말했다.

"타시죠, 손님. 먼지 하나 없습니다. 장례식장에서 바로 오는 길입니다."

그런 중요한 행사에 갈 때는 마차를 특별히 청소하나 보다고 나는 생각했다. 길을 둘러보니 노변에 늘어선 영업 마차 가운데 선택의 여지가 별로 없었다. 나는 수첩을 꺼내서 어젤리아 어데어의 주소를 확인했다.

"제서민 로 861번지로 갑시다." 내가 말하고 마차에 타려고 했다. 하지만 두껍고 길고 고릴라 같은 늙은 흑인의 팔이 나를 가로막았다. 그의 크고 무뚝뚝한 얼굴에 돌연 의심과 적대감이 번득였다. 그러더니 얼른 다시 설득하는 태도로 돌아가 달래듯이 물었다. "거기는 무슨 일로 가시려는 건가요, 손님?"

"그게 당신하고 무슨 상관이지?" 내가 약간 날카롭게 물었다.

"아무 상관 없습니다, 손님. 상관없죠. 그저 그곳은 좀 외진 곳이라서 가는 손님이 드물어서요. 타십시오. 좌석은 깨끗합니다. 장례식장에서 바로 오는 길입니다."

2.5킬로미터 정도 달리자 마차 여행은 끝났다. 오는 동안 들리는 소리

---

* 노아의 아들.

는 낡은 마차가 울퉁불퉁한 벽돌 포장 위를 덜커덩거리는 소리뿐이었고 냄새는 가랑비 냄새뿐이었는데, 도착해 보니 비 냄새 속에서 석탄 연기 냄새를 맡을 수 있었고, 타르와 협죽도 꽃이 섞인 듯한 냄새도 공기 중에 스며 있었다. 빗물이 흐르는 차창 밖으로는 두 줄로 선 흐릿한 주택들밖에 보이지 않았다.

> 도시 면적은 16평방킬로미터다. 도로 길이는 290킬로미터고, 그중 220킬로미터가 포장되어 있다. 상수도 시설에는 200만 달러가 들어갔고, 상수관 길이는 120킬로미터다.

제서민 로 861번지는 쇠락한 저택이었다. 도로에서 30미터 가까이 안쪽으로 들어간 곳에 자리했고, 무성한 나무와 정리되지 않은 덤불에 둘러싸여 있었다. 마구 뻗은 회양목 가지들이 목조 울타리를 거의 가리다시피 했다. 문은 대문 기둥과 대문의 첫 나무살을 밧줄 올가미로 감싸두는 방식으로 닫혀 있었다. 그래도 그 안에 들어가면 861번지가 한때 웅장하고 화려했던 지난날의 껍데기, 그림자, 망령임을 알 수 있다. 하지만 이 이야기에서 나는 아직 안에 들어가지 않았다.

지친 네 발 동물들이 멈춰 서면서 마차 소리가 그치자, 나는 마부에게 마차 삯 50센트에 25센트의 팁까지 후하게 얹어 주었다. 하지만 그는 거절했다.

"2달러입니다, 손님." 그가 말했다.

"무슨 소리지?" 내가 물었다. "호텔 앞에서 분명히 '시내 어디든 50센트'라고 들었는데."

"2달러입니다, 손님." 그는 굽히지 않았다. "여기는 호텔에서 멀리 떨어진 곳입니다."

"어쨌건 여긴 시 경계선 안쪽이고 그것도 한참 안쪽이야." 내가 주장했다. "풋내기 양키를 태운 줄 알면 큰코다칠걸. 저기 언덕들 보여?" 나는 동쪽을 가리키며 말을 이었다. (사실 나도 가랑비 때문에 잘 보이지는 않았다.) "나는 저 언덕 너머에서 태어나고 자랐어. 멍청한 깜둥이 같으니라고. 사람을 보고 누군지 구별도 못하나?"

케츠와요 왕의 무뚝뚝한 얼굴이 누그러들었다. "손님이 남부 출신이라고요? 손님 신발에 속았습니다. 남부 신사분은 그렇게 앞코가 뾰족한 신발을 잘 안 신어서요."

"그러면 운임은 50센트인 거지?" 내가 차갑게 말했다.

그러자 그의 얼굴에 조금 전에 보였던 탐욕과 적대감이 섞인 표정이 돌아와서 10초 동안 머물다가 사라졌다.

"손님, 50센트가 맞습니다." 그가 말했다. "하지만 저는 2달러가 필요합니다. 2달러를 받아야 합니다. 지금 2달러를 요구하지는 않겠습니다. 손님이 어디 출신인지 알았으니까요. 하지만 저는 오늘 2달러가 필요하고, 손님 구하기가 하늘의 별 따기라는 말씀만 드리겠습니다."

그의 무거운 이목구비 위에 평화와 믿음이 내려앉았다. 그는 기대했던 것보다 운이 좋았다. 마차 삯에 무지한 풋내기 대신 과거의 유산을 만났기 때문이다.

"사악한 도둑놈 같으니. 네놈은 경찰서에 넘겨야 해." 내가 말하고 주머니 속에 손을 찔러 넣었다.

그때 나는 처음으로 그의 미소를 보았다. 그는 알았다. 처음부터 알고 있었다.

나는 그에게 1달러 지폐 두 장을 주었다. 돈을 건네며 보니 지폐 한

장이 고난의 시기를 거친 듯했다. 오른쪽 상단의 귀가 떨어져 나갔고, 허리 부분이 중간까지 찢어졌다가 다시 붙여져 있었다. 청색 화장지가 찢어진 곳을 봉합해서 지폐의 생명을 보존하고 있었다.

아프리카 도둑놈 이야기는 그만하자. 나는 그에게 기쁨을 주고 떠나서 밧줄을 들어 올리고 삐걱이는 문을 열었다.

집은 내가 말했듯이 껍데기였다. 20년 동안 칠 한 번 하지 않은 상태였다. 강풍이 불면 종이 집처럼 쓰러져 버릴 것 같다고 생각하다가 다시 보니 주변의 나무들이 집을 폭 끌어안고 있었다. 내슈빌 전투를 목격한 나무들이었다. 그것들은 아직도 강인한 가지를 뻗어 그 집에서 폭풍과 적군과 추위를 막아 주고 있었다.

어젤리아 어데어는 쉰 살에 머리는 백발이었고, 신사 집안의 후손이었으며, 자신이 사는 집만큼이나 여위고 연약했다. 그리고 내가 평생 본 적 없을 만큼 값싸고 깨끗한 옷을 입고, 여왕처럼 단순한 태도로 나를 맞았다.

접견실은 채색하지 않은 소나무 서가와 그 위에 있는 책들, 금 간 대리석 상판 탁자, 낡은 깔개, 털 빠진 말총 소파와 의자 두세 개를 빼면 아무것도 없어서 면적이 1평방킬로미터도 넘어 보였다. 아, 벽에 그림이 한 점 걸려 있었다. 팬지꽃 화단을 그린 크레용 채색화였다. 앤드루 잭슨*의 초상화나 솔방울 바구니가 있나 둘러보았지만 그런 것은 없었다.

나는 어젤리아 어데어와 이야기를 나누었고, 그로 인해 알게 된 사실을 여러분에게 전하겠다. 그녀는 옛 남부의 산물로, 엄격한 보호 속에 점잖은 양육을 받았다. 배운 분야가 넓지 않아 시야는 좁았지만 나름대

*미국 7대 대통령.

로 깊이가 있었고 또 반짝이는 독창성이 있었다. 집에서 교육받은 그녀의 세상에 대한 지식은 추론과 영감으로 얻은 것이었다. 소중하고 작은 수필가 집단은 그런 사람들도 이루어진다. 그녀가 이야기하는 동안 나는 나도 모르게 거기 있지도 않은 램, 초서, 해즐릿, 마르쿠스 아우렐리우스, 몽테뉴, 후드의 반가죽 장정 책의 먼지를 죄스럽게 떨어내듯 손가락을 쓸었다. 그녀는 섬세했고, 나는 소중한 발견을 한 기분이었다. 오늘날에는 모든 사람이 실생활에 대해서만 너무 많이…… 아, 정말로 너무 많이 안다.

어젤리아 어데어가 가난한 것은 분명해 보였다. 가진 것이라고는 그 집과 그녀가 입은 옷 정도가 거의 전부인 것 같았다. 나는 잡지에 대한 의무와 컴벌랜드 강 계곡에서 토머스 장군과 싸운 시인, 수필가 들에 대한 충성 사이에서 갈등하면서 그녀의 목소리에 귀를 기울였다. 하프시코드 같은 그 목소리를 중단시키고 계약 이야기를 꺼낼 수가 없었다. 아홉 명의 뮤즈와 세 명의 미의 여신 앞에서는 2센트 이야기를 꺼내기가 주저되기 마련이니까. 하지만 나는 업무 정신을 되찾아 다시 한 번 대화를 시도해 내 임무를 이야기했고, 우리는 다음 날 오후 3시에 그에 대한 논의를 하기로 했다.

"이 도시는 아주 조용하고 차분한 곳 같습니다." 내가 떠나려고 하면서 말했다. (이럴 때는 부드러운 일반론이 어울린다.) "평범하지 않은 일은 별로 일어나지 않는 곳 같아요."

도시는 서부 및 남부와 스토브와 그릇 교역이 활발하고, 제분소의 일간 제분 규모는 2천 배럴이 넘는다.

어젤리아 어데어는 생각해 보는 것 같았다.

"그런 식으로는 생각해 보지 않았네요." 그녀가 생래적인 듯한 진지하고 집중된 태도로 말했다. "무슨 일이 일어나는 곳은 조용하고 평온한 곳이 아닌가요? 하느님이 천지창조를 시작한 첫 월요일 아침에 창밖을 내다보았다면, 영원의 언덕을 만드는 그분의 흙손에서 진흙 떨어지는 소리도 들렸을 거예요. 세상에서 가장 시끄러운 계획은 어떤 결과를 낳았나요? 그러니까 바벨탑 말이에요. 《노스 아메리칸 리뷰》에 실리는 한 쪽 반짜리 에스페란토어뿐이죠."

"물론 인간 본성은 어디나 똑같습니다." 내가 진부하게 말했다. "하지만 어떤 도시는 다른 곳보다 색채랄까…… 드라마랄까 움직임이랄까…… 낭만이랄까 하는 게 조금 더 풍성하지요."

"표면적인 거예요." 어젤리아 어데어가 말했다. "저는 날개 달린 황금 비행기를 타고 여러 번 세계를 여행했어요. 그러니까 인쇄물과 꿈을 통해서 말이에요. 그런 상상의 여행 중에, 터키의 술탄이 아내가 사람들 앞에 얼굴을 드러냈다고 그녀를 활시위로 목 졸라 죽이는 걸 보았어요. 내슈빌에서는 아내가 쌀가루 분을 칠하고 외출하려 한다고 극장표를 찢은 남자를 보았어요. 샌프란시스코의 차이나타운에서는 사람들이 싱이라는 여자 노예에게 미국인 애인을 다시 만나지 않겠다고 맹세하라며 끓는 아몬드 기름을 붓는 것을 보았어요. 여자는 끓는 기름이 무릎 위 8센티미터까지 올라오자 굴복했어요. 어느 날 밤 내슈빌 동부의 유커 카드놀이 파티에서 키티 모건이란 여자가 칠장이하고 결혼했다고 학교 친구이자 평생의 친구 일곱 명에게 외면당한 일도 보았어요. 그 여자가 끓는 기름이 심장 높이까지 올라왔는데도 미소 띤 얼굴로 탁자를 옮겨 다니던 모습을 보여 드리고 싶습니다. 그래요, 심심한 도시예요. 있는 것은 몇 킬로미터에 걸쳐 뻗은 붉은 벽돌 주택, 진흙, 목재소뿐이죠."

그때 누군가 집 뒷문을 힘없이 두드렸다. 어젤리아가 부드럽게 양해를 구하고 나가 보았다. 그녀는 3분 후에 눈빛이 밝아지고 뺨에 희미한 홍조를 띠고 어깨에서 열 살은 덜어 낸 듯한 태도로 돌아와서 말했다.

"가시기 전에 차라도 한 잔 하세요. 코코넛 케이크랑 함께요."

그녀가 작은 쇠종을 흔들자, 열두 살 정도로 보이는 흑인 소녀가 들어왔다. 맨발에 행색이 말끔하지 않았고, 입에 손가락을 문 채 둥그런 눈으로 나를 빤히 바라보았다.

어젤리아 어데어는 낡은 손가방을 열고 1달러 지폐를 꺼냈다. 오른쪽 귀가 떨어져 나가고, 찢어진 가운데 부분을 청색 화장지로 붙여 놓은 지폐였다. 그러니까 내가 해적 같은 흑인에게 준 지폐 두 장 중 하나였다. 의심의 여지가 없었다.

"임피, 모퉁이의 베이커 씨 가게에 가서," 그녀가 소녀에게 지폐를 건네며 말했다. "차 100그램하고…… 그분이 늘 주시는 거 있어…… 10센트짜리 코코넛 케이크를 사 오렴. 얼른 갔다 와라. 마침 저희 집에 차가 떨어져서요." 그녀가 나에게 설명했다.

임피는 뒤쪽으로 나갔다. 소녀의 딱딱한 맨발 소리가 뒷문 밖으로 사라지기 전에 사나운 비명이 —소녀의 비명이 틀림없었다— 텅 빈 집을 울렸다. 그러더니 성난 남자의 거친 목소리가 소녀의 계속되는 비명과 알아들을 수 없는 말 속에 섞여 들었다.

어젤리아 어데어는 놀라지도 당황하지도 않고 조용히 일어나서 사라졌다. 나는 2분 동안 거칠고 쇳소리 섞인 남자의 목소리를 들었다. 이어 욕설과 가벼운 드잡이 소리 같은 것이 나더니 여자가 차분히 의자로 돌아왔다.

"집이 좀 넓어서 세입자를 두고 있어요." 그녀가 말했다. "차를 들고 가시라는 부탁은 취소해야겠습니다. 그 가게에서 늘 사는 종류가 없다고 하네요. 내일이면 베이커 씨가 가져다 놓을지도 모르겠습니다."

내가 볼 때 임피는 집을 나갈 시간도 없었다. 나는 전차 노선을 물어보고 그 집을 떠났다. 그리고 길에 오르고 한참 지나서야 내가 어젤리아 어데어의 본명을 묻지 않았다는 걸 깨달았다. 하지만 내일 물어보면 될 것이다.

바로 그날, 나는 그 아무 일도 없는 도시가 내게 강제한 범죄를 저지르게 되었다. 나는 그곳에서 겨우 이틀을 머물렀지만, 그사이에 뻔뻔하게 거짓말 전보를 치고 살인의 공범—정확한 법률 용어를 쓰자면 사후 공범—이 되는 데 성공했다.

내가 호텔 앞 길모퉁이를 돌자, 그 다채롭고 기괴한 외투를 입은 아프리카 마부가 나를 잡더니 이동 관 같은 마차의 음침한 문을 열고 깃털 먼지떨이를 흔들며 말했다. "타시죠, 손님. 마차는 깨끗합니다. 장례식에서 바로 오는 길입니다. 시내 어디든 50센……"

그러다 나를 알아보고 씩 웃었다. "죄송합니다, 손님. 오전에 제 마차를 타셨던 분이군요. 고맙습니다, 손님."

"내일 오후 3시에 다시 861번지에 가요." 내가 말했다. "그때 이 앞에 있으면 이 마차를 타겠소. 어데어 양과 아는 사이요?" 나는 1달러 지폐를 생각하며 물었다.

"저는 그분 아버지인 어데어 판사님 댁의 식솔이었습니다." 그가 대답했다.

"그분은 몹시 가난한 것 같더군요. 돈이 별로 없지요?" 내가 말했다.

나는 잠시 케츠와요 왕의 사나운 얼굴을 바라보았고, 그는 곧 돈을 뜯어내는 늙은 흑인 마부로 돌아갔다.

"그렇다고 배를 곯지는 않습니다. 생계 수단이 있어요, 수단이." 그가 천천히 말했다.

"내일은 50센트를 줄 거요." 내가 말했다.

"그렇게 하십시오. 오늘 아침에는 그저 2달러가 필요했을 뿐입니다, 손님." 그가 온화하게 말했다.

나는 호텔에 들어가서 잡지사에 거짓말 전보를 쳤다. 'A. 어데어는 단어당 8센트를 고집.'

돌아온 답은 '즉시 계약하길'이었다.

저녁 식사 직전에 '소령' 웬트워스 캐스웰이 오랜만에 만난 친구처럼 인사를 하며 내게 들이닥쳤다. 그토록 금세 싫어진 사람도, 그토록 떼어내기 어려운 사람도 별로 없었다. 그가 덮쳤을 때 나는 술집에 있었기에 술을 안 한다고 말할 수도 없었다. 나는 더 이상의 술자리를 피하기 위해 한 번의 술값은 기꺼이 낼 수 있었지만, 그는 한심하고 시끄럽고 거들먹거리는 술꾼으로, 돈을 낼 때마다 요란한 음악과 불꽃놀이를 동반시켰다.

그는 100만 달러라도 꺼내는 것처럼 요란한 동작으로 주머니에서 1달러 지폐 두 장을 꺼내서 그중 하나를 바 위에 내던졌다. 나는 다시 한 번 오른쪽 귀가 떨어져 나가고 찢어진 허리를 청색 화장지로 봉합한 1달러 지폐를 보았다. 역시 내가 준 1달러였다. 다른 것일 수가 없었다.

나는 내 방으로 올라갔다. 가랑비와 지루하고 틀에 박힌 남부 도시의 단조로움이 피로와 무력감을 안겨 주었다. 잠자리에 들기 전에 그 수수께끼의 1달러 지폐를 (샌프란시스코를 배경으로 한다면 훌륭한 탐정소설의 실마리가 되었을 것이다) 머릿속에서 지우며 잠결에 혼자 중얼거린 것이 기억난다. "여기는 많은 사람이 영업 마차 조합의 주식을 사나 봐. 배당금도 아주 빨리 받나 봐. 혹시……" 그러다 잠이 들었다.

케츠와요 왕은 이튿날 그 자리에 있었고, 돌길 위로 내 뼈들을 덜커덩 덜커덩 흔들어 861번지까지 날라다 주었다. 그리고 기다렸다가 내가 일을 마치면 다시 데리고 돌아가기로 했다.

어젤리아 어데어는 전날보다 더 창백하고 깨끗하고 연약해 보였다. 그런데 단어당 8센트 계약에 서명을 하고 나서 얼굴이 더 창백해지더니 의자에서 자꾸 미끄러졌다. 나는 별 어려움 없이 그녀를 태곳적에 만든 말총 소파에 옮겨 앉히고 밖으로 달려 나가서, 검은 해적에게 의사를 불러오라고 소리쳤다. 그는 내가 미처 예기치 못한 지혜를 발휘해서 말과 마차를 그냥 두고 도보로 떠났다. 속도가 중요하다는 걸 알았기 때문이다. 그리고 10분 만에 진지하고 백발이 성성한 유능한 의사를 데리고 왔다. 나는 몇 마디 (단어당 8센트에 훨씬 못 미치는) 말로 내가 이 텅 빈 수수께끼의 집에 오게 된 사정을 설명했다. 그는 이해한다는 얼굴로 엄숙하게 목례하고 늙은 흑인을 돌아보았다.

"엉클 시저." 그가 차분하게 말했다. "우리 집에 가서 루시 양에게 미색 주전자에 든 신선한 우유하고 포트와인 반 컵을 달라고 해. 그리고 얼른 돌아와. 마차를 타지 말고 뛰어가. 그리고 이번 주에 우리 집에 다시 한 번 들러."

메리먼 박사 또한 해적이 모는 말의 속도를 불신하는 모양이었다. 엉클 시저가 뒤뚱거리면서도 빠른 걸음으로 떠난 뒤 의사는 예의와 계산이 담긴 표정으로 나를 바라보다가 마침내 괜찮을 것 같다는 결론을 내리고 말했다.

"영양실조일 뿐입니다. 그러니까 가난과 자긍심과 굶주림의 결과죠.

캐스웰 부인은 기꺼이 도와줄 친구가 여럿 있지만, 예전에 자기 집 하인이었던 늙은 흑인 엉클 시저를 빼고는 누구의 도움도 받으려고 하지 않아요."

"캐스웰 부인이라고요!" 내가 놀라서 말했다. 그런 뒤 계약서를 보니 '어젤리아 어데어 캐스웰'이라는 이름이 서명되어 있었다.

"저는 독신인 줄 알았습니다." 내가 말했다.

"아무짝에도 쓸모없는 게으름뱅이 술꾼하고 결혼했어요." 의사가 말했다. "그자는 늙은 하인이 부인에게 주는 그 푼돈도 빼앗아 간다고들 합니다."

우유와 포트와인이 오자 의사는 곧 어젤리아 어데어를 소생시켰다. 그녀는 일어나 앉아서 마침 한창이던 낙엽의 아름다움과 화려한 색깔에 대해 말했다. 그리고 자신의 갑작스러운 기절은 익숙한 심계항진 탓이라는 듯 가볍게 말했다. 임피가 소파에 앉은 부인에게 부채질을 해주었다. 의사가 다른 데 가야 했기에 나는 그를 따라 문 앞으로 갔다. 내가 어젤리아 어데어의 향후 기고에 대해 상당한 선금을 줄 수 있고 또 그럴 생각이라고 말하자, 그는 기쁜 표정이 되어 말했다.

"참고로 말씀드리면, 선생이 타신 마차의 마부는 왕족입니다. 할아버지가 콩고의 왕이었어요. 이미 느끼셨는지 모르겠지만 시저도 왕족의 위엄이 있지요."

의사가 나갈 때 집 안에서 엉클 시저의 목소리가 들렸다. "의사가 2달러를 모두 받아 갔나요, 아가씨?"

"그래, 시저." 어젤리아 어데어가 힘없이 대답하는 소리가 들렸다. 잠시 뒤 나는 안으로 가서 기고 관련 계약을 마무리 지었다. 내가 직접 선금 50달러를 지불하고, 그것이 계약 체결 조건이라고 했다. 그런 뒤 엉클 시저가 나를 다시 호텔로 데려다 주었다.

내가 목격자로서 증언할 수 있는 이야기는 여기까지다. 나머지는 그저 앙상한 사실들의 나열뿐이다.

6시 무렵 나는 산책을 나갔다. 엉클 시저는 언제나처럼 같은 모퉁이에 있었다. 마차 문을 열고 먼지떨이를 흔들면서 그 우울한 호객 문구를 읊었다. "타시죠, 손님. 50센트에 시내 어디든 모십니다. 마차는 깨끗합니다. 장례식장에서 바로 왔습니다……"

그러다가 그가 나를 보았다. 눈이 별로 좋지 않은 것 같았다. 그의 외투는 색이 좀 더 바랬고, 삼끈은 더 해어졌으며, 하나 남았던 단추―노란 뿔로 만든―는 사라지고 없었다. 엉클 시저는 왕가의 얼룩덜룩한 후손이었다.

두 시간 뒤에 흥분한 군중이 약국을 포위하고 있는 모습이 보였다. 아무 일도 일어나지 않는 사막에서 그것은 만나* 같은 일이었기에 나는 사람들을 비집고 안으로 들어갔다. 빈 상자와 의자로 급조한 소파에 웬트워스 캐스웰 소령의 육신이 누워 있었다. 의사가 생명의 흔적을 찾다가 결국 그것이 없다는 결론을 내렸다.

소령이 어두운 길에서 숨진 상태로 발견되자, 지루해하던 군중들이 호기심에 차서 그를 약국 앞으로 이송해 온 것이었다. 죽은 자의 몸을 보아하니, 고약한 싸움에 말려든 것 같았다. 그는 게으름뱅이에 무뢰한이었지만 전사이기도 했다. 하지만 졌다. 그의 손은 그때까지도 어찌나 꼭 아물려 있는지 손가락이 펴지지 않을 것 같았다. 그를 알던 점잖은 시민들은 주변에 둘러서서 그에게 해줄 만한 ―그런 게 있다면― 칭찬

*구약성서 출애굽기에서 이스라엘 사람들이 광야를 헤맬 때 하늘에서 내려준 생명의 양식.

의 말을 찾았다. 한 친절한 얼굴의 남자는 한참 동안 생각한 뒤 말했다. "열네 살 때 '캐스'는 학교에서 맞춤법 우수 학생으로 꼽혔어."

내가 그곳에 서 있을 때 소나무 상자 옆으로 늘어져 있던 '죽은 자'의 오른손이 풀리면서 무언가 내 발치로 툭 떨어졌다. 나는 그것을 발로 조용히 밟고 있다가 잠시 후에 주워 들어 주머니에 넣었다. 아마도 그가 마지막 싸움 중에 자기도 모르는 새 그것을 악착같이 붙들고 죽은 것 같았다.

그날 밤 호텔의 주요 대화는 정치와 금주법이라는 약간의 예외를 빼면 캐스웰 대령이었다. 어떤 남자가 사람들 앞에서 이렇게 말했다.

"아무래도 캐스웰은 돈을 노린 한심한 흑인의 손에 죽은 것 같습니다. 오늘 오후에 50달러가 있었고, 그걸 호텔의 몇몇 신사에게 보여 주었거든요. 죽은 뒤에는 그 돈이 발견되지 않았고요."

나는 다음 날 아침 9시에 그 도시를 떠났고, 기차가 컴벌랜드 강 위의 다리를 지날 때 주머니에서 노란 뿔로 만든 은동전만 한 외투 단추를 꺼내서 느리고 탁한 강물에 던져 버렸다.

버펄로에서는 무슨 일이 생길지 궁금하군!

마녀의 빵
Witches' Loaves

마사 미첨 양은 길모퉁이에서 작은 빵집을 했다. (계단을 세 칸 올라간 곳에 있는 그곳 문을 열면 종이 딸랑거렸다.)

마사 양은 마흔 살이었고, 통장에는 2천 달러 잔고가 있었으며, 의치를 두 개 했고, 심장이 따뜻했다. 많은 기혼자들이 그런 면들에서 마사 양에 못 미쳤다.

그녀는 일주일에 두세 번 찾아오는 어느 손님에게 관심이 생겼다. 그는 중년의 남자로 안경을 썼고, 갈색 턱수염은 정성스레 손질되어 있었다.

그의 영어는 독일 억양이 강했다. 옷은 낡고 여기저기 기운 데다 구겨지고 헐렁했다. 하지만 전체적으로 단정했고 예의가 반듯했다.

그는 항상 묵은 빵 두 덩이를 샀다. 신선한 빵은 한 덩이에 5센트였다. 묵은 빵은 다섯 개에 2센트였다. 그가 묵은 빵이 아닌 것을 달라고 한 적은 한 번도 없었다.

그러던 중 마사 양은 그의 손가락에 붉은색과 갈색의 얼룩이 묻은 것을 보았다. 그녀는 그가 가난한 미술가가 분명하다고 생각했다. 틀림없이 다락방에 살면서 그림을 그리고, 묵은 빵을 먹으며 마사 양 빵집의 좋은 빵들을 생각할 것이었다.

마사 양은 고기와 부드러운 빵과 잼과 차가 있는 식탁에 앉을 때 자주 한숨을 쉬며 그 예의 바른 미술가가 외풍 드는 다락방에서 마른 빵을 먹는 대신 자신과 함께 이 맛있는 식사를 하면 얼마나 좋을까 생각했다.

이미 말했듯이 마사 양의 심장은 따뜻했기 때문이다.

그녀는 어느 날 그의 직업에 대한 추측이 맞는지 알아보기 위해 염가로 산 그림 한 점을 방에서 가지고 나와, 빵 판매대 뒤쪽 선반에 세워 두었다.

그림은 베네치아의 풍경이었다. 눈부신 대리석 궁전이 (그림에 그렇게 써 있었다) 앞쪽, 그러니까 물가에 서 있었다. 남은 공간에는 곤돌라들이 있고 (여자가 물속에 손을 넣고 있었다) 구름과 하늘과 명암이 풍성했다. 미술가라면 그냥 넘어갈 리 없었다.

이틀 후에 그 손님이 찾아왔다.

"묵은 빵 두 개만 주세요."

"그림이 멋지네요." 그녀가 빵을 포장할 때 그가 말했다.

"그런가요?" 마사 양이 자신의 꾀에 기뻐하며 말했다. "저는 미술을 좋아하고 또 (그녀는 '미술가'라는 말을 그렇게 일찍 꺼내면 안 된다고 생각하고 바꿔 말했다) 그림도 좋아해요. 좋은 그림 같은가요?"

"균형이 썩 잘 잡히지는 않았네요." 손님이 말했다. "원근법이 안 맞아요. 안녕히 계십시오."

그는 빵을 들고 인사한 뒤 바로 나갔다.

그렇다, 그는 미술가가 분명했다. 마사 양은 그림을 다시 자기 방으로 가지고 갔다.

그의 안경 속 두 눈은 얼마나 점잖고 친절하게 빛나던지! 그 이마는 얼마나 넓던지! 한눈에 원근법을 파악하는 그런 사람이, 묵은 빵이나 먹으며 살다니! 하지만 천재는 흔히 세상의 인정을 받기 전에는 힘들게 고투하는 법이다.

내 2천 달러 은행 잔고와 빵집과 따뜻한 심장으로 저 천재를 후원해 줄 수 있다면, 미술과 원근법에 얼마나 좋은 일일까. 하지만 그건 몽상이야, 마사.

그때부터 그는 빵집에 들르면 진열대 앞에 서서 그녀와 가벼운 대화를 자주 했다. 그는 마사 양의 다정한 말을 열렬히 기대하는 것 같았다.

그는 계속 묵은 빵을 샀다. 케이크나 파이나 맛있는 샐리런 빵은 전혀 사지 않았다.

그녀는 그가 점점 여위고 자신감을 잃는 것 같다고 생각했다. 그녀의 심장은 그의 형편없는 구매 목록에 좋은 양식을 더해 주고픈 마음이 간절했다. 하지만 감히 그런 제안을 하지는 못했다. 미술가들의 자부심을 알았기 때문이다.

마사 양은 이제 파란 물방울무늬 실크 블라우스를 입고 카운터 앞에 섰다. 그리고 뒷방에서 모과 씨와 붕사를 섞어 수수께끼의 혼합물을 만들었다. 많은 사람이 그것을 피부 미용에 쓴다.

어느 날 그 손님이 평소처럼 찾아와서 진열대에 5센트 동전을 내려놓고 묵은 빵을 찾았다. 마사 양이 빵을 집으려고 할 때 소방차가 나팔 소리와 종소리를 요란하게 울리면서 지나갔다.

손님은 당연히 구경을 하려고 문 앞으로 달려갔다. 그때 마사 양의 머리에 한 가지 생각이 떠올랐고, 그녀는 그 기회를 놓치지 않았다.

카운터 뒤편 선반 아래칸에 10분 전에 우유 장수가 주고 간 신선한 버터 500그램이 있었다. 마사 양은 빵칼로 묵은 빵 두 개에 칼집을 큼직하게 내고 거기에 버터를 듬뿍 넣은 뒤 틈새를 잘 아물렸다.

손님이 다시 돌아왔을 때 그녀는 빵을 종이에 싸고 있었다.

평소보다 훨씬 더 유쾌한 대화를 나눈 후 그가 떠나자, 마사 양은 심장에 가벼운 설렘을 느끼며 조용히 웃었다.

내가 너무 대담했나? 기분 나빠 할까? 아니야, 그러지 않을 거야. 음식에는 무슨 상징의 말 같은 건 없으니까. 버터는 여자답지 않은 뻔뻔함을 상징하지 않으니까.

그날 마사의 생각은 오래도록 그 일에 머물렀다. 그가 그 작은 속임수를 발견했을 때 어떤 일이 펼쳐질지 그녀는 상상해 보았다.

그는 붓과 팔레트를 내려놓을 것이다. 그의 앞에 놓인 이젤에는 완벽한 원근법의 그림이 놓여 있을 것이다.

그는 마른 빵과 물로 점심을 하려고 할 것이다. 그래서 빵을 잘랐는데, 이런!

마사 양은 얼굴을 붉혔다. 그가 빵을 먹으면서 거기 버터를 넣은 손길을 생각할까? 그가 혹시……

현관 종이 딸랑거렸다. 누군가 시끄러운 소리를 내며 들어오고 있었다.

마사 양이 서둘러 나왔다. 두 남자가 서 있었다. 한 사람은 입에 파이프를 문 젊은이로 그녀가 한 번도 본 적이 없는 사람이었다. 다른 사람은 그 미술가였다.

그는 얼굴이 새빨갰고, 모자가 뒤통수 쪽으로 넘어가 있었고, 머리카락이 사납게 헝클어져 있었다. 그리고 불끈 쥔 두 주먹을 마사 양에게 사납게 흔들었다. 마사 양에게.

"둠코프!"* 그가 큰 소리로 고함쳤다. 그러고는 "타우젠돈퍼!"인지 뭔지 독일어로 들리는 말을 했다.

젊은이가 그를 끌어내리려고 했다.

"난 안 가. 저 여자한테 말할 거야." 그가 화가 나서 말했다.

그는 마사 양의 카운터를 쾅 내리쳤다.

"당신이 나를 망쳤어." 그가 안경 속 파란 눈을 이글거리며 소리쳤다. "똑똑히 말해 주지, 이 참견쟁이 노처녀야."

마사 양은 선반에 힘없이 기대서 파란 물방울무늬 실크 블라우스에 한 손을 얹었다. 젊은이가 동행의 옷깃을 잡았다.

"됐어요. 이제 그만해요." 그가 그렇게 말하고는 성난 남자를 끌고 밖으로 나갔다가 돌아왔다.

"무슨 일인지 말씀드려야 할 것 같습니다." 그가 말했다. "저분의 이름은 블룸베르거입니다. 건축 설계사죠. 저는 저분과 같은 사무실에서 일합니다.

블룸베르거 씨는 석 달 동안 새 시청 건물 설계도를 작업했어요. 공모가 있었거든요. 어제 잉크 작업을 마쳤습니다. 설계사들은 항상 처음에 연필로 작업을 해요. 그리고 완성되면 연필 자국을 묵은 빵으로 지우고요. 그게 인도 고무보다 낫거든요.

블룸베르거 씨는 여기서 계속 빵을 샀어요. 그리고 오늘, 아시겠지만

*독일어로 '바보'라는 뜻.

그 버터가…… 블룸베르거 씨 설계도는 이제 조각조각 잘라서 철도변 노점 샌드위치를 싸는 데나 쓸 수 있는 상태가 되었어요."

마사 양은 뒷방으로 갔다. 거기서 파란 물방울무늬 실크 블라우스를 벗고 예전의 갈색 모직 옷으로 갈아입었다. 그러고는 모과 씨와 붕사 혼합물을 창밖의 쓰레기통에 버렸다.

율리시스와 개지기
Ulysses and the Dogman

개지기들의 시간을 아는가?

땅거미가 손가락을 들어 뉴욕 시의 경계선을 흐릿하게 문지르기 시작하면, 도시 생활의 가장 우울한 광경 중 하나가 펼쳐진다.

절벽 거주자들이 사는 뉴욕의 고층 아파트 산과 봉우리에서 한때 사람이었던 생명체가 떼를 지어 슬금슬금 기어 나온다. 그들은 지금도 두 다리로 직립하고 인간의 형체와 언어를 간직하고 있지만, 잘 보면 그들이 움직이는 동물을 뒤따르고 있는 것을 알 수 있다. 각각의 생명체들은 인공 인대로 묶인 개를 따라간다.

이들은 모두 키르케*에게 희생당한 자들이다. 그들은 마지못해 파

---

*『오디세이』(영어 이름 율리시스)에 나오는 마녀. 오디세이의 부하들을 돼지로 만들었다.

이도의 심부름꾼, 불테리어의 사환, 타우저의 아이가 된다.* 현대 세계의 키르케는 남자를 동물로 만드는 대신 친절하게 남자와 동물 사이에 180센티미터 길이의 목줄을 끼워 넣었다. 이 개지기들은 모두 각자의 키르케에게서 소중한 애완동물에게 바람을 쐬어 주라는 구슬림과 꼬임과 명령을 받았다.

그 얼굴과 태도를 보면 개지기들이 대책 없는 주술에 걸려 있다는 걸 알 수 있다. 마법을 풀어 줄 개 포획자 율리시스는 오지 않을 것이다.

어떤 이들은 얼굴이 돌처럼 굳어 있다. 그들은 동정이나 호기심, 동료 인간의 조롱을 받을 수준을 멀찌감치 벗어나 있다. 오랜 세월 이어진 결혼 생활과 강제 애견 산책이 그들을 무감각하게 만들었다. 가로등 기둥이나 보행자의 다리에 걸린 목줄을 푸는 그들의 태도는, 연줄을 조절하는 옛 중국 관리들처럼 무신경하다.

로버**의 수행자 지위로 강등된 지 그리 오래지 않은 이들은 마치 쓴 약을 먹듯 골이 나서 사납게 목줄을 잡는다. 그들이 목줄을 한 개를 데리고 다니는 기분은 여자들이 성대 낚시를 하는 기분만큼이나 즐겁지 않다. 우리가 그들을 보면, 그들은 전투견을 슬며시 놓아주겠다는 듯이 위협적인 표정으로 노려본다. 그들은 아직 키르케의 마법이 제대로 통하지 않은 반항적인 개지기들이니, 그들의 개가 우리 발목을 쿵쿵거린다 해도 걷어차지 않는 편이 현명하다.

이 부족의 또 다른 부류는 조금은 덜 날카로운 듯하다. 그들은 대개 생기 없는 젊은이로 금색 모자를 쓰고 담배를 입에 물고 있는데, 자기 개와 어울리지 않는 모습이다. 그래도 그들이 목띠에 공단 리본을 단 개

*파이도와 타우저는 미국에 흔한 개 이름.
**역시 흔한 개 이름.

를 얼마나 열심히 수행하는지, 그 일이 무슨 개인적인 이득을 가져다주는 게 아닌가 궁금해질 정도다.

이렇게 사람에게 인도받는 개들은 아주 다양하다. 하지만 뚱뚱하고 고약하고 제멋대로고 변덕스럽다는 점에서는 똑같다. 녀석들은 까탈스레 목줄을 당기고, 현관 계단, 난간, 기둥이 나타날 때마다 코를 들이밀고 여유롭게 탐색을 한다. 마음 내키는 대로 자리에 앉아서 쉰다. 3번가 비프스테이크 먹기 대회 우승자처럼 숨을 헐떡인다. 또 열린 지하 창고와 석탄 창고로 뒤뚱뒤뚱 걸어 들어간다. 그들은 개지기들이 정신없이 춤을 추게 한다.

절벽의 키르케들이 부리는 이 불쌍한 견공국의 유모, 똥개 돌보미, 잡종개 관리자, 스피츠 추적자, 푸들 견인자, 스카이테리어 시종, 닥스훈트 대리자, 테리어 하인, 포메라니안 보육자 모두는, 자신이 맡은 동물들을 온순하게 따라간다. 멍멍이들은 그들을 두려워하지도 존중하지도 않는다. 목줄 끝에 붙들린 이 남자들은 한 집안의 주인일지 몰라도 그들의 주인은 아니다. 멍멍이들은 몇 번의 으르렁거림만으로 외출할 때 자신의 목줄을 잡아야 하는 그 두 발 생명체를 안락한 집 안에서 비상계단으로, 소파에서 소형 화물 엘리베이터로 수월하게 쫓아낸다.

어느 날 저물녘 개지기들은 평소처럼 키르케들의 탄원, 보상, 또는 채찍질에 떠밀려 밖으로 나왔다. 그중 아주 강건한 남자가 한 명 있었다. 이런 가벼운 임무에 어울리지 않을 만큼 체격이 단단했다. 표정은 우울하고 태도는 열의가 없었다. 그가 잡은 목줄 끝에는 지독하게 뚱뚱하고, 악마처럼 심술궂고, 인도자의 말을 듣지 않는 고약한 흰 개가 있었다.

그 개지기는 아파트 건물 옆 모퉁이에 이르자 이 치욕을 목격할 사람이 적은 곳을 찾아 옆길로 돌아들었다. 흡족한 짐승은 그의 앞을 뒤뚱

뒤뚱 걸었고, 심술과 걷는 운동으로 숨을 헐떡였다.

그러다 개가 우뚝 멈추었다. 키가 크고 피부가 갈색이며 긴 외투를 입고 챙 넓은 모자를 쓴 남자가 거인처럼 길을 가로막고 서서 말했다.

"이런 염병할 일이 있나!"

"짐 베리!" 개지기가 느낌표가 담긴 목소리로 나직하게 외쳤다.

"샘 텔페어. 이런 망할 놈. 악수나 하자!" 챙 넓은 모자가 다시 소리쳤다.

그들은 손의 세균도 죽을 것 같은 짧고 강한 서부식 악수를 했다.

"웬수 떨거지 같은 놈!" 챙 넓은 모자가 갈색 얼굴에 주름을 가득 지어 웃으며 말을 이었다. "5년 만이잖아. 여기 온 지 일주일이 됐지만 이런 데서는 당최 사람을 찾을 수가 있어야지. 그래, 결혼하니 좋아?"

발효된 반죽처럼 뭉클뭉클하고 무겁고 부드러운 것이 짐의 다리에 기대서 으르렁거리며 바지를 씹었다.

"그런데," 짐이 말했다. "네 올가미에 걸린 이 뚱뚱한 광견병 덩어리는 뭐야? 네가 이 도시 유기견 보호소장이야? 이게 개야 뭐야?"

"한잔해야겠는걸. 가지." 개지기가 자신의 개를 상기시키는 말에 낙담해서 말했다.

가까운 곳에 카페가 있었다. 대도시는 언제나 그렇다.

그들은 탁자에 앉았고, 뚱보 괴물은 카페 고양이에게 다가가려고 낑낑거리며 목줄을 당겼다.

"위스키." 짐이 웨이터에게 말했다.

"같은 걸로." 개지기가 말했다.

"살쪘군." 짐이 말했다. "그리고 매여 사는 것 같아. 동부가 너하고 맞는지 모르겠다. 내가 여기 온다니까 친구들이 다 너를 찾아보라고 했어. 샌디 킹은 클론다이크*로 갔어. 왓슨 버렐은 피터스 집 큰딸하고 결혼

334

했고. 나는 소 살 돈을 벌었고, 리틀파우더 강변에 넓은 미개간지도 샀어. 내년 가을에 울을 칠 거야. 빌 롤린스는 농사를 지으러 갔어. 빌을 잊지는 않았겠지? 그 친구가 프레리뷰의 학교 선생이던 마셀라를, 그러니까 네 아내를 따라다녔잖아. 미안, 샘. 어쨌건 행운은 너에게 돌아갔지. 텔페어 부인은 어때?"

"쉬―잇! 주문해." 개지기가 종업원을 신호로 부르며 말했다.

"위스키." 짐이 말했다.

"같은 걸로." 개지기가 말했다.

"잘 지내지." 개지기가 물을 한 잔 하고 말을 이었다. "마셀라는 자기 고향 뉴욕이 아닌 곳에서는 살려고 하지 않았어. 우리는 아파트에 살아. 저녁 6시면 나는 개를 산책시키러 나오지. 마셀라의 개야. 저 개하고 나만 한 견원지간은 세상에 다시없을 거야. 개 이름은 러브킨스야. 마셀라는 우리가 외출한 동안 저녁 식사에 나갈 옷을 차려입어. 우리는 타블 도트**를 먹어. 너도 먹어 봤어?"

"아니, 못 먹어 봤어." 짐이 말했다. "간판은 봤지만 나는 '테이블 드 홀'***인 줄 알았어. 포켓볼을 프랑스어로 말하는 건 줄 알았지. 맛은 어때?"

"네가 뉴욕에 좀 더 있을 계획이면 같이……"

"안 돼. 오늘 저녁 7시 25분에 떠나. 더 있고 싶지만 그럴 수 없어."

"그러면 선착장까지 바래다주지." 개지기가 말했다.

그사이 개는 짐의 다리와 의자 다리를 한데 묶은 채 혼수상태 같은

---

*캐나다 북서부의 금광 지역.
**table dote, 바른 표기는 table d'hôte로 '세트 메뉴'라는 뜻.
***table de hole.

잠에 빠져 있었다. 짐이 비틀거리자 목줄이 약간 뒤틀렸다. 잠에서 깬 짐 승의 비명이 온 블록에 울렸다.

"저게 네 개라면 저놈 목에 두른 장비를 다리에 감아 버리고 그냥 헤 어져서 잊어버리는 게 어때?" 다시 길에 나서자 짐이 말했다.

"어떻게 감히?" 개지기가 대담한 제안에 놀라서 말했다. "녀석은 침대 에서 자. 나는 안락의자에서 자고. 내가 쳐다보면 녀석은 울부짖으면서 마셸라에게 달려가. 짐, 언젠가 내가 저 개한테 복수할 거야. 그러기로 마음을 먹었어. 녀석의 모기장에 칼로 구멍을 뚫어서 모기가 마구 들어 가게 할 거야. 두고 봐, 반드시 할 테니!"

"제정신이 아니군, 샘 텔페어. 너는 예전의 네가 아니야. 나는 이런 도 시와 아파트 같은 것에 대해서는 몰라. 하지만 네가 프레리뷰에서 당밀 통에서 뜯어낸 놋쇠 꼭지로 틸럿슨 집 두 아들을 모두 물리치는 걸 두 눈으로 보았어. 네가 리틀파우더 강변에서 가장 거친 수송아지에 밧줄 을 걸고 묶는 것도."

"정말 그랬지." 개지기가 잠시 눈을 반짝이며 말했다. "하지만 그건 내 가 이 생활을 하기 전이지."

"텔페어 부인이……" 짐이 말을 꺼냈다.

"쉿! 여기 또 카페가 있군." 개지기가 말했다.

그들은 바에 나란히 앉았다. 개는 발치에서 잠이 들었다.

"위스키." 짐이 말했다.

"같은 걸로." 개지기가 말했다.

"황무지를 샀을 때 네 생각이 났어." 짐이 말했다. "네가 거기서 목장 일을 같이 하면 좋겠다고 생각했지."

"지난 화요일에 이 녀석이 내 발목을 물었어." 개지기가 말했다. "내가 커피에 크림을 넣겠다고 해서. 크림은 늘 녀석 차지거든."

"너는 이제 프레리뷰가 마음에 들 거야." 짐이 말했다. "사방 80킬로미터의 카우보이가 그리로 모여. 우리 목장에서 읍내하고 가장 가까운 곳은 거리가 25킬로미터도 안 돼. 철조망 한쪽은 직선 길이가 65킬로미터나 되지."

"침실에 가려면 부엌을 지나가야 돼." 개지기가 말했다. "욕실에 가려면 응접실을 지나가야 하고, 거기서 침실로 가려면 식당을 지나가야 해서, 나는 부엌으로 돌아서 가. 녀석은 잠을 자면서 코도 골고 짖기도 해. 또 나는 녀석의 천식 때문에 담배도 공원에 나가서 피워야 해."

"텔페어 부인은……" 짐이 말을 꺼냈다.

"아, 그만! 이번엔 뭐야?" 개지기가 말했다.

"위스키." 짐이 말했다.

"같은 걸로." 개지기가 말했다.

"이제 선착장으로 가야겠는걸." 친구가 말했다.

"가자, 더러운 놈. 등은 거북 같고, 머리는 뱀 같고, 다리는 공원 벤치 같고, 몸무게는 1톤 반이나 나가는 비누 기름 같은 놈아!" 개지기가 소리쳤다. 그 목소리는 전과 달랐고, 목줄을 잡는 손길도 전과 달랐다. 개는 그들을 따라 나섰지만, 보호자의 말투가 달라진 것에 크응 하고 성난 소리를 냈다.

23번로 입구에서 개지기가 술집 안으로 앞장서서 들어갔다.

"마지막 기회야. 주문해." 그가 말했다.

"위스키." 짐이 말했다.

"같은 걸로." 개지기가 말했다.

"리틀파우더 강변의 목장을 책임져 줄 사람을 어디서 찾아야 할지 모르겠어." 목장주가 말했다. "내가 좀 아는 사람이었으면 좋겠어. 그렇게 훌륭한 평원과 삼림은 너는 본 적이 없을 거야, 샘. 이제 네가……"

"광견병 말인데," 개지기가 말했다. "어느 날 밤에 녀석이 내 다리를 물어서 살점을 뭉텅 뜯어냈어. 내가 마셀라 팔에 앉은 파리를 때렸다는 이유로 말이야. '불소독을 해야겠어.' 마셀라가 말했고 나도 그렇게 생각했지. 내가 의사에게 전화했는데, 의사가 오자 마셀라는 이러더군. '의사가 강아지 입을 치료하는 동안 불쌍한 이 녀석을 나랑 같이 잡고 있어 줘. 아, 그리고 당신은 물렸지. 녀석의 이빨에 바이러스가 없었어야 할 텐데.' 이 일을 어떻게 생각해?"

"텔페어 부인은……" 짐이 입을 열었다.

"아, 그만. 여기 다시!" 개지기가 말했다.

"위스키." 짐이 말했다.

"같은 걸로." 개지기가 말했다.

그들은 선착장으로 갔다. 목장주가 매표소 창 앞으로 갔다.

그때 갑자기 강력하고 빠른 발길질 소리가 서너 번 나더니 공중에 개의 비명이 울렸다. 잠시 후 고통과 분노에 찬 뚱뚱한 안짱다리 개가 혼자서 미친 듯이 거리를 달려갔다.

"덴버 행 표요." 짐이 말했다.

"같은 걸로." 전직 개지기가 말하며 주머니에 손을 넣었다.

모르페우스에 맞서
At Arms with Morpheus

톰 홉킨스가 어쩌다 그런 실수를 했는지 나는 이해할 수가 없다. 그는 고모의 유산을 상속받기 전에 의과대학을 한 학기 다닌 경력이 있고 의학 지식이 상당하다고 알려졌기 때문이다.

우리는 그날 저녁 함께 어딘가를 다녀왔는데, 그런 뒤 톰은 자신의 고급 아파트로 가기 전에 잠시 내 집에 들러 나와 함께 파이프를 피우며 잡담을 나누었다. 내가 잠시 다른 방에 갔을 때 톰이 낭랑하게 말하는 소리가 들렸다.

"빌리, 자네가 상관없다면 키니네를 4그레인* 먹을게. 몸이 춥고 떨려. 감기에 걸리려나 봐."

*약 0.24그램.

"좋아." 내가 소리쳐 대답했다. "두 번째 선반에 키니네 병이 있어. 한 숟갈 먹으면 나아질 거야."

내가 다시 돌아온 뒤 우리는 함께 벽난로 앞에 앉아 파이프를 피웠다. 그런데 8분가량 지나서 톰이 스르르 쓰러졌다.

나는 얼른 약장에 가서 안을 들여다보았다.

"이런 바보! 돈이 사람을 이렇게 멍청이로 만든다니까!" 내가 화가 나서 말했다.

거기에는 톰이 마시고 뚜껑을 닫아 두지 않은 모르핀 병이 있었다.

나는 위층에 사는 젊은 의사를 찾아가서, 광장 두 곳 너머에 있는 경륜 있는 의사 게일스를 불러오라고 했다. 톰 홉킨스처럼 돈이 많은 사람을 전도유망한 젊은 의사의 손에만 맡길 수는 없었다.

게일스가 왔고, 우리는 톰에게 의학이 허락하는 가장 비싼 치료를 베풀었다. 상당히 과감한 치료법을 실행한 뒤, 우리는 그에게 카페인 시트르산염을 계속 주고 진한 커피도 주고 두 사람이 양쪽에서 잡고 왔다 갔다 걸어 다니게도 했다. 게일스 박사는 그를 꼬집고 얼굴을 찰싹찰싹 때리는 등 앞으로 예상되는 큰 금액의 치료비를 위해 많은 노력을 기울였다. 위층 젊은 의사는 톰을 세게 걷어찼다가 내게 사과했다.

"어쩔 수 없었어요." 그가 말했다. "내 평생 백만장자를 찬 건 이번이 처음이에요. 다시는 기회가 없을지도 몰라요."

"이제 괜찮을 겁니다." 두 시간이 지난 뒤 게일스 박사가 말했다. "하지만 앞으로 한 시간 동안은 잠들지 않게 하세요. 계속 말을 걸고 때때로 몸을 흔들어 주세요. 맥박과 호흡이 평소 수준으로 돌아오면 그때 자게 하세요. 이제 선생께 맡기고 갑니다."

나는 톰과 둘이 남았고, 그는 소파에 누워 있었다. 그는 조용했고, 눈은 절반쯤 감겨 있었다. 나는 그가 잠에 빠지지 않도록 작업에 착수했다.

"이봐, 친구." 내가 말했다. "아슬아슬했지만 위기는 넘겼어. 톰, 자네가 의과대학을 다닐 때 m-o-r-p-h-i-n-e은 '키니네'라고 읽지 않는다는 걸 못 배웠어? 더군다나 4그레인을 먹다니. 하지만 자네가 일어설 때까지는 그 말은 그만하겠어. 어쨌거나 약을 제대로 썼어야지. 처방할 자격도 있는 사람이 말이야."

톰은 기력 없고 멍청한 미소로 나를 보았다.

"빌리." 그가 웅얼거렸다. "벌쉐가 값비싼 장미콧 옆울 붕붕 떠도눈 것 같아. 날 게롭히지 마. 이제 잘 거야."

그러더니 2초 후에 잠이 들었다. 나는 그의 어깨를 잡고 흔들었다.

"톰." 내가 엄격하게 말했다. "이러면 안 돼. 게일스 박사가 한 시간 안에는 잠들면 안 된다고 했어. 눈 떠. 아직 확실히 안전한 건 아냐. 정신 차려."

톰 홉킨스는 몸무게가 90킬로그램이다. 그는 다시 잠이 묻은 미소를 보이고 잠 속으로 더 깊이 빠져들었다. 나는 그를 일으켜 세워서 방을 걸어 다니게 하고 싶었지만 그렇게 하는 것보다는 클레오파트라의 바늘*과 왈츠를 추는 게 더 쉬울 것 같았다. 톰의 호흡이 깊어졌고, 모르핀에 중독되었을 때 그것은 위험했다.

나는 생각해 보았다. 친구의 몸을 일으킬 수는 없다. 그래도 그의 정신은 깨워야 했다. '톰을 화나게 하자'는 생각이 떠올랐다. 좋아! 하지만 어떻게? 톰의 갑옷에는 아무런 틈이 없었다. 착한 친구! 그는 선량함 자체였고, 정중한 신사였으며, 햇빛처럼 밝고 진실하고 투명했다. 그는 아

---

*고대 이집트의 대형 오벨리스크.

직도 이상과 율법이 있는 남부 지방 출신이었다. 뉴욕은 그를 매혹시켰지만 오염시키지는 않았다. 그는 여자들에게 지난날의 기사도적 존경을 품었고, 그것은…… 유레카! 거기 방법이 있었다! 나는 1,2분 동안 머릿속으로 열심히 이야기를 지어냈다. 톰 홉킨스에게 느닷없이 그런 말을 한다고 생각하니 웃음이 나왔다. 나는 곧 그의 어깨를 잡고 귀가 펄럭이도록 몸을 흔들었다. 그는 나른하게 눈을 떴다. 나는 경멸과 비난 어린 표정으로 손가락을 그의 코 5센티미터 앞에 들이댔다.

"잘 들어, 홉킨스." 내가 또박또박 말했다. "자네하고 나는 좋은 친구야. 하지만 분명히 말해 두겠는데, 나는 자네처럼 비겁하게 행동하는 사람에게는 이제 우정의 문을 닫아 두고 싶어."

톰은 전혀 관심 있는 표정이 아니었다.

"무슨 일이야, 빌리? 옷이 안 맞아서 불편해?" 그가 차분하게 물었다.

"내가 자네라면," 나는 계속 말했다. "다행히 그런 일은 없지만 말이야, 어쨌건 그렇다면 나는 눈을 감는 일이 두려울 거야. 남부의 외로운 솔숲에서 자네를 기다리는 그 여자를 생각해 봐. 자네가 부자가 되고 나서 까맣게 잊어버린 여자 말이야. 헛소리하는 거 아냐. 자네가 가난한 의대생일 때 그 여자는 자네한테 걸맞았지. 하지만 자네가 백만장자가 된 지금은 상황이 달라졌어. 그 여자는 남부의 신사를 각별히 존경하라고 배우며 자랐을 텐데 이제 그 계급의 이런 행동을 어떻게 생각할지 궁금하군. 이런 이야기를 하게 돼서 안타까워, 홉킨스. 하지만 그동안 자네가 워낙 감쪽같이 감추고 연기를 기가 막히게 해서 그런 남자답지 못한 수작을 벌였을 거라고는 생각도 못 했어."

불쌍한 톰. 그가 마약의 힘과 맞서 싸우는 모습을 보니 터져 나오려는 웃음을 참기가 힘들었다. 그는 분명히 화가 나 있었고 그것은 당연했다. 톰은 남부인의 격렬한 기질이 있었다. 이제 뜨고 있는 그의 눈 안엔 불길마저 번득였다. 하지만 여전히 모르핀 때문에 정신이 흐리멍덩했고 혀도 잘 움직여지지 않았다.

"그, 그만해! 가, 가만두지 않겠어." 그가 더듬거리며 말했다.

그는 소파에서 몸을 일으키려고 했다. 하지만 덩치가 아무리 커도 그는 지금 기력이 없었다. 나는 한 팔로 그를 밀었다. 그는 덫에 걸린 사자처럼 성난 눈을 하고 누워 있었다.

'그걸로 얼마간은 버텨 주겠지, 바보 같은 친구.' 내가 속으로 말했다. 나는 일어나서 파이프에 불을 붙였다. 담배가 필요했기 때문이다. 나는 잠시 방 안을 서성거리며 이렇게 멋진 생각을 해낸 나 자신을 칭찬했다.

코 고는 소리가 들렸다. 돌아보니 톰이 다시 잠을 자고 있었다. 나는 그에게 가서 주먹으로 턱을 가격했다. 그는 바보처럼 기분 좋고 불만 없는 얼굴로 나를 보았다. 나는 파이프를 씹으며 그를 호되게 꾸짖었다.

"자네가 얼른 기력을 회복해서 빨리 내 집을 나가 주었으면 좋겠어." 내가 모욕적으로 말했다. "내가 자네를 어떻게 생각하는지는 이미 말했지. 자네한테 명예나 정직함이 남아 있다면 다시 신사들과 어울리기 전에 한 번 더 생각해 봐야 할 거야. 그 아가씨가 불쌍해." 나는 비아냥거렸다. "우리처럼 돈 있는 사람한테는 미모도 세련미도 떨어지기는 해. 그 여자하고 같이 5번 가를 걷는 게 창피한 거지? 홉킨스, 자네는 불한당보다 47배는 더 나빠. 돈이 무슨 상관이야? 나는 상관없어. 그 여자도 상관없을 거야. 자네도 상관하지 않으면 더 멋진 사나이가 되었겠지만 스스로 비겁자가 되어서," ─나는 그 말이 상당히 극적으로 여겨졌다─ "착한 여자의 심장에 비수를 꽂았으니," (톰 홉킨스가 착한 여자의 심장에 비수를 꽂다니!) "되도록 빨리 이 집을 나가 줘."

나는 톰에게서 등을 돌리고 거울 속 내 모습을 보며 한쪽 눈을 찡긋했다. 그가 움직이는 소리가 들려서 얼른 돌아보았다. 90킬로그램 덩치가 뒤에서 덮치는 일은 원하지 않았다. 하지만 톰은 몸을 약간만 돌렸고, 한 팔을 얼굴에 대고 있었다. 그는 아까보다 뚜렷한 목소리로 짧게 말했다.

"나라면 빌리, 사람들이 자네에 대해…… 거짓말하는 걸 들었더라도…… 자네에게 이런 식으로…… 말하지 않았을 거야. 하지만 내가 몸을 가눌 수 있게 되면 자네 목을 부러뜨리겠어…… 잊지 마."

나는 약간 부끄러웠다. 하지만 다 톰을 위해서였다. 내일 아침에 내가 자초지종을 설명하면 우리는 그 일을 두고 함께 웃을 수 있을 것이다.

20분가량 지난 뒤 톰은 깊은 잠에 빠졌다. 나는 그의 맥박을 재고 숨소리를 듣고는 그가 잠을 자도록 내버려 뒀다. 모든 것이 정상으로 돌아왔고 톰은 안전했다. 나는 다른 방으로 가서 침대에 쓰러졌다.

다음 날 아침 깨어나 보니 톰은 이미 일어나서 옷도 다 입은 상태였다. 그는 예전과 똑같은 모습이 되었고, 다른 점이라면 신경이 바르르 떨리고 혀가 참나무 조각처럼 뻣뻣하다는 것뿐이었다.

"난 정말 바보였어." 그가 생각에 잠겨 말했다. "약을 먹으면서 키니네병이 이상하게도 생겼다고 생각했지. 나를 회복시키느라고 자네가 고생이 많았겠어."

나는 별일 아니었다고 했다. 그는 어젯밤 일을 제대로 기억하지 못하는 것 같았다. 내가 그를 잠들지 않게 하려고 무슨 일을 했는지 다 잊은 것 같아서 나는 아무 말도 하지 않았다. 나중에 톰이 정말로 건강을 회복하면 웃으며 그 일을 이야기할 수 있을 것이다.

톰이 나가려고 하다가 문을 연 채 서서 내 손을 잡더니 조용히 말했다.

344

"고마워, 친구. 나를 위해 그렇게 애써 줘서. 지금 곧장 가서 그 여자에게 전보를 칠 거야."

기회의 유령
A Ghost of a Chance*

"어깨 지게래요." 킨솔빙 부인이 안타깝게 말했다.

벨러미 벨모어 부인은 연민을 담아 눈썹을 추켜올렸다. 그런 식으로 그녀는 애도와 더불어 상당한 놀라움을 표현했다.

"그 부인이 그렇게 사방팔방 떠들고 다녀요." 킨솔빙 부인이 다시 말했다. "우리 집에서 지낼 때 방에서 유령을 보았다고요. 그 방이 우리 집 최고의 손님방인데도요. 유령이 한쪽 어깨에 지게를 지고 있었대요. 작업복을 입은 노인이었고, 파이프를 문 채 지게를 졌대요! 그런 어처구니없는 말을 하다니 정말 악의적이에요. 킨솔빙 가에 지게를 지는 사람은 없었어요. 시아버님이 건축업으로 돈을 번 건 모두 아는 사실이지만 직

*본래는 '희박한 가능성'이라는 뜻의 관용 표현이다.

접 노동을 한 적은 없어요. 그분이 이 집을 직접 설계했지만, 지게라니! 왜 그렇게 잔인하고 악의적인 말을 퍼뜨리는 거죠?"

"안타까운 일이네요." 벨모어 부인이 아름다운 눈으로 연보라색과 금갈색으로 꾸민 널따란 침실을 둘러보며 조용히 말했다. "이 방에서 그걸 봤다고 하다니! 아뇨, 저는 유령이 겁나지 않아요. 저에 관한 한 걱정하실 것 없어요. 저는 부인이 이 방을 주셔서 기뻐요. 저는 가족 유령을 흥미로워하거든요! 하지만 그 이야기는 정말 앞뒤가 맞지 않네요. 피셔사임킨스 부인은 그럴 분이 아닌 줄 알았는데 말예요. 어깨 지게는 벽돌을 나르는 거잖아요? 유령이 왜 석조 주택에 벽돌을 지고 와야 할까요? 안타깝지만 피셔사임킨스 부인이 나이가 들면서 예전 같지 않은 것 같네요."

"이 집은 킨솔빙 가가 독립전쟁 시절에 살던 옛집 터에 지었어요." 킨솔빙 부인이 말했다. "그러니 이 집에 유령이 있는 건 이상한 일이 아니죠. 그린 장군 부대에서 싸운 킨솔빙 대위가 있어요. 그걸 입증할 신문 기사는 못 찾았지만요. 가족 유령이 있다면, 벽돌공 대신 그분이어야 하지 않나요?"

"독립군 조상의 유령이라면 나쁘지 않네요." 벨모어 부인이 동의했다. "하지만 유령들이 얼마나 제멋대로고 분별없는지 아시잖아요. 아마 유령도 사랑처럼 '보는 사람 마음'에 달려 있나 봐요. 유령을 보는 사람들이 유리한 건 그 이야기를 반박할 방법이 없다는 거죠. 틀림없이 악의적인 눈으로 봐서, 독립군의 군용 배낭이 어깨 지게로 보였을 거예요. 킨솔빙 부인, 그 일은 그만 생각하세요. 분명히 군용 배낭이었을 거예요."

"하지만 사방에 그 이야기를 하고 다닌다니까요!" 킨솔빙 부인은 그 말에 위로받지 못하고 신음하듯 말했다. "얼마나 자세히 말하는데요. 파이프도 보았고, 게다가 유령이 작업복을 입고 있었다고 떠들어 대요. 그 부분에서는 어떻게 빠져나가나요?"

"작업복에는 아예 들어가지 말아야죠." 벨모어 부인이 우아하게 하품을 참으며 말했다. "너무 뻣뻣하고 구김이 많잖아요. 거기 펠리스니? 목욕물을 준비해 주렴. 클리프탑에서는 정찬 시각이 7시인가요, 킨솔빙 부인? 정찬 전에 담소를 위해 들러 주셔서 고맙습니다! 이런 격의 없는 대접이 저는 정말 좋아요. 남의 집에 온 것 같지가 않네요. 하지만 이제 옷을 갈아입어야겠네요. 저는 너무 게을러서 늘 그 일을 마지막 순간에야 한답니다."

피셔사임킨스 부인은 킨솔빙 가가 사교계라는 파이에서 얻은 가장 훌륭한 과실이었다. 오랫동안 그 파이 자체가 그들의 손이 닿지 않는 높은 선반에 있었다. 하지만 돈과 노력으로 마침내 그 파이를 내릴 수 있었다. 피셔사임킨스 부인은 상류사회 의장대의 연락병이었다. 그녀는 반짝이는 재치와 빠른 발로 사교계라는 엿보기 놀이터의 최신 사건과 놀라운 소식들을 전달했다. 이전까지 부인의 명성과 지도력은 무도회에서 살아 있는 개구리를 선물로 돌리는 식의 잔재주가 필요 없을 만큼 견실했다. 하지만 이제 왕좌를 지키기 위해 그런 일들이 필요하게 되었다. 게다가 어처구니없게도 중년의 나이가 그녀의 발걸음을 관장하기 시작했다. 선정적인 신문들은 그녀에 대한 지면을 한 면 전체에서 2단으로 줄였다. 그녀는 재치에 가시를 키웠다. 그녀의 태도는 자신의 전제정치를 확립하려면 자신만 못한 유력자들의 습벽을 조롱해야 할 엄중한 의무라도 있는 것처럼 무례해졌다.

그녀는 킨솔빙 가의 초대에 약간 압박을 받고 그들의 집에서 하루 저녁과 하룻밤을 보내 주기로 양보했다. 그리고 여주인에게 복수를 하고

자 음침한 즐거움과 냉소적 유머를 섞어서 어깨 지게를 진 유령 이야기를 했다. 갈망하던 사교계 내부로 이만큼 들어온 것에 열렬히 기뻐하던 킨솔빙 부인에게는 낙심천만한 결과였다. 사람들은 모두 위로하거나 웃었고, 그 두 가지 외에 다른 태도를 취할 수 있는 여지는 거의 없었다.

하지만 이후 킨솔빙 부인의 희망과 총기는 더 큰 두 번째 목표물을 포획함으로써 되살아났다.

벨러미 벨모어 부인은 클리프탑에 와달라는 초대를 받아들이고 사흘을 머물기로 했다. 벨모어 부인은 귀부인 가운데 젊은 편이었지만, 미모와 혈통과 부를 통해 열성적 노력 없이도 일찌감치 사교계 지성소에 자리를 확보했다. 그녀는 킨솔빙 부인이 그토록 열렬하게 바라는 방문을 너그럽게 베풀기로 했지만 동시에 그 일이 테렌스를 기쁘게 할 것임도 고려했다. 그곳을 방문하면 결과적으로 그에 대한 의문도 풀 수 있을 것 같았다.

테렌스는 킨솔빙 부인의 아들이었다. 스물아홉 살의 상당한 미남으로, 매력적이면서도 신기한 두세 가지 특징이 있었다. 한 가지는 어머니에게 지극하다는 점인데, 그것 하나만도 사람들의 눈길을 끌 만큼 특이한 점이었다. 또한 그는 다른 사람들의 신경에 거슬릴 만큼 말수가 적어서, 성격이 아주 소심하거나 아주 심오하거나 둘 중 하나 같았다. 벨모어 부인은 테렌스에게 흥미를 느꼈다. 소심함과 심오함 어느 쪽인지 알 수 없었기 때문이다. 그녀는 흥미를 잃을 때까지 그를 좀 더 관찰하고자 했다. 그가 소심한 쪽이면 그를 버릴 것이었다. 소심한 건 지루하기 때문이다. 그가 심오한 쪽이라도 그를 버릴 것이었다. 심오함은 변덕스럽기 때문이다.

벨모어 부인이 방문한 지 사흘째 되는 날 오후에 테렌스는 부인을 찾으러 돌아다니다가, 어느 후미진 구석에서 사진첩을 보고 있는 그녀를 발견했다.

"이 집에 와서 근심을 덜어 주셔서 고맙습니다." 그가 말했다. "피셔사 임킨스 부인이 배에 구멍을 뚫고 떠났다는 말씀을 들으셨겠지요. 그 어깨 지게로 배 밑바닥의 널빤지 하나를 완전히 들어냈어요. 어머니는 그 일로 인해 몹시 상심하셨습니다. 그러니 벨모어 부인께서 여기 계시는 동안 저희를 위해 유령을 하나 보아 주실 수 없을까요? 그러니까 머리에 귀족의 관을 쓰고 겨드랑이에 수표책을 낀 일급 유령을요."

"그런 이야기를 하다니 그 부인이 너무 고약했어요." 벨모어 부인이 말했다. "식사를 너무 많이 대접하신 것 같아요. 하지만 어머니께서 그 일을 정말로 심각하게 여기시는 건 아니죠?"

"심각하게 여기시는 듯합니다." 테렌스가 대답했다. "어깨 지게 속의 벽돌들이 모두 어머니한테로 떨어진 것 같습니다. 어머니는 좋은 분이고 저는 어머니 걱정을 덜어 드리고 싶습니다. 그 유령이 속한 벽돌공 조합이 파업에 들어갔으면 좋겠네요. 안 그러면 저희 집에 평화는 없을 겁니다."

"저는 지금 그 유령이 나온 방에서 묵고 있어요." 벨모어 부인이 생각에 잠겨 말했다. "하지만 방이 아주 좋아서 행여 유령이 나온다 해도 바꿀 생각이 없어요. 게다가 저는 유령을 겁내지도 않고요. 그런데 제가 전에 나왔다는 유령과 반대되는 바람직하고 귀족적인 유령을 보았다는 이야기를 만들어 내는 건 적절하지 않을 것 같네요. 물론 저는 기꺼이 그 일을 하겠지만, 누가 봐도 앞선 이야기를 덮으려는 일로 보일 거예요."

"맞는 말씀이네요." 테렌스가 갈색 곱슬머리를 두 손가락으로 훑으며 골똘한 표정으로 말했다. "그건 소용없겠네요. 그러면 같은 유령을 다시 보았다고 하되, 작업복은 입지 않은 걸로 하고 어깨 지게에 황금 벽돌이 담겨 있었다고 하는 건 어떨까요? 그러면 유령을 천한 노동의 세계에서 부의 세계로 승격시킬 수 있을 테니까요. 그 정도면 괜찮지 않을까요?"

"조상님 중에 독립전쟁에서 싸운 분이 있지 않나요? 어머니께서 그렇게 말씀하시던데."

"그렇게 알고 있습니다. 배색 조끼와 골프 바지를 입으셨던 분들 중 한 분이었죠. 저 자신은 이 일을 신경 쓰지 않습니다. 하지만 어머니는 위엄과 위신과 화려함에 집착하시고, 저는 어머니 마음을 편하게 해드리고 싶습니다."

"어머니를 그렇게까지 생각하다니 참 착한 아들이로군요, 테렌스." 벨모어 부인이 실크 드레스 자락을 한쪽으로 접어 넘기면서 말했다. "여기 같이 앉아서 함께 사진첩을 봐요. 20년 전 사람들이 그랬듯이. 그리고 하나씩 설명해 줘요. 지평선을 등지고 서서 한 팔을 코린트식 기둥에 대고 있는 이 키 크고 위엄 있는 신사는 누구죠?"

"발이 큰 분 말씀인가요?" 테렌스가 목을 빼며 물었다. "오브래니건 종조부입니다. 바워리 가에서 맥줏집을 하셨죠."

"여기 앉으라고 했잖아요, 테렌스. 내 말을 듣지 않으면 내일 아침에 앞치마를 두르고 맥주잔을 든 유령을 봤다고 말하겠어요. 그래요, 좋아요. 테렌스, 당신 나이에 그렇게 소심한 건 조금 부끄러운 일이에요."

마지막 날 아침 식탁에서 벨모어 부인은 어젯밤 유령을 보았다는 말을 꺼내서 모든 이를 놀라움과 호기심에 빠뜨렸다.

"그 유령이 혹시…… 그…… 그……?" 킨솔빙 부인은 불안과 흥분 속에서 미처 말을 잇지 못했다.

"아뇨, 그런 건 전혀 없었어요."

식탁에 앉은 다른 사람들이 질문을 쏟아 냈다. "무섭지 않았나요?" "유령이 뭘 하던가요?" "어떻게 생겼나요?" "옷은 어떻게 입었죠?" "말을 걸던가요?" "비명이 나오지 않았나요?"

"배가 몹시 고프지만 모든 걸 한 번에 대답해 드릴게요." 벨모어 부인이 당당하게 말했다. "잠을 자다가 이상한 기척이 느껴져서 깼어요. 소리였는지 감촉이었는지는 모르겠어요. 그리고 유령이 서 있었어요. 나는 잘 때 불을 켜놓지 않아서 방은 어두웠지만 아주 똑똑히 볼 수 있었어요. 분명 꿈은 아니었어요. 키가 아주 크고 머리에서 발끝까지 부연 흰색이었어요. 그리고 온통 식민지 시절 복장이었어요. 하얗게 분을 바른 머리, 헐렁한 코트 밑단, 레이스 프릴, 칼까지요. 유령은 어둠 속에서 투명하게 빛났고 소리 없이 움직였어요. 그래요, 저도 처음에는 약간 겁이 났어요. 아니, 놀랐다고 하는 편이 맞겠네요. 평생 유령을 본 건 처음이었으니까요. 아뇨, 말은 하지 않았어요. 저도 비명을 안 질렀어요. 팔꿈치로 일어나 앉았더니 유령은 조용히 물러갔고 문 앞에서 사라졌어요."

킨솔빙 부인은 천국에 들어선 듯했다. "그 모습은 킨솔빙 대위님 같군요. 그린 장군 휘하에 있던 조상님이죠." 목소리는 자부심과 안도감으로 떨렸다. "저희 조상님 유령에 관해 사과드려야겠습니다, 벨모어 부인. 부인의 휴식에 큰 방해가 되었겠군요."

테렌스는 어머니에게 기쁜 축하의 미소를 보냈다. 마침내 킨솔빙 부인의 목표가 달성된 것이었다. 그는 어머니가 기뻐하는 것이 좋았다.

"부끄럽지만 고백하자면 그다지 방해가 되지 않았어요." 벨모어 부인이 이제 식사를 하며 말했다. "여러분들 같았으면 그 고풍스러운 복장을 한 유령을 보고 비명을 지르고 창백해져서 달아났겠지만, 저는 충격이

가라앉은 뒤에는 그렇게 겁나지 않았어요. 유령은 잠시 움직인 뒤 무대에서 조용히 사라졌고, 저는 다시 잠들었어요."

벨모어 부인의 이야기를 들은 사람들은 대부분 그것이 피셔사임킨스 부인이 말한 냉혹한 유령을 덮어 주려는 호의에서 나온 것이라고 예의 바르게 받아들였다. 하지만 한두 명은 벨모어 부인이 진심이라고 여겼다. 부인의 말은 한마디 한마디가 진실하고 솔직한 것 같았다. 유령을 믿지 않는 사람이라 해도 관찰력이 있는 사람이라면, 그녀의 말하는 모습을 보고 그녀의 고백이 진심이라고, 적어도 생생한 꿈에서나마 유령을 본 것이 분명하다고 인정했을 것이다.

곧이어 벨모어 부인의 하녀가 짐을 쌌다. 두 시간 뒤에 자동차가 와서 부인을 기차역으로 데리고 가기로 되어 있었다. 테렌스가 동쪽 베란다를 서성거리는 것을 보고 벨모어 부인이 은근한 눈빛으로 그에게 다가 갔다.

"다른 사람들에게는 거기까지 말하고 싶지 않았어요." 그녀가 말했다. "하지만 당신한테는 말하겠어요. 어떤 면에서는 당신에게 책임이 있으니까요. 어젯밤에 유령이 나를 어떻게 깨웠는지 알아맞혀 볼래요?"

"사슬 소리, 아니면 신음 소리?" 테렌스가 잠시 생각해 보고 말했다. "유령은 대체로 그런 소리를 내니까요."

"제가 혹시 편히 잠들지 못한 킨솔빙 대위의 여자 친척 누군가와 닮았나요?" 벨모어 부인이 뜬금없는 질문을 했다.

"그렇지는 않을 것 같습니다." 테렌스가 어리둥절한 표정으로 말했다. "그분들 중에 미모로 이름을 떨친 분이 있다는 말은 들어 보지 못했으니까요."

"그렇다면 그것이 왜 제게 키스를 했을까요?" 벨모어 부인이 심각한 표정으로 젊은이의 눈을 들여다보며 말했다. "분명히 그랬던 것 같아요."

"이런!" 테렌스가 눈이 휘둥그레져서 소리쳤다. "설마 진담은 아니시겠지요, 벨모어 부인! 정말로 그분이 부인께 키스를 했습니까?"

"저는 그것이라고 했어요." 벨모어 부인이 정정했다. "비인칭 대명사를 사용한 것이 적절했기를 바랍니다."

"그런데 왜 저에게 책임이 있다고 하시는 거죠?"

"당신이 유령의 살아 있는 친척 중에 유일한 남자니까요."

"알겠습니다. '선조의 죄가 후손 3,4대에까지 미친다'*는 말씀이로군요. 하지만 정말로 그분이…… 그것이…… 어떻게 그걸……?"

"알았냐고요? 자다가 그 때문에 깨었는걸요. 거의 확실해요."

"거의라고요?"

"막 깨어 보니…… 아, 내 말 모르겠어요? 자다가 번쩍 깨면 꿈인지 현실인지 처음에는 잘 모르잖아요. 그런데 테렌스, 당신의 실용적 지성에 맞추기 위해 내가 가장 기본적인 감각을 일일이 설명해야 할까요?"

"하지만 키스하는 유령에 대해서는 초보적인 설명이 필요합니다." 테렌스가 겸손하게 말했다. "저는 유령하고 키스해 본 적이 없으니까요. 그건…… 그것은?"

"설명을 원하시니 말씀드리면," 벨모어 부인이 신중하게, 하지만 엷은 미소로 강조하면서 말했다. "그 감각은 물질적인 것과 영적인 것이 섞인 것이에요."

"그건 당연히 꿈이거나 환각이었을 겁니다." 테렌스가 진지해져서 말했다. "요즘에 누가 혼령을 믿겠어요. 부인께서 호의로 그 이야기를 하신

*구약성서 민수기의 한 구절.

거라면 저는 뭐라 말할 수 없을 만큼 감사를 드립니다. 어머니께 큰 기쁨을 드렸으니까요. 독립군 조상은 멋진 생각이었습니다."

벨모어 부인이 한숨을 쉬고 체념하듯 말했다. "저도 유령을 본 다른 사람들과 같은 운명을 맞이했군요. 혼령을 만난 제 특별한 체험이 착각이나 거짓말로 여겨지는 걸 보면. 어쨌건 저는 이 난파 사고에서 한 가지 기억을 건졌네요. 저승에서 온 존재의 키스라는 기억을요. 킨솔빙 대위는 용감한 분이셨나요, 테렌스?"

"요크타운에서 패하셨을 겁니다." 테렌스가 생각에 잠겨 말했다. "첫 번째 전투가 끝난 뒤 중대 전체가 급하게 퇴각했다고 들었습니다."

"겁이 많으셨나 보군요." 벨모어 부인이 건성으로 말했다. "하나 더 있었을지도 몰라요."

"전투가요?" 테렌스가 멍하니 물었다.

"달리 뭐겠어요? 이제 출발 준비를 해야겠네요. 한 시간이면 자동차가 올 거예요. 클리프탑에서 보낸 시간은 아주 즐거웠어요. 오늘 아침은 정말 아름답지 않나요, 테렌스?"

기차역으로 가는 길에 벨모어 부인은 가방에서 실크 손수건을 꺼내서, 약간 기이한 미소를 지으며 그것을 바라보았다. 그녀는 그것을 서너 번 꽁꽁 묶은 채 간직하고 있다가, 적당한 순간에 도로 옆 절벽 아래로 던졌다.

테렌스는 자기 방에서 하인 브룩스에게 몇 가지 지시를 내렸다. "이 물건들을 포장해서 그 명함의 주소로 보내게."

명함은 뉴욕 의상점의 명함이었다. '이 물건들'에는 흰 공단으로 만들어 은제 버클을 단 옷, 흰 실크 양말과 흰 염소 가죽 구두, 그리고 독립 전쟁 시기의 신사의 복장을 완성하는 흰 분을 바른 가발과 칼까지 들어 있었다.

"그리고 브룩스," 테렌스가 약간 불안하게 덧붙였다. "내 이니셜이 적힌 실크 손수건이 어느 구석에 떨어져 있나 찾아봐. 아무래도 어디에 떨어뜨린 것 같아."

그로부터 한 달 후 벨모어 부인을 비롯한 상류 사교계 인사 두어 명이 캐츠킬스 지역으로 마차 여행을 떠날 사람들의 명단을 작성했다. 벨모어 부인은 마지막 검열을 위해 목록을 훑어보았다. 테렌스 킨솔빙이라는 이름이 보이자, 그녀는 연필로 그 이름 위에 줄을 그으며 부드럽게 이유를 설명했다.

"이 사람은 너무 소심하거든요!"

하그레이브스의 가면
The Duplicity of Hargraves

모빌* 사람 펜들턴 탤벗 소령과 그 딸 리디아 탤벗 양이 워싱턴에 왔을 때, 그들은 조용한 도로에서 50미터가량 안쪽에 들어선 하숙집을 거처로 정했다. 그 집은 구식 벽돌 건물로 높다란 흰색 기둥이 현관 지붕을 받치고 있었다. 마당에는 웅장한 아카시아 나무와 느릅나무가 그늘을 드리웠고, 꽃이 만개한 개오동나무 한 그루가 풀밭 위에 분홍색과 흰색의 꽃을 뿌렸다. 울타리와 산책길 가에는 키 큰 회양목들이 줄지어 서 있었다. 그런 남부식 분위기와 겉모습이 탤벗 부녀의 눈에 들었다.

그들은 이 쾌적한 하숙집에서 각자의 방은 물론 탤벗 소령이 쓸 서재도 빌렸다. 소령은 '앨라배마 군대와 법조계의 비사와 추억'이라는 저서

*앨라배마 주의 항구도시.

의 마지막 부분을 쓰고 있었다.

탤벗 소령은 구식 남부인이었다. 현 시대는 그에게 아무 흥미도 일으키지 않았고 뛰어난 점도 없었다. 그의 정신은 남북전쟁 이전 시대를 살았다. 그 시절 탤벗 가는 수천 헥타르의 고급 면화 농장과 그것을 경작하는 노예를 소유했다. 저택은 화려한 파티의 현장이었고, 남부 귀족들이 손님으로 찾아왔다. 그 시절은 그에게 모든 자긍심과 명예감, 예스럽고 딱딱한 격식, 그리고 (아마도) 옷차림의 원천이었다.

그런 옷은 확실히 지난 50년 사이에는 누구도 만들지 않았다. 소령은 키가 컸지만 그가 절이라고 부르는 고풍스러운 자세로 몸을 굽힐 때마다 프록코트 한 자락이 바닥을 쓸었다. 그런 복장은 이미 오래전에 남부 지방 의원들의 프록코트와 챙 넓은 모자에 당황하지 않게 된 워싱턴에도 놀라운 것이었다. 하숙생 한 명은 그것을 '파더 허버드'*라고 불렀다. 그것은 확실히 허리가 높고, 아랫자락이 치마처럼 넓게 펼쳐졌다.

소령이 그렇게 이상한 옷을 입고 그렇게 크고 낡은 주름 셔츠 앞판을 달고 항상 한쪽으로 미끄러지는 검은 리본 넥타이를 매도, 바드먼 부인의 고급 하숙집 사람들은 그에게 미소를 짓고 호의를 보였다. 젊은 백화점 점원 몇 명은 그들의 표현에 따르면 그를 '꾀어서' 그가 가장 소중하다고 생각하는 주제, 다름 아닌 사랑하는 남부의 전통과 역사 이야기를 하게 만들었다. 이야기를 할 때 그는 '비사와 추억'의 내용을 거리낌 없이 언급했다. 하지만 그들은 소령이 자신들의 의도를 알아차리지 못하도록 주의했다. 소령은 68세의 나이지만 그가 날카로운 회색 눈으로 뚫어지게 바라보면 아주 대담한 사람들도 불편함을 느꼈기 때문이다.

---

*신체 노출을 최소화한 여성 의복 '마더 허버드'를 패러디한 것.

리디아 양은 통통한 몸집에 키가 작은 서른다섯 살 노처녀로, 매끈하게 당겨서 바짝 틀어 올린 머리 때문에 더 나이 들어 보였다. 그녀도 구식이었다. 하지만 리디아는 소령과 달리 남북전쟁 이전 시기의 영광을 떠들어 대지 않았다. 그녀는 알뜰한 살림에 관한 상식이 있었다. 가족의 재무를 관리하고 청구서를 들고 오는 사람들을 맞는 것은 그녀의 몫이었다. 소령은 하숙비나 세탁비 청구서를 한심하고 귀찮은 것으로 여겼다. 청구서들은 너무도 끈질기고 너무도 자주 왔다. 왜 그것들을 차곡차곡 쌓아 두었다가 편리한 때에, 예를 들면 '비사와 추억'이 출간 결정되어 그 고료를 받았을 때 한꺼번에 지불할 수 없는 것인지 소령은 이해하지 못했다. 리디아 양은 차분히 바느질을 하며 말했다. "돈이 있는 동안은 청구서가 오는 대로 내고, 그다음에는 쌓아 둘게요."

바드먼 부인의 하숙생들은 백화점 점원이나 상인이 대부분이라 낮 동안에는 집에 없었다. 하지만 한 사람은 오전에서 밤까지 많은 시간을 집에서 보냈다. 그 사람은 헨리 홉킨스 하그레이브스라는 이름의 젊은 이로 —그 집 사람들은 모두 이 긴 본명 전체로 그를 불렀다— 유명한 보드빌 극장에서 일했다. 지난 몇 년 사이에 보드빌에 대한 사람들의 인식은 상당히 개선되었고, 하그레이브스도 겸손하고 예의 바른 사람이라서 바드먼 부인은 그를 하숙집에 들이지 않을 이유가 없었다.

극장에서 하그레이브스는 독일식, 아일랜드식, 스웨덴식 등 온갖 억양으로 하는 영어와 흑인 분장의 코미디 연기로 이름을 얻었다. 하지만 하그레이브스는 더 큰 야심이 있었고, 정통 희극으로 성공하고 싶다는 소망을 자주 털어놓았다.

그 젊은이는 탤벗 소령에게 큰 호감을 품은 듯했다. 소령이 남부의 추억을 늘어놓거나 '비사와 추억'의 가장 재미난 대목을 되풀이해 읊을 때마다 하그레이브스는 늘 그의 곁에서 누구보다 주의 깊게 이야기를 경청했다.

한동안 소령은 그를 '딴따라'로 여겨 그의 접근을 막으려고 했다. 하지만 젊은이가 워낙 다정한 데다 자신의 이야기를 열심히 들어서 결국 감복하고 말았다.

두 사람은 곧 오랜 지기처럼 되었다. 소령은 매일 오후에 일정 시간을 할애해서 그에게 책의 원고를 읽어 주었다. '비사와 추억'을 듣는 동안 하그레이브스는 항상 소령이 원하는 지점에서 웃어 주었다. 감동받은 소령은 어느 날 리디아 양에게 하그레이브스 청년은 옛 영광을 알아보고 존경하는 미덕을 가지고 있다고 칭찬했다. 탤벗 소령이 마음이 내켜 옛 시절 이야기를 시작하면, 하그레이브스 씨는 언제나 넋을 놓고 들었다.

과거를 이야기하는 노인들이 대개 그러듯이 소령도 세부 사실을 대강 넘어가는 법이 없었다. 옛 농장주들의 웅장하리만치 눈부신 시절을 설명할 때, 그는 어떤 흑인 말구종의 이름이나 어떤 사소한 사건이 일어난 정확한 날짜나 어떤 해에 수확한 원면 꾸러미의 개수가 정확히 떠오를 때까지 이야기를 진척시키지 않았다. 하지만 하그레이브스는 답답해하지도 지루해하지도 않았다. 반대로 그 시절의 삶과 관련된 다양한 질문을 했고, 그에 대해 항상 준비된 대답을 들었다.

여우 사냥, 주머니쥐 요리, 흑인 숙소의 춤과 노래, 사방 80킬로미터까지 초대장을 돌린 대농장 저택의 연회, 상류사회 이웃들 간에 이따금 벌어진 다툼, 소령이 키티 차머스를 둘러싸고 래스본 컬버트슨과 벌인 결투 ─그녀는 결국 사우스캐롤라이나 주의 스웨이트 가로 시집갔다─ 모빌 만에서 엄청난 상금을 두고 벌어진 개인 요트 경주, 늙은 노예들의 독특한 믿음과 앞일을 생각하지 않는 습관과 충성된 마음, 이 모든 것은 소령과 하그레이브스가 몇 시간씩 함께 앉아서 몰두한 주제들이었다.

때로 밤에 하그레이브스가 자기 코너의 공연을 마치고 돌아오면, 소령이 서재 문 앞에 나타나서 장난스러운 손짓으로 그를 불렀다. 하그레이브스가 서재로 들어가면 작은 식탁에 물병과 설탕과 과일과 박하 잎 다발이 차려져 있었다.

"하그레이브스 군, 불현듯 이런 생각이 들었네." 소령이 말을 시작했는데, 그는 늘 지나치게 격식을 차려 말했다. "자네가 근무지에서 맡은 바 직무가 고단하여서 시인들이 '지친 자연의 달콤한 회복제'라고 칭송할 만한 것을, 다시 말해 남부의 줄렙*을 즐기고 싶지는 않을까 하고 말이야."

소령이 그것을 만드는 과정은 하그레이브스를 매혹시켰다. 소령은 처음부터 끝까지 예술가 같은 자세를 견지했다. 섬세하게 박하 잎을 짓이기고, 정교하게 재료의 양을 재고, 혼합물 위에 조심스럽게 진녹색 잎이 달린 진홍색 열매를 놓고, 유리잔 바닥에 닿는 소리가 날 때까지 귀리 짚 빨대를 찔러 넣어서 친절하고 품위 있게 음료를 제공하는 순간까지!

워싱턴에서 지낸 지 넉 달가량 된 어느 날 아침, 리디아 양은 돈이 거의 다 떨어졌음을 알게 되었다. '비사와 추억'은 완성되었지만, 출판사들은 앨라배마의 감각과 재치가 보석처럼 반짝이는 그 책에 달려들지 않았다. 모빌에 있는 그들 소유의 집을 빌린 사람은 두 달째 임대료가 밀렸고, 하숙비는 사흘 뒤가 기한이었다. 리디아 양은 아버지와 의논을

*위스키와 설탕, 박하 잎을 섞어서 만든 음료.

했다.

"돈이 없다고?" 그가 놀란 표정으로 말했다. "작은 돈 때문에 이렇게 자꾸 신경을 써야 하는 게 아주 번거롭구나. 정말이지 나는……"

소령은 주머니를 뒤졌다. 2달러 지폐 한 장밖에 나오지 않았고, 그는 그것을 도로 조끼 주머니에 넣었다.

"이 일에 신속히 대처해야겠구나, 리디아." 그가 말했다. "우산을 가져다 다오. 시내에 나갔다 올 테니. 우리 주 출신 하원 의원인 풀검 장군이 얼마 전에 내 책이 빨리 출간되도록 힘을 써주겠다고 했거든. 그분의 호텔로 가서 어떻게 되었는지 알아보고 오마."

리디아 양은 슬픈 미소를 띤 채 아버지가 '파더 허버드'의 단추를 채우고 떠나는 모습을 지켜보았다. 그는 늘 그러듯이 나가기 전에 문 앞에 서서 깊은 목례를 했다.

그는 그날 저녁 어둠이 내린 뒤에 돌아왔다. 풀검 의원은 소령이 원고를 준 출판사 사람을 이미 만난 상태였다. 의원은 그 사람이 원고를 절반 정도 덜어 내서 책 전체에 가득한 지역적 계급적 편견을 지우면 출간을 고려할 수도 있다고 말했다고 그에게 전했다.

소령은 분노로 하얗게 타올라서 돌아왔지만, 리디아를 보자 평소의 예법에 따라 평정을 되찾았다.

"돈이 필요해요." 리디아가 코를 살짝 찌푸리며 말했다. "아까 그 2달러 지폐를 주세요. 오늘 밤 랠프 숙부에게 돈을 보내 달라고 전보를 쳐야겠어요."

소령은 조끼 주머니에서 작은 봉투를 꺼내 탁자 위에 툭 던지고는 부드럽게 말했다.

"지각없는 일이었던 것 같다만 금액이 너무 보잘것없어서 오늘 밤에 한다는 연극 표를 샀다. 신작 전쟁극이란다, 리디아. 워싱턴 초연을 보면 네가 기뻐할 거라고 생각했다. 그 연극은 남부를 제대로 묘사하고 있다는구나. 솔직히 나도 보고 싶고."

리디아 양은 답답해서 말없이 하늘을 향해 두 손을 던져 올렸다.

어쨌거나 이미 표를 샀기 때문에 그걸 쓰는 편이 나을 것 같았다. 그래서 그날 저녁 그들은 극장에 앉아 활기찬 서곡을 들었고, 그때는 리디아 양마저 걱정을 잠시 옆으로 밀어 둘 수 있었다. 깨끗한 아마포 셔츠를 입고, 특이한 코트는 단추를 채운 부분만 보이고, 흰머리는 매끄럽게 빗어 올린 소령은 아주 세련되고 품위 있어 보였다. 막이 올라가고 전형적인 남부 대농장 풍경을 배경으로 〈목련꽃〉의 1막이 시작되었다. 탤벗 소령은 자기도 모르게 약간의 흥미를 보였다.

"아, 이것 좀 봐요!" 리디아 양이 소리치며 그의 팔을 쿡 찌르고 프로그램을 가리켰다.

소령은 안경을 끼고 그녀의 손가락이 가리키는 배우 소개 부분을 읽었다.

웹스터 캘훈 대령 역: H. 홉킨스 하그레이브스.

"우리 하숙집의 하그레이브스 씨예요." 리디아 양이 말했다. "드디어 그 사람이 말하던 '정통' 연극이라는 것에 출연하게 되었나 봐요. 잘돼서 기쁘네요."

웹스터 캘훈 대령은 2막이 되어서야 무대에 나타났다. 그가 등장하자 탤벗 소령은 꽤 크게 콧김을 뿜으며 그를 노려보았고, 몸이 딱딱하게 굳는 것 같았다. 리디아 양은 작고 모호한 비명을 지르고 손에 쥔 프로그램을 구겼다. 캘훈 대령이 탤벗 소령과 한 틀에서 찍어 낸 인물 같았기 때문이다. 길고 숱이 적고 끝이 곱슬거리는 하얀 머리카락, 귀족적인 매부리코, 주름지고 낡고 널따란 셔츠 앞판, 매듭이 한쪽 귀 밑으로 치우친 리본 넥타이까지 거의 탤벗 소령의 복사판이었다. 거기다 더욱 확실한 모방을 위해서 그는 소령의 비할 바 없는 코트와 똑같은 코트를 입고 있었다. 깃이 높고 헐렁하고 허리선이 높고 아랫자락이 넓게 퍼지고 앞쪽이 뒤쪽보다 30센티미터 더 긴 그 의복은 다른 패턴에서 온 것일 수가 없었다. 그때부터 소령과 리디아 양은 얼이 빠진 채 오만한 탤벗을 흉내 낸 모조품이 '부패한 무대의 모욕스러운 진창 속을 어기적거리는' ―나중에 소령이 한 말― 것을 보았다.

하그레이브스 씨는 자신이 잡은 기회를 멋지게 활용했다. 그는 소령의 독특한 말투, 억양, 과장된 예의를 완벽하게 포착해서 모든 것을 무대에 맞게 과장했다. 그가 소령이 인사의 최고봉으로 여기는 과장된 경례 동작을 할 때 객석은 열렬한 갈채를 보냈다.

리디아 양은 감히 아버지 쪽으로 시선을 보내지 못하고 얼어붙은 듯 앉아 있었다. 그러다 기분은 나쁘지만 이따금 웃음이 나오는 것은 참을 수 없는 듯 소령 쪽에 있는 손을 뺨으로 가져갔다.

하그레이브스의 대담한 모방은 3막에서 절정을 이루었다. 장면은 캘룬 대령이 자기 '사실私室'에 이웃 대농장주 몇 명을 초대한 장면이었다.

그는 손님들을 거느리고 무대 중앙에 놓인 탁자 옆에 서서 누구도 흉내 낼 수 없는 〈목련꽃〉의 독백 부분 명대사를 중얼거리며 파티용 줄렙을 능숙하게 만들었다.

탤벗 소령은 조용히 앉아 있었지만 분노로 얼굴이 창백해져서, 자기 인생 최고의 이야기가 무대에서 떠벌여지고, 자신의 철학과 취미가 부풀려 이야기되고, '비사와 추억'의 꿈이 과장과 왜곡 속에 제공되는 것을 들었다. 캘룬 대령은 탤벗 소령이 가장 즐겨 이야기하는 래스본 컬버트슨과의 결투 사건도 빠뜨리지 않고 독백으로 읊었는데, 소령의 설명보다 더 열정적이고 이기적이고 흥미진진하게 들렸다.

독백은 줄렙 제조법에 대한 독특하고 풍미 있고 재치 넘치는 가르침으로 끝났고, 캘룬 대령은 몸소 그 시범을 보여 주기도 했다. 여기서 탤벗 소령의 섬세하고도 과시적인 지식이 아주 치밀하게 재생되었다. 민트 잎을 다루는 손길부터 ―"압력이 1그레인의 천 분의 1만 과해도 이 천상의 풀에서 향기 대신 쓴맛이 우러나지"― 귀리 짚을 조심스레 고르는 것까지.

장면이 끝날 때 관객은 우레와 같은 환호를 보냈다. 캘룬 대령은 그런 유형의 인물에 대한 너무도 정확하고 철저한 재현이었기에, 사람들은 그가 연극 속의 인물일 뿐임을 잊을 정도였다. 하그레이브스는 이름이 거듭해서 불리자 막 앞에 나와 인사를 했고, 소년 같은 그의 얼굴은 성공의 기쁨으로 밝게 달아올랐다.

마침내 리디아 양이 고개를 돌리고 소령을 보았다. 그의 얇은 콧구멍이 물고기 아가미처럼 씰룩거렸다. 그는 일어서려고 떨리는 두 손을 의자에 댔다.

"가자, 리디아." 그가 목이 메어서 말했다. "흉악한…… 신성모독이로구나."

그녀가 그를 다시 좌석에 앉히고 말했다. "가만히 계세요. 지금 일어서면 원본을 보여 줘서 복제본을 광고하는 꼴이 돼요." 그래서 그들은 끝까지 남아 있었다.

하그레이브스는 그날의 성공으로 늦게까지 귀가하지 않았는지, 다음 날 아침 식탁에도 저녁 식탁에도 모습을 보이지 않았다.

오후 3시 무렵 그는 탤벗 소령의 서재 문을 두드렸다. 소령이 문을 열자 하그레이브스가 두 손에 조간신문을 잔뜩 들고 들어왔다. 그는 승리감에 차서 소령의 행동이 전과 다르다는 것을 알아채지 못했다.

"어젯밤 공연에 대해 이렇게 기사가 많이 났어요, 소령님." 그가 들떠서 말을 꺼냈다. "저에게 기회가 왔고 제가 그걸 잡은 것 같아요. 〈포스트〉지는 이렇게 썼어요.

> 그가 창조하고 연기한 구시대 남부 대령의 모습 ─ 그 허풍스러운 말과 기이한 의복, 독특한 어투, 가문에 대한 케케묵은 자긍심, 친절한 성품, 괴팍한 유머 감각, 사랑스러운 단순함은 오늘날 무대에서 최고로 꼽힐 만한 인물 묘사이다. 캘룬 대령이 입은 코트는 천재의 솜씨라 할 만하다. 하그레이브스 씨는 대중을 사로잡았다.

"이게 첫 공연에 대한 평이에요. 어떻게 생각하세요, 소령님?"

"나는 영광스럽게도 어제 자네의 그 뛰어난 공연을 목격했네." 소령이 불길하고 차가운 목소리로 말했다.

하그레이브스는 당황한 표정이 되었다.

"극장에 오셨다고요? 소령님은 전혀…… 극장을 좋아하시지 않는 줄 알았는데요. 아 탤벗 소령님," 그가 솔직하게 소리쳤다. "기분 나빠 하지 마세요. 소령님을 통해서 제가 그 역할을 연기하는 데 필요한 암시를 많이 받은 건 사실이에요. 하지만 그건 개인이 아니라 그냥 어떤 유형을 표현한 거예요. 관객들도 그렇게 받아들였어요. 관객의 절반이 남부 사람들이거든요. 그 사람들도 이해했어요."

"하그레이브스 군," 소령이 계속 서서 말했다. "자네는 내게 용서할 수 없는 모욕을 안겼어. 나라는 개인을 놀림감으로 삼았고, 내 믿음을 혐오스럽게 배신했고, 내 호의를 악용했어. 자네가 신사의 행동 지침, 참된 신사의 방식을 조금이라도 안다고 생각한다면, 나는 아무리 나이가 많아도 자네에게 결투를 신청할 거야. 하지만 그저 이 방에서 나가 달라는 부탁만 하겠네."

하그레이브스는 당황해서 노신사의 말을 제대로 이해하지 못한 것 같았다.

"심기를 거슬렀다면 정말로 죄송하게 생각합니다." 그가 안타까워하며 말했다. "북부 사람들은 소령님 세계의 사람들과는 세상을 다르게 봅니다. 제가 아는 사람들 중에는 자기를 모델로 한 인물을 무대에 올려서 유명해질 수 있다면 극장 지분의 절반도 살 사람들이 있습니다."

"그 사람들은 앨라배마 출신이 아니지." 소령이 오만하게 말했다.

"저는 기억력이 좋은 편입니다, 소령님. 소령님 책의 구절을 몇 대목 인용해 볼게요. 소령님은…… 아마 밀리지빌이었던 것 같은데…… 그곳의 연회에서 축배를 받고 이런 답례 말씀을 하셨고, 책에도 싣겠다고 하셨어요.

북부 사람은 감정이 금전적 이익으로 환산될 때를 빼면 아무런 감정도 온정도 없다. 자신이나 사랑하는 이들의 명예가 더럽혀진다 해도 거기 금전적 손실이 개입되지 않으면 그렇게 분노하지 않는다. 그들은 자선을 베풀 때 후하지만, 반드시 나팔 소리로 그것을 광고하고 놋쇠 판에 새겨 둔다.

이런 말씀이 어젯밤 소령님이 보신 캘룬 대령에 대한 묘사보다 공정하다고 생각하시나요?"

"그 판단은 근거가 없지 않아." 소령이 인상을 찌푸리고 말했다. "그리고 대중이 읽는 글에는 약간의 과…… 아니 정상참작의 여지를 허락해야 해."

"대중이 보는 연기도 그렇죠." 하그레이브스가 말했다.

"그게 핵심이 아니야." 소령은 굽히지 않았다. "그건 개인의 희화화야. 나는 그 점을 절대 간과할 수 없어."

"탤벗 소령님." 하그레이브스가 다정하게 웃으며 말했다. "저를 이해해주셨으면 합니다. 저에게 소령님을 모욕할 의도는 눈곱만큼도 없었다는 걸 알아주시기 바랍니다. 제 직업은 모든 인생을 제 것으로 만듭니다. 저는 제가 원하는 걸, 또 제가 취할 수 있는 것을 취하고, 그것을 무대 위에서 펼치죠. 그 일은 흘려버리세요. 제가 소령님을 뵈러 온 건 다른 일 때문이에요. 소령님과 저는 몇 달 동안 아주 좋은 친구로 지냈고, 저는 아무래도 소령님 심기를 다시 거스를 것 같습니다. 저는 소령님이 돈이 부족하신 걸 알고 있고 있습니다. 어떻게 알았는지는 묻지 마세요. 하숙집이란 그런 일이 비밀이 될 수 없는 곳이니까요. 소령님이 궁지를 벗어나시게 도와 드리고 싶습니다. 저도 돈 때문에 여러 번 궁지에 몰렸어요. 하지만 이번 시즌은 내내 수입이 괜찮아서 돈을 좀 모았습니다. 200달러, 또는 그 이상이라도 원하신다면……"

"그만!" 소령이 팔을 앞으로 뻗으며 말했다. "결국 내 책에 쓴 말이 거짓말이 아닌 것 같군. 자네는 돈이라는 미끼로 명예의 상처를 치료할 수 있다고 생각하는 건가. 나는 어떤 상황에서도 우연히 알게 된 사람에게 돈을 빌릴 수 없어. 그리고 특히 자네라면 방금 말한 그 모욕적인 재정 관련 제안을 받아들이느니 차라리 굶어 죽겠네. 이 방을 나가 달라는 요청을 다시 한 번 전하고 싶군."

하그레이브스는 말없이 그 방을 나갔다. 그리고 바로 그날 그 집도 떠났다. 바드먼 부인은 저녁 식탁에서 그가 〈목련꽃〉의 일주일 공연이 예약된 시내 극장 근처로 이사했음을 알렸다.

탤벗 소령과 리디아 양의 상황은 위태로웠다. 워싱턴에는 소령의 양심으로 돈을 부탁할 수 있는 사람이 아무도 없었다. 리디아 양은 랠프 숙부에게 편지를 썼지만 그 역시 궁색한 처지라 도움을 베풀 수 있을지는 의심스러웠다. 소령은 하숙비가 밀리는 것에 대해 바드먼 부인에게 사과의 말을 하지 않을 수 없었다. 그는 당혹스러운 어조로 '임대료 체납'과 '지불 지연'을 언급했다.

도움은 전혀 예상하지 못한 곳에서 왔다.

어느 날 오후 늦게 하숙집 현관 담당 하녀가 올라와서 늙은 흑인 남자가 탤벗 소령을 찾아왔다고 말했다. 소령은 서재로 올려 보내라고 했다. 곧 늙은 흑인이 손에 모자를 들고 나타나서 인사를 하고 둔한 한쪽 발을 바닥에 문질렀다. 헐렁한 검은색 정장을 나름대로 말끔하게 차려입고 있었다. 크고 조악한 구두는 난로 광택제 같은 금속성 광택을 냈다. 숱 많은 머리는 거의 흰색에 가까울 만큼 세어 있었다. 중년을 넘긴 흑인은 나이를 가늠하기가 어렵다. 그 사람도 탤벗 소령만큼 나이가 많을지 몰랐다.

"저를 모르시겠지요, 펜들턴 나리." 그의 첫마디였다.

소령은 자리에서 일어나 그렇게 친숙한 방식으로 인사하는 그에게 다가갔다. 지난날 대농장의 흑인 노예였던 것이 분명했다. 하지만 그들은 지금 사방으로 흩어졌고, 소령은 그 사람의 목소리도 얼굴도 기억나지 않았다.

"아무래도 그런 것 같소." 그가 온화하게 말했다. "그쪽이 내 기억을 도와주지 않는다면."

"신디의 모스를 잊으셨습니까, 펜들턴 나리? 전쟁 직후에 떠난."

"잠깐." 소령이 손가락 끝으로 이마를 문지르며 말했다. 사랑하는 지난날을 기억해 내는 것이라면 그는 무엇이든 좋아했다. "신디의 모스, 말을 다루던 사람이었지. 망아지를 길들이는. 그래, 이제 기억나는군. 전쟁에서 진 뒤 자네는…… 잠깐, 내가 생각해 내겠어…… 미첼이라는 성을 만들고 서부로 갔어. 네브래스카로."

"맞습니다, 맞습니다." 노인의 얼굴이 미소로 환해졌다. "바로 그렇습니다. 네브래스카. 그게 접니다. 모스 미첼. 사람들은 저를 이제 엉클 모스 미첼이라고 부르죠. 옛 주인님인 나리의 부친께서 제가 새 인생을 찾아 떠날 때 저한테 노새 새끼 두 마리를 주셨습니다. 그 노새들을 기억하십니까, 펜들턴 나리?"

"노새는 기억이 안 나는군." 소령이 말했다. "내가 전쟁 첫해에 결혼을 해서 폴린스비에 살았으니까. 하지만 앉게, 앉아. 엉클 모스, 만나서 기쁘군. 그동안 만사가 형통했기를 바라네만."

엉클 모스는 의자에 앉아 모자를 조심스레 의자 옆 바닥에 내려놓았다.

"네, 저는 꽤 유명해졌습니다. 처음에 네브래스카에 갔을 때 사람들이 그 노새를 보러 왔죠. 네브래스카에 그런 노새는 없었으니까요. 저는 그 노새를 300달러에 팔았습니다. 네, 300달러에요.

그런 다음에 대장간을 열어서 돈을 좀 벌고 땅을 샀죠. 저와 마누라는 아이 일곱을 키웠고, 둘은 죽었지만 나머지는 잘 자랐습니다. 4년 전에 철도가 들어와서 도시가 우리 땅까지 밀려왔습니다, 펜들턴 나리. 엉클 모스는 지금 현금, 자산, 땅 해서 재산이 1만 1천 달러나 됩니다."

"기쁜 이야기로군. 정말로 기쁜 이야기야." 소령이 진심으로 말했다.

"그리고 그 아기, 펜들턴 나리…… 리디아라고 이름 붙인 그 아기도 이제 어른이 돼서 아무도 몰라보겠군요."

소령은 문 앞으로 가서 불렀다. "리디아, 이리 좀 와보렴?"

리디아 양이 아주 어른스럽고 걱정이 담긴 모습으로 자기 방에서 나왔다.

"이런! 뭐라고 말씀드려야 할지? 그 아기가 아주 잘 자랄 줄 알았습니다. 엉클 모스를 기억하지 못하시죠, 아가씨?"

"신디의 아들 모스란다, 리디아. 네가 두 살 때 서니미드를 떠나 서부로 갔지." 소령이 설명했다.

"그 나이에 엉클 모스를 기억하기는 어려웠을 것 같네요." 리디아 양이 말했다. "그리고 말씀하셨듯이 저는 잘 자랐어요. 그것도 아주 오래전에요. 기억은 나지 않지만 만나서 반가워요."

그것은 진심이었다. 소령도 진심이었다. 생생하고 확고한 것이 찾아와서 그들을 행복했던 과거와 연결해 주었다. 세 사람은 함께 지난날을 이야기했고, 소령과 엉클 모스는 대농장 시절을 돌아보면서 서로의 기억을 정정해 주기도 하고 되새겨 주기도 했다.

소령은 노인에게 무슨 일로 이렇게 멀리까지 오게 되었느냐고 물었다.

"엉클 모스는 이 도시에서 열리는 침례교 총회 대의원이에요." 그가 설명했다. "설교는 안 하지만 교회 장로고, 교회에서 비용을 댈 능력이 있는 저를 이곳으로 보냈습니다."

"우리가 워싱턴에 있다는 건 어떻게 알았나요?" 리디아 양이 물었다.

"제가 있는 호텔에 모빌 출신 흑인 종업원이 한 명 있는데, 그 친구가 펜들턴 나리가 어느 날 아침 이 집에서 나오는 걸 보았다고 말했습니다. 제가 온 이유는," 엉클 모스가 주머니에 손을 찔러 넣으며 말을 이었다.

"고향 사람을 만나고 싶기도 했지만, 펜들턴 나리께 진 빚을 갚기 위해 서입니다."

"나한테 빚을 져?" 소령이 놀라서 말했다.

"네, 그 300달러요." 엉클 모스가 소령에게 돈다발을 건넸다. "제가 떠날 때 옛 주인님이 말씀하셨죠. '저 노새들을 데려가게, 모스. 그리고 나중에 돈이 생기면 갚아.' 네, 그렇게 말씀하셨습니다. 옛 주인님도 전쟁 때문에 가난해지셨는데도요. 주인님이 오래전에 돌아가셨으니 그 빚은 펜들턴 나리께 이어집니다. 300달러요. 엉클 모스는 이제 그 돈을 갚을 능력이 있습니다. 철도 회사에 땅을 팔았을 때 저는 노새 값을 떼어 두었습니다. 돈을 세어 보시죠, 나리. 그게 제가 노새를 판 가격입니다. 네."

탤벗 소령의 눈에 눈물이 차올랐다. 그는 한 손으로 엉클 모스의 손을 잡고 다른 손은 그의 어깨에 얹었다.

"정말로 감동적인 충성이로군." 그가 떨리는 목소리로 말했다. "'펜들턴 나리'가 일주일 전에 마지막 1달러를 썼다는 걸 감추지 않겠네. 우리는 이 돈을 받겠어, 엉클 모스. 어떤 면에서 이건 빚을 갚는 행위이면서 또 지난날에 대한 충성과 성심의 표시니까. 리디아, 돈을 받으렴. 돈을 관리 하는 일은 네가 나보다 나으니까."

"받으세요." 엉클 모스가 말했다. "두 분의 돈입니다. 탤벗 가의 돈이에 요."

엉클 모스가 떠난 뒤 리디아 양은 한참을 울었다. 기쁨의 눈물이었다. 소령은 얼굴을 구석으로 돌리고 진흙 파이프로 연기를 화산처럼 피워 올렸다.

그 이후 탤벗 부녀는 평화와 안정을 되찾았다. 리디아 양은 근심 어린 표정을 버렸다. 소령은 새 프록코트를 입었고, 그 모습은 옛 황금시대의 기억을 의인화한 밀랍 인형 같았다. '비사와 추억' 원고를 검토한 다른 출판사는 내용을 좀 고치고 핵심 대목을 완화시키면 밝고 팔릴 만한 책이 될 것 같다고 말했다. 이런 모든 일로 인해 상황은 편안해졌고, 때로 실현된 축복보다 더 달콤한 희망이 돌아왔다.

이런 행운을 얻고 일주일가량 지난 어느 날, 하녀가 리디아 양의 방으로 편지 한 통을 가져왔다. 우표 소인을 보니 뉴욕에서 부친 것이었다. 뉴욕에 아는 사람이 없었기에 리디아 양은 가볍게 놀라며 탁자에 앉아 가위로 편지를 개봉했다. 편지의 내용은 이랬다.

탤벗 양께

저의 일이 잘 풀린다는 소식을 들으시면 기뻐하실 것 같아 편지를 드립니다. 저는 주당 200달러를 받고 〈목련꽃〉의 캘룬 대령 연기를 하기로 뉴욕의 한 극단과 계약했습니다.

그리고 또 말씀드리고 싶은 것이 있습니다. 탤벗 소령님께는 말씀드리지 않는 게 좋을 것 같습니다. 저는 그 역할을 연구할 때 소령님께 그렇게 큰 도움을 받고 또 그렇게 큰 정신적 괴로움을 끼친 데 대해 얼마간의 보답을 해드리고 싶었습니다. 소령님은 보상을 거절하셨지만 저는 어떻게든 해드렸습니다. 300달러를 마련하기는 쉬운 일이었습니다.

H. 홉킨스 하그레이브스

추신. 제 엉클 모스 연기는 어땠나요?

탤벗 소령은 복도를 지나가다가 리디아 양의 방문이 열려 있는 것을 보고 멈춰 서서 물었다.

"오늘 아침에 우편물 온 것 없냐, 리디아?"

리디아 양은 편지를 옷자락에 감추고 얼른 말했다.

"〈모빌 크로니클〉지가 왔어요. 아버지 서재 탁자에 두었어요."

운명의 갈림길
Roads of Destiny

나는 많은 길 위에서 탐색한다. 앞날을,
진실하고 강한 심장과 빛에 대한 사랑을……
그 길들은 내가 내 운명을
명령하고 피하고 휘두르고 주조하는 싸움을
지탱해 주지 않을 것인가?

다비드 미뇨의 미출간 시집

　노래가 끝났다. 가사는 다비드의 것이었다. 가락은 시골 노래였다. 여관 탁자 앞의 사람들은 열렬히 박수를 쳤다. 젊은 시인이 포도주를 샀기 때문이다. 공증인 므슈 파피노만 가사에 고개를 약간 저었다. 그는 배운 사람이고, 다른 이들처럼 술에 취하지 않았기 때문이다.

　다비드는 마을 길로 나갔다. 밤공기가 머리의 포도주 기운을 날려 보냈다. 그러자 그날 이본과 싸웠다는 사실과 자신이 고향을 떠나 넓은 세상에서 이름과 명예를 얻기로 결심했다는 사실이 떠올랐다.

　"세상 모든 사람이 내 시를 읊게 되면," 그가 유쾌한 기분에 혼잣말을 했다. "이본은 오늘 나한테 한 심한 말들을 다시 생각해 봐야 할 거야."

　여관 술집의 술꾼들을 빼면 마을 사람들은 모두 잠자리에 들었다. 다비드는 아버지 집의 창고에 있는 자기 방으로 조용히 들어가서 작은 옷

꾸러미를 꾸렸다. 그런 뒤 그것을 막대기에 붙들어 매고, 베르누아* 바깥을 향해 길에 올랐다.

그는 아버지의 양 떼가 있는 우리 옆을 지나갔다. 그는 날마다 그 양을 몰고 나가 방목시키고 종이에 시를 썼다. 이본의 방 창문에 불빛이 보이자 나약한 마음에 그날 불쑥 먹은 결심이 흔들렸다. 아마 그녀가 잠을 이루지 못하고 그날 화낸 일을 후회한다는 뜻일지도 몰랐고, 그날 아침…… 아냐, 안 돼! 나는 이미 결심했어. 베르누아는 내가 뜻을 펼칠 곳이 아니야. 이곳에는 나와 생각을 나눌 사람이 아무도 없어. 저 길 바깥에 내 운명과 미래가 있어.

도로는 달빛 속의 어둠침침한 들판 사이로 15킬로미터를 농부가 파놓은 밭고랑처럼 쭉 뻗어 있었다. 마을 사람들은 어쨌건 그 길이 파리로 간다고 말했다. 파리라는 이름을 시인은 길을 걸으며 자주 속삭였다. 다비드는 베르누아 밖으로 그렇게 멀리까지 가본 적이 없었다.

왼쪽 길

도로는 15킬로미터를 뻗은 뒤 수수께끼가 되었다. 더 넓은 도로 하나가 직각 방향으로 합류해 있었다. 다비드는 잠시 망설이다가 왼쪽 길로 들어섰다.

이 큰길에는 방금 전에 어떤 운송 수단이 지나간 바퀴 자국이 흙 속에 새겨져 있었다. 30분쯤 후에 이 자국은 가파른 언덕 기슭의 시냇물에 바퀴가 빠진 육중한 마차의 모습으로 나타났다. 마부와 기수들이 소

---

*프랑스 중북부의 소도시.

리를 지르며 말고삐를 당기고 있었다. 도로 한쪽에는 검은 옷을 입은 거구의 남자와 길고 가벼운 망토를 두른 가녀린 여자가 서 있었다.

다비드는 하인들의 일솜씨가 형편없는 것을 알아보았다. 그는 조용히 상황 해결에 나섰다. 기수들에게 말고삐를 붙들고 소란 떨지 말고 바퀴에 힘을 쓰라고 말했다. 동물들을 재촉하는 일은 목소리가 동물들에게 익숙한 마부만 하게 했다. 다비드도 마차 뒤쪽에 강한 어깨를 댔고, 한 차례 힘을 합쳐 밀고 끌고 하자 거대한 마차는 단단한 땅 위로 굴러 올라왔다. 기수들은 자기 자리로 돌아갔다.

다비드는 잠시 한 발로 서 있었다. 거구의 신사가 손을 흔들었다. "마차에 타시지요." 그가 덩치만큼이나 우람하지만 훈련과 습관으로 다듬어진 목소리로 말했다. 그런 목소리에는 복종하지 않을 수 없었다. 젊은 시인의 망설임은 길지 않았지만, 신사가 다시 한 번 명령하자 그마저도 더 짧아졌다. 다비드가 발판에 한 발을 올렸을 때 어둠 속에서 뒷자리에 앉은 여자의 희미한 형체가 보였다. 그가 그 맞은편에 앉으려고 하자, 우람한 목소리가 다시 그를 복종시켰다. "숙녀분 옆에 앉으시오."

신사는 자신의 거구를 앞좌석에 앉혔다. 마차는 언덕길을 올라갔다. 여자는 말없이 구석에 움츠리고 있었다. 젊은 여자인지 늙은 여자인지도 분간이 되지 않았지만, 옷에서 풍기는 섬세하고 부드러운 향기가 다비드의 시심을 건드려서 그는 그 수수께끼는 분명 사랑스러운 수수께끼일 거라고 결론을 내렸다. 이것이야말로 그가 꿈꾸던 모험이었다. 하지만 수수께끼를 풀 열쇠는 아직 없었다. 그가 이 미지의 길동무들과 함께 앉아 있는 동안 아무도 말을 하지 않았기 때문이다.

한 시간 뒤에 다비드가 창밖을 보니 마차는 어떤 도시를 달리고 있었다. 마차는 잠시 후 문을 닫고 불도 끈 어느 집 앞에 멈추어 섰고, 기수가 내려서 그 집 문을 거세게 두드렸다. 2층 격자창이 덜컹 열리고 수면 모자를 쓴 머리가 튀어나왔다.

"도대체 누가 이런 시간에 선량한 시민을 깨우는 거요? 여관 문은 닫혔어요. 지금은 돈 가진 여행객들이 다닐 시간이 아니에요. 문 그만 두드리고 가요."

"문 열어요!" 기수가 큰 소리로 외쳤다. "보페르튀이 후작님이십니다."

"아!" 2층의 사람이 소리쳤다. "죄송합니다. 미처 몰랐습니다. 야심한 시각이라. 당장 문을 열고 후작님의 명령에 따르겠습니다."

사슬과 빗장이 덜그럭거리더니 문이 훌렁 열렸다. 실버 플래건 여관의 주인은 추위와 두려움에 덜덜 떨면서 옷도 제대로 입지 못한 채 초를 들고 문턱에 서 있었다.

다비드는 후작을 따라 마차에서 내렸다. "숙녀분을 도와주시오." 후작이 명령했다. 시인은 명령에 따랐다. 여자를 내려 줄 때 여자의 작은 손이 떨리는 게 느껴졌다. "집 안으로"가 다음번 명령이었다.

그들은 여관의 길쭉한 식당에 들어섰다. 커다란 떡갈나무 식탁이 방 끝까지 뻗어 있었다. 거구의 신사는 가까운 쪽 끝의 의자에 앉았다. 여자는 지친 표정으로 벽 앞의 다른 의자에 앉았다. 다비드는 작별 인사를 하고 다시 길을 떠날 방법을 생각하며 서 있었다.

"후작님," 여관 주인이 허리를 깊이 숙여 인사하며 말했다. "제, 제가 이런 영광을 미처 기대하지 못해서 준비가 미흡합니다. 포, 포도주가 있고 식은 닭이 있고 또, 또……"

"초를." 후작이 통통하고 하얀 손을 독특한 방식으로 쫙 펴며 말했다.

"예에, 알겠습니다. 후작님." 여관 주인은 초를 여섯 개 가져와서 불을 붙이고 식탁에 정렬해 놓았다.

"후작님께서 황송하게도 부르고뉴 포도주를 맛보고자 하신다면……
저기……"

"초를." 후작이 손을 펴며 말했다.

"물론입죠. 신속히 가져오겠습니다, 후작님."

식당에 열두 개의 초가 더 켜졌다. 후작의 거대한 덩치는 의자 바깥
으로 흘러넘쳤다. 그는 손목과 목의 하얀 주름 장식만 빼면 머리에서
발끝까지 섬세한 검은 옷차림이었다. 칼 손잡이와 칼집마저 검은색이었
다. 표정에는 경멸과 오만이 어려 있었다. 콧수염은 위로 꼬부라져서 그
차가운 눈 밑 근처까지 갔다.

여자는 꼼짝도 하지 않고 앉아 있었고, 다비드는 이제 그녀가 젊은
여자라는 것과 서글프고 매혹적인 미모의 소유자라는 걸 알았다. 그는
그 쓸쓸한 아름다움을 멍하니 바라보다가 후작의 천둥 치는 목소리에
깜짝 놀라 정신이 들었다.

"이름은 뭐고 하는 일은 뭐요?"

"이름은 다비드 미뇨고, 시인입니다."

후작의 콧수염과 눈이 더 가까워졌다.

"그렇다면 생활은 어떻게?"

"저는 양치기 일도 합니다. 아버지의 양을 돌봅니다." 다비드는 고개를
높이 들고 말했지만 뺨이 달아올랐다.

"그렇다면 양치기 겸 시인 선생. 선생이 오늘 밤 맞닥뜨린 고약한 운명
의 이야기를 들어 보시오. 이 여자는 내 조카딸 마드무아젤 뤼시 드 바
렌이오. 고귀한 혈통이고 연간 개인 수입이 1만 프랑이지. 매력으로 말
하자면 선생이 직접 보면 알 거요. 이런 조건이 양치기 선생의 마음에
든다면 말 한마디로 이 아이를 아내로 삼을 수 있소. 말 자르지 말고 계

속 들으시오. 오늘 밤 나는 이 아이를 혼약 상대인 빌모르 백작의 성으로 데려갔소. 사제가 기다리고 있었고, 신분과 재산이 모두 걸맞은 상대와 결혼이 성사되기 직전이었지. 그런데 제단 앞에서 이 아이, 그토록 유순하고 착하던 아이가 표범처럼 내게 달려들어서 잔인한 범죄자라고 욕하더니, 놀란 사제 앞에서 내가 주선해 준 그 혼약을 깼소. 나는 바로 그 자리에서 너는 이 성을 나간 다음에 맨 처음 만나는 남자하고, 그 사람이 왕자건 숯쟁이건 도둑이건 상관없이 결혼해야 한다고 만 명의 악마에게 맹세했소. 양치기 선생이 그 첫 번째 남자요. 이 아이는 오늘 밤에 결혼해야 하오. 선생이 아니면 다음번 남자한테 순서가 돌아갈 거요. 10분을 줄 테니 생각해 보시오. 질문은 하지 마시오. 10분이오, 양치기 선생. 시간은 걸음이 빠르오."

후작은 흰 손가락으로 탁자를 시끄럽게 두드렸다. 그러고는 입을 꾹 다물고 대기 자세로 들어갔다. 큰 집이 문과 창문을 닫아걸고 접근을 금지하는 것 같았다. 다비드가 말을 하고 싶었다 해도 거대한 남자의 태도가 그의 혀를 붙들어 맸다. 그래서 그는 여자의 의자 옆에 서서 목례를 했다.

"마드무아젤." 그가 말했고, 이렇게 우아하고 아름다운 사람 앞에서 말이 쉽게 흘러나오는 데 놀랐다. "제가 양치기라는 말을 들으셨지요. 저는 때로 제가 시인이라는 꿈도 꿉니다. 이것이 시인으로서 아름다움을 찬양하라는 시험이라면, 지금 그 꿈은 더욱 커지고 있습니다. 제가 당신께 어떻게든 도움을 드릴 수 있을까요, 마드무아젤?"

젊은 여자는 건조하고 슬픈 눈으로 그를 올려다보았다. 놀라운 모험 앞에 진지해진 그의 솔직하고 밝은 얼굴, 강하고 꼿꼿한 체격, 파란 눈에 담긴 투명한 연민이 여자의 마음을 움직이고, 오랫동안 아무 도움도 배려도 받지 못하고 살아온 자신에게 지금 그것이 절실히 필요하다는 걸 느끼면서 그녀는 갑자기 눈물을 터뜨렸다.

"므슈." 그녀가 낮은 목소리로 말했다. "당신은 진실하고 친절한 분 같습니다. 저분은 제 숙부, 그러니까 아버지의 동생분이시고 저의 유일한 친척입니다. 저분은 제 어머니를 사랑했고, 어머니와 닮은 저를 싫어하십니다. 숙부님은 제 인생을 긴 악몽으로 만들었어요. 저는 저분 얼굴만 봐도 무서워서 이전까지 한 번도 저분의 뜻을 거스르지 못했습니다. 하지만 오늘 밤 숙부님은 저를 나이가 저의 세 배는 되는 남자와 결혼시키려고 했습니다. 므슈께 이런 혼란을 안겨 드리는 것을 용서해 주세요. 물론 당신은 숙부님이 강요하는 어처구니없는 일을 거절하시겠지요. 하지만 그래도 따뜻한 말씀에 감사드립니다. 지금까지 저는 너무도 오랫동안 이야기 상대가 없었어요."

이제 시인의 눈에 따뜻함 이상의 것이 생겨났다. 다비드는 시인인 게 분명했다. 이본을 잊었기 때문이다. 이 섬세하고 새로운 사랑스러움은 신선함과 우아함으로 그를 사로잡았다. 그녀에게서 풍기는 미묘한 향수는 그의 마음에 이상한 감정을 가득 채웠다. 그는 부드러운 표정을 지었고, 그녀는 갈망하듯 몸을 기울였다.

"제게는 지금 10분이 주어졌고," 다비드가 말했다. "그사이에 저는 여러 해를 바쳐야 이룰 수 있는 일을 해야 합니다. 저는 당신을 동정하지 않습니다, 마드무아젤. 그건 사실이 아닙니다. 저는 당신을 사랑합니다. 아직 당신에게 사랑을 요구할 수는 없지만, 저 잔인한 남자의 손아귀에서 당신을 구하게 해주십시오. 그러면 언젠가 사랑이 올지도 모릅니다. 저는 저한테 미래가 있다고 생각합니다. 언제까지나 양치기 일을 하지는 않을 것입니다. 지금으로서는 온 마음을 다해 당신을 아끼고 당신 인생의 슬픔을 덜어 드리겠습니다. 당신의 운명을 내게 맡겨 주시겠습니까, 마드무아젤?"

"동정심 때문에 인생을 희생하려 하시는군요!"

"사랑 때문입니다. 시간이 거의 다 됐습니다, 마드무아젤."

"후회하실 거예요, 그리고 저를 미워하실 거예요."

"저는 오직 당신에게 행복을 주고 당신에게 걸맞은 사람이 되기 위해 살겠습니다."

그녀의 섬세하고 작은 손이 망토 밖으로 나와서 그의 손안으로 들어왔다.

"당신에게 내 인생을 맡기겠어요." 그녀가 속삭였다. "그리고…… 사랑은…… 생각보다 가까이 있을지도 몰라요. 숙부님께 말씀하세요. 일단 저분의 눈앞을 벗어나면 다 잊을 수 있을지도 몰라요."

다비드는 후작 앞에 가 섰다. 검은 형체가 움직였고, 경멸을 담은 눈이 거대한 벽시계를 힐끔 바라보았다.

"2분이 남았군. 양치기가 아름답고 부유한 신부를 받아들일지 어쩔지 결정하는 데 8분이 필요했어! 말하시오, 양치기 선생. 저 숙녀의 남편이 되겠소?"

"마드무아젤은 영광스럽게도 제 아내가 되어 달라는 요청에 기꺼이 응해 주셨습니다." 다비드가 당당하게 말했다.

"좋소!" 후작이 말했다. "양치기 선생은 궁정 조신의 기질이 있구려. 어쨌거나 저 아이에게 최악의 선택은 아닐 거요. 이제 교회와 악마가 허락하는 한 최대한 빨리 일을 처리합시다!"

후작이 칼 손잡이로 식탁을 탕 내리쳤다. 여관 주인이 다리를 후들거리며 대귀족의 변덕에 맞추려고 초를 더 가지고 들어왔다. "사제를 불러

오게, 사제를." 후작이 말했다. "알아들었어? 10분 후에 여기 사제를 대령해. 안 그러면……"

여관 주인은 초를 떨어뜨리고 사라졌다.

사제가 졸린 눈과 부스스한 행색을 하고 왔다. 그는 다비드 미뇨와 뤼시 드 바렌을 성혼시키고 후작이 던져 주는 금화를 받은 뒤, 다시 비척비척 어둠 속으로 사라졌다.

"포도주를." 후작이 주인에게 불길한 손가락을 펴며 명령했다.

"잔을 채워." 포도주가 오자 그가 말했다. 탁자 상석의 촛불 빛 속에 서 있는 그의 모습은 악의와 오만에 찬 검은 산 같았고, 그의 눈에서는 옛사랑의 기억이 독이 되어 조카딸에게 떨어지고 있었다.

"므슈 미뇨." 그가 포도주 잔을 들어 올리며 말했다. "마시기 전에 먼저 이 말을 들으시오. 선생은 자기 인생을 고약하고 비참하게 만들어 줄 아내를 선택했소. 이 아이 몸에는 독한 거짓말과 잔학한 파괴의 피가 흐르기 때문이오. 이 아이는 선생에게 치욕과 고뇌를 안겨 줄 거요. 이 아이의 악마는 농부라도 속이려고 굽실거리는 눈과 피부와 입에 있소. 그러니 시인 선생에게는 행복한 인생이 기다리고 있을 거요. 포도주를 드시오. 얘야, 드디어 내가 너를 떨치는구나."

후작은 포도주를 마셨다. 여자의 입술에서 갑작스러운 상처를 입은 듯한 짧은 비탄이 새어 나왔다. 다비드는 손에 잔을 들고 세 걸음 앞으로 걸어가서 후작을 마주했다. 그 태도는 전혀 양치기 같지 않았다.

"방금 후작님은 명예롭게도 저를 '므슈'라고 불러 주셨습니다." 그가 차분하게 말했다. "그리고 제가 이제 조카따님과 결혼했으니 지위 면에서 후작님과 조금 더 가까워지기를, 또 제 마음속 한 가지 작은 소망을 수행할 때 후작님과 동등한 권리를 누리기를 청해도 좋을지요."

"청해도 좋소, 양치기." 후작이 비웃음을 담아 말했다.

"그렇다면 저와 한번 겨루어 보시지요." 다비드가 말하며, 자신을 비웃는 두 눈에 포도주를 확 끼얹었다.

분노한 대귀족은 뿔 나팔 소리처럼 요란하게 욕설을 내뱉었다. 그는 검은 칼집에서 칼을 빼어 들고, 머뭇거리는 여관 주인에게 소리쳤다. "저 시골뜨기에게도 칼을 줘!" 그는 여자에게 돌아서서 섬뜩하게 웃으며 말했다. "너는 나를 참 수고스럽게 만드는구나. 내가 하룻밤 사이에 네게 남편을 찾아 주고 또 널 과부로 만들 것 같다."

"저는 칼을 쓸 줄 모릅니다." 다비드가 말했다. 아내 앞에서 그런 고백을 하자 얼굴이 달아올랐다.

"칼을 쓸 줄 모른다고?" 후작이 조롱했다. "농부답게 참나무 몽둥이로 싸울까? 이봐, 프랑수아! 내 권총들을 가져와!"

기수 한 명이 마차에서 은장식이 달린 크고 반짝이는 권총 두 자루를 가져왔다. 후작은 그중 하나를 식탁 위 다비드의 손 근처로 던지고 소리쳤다. "식탁 반대편 끝으로 가. 양치기라도 방아쇠는 당길 줄 알겠지. 하지만 보페르튀이 후작의 총에 맞아 죽는 영광을 누리는 자는 흔치 않을 거야."

양치기와 후작은 긴 식탁의 양쪽 끝에 서서 서로를 마주 보았다. 여관 주인은 공포에 사로잡혀 두 손을 허공에 떨며 말을 더듬었다. "후, 후, 후작님, 제발! 저희 집에서는 이러지 마십시오! 피를 흘리지 말아 주세요. 여관이 망합니다……" 하지만 후작의 사나운 눈길이 그의 혀를 마비시켰다.

"이봐, 겁쟁이. 할 수 있다면 이를 그만 딱딱거리고 결투의 구령을 내려." 보페르튀이 후작이 소리쳤다.

여관 주인의 무릎이 바닥을 강타했다. 그는 아무 말도 하지 못했다. 소리조차 내지 못했다. 하지만 동작으로 자기 집과 여관을 위해 평화를 탄원했다.

"제가 구령을 할게요." 여자가 맑은 목소리로 말했다. 그녀는 다비드에게 다가가서 다정하게 키스했다. 두 눈은 밝게 빛났고, 뺨은 발그레하게 달아올라 있었다. 여자가 벽 앞에 서자, 두 남자는 그녀의 구령을 기다리며 총을 겨누었다.

"엥— 되— 트루아!"*

두 발의 총성이 거의 동시에 울려서 촛불은 한 번만 깜박였다. 후작은 미소 띤 얼굴로 서서 식탁 끝에 왼손을 대고 손가락을 쫙 폈다. 다비드는 꼿꼿이 선 채 고개를 천천히 돌려 눈으로 아내를 찾았다. 그런 뒤 옷걸이에서 떨어지는 옷처럼 바닥으로 털썩 쓰러졌다.

처녀로 과부가 된 여자는 공포와 절망의 비명을 짧게 지르며 남편에게 달려가서 몸을 굽혔다. 그녀는 그의 총상 부위를 발견했고, 전과 같이 창백하고 우울한 표정으로 고개를 들고 속삭였다. "심장을 관통했어요. 아, 심장을 관통했어요!"

"가자." 후작의 목소리가 우르릉 울렸다. "마차에 올라타! 새벽이 오기 전에 네 일을 해결해야 돼. 오늘 밤 너에게 다시 살아 있는 남편을 찾아 줘야 해. 길에서 처음 만나는 사람. 노상강도건 농부건 상관없어. 길에서 아무도 만나지 못하면 우리 집 문을 열어 주는 하인이 네 남편이 될 거야. 어서 마차에 타!"

후작은 성난 거구를 이끌고, 숙녀는 다시 수수께끼의 망토를 두르고,

*프랑스어로 1, 2, 3.

기수는 무기를 챙겨서 밖에서 기다리고 있는 마차로 갔다. 육중한 바퀴 소리는 잠든 마을을 울리며 지나갔다. 실버 플래건 여관의 식당에서는 넋이 나간 여관 주인이 죽은 시인 옆에 서서 두 손을 비틀었고, 스물네 개의 촛불이 식탁 위에서 펄럭이며 춤을 추었다.

오른쪽 길

도로는 15킬로미터를 뻗은 뒤 수수께끼가 되었다. 더 넓은 도로 하나가 직각 방향으로 합류해 있었다. 다비드는 잠시 망설이다가 오른쪽 길로 들어섰다.

그 길이 어디로 가는 길인지 몰랐지만 그는 그날 밤 베르누아를 멀찌 감치 떠나기로 마음먹었다. 5킬로미터 정도 가자 방금 연회가 끝난 듯한 커다란 성이 나타났다. 창문마다 불빛이 반짝였다. 거대한 석조 정문 앞 에는 손님들의 마차 바퀴 자국이 흙 위에 격자무늬를 남기고 있었다.

15킬로미터를 더 걷자 다비드는 지쳤다. 그는 걸음을 멈추고 노변의 소나무 가지를 이부자리 삼아 잠시 눈을 붙였다. 그런 뒤 일어나서 다시 미지의 길을 걸었다.

그는 그렇게 5일 동안 자연의 싱그러운 잠자리나 농가의 건초 더미에 서 자고, 인심 좋은 농부들이 주는 흑빵을 먹고 냇물을 마시거나 염소 치기들이 건네는 염소젖을 먹으며 큰길을 따라 이동했다.

그리고 마침내 큰 다리를 건너서 세상 그 어느 곳보다 더 많은 시인을 밟아 뭉개거나 띄워 올린 미소의 도시에 발을 들였다. 파리가 나직하게 전하는 활기찬 인사— 웅웅거리는 말소리, 발소리, 바퀴 소리에 그는 숨 이 가빠졌다.

다비드는 콩티 로의 어느 낡은 집 꼭대기에 숙소를 잡고 나무 의자에 앉아 시를 쓰는 데 전념했다. 그 거리는 한때 중요 인사들과 거물들의 거처가 있었지만 이제는 쇠락에 뒤따르는 사람들에게 넘어가 있었다.

그 거리의 집들은 높고 여전히 옛 영광의 흔적을 간직하고 있었지만, 그중 많은 수는 텅 비어 안에는 먼지와 거미들만 활보했다. 밤이 되면 칼 부딪는 소리, 싸움꾼들 고함 소리가 사방의 여관에서 쉬지 않고 새어 나왔다. 한때 품위 있는 거주지였던 곳이 이제는 불쾌하고 거친 방종의 터가 되었다. 하지만 그곳은 다비드에게 그의 얇은 지갑에 맞는 숙소를 제공해 주었다. 그리고 다비드는 햇빛 아래서도 촛불 빛 아래서도 종이와 펜을 앞에 놓고 앉아 있었다.

어느 날 오후 다비드는 아래쪽 세상으로 식량을 구하러 나갔다가 빵과 엉긴 우유와 싱거운 포도주를 가지고 돌아왔다. 자기 방으로 올라가는 어두운 계단 중간에서 그는 거기 앉아 있는 젊고 아름다운 여자와 마주쳤다. 그 아름다움은 시인의 상상력으로도 묘사하기 힘들 정도였다. 검은색의 헐렁한 망토는 앞이 활짝 열려서 안에 입은 화려한 드레스를 드러냈다. 그녀의 눈은 생각의 작은 변화에 따라 빠른 속도로 변했다. 한순간은 아이처럼 동그랗고 순진한 눈이었다가 다음 순간에는 집시처럼 가늘고 유혹적인 눈이 되었다. 한 손으로 드레스 자락을 들고 있어서 굽 높고 리본이 풀린 구두가 보였다. 그녀는 너무도 천사 같고 너무도 위엄 있고 너무도 매력적이고 당당했다! 그녀는 다비드가 오는 것을 보고 도움을 기다리고 있는 것 같았다.

므슈, 제가 계단을 차지하고 있는 걸 용서해 주세요. 구두가! 이 못된 구두가! 아! 리본이 자꾸 풀려요. 아! 므슈가 친절을 베풀어 주신다면!

시인은 손가락을 덜덜 떨며 말을 듣지 않는 그 리본을 묶었다. 그런 뒤 여자의 위험한 유혹을 피해 달아나고 싶었지만, 그 눈이 가늘고 유혹적인 집시의 눈이 되어 그를 사로잡았다. 그는 신 포도주 병을 꽉 붙들고 난간에 기댔다.

"고맙습니다. 이 집에 사시나요?" 여자가 미소를 띠고 말했다.

"네, 마담, 그, 그렇습니다."

"그러면 3층에서 지내시나요?"

"아뇨, 더 위층입니다."

여자는 믿을 수 없을 만큼 가벼운 손동작으로 안타까움을 표현했다.

"죄송합니다. 신중하지 못한 질문을 했습니다. 저를 용서해 주세요. 남자분께 지내는 곳을 묻는 건 확실히 적절하지 않은 일이지요."

"마담, 그런 말씀 마세요. 제가 사는 곳은……"

"아뇨, 말씀하지 마세요. 제가 실수했다는 걸 알아요. 하지만 이 집에 대한 관심은 버릴 수가 없네요. 예전에 저는 이 집에 살았어요. 저는 그 행복했던 시절을 다시 꿈꾸기 위해서 여기 자주 온답니다. 그걸 제 변명으로 삼아 주실 수 있나요?"

"어떤 변명도 하실 필요 없습니다." 시인이 말을 더듬었다. "저, 저는 꼭대기 층에 삽니다. 계단이 꺾이는 지점의 작은 방예요."

"앞쪽 방인가요?" 여자가 고개를 옆으로 돌리며 물었다.

"뒷방입니다, 마담."

여자는 안심한 듯 한숨을 쉬었다.

"그러면 더 이상 므슈를 붙잡지 않겠어요." 그녀가 동그랗고 천진한 눈이 되어 말했다. "제 집을 잘 돌봐 주세요. 아! 이제 저한테 남은 건 기억뿐이에요. 안녕히, 친절하신 말씀에 감사드립니다."

그녀는 갔고, 미소와 달콤한 향수의 흔적만이 남았다. 다비드는 깊은 잠에 빠진 사람처럼 계단을 올랐다. 그는 곧 깨어났지만, 미소와 향수는 남아 있었고 그 뒤로도 좀처럼 그를 떠나지 않았다. 이름도 모르는 여자로 인해 그는 눈의 노래, 빠르게 생겨난 사랑의 축가, 곱슬머리 송가, 가녀린 발과 구두에 대한 찬가를 쓰게 되었다.

다비드는 시인인 게 분명했다. 이본을 잊었기 때문이다. 이 섬세하고 새로운 사랑스러움은 신선함과 우아함으로 그를 사로잡았다. 그녀가 풍기는 미묘한 향수는 그의 마음에 이상한 감정을 가득 채웠다.

어느 날 밤, 그 집 3층 어느 방의 탁자에 세 사람이 앉아 있었다. 방안에 가구라고는 의자 세 개와 탁자밖에 없었고, 탁자 위에는 촛불이 있었다. 사람들 중 한 명은 검은 옷을 입은 거구의 남자였다. 그 표정에는 조롱과 오만이 가득했다. 꼬부라진 콧수염은 그 조롱하는 눈 바로 밑까지 올라갔다. 또 한 사람은 젊고 아름다운 여자였다. 여자의 눈은 아이처럼 동그랗고 천진한 눈이 될 수도 있고, 집시처럼 가늘고 유혹적인 눈도 될 수 있었지만, 지금은 음모가처럼 날카롭고 야심 찬 눈이었다. 세 번째 사람은 불과 철을 내뿜는 행동가, 전투원, 대담하고 발 빠른 실행가였다. 다른 두 사람은 그를 데스롤 대위라고 불렀다.

그 사람이 주먹으로 탁자를 쾅 내리치더니 분노를 억누르며 말했다.

"오늘 밤. 오늘 밤 그 사람이 미사에 갈 때가 기회입니다. 나는 아무 성과 없는 음모에 지쳤습니다. 신호, 암호, 비밀회의, 그런 바라구앵*이 지겹습니다. 정직한 반역자가 됩시다. 프랑스를 위해 그를 없애고자 한다면, 덫과 함정을 쓰지 말고 대놓고 죽입시다. 오늘 밤이에요. 빈말이 아닙니다. 제 손으로 직접 실행하겠습니다. 오늘 밤 그 사람이 미사에 갈 때."

*프랑스어로 '알아들을 수 없는 말.'

여자는 그에게 따뜻한 눈길을 보냈다. 아무리 음모에 깊이 결부되어 있다 해도 여자는 무모한 용기 앞에 고개를 숙이게 마련이다. 거구의 남자가 꼬부라진 콧수염을 쓰다듬었다.

"대위." 그가 습관에 의해 부드럽게 다듬어진 우렁찬 목소리로 말했다. "이번에는 자네 말에 동의해. 기다리기만 하다가는 아무것도 할 수 없어. 궁전 근위병 상당수가 우리 편에서 뒤를 받쳐 주고 있어."

"오늘 밤입니다." 데스롤 대위가 다시 탁자를 치며 말했다. "제 말씀을 들으셨죠, 후작님? 제 손으로 직접 실행하겠습니다."

"하지만 문제가 하나 있어." 거구의 남자가 조용히 말했다. "궁전에 있는 우리 동지들에게 전갈을 보내서 신호를 맞춰야 돼. 우리 중에 가장 강한 사람들이 왕의 마차를 수행해야 돼. 이 시간에 어떤 사자가 궁전 남문까지 뚫고 갈 수 있을까? 남문에는 리부가 있어. 리부에게 전갈을 보낼 수만 있으면 모든 일이 술술 풀릴 텐데."

"제가 전갈을 보낼게요." 여자가 말했다.

"백작 부인이?" 후작이 눈썹을 치켜 올리며 말했다. "부인의 헌신은 훌륭하지만……"

"들어 봐요!" 여자가 자리에서 일어나 두 손을 탁자에 놓으며 소리쳤다. "이 집 다락방에는 시골에서 올라온 젊은이가 살아요. 순진하고 미숙하기가 자기가 시골에서 키우던 양들과 똑같아요. 그 친구를 계단에서 두 번인가 세 번 만났어요. 나는 혹시 그자가 우리가 회합하는 이 방 근처에 사는지 걱정이 돼서 어느 방에서 지내냐고 물어봤죠. 나는 마음만 먹으면 그 친구를 마음대로 부릴 수 있어요. 그 친구는 다락방에서 시를 쓰는데, 아마 내 꿈을 꾸는 것 같아요. 그 친구는 내가 시키는 일은 뭐든지 할 거고, 궁전까지 전갈을 가지고 갈 거예요."

후작은 의자에서 일어나 절을 했다. "조금 전에 마치지 못한 말을 다시 하겠소. 부인의 헌신은 훌륭하지만 부인의 재치와 매력은 그보다 훨씬 더 훌륭합니다."

반역자들이 이렇게 모의하는 동안 다비드는 아무레트 데스칼리에*에게 바치는 시를 다듬고 있었다. 그때 누가 방문을 두드려서 설레는 가슴으로 문을 열었더니, 그녀가 곤경에 처한 듯 숨을 헐떡이며 아이처럼 순진한 눈을 크게 뜨고 서 있었다.

"므슈." 여자가 나직이 말했다. "어려운 일이 있어 므슈를 찾아왔습니다. 저는 므슈가 선량하고 진실한 분이라고 믿고, 달리 도움을 청할 곳이 없습니다. 우쭐거리는 남자들을 뚫고 여기까지 허겁지겁 달려왔습니다! 어머니의 임종이 임박했는데, 근위대 대위이신 제 외숙부님은 아직 궁전에 계세요. 누가 가서 외숙부님을 불러와야 해요. 혹시……"

"마드무아젤," 다비드가 두 눈 가득 그녀를 돕고 싶은 열망을 빛내며 말했다. "당신의 소망이 제 날개가 될 것입니다. 어떻게 하면 그분에게 닿을 수 있습니까?"

여자는 그의 손안에 봉인한 쪽지를 밀어 넣었다.

"남문으로 가세요, 남문이요. 거기 근위병들에게 '송골매가 둥지를 떠났습니다'라고 말하세요. 그 사람들이 통과시켜 주면 궁전 남쪽 현관으로 가세요. 거기서 다시 그 말을 하고, '그가 알아서 하게 하십시오'라고 대답하는 사람에게 편지를 주세요. 그것이 제 외숙부님이 일러 준 암호예요. 나라가 뒤숭숭하고 국왕의 목숨을 노리는 음모가 횡행하니, 어둠이 내린 뒤에는 아무도 암호 없이 궁전에 들어가지 못해요. 바라옵건대

---

*프랑스어로 '계단의 사랑'이라는 뜻.

므슈, 이 편지를 외숙부님께 전해 주셔서 어머니께서 눈을 감기 전에 외숙부님을 뵐 수 있게 해주세요."

"편지를 이리 주세요." 다비드가 열렬하게 말했다. "하지만 이렇게 늦은 시각에 당신 혼자 집에 돌려보낼 수는 없을 것 같은데요. 먼저……"

"아뇨, 지금 바로 떠나세요. 한순간 한순간이 보석처럼 소중해요. 언젠가 므슈의 친절에 보답해 드릴게요." 여자가 가늘고 유혹적인 집시의 눈이 되어 말했다.

시인은 편지를 가슴에 넣고 계단을 뛰어 내려갔다. 그가 떠나자 여자는 아래층의 방으로 돌아갔다.

후작이 그녀에게 어떻게 되었냐고 눈썹을 움직여 물었다.

"편지를 가지고 갔어요." 그녀가 말했다. "자기가 시골에서 키우던 양들처럼 멍청하고 빠르게요."

데스롤 대위가 주먹을 탕 내리쳐서 탁자가 흔들렸다.

"젠장! 총을 두고 왔어!" 그가 소리쳤다. "나는 다른 사람은 못 믿어."

"이걸 받게." 후작이 말하며 망토 밑에서 은장식이 박힌 반짝이고 큼직한 총을 꺼냈다. "이보다 더 진실한 건 없어. 하지만 잘 지켜. 그 총에는 우리 집안의 문장이 새겨져 있고, 나는 이미 의심받고 있으니까. 나는 오늘 밤 파리를 떠나야 해. 내일까지는 내 성에 가 있어야 해. 먼저 나가시죠, 백작 부인."

후작은 입김을 불어 촛불을 껐다. 망토에 싸인 여자와 두 신사는 조용히 계단을 내려가서 콩티 로의 좁은 포장도로를 오가는 군중 속으로 사라졌다.

다비드는 달려갔다. 왕의 거처의 남문에 도착하니 도끼창이 가슴에 겨누어졌지만, 그는 창 끄트머리를 돌리고 말했다. "송골매가 둥지를 떠났습니다."

"들어가시오, 형제. 어서." 근위병이 말했다.

궁전 남쪽 현관에서 사람들이 그를 잡으러 왔지만, 모 드 파스*는 다시 한 번 경계를 해제시켰다. 그중 한 명이 앞으로 나와서 말했다. "그가 알아서……" 하지만 근위병 사이에 당황한 술렁임이 일었다. 생김새가 날카롭고 걸음걸이가 군인 같은 남자가 그들을 밀치고 나와서 다비드의 손에서 편지를 낚아챘다. "이리 오시오." 그는 그렇게 말하고는 다비드를 큰 방으로 데리고 들어가더니 편지를 개봉하고 읽었다. 그런 후 머스킷 총을 멘 군복 차림의 사람을 손짓해 불렀다. "테트로 대위, 남쪽 현관과 남문의 근위병들을 잡아다 가두시오. 그리고 그 자리에 충성심이 확실한 자들을 배치하시오." 그리고 다비드에게 말했다. "이리 오시오."

그는 다비드를 데리고 복도를 지나고 부속실을 지나 아주 큰 침실로 들어갔다. 거기에는 우중충한 옷을 입은 우울한 얼굴의 남자가 커다란 가죽 의자에 기운 없이 앉아 있었다. 그 남자에게 그가 말했다.

"전하, 궁전에 반역자와 밀정이 하수구의 쥐처럼 넘쳐 난다고 전부터 제가 말씀드렸습니다. 하지만 전하께서는 제 착각이라고 하셨지요. 이 남자는 그들의 간계를 통해 전하의 문전까지 들어왔습니다. 그가 가지고 온 편지를 제가 가로챘습니다. 이 사람을 전하의 안전에 데려온 것은 이제 전하께서 제 판단을 의심하시지 않기를 바라서입니다."

"내가 심문해 보겠소." 왕이 의자에서 몸을 움직이며 말했다. 그러고는 불투명한 막에 덮인 무거운 눈으로 다비드를 보았다. 시인이 무릎을 굽혔다.

---

*프랑스어로 '암호'라는 뜻.

"너는 어디 사람이냐?" 왕이 물었다.

"외르에루아르 지방의 베르누아 사람입니다, 전하."

"파리에서는 무엇을 하느냐?"

"저, 저는 시인이 되려고 합니다, 전하."

"베르누아에서는 무엇을 했느냐?"

"아버지의 양 떼를 돌보았습니다."

왕은 다시 몸을 움직였고, 눈에서 불투명한 막이 사라졌다.

"아! 들판에서!"

"그렇습니다, 전하."

"들판에서 살았구나. 서늘한 아침 공기 속으로 나가서 풀밭의 덤불 틈에 누웠겠구나. 양 떼는 제멋대로 언덕 기슭에 흩어지고, 너는 싱싱한 냇물을 마시고, 또 그늘에 둔 맛있는 갈색 빵을 먹고, 검은머리방울새가 숲에서 노래하는 소리도 들었겠지. 그렇지 않느냐, 양치기?"

"그렇습니다, 전하." 다비드가 한숨 쉬며 대답했다. "그리고 벌들이 꽃에서 붕붕거리는 소리도 듣고 포도 수확자들이 언덕에서 노래하는 소리도 들었습니다."

"그래, 그래. 그 소리도 들었겠지." 왕이 답답한 듯 말했다. "하지만 검은머리방울새 소리도 들었어. 그 새들은 숲에서 자주 노래했겠지?"

"전하, 검은머리방울새 소리가 가장 아름다운 곳은 바로 외르에루아르 지방입니다. 저는 그 노래를 시로 쓴 적도 있습니다."

"그 시를 내 앞에서 읊어 줄 수 있느냐?" 왕이 간청하듯 말했다. "오래전에 나는 검은머리방울새 소리를 들은 적이 있다. 그 노래의 뜻을 제대로 아는 일은 왕국을 갖는 것보다 더 좋을 것 같구나. 그리고 밤이면 너는 양 떼를 우리에 넣고 평화와 고요 속에 즐거이 빵을 먹었겠지. 양치기, 그 시를 내 앞에서 읊어 줄 수 있겠느냐?"

"그 시는 이렇습니다, 전하." 다비드가 존경과 열정을 담아 입을 열었다.

> "게으른 양치기여, 너의 새끼 양이
> 풀밭에서 신나게 깡충거리는 것을 보아라.
> 전나무가 산들바람에 추는 춤을 보고,
> 판 신이 부는 갈대 피리 소리를 들어라.
>
> 우듬지에서 외치는 우리 소리를 듣고,
> 네 양 떼에 들이닥치는 우리 모습을 보아라.
> 우리가 나뭇가지 사이에 따뜻한
> 둥지를 지을 양털을 내어 다오."

"허락하신다면 제가 이 삼류 시인에게 몇 가지 질문을 하겠습니다, 전하." 거친 목소리가 끼어들었다. "시간이 없습니다. 전하의 안전을 걱정하는 제 마음이 전하의 심기를 거스른다 해도 너그러이 용서해 주십시오."

"도말 공작의 충성은 이미 증명된 것이기에 내 심기를 거스를 수 없소." 왕이 말했다. 그런 뒤 그는 의자에 몸을 깊이 묻었고, 눈 위에 다시 막이 덮였다.

"먼저 그가 가져온 편지를 읽어 드리겠습니다." 공작이 말했다.

"오늘 밤은 왕세자의 기일이다. 그 사람이 관례대로 아들의 영혼을 위해 기도하러 자정 미사에 간다면, 에스플라나드 로 모퉁이에서 송골매가 덮칠 것이다. 그 사람이 그럴 계획이 있다면 궁전 남서쪽 모퉁이 2층

방에 붉은 등을 걸어 송골매에게 알려라.'

시골뜨기, 잘 들었지? 누가 너에게 이 편지를 들려 보냈느냐?" 공작이 엄한 목소리로 말했다.

"공작님, 말씀드리겠습니다." 다비드가 정직하게 말했다. "어떤 여자분이 주었습니다. 자기 어머니가 아픈데 이 편지를 가져다주면 외숙부님이 어머니의 임종을 뵈러 올 거라고 말했습니다. 편지의 의미는 모르겠지만 그 여자분은 아름답고 친절한 분입니다."

"여자의 모습을 설명해 보라." 공작이 명령했다. "그리고 어쩌다 그 여자에게 속아 넘어갔는지 말하라."

"그분의 모습을 설명하라고요!" 다비드가 조용히 미소 짓고 말했다. "그것은 말로 기적을 일으키라는 명령입니다. 그분은 밝은 햇빛과 짙은 그늘로 빚어졌습니다. 오리나무처럼 가녀리고 오리나무처럼 우아합니다. 그분의 눈은 바라보는 눈앞에서 휙휙 바뀝니다. 한순간은 동그랬다가 다음 순간은 구름 사이로 내다보는 태양처럼 가늘어지죠. 그분은 천국을 거느리고 다닙니다. 그분이 떠나면 혼돈과 산사나무 꽃 향기가 남습니다. 그분은 콩티 로 29번지로 저를 찾아왔습니다."

"그 집은 바로 우리가 주시하고 있던 집입니다." 공작이 왕을 돌아보며 말했다. "시인의 혀 덕분에 우리는 악명 높은 퀘베도 백작 부인의 모습을 짐작할 수 있게 되었습니다."

"전하, 그리고 공작님." 다비드가 열렬하게 말했다. "제 형편없는 언어는 그분을 제대로 묘사하지 못했습니다. 저는 그분의 눈을 보았습니다. 저는 그분이 이 편지와 무관하게 천사라는 데 목숨을 걸 수 있습니다."

공작은 그를 가만히 바라보다가 천천히 말했다. "그러면 네가 진실을 알게 하겠다. 네가 왕의 복식을 하고 왕의 마차를 타고 자정 미사에 가

라. 이 시험을 받아들이겠느냐?"

다비드는 미소 짓고 말했다. "저는 그분의 눈을 보았습니다. 거기서 진실을 얻었습니다. 공작님도 원하시는 대로 진실을 얻으십시오."

12시 30분 전에 도말 공작은 궁전 남서쪽 창문에 직접 붉은 등을 걸었다. 다비드는 자정 10분 전에 공작의 팔에 기대서 머리에서 발끝까지 왕의 복식으로 차리고 망토를 두른 뒤 고개를 숙이고 천천히 왕의 거처를 떠나 대기 중인 마차로 갔다. 공작은 그를 마차에 태우고 문을 닫았다. 마차는 성당을 향해 달려갔다.

에스플라나드 로 모퉁이의 어느 집에서는 테트로 대위와 부하 스무 명이 반역자들이 나타나는 즉시 덮칠 준비를 하고 기다리고 있었다.

하지만 어떤 이유인지 음모꾼들은 계획을 살짝 바꾼 것 같았다. 왕의 마차가 에스플라나드 로 한 블록 전의 크리스토페 로에 도착했을 때 데스롤 대위가 국왕 시해단을 이끌고 튀어나와서 마차를 공격했다. 마차 위의 근위병들은 때 이른 공격에 놀랐지만 마차에서 내려 용감하게 싸웠다. 그 소리가 테트로 대위와 부하들에게도 들렸고, 그들은 근위병들을 도우러 맹렬하게 달려갔다. 하지만 그사이에 필사적인 데스롤이 왕이 탄 마차의 문을 열어젖히고 그 안에 있는 어두운 형체의 사람에게 총을 발사했다.

충성스러운 지원병들이 오면서 거리는 비명과 칼 소리로 요란해졌고, 공포에 질린 말들은 달아나 버렸다. 마차 쿠션 위에는 가짜 왕으로 꾸민 시인이 보페르튀이 후작의 권총에서 날아온 총탄에 쓰러져 있었다.

본래의 길

도로는 15킬로미터를 뻗은 뒤 수수께끼가 되었다. 더 넓은 도로 하나가 직각 방향으로 합류해 있었다. 다비드는 잠시 망설이다가 길 옆에 앉았다.

그 길들이 어디로 가는 것인지 그는 몰랐다. 어느 쪽이든 기회와 위험이 가득한 큰 세상이 있을 것 같았다. 앉아 있는 그의 눈이 밝은 별에 가닿았다. 그러자 이본이 떠올랐고, 자신이 너무 성급했던 건 아닐까 하는 생각이 들었다. 둘이서 격한 말을 몇 마디 주고받았다는 이유로 왜 자기 집과 그녀를 떠나야 할까? 사랑이라는 것이 그 증거인 질투에 깨질 만큼 연약한 것인가? 아침이 되면 언제나 지난밤의 사소한 정신적 고통은 치유되었다. 지금 돌아가면 단잠에 빠진 베르누아 마을 사람들 누구도 그가 길을 떠났던 사실을 모를 것이다. 그의 심장은 이본의 것이었다. 평생을 산 그곳에서 그는 시를 쓰고 행복을 찾을 수 있었다.

다비드는 일어서서 자신을 유혹했던 불안과 흥분을 떨쳤다. 그리고 자신이 걸어온 길로 다시 돌아섰다. 길을 되짚어 베르누아로 돌아오자 방황의 욕망은 사라졌다. 그가 양 우리 앞을 지날 때 양들은 늦은 밤 발소리에 놀라 허둥지둥 뛰었고, 그 익숙한 소리에 그의 심장은 따뜻해졌다. 그는 소리 없이 자신의 작은 방으로 들어가 누웠고, 그날 밤 자신의 발이 고통스러운 낯선 길들을 피했음에 감사했다.

그는 여자의 마음을 얼마나 잘 알던가? 다음 날 저녁 이본은 젊은이들이 사제를 기다리며 모여 있는 도로변 우물에 있었다. 꽉 다문 입술은 여전히 완강해 보였지만, 눈가는 다비드를 찾고 있었다. 그는 이본의 표정을 보았고, 그 입에 맞서서 거기서 취소를 이끌어 냈고, 함께 집으로 가는 길에 키스를 했다.

석 달 뒤에 그들은 결혼했다. 다비드의 아버지는 수완이 좋고 부유했다. 그가 베푼 결혼식은 사방 15킬로미터까지 이야기가 퍼졌다. 두 사람 모두 마을 사람들의 큰 사랑을 받았다. 거리에 행진이 있었고, 광장에서는 무도회가 열렸다. 드뢰에서 온 광대들이 하객들 앞에서 인형극과 곡예를 펼쳤다.

그리고 1년 뒤에 다비드의 아버지가 죽었다. 양들과 집은 그의 차지가 되었다. 그는 이미 마을에서 가장 아름다운 아내가 있었다. 이본의 우유 양동이와 놋쇠 주전자는 반짝거렸다. 아아! 그 앞을 지나가면 너무 눈이 부셔서 햇빛 속에서도 눈앞이 캄캄해지곤 했다. 하지만 그럴 때 눈을 마당으로 돌리면 이본이 가꾼 단정하고 아름다운 화단의 모습에 시력이 금세 돌아왔다. 그리고 그녀의 노랫소리는 그뤼노 영감의 대장간 위로 뻗은 커다란 밤나무 앞까지 들렸다.

하지만 그러던 어느 날 다비드는 오랫동안 닫아 두었던 서랍에서 종이를 꺼내서 연필 끝을 씹기 시작했다. 다시 온 봄이 그의 심장을 건드렸다. 다비드는 시인인 게 분명했다. 이본을 잊었기 때문이다. 이 섬세하고 새로운 대지의 사랑스러움은 마법과 우아함으로 그를 사로잡았다. 숲과 초원의 향기가 이상한 감흥을 불러일으켰다. 그는 날마다 양 떼를 몰고 나가서 밤에 안전하게 데리고 돌아왔다. 하지만 이제 덤불 밑에 엎드려 종이 위에 단어들을 꿰었다. 양들은 멋대로 떠돌았고, 늑대들은 그의 시 쓰기가 어려워지면 자신들의 양 사냥이 쉬워진다는 것을 감지하고 숲에서 나와 양들을 잡아갔다.

다비드의 시는 차곡차곡 쌓였고, 가축은 점점 줄어들었다. 이본의 코와 성격은 날카로워졌고 말투는 퉁명스러워졌다. 냄비와 주전자가 광택을 잃었고, 대신 그녀의 눈에서 빛이 번득였다. 그녀는 시인에게 그가 게으름을 피워서 가축 수가 줄고 집 안에 화가 들어온다고 지적했다. 다비드는 양 떼를 돌볼 소년을 한 명 구한 뒤 집 꼭대기 작은 방에 틀어박혀서 시를 더 많이 썼다. 소년 또한 시심이 깊었지만 글을 써서 그것을 표현할 방법이 없었기에 깊은 잠에 빠져 시간을 보냈다. 늑대들은 시와 잠이 사실상 똑같다는 사실을 금세 발견했다. 그래서 양 떼는 꾸준히 줄어들었다. 이본의 분노는 같은 비율로 커졌다. 때로 그녀는 마당에 서서 다락방의 높은 창을 향해 다비드에게 욕을 하기도 했다. 그 소리는 그뤼노 영감의 대장간 위로 뻗은 커다란 밤나무 앞까지 들렸다.

친절하고 지혜롭고 오지랖 넓은 공증인 므슈 파피노는 그런 일들을 보고 있었다. 그는 눈이 향하는 곳의 모든 것을 보았기 때문이다. 그가 다비드에게 가서 코담배 한 움큼을 집어 들고 말했다.

"여보게 미뇨, 나는 자네 아버지 혼인 증명서에 봉인을 한 사람이야. 그런데 그 아들의 파산 서류를 공증해야 한다면 속상하지 않겠나. 자네는 지금 그 길을 향해 가고 있어. 내 말 잘 들어. 내가 보니 자네는 지금 시에 마음을 바친 것 같아. 드뢰에 므슈 브릴이라는 내 친구가 있어. 조르주 브릴이야. 그의 집은 책으로 가득 차 있고, 그 친구는 책을 살짝 치운 작은 공간에 살아. 아주 학식이 깊지. 파리에도 해마다 가. 책도 여러 권 썼어. 카타콤이 언제 만들어졌는지, 별의 이름을 어떻게 알아냈는지, 물떼새의 부리는 왜 긴지 물어보면 그 친구는 다 대답해 줘. 자네가 양들의 울음소리를 척척 알아듣는 것처럼 그 친구는 시의 의미와 형태를 다 이해해. 내가 그 친구 앞으로 편지를 한 통 써줄 테니 그걸 가지고 가서 자네 시를 보여 줘. 그러면 자네가 앞으로 시를 계속 써도 좋을지 아니면 그냥 아내와 가축에 전념해야 할지 알게 될 거야."

"편지를 써주세요. 좀 더 일찍 말씀해 주시지 그랬어요." 다비드가 말했다.

이튿날 아침 동틀 녘에 그는 이미 겨드랑이에 소중한 시 뭉치를 끼고 드뢰로 가는 길에 올랐다. 정오에는 므슈 브릴의 집 앞에서 신발의 먼지를 털었다. 그 학식 높은 사람은 므슈 파피노의 편지를 개봉하고 안경 쓴 눈으로 태양이 물을 끌어당기듯 거기 적힌 글을 빨아들였다. 그러고는 다비드를 안쪽 서재로 데리고 들어가서 책의 바다에 솟은 작은 섬에 앉혔다.

므슈 브릴은 성실한 사람이었다. 그는 힘겹게 돌돌 만, 손가락 길이 두께의 종이 뭉치에도 움찔하지 않고 그것을 무릎에 대고 뜯어서 읽기 시작했다. 그는 조금도 허술하지 않았다. 종이 뭉치를 파고드는 그의 모습은 알맹이를 찾아 견과 껍데기를 파고드는 벌레와도 같았다.

그사이 다비드는 자리에 붙박여 앉은 채 그토록 풍성하게 출렁이는 문학의 물보라에 몸을 떨었다. 그 소리는 그의 귓속에서 노호했다. 그는 그 바다를 항해할 지도도 나침반도 없었다. 세상 사람의 절반은 책을 쓰는 것 같다는 생각이 들었다.

므슈 브릴은 마지막 쪽까지 시를 다 읽었다. 그런 뒤 안경을 벗고 손수건으로 안경알을 닦았다.

"내 친구 파피노는 잘 있나?" 그가 물었다.

"아주 건강하십니다." 다비드가 대답했다.

"므슈 미뇨는 양이 모두 몇 마리나 되지?"

"어제 셌을 때 309마리였습니다. 그동안 안 좋은 일들이 있었습니다. 처음에는 650마리였습니다."

"자네는 아내가 있고 집이 있고 안락한 삶이 있어. 양들은 자네에게 풍요를 주었지. 양 떼와 함께 들판에 나가서 맑은 공기 속에 살고 만족의 달콤한 빵을 먹었어. 자네는 날카로운 감각으로 자연의 품에 안겨서 덤불 속 검은머리방울새 소리를 들었지. 여기까지 맞는가?"

"네, 맞습니다." 다비드가 말했다.

"나는 자네의 시를 전부 읽었어." 므슈 브릴이 책의 바다 여기저기로 눈길을 돌리며 말했다. 수평선에 떠오른 돛이 있는지 찾는 것 같았다. "저기 창밖을 보게, 므슈 미뇨. 저 나무에 뭐가 보이나?"

"까마귀가 보입니다." 다비드가 밖을 내다보며 말했다.

"저 새는 내가 의무를 피하고 싶을 때 나를 도와주는 새지." 므슈 브릴이 말했다. "므슈 미뇨, 자네는 저 새를 알지. 저 새는 공중의 철학자거든. 자기 운명에 복종해서 행복을 누려. 저 눈길 어지럽고 발길 가벼운 새만큼 즐겁고 배부른 자는 없어. 들은 녀석에게 녀석이 원하는 걸 주지. 녀석은 자기가 꾀꼬리처럼 아름답지 않다고 불평하지 않아. 그리고 므슈미뇨, 자연이 저 녀석에게 어떤 노래를 주었는지 들었지? 그렇다고 나이팅게일이 더 행복할까?"

다비드는 일어섰다. 까마귀는 나무에서 까악 울었다.

"고맙습니다, 므슈 브릴." 그가 천천히 말했다. "나이팅게일의 노래는 전혀 없고 오직 까마귀 울음뿐이었습니까?"

"있었다면 내가 놓쳤을 리가 없어." 므슈 브릴이 한숨을 쉬며 말했다. "한 자도 빼놓지 않고 다 읽었거든. 자네의 삶이 곧 시야. 그걸 글로 옮길 생각은 하지 말게."

"고맙습니다. 이제 저는 양들에게 돌아가겠습니다." 다비드가 다시 말했다.

"함께 저녁을 하면서," 학식 있는 남자가 말했다. "듣기 싫은 소리를 들고 싶다면, 그 이유를 자세히 설명해 주지."

"아뇨." 시인이 말했다. "저는 들판으로 돌아가서 양들에게 까악거려야 합니다."

다비드는 겨드랑이에 시 뭉치를 끼고 베르누아를 향해 터덜터덜 걸었다. 그리고 마을에 도착하자 아르메니아 출신 유대인 자이글러의 가게에 들렀다. 그는 수중에 넣은 물건은 무엇이건 다 팔았다.

"친구." 다비드가 말했다. "숲에서 늑대가 자꾸 나타나서 언덕의 양 떼를 괴롭혀. 양 떼를 지킬 총을 사야겠어. 어떤 게 있지?"

"오늘은 내가 운이 사납군, 미뇨." 자이글러가 두 손을 펼치며 말했다. "가격이 제값의 십 분의 1밖에 안 되는 물건을 팔게 생겼으니 말이야. 바로 지난주에 한 외판 상인이 궁전 경매에서 산 물건을 마차 가득 싣고 왔길래 사뒀거든. 경매는 왕에게 반역을 꾀하다 추방된 어떤 대귀족의 샤토*와 소유물을 파는 거였어. 그중에 훌륭한 총들이 있었지. 이 권총은 대공에게 걸맞은 무기야! 이걸 40프랑에 주면, 미뇨, 나는 10프랑을 손해 보는 거야. 하지만 아마 화승총 정도면……"

"이게 좋겠군. 탄약은 장전돼 있는 거야?" 다비드가 카운터 위에 돈을 던졌다.

"지금 장전해 줄게. 10프랑을 더 주면 추가 화약과 탄알도 주지." 자이글러가 말했다.

다비드는 외투에 권총을 넣고 집으로 걸어갔다. 이본은 없었다. 요즘 그녀는 이웃집 나들이를 많이 다녔다. 하지만 부엌 스토브에 불이 밝게 빛나고 있었다. 다비드는 스토브 문을 열고 시 뭉치를 석탄 위에 던졌

---

*프랑스 어로 '성城'이라는 뜻.

다. 불붙은 시 뭉치가 굴뚝 입구에서 거친 소리로 노래했다.

"까마귀의 노래!" 시인이 말했다.

그는 다락방으로 올라가서 문을 닫았다. 마을이 워낙 조용했기에 스무남은 명이 총소리를 들었다. 사람들이 몰려와서 연기가 새어 나오는 문을 향해 계단을 올라갔다.

남자들은 시인의 시신을 침대에 누이고, 가련한 까마귀의 찢어진 깃털을 감추려고 어설픈 노력을 했다. 여자들은 연민에 빠져서 수다를 떨었다. 일부는 이본에게 알리러 달려갔다.

남의 일에 대한 지대한 관심으로 거기 가장 먼저 달려온 사람들 중 한 명인 므슈 파피노는 총을 집어 들고 안목과 슬픔이 뒤섞인 눈길로 은장식을 훑었다.

"이 총에 새겨진 문장은 보페르튀이 후작의 것이군요." 그가 사제에게 나직하게 말했다.

매혹의 옆모습
The Enchanted Profile

여자 칼리프는 드물다. 여자들은 태생, 성향, 본능, 성대 구조 어느 면
으로 보아도 셰에라자드다. 매일 밤 수십만 고관의 딸이 각자의 술탄에
게 천일야화를 전한다. 하지만 자칫하면 그들 중 일부는 활시위에 목이
졸려 죽을 수 있다.

하지만 나는 여자 칼리프의 이야기를 하나 들었다. 신데렐라가 등장
하니 정확히 아라비안나이트는 아니다. 그 신데렐라가 행주를 휘두른
곳은 시대와 나라가 전혀 달랐다. 독자 여러분이 서로 다른 시대가 뒤섞
이는 걸 꺼리지 않는다면 (이 일은 어쨌건 동방의 풍미를 더해 주는 것
같다) 이야기를 계속해 보겠다.

뉴욕에 아주 오래된 호텔이 하나 있다. 누구든 잡지에 실린 그 호텔의
목판화를 본 적이 있을 것이다. 40번로 위쪽으로는 보스턴으로 가는 옛

인디언 길과 해머스타인 사무실뿐이던 시절에 지은 그 낡은 호텔은 곧 철거될 것이다. 튼튼한 벽이 뜯기고 벽돌이 활강로 아래로 우르르 무너지면 시민들은 가까운 모퉁이에 모여서 옛 명소의 파괴를 슬퍼할 것이다. 뉴 바그다드*를 자랑스러워하는 시민 중에 그 우상의 파괴에 가장 처절하게 울부짖을 사람은 1873년에 무료 급식소에서 쫓겨난 일을 제외하고는 그 오래된 호텔에 대한 좋은 기억이 없는 (테러호트** 출신의) 남자일 것이다.

매기 브라운 부인은 항상 이 호텔에 묵었다. 브라운 부인은 앙상한 몸집의 예순 살 여자로, 칙칙한 검은 옷을 입고, 아담이 악어라고 이름 붙인 첫 동물의 가죽으로 만든 것 같은 핸드백을 들고 다녔다. 부인은 항상 하루 2달러의 가격에 호텔 꼭대기 층의 작은 응접실과 침실을 썼다. 부인이 거기 있을 때는 날카로운 얼굴에 불안한 표정을 한 남자들이 날마다 부인을 수도 없이 찾아왔지만, 부인은 그들을 잠깐씩만 만나 주었다. 매기 브라운은 세계에서 세 번째로 부유한 여자라고 알려져 있었다. 그리고 그녀를 열심히 찾아오는 신사들은 뉴욕의 가장 부유한 중개인과 사업가 들로, 태곳적 핸드백을 들고 다니는 우중충한 노부인에게서 50만 달러 정도의 푼돈을 빌리고자 했다.

아크로폴리스 호텔의 (이런! 이름을 말해 버렸다!) 속기사 겸 타자수는 아이더 베이츠 양이었다. 그녀는 그리스 고전의 보존물이었다. 얼굴에 흠잡을 데가 전혀 없었다. 어떤 노인 한 명은 그녀에게 경의를 바치며 이렇게 말했다. "그녀를 사랑한 것은 인문교육이었다." 베이츠 양의 검은 머리와 단정한 흰색 블라우스를 보았다는 사실만도 이 나라의 통신

*뉴욕을 의미한다.
**인디애나 주의 소도시.

408

교육 전체 과정과 맞먹는 효과가 있었다. 그녀는 이따금 나를 위해 타자를 쳐주었는데, 돈을 선불로 받기를 거부했고 나를 친구이자 보호자 비슷하게 여기게 되었다. 그녀는 언제나 친절하고 상냥했다. 그녀 앞에서는 납 화장품 판매원이나 모피 수입업자조차 엉뚱한 행동을 할 엄두를 내지 못했다. 빈에 사는 호텔 소유주부터 몸져누운 지 16년 된 수석 짐꾼에 이르기까지, 아크로폴리스의 성원들은 그녀를 옹호하기 위해서라면 하나같이 자리에서 벌떡 일어날 것이다.

어느 날 나는 레밍턴 타자기가 놓인 베이츠 양의 작은 성소 앞을 지나가다가 그녀의 자리에서 검은 머리의 다른 형체가 —사람임이 분명했다— 검지 두 개로 자판을 두드리는 모습을 보았다. 세상일의 무상함을 생각하며 나는 그냥 지나쳤다. 그리고 나도 다음 날 2주간의 휴가를 갔다. 돌아와서 아크로폴리스 호텔의 로비를 걷다가, 좋았던 지난날의 따뜻한 불빛 속에 베이츠 양이 변함없이 그리스 조각 같고 친절하고 흠결 없는 모습으로 타자기에 덮개를 씌우는 것을 보았다. 업무는 이미 마감되었지만, 그녀는 나에게 손님들이 타자 칠 내용을 구술하는 의자에 잠깐 앉아 달라고 부탁했다. 베이츠 양은 아크로폴리스를 떠났다가 돌아오게 된 사연을 다음과 같이 말했다.

"선생님, 글은 잘되고 계신가요?"

"꾸준해요. 떠오르는 속도하고 사라지는 속도가 거의 비슷하죠." 내가 말했다.

"안타깝네요." 그녀가 말했다. "글은 바로바로 타자로 정리해 두어야 하는데 말이에요. 제 생각 많이 나셨죠?"

"내가 아는 사람 중 그 누구도 베이츠 양만큼 허리 버클, 세미콜론, 호텔 손님, 머리핀을 적절한 간격으로 배치하는 사람은 없어요. 하지만 그

동안 호텔에서 안 보이더군요. 어느 날 보니 베이츠 양 자리에 박하 맛 위장약 꾸러미가 있었어요." 내가 말했다.

"선생님이 말을 막지 않았다면 그 이야기를 하려던 참이었어요." 베이츠 양이 말했다.

"선생님도 이 호텔에 들르는 매기 브라운을 아시죠? 그 부인은 재산이 4천만 달러래요. 그런데도 뉴저지 주의 10달러짜리 아파트에 사시죠. 부인은 언제나 부통령 후보 여섯 명보다 수중에 현금이 더 많아요. 그걸 양말에 넣어 다니는지 어쩌는지는 모르겠지만 그분이 이 도시의 금송 아지 숭배 구역에서 아주 인기가 많다는 건 알죠.

2주일쯤 전에 브라운 부인이 문 앞에 서서 10분 동안 저를 유심히 들여다봤어요. 저는 부인에게 옆얼굴을 보인 채 토너파에서 오신 친절한 노신사가 부탁한 구리 광산 제안서의 사본을 치고 있었어요. 하지만 저는 언제나 주변의 모든 걸 봐요. 바쁘게 일할 때는 옆머리 빗핀 틈새로 주변을 보고 블라우스 등의 단추 하나를 풀어 두면 등 뒤에 누가 있는 지도 알죠. 저는 고개를 돌리지 않았어요. 저는 일주일에 18~20달러를 벌기 때문에 돌아볼 필요가 없었죠.

그런데 그날 저녁 마감 시간에 부인이 사람을 보내서 저를 자기 방으로 불렀어요. 저는 약속어음, 담보 설정, 계약서 같은 2천 단어짜리 타자 일거리와 10센트 팁을 예상했지만 어쨌건 갔죠. 그런데 선생님, 저는 정말 놀랐어요. 매기 브라운 부인이 따뜻한 사람이 되어 있었어요.

'아가씨.' 부인이 말했어요. '나는 태어나서 베이츠 양처럼 아름다운 사람을 본 적이 없어. 나는 베이츠 양이 일을 그만두고 나한테 와서 나와 함께 살았으면 좋겠어. 나는 피붙이랄 게 없거든. 남편과 아들 한두 명이 있지만 연락을 하지 않아. 그들은 열심히 일하는 여자의 어깨를 짓

누르는 무거운 짐일 뿐이야. 나는 베이츠 양이 내 딸이 되었으면 좋겠어. 사람들은 내가 인색하고 까탈스럽다고 하고, 신문들은 내가 요리와 빨래를 직접 한다고 거짓 기사를 쓰지. 그건 거짓말이야. 나는 손수건과 양말과 속치마와 옷깃 같은 가벼운 것만 빼면 빨래를 모두 밖에다 맡겨. 내가 가진 현금과 증권과 채권은 모두 4천만 달러고, 그 증권과 채권은 스탠더드 오일 사처럼 교회 바자에서도 유통 가능해. 나는 외로운 노파고 말벗이 필요해. 베이츠 양은 내가 본 사람 중에 가장 아름다워. 나와 함께 살지 않겠어? 사람들에게 나도 돈을 쓸 수 있다는 걸 보여 주겠어.'

선생님 같으면 어떻게 했겠어요? 물론 저는 그 말에 따랐죠. 그리고 사실을 말하자면 저는 매기 부인이 약간 좋아졌어요. 부인이 가진 4천만 달러와 부인이 제게 해줄 수 있는 것 때문만은 아니었어요. 저 역시 이 세상에서 약간 외로웠거든요. 사람은 모두 왼쪽 어깨가 어떻게 아픈지, 에나멜 구두가 한 번 갈라지면 얼마나 빨리 망가지는지 말할 사람이 필요해요. 그리고 그런 말을 호텔에서 만나는 남자들한테 할 수는 없잖아요. 남자들은 기회만 노리고 있으니까요.

그래서 저는 호텔 근무를 그만두고 브라운 부인에게 갔어요. 저는 확실히 부인에게 반했던 것 같아요. 부인은 제가 앉아서 책을 읽거나 잡지를 볼 때면 30분 동안 저를 바라보곤 했어요.

한번은 제가 부인에게 말했어요. '혹시 제가 브라운 부인이 어린 시절에 잃었던 친척이나 친구를 닮았나요? 부인이 저를 때때로 아주 유심히 관찰하시는 것 같아서요.'

'네 얼굴은 내 소중한 친구하고 똑 닮았어.' 부인이 말해요. '내 평생 최고의 친구하고. 하지만 나는 너 자체로도 너를 좋아한단다.'

그런데 선생님, 부인이 어떻게 됐는지 아세요? 코니 아일랜드의 파도를 맞은 고데 머리처럼 풀어졌어요. 부인은 저를 고급 드레스 상점에 데려가서 각종 드레스를 맞춰 줬어요. 돈은 얼마든 상관없다면서요. 그건 긴급 주문이었고, 드레스 상점은 문을 잠그고 직원 전체가 그 일에 매달렸어요.

그런 뒤 우리는 다른 곳으로 옮겼는데…… 어디로 갔을 거 같아요? 아뇨, 맞혀 보세요. 맞아요. 본턴 호텔로 갔어요. 우리는 방 여섯 개짜리 특실에 들어갔어요. 하루에 100달러였어요. 계산서를 봤어요. 저는 노부인이 좋아졌어요.

그런데 선생님, 드레스가 하나둘 오기 시작하자…… 아, 그 이야기는 하지 않겠어요! 선생님은 이해 못 하실 테니까요. 그리고 저는 이제 부인을 매기 이모라고 불렀어요. 신데렐라 이야기 아시죠. 왕자가 자기 발에 3 1/2 A 사이즈의 구두를 신겼을 때 신데렐라가 한 말은 제가 속으로 한 말에 비하면 아무것도 아니에요.

그런 뒤 매기 이모가 본턴 호텔에서 저의 사교계 데뷔 연회를 열어서 5번 가에 사는 네덜란드 가문을 전부 초대하겠다고 했어요.

'저는 이미 사교계 데뷔를 했어요, 매기 이모.' 내가 말했어요. '하지만 다시 데뷔하겠어요. 여기는 뉴욕 최고의 호텔 중 하나니까요. 그런데 죄송하지만 그런 일을 자주 하시지 않았다면 유력 인사들을 한자리에 모으는 건 어려울 텐데요.'

'걱정할 것 없다, 얘야.' 매기 이모가 말했어요. '나는 초대장을 보내지 않아. 명령을 내리지. 나는 에드워드 국왕이나 윌리엄 트래버스 제롬*이 아니라면 누구도 한데 모을 수 없는 손님 쉰 명을 부를 거다. 물론 모두

---

*William Travers Jerome(1859~1934). 뉴욕 출신의 정치인.

남자고, 모두 내게 돈을 빌렸거나 빌리려고 하는 사람들이지. 혼자 오는 사람도 있겠지만 상당수가 아내와 함께 올 거야.'

아, 선생님이 그 연회에 오셨으면 좋았을 텐데. 식기가 온통 금과 컷글라스였어요. 남자가 마흔 명이었고, 여자는 매기 이모와 저를 빼면 여덟 명이었죠. 세계에서 세 번째로 부유한 이 부인은 전과는 전혀 다른 모습이었어요. 새로 만든 검은 실크 드레스를 입었는데, 구슬 장식이 어찌나 많은지 예전에 친구가 살던 꼭대기 방에서 밤새 들었던 우박 소리 같은 소리가 났어요.

그리고 제 드레스는! ……선생님한테 그걸 설명하는 헛수고는 하지 않겠어요. 레이스 전부가 손으로 짠 레이스고, 가격이 300달러였어요. 계산서를 봤어요. 남자들은 모두 머리가 벗어지거나 흰 구레나룻이 났거나 했는데, 3퍼센트 이율 공채와 브라이언과 목화 수확에 대한 재담을 쉴 새 없이 주고받았어요.

제 왼쪽에 있던 사람은 말투가 은행가 같았고, 오른쪽에 있던 젊은이는 신문사 미술 기자 같았어요. 그 사람은 거기서 유일한…… 아, 이 사람 말씀을 드리고 싶었어요.

정찬을 마치고 브라운 부인과 저는 우리 거처로 올라갔어요. 복도를 메운 신문기자들을 뚫고 가야 했죠. 돈이 있으면 그렇게 돼요. 그런데 혹시 래스롭이라는 이름의 신문사 미술 기자를 아시나요? 키가 크고 눈이 맑고 말투가 부드러운 사람요. 아뇨, 무슨 신문사인지는 잊었어요. 네, 좋아요.

우리가 위층에 올라간 뒤 브라운 부인은 바로 전화를 걸어 계산서를 보내라고 했어요. 계산서가 왔고 600달러였어요. 저도 봤어요. 매기 이모는 기절했어요. 제가 부인을 안락의자에 앉히고 구슬 장식 옷을 벗겨 췄어요.

'얘야, 그게 뭐였지? 임대료가 오른 거니 아니면 소득세가?' 부인이 정신이 돌아오자 말했어요.

'그냥 정찬 비용이에요.' 내가 말했어요. '걱정할 거 없어요. 바다의 물방울 하나도 안 돼요. 일어나서 잘 보세요. 다른 게 아니라면 이건 퇴거 명령 같네요.'

그런데 선생님, 매기 이모가 어땠는지 알아요? 겁을 먹었어요! 그리고 다음 날 아침 9시에 나를 본턴 호텔에서 떠밀고 나갔죠. 우리는 로어웨스트사이드에 있는 하숙집으로 갔어요. 부인은 거기 방 하나를 빌렸는데, 수도는 위층에 있고 가스등은 아래층에 있었죠. 이사를 하고 보니 방 안에 있는 건 총 1,500달러어치의 고급 드레스들과 버너 한 구짜리 가스스토브가 전부였어요.

매기 이모는 갑자기 검약해졌어요. 제가 볼 때 사람은 인생에 한 번은 흥청망청해야 하는 것 같아요. 남자들은 하이볼 칵테일에 돈을 쓰고 여자들은 옷에 정신을 잃죠. 하지만 4천만 달러가 있는데…… 그분이 돈을 쓰는 장면을 담은 그림이라도 보고 싶네요. 그림 이야기가 나와서 말인데, 혹시 래스롭이라는 이름의 신문사 미술 기자를 만나신 적이 있나요? 키가 크고…… 아, 조금 전에 여쭤 봤군요. 그 사람은 연회에서 저한테 아주 다정했어요. 목소리도 좋았어요. 그 사람은 분명 내가 매기 이모의 재산을 좀 받을 거라고 생각했을 거예요.

그런데 선생님, 거기서 사흘간을 알뜰하게 살자 이제 그만 됐다는 생각이 들었어요. 매기 이모는 변함없이 다정했어요. 제가 눈앞을 벗어나는 걸 참지 못했어요. 하지만 말씀드리자면, 그분은 검약 카운티, 검약 시 출신의 검약가였어요. 하루에 75센트를 한계로 설정해 두었죠. 우리는 방에서 음식을 만들어 먹었어요. 저는 1천 달러가 넘는 최신 의상들에 둘러싸여서 한 구짜리 가스스토브 앞에서 묘기를 펼쳤어요.

말씀드렸듯이 사흘째 날 저는 그 닭장에서 도망쳤어요. 발랑시엔 레이스가 달린 150달러짜리 실내복을 입고 15센트짜리 콩팥 스튜를 끓이는 일이 견딜 수 없었어요. 그래서 벽장에 가서 브라운 부인이 제게 사 준 옷들 중에 가장 싼 것을 입었어요. 지금 입고 있는 이 옷이에요. 75달러짜리 옷치고는 나쁘지 않죠? 제 옷은 브루클린에 있는 여동생 집에 다 두고 왔었거든요.

'한때 매기 이모라고 불렀던 브라운 부인,' 내가 부인에게 말했어요. '저는 제 발로 걸어 나가서 되도록 빠른 시간 내에 이 임대주택에서 멀리 벗어나겠어요. 저는 돈을 숭배하는 사람이 아닙니다. 하지만 제가 참을 수 없는 게 있어요. 저는 책에 나오는, 뜨거운 새와 찬 물병을 한 번의 입김에 동시에 뿜어낸다는 환상의 괴물은 참을 수 있어요. 하지만 패배주의자는 참을 수 없어요. 사람들은 부인의 재산이 4천만 달러라고 말해요. 그보다 적지는 않겠죠. 그리고 저는 부인도 점점 좋아지려 했어요.'

매기 이모라고 불렸던 부인은 눈물까지 흘리며 말렸어요. 두 구짜리 스토브와 수도가 있는 고급 객실로 옮기겠다고 했어요.

'나는 아주 많은 돈을 썼단다.' 부인이 말했어요. '우리는 한동안 절약해야 돼. 너는 내가 본 가장 아름다운 사람이야. 네가 내 곁을 떠나지 않기를 바란다.'

어쨌건 저는 바로 아크로폴리스에 와서 예전의 일을 다시 하게 해달라고 부탁했고 허락을 받았어요. 선생님 글쓰기는 어떻게 되고 있다고 하셨죠? 그걸 타자로 쳐줄 제가 없어 일부는 놓치셨겠죠. 혹시 글에 삽화도 들어간 적이 있나요? 그리고 신문사 미술 기자 중에…… 아, 아니에요! 아까 물었죠. 그 신문사가 어디일까요? 웃기는 일이지만, 그 사람이 제가 매기 브라운 부인에게서 돈을 받을 거라 여긴다 해도 실제로 그 돈을 염두에 두지는 않을 거라는 생각이 자꾸 들어요. 제가 신문사 편집자들을 좀 알았다면……"

문 앞에서 느긋한 발소리가 들렸다. 아이더 베이츠는 뒷머리 장식 빗핀으로 그게 누구인지 보았다. 그녀의 얼굴이 빨개졌고, 그 모습은 완벽한 조각상이었다. 오직 나와 피그말리온만이 아는 기적이다.

"여기서 선생님께 양해를 구해도 될까요?" 그녀는 사랑스럽게 부탁했다. "래…… 래스롭 씨가 왔어요. 정말로 돈 때문이 아닌지 궁금하네요. 어쨌거나 그분이 이렇게……"

물론 나는 결혼식에 초대를 받았다. 예식 후에 나는 래스롭을 따로 불러서 말했다.

"래스롭 씨는 예술가면서도 매기 브라운이 왜 베이츠 양을 그렇게 좋아했는지 아직 모르는 거 같네요. 내가 보여 주죠."

신부는 고대 그리스의 옷처럼 주름이 아름답게 늘어진 소박한 흰색 드레스를 입었다. 나는 소응접실 화환에서 나뭇잎 몇 개를 뜯어서 꽃관 모양으로 만들고, 그것을 베이츠 양의 반짝이는 갈색 머리에 얹은 뒤 그 옆모습을 새 신랑에게 보여 주었다.

"이런!" 그가 말했다. "아이더의 얼굴 옆모습은 1달러 은화 속 여자와 똑같이 생겼군요!"

기사 옆 광고
Next to Reading Matter

데브로스 로 선착장에 내리는 그의 모습은 내 눈길을 끌었다. 그는 전 세계 여러 곳을 다닌 분위기였고, 뉴욕에 들어오는 모습은 여러 해 동안 찾지 않던 영지를 재방문하는 영주 같았다. 하지만 그런 기색에도 불구하고 나는 그가 예전에는 이 '칼리프가 너무 많은 도시'의 미끌거리는 자갈길에 발을 디딘 적이 없다는 생각이 들었다.

그는 이상한 청색 빛이 도는 우중충하고 헐렁한 옷을 입었고, 다른 북부 애호가들과 달리 뻬딱하게 찌그러뜨리거나 기울이지 않은 소박하고 둥근 파나마모자를 썼다. 더구나 그는 평생 내가 본 사람들 중 가장 못생긴 이였다. 그의 얼굴은 역겹다기보다는 충격적이었다. 그 링컨 같은 울퉁불퉁함과 불규칙한 이목구비는 놀랍고 당혹스러웠다. 아라비아의 악마나 어부의 꽃병에서 연기를 피우며 나온 괴물이 그런 생김일 것 같왔다. 그가 나중에 말했듯이 그의 이름은 저드슨 테이트였다. 바로 지금부터 그 이름으로 부르는 것이 좋을 것 같다. 그는 녹색 실크 타이를 황옥 고리에 꿰어서 맸고, 상어 척추로 만든 지팡이를 들었다.

저드슨 테이트는 처음에 다가와서는 이 도시의 거리와 호텔에 대해 몇 가지 가벼운 질문을 했다. 사소한 것들이 잠깐 기억나지 않는다는 투였다. 나는 내가 지내는 시내의 조용한 호텔에 불만이 없었기에, 밤이 조금 지났을 때 우리는 이미 함께 식사를 하고 (내 돈으로) 술을 마시고 조용한 로비 한구석에 앉아 담배를 피울 준비가 되어 있었다.

저드슨 테이트는 무언가 나에게 하고픈 말이 있었다. 그는 이미 나를 친구로 받아들였고 크고 거무튀튀한, 일등항해사 같은 손을 내 코앞 15센티미터까지 들이밀며 자신의 미사여구를 강조했다. 나는 이 사람이 적대감도 이렇게 빠르게 품을지 궁금했다.

남자가 이야기를 시작하자 나는 그가 지닌 어떤 힘을 보았다. 그의 목소리는 강력한 설득의 악기였고, 그는 그것을 화려하고도 효과적으로 연주했다. 그는 자신이 못생겼다는 사실을 감추지 않았다. 오히려 그 사실을 있는 그대로 드러내서 자기 언변의 매력을 더 높였다. 눈을 감으면 우리는 이 피리 부는 사나이를 따라 하멜른의 성벽까지는 갔을 것이다. 그 너머까지 가는 데는 조금 더 아이 같은 마음이 필요할 것이다. 하지만 그가 이야기에 맞추어 자기 음악을 연주하게 하자. 이야기가 지루해지면, 비난이 음악 예술에 돌아갈 수 있도록.

"여자는 알 수 없는 존재입니다." 저드슨 테이트가 말했다.

나는 기대가 확 꺾였다. 내가 그와 함께 있었던 것은 그런 낡은 이론 —고리타분하고 한물가고 뻔뻔하고 허약하고 비합리적이고 악의적이고 뻔한 궤변— 그런 케케묵고 근거 없고 지겹고 너절하고 이유 없고 음험한 오류를 듣기 위해서가 아니었다. 물론 그것을 만들어 내고, 암시하고, 밀어 넣고, 퍼뜨리고, 은밀하고 기만적인 방법으로 남자들 귀에 흘려 넣어서 자신들의 매력과 의도를 증대하고 넓히고 강화하는 것은 여자들이지만.

"나는 딱히 모르겠습니다!" 나는 뉴욕 사람답게 말했다.

"오라타마라는 이름을 들어 보셨나요?" 그가 물었다.

"들어 본 것 같네요." 내가 대답했다. "그런 이름의 토 댄서가 있었던 것 같습니다. 아니면 교외 지역, 아니면 향수 이름인가?"

"도시 이름입니다." 저드슨 테이트가 말했다. "당신은 아마 잘 모를 테고 이해하기는 더 힘들 어느 외국 해안의 도시죠. 그 도시가 속한 나라는 독재자가 통치하고 혁명과 반역이 난무합니다. 그곳에서 아메리카에서 가장 못생긴 남자 저드슨 테이트와 실제 또는 가상의 역사상 가장 잘생긴 남자 퍼거스 맥머핸과 오라타마 시장의 아름다운 딸 세뇨리타 아나벨라 사모라가 놀라운 인생극을 펼쳤지요. 그리고 또 하나, 지구 상에서 오직 우루과이의 트리엔타 이 트레스 지역에만 추출라 풀이 자랍니다. 그 나라의 주요 생산물은 고급 목재, 염료, 금, 고무, 상아, 코코아고요."

"남아메리카에서 상아가 나는 줄은 몰랐습니다." 내가 말했다.

"두 가지를 착각하셨습니다." 저드슨 테이트가 말했고, 그 말은 그의 멋진 목소리에 담겨 한 옥타브 이상을 오르내렸다. "저는 지금 말하는 나라가 남아메리카에 있다고는 하지 않았습니다. 저는 조심할 필요가 있어요. 거기 정치권에 있었거든요. 어쨌건 저는 맥의 코뼈로 만든 말로 거기 대통령과 체스를 두었습니다. 맥은 남미 산악 지대에 사는 페리소닥틸레 운굴라테스 속의 토종 동물인데, 그 뼈는 보기에 따라 상아만큼이나 예쁘지요.

하지만 제가 말씀드리려는 건 로맨스와 모험과 여자 이야기이지 동물학이 아닙니다.

저는 15년 동안 그 나라 정부의 막후에서 철권 통치자 산초 베나비데스를 움직였습니다. 신문에서 그 사람 사진을 보셨을 겁니다. 구레나룻이 스위스 오르골의 음정 구멍처럼 나고, 오른손에는 가족 성경의 출생 기입란 같은 두루마리를 든 허약한 흑인입니다. 그 흙빛 권력자는 인종차별선과 위도선 양쪽 모두에서 가장 흥미로운 인물이었습니다. 그 사람이 결국 명예의 전당에 갈지 인화 물질 관리국에 갈지는 알 수 없었습니다. 당시 미국 대통령이 그로버 클리블랜드가 아니었다면, 그는 분명 남쪽 대륙의 루스벨트로 불렸을 겁니다. 그 사람은 임기를 한 번 연임하고서 물러났습니다. 언제나 그렇듯이 자기 후계자를 임명하고서요.

하지만 이 모든 명성을 만든 것은 해방자 베나비데스가 아닙니다. 그 사람이 아니라 저드슨 테이트예요. 베나비데스는 겉포장이었을 뿐입니다. 언제 선전포고를 하고 관세를 올리고 대례복을 입을지를 제가 다 일러 줬어요. 하지만 제가 말하고 싶은 건 그게 아니에요. 어떻게 제가 그런 막후의 일인자가 되었는지, 그 이야기를 해드리죠. 아담이 처음 눈을 뜨고 정신이 들어서 '여기가 어디죠?' 하고 물은 이래로 저는 이 세상의 모든 입 가진 사람들 중 가장 언변이 뛰어났기 때문입니다.

이미 알아차리셨겠지만, 저는 뉴잉글랜드 초기 기독교 과학자 사진전시장 바깥에서 볼 수 있는 가장 못생긴 남자입니다. 그래서 저는 어린 나이에 외모에서 부족한 것을 언변으로 채워야 한다고 느꼈습니다. 그리고 그 일을 해냈습니다. 저는 목표한 것은 이루는 사람입니다. 베나비데스의 보좌이자 작은 목소리로서, 저는 탈레랑, 퐁파두르 부인, 러브 같은 역사 속 위대한 막후 인물들을 두마*의 반대 의견서처럼 시시해 보이게 만들었습니다. 저는 화술로 국고를 비울 수도 채울 수도 있으며, 열변으로 군대를 전장에서 재울 수도 있고, 짧은 말로 반란, 소요, 세금, 예산 또는 잉여금을 줄일 수도 있고, 가벼운 휘파람으로 전쟁의 개를 부를 수도 평화의 비둘기를 부를 수도 있습니다. 다른 남자들 같은 아름다움과 군복 견장과 멋진 콧수염과 그리스 조각 같은 외모는 제게 오지 않았습니다. 저를 처음 본 사람들은 부르르 몸을 떱니다. 하지만 제가 이야기를 시작하면 협심증 말기 환자만 아니라면 10분 만에 제게 넘어옵니다. 여자건 남자건 오는 족족 제 사람이 됩니다. 그런데 아무래도 여자들이 저처럼 생긴 남자를 좋아하지는 않을 거라고 생각하시겠죠?"

"아닙니다, 테이트 씨." 내가 말했다. "여자를 사로잡은 못생긴 남자들의 이야기는 역사를 밝히고 소설을 어둡게 하지요. 제가 볼 때는……"

"죄송합니다." 저드슨 테이트가 내 말을 가로막았다. "하지만 제 말을 잘 이해하시지 못하는 것 같습니다. 마저 들어 보십시오.

퍼거스 맥머핸은 제가 그 나라 수도에서 어울린 친구입니다. 그는 미남이기에 면세 상품처럼 유리한 입장이었습니다. 머리는 금발 물결이고 파란 눈에 미소가 가득하며 이목구비는 반듯합니다. 사람들은 그 친구가 로마의 어느 박물관에 누워 있는 웅변의 신 헤르메스를 닮았다고 했습니다. 이름에 헤르**가 들어가니 독일 출신인 것 같고 또 무정부주의자인 것 같습니다. 그 사람들은 항상 누워서 이야기를 하니까요.

하지만 퍼거스는 말솜씨가 없었습니다. 그 친구는 뛰어난 외모가 세상살이에 큰 이득이라고 생각하며 자랐습니다. 그 친구의 말을 듣는 것

*제정 러시아의 의회.
**'헤르'는 독일어로 '~씨'라는 뜻이다.

은 유익하기가 졸릴 때 개수통에 물방울 떨어지는 소리를 듣는 것과 같 았습니다. 하지만 그와 저는 친구가 되었습니다. 아마 우리가 극과 극이 라서 그렇게 된 것 같습니다. 제가 흉측한 가면 같은 얼굴을 면도할 때 면 퍼거스는 즐거워했습니다. 그리고 그 친구가 한심한 소음 같은 말을 할 때면 저는 날랜 혀를 가진 괴물인 스스로에게 만족감을 느꼈습니다.

한번은 제가 해변 도시 오라타마에 내려가서 정치적 소요를 잠재우 고 세관과 국방 부처 몇 사람의 목을 날릴 일이 생겼습니다. 그 나라의 얼음과 유황성냥 영업권 보유자였던 퍼거스가 저와 동행해 주겠다고 했 습니다.

그래서 우리는 노새 종소리를 울리며 오라타마로 달려갔고, 그 도시 는 우리 것이 되었습니다. 그건 시어도어 루스벨트가 오이스터 베이에 있었을 때* 롱아일랜드 해협이 일본의 것이 아니었던 것만큼이나 확실 한 사실입니다. 방금 우리 것이 되었다고 말했지만, 실제로는 제 것이 되 었다는 뜻입니다. 일대의 4개국, 두 곳의 대양, 하나의 만과 지협, 그리고 다섯 개 군도가 저드슨 테이트의 이름을 들었습니다. 그들은 나를 신사 모험가라고 불렀죠. 저를 다룬 기사로는 황색신문 칼럼 다섯 개, 한 월 간지의 여백 장식이 있는 4만 단어짜리 기사가 있었고, 〈뉴욕 타임스〉 12면에도 토막 기사가 났습니다. 우리가 오라타마에서 자리 잡는 데 퍼 거스 맥머핸의 미모가 사소한 역할이라도 했다면 제 손과 발에 장을 지 지겠습니다. 사람들은 저를 위해 종이꽃과 야자 가지를 내걸었습니다. 저는 질투심이 강한 사람은 아닙니다. 그저 사실을 말할 뿐입니다. 그곳 사람들은 네부카드네자르** 였지만, 제 앞에서 풀을 씹었습니다. 그 도 시에서 먹을 만한 것이라곤 풀 말고는 아무것도 없었기 때문이지요. 그 들은 저드슨 테이트에게 절을 했습니다. 제가 산초 베나비데스의 막후

인물이라는 걸 알았습니다. 제 말 한마디가 그들에게 끼치는 영향은 다른 누가 이스트오로라 시 도서관의 도련하지 않은 서적 전체에 끼친 영향보다 더 컸습니다. 그렇지만 많은 사람들은 자기 얼굴을 고치는 데, 그러니까 콜드크림을 바르고 근육을 마사지하고(모두 눈을 겨냥한 것이죠) 벤조인 팅크를 바르고 점을 전기로 지지는 데 많은 시간을 씁니다. 그 목적이 뭡니까? 잘생겨 보이려는 거지요. 이 얼마나 큰 실수인가요? 미용사가 손을 써야 하는 곳은 후두입니다. 중요한 것은 맵시가 아니라 말씨, 화장품이 아니라 화술, 매끄러운 피부가 아니라 매끄러운 대화, 눈이 아니라 귀에 다가가는 솜씨입니다. 이제 본론으로 들어가죠.

그 도시의 애스터* 가 사람들이 저와 퍼거스의 숙소로 센티피드 클럽을 정해 주었습니다. 바다에 장대를 박고 그 위에 지은 골조 건물이죠. 겨우 20센티미터 정도 아래가 바로 바닷물입니다. 그 도시의 크고 작은 행세꾼들이 와서 절을 했습니다. 아, 헤르메스에게 한 것은 아닙니다. 그 사람들은 저드슨 테이트의 이야기를 들었으니까요.

어느 날 오후 저는 퍼거스 맥머핸과 함께 센티피드 클럽의 바다 쪽 베란다에 앉아서 차가운 럼주를 마시며 이야기를 했습니다.

'저드슨, 오라타마에 천사가 있어.' 퍼거스가 말했습니다.

'꼭 가브리엘 대천사의 나팔 소리라도 들은 것처럼 말하는군.' 제가 말했습니다.

'세뇨리타 아나벨라 사모라야. 그 아가씨는…… 정말로…… 지옥처럼 아름다워!' 퍼거스가 말했습니다.

---

*루스벨트 대통령의 여름철 관저가 오이스터 베이에 있었다.
**구약성서에 나오는 칼데아의 왕으로 예루살렘을 정복하고 이스라엘인들을 바빌로니아로 강제 이주시켰다.

'훌륭해!' 제가 웃으며 말했습니다. '사랑하는 이의 아름다움을 묘사하는 솜씨가 진정한 연인답군. 꼭 파우스트가 마르그리트에게 구애하는 것 같아. 그러니까 파우스트가 무대 바닥 뚜껑 문 아래로 내려간 뒤에 구애했다면.'

'저드슨.' 퍼거스가 말했습니다. '자네는 자네가 코뿔소처럼 볼품없다는 걸 알 테니까 여자한테 아무 관심 없을 거야. 나는 아나벨라 양에게 푹 빠졌어. 그래서 자네한테 말하는 거야.'

제가 말했습니다. '세구라멘테* 내 전면 형상은 유카탄 주 제퍼슨 카운티**에 있었던 적 없는 땅속의 보물을 지키는 아즈텍 신 같지. 하지만 반대급부가 있어. 이를테면 나는 이 나라에서 눈이 닿거나 닿지 않는 모든 곳에서 최고의 실력자야. 그리고 사람들과 말, 언변, 화술 싸움을 할 때 내가 제시하는 논거는 해파리 악다구니의 반복 재생 같은 헛소리에 한정되지 않아.'

'아, 알아.' 퍼거스가 다정하게 말했습니다. '내가 가벼운 대화에 약하다는 걸. 아니 무거운 대화에도. 그래서 자네한테 이렇게 말하는 거야. 자네가 날 도와줬으면 해.'

'어떻게?' 내가 물었습니다.

'나는 세뇨리타 아나벨라의 두에나***를 돈으로 꾀었어.' 퍼거스가 말했습니다. '이름은 프란세스카야. 저드슨, 자네는 이 나라에 명성이 자자해. 위대한 인물이자 영웅으로.'

'물론이지. 당연한 거야.' 제가 말했습니다.

---

*'확실히'라는 뜻의 스페인어.
**유카탄은 멕시코의 한 주고 제퍼슨 카운티라는 지명은 멕시코에 없다.
***젊은 여성의 가정교사 겸 외출 동행자를 가리키는 스페인어.

'그리고 나는 북극에서부터 남극 얼음 땅에 이르기까지 가장 잘생긴 남자야.' 퍼거스가 말했습니다.

'관상과 지리에 한정한다면 흔쾌히 인정해.' 제가 말했습니다.

'자네한테만 말하지만, 우리는 세뇨리타 아나벨라 사모라를 꼭 차지해야 해.' 퍼거스가 말했습니다. '그런데 짐작했겠지만 그 아가씨는 유서 깊은 스페인 가문 출신이라서, 오후에 가족 마차를 타고 광장을 지나갈 때나 저녁나절에 창살 친 창문 안에서 살짝 보이는 걸 빼면 별처럼 멀기만 한 존재야.'

'우리 중 누구를 위해서 그 아가씨를 얻어야 하지?' 제가 물었습니다.

'물론 나를 위해서지.' 퍼거스가 말했습니다. '자네는 아나벨라를 본 적도 없잖아. 나는 프란세스카를 꾀어서 아나벨라에게 나를 가리키며 자네 이름을 말하게 시켰어. 광장에서 나를 볼 때 아나벨라는 내가 이 나라의 영웅, 정치인, 낭만가인 저드슨 테이트라고 생각해. 자네의 명성과 내 외모가 합쳐지면 그 아가씨가 어떻게 저항하겠어? 아나벨라는 당연히 자네의 멋진 이야기를 다 들었을 거야. 그리고 내 얼굴을 보았지. 여자가 그 이상 뭘 더 바라겠어?'

'하지만 그 이하를 바라지도 않겠지.' 제가 그렇게 말하고는 물었습니다. '우리가 어떻게 각자의 매력을 분리하고 그 수익을 나누지?'

그러자 퍼거스가 자기 계획을 밝혔습니다.

돈 루이스 사모라의 집에는 파티오가 있습니다. 바깥 길과 집 안뜰이 연결된 공간이지요. 그 파티오 한쪽 구석에서 아나벨라의 침실 창문이 보이는데, 거긴 밤이면 캄캄하기가 이를 데 없습니다. 퍼거스가 제게 무얼 원했을 것 같습니까? 그는 제 자유로움, 매력, 말솜씨를 알기에 저더러 도깨비 같은 얼굴이 보이지 않는 한밤중에 그 파티오로 들어가서 자신을 위해 그녀에게 사랑을 속삭여 달라고 부탁했습니다. 그녀가 광장에서 본 잘생긴 남자, 돈 저드슨 테이트라고 알고 있는 그 남자를 위해서.

저는 친구 퍼거스 맥머핸을 위해 그 일을 하지 않을 이유가 없었습니다. 그런 부탁은 제 장점을 높이 사고 자기 단점을 인정하는 것이었으니까요.

'백합처럼 하얗고, 머리카락은 섬세하고, 매끈하고 멍청하기는 조각상 같은 친구야.' 제가 말했습니다. '내가 도와주겠어. 계획을 세워서 나를 그 아가씨의 어두운 창밖에 데려다 줘. 달빛의 트레몰로 연주 속에 내가 대화의 물결을 열어젖히면 그 아가씨는 자네 사람이 될 거야.'

'얼굴을 잘 숨겨야 돼, 저드슨.' 퍼거스가 말했습니다. '부디 얼굴을 잘 숨겨. 나는 모든 면에서 자네를 친구로 좋아하지만 이건 업무 계약이야. 내가 말을 할 줄 안다면 이런 부탁을 하지 않았을 거야. 하지만 내 얼굴을 보고 자네의 말을 듣는다면 아나벨라를 품에 안을 수 있을 거야.'

'자네가?' 제가 말했습니다.

'그렇지, 내가.' 퍼거스가 말했습니다.

퍼거스와 두에나인 프란세스카가 세부 사항을 조절했습니다. 마침내 어느 날 밤 두 사람은 길고 옷깃이 높은 검은색 망토를 가지고 와서 한밤중에 저를 그 집으로 데려갔습니다. 저는 창문 앞 파티오에 서서 창살 안쪽에서 천사의 속삭임처럼 달콤한 목소리가 들릴 때까지 기다렸습니다. 제게 보이는 것은 흰옷을 입은 희미한 형체뿐이었고, 저는 퍼거스가 시킨 대로 망토 깃을 높이 세웠습니다. 7월은 우기라 밤이 쌀쌀하기도 했고요. 저는 말 못하는 퍼거스를 생각하며 웃음을 누르고 이야기를 시작했습니다.

저는 세뇨리타 아나벨라 앞에서 한 시간을 이야기했습니다. 그녀와 함께 이야기한 게 아니라 그녀 앞에서 이야기했습니다. 이따금 그녀가 '아, 세뇨르' 또는 '농담이시죠?' 또는 '진심은 아니신 걸 알아요' 등 여자들이 제대로 구애를 받을 때 하는 말들을 했습니다. 그녀도 저도 영어와 스페인어를 알았습니다. 그래서 저는 두 언어로 친구 퍼거스를 위해 그녀의 마음을 사로잡으려고 노력했습니다. 창살이 없었다면 한 번에 해낼 수 있었을 것입니다. 한 시간이 지났을 때 그녀는 저를 물리며 큼직한 붉은 장미 한 송이를 주었습니다. 저는 집에 가서 그것을 퍼거스에게 주었습니다.

저는 석 주 동안 며칠에 한 번씩 세뇨리타 아나벨라의 창문 앞 파티오에 가서 제 친구의 역할을 했습니다. 마침내 그녀는 제게 사랑을 고백하며, 매일 오후에 마차로 광장을 지나갈 때 저를 보았다고 했습니다. 하지만 그녀를 사로잡은 것은 제 말솜씨였습니다. 거기 퍼거스가 가서 빛나는 외모가 전혀 보이지 않는 어둠 속에서 말 한마디 제대로 못 하며 그녀의 마음을 얻으려 했다고 생각해 보세요!

마지막 날 밤에 그녀는 제 사람이 되기로 약속했습니다. 그러니까 퍼거스의 사람이요. 그리고 그녀는 저에게 키스를 받으려고 창살 틈으로 손을 내려 주었습니다. 저는 키스를 했고, 돌아와 그 소식을 퍼거스에게 전했습니다.

'그 일은 내가 하는 게 좋았을걸.' 그가 말했습니다.

'앞으로는 자네가 해.' 제가 말했습니다. '지금까지 내가 한 것처럼 똑같이 하고 이야기는 하지 마. 하지만 아나벨라가 자네를 사랑한다고 생각하게 됐으니 이제 자네가 내뱉는 어설픈 옹알이와 진짜 대화의 차이를 알아차리지 못할지도 모르지.'

그때까지 저는 세뇨리타 아나벨라의 모습을 본 적이 없었습니다. 다음 날 퍼거스가 자신과 함께 광장에 가서 오라마타 사교계가 매일 벌이는 행진과 과시를 보자고 했습니다. 저는 그런 일에는 흥미가 없었지만 갔습니다. 아이들과 개들은 제 얼굴을 보자마자 바나나 나무 숲과 맹그로브 습지로 달아났지요.

'저기 아나벨라 양이 온다.' 퍼거스가 수염을 비틀며 말했습니다. '검은 말이 끄는 무게 마차에 탄 흰옷 입은 사람.'

그녀를 보자 저는 발밑의 땅이 흔들리는 걸 느꼈습니다. 세뇨리타 아나벨라 사모라는 이 세상에서 가장 아름다운 여자였고, 그 순간 이후 저드슨 테이트에게 유일한 여자가 되었습니다. 저는 그녀와 제가 영원히 서로의 것이 되어야 한다는 걸 한눈에 알았습니다. 제 얼굴을 생각하니 머리가 핑 돌았지만 제가 가진 다른 재주를 생각하고 다시 허리를 폈습니다. 석 주 동안 다른 남자를 위해서 그녀에게 구애를 했다니!

세뇨리타 아나벨라의 마차는 천천히 지나갔고 그녀는 칠흑 같은 검은 눈망울로 퍼거스에게 길고도 다정한 눈길을 보냈습니다. 저드슨 테이트가 그 눈길을 받았다면 고무 타이어가 장착된 마차를 타고 하늘로 날아올랐을 겁니다. 하지만 그녀는 저를 바라보지는 않았습니다. 잘생긴 퍼거스는 제 옆에서 머리를 쓸고 눈웃음을 날리며 바람둥이처럼 당당하게 걸었습니다.

'직접 보니 어때, 저드슨?' 퍼거스가 우쭐해서 물었습니다.

'이렇게만 말하겠어.' 제가 말했습니다. '아나벨라 양은 저드슨 테이트 부인이 될 거라고. 나는 친구에게 거짓말은 하지 않아. 그러니까 조심해.'

퍼거스는 웃다가 죽을 것처럼 웃었습니다.

'그렇군.' 그가 말했습니다. '바보 같은 친구! 자네도 반한 거지? 좋아! 하지만 늦었어. 프란세스카가 그러는데 아나벨라는 밤낮없이 내 이야기만 한대. 자네가 여러 날 저녁 아나벨라와 이야기해 준 건 정말 고마워. 하지만 나 혼자서도 해낼 수 있었을 거야.'

'저드슨 테이트 부인이라고 했어.' 제가 말했습니다. '그 이름을 잊지 마. 자네는 내 언변을 빌려서 자네 외모를 돋보이게 했어. 내가 자네 외모를 빌릴 수는 없지. 하지만 지금부터 나는 오직 나를 위해서 말할 거야. 아까 말한 그 이름, '저드슨 테이트 부인'이 5×9센티미터 명함에 적히리라는 것만 알아 둬. 그게 다야.'

'좋아.' 퍼거스가 다시 웃으며 말했습니다. '나는 아나벨라의 아버지인 오라타마 시장과도 이야기했고, 그분은 날 좋아해. 내일 저녁 그분이 새로 연 대형 상점에서 바일레*가 열릴 거야. 저드슨, 자네가 춤을 춘다면, 내일 와서 장래의 맥머핸 부인을 만나 봐.'

다음 날 저녁 사모라 시장이 주최한 바일레에서 음악 소리가 크게 울릴 때, 저드슨 테이트가 새로 맞춘 흰옷을 입고 그 나라 최고의 권력자처럼 들어섰습니다. 제가 그 나라 최고의 권력자라는 건 사실이기도 했지요.

제 얼굴을 보자 몇몇 음악가들은 음정을 이탈했고, 소심한 세뇨리타 한두 명은 비명을 질렀습니다. 하지만 시장은 달려와서 이마로 제 구두라도 닦아 줄 듯 허리를 굽혔습니다. 멋진 외모만으로는 그런 환대를 받을 수 없었을 겁니다.

'따님의 아름다움에 대해 말씀 많이 들었습니다, 시장님.' 제가 말했습니다. '따님을 만나 뵐 수 있다면 정말로 기쁘겠습니다.'

분홍색 덮개를 씌운 버들고리 흔들의자가 일흔 개 정도 벽 앞에 정렬

*스페인어로 '무도회'라는 뜻.

되어 있었습니다. 그중 한 곳에 세뇨리타 아나벨라가 얇은 흰색 면직물 드레스와 빨간 구두 차림에 머리에는 진주와 반딧불이 장식을 달고 앉아 있었습니다. 퍼거스는 방 저편에서 흑인 남자 두 명과 흑인 여자 한 명에게 붙들려 있었습니다.

시장은 저를 아나벨라에게 데려가서 소개시켰습니다. 제 얼굴을 보자 그녀는 충격에 부채를 떨어뜨리고 의자를 쓰러뜨릴 뻔했습니다. 하지만 저는 그런 일에는 익숙합니다.

저는 그녀 옆에 앉아 이야기를 시작했습니다. 제 말을 듣자 그녀는 깜짝 놀라서 눈이 아보카도만큼 커졌습니다. 제 목소리와 얼굴 사이에서 균형을 잡지 못한 것입니다. 하지만 저는 도 음정으로 이야기를 이어 나갔습니다. 그것은 여자들이 좋아하는 톤이지요. 그녀는 곧 조용해졌고, 두 눈에 아련한 표정이 떠올랐습니다. 저에게 다가오고 있었던 겁니다. 그녀는 저드슨 테이트를 알았고, 그가 얼마나 대단한 인물인지, 어떤 훌륭한 일들을 했는지도 알았습니다. 그건 저에게 유리한 점이었습니다. 하지만 물론 위대한 저드슨이 광장에서 본 그 미남이 아니라는 건 얼마간 충격이었겠지요. 잠시 후 저는 스페인어로 말을 했습니다. 스페인어는 특정 목적에는 영어보다 효과가 좋기에, 저는 스페인어를 천 개의 현이 달린 하프처럼 연주했습니다. 낮은 솔에서 높은 파까지 넘나들면서 제 목소리에 시를, 예술을, 로맨스를, 꽃을, 달빛을 담았습니다. 그녀의 어두운 창가에서 읊었던 시구들을 다시 읊었습니다. 그녀의 눈이 부드러운 빛을 띠는 걸 보면서 그녀가 한밤중에 찾아온 수수께끼 연인의 목소리를 알아들었다는 걸 알았습니다.

그렇게 저는 퍼거스 맥머핸을 보냈습니다. 아, 목소리야말로 진정한 예술입니다. 그것은 의심할 여지가 없습니다. 하는 짓이 예뻐야 얼굴도 예쁘다는 속담이 있지만, 그걸 바꿔서 말해 보면 하는 말에 매력이 있어야 얼굴도 매력을 띕니다.

그 일은 정말로 쉬웠습니다. 2주일 뒤에 아나벨라는 저와 약혼했고 퍼거스는 밀려났습니다. 그 친구는 미남치고는 그 일을 차분히 받아들였지만 자신은 굴복하지 않겠노라고 말했습니다.

'대화술이라는 것 자체는 좋은 걸 거야, 저드슨.' 그가 제게 말했습니다. '그걸 갈고닦을 필요가 있다고는 생각한 적 없지만. 어쨌건 자네처럼 생긴 남자가 겨우 말재간으로 여자의 사랑을 얻겠다는 건 남자가 식사 종소리만 울리면 제대로 된 식사를 하길 바라는 것과 마찬가지야.'

제가 하려고 하는 이야기는 이제부터입니다.

어느 날 저는 뜨거운 햇볕 아래 마차를 타고 꽤 멀리 갔다가 열을 식히려고 도시 끝자락에 있는 석호의 차가운 물에 몸을 담갔습니다.

그날 저녁 해가 진 뒤 저는 아나벨라를 보려고 시장님 댁에 들렀습니다. 그때 저는 매일 저녁 그 집에 들렀고, 우리는 한 달 뒤에 결혼할 예정이었습니다. 그녀는 직박구리, 가젤, 월계화 같았고, 두 눈은 은하수의 별빛을 모아 놓은 것처럼 밝게 빛났습니다. 그녀는 제 험상궂은 이목구비를 아무 두려움도 혐오감도 없이 바라보았습니다. 실제로 그녀의 표정에는 광장에서 퍼거스에게 보낸 것과 같은 깊은 존경과 애정이 스며 있었다고 생각합니다.

저는 앉아서 아나벨라에게 그녀가 좋아하는 이야기를 하려고 입을 열었습니다. 그러니까 그녀가 지상의 모든 사랑스러움을 독점하고 있다는 이야기를요. 그런데 입을 열자 평소처럼 사랑 가득한 향기로운 말 대신에 후두염에 걸린 아기 같은 희미한 바람 소리만 나왔습니다. 말은 한 마디도, 아니 한 음절도, 한 가지 음성도 나오지 않았습니다. 부주의하게 석호에 들어갔을 때 감기에 걸린 것입니다.

저는 두 시간 동안 아나벨라를 즐겁게 해주려고 했습니다. 그녀는 약간 말을 했지만 건성이고 열의가 없었습니다. 제가 그나마 말과 약간이라도 비슷하게 낸 소리는 썰물 뒤에 남은 대합조개가 〈즐거운 바다〉 노래를 부르려고 애쓰는 것 같은 소리였습니다. 아나벨라의 눈은 평소처럼 저에게 자주 머물지 않았습니다. 저한테는 이제 그녀의 귀를 사로잡을 게 없었습니다. 우리는 사진을 보았고, 그녀는 이따금 기타를 쳤는데, 솜씨는 형편없었습니다. 제가 떠날 때 작별 인사를 하는 그녀는 냉정하거나, 아니면 어쨌건 생각에 잠긴 것 같았습니다.

이런 일이 닷새 연속으로 일어났습니다.

엿새째 그녀는 퍼거스 맥머핸과 함께 달아났습니다.

사람들은 둘이 벨리즈* 행 요트를 탔다고 했습니다. 저는 국세청 소속의 작은 기선을 타고 그들보다 겨우 여덟 시간 늦게 떠났습니다.

바다에 나가기 전에 저는 마누엘 이키토라고 하는 인디언 혼혈 약사의 보티카** 로 뛰어들었습니다. 말은 할 수 없었지만, 목을 가리키며 김이 빠져나오는 것 같은 소리를 냈습니다. 약사는 하품을 했습니다. 그나라의 관례대로라면 저는 한 시간 뒤에야 약을 받았을 겁니다. 저는 카운터 위로 손을 뻗어 그 사람 목을 잡고 다시 제 목을 가리켰습니다. 약사는 다시 하품을 하더니 작은 병에 담긴 검은색 물약을 건넸습니다.

'두 시간에 한 번씩 작은 숟가락 한 술 분량으로 마시세요.' 그가 말했습니다.

저는 그에게 1달러를 던져 주고 기선을 타러 달려갔습니다.

*유카탄 반도 동남부에 있는 영국 연방 내의 독립국.
**스페인어로 '약국'이라는 뜻.

제가 탄 기선은 아나벨라와 퍼거스의 요트보다 13초 뒤에 벨리즈의 항구에 들어섰는데, 기선이 보트를 내릴 때 육지로 향하는 그들이 보이더군요. 저는 보트의 선원들에게 노를 더 빨리 저으라고 명령하려고 했지만, 그 명령은 후두에서 꺼져 버렸습니다. 그때 이키토의 약이 떠올라 그 약을 꺼내서 먹었습니다.

두 보트는 동시에 뭍에 닿았습니다. 저는 곧장 아나벨라와 퍼거스 앞으로 갔습니다. 그녀의 눈은 잠시 제게 머물렀지만 그런 뒤 다시 퍼거스에게 애정과 믿음을 담은 눈길을 보냈습니다. 저는 말을 할 수 없다는 걸 알았지만 절박했습니다. 저는 말에만 희망이 있었습니다. 외모에서는 퍼거스에게 상대가 되지 않았습니다. 저도 의식하지 못하는 사이에 제 후두와 후두개는 제 정신이 조음 기관들에게 명령하는 소리를 내려고 노력했습니다.

놀랍고 기쁘게도 제 입에서 말이 또렷하고 낭랑하고 절도 있게, 그리고 힘과 음조와 오랫동안 눌렀던 감정을 담고 흘러나왔습니다.

'세뇨리타 아나벨라, 잠깐 이야기 좀 할 수 있을까요?'

자세한 내용은 굳이 말씀드릴 필요가 없지 않을까요? 고맙습니다. 어쨌거나 저의 화술이 돌아온 것이었지요. 저는 그녀를 야자나무 밑으로 데리고 가서 다시 한 번 언어로 마술을 걸었습니다.

'저드슨,' 그녀가 말했습니다. '당신이 말을 하면 저는 다른 소리는 안 들려요. 다른 것이 보이지도 않아요. 이 세상에 당신 말고는 어떤 것도 어떤 사람도 없어요.'

이야기는 이쯤에서 끝납니다. 아나벨라는 저와 함께 기선을 타고 오라타마로 돌아갔습니다. 퍼거스의 소식은 듣지 못했습니다. 본 적도 없습니다. 아나벨라는 지금 저드슨 테이트 부인입니다. 이야기가 많이 지루하셨나요?"

"아뇨." 내가 말했다. "저는 심리학에 관심이 많습니다. 인간의 애정, 특히 여자의 애정은 정말로 생각할 거리를 많이 던져 주는 것 같습니다."

"그렇습니다." 저드슨 테이트가 말했다. "남자의 기관氣管과 기관지도 마찬가지고요. 후두도 그렇습니다. 기관에 대해 생각해 보신 적이 있나요?"

"아뇨." 내가 말했다. "하지만 이야기 재미있게 들었습니다. 테이트 부인께서는 지금 건강하신지 그리고 어디서 지내시는지 여쭈어도 될까요?"

"아, 네." 저드슨 테이트가 말했다. "우리는 저지시티의 버건 가에 삽니다. 오라타마의 기후가 아내에게 맞지 않아서요. 선생님은 후두개의 피열 연골을 해부해 보신 적이 없겠지요?"

"네, 저는 의사가 아닙니다." 내가 말했다.

"죄송합니다." 저드슨 테이트가 말했다. "하지만 건강을 위해서는 해부학과 치료술을 잘 알아야 합니다. 갑작스러운 감기가 모세기관지염, 폐소포염을 일으키고, 그 결과 발성기관에 중대한 영향을 미칠 수 있습니다."

"그렇겠지요." 내가 약간 짜증을 느끼며 말했다. "하지만 그건 별로 중요한 게 아닙니다. 여자의 애정에 대한 그 이상한 이야기에 대해 말하자면 저는……"

"네, 네, 여자는 특이합니다." 저드슨 테이트가 말을 가로막았다. "하지만 이야기를 마저 하지요. 오라타마에 돌아간 저는 마누엘 이키토를 찾아가서 그가 내게 준 후두 약에 뭐가 들었는지 알아냈습니다. 그 효과가 얼마나 빠른지는 말씀드렸죠. 그건 추출라 풀로 만든 것입니다. 보세요."

저드슨 테이트가 주머니에서 길쭉한 흰색 종이 상자를 꺼냈다.

"기침 또는 감기, 목감기, 기관지병 등에 이 약은 세계 최고입니다." 그가 말했다. "한 알당 감초 130밀리그램, 톨루 발삼 6.5밀리그램. 아니스유 14밀리그램, 타르유 2.2밀리그램, 쿠베브 함유 수지 2.2밀리그램, 추출라 추출액 7밀리그램이 들어 있습니다.

제가 뉴욕에 온 것은 회사를 만들어서 이 역사상 최고의 목병 치료제를 팔기 위해서입니다. 지금 당장은 소규모로 알약을 소개해 드리고 있습니다. 한 병에 48개들이인데, 이것을 저렴하게 50센트에 팝니다. 만약 선생님이……"

나는 아무 말도 하지 않고 일어서서 자리를 떠났다. 저드슨 테이트는 어떻게 생각하건 그냥 두고, 내가 묵는 호텔 근처에 있는 작은 공원으로 천천히 걸어갔다. 부아가 치밀었다. 그는 내가 쓸 수도 있는 이야기를 나에게 부드럽게 쏟아부었다. 그 이야기는 생기도 있었고, 잘 다듬으면 시장에서 통할 인공적 분위기도 있었다. 그런데 그것은 결국 흥미로운 허구로 포장한 약 장사였다. 최악은 내가 그것을 팔 방법이 없다는 것이었다. 광고와 회계는 내게 맞지 않는다. 그것은 문학에도 소용없을 것이다. 그래서 나는 다른 낙담한 사람들과 함께 눈꺼풀이 내려올 때까지 벤치에 앉아 있었다.

그런 뒤 내 호텔 방으로 갔고 습관에 따라 한 시간 동안 내가 좋아하는 잡지들에 실린 단편소설을 읽었다. 내 정신을 다시 예술로 돌리기 위해서였다.

그리고 이야기를 읽을 때마다 슬픔과 절망 속에 잡지를 하나하나 바닥에 던졌다. 모든 작가가 예외 없이 내 마음에 위안을 주기 위해서 자기 천재성의 점화 플러그를 움직이는 특정 자동차의 이야기를 쾌활하고 명랑하게 쓰고 있었다.

마지막 잡지를 던졌을 때 나는 다시 용기를 냈다.

"독자들이 이렇게 많은 특허 자동차를 받아들일 수 있다면 저드슨 테이트의 추출라 기관지 마술 약을 뭐라고 하면 안 돼." 내가 혼잣말을 했다.

그러니 이 이야기를 읽는 독자들도 영업은 영업이라는 것, 예술이 돈벌이를 멀찌감치 앞서려면 일어나서 걸음을 재촉해야 한다는 걸 이해할 것이다.

말끔한 마무리를 위해 추출라 풀은 약국에서 팔지 않는다는 점을 덧붙여야겠다.

블랙 이글의 실종
The Passing of Black Eagle

어느 해엔가 텍사스 주 리오그란데 강변에 몇 달 동안 잔학한 비적이 날뛰었다. 이 흉포한 약탈자는 특히 시신경에 충격을 안겨 주었다. 그는 독특한 개성으로 '국경의 공포, 블랙 이글'이라는 별명을 얻었다. 그와 그 추종자들에 대해서는 무시무시한 이야기가 많이 기록되었다. 그런데 블랙 이글은 눈 깜짝할 새 지구상에서 사라졌다. 그 이름은 다시는 들리지 않았다. 그의 무리는 실종의 수수께끼를 짐작도 하지 못했다. 국경 지대의 목장과 촌락들은 그가 다시 말을 타고 와서 메스키트 나무 평원을 약탈할까 겁냈다. 그런 일은 없을 것이다. 이 이야기를 쓴 것은 블랙 이글의 운명을 밝히기 위해서다.

이 이야기는 세인트루이스 바텐더의 발에서 시작한다. 그는 공짜 점심을 게걸스레 먹는 치킨 러글스의 몸뚱이를 걱정스레 바라보았다. 치킨은

'떠돌이'였다. 코가 닭의 부리처럼 길쭉하고 닭고기를 엄청나게 좋아하며 그 애정을 돈을 안 들이고 충족시키는 습관이 있어서 동료 떠돌이들에게 치킨이라는 이름을 얻었다.

의사들은 식사를 할 때 액체를 섭취하는 것은 건강에 좋지 않다고들 한다. 술집의 건강법은 그 반대를 주장한다. 하지만 치킨은 식사를 할 때 술도 시키는 일을 게을리했기에, 바텐더는 카운터를 돌아 나와서 분별없는 손님의 귀를 레몬 짜개로 잡아 문 앞으로 끌고 간 뒤 거리로 뺑차서 내쫓았다.

그리하여 치킨은 겨울이 다가오는 신호를 감지하게 되었다. 밤은 추웠다. 별들은 차갑게 반짝였다. 사람들은 두 개의 이기적이고 혼잡한 흐름을 이루며 바쁘게 거리를 지나갔다. 남자들은 외투를 입고 있었고, 치킨은 단추를 채운 그 조끼 주머니들에서 동전을 빼내는 일이 얼마나 더 어려워질지 잘 알았다. 해마다 그러듯 남부로 피신할 때가 온 것이었다.

대여섯 살 정도 되어 보이는 사내아이가 탐욕스러운 눈으로 과자점 창문을 들여다보며 서 있었다. 작은 손에 60밀리리터짜리 빈 병이 들려 있었다. 다른 손에는 납작하고 동그랗고 테두리가 오돌토돌하고 반짝거리는 것을 들고 있었다. 그 모습을 보니 치킨의 머릿속에 자신의 재능과 대담함을 발휘할 작전이 떠올랐다. 그는 주변을 살펴 근처에 공공의 순찰자가 없는 것을 확인한 뒤, 먹잇감에게 교활하게 말을 걸었다. 아이는 일찌감치 식구들에게서 친절한 접근은 의심해야 한다는 교육을 받았기에 그의 말에 차갑게 반응했다.

그러자 치킨은 지금이 이따금 행운을 얻는 데 필요한 절박하고 공격적인 투기의 때임을 깨달았다. 그가 가진 자본은 5센트였고, 그는 그것을 아이의 통통한 손에 쥐어 있는 것을 얻기 위해 던져야 했다. 실패할 위험이 크다는 것을 치킨은 알았다. 하지만 전략을 써야 했다. 그는 현명하게도 어린아이에게 완력을 쓰는 것을 두려워했다. 한번은 공원에서 배고픔을 못 이기고 유모차 탑승자가 들고 있는 이유식 병을 습격한 적이 있었다. 성난 아기가 즉시 입을 크게 벌리고 창공과 소통하는 단추를 누르자 금세 지원병이 찾아왔고, 치킨은 30일을 아늑한 교도소에서 보내야 했다. 그래서 그는 자기 말대로 '아이들을 경계'했다.

어떤 사탕을 좋아하느냐는 교묘한 질문으로 시작해서 그는 아이에게서 원하는 정보를 하나둘 얻어 냈다. 엄마가 약국에 가서 진통제 10센트어치를 사서 병에 담아 오라고 했어요. 1달러 동전은 꼭 쥐고 있어야 돼요. 길에서 모르는 사람하고 이야기하면 안 돼요. 약국 아저씨한테 잔돈을 싸달라고 해서 바지 주머니에 넣어 갈 거예요. 봐요, 바지에 주머니가 있어요, 두 개나요! 나는 초콜릿 크림이 제일 좋아요.

치킨은 사탕 가게로 들어가서 도박을 했다. 전 재산을 사탕 주식에 투자한 것이다. 그것은 오직 다음번의 더 큰 모험의 길을 닦기 위해서였다.

그는 사탕을 아이에게 주었고, 둘 사이에 신뢰 관계가 형성되었다는 것을 알았다. 그 뒤로 모험은 쉬워졌다. 투자 대상을 손에 잡고 인근의 괜찮은 약국으로 들어가기만 하면 되었다. 거기서 아이가 사탕을 깨무는 동안 치킨은 부모 같은 태도로 1달러를 건네고 약을 주문해서 기쁜 마음으로 구매의 책임을 다했다. 그런 뒤 투자자는 주머니를 뒤져서 그의 유일한 겨울 의복인 외투의 단추를 하나 찾고, 그것을 종이에 싸서 의심 없는 아이의 주머니에 잔돈인 척 넣어 주었다. 투자자는 집으로 돌아서는 아이의 등을 다정하게 두드려 준 뒤 ―치킨의 심장은 그 이름이 가리키는 조류처럼 부드러웠기 때문이다― 원금 대비 1,700퍼센트의 수익을 얻고 시장을 떠났다.

두 시간 뒤에 아이언 마운틴 화물열차가 화물 차량을 가득 달고 철도 기지를 나와 텍사스로 향했다. 그 가축 수송 차량 한 곳에 치킨이 충격 방지 대팻밥에 몸을 묻고 편안히 누워 있었다. 그의 둥지에는 저급 위스키 1/4병과 빵과 치즈를 담은 종이 가방이 있었다. 러글스 씨는 차량 한 대를 혼자 독차지하고서 겨울을 나기 위해 남쪽으로 가고 있었다.

열차는 일주일 동안 남쪽으로 달리며, 화물차의 방식에 따라 선로를 바꾸고 멈춰서 기다리고 이렇게 저렇게 조정되고 했지만, 치킨은 배고픔과 갈증을 다스릴 때를 빼면 열차를 떠나지 않았다. 그는 열차가 목축 지대로 갈 것을 알았고, 그 심장부에 있는 샌안토니오가 목적지였다. 그곳 공기는 맑고 온화했다. 사람들은 관대하고 참을성이 있었다. 그곳의 바텐더들은 자신을 쫓아내지 않을 것이다. 그가 한곳에서 너무 오래 먹거나 너무 자주 먹으면 그들은 암기라도 한 듯 똑같은 말로 적당히 욕을 했다. 그들은 천천히 욕을 했고 그 풍성한 어휘는 중간에 딸리는 일이 드물어서, 치킨은 자주 욕설의 비를 맞으며 음식을 삼켰다. 그곳의 계절은 언제나 봄 같았다. 밤의 광장은 음악과 여흥으로 즐거웠다. 실내가 불친절해질 경우에도, 몇 번 되지 않는 가벼운 한파 때를 빼면 야외에서 편안하게 잘 수 있었다.

그가 탄 열차는 텍사캐나에서 인터내셔널-그레이트 노던 철도로 옮겼다. 그런 뒤 계속 남쪽으로 가서 마침내 오스틴에서 콜로라도 강 다리를 건너 화살처럼 샌안토니오 노선으로 달려갔다.

열차가 샌안토니오에 섰을 때 치킨은 곤히 잠들어 있었다. 10분 후에 열차는 다시 종점인 러레이도를 향해 출발했다. 빈 가축 차량들은 노선 중간중간 농장들이 가축을 싣는 지점에 하나둘 떨구어졌다.

치킨이 깨었을 때 차량은 멈추어 있었다. 틈새로 내다보니 밝은 달밤이었다. 그는 밖으로 기어 나와서 자신의 차량이 다른 차량 세 대와 함께 황량한 시골의 측선 철도에 버려져 있는 것을 보았다. 철로 한쪽에 소 우리와 활강로가 있었다. 철로는 어둠 속 평원의 바다를 갈랐고, 버려진 차량들 곁에 선 치킨은 섬에 발이 묶인 로빈슨 크루소만큼이나 고독한 난파자 같았다.

철로 옆에 흰 말뚝이 있었다. 다가가 보니 꼭대기에 '샌안토니오 145킬로미터'라고 적혀 있었다. 러레이도는 남쪽으로 거의 그만큼 떨어져 있었다. 그곳은 어느 마을에서도 150킬로미터 가까이 떨어진 곳이었다. 이미지의 바다에서 코요테가 울기 시작했다. 치킨은 외로움을 느꼈다. 그는 교육 없이 보스턴에서 살았고, 용기 없이 시카고에서, 잠자리 없이 필라델피아에서, 연고 없이 뉴욕에서, 술 없이 피츠버그에서 살았지만, 이렇게 외로움이 강하게 밀려든 적은 없었다.

그때 무거운 침묵을 뚫고 말 울음소리가 들렸다. 그 소리는 철로 동쪽에서 났고, 치킨은 조심스레 그쪽으로 가보았다. 발을 높이 들며 꼬불꼬불한 메스키트 나뭇잎이 깔개처럼 깔린 들판을 걸었다. 이 황야에 있을지 모르는 모든 것이 두려웠기 때문이다. 뱀, 쥐, 산적, 지네, 신기루, 카우보이, 판당고,* 타란툴라 거미, 타말레** — 그는 신문 잡지에서 그런 것들에 대해 읽은 적이 있었다. 둥그런 머리들을 환상적이고 위협적으로 치켜든 프리클리페어 선인장 옆을 돌아가니 콧김 소리와 우당탕퉁탕 소리가 들렸다. 말도 놀라서 40~50미터를 달려간 것이다. 말은 거기서 다시 풀을 뜯었다. 하지만 말은 이 사막에서 치킨이 겁나지 않는 유일한 것이었다. 그는 농장에서 자랐다. 말을 다루어 보았고 이해했으며 탈 줄

---

*스페인의 춤 혹은 춤곡.
**다진 고기, 야채 등을 넣고 옥수수 껍질로 감싸 만든 멕시코 요리.

도 알았다.

그는 부드럽게 말을 건네며 천천히 말에게 다가갔다. 말은 잠깐 달아났다 멈춘 뒤로는 온순해져 있었고, 치킨은 풀밭에서 말이 끌고 간 6미터 길이의 밧줄 끝을 잡아서, 그 밧줄로 금세 멕시코의 보르살 같은 코고삐를 만들었다. 그런 뒤 말에 올라타고는 말이 달려가는 방향에 몸을 맡겼다. "어딘가로 가겠지." 치킨은 혼자 중얼거렸다.

달빛 물든 평원을 거침없이 질주하는 일은 아무리 신체 활동을 싫어하는 치킨이라도 즐거워할 수 있었겠지만, 그의 기분이 그렇지 않았다. 그는 머리가 아팠다. 목도 말랐다. 행운의 말이 자신을 데려가는 '어딘가'는 암울하고 불안하게 느껴졌다.

얼마 후 그는 말이 확실한 목표를 향해 가고 있다는 걸 알아차렸다. 말은 평탄한 평원을 따라 동쪽으로 날아가는 화살처럼 똑바로 달려갔다. 언덕이나 건천이나 가시 돋친 숲이 나타나면 옆으로 돌았다가 흔들림 없는 본능에 따라 다시 본래의 길로 돌아왔다. 그러다 마침내 완만한 오르막이 나타나자 걸음을 누그러뜨렸다. 몇 미터 앞에 작은 사포타 나무 숲이 있었고, 그 아래에 멕시코식 하칼 즉 수직으로 세운 장대들에 진흙을 발라 벽을 하고 풀이나 갈대로 지붕을 이은 단칸집이 있었다. 그곳에 익숙한 사람이라면 그 집이 소규모 목양 목장의 본부라는 걸 짐작했을 것이다. 달빛 비치는 근처의 양 우리는 양 발굽에 짓밟혀 땅이 아주 매끈해져 있었다. 사방에 목장 물건들—밧줄, 고삐, 안장, 양 생가죽, 양털 자루, 구유, 야영 쓰레기—이 아무렇게나 널려 있었다. 식수통은 문 옆 마차 끝에 있었다. 마구가 마차 끌채 위에 난잡하게 쌓여 이슬을 빨아들이고 있었다.

치킨은 땅 위로 내려와서 말을 나무에 묶었다. 집을 향해 몇 번이나 인사말을 해보았지만 집은 조용했다. 문이 열려 있어서 그는 안으로 조심조심 들어갔다. 달빛만으로도 집에 아무도 없다는 걸 알 수 있었다. 그는 성냥을 그어 탁자 위의 램프를 켰다. 방은 간소한 생활에 만족하는 독신 목장 일꾼의 것이었다. 치킨은 차분히 집을 뒤지다가 감히 소망할 수도 없던 것을 발견했다. 그가 열망하는 액체를 1리터나 담고 있는 갈색 주전자였다.

30분 뒤 치킨은 사나운 표정의 싸움닭이 되어 비틀거리며 집을 나왔다. 입고 있던 누더기 옷을 벗고 집을 비운 목장 일꾼의 복장이 되어 있었다. 거친 갈색 범포 옷을 입고, 외투는 약간 건달 같기도 하고 명랑해 보이기도 하는 볼레로였다. 발에는 부츠를 신었고, 휘청휘청 걸을 때마다 짤그락거리는 박차도 달았다.

그는 이리저리 돌아다니다가 담요, 안장, 고삐를 찾아서 말에 채웠다. 그런 뒤 다시 말에 올라 제멋대로 소리쳐 노래를 부르면서 바람처럼 달려갔다.

버드 킹이 이끄는 무법자, 건달, 마소 도적대는 프리오 강의 후미진 강둑에서 야영을 했다. 그들이 리오그란데 강 일대에서 벌인 약탈은 특별히 더 대담할 것도 없었지만, 유난히 소문이 멀리 퍼져서 키니 대장이 이끄는 무장 순찰대가 그들을 찾아 나섰다. 그래서 현명한 지도자인 버드 킹은 부하들이 바라는 대로 공권력 집행자들을 꽁무니에 달고 맹렬히 달리는 대신 당분간 프리오 강 계곡의 가시덤불 요새로 퇴각하는 쪽을 선택했다.

그 조치는 신중한 것이었고, 버드의 유명한 용기와도 어긋나는 게 아니었지만, 대원들 사이에서는 불만이 일었다. 사실 그렇게 숲 속에 불명

예스럽게 잠복해 있는 동안 버드 킹의 부하들은 그가 지도자의 자격이 있느냐 없느냐를 두고 등 뒤에서 수군거렸다. 이전까지 버드의 수완이나 능력은 비판을 받은 적이 없었다. 하지만 그 영광은 이제 새로운 별 앞에 시들고 있었다. (영광의 운명이 본디 그러하다.) 대원들 사이에 블랙 이글이 더욱 눈부신 이익과 명예를 가져다줄 사람이라는 데 의견이 모이고 있었다.

이 블랙 이글―'국경의 공포'라는 별명의―은 석 달 전에 그들 무리에 들어왔다.

어느 날 밤 그들이 산미겔 강가에 야영하고 있을 때, 어떤 남자가 평범한 야생마를 타고서 단신으로 그들 틈으로 달려 들어왔다. 낯선 이의 겉모습은 불길하고 무시무시했다. 부리 같은 코는 오만한 곡선을 그리며 검푸른 빛깔의 뻣뻣하고 숱 많은 구레나룻 위로 튀어나와 있었다. 움푹 꺼진 두 눈은 사나운 빛을 뿜었다. 그는 박차와 솜브레로 모자와 부츠 차림에 리볼버 권총을 찼고, 술에 취해 아무것도 겁내지 않았다. 리오브라보 강*이 흐르는 땅의 사람들 가운데 버드 킹의 야영지에 혼자 그렇게 침범할 수 있는 이는 거의 없었다. 하지만 이 사나운 새는 겁도 없이 그들에게 날아들어 먹을 것을 요구했다.

평원 지역은 손님 대접이 융숭하다. 적이라 해도 일단 잘 먹인 다음에 죽인다. 식량고를 비워 손님을 먹인 뒤에 비로소 탄창을 비운다. 그래서 이 의심스러운 방문객은 푸짐한 식사를 대접받았다.

그는 말이 많았다. 놀랍고 신기한 이야기와 모험담이 가득했고, 때로는 무슨 뜻인지 불분명하지만 느낌만은 생생한 독특한 언어로 말했다.

*리오그란데 강의 멕시코식 이름.

그는 색다른 부류의 사람을 만나는 일이 드문 버드 킹 무리에 일대 선풍을 일으켰다. 그들은 그의 허풍스러운 자랑에, 그 낯설고 독특한 말의 매력에, 인생과 세계와 오지를 익숙하게 경멸하는 태도에, 엉뚱하고도 솔직한 화법에 열광했다.

그 손님에게 무법자 일당은 농가 뒷문에 가서 거짓 사연으로 '먹을 것을 우려내는' 시골뜨기 무리에 지나지 않아 보였다. 그리고 그의 그런 무시는 나름 타당한 면이 있었다. 남서부의 '악당'은 극단적이지는 않기 때문이다. 그들은 생선 튀김이나 피칸을 먹으려고 모여 있는 선량한 시골뜨기처럼, 태도는 부드럽고 걸음걸이는 구부정하고 목소리는 나직하고 옷차림은 볼품없었다. 그들 중 어느 누구도 겉으로 볼 때는 지독한 일들을 하는 자 같지 않았다.

그 눈부신 손님은 이틀 동안 야영지에서 포식했다. 그런 뒤 모두가 합의해서 그에게 도적대의 성원이 되어 달라고 부탁했다. 그는 거기 동의하고 '몬트레서 대위'라는 놀라운 이름으로 입단했다. 하지만 도적대는 곧 그 이름을 지우고 대신 '피기'*라는 이름을 그의 엄청난 식욕에 대한 칭찬으로 사용했다.

그렇게 해서 텍사스 국경은 일대의 도적대 가운데 가장 화려한 무리를 맞게 되었다.

그 후 석 달 동안 버드 킹은 평소처럼 무리를 이끌며 공권력과 만나는 것을 피하고 합리적인 수익에 만족했다. 일당은 여러 목장에서 여러 마리 좋은 말과 좋은 소를 훔쳐다가 리오그란데 강 너머에서 좋은 가격에 처분했다. 작은 마을이나 멕시코인 촌락을 자주 습격해서 주민을 공

* '돼지'의 애칭.

포에 몰아넣고 식량과 탄약을 약탈했다. 이런 무혈 습격이 이어지는 동안 피기는 그 사나운 외모와 우렁찬 목소리로 목소리가 작고 표정이 슬픈 도적들은 평생 걸려도 얻지 못할 크고 높은 유명세를 얻었다.

이름 붙이는 재주가 뛰어난 멕시코인들은 그를 블랙 이글이라 불렀고, 아이들에게는 그가 커다란 부리로 아이들을 잡아간다는 이야기로 겁을 주었다. 그 이름은 금세 멀리까지 퍼져서 국경의 공포 블랙 이글은 과장된 신문 기사나 목장의 소문에도 자연스럽게 오르내리게 되었다.

뉴에이서스 강에서 리오그란데 강에 이르는 땅은 거칠지만 비옥한 지대로, 주로 양이나 소를 키우는 목장들이 차지하고 있었다. 방목지는 자유로웠다. 주민은 별로 없었다. 법이란 대개 공문서 한 장이었고, 해적들은 요란한 피기로 엉뚱한 유명세를 얻기 전에는 별다른 저항에 부딪히지 않았다. 하지만 이제 키니 무장 순찰대가 이 지역을 향해 출발했고, 버드 킹은 그것이 무자비한 전쟁 또는 일시적인 퇴각을 의미한다는 걸 알았다. 그리고 위험을 감수할 필요가 없다는 판단 아래 무리를 이끌고 프리오 강변의 천연 요새로 물러갔다. 그래서 앞서 말한 대로 내부에서 불만이 터져 나와, 버드를 탄핵하고 블랙 이글을 그 자리에 올리자는 논의가 이루어졌다. 이런 분위기를 모르지 않던 버드 킹은 신뢰하는 수하 캑터스 타일러를 불러 의논했다.

"부하들이 내게 반대한다면 나는 기꺼이 물러날 거야." 버드가 말했다. "대원들은 지금 내 지도 방식에 불만을 품고 있어. 특히 내가 샘 키니가 국경을 감시할 동안 숨어 지내자고 해서 더욱 그렇지. 나는 대원들이 총 맞아 죽거나 사형당할 걸 막아 주고 있는데, 대원들은 이제 내가 쓸모없다고 말하는군."

"그건 그저 대원들이 피기에게 빠졌기 때문이에요." 캑터스가 말했다.

"대원들은 피기가 대열의 선두에서 그 구레나룻과 코로 바람을 갈라 주기를 원합니다."

"피기는 아직 확실하지 않아." 버드가 생각에 잠겨 말했다. "나는 아직 그 친구가 살아 있는 어떤 것과 제대로 겨루는 걸 못 봤어. 목소리가 크고 우람한 덩치로 말은 잘 타지. 하지만 아직 화약 연기를 맡은 적이 없어. 캑터스, 자네도 알겠지만 그 친구가 온 뒤로 우리는 큰 싸움을 한 적이 없었어. 피기는 멕시코 어린애들을 겁주거나 교차로 상점을 약탈하는 데는 문제없어. 굴 통조림 약탈자나 치즈 도둑으로는 최고인 것 같지만 싸움에 대해서는 어떨까? 말썽을 못 일으켜 안달인 사람들 중에는 지도자라는 영광의 밥을 한 숟갈 먹자마자 체하는 사람들이 있어."

"그 친구는 자기가 벌였던 소동을 요란하게 떠들고 다녀요." 캑터스가 말했다. "코끼리도 보고 올빼미 소리도 들은 적이 있다고 주장하고요."

"알아. 하지만 아무래도 나는……!" 버드는 카우보이들이 쓰는 의구심 가득한 문장으로 대답했다.

위의 대화는 어느 날 밤 다른 대원들이 ―여덟 명이었다― 불 곁에 둘러앉아 천천히 저녁을 먹고 있을 때 이루어졌다. 버드와 캑터스가 대화를 마쳤을 때, 피기는 끝없는 식탐을 다스릴 때면 늘 그러듯이 무시무시한 목소리로 외쳤다.

"수천 킬로미터를 달리며 겨우 소와 말 따위를 쫓는 게 무슨 소용이야? 그건 다 헛짓이야. 덤불을 쑤시고 다니면서 무슨 술로도 달랠 수 없는 갈증이나 얻고 끼니나 거르는 일은 또 어떻고! 내가 이 무리의 대장이 된다면 분명히 할 일이 있어. 나는 열차를 털 거야. 특급열차를 공격해서 현찰을 손에 넣으면 네놈들에게도 나눠 줄 거야. 지금 네놈들은 날 지겹게 만들기만 해. 소나 훔치는 장난도 귀찮고."

잠시 후 버드에게 대표단이 왔다. 그들은 한 발로 서서 메스키트 가지를 씹으며 이리저리 말을 돌렸다. 그의 기분을 상하게 하기 싫었기 때문이다. 버드는 그들이 온 이유를 짐작하고 일을 쉽게 해주었다. 그들은 더 큰 모험과 더 큰 돈벌이를 원했다.

피기의 열차 강도 이야기는 도적대의 상상력을 폭발시켰고, 그 주모자의 대담함에 대한 찬양은 더욱 커졌다. 그들은 너무도 단순하고 순진하고 인습에 매인 도적들이라서, 가축을 몰고 달아나고 일을 방해하러 오는 아는 이들을 쏘는 것 이상의 일은 생각해 본 적이 없었기 때문이다.

버드는 '조용히 뒤로 물러나서' 블랙 이글이 지도자로서 시험을 받을 때까지 부하의 자리에 있기로 했다.

수많은 논의와 시각표 검토와 지리적 조사 끝에 새 사업을 수행할 시간과 장소가 결정되었다. 마침 그 무렵 사료 기근이 든 멕시코와 소 기근이 든 미국 사이에 교역이 활발해 두 나라를 연결하는 철도를 따라 많은 돈이 오갔다. 열차 강도를 실행하기에 가장 유망한 장소로는 인터내셔널-그레이트 노던 철도 노선에 있는 에스피나 역이 선정되었다. 러레이도 북쪽에서 65킬로미터 떨어진 작은 역이었다. 열차는 거기서 1분을 정차했다. 주변이 황량해 근처에 주민도 없었고, 역 안에는 역무원이 사는 집 말고는 아무것도 없었다.

블랙 이글의 도적대는 하루 전날 밤에 말을 타고 출발했다. 에스피나에서 몇 킬로미터밖에 안 떨어진 작은 숲에 이르자 그들은 하루 종일 말들을 휴식시켰다.

열차는 밤 10시 30분에 에스피나에 정차할 예정이었다. 열차를 털고 나서 다음 날 동틀 녘이면 약탈물을 가지고 멕시코 국경을 훌쩍 넘어가 있을 수 있었다.

블랙 이글을 칭찬하자면, 그는 자신이 맡은 막중하고 영광된 책임에 전혀 움찔하는 기색을 보이지 않았다.

그는 대원들을 신중하게 제 위치에 배치하고, 각자가 할 일을 꼼꼼히 일러 주었다. 철로 양편 숲에서 네 명의 대원이 몸을 숨기고 기다리기로 했다. 곪은 귀 로저스는 총으로 역무원을 제압하는 일을 맡았다. 브란코 찰리는 말을 지키며 바로 떠날 수 있게 준비하는 역할을 맡았다. 열차가 섰을 때 기관차가 있을 것으로 예상되는 지점의 철로 양편에는 버드 킹과 블랙 이글이 각각 숨어 있기로 했다. 두 사람은 기관사와 화부를 기관차에서 끌어 내려 열차 뒤로 데려갈 것이다. 그런 뒤 급송 화차를 털고 달아나는 것이다. 블랙 이글이 권총 신호를 하기 전에는 아무도 움직일 수 없었다. 계획은 완벽했다.

열차 시각 10분 전이 되자 모두 맡은 자리로 가서 철로 옆의 빽빽한 덤불에 숨었다. 밤은 어둡고 흐렸으며, 날아가는 멕시코 만 구름에서 가랑비가 떨어졌다. 블랙 이글은 철로에서 5미터도 떨어지지 않은 덤불에 웅크리고 있었다. 6연발총 사수 두 명이 양옆에 있었다. 그는 이따금 주머니에서 검고 큼직한 병을 꺼내서 입에 댔다.

별 하나가 철로 저편에 나타나서 점점 커졌고, 마침내 달려오는 열차의 전조등이 되었다. 열차 소리도 점점 커졌다. 전조등을 밝히고 굉음을 내며 다가오는 기관차는 그들을 징벌하러 오는 복수의 괴물 같았다. 블랙 이글은 바닥에 납작 엎드렸다. 기관차는 계산과 달리 그와 버드 킹 사이에 멈추지 않고 앞으로 40미터가량 더 가서 멈추었다.

도적대 두목이 일어서서 덤불을 뚫고 밖을 내다보았다. 부하들은 모두 조용히 신호를 기다리고 있었다. 블랙 이글 바로 앞쪽에서 무언가가 눈길을 끌었다. 그것은 평범한 여객 열차가 아니라 혼합 열차였다. 그의 앞에 선 것은 유개화차였는데 무슨 일인지 문이 살짝 열려 있었다. 블랙 이글은 다가가서 문을 열었다. 냄새가 밀려왔다. 축축하고 고약하고 익숙하고 퀴퀴하고 아찔하고 사랑스러운 그 냄새는 행복했던 날들과 여행의 옛 기억을 강하게 불러일으켰다. 블랙 이글은 돌아온 방랑자가 어린 시절 고향 집의 장미 냄새를 맡듯 그 매혹적인 냄새를 들이마셨다. 그리움이 그를 사로잡았다. 그는 문 안에 손을 넣었다. 충격 방지용 대팻밥—보송보송, 폭신폭신, 꼬불꼬불, 보들보들, 간질간질한—이 바닥을 덮고 있었다. 바깥의 가랑비는 차가운 장대비로 변해 있었다.

열차가 종을 울렸다. 도적 두목은 허리띠를 풀고 권총띠를 바닥에 던졌다. 박차가, 그리고 널따란 솜브레로 모자가 뒤따라 던져졌다. 블랙 이글은 허물을 벗었다. 열차는 덜커덩덜커덩 출발했다. 한때 국경의 공포였던 자는 유개화차에 올라서 문을 닫았다. 대팻밥 위에 편안히 몸을 뻗고 가슴에 검은 병을 얹은 뒤 눈을 감고 험상궂은 얼굴에 바보 같은 미소를 지었다. 치킨 러글스는 귀환 길에 올랐다.

열차는 꼼짝 않고 공격 개시 신호를 기다리던 도적대에게 아무 방해도 받지 않고 에스피나를 빠져나갔다. 열차가 점점 빨라지고 검은 덤불이 열차 양옆을 휙휙 지나갈 때, 급송 화차 전령이 파이프에 불을 붙이고 창밖을 내다보며 깊은 느낌을 담아 말했다.

"여기는 열차 강도하기 참 좋겠는걸!"

되찾은 새 삶
A Retrieved Reformation

　지미 밸런타인이 감옥 구둣방에서 열심히 구두 갑피를 꿰매고 있는데 간수가 찾아와서 그를 사무실로 데리고 갔다. 거기서 교도소장은 지미에게 그날 아침 주지사가 서명한 특별 사면장을 건네주었다. 지미는 피곤한 기색으로 그것을 받았다. 그는 4년 형을 받고 10개월 가까이 복역했다. 처음에는 길어야 석 달 정도 있으리라 예상했다. 지미 밸런타인처럼 바깥에 친구가 많은 사람이 교도소에 들어오면, 머리 한 번 자를 새도 없이 나가는 것이 보통이다.

　"밸런타인, 내일 아침이 출소야." 소장이 말했다. "기운 내고 새 사람이 되게. 심성이 나쁜 사람은 아니잖아. 이제 금고는 그만 털고 제대로 살아."

　"저 말인가요? 제가 무슨 금고를 털었다고 그러세요?" 지미 밸런타인이 놀라서 말했다.

"그래, 맞아. 그런 적 없지." 교도소장이 웃었다. "그러면 어디 한번 볼까. 그 스프링필드 일은 어떻게 된 거지? 어떤 높은 사람을 보호하려고 알리바이를 대지 못한 건가? 아니면 치졸한 배심원단이 자네한테 앙심을 품었던 건가? 억울하게 감옥에 들어온 사람들은 언제나 전자 아니면 후자거든."

"저 말인가요?" 지미가 여전히 단호하게 말했다. "소장님, 저는 평생 스프링필드에 가본 적도 없어요!"

"이 친구를 데려가, 크로닌." 소장이 웃으며 말했다. "그리고 외출복을 챙겨 줘. 아침 7시에 감방 문을 열고 대기실로 보내. 내 조언을 잘 생각하게, 밸런타인."

이튿날 7시 15분에 지미는 소장실의 대기실에 서 있었다. 그는 몸에 잘 맞지 않는 기성품 양복을 입고, 국가가 강제 투숙객을 내보낼 때 지불하는 뻣뻣하고 뻑뻑 소리 나는 구두를 신고 있었다.

사무원은 그에게 기차표와 함께 교정 당국이 갱생과 앞날의 번영을 기대하며 주는 5달러 지폐도 건넸다. 소장은 그에게 시가를 주고 악수를 했다. 9762번 밸런타인은 '주지사 특별 사면'으로 기록되었고, 제임스 밸런타인 씨는 햇빛 속으로 나갔다.

지미는 새들의 노랫소리, 푸른 나무의 손짓, 꽃향기를 모두 무시하고 곧장 식당으로 갔다. 거기서 닭고기와 백포도주의 형태로 자유의 첫맛을 보고는 이어 소장이 준 것보다 한 등급 높은 시가를 피웠다. 그러고는 여유롭게 기차역으로 갔다. 그는 역 출입문 옆에 앉은 맹인의 모자에 25센트 동전을 던져 넣고 기차에 올랐다. 세 시간 뒤 주 경계선 근처의 작은 도시에 내린 그는 마이크 돌런의 카페에 가서 바 안쪽에 혼자 있던 마이크와 악수를 했다.

"더 빨리 못 빼내 줘서 미안해, 지미." 마이크가 말했다. "하지만 스프링필드 쪽의 저항이 만만치 않았고, 주지사는 거의 포기하려고 했어. 기분이 어때?"

"좋아. 내 열쇠 있어?" 지미가 말했다.

그는 열쇠를 가지고 위층에 올라가서 뒤쪽 방의 문을 열었다. 모든 것이 떠날 때와 똑같았다. 바닥에는 유명 형사 벤 프라이스가 지미를 체포하려고 달려들 때 그의 옷깃에서 떨어진 단추가 그대로 놓여 있었다.

지미는 벽에서 접이식 침대를 내리고, 벽의 패널을 밀어서 먼지에 덮인 여행 가방을 꺼냈다. 그러고는 가방을 열어 동부 최고의 금고털이 도구를 애정 어린 눈으로 바라보았다. 그것은 특별히 담금질한 강철로 만든 최신형 드릴, 펀치, 버팀대, 쇠지레, 꺾쇠, 타래송곳은 물론 지미 자신이 고안한 자랑스러운 도구도 두세 가지 끼어 있는 완벽한 세트였다. 그것은 지미 같은 직업을 가진 사람에게 물건을 만들어 주는 모처에서 900달러가 넘는 돈을 들여 제작한 것이었다.

지미는 30분 뒤에 아래층으로 내려가 카페로 들어갔다. 그는 이제 멋지고 잘 맞는 옷을 입었고, 먼지를 떨어 깨끗해진 여행 가방을 들고 있었다.

"일감이 있어?" 마이크 돌런이 다정하게 말했다.

"나 말이야?" 지미가 놀란 듯이 말했다. "무슨 말인지 모르겠는걸. 나는 뉴욕 아말감 바삭바삭 제과 및 너덜너덜 제분 회사의 사원이야."

마이크가 그 말을 몹시 재미있어해서 지미는 그 자리에서 그가 준 탄산 우유를 마셔야 했다. 그는 '도수 높은' 술은 마시지 않았다.

9762번 밸런타인이 풀려나고 일주일 뒤에 인디애나 주 리치먼드에서 누구 소행인지 알 수 없는 깔끔한 금고털이 사건이 일어났다. 털린 돈은 800달러가 전부였다. 2주일 뒤에는 로건스포트에서 특허받은 최신 도난 방지 장치가 달린 금고가 치즈처럼 뚫려 1,500달러에 이르는 현금이 사라졌다. 증권과 은은 그대로 있었다. 그 일은 악당 사냥꾼들의 관심을 끌었다. 그런 뒤 제퍼슨시티의 구식 은행 금고가 화산 활동을 재개해서 5천 달러에 이르는 은행권을 분화구 밖으로 분출했다. 손실액의 규모가 너무 커져서 이제 벤 프라이스 수준의 형사가 개입할 필요가 생겼다. 정보를 교환해 보니 금고털이 방법에 현저한 유사점이 확인되었다. 벤 프라이스는 도난 현장을 조사하고 이렇게 말했다.

"이건 멋쟁이 지미 밸런타인의 흔적입니다. 그 친구가 다시 일을 시작했어요. 저 번호 자물쇠를 보세요. 젖은 땅에서 무 뽑히듯 쑥 뽑혔어요. 그 친구는 이 일을 할 수 있는 유일한 꺾쇠가 있어요. 그리고 저 날름쇠가 깨끗하게 빠진 것을 보세요! 지미는 구멍 하나만 뚫으면 돼요. 그래요, 밸런타인 씨를 찾아야 할 것 같습니다. 다음에는 형기 단축이나 어리석은 관용 없이 응분의 대가를 치르게 해야 할 겁니다."

벤 프라이스는 지미의 습관을 알았다. 스프링필드 사건을 수사할 때 알게 되었다. 먼 거리 원정, 빠른 도주, 단독 행동, 상류층 취향─ 이런 방법들이 밸런타인이 법망을 쏙쏙 피하는 데 도움을 주었다. 벤 프라이스가 이 신출귀몰 금고털이를 잡기 위해 나섰다는 소식이 전해지자 도난 방지 금고를 지닌 사람들이 조금 안심을 했다.

어느 날 오후 지미 밸런타인과 그의 여행 가방은 우편 마차에서 내렸다. 그가 도착한 엘모어는 아칸소 주 검은 떡갈나무 지대에 있는 철로에서 8킬로미터 떨어진 소도시였다. 지미는 잠시 귀향한 건강한 대학 4학년생 같은 모습으로 넓은 보도를 걸어 호텔로 향했다.

젊은 아가씨 한 명이 길을 건너더니 모퉁이에서 그의 곁을 지나쳐 '엘모어 은행'이라는 간판이 달린 문 안으로 들어갔다. 지미 밸런타인은 그녀의 눈을 들여다본 뒤 자신의 본래 성품을 잊고 다른 남자가 되었다. 그녀는 눈길을 내리고 얼굴을 살짝 붉혔다. 지미 같은 차림새와 외모의 젊은이는 엘모어에 흔하지 않았다.

지미는 은행 주주라도 되는 것처럼 그곳 계단을 얼쩡거리는 소년의 멱살을 잡고 간간이 10센트 동전을 주어 가며 엘모어에 대해 물었다. 얼마 후 젊은 여자는 은행에서 나와서 여행 가방을 든 젊은이를 위엄 있게 무시하고 자기 길을 갔다.

"저 아가씨는 폴리 심슨이야?" 지미가 그럴듯하게 속여 물었다.

"아뇨, 애너벨 애덤스예요." 소년이 말했다. "이 은행장의 딸이죠. 아저씨는 엘모어에 왜 왔나요? 그 시곗줄 금이에요? 나는 불도그를 살 거예요. 동전 더 없어요?"

지미는 플랜터스 호텔에 가서 숙박부에 랠프 D. 스펜서라는 이름을 적어 넣고 객실을 잡았다. 그런 뒤 접수부 책상 앞에 몸을 굽히고 직원에게 자신의 방문 목적을 밝혔다. 저는 사업할 장소를 찾아 엘모어에 왔습니다. 이 도시의 신발업은 요즘 어떤가요? 신발업을 생각하며 왔습니다. 가능성이 있을까요?

직원은 지미의 옷차림과 태도에 좋은 인상을 받았다. 엘모어에 흔한 어설픈 멋쟁이였던 직원은 이제 자신이 뒤떨어진다는 사실을 인지했다. 그래서 지미의 넥타이 매는 방법을 알아내려고 노력하면서 친절하게 정보를 주었다.

네, 신발업 쪽으로 가능성이 충분합니다. 이곳에는 신발 전문 상점이 없습니다. 의류 상점과 잡화점에서 취급합니다. 이곳은 분야를 막론하고 자영업이 잘되는 편입니다. 스펜서 씨가 엘모어에 자리를 잡으시면 좋겠습니다. 이곳은 쾌적한 도시고 사람들도 친절합니다.

스펜서 씨는 며칠 머물면서 사정을 살펴보고 싶다고 말했다. 아뇨, 짐꾼은 부를 필요 없습니다. 제 가방은 제가 가지고 가지요. 좀 무겁거든요.

지미 밸런타인의 재―번개처럼 닥쳐 인생길을 비튼 사랑의 불꽃이 남긴 재―에서 날아오른 랠프 스펜서 씨는 엘모어에 남아서 성공했다. 그는 신발 상점을 열었고, 가게는 성업했다.

그는 사회생활에도 성공해서 많은 친구를 사귀었다. 그리고 마침내 가슴 깊은 곳의 소망도 이루었다. 애너벨 애덤스 양을 만나, 그녀의 매력에 더 깊이 빠져든 것이다.

1년이 지나갈 무렵 랠프 스펜서의 상황은 이랬다. 그는 지역사회의 신망을 얻었다. 신발 가게는 번성했고, 그와 애너벨은 2주 후면 결혼할 예정이었다. 시골 은행가답게 묵묵하고 근면한 애덤스 씨는 스펜서를 인정했다. 애너벨이 약혼자에게 품은 자부심의 크기는 애정의 크기와 맞먹었다. 그는 애덤스 씨 집뿐 아니라 애너벨의 결혼한 언니 집에서도 이미 가족의 일원처럼 자연스럽게 지냈다.

어느 날 지미가 자기 방에 앉아 세인트루이스에 있는 옛 친구의 안전한 주소로 이런 편지를 썼다.

그리운 옛 친구에게

다음 주 수요일 9시에 리틀록에 있는 설리번의 집에서 보세. 자네가 나를 위해 몇 가지 사소한 일을 처리해 줬으면 해. 또 자네한테 내 장비 일체를 선물하고 싶어. 마음에 들 거야. 천 달러를 주어도 복제할 수 없는 거니까. 빌리, 나는 예전 일을 그만두었어, 1년 전에. 지금은 가게를 하지. 정직하게 살고 있고 이제 2주 뒤에는 지상 최고의 아가씨와 결혼해. 내 인생은 이제 이 인생, 그러니까 정직한 인생뿐이야, 빌리. 앞으로 남의 돈은 1달러도 손대지 않을 거야. 결혼하면 모든 걸 팔고 서부로 갈 거야. 거기서는 지난 일들이 발목을 잡지 않을 테니까. 빌리, 그 아가씨는 천사야. 나를 깊이 믿고 있어. 나는 무슨 일이 있어도 다시는 비뚤어진 일을 하지 않을 거야. 잊지 말고 설리번의 집에 꼭 와. 자네를 만나야 해. 장비를 가지고 갈게.

옛 친구 지미

월요일 밤 지미가 편지를 다 썼을 때, 벤 프라이스가 대여 마차로 조용히 엘모어에 들어왔다. 그는 평소대로 눈에 띄지 않게 도시를 배회하다가 마침내 원하던 것을 찾았다. 스펜서의 신발 가게 맞은편에 있는 약국에서 그는 랠프 D. 스펜서를 똑똑히 보았다.

"은행가의 딸과 결혼한다고, 지미? 글쎄, 그렇게 될까?" 벤이 조용히 혼잣말을 했다.

다음 날 아침 지미는 애덤스 가에서 아침을 먹었다. 그는 그날 혼례복을 맞추고 애너벨에게 줄 선물을 사기 위해 리틀록에 가기로 되어 있었다. 그가 엘모어에 오고 나서 처음으로 타지로 나가는 것이었다. 마지막으로 '전문가의 솜씨'를 발휘한 지도 1년이 넘었기에 그는 안전하게 다녀올 수 있을 거라고 생각했다.

아침 식사 후에 가족들은 함께 시내로 나갔다. 애덤스 씨, 애너벨, 지미, 애너벨의 결혼한 언니와 다섯 살, 아홉 살의 어린 두 딸이었다. 그들은 지미가 묵는 호텔 앞을 지나갔고, 지미는 자기 방으로 뛰어 올라가서 여행 가방을 가지고 내려왔다. 일행은 그런 뒤 은행으로 갔다. 바깥에는 지미의 마차가 서 있었고 기차역까지 그를 태워다 줄 돌프 깁슨도 있었다.

일행은 모두 무늬를 새긴 높은 참나무 난간 안쪽의 업무실로 들어갔다. 물론 지미도 함께였다. 애덤스 씨의 사윗감은 어디서나 환영받았기 때문이다. 직원들은 애너벨 양과 결혼할 잘생기고 다정한 젊은이의 인사에 기뻐했다. 지미는 여행 가방을 내려놓았다. 애너벨은 가슴속에 행복과 젊음의 활기를 느끼며 지미의 모자를 쓰고 가방을 집어 들더니 말했다. "나도 출장 판매원이 되면 잘할 것 같지 않아? 그런데 랠프! 가방이 엄청나게 무겁네. 금덩이가 잔뜩 든 것 같아."

"니켈 도금한 구두 주걱이 들었어." 지미가 차분하게 말했다. "반품할 거야. 급송 비용을 절약하려고 내가 직접 가져가기로 했어. 요즘 절약이 몸에 배고 있어서."

엘모어 은행은 그때 금고실을 막 새로 설치한 참이었다. 애덤스 씨는 그것이 자랑스러워서 모두 와서 보라고 강권했다. 금고실은 작았지만 특허받은 문이 달려 있었다. 손잡이 하나로 동시에 거는 강철 볼트 세 개로 잠그고, 시한時限 자물쇠가 달린 문이었다. 애덤스 씨는 밝게 웃으며 스펜서 씨에게 작동법을 설명해 주었고, 스펜서 씨는 예의 바른 관심을 보였지만 특별히 그 분야를 잘 아는 내색은 하지 않았다. 두 아이 메이와 애거사는 반짝이는 금속과 재미난 시계와 손잡이 자물쇠를 보며 즐거워했다.

그러고 있을 때 벤 프라이스가 은행으로 어슬렁어슬렁 들어와서 난간에 팔꿈치를 대고 그 안에서 벌어지는 일을 가볍게 바라보았다. 창구 직원에게는 은행에 볼일은 없고 아는 사람을 기다리고 있을 뿐이라고 말했다.

갑자기 여자들의 비명이 들리며 우당탕퉁탕 하는 소리가 났다. 어른들이 한눈을 파는 사이 장난기가 발동한 아홉 살짜리 메이가 애거사를 금고실에 가둔 뒤 애덤스 씨가 해 보인 대로 볼트를 채우고 번호식 손잡이 자물쇠를 돌려 버린 것이다.

애덤스 씨가 뛰어가서 손잡이를 잡아당겼다. "문이 안 열려." 그가 신음했다. "시한장치도 감지 않았고, 번호도 설정하지 않았어."

애거사의 어머니는 다시 격렬하게 비명을 질렀다.

"조용!" 애덤스 씨가 떨리는 손을 들고 말했다. "모두 잠깐 조용. 애거사!" 그가 힘껏 목청을 높여 외쳤다. "내 말 들어." 침묵이 이어지는 동안 어두운 금고실 안에서 공포에 질려 외치는 아이의 소리가 희미하게 들렸다.

"우리 아이 어째!" 어머니가 울부짖었다. "얼마나 무서울까! 문을 열어요! 아, 문을 부숴요! 남자분들이 어떻게 좀 할 수 없어요?"

"이 문을 열 수 있는 사람은 리틀록에나 가야 있어." 애덤스 씨가 덜덜 떨며 말했다. "이런! 스펜서, 어떻게 하지? 저 아이, 시간이 없어. 공기도 부족하고 겁에 질려서 발작을 할 거야."

애거사의 어머니는 두 손으로 금고실 문을 미친 듯이 두드렸다. 누가 정신이 나갔는지 다이너마이트를 써보자고 했다. 애너벨이 지미를 바라보았다. 그 큰 두 눈에 고통이 가득했지만 아직 절망은 없었다. 여자들은 자신이 숭배하는 남자는 세상에 못할 일이 없다고 생각한다.

"랠프, 당신이 어떻게 해볼 수 없어? 뭐라도 해봐."

지미는 입술과 강렬한 눈에 이상하고 부드러운 미소를 띠고 그녀를 바라보다가 말했다.

"애너벨, 당신 가슴에 단 그 장미를 내게 주지 않겠어?"

그녀는 잘못 들은 것 같다고 생각하면서도 가슴팍에 핀으로 꽂아 놓은 꽃송이를 떼어서 그에게 건네주었다. 지미는 그것을 조끼 주머니에 넣고 외투를 벗은 뒤 소매를 걷었다. 그와 함께 랠프 D. 스펜서는 사라지고 지미 밸런타인이 나타났다.

"모두 문에서 비켜요." 그가 짧게 명령했다.

그는 탁자에 여행 가방을 올려놓고 양옆으로 펼쳐 열었다. 그 순간부터 그는 다른 사람을 전혀 의식하지 않는 것 같았다. 반짝이는 특이한 도구들을 빠르고 정연하게 꺼내 놓은 뒤, 작업할 때 늘 그러듯이 나직이 휘파람을 불었다. 다른 사람들은 침묵에 잠긴 채 꼼짝도 하지 못하고 마법에 걸린 듯 그를 바라보았다.

1분 후에 지미가 아끼는 드릴이 강철 문에 구멍을 뚫었다. 10분 후에 ―자신의 금고털이 기록을 깨고― 그는 볼트를 모두 풀고 문을 열었다.

애거사는 정신을 잃기 일보 직전이었지만 무사했고, 어머니가 아이를 품에 안았다.

지미 밸런타인은 외투를 입고 업무실 밖으로 나가 현관을 향해 걸어갔다. 전에 알던 목소리가 "랠프!" 하고 부르는 것 같았지만 걸음을 늦추지 않았다.

문 앞에 덩치 큰 남자가 예전과 비슷한 모습으로 서 있었다.

"안녕하시오, 벤!" 지미가 여전히 이상한 미소를 띠고 말했다. "결국 찾아냈군요. 갑시다. 이제 이러건 저러건 아무 상관 없어요."

그러자 벤 프라이스가 약간 이상하게 행동했다.

"스펜서 씨가 착각하시는 것 같습니다." 그가 말했다. "저는 스펜서 씨가 아는 사람이 아닙니다. 마차가 스펜서 씨를 기다리고 있는 것 같네요."

　그런 뒤 벤 프라이스는 돌아서서 걸음을 옮겼다.

가짜 부자 애인
A Lickpenny Lover

비기스트 백화점에는 여점원이 3천 명이었다. 메이지는 그중 한 명이었다. 그녀는 열여덟 살이고 남성 장갑 매장에서 일했다. 그녀는 여기서 두 종류의 인간에 익숙해졌다. 백화점에서 장갑을 사는 남자들과 불쌍한 남자를 위해 장갑을 사는 여자들이었다. 인간 종류에 대한 이런 폭넓은 지식에 덧붙여 메이지는 다른 정보들도 습득했다. 그녀는 2,999명의 다른 여점원들이 선포하는 지혜의 말을 들었고, 그것을 몰타 고양이만큼 비밀스럽고 신중한 두뇌에 저장해 두었다. 아마도 자연은 그녀가 현명한 조언자를 곁에 두기 힘든 것을 예견하고 미모에 덧붙여 영악함도 함께 준 것 같았다. 다른 동물보다 값비싼 털을 지닌 은여우에게 교활함도 함께 준 것과 마찬가지였다.

그러니까 메이지는 아름다웠다. 머리는 짙은 금색이었고, 태도는 창가에 서서 버터 빵을 굽는 여자처럼 차분했다. 그녀는 비기스트 백화점 매장 앞에 서 있었고, 손님들은 장갑 크기를 재려고 줄자 위로 주먹을 쥐다가 그녀를 보고 헤베*를 생각했고, 다시 한 번 보고는 그녀가 어떻게 미네르바의 눈을 얻었을까 궁금해했다.

매장 감독이 없을 때면 메이지는 과일 젤리를 씹었다. 감독이 있을 때는 구름을 바라보듯 고개를 들고 생각에 잠겨 미소를 지었다.

그것은 여점원의 미소다. 심장이 냉담하거나 캐러멜이 있거나 큐피드의 장난질에 익숙한 사람이 아니라면 그 미소를 피하기를 권한다. 메이지의 그 미소는 여가 시간의 미소일 뿐 근무 시간의 미소가 아니지만, 매장 감독은 그것도 자기 몫으로 취하려 한다. 그는 매장의 샤일록**이다. 매장을 참견하고 다닐 때 그를 그냥 보내기는 쉽지 않다. 예쁜 여자를 바라볼 때 그는 '음험한' 눈이 된다. 물론 모든 매장 감독이 그런 것은 아니다. 며칠 전만 해도 신문에 여든 살이 넘은 매장 감독의 이야기가 실렸다.

어느 날 화가 겸 백만장자 겸 여행가 겸 시인 겸 자동차 소유자인 어빙 카터가 비기스트 백화점에 오게 되었다. 덧붙이자면 그의 방문은 자발적인 것이 아니었다. 그는 아들의 의무에 끌려 거기 온 것이었고, 그의 어머니는 청동과 테라코타 조각상 사이를 기쁘게 누볐다.

카터는 잠시 돌아다니며 시간을 보내려고 장갑 매장으로 갔다. 그가 장갑이 필요한 것은 사실이었다. 깜박 잊고 가져오지 않았기 때문이다. 하지만 자기 행동을 변명할 필요는 없었다. 그는 장갑 매장의 농지거리 같은 일은 알지 못했기 때문이다.

*그리스 신화의 젊음의 여신.
**셰익스피어의 『베니스의 상인』에 나오는 고리대금업자.

그는 운명을 향해 다가가다가 망설였다. 그때까지 미처 모르던, 큐피드의 품위 없는 작업의 단계가 의식되었기 때문이다.

요란하게 차려입은 시시한 남자 서넛이 카운터 위로 몸을 숙이고 장갑들과 씨름했고, 키득거리는 여자들은 그들이 인도하는 활기찬 제2바이올린이 되어 교태의 현을 울렸다. 카터는 평소라면 물러섰겠지만 이미 발을 깊이 담근 상태였다. 메이지는 카운터 안쪽에 서서 그를 맞았다. 질문을 담고 바라보는 그녀의 눈은 남극해의 유빙에 비치는 여름 햇살처럼 차갑고 아름답고 따뜻한 파란색이었다.

그러자 화가 겸 백만장자 겸 기타 등등인 어빙 카터는 고귀하고 창백한 자신의 얼굴에 따뜻한 홍조가 올라오는 것을 느꼈다. 하지만 자신감이 없어서는 아니었다. 홍조의 근원은 이성적 판단이었다. 자신이 다른 매장에서 키득거리는 여자들에게 구애하는 판에 박힌 젊은이들과 같은 수준이 되었다는 걸 알았기 때문이다. 그 자신도 도심지 큐피드의 데이트 장소인 참나무 카운터 앞에 서서 장갑 판매점 여직원의 호감을 얻으려 하고 있었다. 그는 빌이고 잭이고 미키였다. 그러자 갑자기 그들에게 포용력이 생기고, 자신이 속한 관습에 우쭐하고 용감한 경멸이 들었으며, 저 완벽한 생명체를 자기 것으로 만들겠다는 결심이 확고해졌다.

카터는 장갑 값을 지불하고 포장해서 받은 뒤 잠시 어정거렸다. 메이지의 연분홍색 입가에 보조개가 깊이 팼다. 장갑을 사는 모든 남자가 그와 똑같은 방식으로 어정거렸다. 그녀는 블라우스 소매 속 팔을 프시케처럼 굽히고, 팔꿈치를 진열대 가장자리에 얹었다.

그때까지 카터는 자신이 완벽히 제어하지 못하는 상황에 놓인 적이 없었다. 하지만 이제 그는 빌이나 잭이나 미키보다 훨씬 더 어색하게 서 있었다. 그는 이렇게 아름다운 여자를 만난 적이 없었다. 그의 머리는 어딘가에서 읽거나 들은 상점 여직원들의 특징과 습성을 열심히 떠올려 보았다. 그리고 어떻게 해서인지 그들은 정상적인 소개의 과정에 까탈스럽게 집착하지 않는다는 결론을 내렸다. 그의 심장은 저 사랑스럽고 순결한 존재와 관습을 벗어나는 만남을 갖는다는 생각에 쿵쾅쿵쾅 뛰었다. 하지만 심장의 혼란은 그에게 용기를 주었다.

그가 건넨 일반적 주제의 말 몇 마디에 친절한 반응이 오자, 그는 카운터 위 그녀의 손 옆에 명함을 내려놓고 말했다.

"제가 지나치게 대담해 보인다면 용서해 주십시오. 하지만 저는 정말로 당신을 다시 만나고 싶습니다. 명함에 제 이름이 있습니다. 저는 정말로 깊은 존경을 담아 당신의 친구…… 아니, 지인이 되기를 청합니다. 그런 소망을 품어도 되겠습니까?"

메이지는 남자들을 알았다. 특히 장갑을 사는 남자들은 더욱 잘 알았다. 그녀는 망설이지 않고 그를 솔직하게 바라보며 미소 지었다.

"그럼요. 손님은 좋으신 분 같아요. 제가 모르는 남자분과 밖에서 만나는 일은 거의 없지만요. 그런 일은 숙녀답지 않거든요. 언제 만날까요?"

"되도록 빨리요. 제가 당신 집을 찾아가도 좋다면 저는……" 카터가 말했다.

메이지는 음악적인 웃음을 웃고는 힘주어 말했다. "아, 안 돼요! 제 아파트를 한번 보신다면! 방 세 개에 다섯 식구가 살아요. 제가 남자분을 데려가면 우리 엄마 표정이 어떻게 변할지 궁금하네요!"

"그러면 편하신 곳 어디라도 좋습니다." 사랑에 빠진 카터가 말했다.

"목요일 밤이 좋을 것 같아요." 복숭앗빛 뺨에 좋은 생각이 났다는 기색을 띠며 메이지가 말했다. "7시 반에 8번 가와 48번로의 모퉁이로 오세요. 바로 그 근처가 우리 집이거든요. 하지만 11시까지는 집에 돌아가야 돼요. 엄마가 11시 넘어서까지 밖에 돌아다니는 건 허락하지 않아요."

카터는 꼭 가겠다고 감사히 약속하고는 서둘러 어머니에게 돌아갔다. 어머니는 청동 디아나 상을 사고서 그것을 보여 주기 위해 아들을 찾고 있었다.

작은 눈과 뭉툭한 코의 여점원이 다정하게 놀리는 표정으로 메이지에게 다가왔다.

"화살을 적중시켰어, 메이지?" 그녀가 친근하게 물었다.

"한번 만나 달래." 메이지가 우쭐한 태도로 카터의 명함을 블라우스 품에 집어넣었다.

"한번 만나 달라고?" 작은 눈이 놀리며 말했다. "월도프 호텔에서 저녁 식사를 하고 다음에 자동차 나들이를 하재?"

"그만해!" 메이지가 피곤한 듯 말했다. "너는 멋진 것들을 잘 모르잖아. 소방차 운전수가 중국 식당에 데려간 뒤로 넌 아주 거만해졌어. 아니, 월도프 이야기는 없었어. 하지만 명함을 보니까 주소가 5번 가고, 그 사람이 저녁을 사주는 곳은 쌍갈래 머리 종업원이 주문을 받는 중국 식당은 아닐 거야."

어머니와 함께 전기식 소형차를 타고 비기스트 백화점을 빠져나갈 때 카터는 가슴속의 묵직한 고통에 입술을 깨물었다. 스물아홉 해를 사는 동안 인생에 처음으로 사랑이 왔다. 그리고 그 사랑의 대상이 자신과 길 모퉁이에서 만나 주겠다고 그렇게 쉽게 약속해 준 일은 자기 소망에 한 걸음 더 다가간 일이었지만 그에게 깊은 불안을 안겨 주었다.

카터는 여점원들을 몰랐다. 그들의 집은 대개 사람이 살기 힘들 만큼 작은 방이거나 식구가 넘쳐 나는 거주지라는 걸 몰랐다. 길모퉁이가 응접실이고 공원이 거실이고 길거리가 마당이다. 하지만 그들은 태피스트리가 걸린 방에 앉은 성모만큼이나 범접하기가 힘들다.

첫 만남 이후 2주일이 지난 어느 날 해질 무렵에 카터와 메이지는 팔짱을 끼고 조명이 어두운 작은 공원에 들어갔다. 거기 나무 그늘 아래 벤치가 하나 있어서 그들은 거기 앉았다.

그가 처음으로 조심스럽게 그녀의 어깨에 팔을 둘렀다. 그녀의 황동빛 머리가 그의 어깨에 편안하게 얹혔다.

"아, 이런!" 메이지가 감사의 한숨을 쉬었다. "왜 전에는 이렇게 할 생각을 안 하셨나요?"

"메이지." 카터가 진지하게 말했다. "알겠지만 나는 당신을 사랑해요. 당신에게 진실한 마음으로 청혼합니다. 이제 당신도 날 잘 알게 됐고 나를 의심하지 않을 거예요. 나는 당신을 간절히 원해요. 우리의 지위 차이는 아무 상관 없어요."

"어떤 차이가 있는데요?" 메이지가 의아해서 물었다.

"아, 아무 차이도 없어요." 카터가 얼른 말했다. "어리석은 사람들의 생각일 뿐이죠. 나는 당신에게 호화로운 인생을 선사할 수 있어요. 나는 사회적 지위도 높고 재산도 많으니까요."

"다들 그렇게 말해요." 메이지가 말했다. "모두 그런 농담을 해요. 하지만 당신은 실제로는 식품점에서 일하거나 경마를 하는 분일 것 같아요. 저는 보기만큼 순진하지 않아요."

"당신이 원하는 모든 증거를 보여 줄게요." 카터가 다정하게 말했다. "그리고 내가 원하는 건 메이지 당신이에요. 처음 본 날부터 당신을 사랑했어요."

"다들 그렇게 말해요." 메이지가 즐겁다는 듯 웃으며 말했다. "나를 세

468

번 보고 난 다음에야 좋아졌다고 말하는 남자가 있다면 제가 그 남자한테 반할 것 같아요."

"그런 말은 하지 말아요." 카터가 부탁했다. "당신의 눈을 처음 본 뒤로 당신은 이 세상에서 나에게 유일한 여자가 되었어요."

"아, 그런 농담을!" 메이지가 웃었다. "얼마나 많은 여자한테 그 말을 했나요?"

하지만 카터는 물러서지 않았다. 그리고 그는 마침내 여점원의 사랑스러운 가슴속 깊은 곳에서 연약하게 파닥이는 작은 영혼에 이르렀다. 그의 말은 가벼움이 최고의 갑옷이 되어 지키는 심장을 꿰뚫었다. 그녀는 눈을 들어 그를 보았고 그가 진심임을 알게 됐다. 그리고 그녀의 차가운 뺨에 따뜻한 빛이 찾아왔다. 그녀가 떨리는 나비 날개를 접고 사랑의 꽃송이에 내려앉으려는 것 같았다. 그녀에게 장갑 카운터 바깥의 인생과 그 기회의 빛이 희미하게 떠올랐다. 카터는 변화를 느끼고는 기회를 재촉했다.

"결혼해 줘요, 메이지." 그가 부드럽게 속삭였다. "그러면 우리는 이 보기 흉한 도시를 떠나 아름다운 곳들로 갈 거예요. 일도 사업도 다 잊고 긴 휴가 같은 인생을 누릴 거예요. 당신을 내가 여러 번 가본 곳들로 데려갈 거예요. 언제나 여름인 해변, 언제나 파도가 물결치는 아름다운 해변, 모든 사람이 아이처럼 즐겁고 자유로운 해변을 상상해 봐요. 우리는 그런 해변들로 가서 당신이 원할 때까지 거기 있을 거예요. 그 머나먼 도시 한 곳에는 웅장하고 멋진 궁전과 탑들이 있고, 거기는 아름다운 그림과 조각상이 가득해요. 도시의 도로는 물이고, 사람들이 타고 다니는 건……"

"알아요. 곤돌라잖아요." 메이지가 갑자기 앉은 자세를 바로잡으며 말했다.

"맞아요." 카터가 웃음 지었다.

"그럴 줄 알았어요." 메이지가 말했다.

"우리는 그다음에도 계속 여행을 해서 세상에서 보고 싶은 걸 다 볼 거예요." 카터가 말을 이었다. "유럽의 도시들을 본 다음에는 인도에 가서 그곳의 고대 도시를 보고 코끼리를 타고 눈부신 힌두교 사원도 볼 거예요. 일본 정원도 보고 페르시아의 대상과 전차 경주, 그 외에도 외국의 온갖 특이한 구경거리를 볼 거예요. 정말로 즐거울 것 같지 않나요, 메이지?"

메이지는 자리에서 일어서더니 냉정하게 말했다.

"집에 가야겠네요. 시간이 늦었어요."

카터는 메이지를 달랬다. 그동안 그녀의 변덕스러운 성격을 알게 되었고 그걸 다그쳐 봐야 소용없다는 것도 알게 되었다. 하지만 승리감도 있었다. 그는 비단실을 썼건 어쨌건 종잡을 수 없는 프시케의 영혼을 잡았고, 마음속 희망은 더욱 커졌다. 그녀는 한 번 날개를 접고 그 차가운 손으로 자신의 손을 잡기도 하지 않았던가.

다음 날 비기스트 백화점에서 메이지의 친구 룰루가 그녀를 매장 한쪽으로 데려갔다.

"그 멋진 친구랑은 어떻게 되고 있어?" 그녀가 물었다.

"아, 그 남자?" 메이지가 옆머리를 두드리며 말했다. "이제 끝났어. 룰루, 그 사람이 나한테 뭐라고 그러는지 알아?"

"왜, 배우가 되래?" 룰루가 숨을 삼키며 물었다.

"아니. 그런 생각을 할 위인이 아냐. 나더러 자기랑 결혼해서 코니 아일랜드로 신혼여행을 떠나재!"

자동차가 기다리는 동안
While the Auto Waits

땅거미가 천천히 내려올 때 조용하고 작은 공원의 조용한 모퉁이에 회색 옷의 여자가 다시 왔다. 여자는 벤치에 앉아 책을 읽었다. 아직 30분 정도는 책을 읽을 수 있었다.

반복하자면 여자의 옷은 회색이었고, 모양새가 매우 소박해서 그걸 말끔하고도 몸에 잘 맞게 입었다는 사실은 별로 돋보이지 않았다. 성근 베일이 터번형 모자와 얼굴을 덮었지만 그 얼굴은 베일 밖으로 차분하고 무의식적인 아름다움을 빛냈다. 여자는 전날에도 똑같은 시각에 거기 왔고 그 전날에도 왔다. 그리고 그것을 아는 이가 한 명 있었다.

그것을 아는 젊은이는 위대한 우상인 행운의 신에게 번제를 바치고 주변을 배회했다. 그의 신앙심은 보상을 받았다. 여자가 책장을 넘길 때 책이 손에서 미끄러지면서 벤치에서 튀어 올라 1미터 앞에 떨어졌기 때문이다.

젊은이는 즉시 달려가서 공공장소에서 흔히 볼 수 있는 태도, 그러니까 남자다운 친절과 소망이 섞이고, 순찰 중인 경찰을 의식해서 조심하는 태도로 책을 주위 주인에게 돌려주었다. 그런 뒤 상냥한 목소리로 날씨에 대해 ―이 세상에 그토록 많은 불행을 가져오는 대화의 도입 주제― 시시한 말을 한마디 던지고 운명을 기다리며 잠시 서 있었다.

여자는 찬찬히 그를 보았다. 그의 평범하고 깔끔한 옷과 역시 별다를 것 없는 표정의 이목구비를.

"원한다면 앉으셔도 좋아요." 그녀가 차분하고 낮은 목소리로 말했다. "아니, 그렇게 해주시면 좋겠어요. 이제 책을 읽기에는 빛이 너무 약해졌어요. 이야기를 하는 편이 나을 것 같아요."

행운의 여신을 모신 가신은 다정하게 여자의 옆에 앉았다.

"당신처럼 빛나는 여자는 별로 본 적이 없습니다." 그가 공원의 사회자들이 회합을 여는 공식 같은 말을 했다. "어제 당신을 처음 보았습니다. 당신의 예쁜 두 눈에 누가 쓰러지는 모습이 보이지 않던가요?"

"어떤 분이신지 모르겠지만 제가 숙녀라는 사실을 기억해 주세요." 여자가 차가운 목소리로 말했다. "지금 그 실수는 용서하겠어요. 그건 당신의 환경에서는 부자연스러운 게 아니니까요. 제가 당신에게 앉으시라고 했지요. 그 말 때문에 그러신 거라면 그 말을 취소하겠어요."

"죄송합니다." 젊은이가 말했다. 그의 만족스럽던 표정은 참회와 자책의 표정으로 변했다. "제가 실수를 했습니다. 그러니까 공원에 있는 여자들 중에는…… 물론 당신은 모르겠지만……"

"그 이야기는 그만해요. 저는 다 알아요. 그러니까 이 길을 오가고 이곳에 북적거리는 사람들 이야기를 해주세요. 그 사람들은 어디로 가나

472

요? 왜 그렇게 서두르나요? 그 사람들은 행복한가요?"

젊은이는 곧바로 가벼운 유혹의 태도를 버렸다. 그의 역할은 이제 기다리는 역할이었다. 그는 상대가 자신에게 무슨 역할을 기대하는지 짐작하지 못했다.

"사람들을 관찰하는 건 흥미로워요." 그가 여자의 기분을 추측하고 대답했다. "멋진 인생 드라마죠. 어떤 사람들은 저녁을 먹으러 가고, 어떤 사람들은…… 어…… 다른 데로 가요. 사람들은 서로의 사연을 궁금해해요."

"저는 아니에요." 여자가 말했다. "저는 호기심은 별로 없어요. 제가 여기 와서 앉아 있는 건 그저 거대하게 고동치는 인류 공동의 심장을 가까이서 느껴 보고 싶어서예요. 제 인생은 그런 고동을 느낄 수 없는 곳에 있거든요. 제가 왜 당신에게 말을 걸었는지 아시나요, 성함이……?"

"파켄스태커입니다." 젊은이가 대답했다. 그런 뒤 여자 쪽의 정보도 기대하는 표정이 되었다.

"아뇨." 여자가 가녀린 손가락을 들고 살짝 미소를 지으며 말했다. "제 이름은 사람들이 금방 알아요. 신문에 나니까요. 심지어 사진도 나와요. 저는 지금 이 베일과 하녀에게 빌린 모자로 신원을 가리고 있어요. 제 운전기사가 이 모자를 봤을 때 어떤 표정을 지었는지 보여 드리고 싶군요. 솔직히 말씀드리면, 지고의 자리에 있는 가문이 대여섯 개쯤 되는데, 제가 출생의 우연으로 취득한 성이 그 가운데 하나예요. 저는 스태켄포트 씨……"

"파켄스태커입니다." 젊은이가 겸손하게 일러 주었다.

"……파켄스태커 씨, 저는 한 번이라도 자연스러운 사람하고 말하고 싶었어요. 부와 사회적 지위라는 혐오스러운 광택으로 덧칠된 사람 말고요. 아! 제가 그런 것들에 얼마나 진저리가 나는지 당신은 모를 거예요. 돈, 돈, 돈! 저를 둘러싼 남자들도 마찬가지예요. 다들 똑같은 모형으로 만든 꼭두각시 같아요. 저는 오락, 보석, 여행, 사교계, 사치품이라면 다 지겨워요."

"저는 늘 돈이 아주 좋은 거라고 생각했는데요." 젊은이가 망설이며 의견을 냈다.

"경제적 여유는 좋은 거죠. 하지만 돈이 너무 많으면……!" 그녀는 절망의 손짓으로 문장을 마무리했다가 다시 입을 열었다. "그 단조로움은 사람을 지치게 해요. 자동차 나들이, 정찬, 극장, 무도회, 야식, 그 모든 것에 돈이 철철 흘러넘치죠. 때로는 샴페인 잔 속의 얼음 소리만 들어도 미칠 것 같아요."

파켄스태커 씨는 진실로 흥미로운 표정이 되어서 말했다.

"저는 옛날부터 부유한 상류층 사람들 이야기를 읽고 듣는 걸 좋아했습니다. 제가 약간 속물이라 그런 것 같습니다. 하지만 제가 제대로 알고 있는지 확인하고 싶네요. 저는 샴페인은 병째로 냉각하지 잔에 얼음을 넣지 않는다고 알고 있거든요."

여자는 정말로 재미있다는 듯 음악적으로 웃고는 관대한 목소리로 설명했다.

"당신이 알아야 할 건 우리처럼 아무 쓸데 없는 계층의 사람들은 전례를 벗어나는 걸 오락으로 삼는다는 거예요. 지금은 샴페인에 얼음을 넣는 게 유행이에요. 타타르 왕자가 월도프에서 정찬을 할 때 생겨난 관행이에요. 또 금세 다른 변덕에 자리를 물려주겠죠. 이번 주에 매디슨가의 어느 정찬 파티에서는 올리브를 먹을 때 쓰라고 접시 옆에 녹색 염소 가죽 장갑을 한 짝씩 놓았답니다."

"알겠습니다." 젊은이가 겸손하게 수긍했다. "그런 내부의 작고 특별한 변화들은 일반 대중에게는 알려지지 않습니다."

"가끔 저는 제가 누군가를 사랑한다면 지위가 낮은 남자였으면 좋겠다는 생각을 해요." 여자가 가벼운 목례로 그의 실수 고백을 받아들이며 말했다. "지루한 이야기를 늘어놓는 사람이 아니라 일을 하는 사람이요. 하지만 신분과 재산의 목소리가 제 바람의 목소리보다 더 크겠죠. 지금 저는 두 사람에게 둘러싸여 있어요. 한 명은 독일 공국의 대공이에요. 그 사람은 난폭하고 잔인한 태도로 미치게 만든 아내가 어딘가 있거나 있었던 것 같아요. 또 한 사람은 영국 후작이에요. 얼마나 냉혹하고 물신적인지 그에 비하면 독일 대공의 잔인함에 더 끌릴 지경이에요. 그런데 제가 왜 이런 이야기를 당신에게 하고 있는 걸까요, 패켄스태커 씨?"

"파켄스태커입니다." 젊은이가 나직이 말했다. "저에게 그런 내밀한 말씀을 해주시니 고맙습니다."

여자는 신분 차이에 걸맞은 차분하고 감정 없는 시선으로 그를 바라보았다.

"파켄스태커 씨는 무슨 일을 하시나요?" 그녀가 물었다.

"아주 시시한 일을 합니다. 하지만 언젠가 세상에 날아오르고 싶습니다. 낮은 신분의 남자를 사랑할 수 있다고 하신 말은 진심인가요?"

"정말이에요. 하지만 그저 제 '생각'이라고 말했어요. 대공과 후작이 있으니까요. 그래요, 제가 원하는 남자라면 직업은 아무리 변변찮아도 상관없어요."

"저는 레스토랑에서 일합니다." 파켄스태커 씨가 밝혔다.

여자는 약간 움찔했다.

"웨이터는 아니겠지요?" 여자가 약간 애원하듯 말했다. "노동은 신성하지만…… 사람들 시중을 드는 일은…… 그러니까 하인이나……"

"웨이터는 아닙니다. 저는 계산원입니다." 공원 반대편 쪽 그들에게 마주 보이는 도로에 '레스토랑'이라는 밝은 전기 간판이 있었다. "저기 보이는 저 레스토랑에서 계산원으로 일합니다."

여자는 왼손에 찬 화려한 디자인의 팔찌 시계를 들여다보고는 서둘러 일어섰다. 그녀는 책을 손목에 매달린 작고 반짝이는 핸드백에 넣었지만 책이 커서 들어가지 않았다.

"왜 지금은 일하시지 않나요?" 여자가 물었다.

"저녁 조예요." 젊은이가 말했다. "한 시간 뒤부터 근무예요. 당신을 다시 만날 수 있을까요?"

"몰라요. 어쩌면…… 하지만 변덕이 다시 찾아오지 않을지도 몰라요. 이제 가야겠어요. 정찬 모임에 가야 하고, 극장의 박스석에도…… 아! 지겨운 일상이죠. 들어오실 때 공원 위쪽 모퉁이에 자동차가 있는 걸 보셨죠? 흰색 몸체의."

"러닝 기어가 붉은색인 자동차요?" 젊은이가 눈썹을 깊게 찌푸리며 물었다.

"맞아요. 저는 언제나 그 차로 와요. 피에르가 거기서 기다리죠. 피에르는 제가 지금 광장 건너편 백화점에서 쇼핑을 하고 있는 줄 알아요. 운전기사조차 속여야 하는 인생의 굴레를 생각해 보세요. 이만 안녕히."

"하지만 날이 어두워요." 파켄스태커 씨가 말했다. "공원에는 무례한 남자들이 많고요. 제가 차까지 바래다……"

"제 소망을 조금이라도 존중해 주신다면 제가 떠난 뒤 10분 동안 이 벤치에 머물러 주세요." 여자가 단호하게 말했다. "당신을 비난할 생각은 없지만 자동차에는 대개 소유자의 이니셜 도안이 새겨져 있다는 걸 아실 거예요. 다시 안녕히."

여자는 빠르고 위엄 있는 걸음으로 땅거미를 뚫고 지나갔다. 젊은이는 여자가 공원 밖으로 나가 옆으로 돌아 자동차가 있는 모퉁이로 우아하게 가는 모습을 지켜보았다. 그러고는 음험하고도 결연하게 공원 나무와 덤불 틈을 살금살금 지나 여자를 계속 바라보면서 그 뒤를 따라 갔다.

여자는 모퉁이에 도착하더니 고개를 돌려 자동차를 한 번 바라보고는 그 옆을 지나서 길을 건넜다. 젊은이는 마침 정차하고 있던 승합마차 뒤에 몸을 숨기고 눈으로는 여자의 움직임을 계속 좇았다. 여자는 공원 맞은편 길을 걸어서 그 반짝이는 간판의 레스토랑으로 들어갔다. 그곳은 흰색 페인트와 유리로 야단스레 장식한 값싸고 정신없는 식당이었다. 여자는 식당 안을 지나서 뒤쪽 어딘가로 가더니 모자와 베일을 벗고 나왔다.

계산원 책상은 식당 앞쪽에 있었다. 의자에 앉아 있던 붉은 머리 여자가 내려오면서 가시 돋친 시선으로 시계를 보았다. 회색 옷의 여자가 그 자리에 올라갔다.

젊은이는 두 손을 주머니에 찔러 넣고 천천히 길을 되짚어 걸었다. 모퉁이에서 작은 보급판 책이 발에 부딪혔고, 책은 잔디 가장자리로 미끄러져 갔다. 그 화려한 표지를 보고 그는 그게 여자가 읽던 책임을 알았다. 주워서 보니 스티븐슨*이라는 사람이 쓴 『새 아라비안나이트』였다. 그는 책을 다시 풀밭 위에 떨구고 잠시 어영부영 주변을 배회했다. 그런

---

*Robert Louis Stevenson(1850~1894). 『보물섬』으로 유명한 영국의 작가.

뒤 자동차에 올라타서 쿠션에 몸을 기대고 운전기사에게 두 마디 말을
했다.

　"클럽으로, 헨리."

고무 희극
A Comedy in Rubber

시인들이 뭐라고 하건, 우파스 나무*의 숨결은 피할 수 있을지도 모른다. 행운이 있다면 바실리스크**의 눈을 어둡게 할 수 있을지도 모른다. 어쩌면 케르베로스와 아르고스***의 관심도 피할 수 있을지 모른다. 하지만 죽은 자건 산 자건 고무 인간의 시선을 피할 수 있는 사람은 없다.

뉴욕은 탄성고무의 도시다. 물론 오른쪽 왼쪽으로 돌지 않고 자기 길을 가면서 돈을 버는 사람도 많지만, 화성인들처럼 오직 눈과 이동 수단만으로 이루어진 놀라운 신체 구성의 종족이 널리 퍼져 있다.

이 호기심의 신도들은 어떤 기이한 일이 발생하면 파리처럼 순식간에

*열대 지방의 독성 나무.
**시선으로 사람을 죽인다는 전설 속 괴물 뱀.
***그리스 신화 속 괴물들. 케르베로스는 지옥을 지키는 머리 셋 달린 개이고, 아르고스는 눈이 백 개 달린 괴물.

모여들어 밀치락달치락하며 헐떡이는 원을 이룬다. 일꾼이 맨홀을 열면, 노스 태리타운 출신 남자가 전차에 치이면, 꼬마가 식품점 심부름을 하고 집에 가다가 길에 계란을 떨구면, 여자가 라일 천에 난 구멍으로 5센트 동전을 잃어버리면, 경찰이 입센 협회 열람실에서 전화기와 경마 도표를 끌고 나오면, 드퓨 상원 의원이나 척 코너스 씨가 바람을 쐬러 나오면— 이런 사건 사고들이 일어나면, 목을 고무처럼 쭉 늘이고 구경하는 '고무' 부족이 그 현상에 불가항력으로 빌려든다.

사건의 중요도는 아무 상관 없다. 그들은 공연장 무희도 간장약 광고판을 그리는 남자도 똑같은 관심과 열정을 가지고 본다. 내반족內反足 남자를 둘러싼 원도 주저앉은 자동차를 둘러싼 원만큼이나 두껍다. 그들은 고무 마니아다. 그들은 시각의 탐식가로, 동료 생명체의 불행을 포식한다. 불행의 미끼를 단 낚싯바늘에 걸린 농어의 놀란 눈으로 세상을 주시하고 응시하고 들여다보고 노려본다.

이 시각의 흡혈귀들은 너무 차가운 나머지 큐피드가 날리는 뜨거운 화살이 비껴갈 거라고 생각할 수 있지만, 아직 원생동물 가운데서도 그 화살의 면역자를 못 찾지 않았는가? 그렇다. 아름다운 로맨스는 이 부족의 두 사람에게 내려앉았고, 사랑은 그들의 심장으로 들어갔다. 그들이 양조장 마차에 치여 쓰러진 남자 주변에 몰려 서 있을 때.

윌리엄 프라이는 그곳에 가장 먼저 도착한 사람이었다. 그는 그런 회합의 전문가였다. 그는 강렬한 행복감이 담긴 표정으로 부상자를 내려다보며 달콤한 음악을 듣듯 신음 소리를 들었다. 구경꾼이 불어나서 빽빽한 원을 이루었을 때 윌리엄은 맞은편 군중 가운데 격렬한 소동이 이는 것을 보았다. 군중을 토네이도처럼 가르며 돌진하는 누군가가 사람들을 볼링 핀처럼 옆으로 픽픽 쓰러뜨렸다. 바이얼릿 시모어는 팔꿈치,

우산, 모자 고정 핀, 혀, 손톱을 있는 힘껏 활용해서 구경꾼 무리를 비집고 맨 앞줄로 나왔다. 그녀의 기세에 5시 30분 할렘 급행열차에서도 좌석을 확보할 수 있는 튼튼한 남자들이 아이처럼 뒤로 비틀거렸다. 록스버러 공작의 결혼을 보았고 23번로의 교통을 자주 가로막던 덩치 큰 여자 구경꾼 두 명은 바이얼릿의 손에 블라우스를 찢긴 채 두 번째 줄로 밀려났다. 윌리엄 프라이는 첫눈에 그녀에게 반했다.

구급차가 와서 의식 잃은 큐피드의 전령을 데려갔다. 윌리엄과 바이얼릿은 구경꾼이 흩어진 뒤에도 남아 있었다. 그들은 진정한 고무인이었다. 구급차와 함께 사고 현장을 떠나는 이들은 그 목에 진정한 고무가 없다. 사건의 섬세한 풍미는 뒷맛 속에만 있다. 현장을 흐뭇하게 바라보는 일, 맞은편 집들을 뚫어져라 들여다보는 일, 거기서 아편 중독자의 열락보다 더 짜릿한 환상을 음미하는 일에. 윌리엄 프라이와 바이얼릿 시모어는 재난의 달인이었다. 그들은 모든 사건에서 충만한 즐거움을 추출해 낼 줄 알았다.

그들은 곧 서로를 보았다. 바이얼릿은 목에 커다란 은동전만 한 갈색 반점이 있었다. 윌리엄은 거기 눈을 고정했다. 윌리엄 프라이는 심한 안짱다리였다. 바이얼릿은 그의 다리에 흔들림 없는 시선을 보냈다. 그들은 그렇게 한동안 서서 서로를 응시했다. 예의범절에 따르면 그런 상황에서 말을 건네는 것은 실례가 되지만, 탄성고무의 도시에서는 동료 인간의 육체적 결함 또한 공원의 나무처럼 아무 제한 없이 마음껏 바라볼 수 있다.

그들은 마침내 한숨을 쉬고 헤어졌다. 하지만 양조장 마차를 몰고 간 장본인이 큐피드였기에, 행인의 다리를 부러뜨린 바퀴는 사랑하는 두 심장을 묶었다.

남녀 주인공이 다음번에 만난 곳은 브로드웨이 근처의 목조 울타리 앞이었다. 그날은 실망스러운 하루였다. 거리에 싸움질도 없었고, 아이들은 전차 바퀴를 피했고, 불구자와 헐렁한 옷차림의 뚱보도 드물었다. 바나나 껍질을 밟거나 심장병으로 쓰러질 의향이 있는 사람은 아무도 없는 것 같았다. 심지어 전직 시장 로 씨의 사촌이라 주장하며 마차 밖으로 5센트 동전을 뿌리는 인디애나 주 코코모 출신 운동선수조차 나다나지 않았다. 구경할 것이 아무것도 없었고, 윌리엄 프라이는 권태의 기미를 느꼈다.

하지만 어느 광고판 앞에 사람들이 잔뜩 모여 밀치락달치락하는 모습이 보였다. 그는 노파와 우유병을 든 아이를 쓰러뜨리며 달려가서 구경꾼들이 밀집한 곳으로 악마처럼 비집고 들어갔다. 안쪽에는 이미 바이얼릿 시모어가 한쪽 소매와 금니 두 개를 잃고 강철 코르셋에 구멍이 나고 팔목을 삔 채로, 하지만 행복한 얼굴로 서 있었다. 그녀는 거기 있는 볼거리를 보고 있었다. 한 남자가 울타리에 페인트로 이런 문구를 쓰고 있었다. '브리클릿으로 탱탱한 얼굴을.'

윌리엄 프라이를 보자 바이얼릿은 얼굴을 붉혔다. 윌리엄은 검은 실크 외투를 입은 여자의 갈빗대를 치고 소년의 정강이를 차고 노신사의 왼쪽 귀를 깨물어서 바이얼릿 옆으로 가는 데 성공했다. 그들은 한 시간 동안 서서 남자가 글씨를 쓰는 모습을 지켜보았다. 마침내 윌리엄은 사랑을 억누르기가 어려웠다. 그가 그녀의 팔에 손을 대고 말했다.

"나랑 같이 가요. 목젖 없는 구두닭이 있는 곳을 알아요."

그를 부끄럽게 올려다보는 그녀의 안색은 숨길 수 없는 사랑으로 변모해 있었다.

"저를 위해 따로 간직해 두셨던 건가요?" 그녀가 사랑받는 여자의 첫 황홀감에 떨며 물었다.

그들은 함께 구두닦이가 있는 곳으로 갔다. 그리고 한 시간 동안 그 기형 청년을 바라보았다.

창문 청소부가 5층에서 두 사람 근처의 도로로 떨어졌다. 구급차가 요란하게 달려올 때 윌리엄은 기뻐하며 그녀의 손을 꽉 잡고 빠르게 속삭였다. "적어도 갈비뼈 네 개는 다쳤을 거고 복합 골절이에요. 나를 만난 걸 후회하지는 않죠?"

"제가요?" 바이얼릿도 윌리엄의 손을 꽉 잡으며 말했다. "그럴 리가요. 저는 하루 종일 당신과 함께 목을 빼고 서 있을 수 있어요."

로맨스의 절정은 며칠 뒤에 있었다. 아마 독자 여러분은 흑인 여자 일라이자 제인이 소환장을 받았을 때 이 도시에 벌어진 소동을 기억할 것이다. 고무 부족은 현장에 진을 쳤다. 윌리엄 프라이는 직접 일라이자 제인의 거주지 맞은편에 맥주 통 두 개를 놓고 그 위에 널빤지를 얹었다. 그리고 바이얼릿과 함께 거기 사흘 낮 사흘 밤을 앉아 있었다. 마침내 한 형사가 그 집 문을 열고 소환장을 전달하기로 결심했다. 그는 키네토스코프*를 가져오게 해서 그 일을 했다.

그토록 취향이 일치하는 두 영혼은 오래 떨어져 있을 수 없는 법이다. 그날 밤 경찰에게 야경봉으로 내쫓겼을 때 그들은 약혼했다. 사랑의 씨앗은 파종도 생육도 잘되어서 강하고 튼튼한, 그러니까 고무나무가 되었다.

윌리엄 프라이와 바이얼릿 시모어의 결혼식 날짜는 6월 10일로 잡혔다. 동네 한복판의 큰 교회에는 꽃이 높다랗게 쌓였다. 전 세계에 가득

*초기의 활동사진 장치로 큰 상자에 뚫린 작은 구멍을 통해 영상을 본다.

한 고무인은 결혼식에도 바글거린다. 그들은 비관적 태도로 식장에 앉아 신랑을 조롱하고 신부를 희롱한다. 그들이 결혼식에 오는 것은 비웃기 위해서이다. 그리고 누군가 결혼의 탑에서 죽음의 말을 타고 빠져나가면 그들은 그 장례식에 와서 똑같은 자리에 앉아 죽은 자의 행운에 눈물 흘릴 것이다. 고무는 탄력이 좋다.

교회가 불을 밝혔다. 아스팔트 위로 도로변까지 골이 진 카펫이 깔렸다. 신부 들러리들이 서로 장식 띠를 매만져 주며 신부의 주근깨 이야기를 했다. 마부들이 채찍에 흰 리본을 묶고 술 마실 시간이 오래 남은 것을 애달파했다. 목사는 사례를 얼마나 받을까, 그걸로 자기 몫으로는 실크 정장을 한 벌 사고 아내에게는 로라 진 리비의 사진을 사 줄 수 있을까 생각했다. 그렇다, 큐피드가 공중에 있었다.

교회 밖에는 아, 형제들이여, 고무 부족이 횡대와 종대를 이루어 밀려들었다. 그들은 골이 진 카펫과 경찰을 가운데 두고 두 무리로 나뉘어 있었다. 그들은 흰 베일을 쓴 여자가 잠든 남자의 주머니를 뒤질 권리를 획득하는 현장을 조금이라도 보려고 가축처럼 복닥거리며 싸우고 밀치고 짓밟았다.

하지만 결혼식 시간이 지났는데도 신랑과 신부는 오지 않았다. 기다림은 걱정이 되고 걱정은 수색을 불렀지만, 그들은 발견되지 않았다. 마침내 덩치 큰 경찰 두 명이 성난 구경꾼 무리에서 두 사람을 끌어냈다. 조끼 주머니에 결혼반지를 넣은 채 수많은 발길에 짓밟힌 남자와 카펫 가장자리로 꺅꺅 소리를 지르며 달려가는 누더기에 멍투성이 여자였다.

윌리엄 프라이와 바이얼릿 시모어는 습관의 동물이라서 들끓는 구경꾼의 자리를 떠나지 못한 것이다. 그들 자신이 신랑과 신부가 되어 장미 가득한 교회에 들어오는 모습을, 바로 그 자리에서 보고픈 욕망을 억누르지 못한 것이다.

　고무 인간의 본성은 숨길 수 없다.

천 달러

One Thousand Dollars

"천 달러입니다." 톨먼 변호사가 엄숙하고 결연하게 반복해 말했다. "그리고 여기 그 돈이 있습니다."

젊은 질리언은 신권 50달러 지폐의 얇은 묶음을 만지작거리면서 즐거운 듯 웃었다.

"정말로 어색한 액수네요." 그가 변호사에게 유쾌하게 말했다. "만 달러였다면 풍성한 불꽃놀이를 하고 자랑할 수 있겠죠. 심지어 50달러가 이보다는 문제가 적었을 것 같아요."

"숙부님 유언장을 들으셨으니 알겠지요." 톨먼 변호사가 건조하고 사무적인 목소리로 말을 이었다. "혹시 세부 규정을 제대로 들으셨는지 몰라서 한 가지 상기시켜 드리죠. 질리언 씨는 천 달러를 다 쓰면 우리에게 와서 그걸 어디에 어떻게 썼는지 설명해야 합니다. 유언장에 그렇게 되어 있습니다. 돌아가신 질리언 씨의 소망을 그 정도는 들어주실 거라 믿습니다."

"믿으셔도 좋습니다." 젊은이가 예의 바르게 말했다. "하지만 추가 비용이 들겠네요. 비서를 고용해야 할 것 같아요. 저는 회계에 밝지 않거든요."

질리언은 클럽으로 갔다. 거기서 그가 브라이슨 형님이라고 부르는 사람을 찾았다.

마흔 살의 브라이슨은 차분하고 나서지 않는 성격이었다. 구석에서 책을 읽고 있던 그는 질리언이 다가오는 것을 보자 한숨 쉬며 책을 내려놓고 안경을 벗었다.

"브라이슨 형님, 정신 차려요. 재미있는 이야기가 있어요." 질리언이 말했다.

"당구실에 가서 거기 사람들에게 이야기하지그래." 브라이슨이 말했다. "내가 자네 이야기를 별로 안 좋아한다는 걸 알 텐데."

"이번에는 평소보다 괜찮은 이야기예요." 질리언이 담배를 굴리며 말했다. "그리고 형님한테 이야기하고 싶어요. 너무 슬프고 웃기는 이야기라서 당구공 소리 속에 할 수가 없어요. 돌아가신 숙부님의 해적 같은 변호사 사무실에서 오는 길인데요, 숙부님이 저한테 꼭 천 달러를 남겨주셨네요. 남자가 천 달러로 대체 뭘 할 수 있죠?"

"고 셉티머스 질리언은 재산이 50만 달러는 되는 줄 알았는데." 브라이슨은 꿀벌이 식초병에 갖는 만큼의 관심을 보이며 말했다.

"맞아요. 그러니까 재미있는 거죠." 질리언이 즐겁게 동의했다. "숙부님은 그 많은 돈을 먼지로 날렸어요. 그러니까 일부는 신종 간상균을 발명한 사람에게 가고, 나머지는 그걸 다시 없애는 병원을 세우는 데 가요. 곁가지로 사소한 유증도 두어 군데 있어요. 집사와 가정부는 각각 인장 반지와 10달러를 받아요. 그리고 숙부님의 조카는 천 달러를 받네요."

"자네는 항상 돈이 많았잖아." 브라이슨이 말했다.

"많았죠. 숙부님은 용돈에 관한 한 천사처럼 너그러웠거든요." 질리언이 말했다.

"다른 상속자는 없고?" 브라이슨이 물었다.

"없어요." 질리언이 인상을 쓴 채 담배를 바라보며 소파의 가죽을 툭툭 찼다. "숙부님 집에서 살면서 숙부님의 후견을 받던 헤이든 양이라는 여자가 있어요. 조용한 사람이죠. 음악을 좋아하고, 숙부님의 친구셨던 불행한 분의 딸이에요. 그러고 보니 그 사람도 인장 반지와 10달러라는 농담 같은 유증을 받네요. 차라리 나도 그랬으면 좋겠어요. 샴페인 두 병을 시키고 반지를 팁으로 주면 모든 걸 다 털어 버릴 수 있을 테니까요. 너무 비웃지 말아요, 브라이슨. 그리고 남자가 천 달러로 무얼 할 수 있는지 말해 줘요."

브라이슨은 안경을 닦고는 빙긋 웃었다. 브라이슨이 그렇게 웃으면, 질리언은 그가 평소보다 더 잔인하게 비웃을 거라는 걸 알았다.

"천 달러는 큰 돈일 수도 있고 작은 돈일 수도 있어." 그가 말했다. "그걸로 집을 사서 행복하게 살면서 록펠러를 비웃을 수도 있지. 아내를 남부로 보내서 아내의 인생을 구원해 줄 수도 있어. 천 달러면 아기 백 명에게 6, 7, 8월 석 달 동안 순수한 우유를 사 주고 그중 쉰 명의 생명을 구할 수 있어. 천 달러면 미술관에 철통 방비를 하고 거기서 30분 동안 즐겁게 페로 카드놀이를 할 수 있어. 야심 찬 소년을 교육시킬 수도 있지. 어제 경매에서 코로*의 진품 가격이 그만큼까지 올라갔다는 말을 들었어. 뉴햄프셔 주로 이사해서 2년 동안 그 돈으로 먹고살 수도 있어. 원한다면 그 돈으로 매디슨 스퀘어 가든을 하룻밤 빌려서 추정 상속자라는 직업이 얼마나 불안한 것인지 청중에게 강연할 수도 있고."

"브라이슨 형님, 형님이 훈계를 하지 않으면 사람들이 형님을 좋아할지도 몰라요." 질리언이 언제나처럼 흥분하지 않고 태평하게 말했다. "제가 천 달러로 무얼 할 수 있는지 물었잖아요."

"자네가?" 브라이슨이 부드럽게 웃으며 말했다. "보비 질리언, 자네가 할 수 있는 일은 하나뿐이야. 그 돈으로 로타 로리어 양에게 다이아몬드 목걸이를 사 주고, 아이다호로 도망가서 목장에 폐를 끼치며 사는 거야. 양을 키우는 목장을 추천해. 내가 특히 양을 싫어하니까."

"고마워요." 질리언이 일어서며 말했다. "형님은 믿어도 될 줄 알았어요. 제게 필요한 걸 정확히 알고 계세요. 저는 돈을 한 번에 뭉텅이로 써 버리고 싶었거든요. 그걸 어디 썼는지 설명해야 하는데 자잘하게 나누어 쓰기는 싫어요."

질리언은 전화로 마차를 불러 마부에게 말했다.

"컬럼바인 극장의 무대 입구로."

로타 로리어 양은 분첩으로 자연미를 높이고 있었고, 의상 담당자가 질리언의 이름을 전했을 때 많은 관객이 기다리는 오후 공연에 불려 나갈 준비를 거의 마친 상태였다.

"들여보내요." 로리어 양이 말했다. "무슨 일이지, 보비? 나는 2분 뒤에 나가야 돼."

"오른쪽 귀 옆을 좀 더 정돈해." 질리언이 비판적으로 말했다. "그러는

---

*Jean Baptiste Camille Corot(1796~1875). 19세기 프랑스 화가.

게 좋아. 2분도 안 걸릴 거야. 작은 목걸이 하나 어때? 0이 세 개고 그 앞에 1자가 붙는 돈을 쓸 수 있어."

"아, 당신 말대로 하지." 로리어 양이 노래하듯 말했다. "애덤스, 오른쪽 장갑. 보비, 그날 밤 델라 스테이시가 한 목걸이 봤어? 티파니 보석상에서 2,200달러에 산 거래. 하지만 물론…… 어깨띠를 조금 더 왼쪽으로, 애덤스."

"로리어 양, 개막 합창이 시작돼!" 배우 호출원이 바깥에서 소리쳤다.

질리언은 마차가 기다리는 곳으로 나갔다.

"천 달러가 있다면 무슨 일을 하시겠습니까?" 그가 마부에게 물었다.

"술집을 열지요." 마부가 억센 목소리로 재깍 대답했다. "장사가 잘될 곳을 알아요. 모퉁이의 4층짜리 벽돌 건물이죠. 생각해 봤는데 2층은 중국 식당을 하고, 3층은 손톱 미용실과 해외 선교단, 4층은 당구장. 손님이 원하신다면……"

"아뇨, 그냥 궁금해서 물어본 거예요." 질리언이 말했다. "시간 단위로 돈을 드릴 테니 그만 가자고 할 때까지 계속 가세요."

브로드웨이를 여덟 블록 달린 뒤 질리언은 지팡이로 천장을 두드려 마차를 세우고 나왔다. 맹인 남자가 길가에 간이 의자를 놓고 앉아 연필을 팔고 있었다. 질리언은 그 앞에 가서 말했다.

"실례합니다. 혹시 당신한테 천 달러가 생기면 무슨 일을 할지 말씀해 주실 수 있는지요?"

"방금 멈춘 마차에서 내린 분이지요?" 맹인 남자가 물었다.

"네, 그렇습니다." 질리언이 말했다.

"대낮에 마차를 타고 다니는 분이니 괜찮겠네요." 연필 장수가 말했다. "원한다면 한번 보세요."

그러더니 맹인 남자는 외투 주머니에서 작은 공책을 꺼내서 내밀었다. 질리언이 펼쳐 보니 그것은 은행 통장이었다. 맹인 남자의 계좌에 1,785 달러가 들어 있었다.

질리언은 통장을 돌려주고 다시 마차에 올라타서 말했다.

"잊은 게 있어요. 톨먼 앤드 샤프 법률 사무소까지 가주세요. 브로드 웨이 ××번지예요."

톨먼 변호사는 금테 안경을 낀 눈에 차가운 실문을 남아서 그를 보았다.

"죄송합니다만 질문을 하나 드려도 될까요?" 질리언이 가볍게 말했다. "무례하다 여기시지 않기를 바랍니다. 숙부님이 헤이든 양에게 반지와 10달러 말고 따로 남겨 준 것이 있나요?"

"없습니다." 톨먼 씨가 말했다.

"고맙습니다." 질리언은 그렇게 말하고는 마차로 갔다. 그러고는 마부에게 작고한 숙부의 집 주소를 댔다.

헤이든 양은 서재에서 편지를 쓰고 있었다. 그녀는 작고 여윈 몸에 검은 옷을 입고 있었다. 하지만 그 눈은 사람의 눈길을 끄는 데가 있었다. 질리언은 세상 만물을 다 사소하게 여기는 기색으로 서재로 들어갔다.

"톨먼 사무소에서 오는 길입니다." 그가 말했다. "변호사들이 그동안 서류를 검토하고⋯⋯" 질리언은 머릿속으로 법률 용어를 찾았다. "유언의 수정 사항인가 추가 사항인가 하는 걸 발견했습니다. 숙부님이 어느 순간 마음이 너그러워져서 헤이든 양에게 천 달러를 주겠다는 유언을 남겼습니다. 제가 이 길로 지나간다니까 톨먼이 저더러 당신에게 돈을 직접 전달해 달라고 했습니다. 여기 있습니다. 맞는지 세어 보시죠." 질리언이 그녀의 손 옆에 돈을 내려놓았다.

헤이든 양은 얼굴이 하얘져서 "아!" 하더니 다시 한 번 "아!" 할 뿐이었다.

질리언은 옆으로 살짝 돌아서서 창밖을 내다보며 나직하게 말했다.

"당신은 내가 당신을 사랑한다는 걸 알고 있겠죠."

"미안해요." 헤이든 양이 돈을 집어 들면서 말했다.

"아무 소용 없나요?" 질리언이 거의 가벼운 마음으로 물었다.

"미안해요." 그녀가 다시 말했다.

"편지를 한 통 써도 될까요?" 질리언이 미소를 띤 채 묻고는 큰 탁자에 앉았다. 헤이든 양은 그에게 종이와 펜을 주고 자신의 접이식 책상으로 돌아갔다.

질리언은 자신의 천 달러 지출 내역을 이렇게 적었다.

'검은 양 로버트 질리언은 천 달러를 지상에서 가장 훌륭하고 사랑스러운 여인이 누려 마땅한 영원한 행복을 위해 지출함.'

질리언은 이 글을 봉투에 넣은 뒤 인사를 하고 다시 나갔다.

마차는 다시 톨먼 앤드 샤프 사무소 앞에 섰다.

"천 달러를 썼습니다." 그가 금테 안경의 톨먼에게 가볍게 말했다. "그리고 약속한 대로 용도를 말씀드리려고 왔습니다. 공중에 여름 분위기가 물씬하군요. 그렇지 않습니까, 톨먼 씨?" 그는 변호사의 탁자에 흰 봉투를 던졌다. "그 안에 사라진 돈의 모두스 오페란디*가 적혀 있습니다."

톨먼은 봉투에는 손도 대지 않고 안쪽 문 앞으로 가서 동업자 샤프를 불렀다. 그러더니 두 사람이 함께 거대한 금고를 뒤져서 밀랍 봉인이 된 큼직한 봉투를 꺼냈다. 그들은 밀랍을 떼어 내고는 그 내용을 보며 무겁

* '사용 방식'이라는 뜻의 라틴어.

게 고개를 저었다. 마침내 톨먼이 전달자가 되기로 하고 격식을 차려서 말했다.

"질리언 씨, 숙부님 유언장에는 보족서가 딸려 있었습니다. 질리언 씨가 유증받은 천 달러를 어떻게 썼는지를 설명하면 그것을 개봉해 보라는 지시가 있었습니다. 방금 그 조건이 충족되어서, 동업자와 제가 보족서를 읽어 보았습니다. 까다로운 법률 용어를 쓰지 않고 그 내용의 취지를 말씀드리겠습니다.

천 달러를 쓴 행태가 질리언 씨가 보상을 받을 자격을 보여 준다면 질리언 씨에게는 많은 혜택이 돌아갈 것입니다. 샤프 씨와 제가 그것을 판정할 심사위원으로 임명되었고, 우리는 그 임무를 엄격하고 공평무사하게 수행할 것을 약속드립니다. 우리는 질리언 씨에게 아무런 편견도 없습니다. 하지만 보족서로 돌아갑시다. 문제의 돈을 신중하고 현명하고 이타적으로 처분했다면, 질리언 씨는 5만 달러어치의 채권을 받을 것입니다. 우리는 바로 그 일을 하려고 그것을 맡고 있으니까요. 하지만 만약…… 우리의 고객인 작고한 질리언 씨께서 분명히 밝히셨듯이 '그 돈을 지난날처럼 평판 나쁜 친구들 틈에서 한심하게 날려 버렸다면' 5만 달러는 즉시 고 질리언 씨의 피후견인인 미리엄 헤이든 양에게 돌아갑니다. 이제 우리 두 사람은 질리언 씨가 천 달러를 쓴 정황을 검토할 것입니다. 당신은 그것을 글로 써서 밝혔습니다. 우리의 결정을 신뢰해 주시기 바랍니다."

톨먼 씨가 탁자 위의 봉투로 손을 뻗었다. 하지만 질리언이 조금 더 빨랐다. 그는 봉투를 집어 들더니 안에 든 쪽지와 봉투를 갈가리 찢어서 자기 주머니에 넣었다.

"좋아요." 그가 웃으며 말했다. "이걸로 두 분을 괴롭힐 이유가 전혀 없어요. 두 분께서 시시한 도박의 항목들을 다 이해하시지도 못할 테고요. 저는 천 달러를 경마로 날렸거든요. 안녕히 계십시오."

질리언이 떠나자 톨먼과 샤프는 서로를 바라보며 한심하다는 듯 고개를 저었다. 그가 승강기를 기다리며 복도에서 유쾌하게 휘파람 부는 소리가 들렸기 때문이다.

운명의 충격

The Shocks of Doom

공원 중에도 귀족이 있고, 그곳을 개인 거처로 삼은 떠돌이들 중에도 귀족이 있다. 밸런스는 이 사실을 머리보다 느낌으로 알았지만, 자신의 세계를 떠나 혼돈 속에 발을 들였을 때 그는 자기도 모르게 매디슨 스퀘어 가든으로 갔다.

지난 시절의 여학생처럼 미숙하고 날카로운 5월 초의 대기는 움트는 나무들 틈에서 조심스레 숨을 쉬었다. 밸런스는 외투 단추를 잠그고 마지막 담배에 불을 붙인 뒤 벤치에 앉았다. 그러고는 3분 동안 마지막 천 달러 가운데 마지막 100달러를 마지막 자동차 나들이를 멈추고 자전거 경찰에게 주어야 했던 일을 가볍게 후회했다. 그런 뒤 주머니를 샅샅이 뒤졌지만 동전 한 닢 나오지 않았다. 그는 그날 아침 자기 아파트를 포기했다. 가구는 모두 특정 빚을 갚기 위해 떠났다. 옷은 지금 입고 있는 것만 빼고 모두 남자 하인의 밀린 임금으로 지불되었다. 친구에게 빌붙거나 사기를 치는 경우가 아니라면 그 도시 어디에도 그를 위한 침대, 바닷가재, 전차 요금, 장식 카네이션은 없었다. 그래서 그는 공원을 선택했다.

이 모든 일은 숙부가 그의 상속권을 박탈하고, 넉넉히 주던 용돈을 끊어 버렸기 때문이다. 그것은 그가 어떤 여자 때문에 숙부의 말을 듣지 않았기 때문이다. 그 여자는 이 이야기에 등장하지 않는다. 그러므로 그 이야기가 궁금한 독자라면 여기서 그만 읽는 편이 좋을 것이다. 숙부에게는 다른 계통의 조카도 한 명 있었다. 그 조카는 한때 유망 상속자로 총애를 받았다. 하지만 그는 오래전에 아무런 희망도 없이 진창 속으로 사라졌다. 그런데 예인망이 그를 찾아 나섰고, 그는 곧 재활하고 복귀할 예정이었다. 그래서 밸런스는 루시퍼가 가장 깊은 지옥 구덩이에 떨어지듯 웅대하게 떨어져서 그 작은 공원의 누더기 영혼들에 합류하게 되었다.

그는 딱딱한 벤치에 기대앉아 웃으며 낮게 뻗은 나뭇가지를 향해 담배 연기를 뿜어 올렸다. 인생의 모든 끈이 갑자기 끊어지면서 그는 자유롭고 짜릿하고 거의 황홀감과도 비슷한 느낌을 받았다. 그것은 줄을 자르고 하늘로 날아오른 기구 비행사와 매우 비슷한 느낌이었다.

어느덧 10시가 다 되었다. 벤치에 남은 사람은 많지 않았다. 공원 거주자들은 가을 추위에는 강고하게 맞서 싸워도 봄의 차가운 기운에는 제대로 대적하지 못한다.

그때 분수 근처에 앉아 있던 사람이 일어서서 밸런스에게 다가와 옆에 앉았다. 젊은 사람도 늙은 사람도 아니었다. 싸구려 하숙집들을 거친 곰팡이 냄새가 났다. 면도기와 빗은 그에게 지난날의 물건이었다. 그의 몸은 악마가 부어 주는 듯 항상 술을 담고 있었다. 그는 성냥을 빌려 달라고 했는데, 그것은 공원 벤치 거주자들이 인사를 건네는 방식이었다. 그런 뒤 그가 밸런스에게 이야기를 시작했다.

"형씨는 여기 흔한 사람이 아니구려. 나는 그 옷이 맞춤옷이라는 걸 알 수 있거든. 형씨는 말하자면 지나가는 길에 공원에 잠깐 멈춘 거요. 잠시 내가 이야기를 해도 좋겠소? 지금 말할 사람이 필요해서. 겁이 나거든, 겁이. 두세 명의 부랑자에게 이야기를 했더니 다들 내가 미쳤다고 하더구려. 그러니까…… 나는 오늘 하루 프레즐 두 개하고 사과 하나밖에 못 먹었소. 그런데 내일은 300만 달러를 상속받으러 갈 거요. 저기 자동차가 둘러싼 레스토랑도 나한테는 싸구려 식당이 될 거요. 형씨도 안 믿소?"

"저는 어제 아무 어려움 없이 거기서 점심을 먹었습니다." 밸런스가 웃으며 말했다. "그런데 오늘 밤은 5센트짜리 커피도 못 샀네요."

"형씨는 우리들과 달라 보이오. 그래요, 그런 일도 일어나는 법이지. 나도 한때는 잘나갔소이다. 그러니까 여러 해 전에. 형씨는 어쩌다가 이렇게 됐소?"

"나는…… 아, 직장을 잃었습니다." 밸런스가 말했다.

"이 도시는 그야말로 지옥이오." 상대가 말했다. "하루는 도자기 식기가 있는 고급 식당에서 식사를 하고, 다음 날은 싸구려 중국 식당에서 식사를 하는 일이 다반사요. 나도 불운이라면 차고도 넘치게 겪었소이다. 지난 5년 동안 걸인이나 다름없었소. 자랄 때는 평생 호사를 누리며 무위도식할 줄 알았는데 말이오. 형씨한테는 다 말하겠소. 이야기할 사람이 필요해서. 겁이 나거든, 겁이. 내 이름은 아이드요. 리버사이드 드라이브의 백만장자 폴딩이 내 숙부라고 말하면 믿으시겠소? 하지만 사실이오. 나는 예전에 그 숙부 집에서 살았고, 돈이라면 부족함이 없었지. 혹시 술 한 잔 살 돈은 있소? 그런데 이름은 뭐요?"

"도슨입니다. 그리고 지금 저는 무일푼입니다." 밸런스가 말했다.

"어제까지 디비전 로의 석탄 창고에서 일주일을 살았소." 아이드가 말을 이었다. "'블링키' 모리스라는 악당과 함께. 달리 갈 데가 없었으니까. 그런데 오늘 나와 보니 주머니에 신문을 꽂은 어떤 사내가 나를 찾습디다. 다른 건 몰라도 그자가 사복 경찰인 건 분명해서 어두워질 때까지 꼼짝 안 했지. 그런데 그 사람이 내게 편지를 남겼소. 시내 중심가의 유명 변호사 미드가 보낸 거였소. 전에 그 변호사를 앤 로에서 본 적이 있지. 편지는 폴딩 숙부님이 내가 돌아온 탕자 조카가 되기를 바란다는 내용이었소. 돌아와서 상속자의 지위를 회복하고 자기 돈을 탕진해 달라는 거지. 내일 10시에 변호사 사무소에 가서 옛 지위를 되찾으면 300만 달러를 상속받고 연간 1만 달러의 용돈을 받는 옛 자리로 돌아갈 수 있소. 그런데 나는 겁이 나오, 겁이."

떠돌이는 벌떡 일어나서 두 팔을 덜덜 떨며 머리 위로 치켜들었다. 그러더니 숨을 멈추고 격렬한 신음 소리를 냈다.

밸런스는 그의 팔을 잡아 그를 도로 벤치에 앉혔다.

"조용히 해요!" 밸런스가 약간 짜증스럽게 말했다. "남들이 보면 재산을 얻을 사람이 아니라 잃은 사람인 줄 알겠어요. 도대체 뭐가 겁난다는 겁니까?"

아이드는 벤치에 웅크린 채 밸런스의 팔을 붙들고 떨었고, 상속권을 잃은 밸런스는 어두운 브로드웨이의 조명으로도 그의 이마가 기이한 공포로 일그러진 것을 볼 수 있었다.

"내일 아침이 오기 전에 나한테 무슨 일이 일어날까 겁이 난다는 거요. 뭔지는 모르지만, 어쨌건 내가 돈을 못 받게 될 무슨 일이 일어날 것 같소. 나무가 머리 위로 쓰러질까 겁나고, 마차에 치일까 겁나고, 건물에서 돌멩이 같은 게 떨어질까 겁이 나오. 전에는 아무것도 겁나지 않았소. 다음 날 어디서 아침을 먹을지 모르면서도 수백 날 밤을 여기 공원에 석상처럼 차분하게 앉아 있었지. 그런데 지금은 다르오. 나는 돈이 좋소, 도슨. 돈이 손가락 사이를 흐르고, 사람들이 내게 고개를 조아리고, 사방에 음악과 꽃과 멋진 옷이 가득하면 신이 된 것처럼 행복할 거요. 내가 돈과 거리가 멀다는 걸 알 때는 아무 상관 없었소. 여기서 누더기 차림에 배를 곯고 앉아 분수 소리를 들으며 대로의 마차들을 보는 게 행복하기까지 했지. 하지만 이제 돈이 다시 내 손에⋯⋯ 거의⋯⋯ 닿는 거리에 들어왔소. 열두 시간을 기다리기가 괴롭소, 도슨. 견딜 수가 없소. 나한테 일어날 수 있는 일이 쉰 가지는 되오. 눈이 멀 수도 있고, 심장병에 걸릴 수도 있소. 세상이 갑자기 끝나 버릴지도 모르고⋯⋯"

아이드는 비명을 지르며 다시 벌떡 일어섰다. 다른 벤치의 사람들이 부스럭거리며 주변을 두리번거렸다. 밸런스가 그의 팔을 잡았다.

"좀 걷죠." 밸런스가 부드럽게 말했다. "그리고 마음을 좀 다스리세요. 흥분할 것도 겁낼 것도 없어요. 아이드 씨한테는 아무 일도 안 생길 거예요. 오늘 밤도 다른 날들 밤과 똑같아요."

"맞소." 아이드가 말했다. "내 곁에 있어 주시오, 도슨. 고맙소이다. 잠시 나랑 같이 걸어 줘요. 전에는 이렇게 불안한 적이 없었소. 그렇게 많은 불운을 겪었는데도 말이오. 혹시 먹을 걸 구해다 줄 수는 없겠소? 나는 지금 구걸을 하기에는 너무 예민해서."

밸런스는 아이드를 데리고 인적 드문 5번 가를 걷다가 30번로로 꺾어져서 서쪽에 있는 브로드웨이를 향해 갔다. "여기서 기다리세요." 그는 아이드를 조용한 그늘에 두고 잘 아는 호텔에 들어가서 예전처럼 당당하게 술집으로 갔다.

"바깥에 불쌍한 작자가 한 명 있어, 짐." 그가 바텐더에게 말했다. "배가 고프다고 그러는데 실제로도 그런 것 같아. 그런 사람들한테 돈을 주면 무슨 일을 할지 뻔해. 그러니까 그 사람이 먹을 샌드위치나 두어 개 만들어 줘. 내가 그걸 다 먹을 때까지 지켜볼 테니까."

"그럼죠, 밸런스 씨." 바텐디가 말했다. "거지들이 다 가짜는 아닙니다. 그리고 사람이 배를 곯는 건 좋은 일이 아니죠."

그는 냅킨에 공짜 식사를 푸짐하게 싸주었다. 밸런스는 그것을 들고 가서 동료를 만났다. 아이드는 게걸스레 음식을 먹으며 말했다. "이렇게 훌륭한 공짜 식사는 1년 만에 처음이오. 도슨, 형씨는 안 드시오?"

"난 배가 안 고파요. 어쨌건 말씀은 고맙습니다." 밸런스가 말했다.

"공원으로 가야 하오." 아이드가 말했다. "거기서는 경찰이 괴롭히지 않지. 남은 건 두었다가 내일 아침에 같이 먹읍시다. 이제 그만 먹겠소. 잘못하면 탈이 날 것 같아서. 오늘 밤 복통이 나거나 해서 죽는다면! 아직도 변호사 만날 때까지 열한 시간이나 남았소. 내 곁에 있어 주겠소, 도슨? 무슨 일이 생길까 봐 겁나오. 어디 딴 데 가는 건 아니겠지?"

"갈 데가 없어요." 밸런스가 말했다. "오늘 밤에는요. 아이드 씨하고 같이 벤치에 있겠어요."

"아까 한 말이 사실이라면, 형씨는 참 침착하구려." 아이드가 말했다. "하루아침에 좋은 직장을 잃은 사람은 머리를 쥐어뜯을 것 같은데 말이오."

"저도 이미 말씀드렸지만," 밸런스가 웃으며 말했다. "다음 날 큰 재산을 받을 사람은 아주 여유롭고 조용할 줄 알았습니다."

"사람들의 반응 방식은 재미있지." 아이드가 생각에 잠겨 말했다. "이게 도슨 씨 벤치요. 옆은 내 벤치고. 여기는 빛이 눈에 들지 않소. 도슨, 내가 집에 돌아가면 숙부를 설득해서 새 직장을 잡아 주리다. 형씨는 내게 큰 도움이 되었고, 형씨가 없었다면 오늘 밤을 제대로 나지 못했을 것 같소."

"고맙습니다." 밸런스가 말했다. "주무실 때는 누워서 주무시나요, 아니면 앉아서 주무시나요?"

그런 뒤 밸런스는 몇 시간 동안 눈도 깜박이지 않고 나뭇가지들 위의 별을 바라보며 남쪽 아스팔트 바다에서 딸각대는 말발굽 소리를 들었다. 정신은 활발했지만, 감정은 잠들어 있었다. 모든 감정이 뿌리째 뽑혀 나간 것 같았다. 후회도 두려움도 고통도 불편함도 없었다. 그 여자를 생각해도 저 먼 별의 거주민처럼 아득히 느껴질 뿐이었다. 그는 아이드의 우스꽝스러운 유난을 떠올리며 조용히 웃었지만 즐겁지는 않았다. 얼마 지나지 않아 우유 배달 차들이 도시를 북처럼 두드리며 다녔다. 밸런스는 불편한 벤치에서 잠이 들었다.

오전 10시에 두 사람이 함께 앤 로에 있는 미드 변호사 사무소로 갔다.

시간이 다가오면서 아이드의 신경이 더 예민하게 파들거려서, 밸런스는 도저히 그를 두려움 속에 홀로 남겨 둘 수가 없었다.

그들이 사무소에 들어가자 미드 변호사가 의아한 표정으로 두 사람을 보았다. 그는 밸런스와 오래전부터 잘 알고 지낸 사이였기 때문이다. 변호사는 인사를 한 뒤 임박한 위기 앞에 얼굴이 하얘져서 덜덜 떠는 아이드에게 돌아섰다.

"어젯밤에 아이드 씨 주소로 두 번째 편지를 보냈습니다." 변호사가 말했다. "그런데 거기 당신이 없었다는 걸 오늘 아침에 알았습니다. 그 편지에는 폴딩 씨가 아이드 씨에게 다시 호의를 베풀려는 생각을 재고하셨다는 내용이 담겨 있었습니다. 그분은 그 제안을 거두기로 결심하셨고, 두 분 사이의 관계는 아무 변화 없을 것임을 전해 달라고 하셨습니다."

아이드의 몸은 갑자기 떨림을 멈추었다. 얼굴은 다시 혈색을 찾았고, 허리는 꼿꼿해졌다. 턱이 1센디 정도 앞으로 나왔고 눈도 빈짝거렸다. 그는 한 손으로 낡은 모자를 뒤로 밀고, 다른 손은 변호사 앞으로 똑바로 뻗었다. 그러더니 깊은 숨을 쉬고 냉소적으로 웃었다.

"폴딩 숙부에게 지옥에나 가시라고 전해요." 그는 그렇게 큰 소리로 말하고 돌아서서, 씩씩한 걸음으로 사무소를 나갔다.

미드 변호사는 밸런스에게 돌아서서 웃었다.

"자네가 와서 기쁘군." 그가 온화하게 말했다. "숙부님이 자네를 다시 집으로 부르기로 하셨거든. 자신이 너무 성급했다고 생각하시고 모든 것을……"

미드 변호사는 문장을 맺지 못하고 직원에게 소리쳤다.

"애덤스! 물을 가져와. 밸런스 씨가 기절했어."

504

블랙잭의 거래
A Blackjack Bargainer

얀시 고리 법률 사무소에서 가장 볼썽사나운 것은 삐걱대는 안락의자에 뻗어 있는 고리 자신이었다. 붉은 벽돌로 지은 낡은 사무소는 도로와 같은 높이에 있었고, 그 도로는 베설 마을의 중심 도로였다.

베설은 블루리지 산맥 기슭에 있었다. 마을 위로 산들이 첩첩 쌓여 하늘까지 뻗었다. 아래쪽 멀리로는 혼탁한 커토버 강의 누런 물결이 수심에 잠긴 계곡을 흘러갔다.

6월이었고 불볕이 타오르는 시각이었다. 베설 시는 미지근한 산그늘에서 졸았다. 거래는 없었다. 일대가 너무도 조용해서 의자에 늘어진 고리의 귀에는 대배심실에서 '법원 패거리'가 칩을 달그락거리며 포커를 치는 소리가 똑똑히 들렸다. 사무소의 열린 뒷문에서 법원까지 이어진 풀밭 지대에는 무수한 발길에 닳은 길이 구불구불 뻗어 있었다. 그 길을 밟고 다니는 동안 고리는 모든 것을 잃었다. 가장 먼저 몇천 달러의 유산을, 다음으로 조상 대대로 살던 집을, 그리고 마지막 남은 자존심과 남자다움까지. '패거리'는 그를 완전히 털어 갔다. 파산한 도박꾼은 술꾼이자 기생충이 되었다. 그는 자신을 벗겨 먹은 자들에게 따돌림을 당하는 더러운 꼴을 당하고 말았다. 이제 그의 말은 아무도 듣지 않았다. 카드 판은 날마다 꾸려졌고, 그에게는 구경꾼이라는 어처구니없는 역할이 주어졌다. 보인관, 카운티 시기, 씩씩한 부퀸, 명랑한 변호사, 창백한 '계곡 사내'가 탁자에 앉았고, 털 깎인 양 신세가 된 고리는 다시 털을 길러서 오라는 권유를 들었다.

고리는 곧 따돌림에 지쳐서 사무소로 떠났고, 혼자 중얼거리며 그 불운한 길을 비틀비틀 걸었다. 그는 탁자 밑의 술통에서 옥수수 위스키를 한 잔 따라 마신 뒤 의자에 주저앉았고, 처량한 무감각 속에 여름 아지랑이에 잠긴 산을 바라보았다. 위쪽 멀리 블랙잭 산 옆면에 희끗희끗 보이는 부분은 로럴, 그가 나고 자란 지역의 이웃 마을이었다. 그곳에서는 고리 가와 콜트레인 가의 불화도 태어났다. 고리 가의 직계 후손 가운데 남은 자는 털이 뽑힌 채 불에 그을린 새 같은 얀시 고리뿐이었다. 콜트레인 가도 남아 있는 남자 후손이 단 한 명, 애브너 콜트레인 대령뿐이었다. 그는 부유하고 위신도 높은 주 의회 의원으로, 고리의 아버지와 동년배였다. 두 집안의 불화는 지역에 전형적인 것으로 증오, 부당 행위, 살육으로 붉게 물든 기록을 남겼다.

하지만 가문의 불화는 얀시 고리의 머리에 없었다. 그의 혼란스러운 두뇌가 고민하는 것은 어떻게 해야 앞으로 자기 자신을 지탱하고 자기가 좋아하는 바보짓도 계속 해나갈 수 있을까 하는 것이었다. 최근에 오랜 친지들이 그에게 먹을 것과 잠잘 곳을 마련해 주었다. 하지만 술은 사 주지 않았는데, 그는 술을 마셔야 했다. 법률 업무는 사실상 폐업 상태였다. 2년 동안 사건 의뢰가 전혀 없었다. 그는 빌려 살고 빌붙어 살았으며, 더 낮게 전락하지 않는 것은 그럴 기회가 없어서인 것 같았다. 한 번만 더 카드놀이를 하면 ―그는 혼자 중얼거렸다― 이길 수 있을 것 같았다. 하지만 그는 더 이상 팔 게 없었고, 그의 신용은 바닥을 뚫고 들어간 지 오래였다.

이런 곤경 속에서도 6개월 전에 자신이 집안의 낡은 농장 주택을 팔아넘긴 사람들을 생각하면, 그는 웃음이 나왔다. '깊은 골'에서 아주 이상한 두 사람이 왔다. 파이크 가비라는 남자와 그의 아내였다. 사람들이 산을 가리키며 '깊은 골'이라고 말하는 곳은 외딴 요새, 깊이를 알 수 없는 협곡, 무법자 소굴, 늑대 굴, 곰의 안뜰로 여겨지는 곳이었다. 이 부부는 이 오지 중의 오지인 블랙잭 산의 외딴 오두막에서 20년을 살았다. 그들에겐 무거운 산의 침묵을 달래 줄 개도 아이도 없었다. 마을 사람들은 파이크 가비를 잘 몰랐지만 만나 본 사람들은 모두 그를 '미친 남자'라고 했다. 그는 다람쥐 사냥꾼이라는 직업만을 인정했지만, 이따금 재미로 '밀주'도 만들었다. 한번은 '세무 당국'이 그를 오지의 굴에서 끌어냈는데, 그는 입을 꾹 다물고 테리어 개처럼 필사적으로 저항했지만 결국 2년 형을 받고 주립 교도소에 갔다. 그런 뒤 감옥에서 풀려나자 성난 족제비처럼 다시 자기 굴로 뛰어들었다.

그런데 행운의 여신은 간절한 신도들은 지나치고 장난스레 블랙잭 숲으로 뛰어들더니 파이크와 그의 충실한 아내에게 미소를 보냈다.

어느 날 안경을 쓰고 뉴욕 사람의 짧은 바지를 입는 등 전체적으로 우스운 외양을 한 탐광探鑛 사업자들이 가비의 오두막 인근에 침범했다. 파이크는 세무 당국일지 모른다고 생각하고 다람쥐 총을 꺼내 멀리서 그들을 쏘았다. 다행히 총은 빗나갔고, 행운의 중개자들이 다가와서 자신들은 법이나 공권력 등과 아무 상관이 없다는 것을 밝혔다. 그리고 나중에 가비 부부에게 녹색 지폐를 뭉텅이로 주며 그들이 개간한 땅 12헥타르를 샀고, 그런 미친 행동에 대한 변명으로 그 땅속에 운모층이 있다는 헛소리를 했다.

　제대로 세지도 못할 만큼 큰 돈을 손에 쥐게 되자 가비 부부의 눈에 블랙잭 산 생활의 결점들이 두드러져 보이기 시작했다. 파이크는 새 신발, 방구석에 놓을 큰 담뱃잎 통, 총의 새 잠금장치에 대해 이야기하기 시작하더니, 아내 마텔라를 산기슭으로 끌고 가서 세무 당국과 귀찮은 외부인의 접근을 막기 위해 그 지점에 소형 대포를 설치할 수 있다는 말도 했다. 대포는 이제 가격으로만 보면 그들이 손에 넣을 수 없는 물건이 아니었다.

　하지만 아담은 이브를 미처 생각하지 못했다. 그에게는 그런 일들이 부를 상징하는 것이었지만, 그 초라한 오두막에는 그의 원시적 소망을 뛰어넘는 야심이 잠자고 있었다. 가비 부인의 가슴속에는 20년간의 블랙잭 생활에도 말라 죽지 않은 여성적 부분이 있었다. 오랜 세월 동안 그녀가 듣고 산 소리라고는 낮에는 나무껍질 떨어지는 소리, 밤에는 바위틈에서 우는 늑대 소리가 전부였고, 그에 따라 그녀의 허영심은 씻겨 나갔다. 그녀는 살찌고 우울해지고 누레지고 둔해졌다. 하지만 돈이 생기자 차탁에 앉는 것, 소용없는 물건을 사는 것, 추악한 인생의 진실을 약간의 형식과 의례로 분칠하는 것 같은 여자들 고유의 욕망이 되살아났다. 그래서 파이크의 요새화 제안을 단호히 거부하고, 함께 세상으로 내려가서 사회생활을 시작해야 한다고 선언했다.

　그래서 결국 그렇게 결정되어 그 일이 이루어졌다. 로럴 마을이 선택된 것은 계곡의 큰 촌락들을 원하는 가비 부인과 원시적 고독을 바라는 파이크의 열망이 타협한 결과였다. 로럴은 마텔라의 야심에 어울리는 시시한 사회 활동의 기회를 띄엄띄엄 제공했고, 그럭저럭 파이크의 마음에 드는 점도 없지 않았다. 산악 지대와 인접한 그 위치는 사회와 마찰이 생겼을 때 즉각 퇴각할 수 있는 이점이 있었다.

그들이 로럴에 내려온 시기는 마침 얀시 고리가 부동산을 현금으로 바꾸고픈 열망에 시달리던 시기였고, 그들은 고리의 농장 주택을 사서 그 방탕자의 떨리는 손에 4천 달러를 쥐어 주었다.

그렇게 해서 고리 가의 볼썽사나운 마지막 후손이 자신이 열심히 돈을 따게 해준 친구들에게 퇴박맞고 지친 상태로 자신의 볼썽사나운 사무소에 널브러져 있을 때, 조상 대대로 살던 그의 집은 낯선 이들의 거소가 되어 있었다.

먼지구름이 안에 무언가를 품고서 햇볕에 달구어진 길을 천천히 굴러갔다. 산들바람이 먼지구름을 떠밀자, 새로 칠을 하고 굼뜬 회색 말이 끄는 마차 한 대가 나타났다. 고리 사무소가 가까워지자 마차는 옆으로 살짝 꺾더니 사무소 앞 노변에 멈추어 섰다.

마차 앞좌석에는 수척하고 키 큰 남자가 검은 포플린 옷을 입고 앉아 있었다. 거친 손은 노란 염소 가죽 장갑을 끼고 있었다. 뒷좌석에 앉은 여자는 6월의 더위를 이기고 있었다. 그녀의 뚱뚱한 몸집은 찰싹 달라붙고 빛에 따라 색조가 변하는 실크 드레스에 감싸여 있었다. 그녀는 꼿꼿이 앉아서 화려한 장식 부채를 부치며 무표정한 눈을 도로 저편에 고정하고 있었다. 마텔라 가비가 아무리 새 인생을 즐긴다 해도 기나긴 블랙잭의 영향력을 떨칠 수는 없었다. 멍하니 기운 없는 표정의 그녀는 바위처럼 둔하고 깊은 산처럼 적막한 모습이었다. 그녀는 언제 어디서나

나무껍질이 떨어져 굴러가는 소리를 듣는 것 같았다. 그녀는 언제나 블랙잭의 고요한 밤의 섬뜩한 정적 소리를 들을 수 있었다.

고리는 그 엄숙한 마차가 문 앞으로 오는 것을 건성으로 바라보았다. 하지만 여윈 마부가 고삐로 채찍을 감싼 뒤 어색하게 내려서 사무소로 들어오자 그를 맞으려고 어정쩡하게 일어섰다. 마부는 최근에 문명의 품에 안겨 환골탈태한 파이크 가비였다.

그 신사람은 고리가 권한 의자에 앉았다. 기비의 정신 건강이 의심스럽다면 그 얼굴에 대답이 있었다. 그의 얼굴은 너무 길었고 색깔도 누르께했으며 석상처럼 딱딱했다. 깜박이는 일도 없고 눈썹도 없는 연청색의 둥근 눈은 기괴한 용모에 특이함을 더해 주었다. 고리는 그가 찾아온 영문을 짐작할 수 없었다.

"로럴 생활은 마음에 드시나요, 가비 씨?" 고리가 물었다.

"네, 마음에 듭니다. 아내도 저도 아주 만족합니다. 아내는 고리 가의 옛집을 아주 좋아하고 동네도 좋아합니다. 아내는 예전부터 사회생활을 하고 싶어 했는데 이제 그걸 조금씩 맛보고 있어요. 로저스 가, 햅굿 가, 프랫 가, 트로이 가 사람들이 아내를 만나러 오고, 아내도 그 사람들 집으로 식사 초대를 받습니다. 아내는 최상층 사람들과 함께 여러 가지 활동을 하러 다닙니다. 하지만 고리 씨, 그런 일이 저한테도 맞다고는 말하지 못하겠습니다." 고리는 노란 장갑을 낀 큰 손으로 산 쪽을 가리켰다. "제가 있을 곳은 저기예요. 야생 꿀벌들과 곰들이 있는 곳이요. 하지만 그런 말을 하러 온 건 아닙니다. 저와 아내는 고리 씨에게서 사고 싶은 게 또 하나 있습니다."

"또 사고 싶은 게 있다고요? 나한테서요?" 고리가 소리치며 거칠게 웃었다. "뭔가 착각하신 것 같은데요. 저는 가비 씨 말씀대로 그때 탈탈 털어서 팔았습니다. 이제 팔 거라고는 꼬챙이 하나 없어요."

"분명 고리 씨한테 있는 거고, 우리는 그걸 사고 싶어요. 아내가 돈을 주고 정당하게 사라고 말했습니다."

고리는 고개를 젓고는 말했다. "제 곳간은 텅 비었어요."

"우리 곳간은 쌀이 그득하죠." 산사람이 굽히지 않고 말했다. "전에는 생쥐처럼 가난했지만, 지금은 날마다 사람들을 저녁 식사에 초대할 수 있어요. 우리는 아내 말대로 최상층 사람들에게 인정받았어요. 하지만 우리가 얻지 못한 무언가가 필요합니다. 아내는 그것도 매물 목록에 있을 줄 알았는데 없다면서, 돈을 주고 정당하게 사자고 말하더군요."

"그게 뭔지 말씀하시지요." 고리가 말했다. 그의 취한 신경에 짜증이 일었다.

가비는 탁자에 모자를 던지고는 깜박이지 않는 눈을 고리에게 고정한 채 허리를 숙였다.

"고리 가와 콜트레인 가 사이에 오랜 불화가 있지요." 그가 느리지만 또렷하게 말했다.

고리는 불길한 느낌 속에 얼굴을 찌푸렸다. 불화의 당사자에게 불화를 말하는 것은 산악 예절을 정면으로 거스르는 일이었다. '깊은 골' 출신도 변호사만큼 그 사실을 잘 알았다.

"기분 나빠 하지 말고 냉정하게 금전 문제로 보세요." 가비가 말을 이었다. "아내는 불화들에 대한 모든 걸 조사했어요. 산악 지대의 괜찮은 가문 대부분이 불화가 있지요. 세틀 가와 고포스 가, 랜킨 가와 보이드 가, 사일러 가와 갤러웨이 가, 모두 20년에서 100년에 이르는 불화가 있어요. 마지막으로 일어난 살인 사건은 고리 씨 숙부인 페이즐리 고리 판사가 휴정을 선언하고 판사석에서 렌 콜트레인을 총으로 쏜 일이었죠.

아내하고 나는 백인 하층민 출신이에요. 아무도 우리하고는, 이런 미천한 출신하고는 불화하고 싶어 하지 않을 거예요. 불화는 좋은 가문만 가지는 거라고 아내는 말하죠. 우리는 좋은 가문은 아니지만, 가능하다면 돈으로 불화를 사고 싶어요. 돈을 주고 고리 씨의 불화를 정당하게 사라고 아내가 말했습니다."

다람쥐 사냥꾼은 한쪽 다리를 뻗어 주머니에서 둥글게 만 돈다발을 꺼내고는 탁자 위에 던졌다.

"200달러예요. 지금은 시들해진 고리 가의 불화 가격으로는 공정하다고 생각합니다. 고리 가에서 그걸 이어 갈 사람은 고리 씨뿐인데, 고리 씨가 누구를 죽이고 할 수 있겠습니까? 내가 그걸 가져가겠습니다. 그러면 아내와 저는 좋은 가문이 될 겁니다. 그게 돈의 힘이죠."

돈다발이 탁자 위에서 몸을 비틀고 튀어 오르면서 천천히 풀렸다. 가비의 말이 끝난 뒤의 침묵 속에서 고리는 법원의 포커 칩 소리를 들었다. 보안관이 방금 돈을 딴 게 분명했다. 그가 승리할 때 내는 나직한 탄성이 뜨거운 열파에 실려 광장 저편에서 날아왔다. 고리의 이마에 땀방울이 맺혔다. 그는 고개를 숙이고는 탁자 아래 버들고리 틀에 넣어 둔 술통에서 술을 한 잔 따랐다.

"옥수수 위스키 한 잔 하시죠, 가비 씨. 물론 그 말씀은 농담이시겠지만…… 뭐라고 하셨죠? 그건 정말로 새로운 거래로군요. 가문의 불화라. 최상품은 250에서 300달러고, 약간 손상된 것은 200달러라는 거죠, 가비 씨?"

고리는 어색하게 웃었다.

산사람은 고리가 건넨 술잔을 받아 들고는 눈꺼풀 한 번 떨지 않고 가만히 그를 바라보며 단숨에 술을 마셨다. 변호사는 찬탄의 표정으로

512

그 위업을 칭찬했다. 그러고는 자신의 잔에도 술을 따라 술꾼답게 벌컥 벌컥 들이켜고는 그 냄새와 맛에 몸을 떨었다.

"200달러. 그게 가격입니다." 가비가 다시 말했다.

고리의 머릿속에서 갑자기 분노가 차올랐다. 그는 주먹으로 탁자를 탕 내리쳤다. 지폐 한 장이 튀어 올라 그의 손에 닿았다. 그는 지폐가 자신을 쏘기라도 한 듯 몸을 움찔했다.

"정말로 그런 어처구니없고 모욕적이고 멍청한 제안을 하러 오신 겁니까?"

"공정한 일입니다." 다람쥐 사냥꾼은 그렇게 말했지만 돈을 도로 집어 넣으려는 듯 손을 앞으로 뻗었다. 그러자 고리는 자신의 분노가 상한 자존심이나 불쾌함 때문이 아니라 스스로에 대한 경멸 때문임을, 새로 등장한 구렁에 자신이 발을 들여놓을 게 분명하기 때문임을 깨달았다. 그는 순식간에 격분한 신사에서 호객하는 흥정꾼으로 몸을 낮추었다.

"서두르지 마세요, 가비." 그가 말했다. 얼굴은 빨개지고 목소리는 뻑뻑했다. "제, 제안을 받아들입니다. 200달러라면 완전히 똥값이지만. 구, 구매자와 파, 판매자가 모두 만족하면 거, 거래는 되는 거지요. 그렇게 계, 계약을 체결할까요, 가비 씨?"

가비는 일어서서 포플린 옷을 털었다. "아내가 기뻐할 겁니다. 이제 불화에서 고리 씨는 빠지고, 그것은 콜트레인 가와 가비 가의 것이 될 겁니다. 고리 씨는 변호사시니 이 계약에 대한 간단한 증서를 하나 써주시지요."

고리는 종이를 펼치고 펜을 들었다. 돈은 땀에 젖은 그의 손에 꼭 쥐어져 있었다. 그 순간 다른 모든 것은 시시하고 가벼워 보였다.

"매도 증서. 모든 권리, 소유권, 이권은…… 영구히 보장하고…… 가비 씨, '방어한다'는 말은 넣지 말아야 할 것 같네요. 이 소유권은 가비 씨가 스스로 방어해야 할 것 같으니까요."

산사람은 변호사가 건넨 그 놀라운 문서를 받아 꼭꼭 접은 뒤 주머니에 조심스레 넣었다.

고리는 창가로 가더니 손가락을 들어 올리며 말했다. "이리 오세요. 이제 가비 씨가 구매한 원수를 보여 드리죠. 길 맞은편에 그 사람이 가고 있네요."

산사람은 긴 몸을 굽혀서 창밖으로 고리가 가리킨 곳을 보았다. 애브너 콜트레인 대령은 쉰 살가량의 꼿꼿하고 뚱뚱한 신사였다. 그는 남부주 의회 의원이라면 피할 수 없는 두 줄 단추의 긴 프록코트를 입고 높은 정장 모자를 쓴 채 도로 맞은편을 걷고 있었다. 고리는 가비의 얼굴을 힐끔 보았다. 노란 늑대라는 게 있다면 이런 모습일 것 같았다. 가비는 차가운 눈으로 대령을 좇으며 길고 누런 송곳니를 드러내고 으르렁거렸다.

"저 사람입니까? 전에 나를 교도소로 보낸 사람이에요!"

"전에 지방 검사였죠." 고리가 별생각 없이 말했다. "그리고 일급 사격 수고요."

"나는 100미터 밖에서도 다람쥐 눈을 쏠 수 있어요." 가비가 말했다. "저 사람이 콜트레인이군요! 내 생각보다 더 좋은 거래였습니다. 내가 이 불화를 고리 씨보다 훨씬 더 잘 쓰겠습니다!"

가비는 문 앞으로 갔지만 약간 어색해하며 머뭇거렸다.

"다른 건 필요 없나요?" 고리가 가볍게 냉소하며 물었다. "가문의 전통, 조상의 유령, 또는 비밀스러운 가족사! 최고 염가에 드리죠."

"아내가 생각하던 게 하나 더 있습니다." 다람쥐 사냥꾼은 흔들림 없이 대답했다. "나는 별로지만 아내가 특별히 고리 씨에게 물어봐서, 승낙하면 돈을 주고 정당하게 사라고 한 게 있습니다. 고리 씨의 옛집 마당 삼나무들 옆에 가족 묘지가 있지 않습니까? 거기 콜트레인 가의 손에 죽은 사람들이 묻혀 있고요. 비석에 그들 이름이 새겨져 있잖아요. 아내는 가족 묘지가 좋은 가문을 뜻하는 표시라며, 우리가 불화를 사면 거기 어울리는 게 있어야 한다고 하더군요. 그 비석에 새겨진 성이 모두 '고리'이지 않습니까? 그걸 우리 성으로……"

"당장 나가요!" 고리가 얼굴이 새빨개져서 소리쳤다. 그는 구부러진 열 손가락을 덜덜 떨며 산사람 앞으로 뻗었다. "나가요, 이런 무덤 도둑 같으니! 주, 중국 사람도 조상 무덤은 지키는 법이에요. 썩 꺼져요!"

다람쥐 사냥꾼은 어기적거리며 나가서 마차로 돌아갔다. 그가 바퀴를 넘어 마차에 타는 동안 고리는 자기 손에서 바닥으로 떨어진 돈을 열심히 주워 모았다. 마차가 천천히 돌아설 때 고리는 새로 생긴 돈을 들고 체면도 잊고 허겁지겁 법원으로 달려갔다.

새벽 3시에 사람들은 그를 다시 사무소에 데려다 놓았다. 돈은 이미 다 사라졌고 그는 의식도 없는 상태였다. 보안관, 씩씩한 부관, 카운티 서기, 명랑한 변호사가 그를 데려왔다. 창백한 얼굴의 '계곡 사내'도 따라왔다.

"탁자 위에." 일행 중 한 명이 명령하자 사람들은 고리를 이제 아무 소용 없는 책과 서류 더미 틈에 내려놓았다.

"얀시는 술에 취하면 2점 카드 두 장을 너무 크게 생각해." 보안관이 안타깝다는 듯 한숨을 쉬었다.

"지나치게 크게 생각하지." 명랑한 변호사가 말했다. "이 친구 같은 술꾼하고는 포커를 치면 안 돼. 얀시가 오늘 얼마나 잃었는지 궁금한걸."

"200달러 가까이 될걸. 내가 궁금한 건 그 돈이 어디서 났느냐야. 얀시가 한 달도 넘게 땡전 한 푼 벌지 못한 걸 난 알거든."

"새 고객을 물었나 보지. 날이 밝기 전에 집에 갑시다. 정신이 들면 괜찮아질 거야. 머릿속에서는 벌 소리가 울리겠지만."

일행은 새벽의 박명을 뚫고 사라졌다. 그다음으로 불쌍한 고리를 바라본 것은 태양의 눈이었다. 태양은 커튼 없는 창문 안쪽을 들여다보며 처음에는 잠든 이를 희미한 금색 물결로 덮었지만, 곧 그 울긋불긋한 살갗 위로 하얗게 타오르는 열기를 퍼부었다. 고리는 탁자 위 잡동사니 틈에서 비몽사몽간에 몸을 뒤척이며 얼굴을 창 반대편으로 돌렸다. 그 움직임에 무거운 법률 서적 한 권이 바닥에 쿵 하고 떨어졌다. 고리가 눈을 뜨자 검은 프록코트 차림의 남자가 그를 내려다보고 있었다. 더 위쪽을 보니 낡은 정장 모자가 있고, 그 밑에 다정하고 맑은 애브너 콜트레인 대령의 얼굴이 있었다.

대령은 아직 확신이 들지 않아서 상대가 자신을 알아본 표시를 하기를 기다렸다. 지난 20년 동안 두 집안의 남자들은 서로 평화롭게 만난 적이 없었다. 고리는 눈살을 찌푸리고 흐릿한 시선으로 방문객을 보았고 그런 뒤 조용히 웃음 지었다.

"스텔라와 루시도 데려왔나요?" 그가 차분하게 물었다.

"날 알겠어, 얀시?" 콜트레인이 물었다.

"당연히 알죠. 결국 호루라기로 저를 채찍질하게 하셨잖아요."

그랬다, 24년 전에. 얀시의 아버지가 대령과 절친한 친구였던 시절에.

고리의 눈이 방을 떠돌았다. 대령은 상황을 이해하고 말했다. "가만 누워 있어. 뭘 좀 가져오지." 뒤쪽 마당에 펌프가 있었고, 고리는 눈을 감고 기쁨 속에 펌프 손잡이 덜그럭거리는 소리와 물이 콸콸 쏟아지는 소리를 들었다. 콜트레인은 주전자에 차가운 물을 담아 와서 내밀었다. 고리는 일어나 앉았다. 그는 아마 재질의 더럽고 구겨진 여름 정장에 볼썽사납게 헝클어진 머리를 한 처량한 모습이었다. 그는 대령에게 손을 흔들려고 했다.

"미, 미안해요, 모두." 그가 말했다. "어젯밤에 술을 많이 마시고 탁자에서 잠이 들었나 보네요." 그는 멍한 표정으로 이마를 찌푸렸다.

"친구들이랑 만났던 거야?" 콜트레인이 나무라는 기색 없이 물었다.

"아뇨, 아무 데도 안 갔어요. 지난 두 달 동안 쓸 돈이 한 푼도 없었어요. 그저 다른 때처럼 술통에 너무 자주 손을 댄 거죠."

콜트레인 대령이 그의 어깨에 손을 얹고 말했다.

"얀시, 조금 전에 나더러 스텔라와 루시를 데려왔냐고 물었지? 그땐 정신이 다 들지 않았고, 아마 어렸을 적 꿈이라도 꾼 모양이야. 이제는 완전히 깼으니 내 이야기를 들어 봐. 나는 지금까지 스텔라와 루시 곁에 있다가 그 아이들의 어릴 적 친구를 찾아왔어. 내 옛 친구의 아들을. 그 아이들은 내가 자네를 집에 데려올 거라고 믿고 있어. 자네가 우리 집에 가면 아이들은 옛날하고 똑같이 너를 환영할 거야. 그러니까 우리 집에 가서 자네 본래 모습을 회복할 때까지 지냈으면 좋겠어. 자네가 원할 때까지. 우리는 자네가 곤란과 유혹에 빠져 있다는 이야기를 들었고, 그래서 자네를 우리 집에 데려와서 함께 지내는 게 좋겠다고 뜻을 모았어. 어때, 가겠어? 가문의 오랜 불화 문제를 떨치고 나랑 같이 가겠어?"

"문제라뇨!" 고리가 눈을 크게 뜨면서 말했다. "제가 아는 한 우리 사이에는 아무 문제 없었어요. 우리는 늘 좋은 친구였죠. 하지만 제가 어떻게 대령님 집에 가나요. 이렇게…… 한심한 술꾼에, 재산을 다 날려먹은 도박꾼 주제에……"

고리는 탁자에서 몸을 일으켰다가 안락의자에 주저앉아서 진정한 후회와 자책의 울음을 터뜨렸다. 콜트레인은 고리에게 그가 한때 산을 몹시 사랑했다는 사실을 일깨워 주고는, 자기 집으로 가자는 제안이 진심임을 끈기 있고 차분하게 설득했다.

마침내 대령은 산기슭에 베어 둔 많은 목재를 손질해서 수로로 옮기는 데 고리의 도움이 필요하다는 말로 그의 승낙을 받았다. 대령은 고리가 한때 그런 일에 쓸 장치를 발명했던 걸 알고 있었다. 미끄럼대와 활강로를 결합해서 만든 그 장치를 고리는 자랑스러워했다. 누군가에게 도움이 된다는 생각에 기분이 좋아진 고리는 탁자에 종이를 펴고 빠르지만 덜덜 떨리는 글씨로 자신이 할 수 있는, 앞으로 할 일들을 적었다.

그는 껍데기들에 신물이 나 있었다. 그의 방탕한 심장은 다시 산을 향해 천천히 돌아섰다. 정신은 아직도 뒤엉켜 있었고, 생각과 기억은 폭풍이는 바다 위의 전령 비둘기들처럼 하나씩 하나씩 간신히 두뇌로 돌아왔다. 하지만 콜트레인은 그만큼이라도 진전하는 데 만족했다.

그날 오후 콜트레인과 고리는 온 베설을 놀라게 하면서 사이좋게 말을 타고 갔다. 그들은 먼지 낀 도로와 입 벌린 사람들 사이를 지나 개울 다리를 건너서 산으로 올라갔다. 방탕한 자는 씻고 이를 닦고 빗질을 해서 이제 단정했지만, 안장에 불안하게 앉은 모습이 어떤 골치 아픈 문제를 골똘히 생각하는 것 같았다. 콜트레인은 환경이 바뀌면 그가 평정을 되찾을 거라 믿고 끼어들지 않았다.

한번은 고리가 발작을 하듯 떨다가 말에서 떨어질 뻔했다. 결국 그는 말에서 내려서 도로변에서 쉬어야 했다. 대령은 그런 일을 예견하고 길에서 마실 용도로 작은 위스키 병을 가져왔다. 하지만 대령이 술을 내밀자 고리는 다시는 술에 손을 대지 않을 거라고 격렬하게 거절했다. 그가 기력을 찾은 뒤 두 사람은 2, 3킬로미터를 조용히 갔다. 그러다가 그가 말을 우뚝 세우고 말했다. "어젯밤에 포커를 쳐서 200달러를 잃었어요. 그런데 그 돈이 어디서 났을까요?"

"걱정할 것 없어, 얀시. 산 공기를 마시면 모든 문제가 해결될 거야. 먼저 피너클 폭포로 낚시를 가는 거야. 거기는 송어들이 황소개구리처럼 뛰지. 스텔라하고 루시도 같이 가서 이글 바위에서 도시락을 먹는 거야. 배고픈 낚시꾼에게 히커리에 절인 햄 샌드위치가 어떤지 잊지는 않았겠지, 얀시?"

대령은 고리가 돈을 잃었다는 이야기를 믿지 않는 것 같았다.

오후가 저물어 갈 때 그들은 베설에서 로럴까지의 20킬로미터 거리 중 16킬로미터를 갔다. 거기서 1킬로미터 정도 떨어진 곳에 고리의 옛집이 있었다. 그리고 다시 거기서 3킬로미터 정도를 더 간 곳에 콜트레인가가 살았다. 길은 가파르고 힘들어졌지만 그것을 보상해 주는 것은 많았다. 숲의 비탈진 길목에는 잎과 새와 꽃이 넘쳤다. 상쾌한 공기는 세상의 모든 약보다 좋은 것 같았다. 군데군데 있는 이끼 끼고 어두컴컴한 빈터는 고사리와 월계수 사이로 보이는 개울물로 밝아지기도 했다. 발아래로는 나뭇잎을 액자 테두리 삼은 먼 계곡의 정밀한 풍경화가 안개에 잠겨 펼쳐졌다.

콜트레인은 젊은 친구가 언덕과 숲의 마법에 사로잡히는 모습이 기뻤다. 이제 남은 길은 페인터 절벽 밑을 돌아가고 엘더 천을 건너서 언덕 하나를 오르는 게 다였다. 그 길에 고리가 잃어버린 선조의 집이 있었다. 그는 모든 바위, 모든 나무, 돌길의 모든 굽이가 친숙했다. 오랫동안 숲을 잊고 살았지만 숲은 〈즐거운 나의 집〉 노래처럼 그를 기쁘게 했다.

그들은 절벽 밑을 돌아서 엘더 천으로 내려간 뒤 거기 멈춰 말들에게 물을 먹이고 물살 빠른 개울을 첨벙거리게 했다. 오른쪽의 철도 울타리는 거기서 꺾여서 도로와 냇물 옆을 따라갔다. 그 울타리 안에는 사과나무 과수원과 집이 있었는데, 집은 가파른 언덕 꼭대기에 가려져 보이지 않았다. 울타리 안쪽으로 울타리를 따라서 자리공, 딱총나무, 사사프라스, 옻나무가 높고 빽빽이 자라 있었다. 그 가지들이 흔들려서 고리와 콜트레인이 고개를 들어 보니, 울타리 위에 길고 노랗고 늑대 같은 얼굴이 창백하고 깜빅임 없는 눈으로 그들을 바라보고 있었다. 하지만 그 얼굴은 바로 사라졌고, 이어 덤불들을 격렬하게 흔들며 볼품없는 몸뚱이가 사과나무 과수원을 지나 집으로 달려갔다.

"가비로군." 콜트레인이 말했다. "자네한테 집을 산 친구 말이야. 아무래도 제정신이 아닌 것 같아. 여러 해 전에 밀주를 만든 죄로 내가 감옥에 보냈었지. 물론 저 친구 책임은 아니었던 것 같지만. 왜 그러나, 얀시?"

고리는 이마를 훔쳤다. 얼굴이 핏기를 잃었다. "내가 이상해 보이나요?" 그가 억지로 웃으면서 물었다. "지금 몇 가지 기억이 살아나고 있어요." 그의 머리에서 알코올이 조금 증발해 사라졌다. "그 200달러가 어디서 났는지 생각났어요."

"그런 건 생각할 거 없어. 나중에 같이 알아보면 돼." 콜트레인이 가볍게 말했다.

그들이 엘더 천을 건너 언덕 아래 이르자 고리가 다시 멈추어서 물었다.

"혹시 제가 허영심이 강하다고 생각하신 적 있나요, 대령님? 겉모습에 어리석게 집착한다고?"

대령의 눈은 아마 재질의 더럽고 늘어진 양복과 색 바래고 처진 모자를 굳이 살펴보지 않았다.

"스무 살 무렵의 젊은이가 기억에 떠오르는군." 대령은 어리둥절했지만 어쨌건 고리의 기분에 맞춰 주려고 애썼다. "꼭 끼는 코트를 입고 머리를 매끈하게 다듬은, 블루리지 산맥 일대에서 가장 씩씩한 승용마를 가진 젊은이였지."

"맞아요." 고리가 열렬하게 말했다. "겉으로는 안 보여도 그 젊은이가 아직 제 안에 있어요. 아, 저는 칠면조 수컷처럼 우쭐대고 사탄처럼 오만해요. 제 이런 약점을 너그럽게 봐달라는 의미로 한 가지 작은 부탁을 드리고 싶습니다."

"그래 말해 봐, 얀시. 원한다면 우리가 자네를 로럴 공작, 블루리지 남작으로 만들어 줄 테니. 그리고 스텔라의 공작 꽁지깃을 자네 모자에 달아 주지."

"진심이에요. 몇 분 있으면 우리는 제가 태어나고 저희 집안 사람들이 백 년 가까이 산 언덕 위의 집을 지나가게 돼요. 지금 그 집에는 낯선 사람들이 살고 있죠. 그런데 저를 보세요! 그 사람들한테 누더기 부랑아 같은 거지꼴을 보이게 생겼어요. 대령님, 저는 그런 일이 부끄러워요. 우리가 저 사람들 시야를 벗어나기 전에 대령님의 코트와 모자를 빌려 주실 수 있을까요? 무슨 바보 같은 체면치레냐고 생각하시겠지만 최대한 훌륭한 모습을 하고 옛집 앞을 지나고 싶습니다."

'이게 도대체 무슨 뜻이지?' 콜트레인은 멀쩡한 얼굴과 차분한 태도로 이 이상한 부탁을 하는 고리를 바라보며 생각했다. 하지만 그런 제안이 전혀 이상할 게 없다는 듯 손으로는 이미 코트 단추를 풀고 있었다.

코트와 모자는 고리에게 잘 맞았다. 그는 흡족하고도 당당한 표정으로 단추를 채웠다. 그와 콜트레인은 둘 다 키가 크고 뚱뚱하고 꼿꼿했다. 나이는 스물다섯 살 차이가 났지만, 겉모습은 형제로도 보였다. 고리는 얼굴에 살이 찌고 주름이 져서 나이보다 늙어 보였지만, 대령의 안색은 절제된 생활을 하는 사람답게 매끈하고 맑았다. 그는 고리의 볼썽사나운 아마 코트를 입고 바래고 흐늘거리는 모자를 썼다.

"이제 좋네요." 고리가 고삐를 잡아 쥐며 말했다. "그런데 우리가 그 앞을 지날 때 대령님은 제게서 3미터 정도 뒤에 떨어져서 오세요. 그 사람들이 저를 제대로 보게요. 제가 아직 죽지 않았다는 걸 볼 수 있게요. 어쨌건 저는 그 사람들에게 다시 한 번 번듯한 모습을 보일 겁니다. 이제 가죠."

그는 언덕 위로 경쾌하게 출발했고, 대령은 요청받은 대로 그 뒤를 따랐다.

고리는 안장에 꼿꼿이 앉아 고개를 쳐들었지만, 눈은 오른쪽에 있는 옛 농장 주택 마당의 덤불, 울타리, 은신처를 날카롭게 훑었다. 한 번 이렇게 중얼거리기도 했다. "그 미친 얼간이가 정말 그런 일을 할까, 아니면 내가 아직 잠이 덜 깬 건가?"

가족 묘지 맞은편에 이르렀을 때, 마침내 고리가 찾던 것이 나타났다. 한쪽의 삼나무 숲에서 흰 연기가 솟았다. 그가 왼쪽으로 어찌나 천천히 쓰러졌는지 콜트레인은 그리 달려가서 떨어지는 그를 잡을 시간이 있었다.

다람쥐 사냥꾼의 솜씨 자랑은 헛된 것이 아니었다. 그는 총알을 자신이 의도한 곳이자 고리가 예상한 곳, 그러니까 애브너 콜트레인 대령의 검은 프록코트 가슴팍에 정확히 맞혔다.

고리는 콜트레인에게 무겁게 기댔지만 쓰러지지는 않았다. 말들은 걸음을 맞추어 나란히 걸었고, 대령은 팔로 그를 지탱했다. 1킬로미터 앞에 있는 로럴의 작고 하얀 집들이 나무들 사이에서 빛났다. 고리는 한 손을 뻗어 더듬다가 고삐를 잡은 콜트레인의 손에서 멈추었다.

"좋은 친구." 그가 말했고 그걸로 끝이었다.

얀시 고리는 그렇게 옛집 앞을 지나면서 그 상황에서 취할 수 있는 최고의 모습을 보였다.

목장의 보피프 부인
Madame Bo-Peep of the Ranches

"엘렌 고모님, 저는 거지예요." 옥타비아가 검은 염소 가죽 장갑을 창가 의자에 앉은 위엄 있는 페르시아 고양이에게 던지며 가볍게 말했다.

"너무 극단적으로 말하는구나, 옥타비아." 엘렌 고모가 신문에서 고개를 들고 말했다. "사탕 사 먹을 돈이 부족하다면 필기 책상 서랍에 내 손가방이 있어."

옥타비아 보프리는 모자를 벗고 고모의 의자 옆 발받침에 앉아서 깍지 낀 손으로 무릎을 잡았다. 최신 유행 상복을 입은 그녀의 날렵한 몸은 그 어려운 자세를 쉽고도 우아하게 취했다. 그녀의 밝고 젊은 얼굴과 생기 넘치는 두 눈은 상황에 맞추어 엄격한 모습을 띠려고 노력했다.

"고모님, 사탕 따위 문제가 아니에요. 기성복, 휘발유 바른 장갑, 오후

1시 정찬이 있는 비참하고 역력하고 볼품없는 가난이 문제예요. 저는 지금 변호사 사무소에서 오는 길이에요. '여기 좀 봐주세요. 저는 가진 게 아무것도 없어요. 아주머니, 꽃 한 송이 사주세요. 아저씨, 단춧구멍에 꽂을 꽃을 사세요. 선생님, 연필 세 자루에 5달러예요. 가난한 과부를 도와주세요.' 어때요, 이만하면 괜찮나요? 아니면 이 정도로 밥벌이하기는 글렀으니 웅변술 수업은 다 돈 낭비였나요?"

"도대체 무슨 소리인지 알 수가 없구나." 엘렌 고모가 신문을 바닥에 떨구며 말했다. "좀 진지하게 말해 보렴. 보프리 대령의 유산은⋯⋯"

"보프리 대령의 유산은 스페인 성채 같아요." 옥타비아가 극적인 손짓을 더하며 말했다. "보프리 대령의 자원은⋯⋯ 바람이에요. 보프리 대령의 자본은⋯⋯ 물이고요. 그리고 보프리 대령의 수입은⋯⋯ 무일푼이에요. 제가 한 시간 동안 들은 어려운 법률 용어들은 해석하면 대충 그런 뜻이에요."

"옥타비아! 믿을 수가 없구나." 엘렌 고모는 이제 크게 당황했다. "대령은 재산이 100만 달러인 줄 알았는데. 드 페이스터 가가 직접 그 사람을 소개했잖아!"

옥타비아는 가볍게 웃고는 다시 적절하게 진지해졌다.

"데 모르투이스 닐*이라고 하잖아요. 나머지 말조차 안 붙이고. 하지만 대령은 다 겉치레뿐이었어요! 저는 계약을 공정하게 수행했지만요. 저를 보세요. 눈, 손, 발, 젊음, 유서 깊은 가문, 사교계의 확고한 지위 등 계약이 요구한 걸 다 갖추고 있잖아요." 옥타비아는 바닥에서 조간신문을 주워 들었다. "하지만 '징징'거리지는 않을래요. 인생에 실패하고 운명을 욕

---

*De mortuis nil. '죽은 자에 대해서는 아무 말 하지 말라'라는 뜻의 라틴어. 본래는 뒤에 'nisi bonum(좋은 말이 아니면)'이라는 구절이 따른다.

하는 걸 그렇게 말하지 않나요?" 그녀는 차분히 신문을 넘겼다. "'주식시장'…… 필요 없고, '사교계 동정'…… 이것도 됐고, 여기 저에게 필요한 부분이 있네요. 구인 광고요. 물론 밴 드레서 가 출신이 '빈곤 상태'라는 걸 알릴 수는 없겠지만요. 하녀, 요리사, 외판원, 속기사……"

"옥타비아, 그런 식으로 말하지 마라." 엘렌 고모가 떨리는 목소리로 말했다. "지금 네 처지가 불운한 상태라고 해도, 내 3천……"

옥타비아가 날렵하게 튀어 일어나 단정하고 엄격한 노부인의 연약한 뺨에 입을 맞추었다.

"고모님, 그 3천 달러로는 버들잎 없는 희춘熙春차를 마시고, 저 페르시아 고양이의 깨끗한 미색을 유지할 수 있을 뿐이에요. 저를 기꺼이 받아 주실 것은 알지만 저는 페리처럼 음악을 들으며 입구를 어슬렁거리느니 바알제붑처럼 바닥을 치고 싶어요.* 저는 스스로 벌어서 먹고살 거예요. 달리 방법이 없어요. 아! 잊고 있던 게 있네요. 난파선에서 건진 게 하나 있어요. 축사…… 아니, 목장…… 그러니까 텍사스에 있는 거예요. 배니스터 씨가 그걸 자산이라고 불렀어요. 이건 저당 잡히지 않은 거라면서 그분이 얼마나 기뻐했는지 몰라요! 배니스터 씨가 저한테 준 바보 같은 서류들에 자세한 설명이 있어요. 한번 찾아볼게요."

옥타비아는 장바구니를 뒤져서 타자 친 서류가 가득한 길쭉한 봉투를 꺼냈다.

"텍사스의 목장이라니." 엘렌 고모가 한숨을 쉬었다. "그건 자산이 아니라 채무 같구나. 그런 곳은 지네가 나오고 카우보이와 판당고가 있는데야."

---

* 밀턴의 서사시 『실낙원』에서 바알제붑은 사탄을 따라 지옥으로 내려간다. 페리는 페르시아 민담의 타락 천사로 천국 문 앞에서 처량하게 입장 허락을 기다린다.

"란초 데 라스 솜브라스*는," 옥타비아가 진한 자주색 타자 글씨를 읽었다. "샌안토니오 남동쪽 176킬로미터 지점에 위치하고, 가장 가까운 기차역인 인터내셔널-그레이트 노던 철도의 노펄 역과는 60킬로미터 거리임. 용수가 풍부한 3,072헥타르는 주 공유지를 양도받은 것이고, 나머지 5,632헥타르는 일부는 자동 연장 임대하고 일부는 주 정부의 20년 구매법에 따라 구매한 것임. 등급이 분류된 8천 마리 메리노 양, 말과 마차와 통상적 목장 물품이 있음. 목상 주택은 벽돌로 지어졌으며, 여섯 개의 방에는 기후에 맞는 가구가 쾌적하게 배치됨. 모든 시설이 튼튼한 가시철조망으로 둘러싸여 있음.

현재 목장 감독은 유능하고 믿을 만한 사람으로 보임. 이전까지 관리 소홀과 방만한 경영으로 어려움을 겪던 목장의 수익 구조를 빠르게 개선하고 있음.

보프리 대령은 이 목장을 서부 용수로 건설 연합으로부터 샀고, 소유권은 완벽해 보임. 성실한 관리와 자연스러운 지가 상승을 통해 소유주의 재산을 불려 줄 토대가 될 수 있을 것으로 보임."

옥타비아가 읽기를 멈추자, 엘렌 고모는 교양이 허락하는 한에서 최대한 콧방귀와 비슷한 소리를 냈다.

"그 설명은," 엘렌 고모가 대도시인의 타협 없는 의심을 담아 말했다. "지네나 인디언은 말하지 않는구나. 그리고 너는 양고기를 좋아하지 않잖아, 옥타비아. 네가 저…… 사막에서 무슨 이득을 얻을 수 있을지 모르겠다."

하지만 옥타비아는 넋을 잃고 있었다. 두 눈은 초점 너머의 무언가를

---

* '그림자 목장'이라는 뜻의 스페인어.

바라보고 있었다. 입술은 살짝 벌어지고 얼굴은 탐험가의 열정, 모험가의 불안으로 빛났다. 그녀는 환희에 찬 듯 두 손을 깍지 끼고 소리쳤다.

"문제없어요, 고모. 저는 그 목장으로 갈 거예요. 거기서 살 거예요. 양고기를 좋아할 거예요. 심지어 지네에게서도 좋은 점을 찾아볼 거예요. 물론 약간 거리를 두고요. 바로 제가 원하는 거예요. 지난 인생이 끝나고 새 인생이 찾아오고 있어요. 이건 오지에 처박히는 게 아니라 해방이에요, 고모. 바람에 머리칼을 한 올 한 올 날리며 말을 타고 평원을 달리는 일을 생각해 보세요. 땅과 가까워지고 풀과 이름 없는 작은 들꽃의 이야기를 다시 배우는 거예요! 정말로 멋진 일일 거예요. 바토*의 모자를 쓰고 지팡이로 나쁜 늑대들을 막는 여자 목동이 될까요? 아니면 일요일 신문에 실리는 짧은 머리의 서부 목장 일꾼이 될까요? 두 번째가 낫겠네요. 이제 신문에 제 사진도 실릴 거예요. 제 손으로 잡은 살쾡이를 안장 머리에 걸어 놓은 모습으로요. 기사 제목은 아마 '뉴욕 사교계를 떠나 양 떼 속으로'가 될 테고, 기사에는 밴 드레서 저택과 제가 결혼한 교회 사진도 실릴 거예요. 제 사진은 못 찍겠지만, 그러면 신문사는 화가를 시켜 그리겠죠. 저는 거칠고 대담해져 양들하고 비슷해질 거예요."

"옥타비아!" 엘렌 고모가 모든 반대를 한마디에 응축해서 소리쳤다.

"아무 말씀도 마세요, 고모. 저는 갈 거예요. 밤에 하늘이 커다란 접시 뚜껑처럼 세상에 내려오는 걸 볼 거고, 어렸을 때 이후 한 번도 말 걸지 않았던 별들하고 친구가 될 거예요. 저는 가고 싶어요. 이 모든 일에 진력이 났어요. 저한테 돈이 없는 게 기뻐요. 그 목장을 생각하면 보프리

---

*Jean Antoine Watteau(1684~1721). 시골 생활을 낭만적으로 묘사한 프랑스 화가.

대령을 축복하고 그 사람의 모든 거짓을 용서할 수도 있어요. 인생이 거칠고 외로워진다 해도 뭐 어때요! 그게 바로 제가 받아야 할 몫이에요. 그 비참한 야심 말고 다른 건 모두 저버리겠어요. 저는…… 아, 저는 떠나고 싶어요. 그리고 다 잊고…… 잊고 싶어요!"

옥타비아는 갑자기 무릎을 꿇더니 고모의 무릎에 뜨거운 얼굴을 묻고 격렬하게 흐느꼈다.

엘렌 고모는 허리를 숙여 그녀의 적갈색 머리를 쓰다듬으며 부드럽게 말했다.

"이런 일이 있을 줄이야. 누구였니, 옥타비아?"

노펄 역에서 기차를 내린 밴 드레서 가 출신의 옥타비아 보프리 부인은 잠시 평소와 같은 여유로운 자신감을 잃었다. 신생 도시 노펄은 다듬지 않은 목재와 펄럭이는 범포 천으로 서둘러 지은 것 같았다. 역 주변의 풍경은 거슬릴 만큼 노골적이지는 않았지만, 무례한 경고에 익숙한 듯한 모습이었다.

옥타비아는 승강장 전신 사무소 앞에 서서 주변을 어슬렁거리는 사람들 가운데 란초 데 라스 솜브라스의 감독을 찾아내려고 했다. 배니스터 씨가 그에게 역으로 마중 나오라는 지시를 했기 때문이다. 저쪽에 청색 플란넬 셔츠에 흰 넥타이를 맨, 키 크고 진지한 표정을 한 초로의 남자가 그 사람일 것 같았다. 하지만 아니었다. 남자는 그녀를 힐끔 보았지만 남부의 관습에 따라 바로 외면하고 지나갔다. 옥타비아는 기다리게 된 데 약간 불쾌함을 느끼면서 목장 감독이 자신을 찾는 데는 어려움이 없을 거라고 생각했다. 최신 유행의 회색 여행복을 입은 젊은 여자가 노펄에 그리 많을 리는 없을 테니까!

옥타비아는 그렇게 목장 감독 같은 외관의 사람들을 유심히 살펴보다가 숨이 턱 막히는 느낌을 받았다. 테디 웨스트레이크가 기차 방향으로 승강장을 걸어왔기 때문이다. 그가 아니라면 모직 옷을 입고 장화를 신고 가죽띠 모자를 쓰고 볕에 그을린 그의 유령이었다. 시어도어 웨스트레이크 2세, 아마추어 폴로 선수이자 전 방위 멋쟁이이자 땅의 교란자는 1년 전에 마지막으로 보았을 때보다 한층 대담하고 확고하고 강렬하고 결연해져 있었다.

그 역시 거의 동시에 옥타비아를 알아보고, 방향을 바꾸어서 예전처럼 곧장 그녀 앞으로 걸어왔다. 낯설게 변신한 그가 가까이 다가올 때 그녀는 약간 경외감 비슷한 느낌을 받았다. 적갈색으로 그을린 얼굴 때문에 밀짚 색깔 콧수염과 철회색 눈이 더욱 두드러져 보였다. 그는 더 어른이 된 것 같고 어쩐지 더 멀어진 것 같았다. 하지만 그가 입을 열자 소년 같은 지난날의 테디가 돌아왔다. 그들은 어린 시절부터 친구였다.

"아니, 옥타비아!" 그가 소리치더니, 당황한 나머지 말을 제대로 잇지 못했다. "어떻게…… 무슨…… 언제…… 어디?"

"기차로 왔어." 옥타비아가 말했다. "일 때문에, 10분 전에. 여기 살려고. 테디, 얼굴빛이 달라졌네. 너야말로 어떻게…… 무슨…… 언제…… 어디?"

"나는 여기서 일하고 있어." 테디가 말했다. 그는 예의와 의무를 결합시키려는 듯 역 여기저기로 눈길을 돌렸다.

"혹시 기차에서 백발의 곱슬머리 노부인을 못 봤어?" 그가 물었다. "푸들을 데리고 탔을 거야. 옆 좌석에 짐을 놓아서 차장이랑 싸우고 아마 너랑도 싸웠을걸?"

"못 본 것 같아." 옥타비아가 생각해 보고 대답했다. "그럼 너는 혹시

청색 셔츠를 입고 6연발총을 가진 회색 수염의 덩치 큰 남자 못 봤어?
머리에는 메리노 양털 조각이 붙은?"

"그런 사람은 많아. 네가 아는 사람이야?" 테디가 긴장에 따른 어지럼
증을 느끼며 말했다.

"아니, 그냥 상상으로 한 말이야. 그 노부인하고는 개인적인 관계야?"

"한 번도 본 적 없어. 완전히 내 상상으로 한 말이야. 그 부인은 내가
밥벌이를 하는 란초 데 라스 솜브라스라는 곳의 소유주야. 부인의 변호
사가 지시한 대로 부인을 맞으러 나온 거야."

옥타비아는 전신 사무소 벽에 기댔다. 이런 일이 가능할까? 테디가 몰
랐던 걸까?

"네가 목장 감독이야?" 옥타비아가 힘없이 물었다.

"응." 테디가 당당하게 대답했다.

"내가 보프리 부인이야." 옥타비아가 기운 없이 말했다. "하지만 나는
곱슬머리가 아니고 차장하고 싸우지도 않았어."

잠시 그의 얼굴에 낯설고 어른 같은 표정이 되돌아와, 테디를 그녀로
부터 멀찌감치 떨어뜨렸다.

"용서해 주십시오." 그가 약간 어색하게 말했다. "이 목장에서 일한 지
1년 정도 되었습니다. 전혀 몰랐습니다. 짐을 주시면 제가 짐마차에 옮
겨 싣겠습니다. 호세가 그 짐마차로 우리를 따를 겁니다. 우리는 그 앞
에서 수레 차를 타고 갈 겁니다."

미색을 띤 스페인 조랑말 두 마리가 끄는 가벼운 수레 차에 테디와
함께 올라앉자 옥타비아는 모든 생각을 잊고 현재의 기쁨을 누리기로
했다. 그들은 작은 마을을 벗어나 평탄한 남행 도로를 달렸다. 도로는
점점 좁아지다가 사라졌고, 그들 앞에는 메스키트 잎에 덮인 끝없는 세

상이 나타났다. 바퀴는 아무 소리 내지 않았다. 지칠 줄 모르는 조랑말들은 앞에서 쉬지 않고 껑충껑충 뛰었다. 온화한 바람이 수천 헥타르에 걸쳐 펼쳐진 파랗고 노란 들꽃의 향기를 싣고 와서 그들의 귀에서 눈부시게 포효했다. 수레 차의 움직임은 가볍고 황홀했고, 짜릿한 영원의 느낌이 있었다. 옥타비아는 싱그럽고 감각적인 행복에 사로잡혀 말없이 앉아 있었다. 테디는 어떤 내적인 문제와 씨름하고 있는 것 같았다.

"앞으로는 '마다마'라고 부르겠습니다." 그가 그 노력의 결과로 선언했다. "멕시코 사람들은 여주인을 그렇게 부릅니다. 목장 일꾼들은 거의 다 멕시코인입니다. 그게 적절한 것 같습니다."

"좋아요, 웨스트레이크 씨." 옥타비아가 새침하게 말했다.

"아, 그건 너무 지나친 것 같네요." 테디가 약간 놀라서 말했다.

"그렇게 지독한 예의로 나를 괴롭히지 말아 줘. 나는 이제 여기 살 거야. 나한테 인공적인 걸 되새기지 말아 줘. 이 공기를 병에 담을 수만 있다면! 이것만으로도 여기 올 가치가 있어. 아, 봐! 사슴이야!"

"검은멧토끼야." 테디가 고개도 돌리지 않고 말했다.

"내가…… 말을 몰아도 될까?" 옥타비아가 말했다. 그녀는 숨이 가빠졌고, 뺨은 붉게 물들었으며, 눈은 아이처럼 반짝였다.

"한 가지 조건이 있어. 내가…… 담배를 피워도 될까?"

"되고말고!" 옥타비아가 소리치며 진지한 기쁨 속에 줄을 잡았다. "어느 길로 가야 해?"

"남남서로 가. 전속력으로. 저기 멕시코 만 구름 아래 지평선에 검은 점이 보이지? 저건 참나무 군락이고 길잡이가 돼. 저기하고 왼쪽 작은 언덕의 중간으로 달려. 텍사스 평원의 운전 규칙을 일러 주지. 고삐가 말발굽에 걸리지 않게 해야 하고 또 말에게 욕을 많이 해야 해."

"욕을 하기에는 기분이 너무 좋아, 테디. 아, 사람들은 왜 요트를 사고 호화 자동차를 타고 다닐까? 수레 차와 병든 말 두 마리와 오늘 같은 봄날이면 모든 욕망이 채워지는데?"

"부탁 하나 할게." 테디가 수레 앞막이 판에 성냥을 계속 그으면서 말했다. "저 친구들을 병든 말이라고 부르지 말아 줘. 놈들은 해 뜰 때부터 해 질 때까지 150킬로미터 이상도 달릴 수 있어." 마침내 그는 두 손 사이 움푹한 곳에 불꽃을 간직하고 시가에 불을 붙이는 데 성공했다.

"여유!" 옥타비아가 힘차게 말했다. "그게 이런 효과를 내는 거야. 이제 내가 무얼 원하는지 알았어. 시야, 여유, 그런 거야!"

"나는 수레 차에서 담배 피우는 걸 좋아해." 테디가 감정 없이 말했다. "바람이 연기를 몸 안으로 들였다가 다시 빼냈다가 해주거든. 사람이 일부러 그런 수고를 할 필요가 없어."

두 사람은 자연스럽게 지난날의 우정에 빠져들었고, 새 관계의 낯선 감정은 드문드문 다가올 뿐이었다.

"그런데 마다마." 테디가 의아해서 말했다. "어쩌다가 사교계를 떠나서 여기 내려올 생각을 하게 된 거지? 뉴포트* 대신 목장에 가는 게 요즘 상류층의 유행인가?"

"나는 파산했어, 테디." 옥타비아가 유카 풀밭과 참나무 군락 사이로 말을 모는 데 정신을 집중하며 부드럽게 말했다. "나한테는 이 목장밖에 남은 게 없어. 돌아갈 집도 없어."

"설마 진심으로 하는 말은 아니겠지?" 테디가 불안과 의구심 속에 말했다.

*로드아일랜드 주의 인기 휴양지.

"석 달 전에 남편이 죽었을 때," 옥타비아는 남편이라는 말의 발음을 슬쩍 흐리며 말했다. "나는 상당한 재산을 받을 줄 알았어. 그런데 그 사람의 변호사가 60분간의 상세한 강의로 그 기대를 깨버렸어. 이제 나한테는 양 떼가 마지막 버팀목이야. 그런데 맨해튼의 돈 많은 젊은이들 사이에서는 폴로 경기와 클럽 창가를 버리고 목장 감독이 되는 게 유행인가 봐."

"내 경우는 설명이 쉬워." 테디가 바로 말했다. "일을 해야 했거든. 뉴욕에서는 하숙비조차 벌지 못해서 나는 샌퍼드와 방을 함께 썼어. 그 사람은 보프리 대령이 이 목장을 사기 전에 이 목장을 소유했던 연합의 일원이었고, 여기 집이 있었지. 나는 처음에는 감독이 아니었어. 하지만 조랑말을 타고 다니며 목장 상태를 자세히 조사해서 모든 걸 다 파악했어. 어디서 돈이 새나가는지 무얼 개선해야 할지 알았지. 그러자 샌퍼드가 나를 감독 자리에 앉힌 거야. 나는 한 달에 100달러를 받고, 그만큼의 몫을 해."

"불쌍한 테디!" 옥타비아가 웃으며 말했다.

"그럴 필요 없어. 나는 이 일이 좋아. 봉급의 절반을 저축하고 있고, 몸도 참나무처럼 튼튼해. 이 생활은 폴로를 능가하거든."

"이곳이 또 다른 문명의 추방자에게도 빵과 차와 잼을 줄까?"

"봄철 양털 수확으로 작년의 손실을 모두 메꿨어." 목장 감독이 말했다. "낭비와 관리 소홀은 이전까지 관행이었지. 겨울철 양털 수확을 하고 나면 비용을 다 빼고도 수익이 남을 테니 내년에는 잼이 있을 거야."

오후 4시 무렵 조랑말들이 부드러운 잡목 언덕을 돌아 미색 태풍처럼 란초 데 라스 솜브라스로 달려갈 때, 옥타비아는 기쁨의 탄성을 질렀다. 울창한 참나무 숲이 일대에 고맙고 시원한 그늘을 드리웠는데, 그것이 목장이 '솜브라스' 즉 '그림자'의 목장이라는 이름을 얻은 연유였다. 집은 붉은 벽돌로 지은 단층 건물로, 나무들 앞에 낮고 길게 뻗어 있었다. 집 가운데 부분에 지붕을 씌운 넓은 복도가 뻗어서 여섯 개의 방을 양쪽으로 갈라 놓고 있었다. 복도에는 꽃선인장과 붉은 질항아리가 그림처럼 아름답게 매달려 있었다. 넓고 낮은 베란다가 건물 전체를 둘러싸고 있었다. 덩굴이 벽면을 덮었고, 주변 땅에는 이식한 풀과 관목이 가득했다. 집 뒤편에는 작고 길쭉한 호수가 햇빛에 아른거렸다. 더 먼 곳에는 멕시코 일꾼들의 오두막, 축사, 양털 창고, 털깎이 창고가 있었다. 오른쪽에는 참나무 군락에 점점이 덮인 낮은 언덕들이 있었고, 왼쪽으로는 푸른 평원이 푸른 하늘과 끝없이 몸을 맞대고 있었다.

"여기가 집이야, 테디. 바로 여기가 내 집이야." 옥타비아가 숨 가쁘게 말했다.

"양 목장에 딸린 집치고는 나쁘지 않아." 테디가 이해할 만한 자부심을 보이며 말했다. "시간이 날 때마다 여기저기 계속 고쳤어."

풀밭에서 홀연히 멕시코 젊은이가 튀어나와서 미색 조랑말들을 데리고 갔다. 여주인과 감독은 집에 들어갔다.

"이쪽은 매킨타이어 부인이야." 차분한 노부인이 그들을 맞으러 베란다로 나오자 테디가 말했다. "매킨타이어 부인, 이쪽은 목장의 주인이십니다. 먼 길을 오셨으니 뭉텅이 햄과 콩 한 접시를 드시고 싶어 할 것 같네요."

호수나 참나무처럼 그곳의 붙박이 요소인 가정부 매킨타이어 부인은 목장 간식에 대한 그 비난 섞인 말에 가벼운 분노를 느꼈지만, 그녀가 그것을 표현하기 전에 옥타비아가 먼저 입을 열었다.

"매킨타이어 부인. 테디에게 사과할 것 없어요. 그래요, 저는 이 사람을 테디라고 불러요. 이 사람이 진지한 사람이라고 속지 않는 사람들은 전부 그렇게 불러요. 그래요, 우리는 아주 옛날에 종이 인형이랑 밀짚 인형을 가지고 놀던 사이예요. 이 사람이 뭐라고 말해도 아무도 신경 쓰지 않아요."

"맞아요." 테디가 말했다. "이 사람이 뭐라고 말해도 아무도 신경 쓰지 않아요. 그래야 이 사람이 다시 그런 말을 안 하니까."

옥타비아는 눈을 내리깔고 그에게 은근한 곁눈질을 던졌다. 테디가 예전에 어퍼컷이라 불렀던 눈길이었다. 하지만 그의 꾸밈없고 그을린 얼굴에는 아무런 암시도 보이지 않았다. 다 잊은 게 분명하다고 옥타비아는 생각했다.

"웨스트레이크 씨는 장난을 좋아해요." 매킨타이어 부인이 옥타비아를 방으로 데리고 가며 말하더니 엄숙하게 덧붙였다. "하지만 여기 사람들은 웨스트레이크 씨가 진지하게 말하면 귀를 기울여요. 그분이 없었다면 이곳은 어떻게 됐을지 몰라요."

집 동쪽 끝의 방 두 개가 목장 여주인을 위해 정리되어 있었다. 처음 방에 들어섰을 때 그 텅 빈 모습과 빈약한 가구에 가벼운 실망감이 들었지만, 옥타비아는 그곳이 아열대기후라는 걸 떠올리고 지금 상태가 거기 걸맞은 현명한 처사임을 인정했다. 큰 창들에서 창틀은 이미 제거되어 있었고, 넓은 유리 미늘창으로 들어오는 멕시코 만의 바람에 흰 커튼이 펄럭였다. 바닥에는 깔개가 여럿 깔려 있었다. 의자들은 보기 좋고 깊고 나른한 버드나무였다. 벽지는 밝은 올리브색이었다. 거실 한쪽 면은 전체가 도색되지 않은 송판 서가와 책들에 덮여 있었다. 옥타비아는 곧장 그 앞으로 갔다. 서가에는 정선된 책들이 있었다. 그녀는 인쇄기에서 빠져나온 지 얼마 되지 않는 소설과 여행 책의 제목을 훑어보았다.

이제 자신이 양고기와 지네와 결핍에 바쳐진 황야에 있다는 것이 떠오르자, 이런 호사가 어울리지 않는다는 생각에 여자의 직감으로 먼지 덮인 책들을 하나하나 살펴보았다. 모든 책에 시어도어 웨스트레이크 2세의 이름이 유려한 글씨체로 쓰여져 있었다.

긴 여행에 지친 옥타비아는 그날 밤 일찍 잠자리에 들었다. 서늘한 흰색 침대에 기분 좋게 누워 있는데도 잠은 쉽게 들지 않았다. 여기저기서 희미한 소리가 들렸는데, 그 낯선 느낌에 김각이 곤두섰다. 고요대의 까칠한 울음, 끊임없는 바람의 낮은 교향악, 멀리 호숫가에서 개구리 우는 소리, 멕시코인들의 거처에서 들리는 손풍금 소리. 옥타비아의 가슴속에는 상충되는 여러 감정이 있었다. 감사와 반항, 평화와 불안, 외로움과 안온함, 행복감과 질긴 고통.

그녀는 다른 여자들도 다 했을 법한 일을 했다. 이유 없는 눈물을 흥건히 흘리며 자신을 달랜 것이다. 잠들기 전에 옥타비아가 마지막으로 조용히 중얼거린 말은 "그 사람은 다 잊었어"였다.

란초 데 라스 솜브라스의 감독은 한가로운 예술 애호가가 아니었다. 그는 '억센 일꾼'이었다. 아침에 다른 사람들이 일어나기도 전에 말을 타고 나가서 가축과 야영지를 살폈다. 그것은 본래 당당한 체격의 늙은 멕시코인 집사가 해야 하는 일이지만, 테디는 자신이 직접 보는 편을 선호하는 것 같았다. 그런 뒤 바쁜 계절을 빼면 언제나 8시에 목장에 돌아와서 중앙 복도에 놓인 식탁에서 옥타비아와 매킨타이어 부인과 함께 아침 식사를 했는데, 그가 오면 건강과 평원의 향기 가득한 활기도 같이 왔다.

옥타비아가 오고 며칠 뒤에 테디는 그녀에게 승마 치마를 꺼내서 참나무 군락을 다니는 데 적당한 길이로 자르라고 했다.

그녀는 약간 불안을 느끼면서 그렇게 자른 옷을 입고 그의 추가 지시에 따라 사슴 가죽 정강이 보호대를 찬 뒤 조랑말을 타고 그와 함께 자신의 재산을 살펴보러 나갔다. 그는 그녀에게 모든 것—암양, 양고기, 풀을 뜯는 새끼 양, 소독조, 털깎이 창고, 따로 마련된 작은 목초지에 있는 거친 메리노 숫양, 여름 가뭄에 대비한 물탱크—을 보여 주면서, 지칠 줄 모르는 소년 같은 열정으로 자신이 그것들을 어떻게 관리하는지 설명했다.

옥타비아가 그토록 잘 알던 지난날의 테디는 어디로 간 걸까? 그런 면은 예전과 똑같았고 또 그녀를 기쁘게 하는 면이었지만, 지금 그에게서는 그런 면밖에 볼 수 없었다. 그의 감성, 지난날의 충동적인 사랑 고백과 변덕스럽고 무모한 열정, 가슴 아픈 우울함, 바보 같은 다정함과 오만한 위엄은 모두 어디 갔는가? 예전에 그의 본성은 예민했고 기질은 예술가에 가까웠다. 옥타비아는 그가 상류사회의 유행과 변덕과 스포츠를 따르면서도 더 세련된 취향을 연마한 것을 알았다. 그는 글을 썼고, 물감을 만지작거렸으며, 어떤 예술 분야는 꽤 진지하게 공부했다. 그녀에게 한 번 자신의 열망을 털어놓기도 했다. 하지만 이제 —피할 수 없는 결론이었다— 테디는 한 면만 빼놓고 나머지 모든 면을 자신에게서 방어하고 있었다. 그 유일한 면은 란초 데 라스 솜브라스 감독의 면, 모든 걸 다 잊고 용서한 즐거운 친구의 면이었다. 이상하게도 배니스터 씨가 목장을 설명한 글의 한 구절이 머리에 떠올랐다. '모든 시설이 튼튼한 가시철조망으로 둘러싸여 있음.'

'테디도 철조망에 싸였어.' 옥타비아는 속으로 말했다.

그런 방어의 원인을 추론하기는 어려운 일이 아니었다. 해머스미스 가 무도회 때 벌어진 일 때문이었다. 무도회는 옥타비아가 보프리 대령과 그의 100만 달러를 받아들이기로 결심한 직후에 열렸다. 100만 달러는 그녀의 미모와 사교계 지위에 비하면 대단한 것도 아니었다. 테디는 충동과 열정을 다해 청혼했지만 그녀는 그의 눈을 바라보며 차갑게 말을 맺었다. "다시는 네 입에서 그런 말 듣고 싶지 않아." "그래, 듣지 않게 해줄게." 테디는 이전까지 본 적 없는 입 모양을 하고 그렇게 말했었다. 그리고…… 이제 테디는 강력한 철조망으로 자신을 둘러싸고 있었다.

그렇게 처음으로 목장을 시찰할 때 데디는 마디 구스의 동요 〈꼬마 보피프〉를 떠올리고 옥타비아에게 그 이름을 주었다. 보피라라는 이름과도 비슷하고 보피프도 양치기 소녀였기 때문이다. 그는 그 이름이 아주 재미있는 듯 지겨워하지 않고 줄기차게 사용했다. 목장의 멕시코인들도 그 이름을 쓰게 되었는데, 마지막 '프' 발음을 제대로 하지 못하고 '보피피'라고 했다. 시간이 지나면서 그 이름은 더 널리 퍼져서, '란초 데 라스 솜브라스'는 흔히 '마담 보피프 목장'이라고 불렸다.

5월에서 9월에 이르는 긴 여름이 왔다. 그 시기 농장은 할 일이 많지 않다. 옥타비아는 멍하고 몽롱한 상태로 하루하루를 보냈다. 책, 해먹, 가까운 친구들과 편지 주고받기, 다시 시작한 수채화 — 이런 일들이 뜨거운 낮 시간을 채웠다. 저녁은 언제나 즐거웠다. 가장 좋은 것은 테디와 함께 말을 달리는 것이었다. 그 시간에는 달이 바람 가득한 평원에 빛을 뿌리고, 쏙독새가 공중을 떠돌고, 놀란 올빼미가 울었다. 멕시코인들은 기타를 들고 나와서 이상하고 가슴 저미는 노래를 불렀다. 산들바람 부는 베란다에서는 길고 편안한 대화가 이어졌고, 테디와 매킨타이어 부인은 끝없는 재치 대결을 벌였다. 스코틀랜드인다운 영악함을 지닌 매킨타이어 부인은 테디의 가벼운 유머를 자주 손쉽게 이겼다.

그리고 밤이 오고 또 왔고 한 주, 두 주, 한 달, 두 달이 차례로 지나갔다. 그렇게 부드럽고 나른하고 향기로운 밤은 스트레펀도 강력한 철조망을 넘어 클로이에게 가게 만들 수 있고,* 큐피드도 올가미를 손에 들고 사랑의 들판에서 자기 자신의 짝을 찾게 할 수 있으리라. 하지만 테디의 철조망 울타리는 너무도 견고했다.

7월의 어느 날 밤 마담 보피프와 목장 감독은 동쪽 베란다에 앉아 있었다. 테디는 가을철 양털로 24센트를 받을 수 있을지 생각하는 데 힘을 쏟다가 아바나 시가의 무감각한 연기구름 속으로 가라앉았다. 오래전 그가 봉급의 1/3 이상을 쿠바 시가의 연기 속에 날렸다는 걸 몰랐던 건 여자처럼 판단력이 부족한 사람들뿐이었다.

"테디, 무엇 때문에 여기 목장에 내려와서 일하고 있는 거니?" 옥타비아가 갑자기 약간 날카롭게 물었다.

"100달러의 월급과 숙식." 테디가 막힘없이 말했다.

"널 해고하고 싶어."

"그럴 수 없어." 테디가 빙긋 웃으며 말했다.

"왜 안 되지?" 옥타비아가 열기를 띠고 따졌다.

"계약 때문에. '매매 조건은 만료되지 않은 모든 계약을 존중한다.' 내 계약은 12월 31일 밤 12시까지야. 그날 자정이 되면 나를 해고할 수 있어. 하지만 그 전에 하면 내가 소송을 제기할지도 몰라."

옥타비아는 법적 조치의 가능성을 생각해 보는 듯했다.

"하지만 어쨌건 그만두려고 생각하고 있었어." 테디가 가볍게 말했다.

옥타비아의 흔들의자가 움직임을 멈추었다. 이 지역에는 지네가 있어, 그녀는 확실히 느꼈다. 인디언도 있고, 넓고 쓸쓸하고 황량하고 텅 빈

---

*스트레펀과 클로이는 필립 시드니의 전원시 「아르카디아」의 남녀 주인공.

황야도 있고, 모든 게 튼튼한 가시철조망에 둘러싸여 있었다. 그녀는 밴 드레서 가의 자부심이 있었지만, 밴 드레서 가의 심장도 있었다. 그가 잊었는지 어쩐지 확실히 알아야 했다.

"그래, 테디." 그녀가 예의 바른 관심을 보이며 말했다. "여기는 외로운 곳이니 너는 옛 인생으로 돌아가고 싶겠지. 폴로와 바닷가재와 극장과 무도회로."

"나는 무도회를 그다지 좋아한 적이 없어." 테디가 엄숙하게 말했다.

"테디, 너도 나이를 먹는구나. 기억력이 나빠졌어. 너는 무도회라면 하나도 빼먹지 않았어. 예외는 네가 참석하는 무도회와 시간이 겹치는 것뿐이었어. 그리고 너는 한 파트너와 춤을 너무 자주 추는 고약한 취미가 있었지. 가만, 포브스 가 여자 이름이 뭐였더라? 사시가 있던 여자…… 메이블, 맞지?"

"아니, 아델이야. 메이블은 팔꿈치가 앙상한 여자고. 그리고 아델은 사시가 아니야. 영혼을 담은 눈이지. 우리는 함께 소네트* 이야기를 많이 했어. 그리고 베를렌 이야기도. 그때 나는 피에리아 샘물**에 파이프를 꽂고 싶었지."

"해머스미스 집에서 너는 그 여자하고 춤을 다섯 번 췄어." 옥타비아가 굽히지 않고 말했다.

"해머스미스 집에서 언제?" 테디가 건성으로 물었다.

"무도회, 무도회 때 말이야." 옥타비아가 심술궂게 말했다. "그런데 우리가 무슨 말을 하고 있었지?"

"눈 이야기 아니었나?" 테디가 생각해 보고 말했다. "그리고 팔꿈치."

*14행으로 이루어진 정형시.
**그리스 신화 속 영감의 원천.

"해머스미스 가는 돈이 너무 많았어." 옥타비아는 접의자 등받이에 편하게 기댄 진갈색 머리카락을 확 당기고 싶은 욕망을 억누르고 사교계의 다정한 목소리로 말을 이었다. "광산업을 했지? 톤당 얼마로 돈을 버는 것 같았어. 그 집 무도회에는 맹물은 한 잔도 없었지. 모든 게 지독하게 과장되고 요란했어."

"맞아." 테디가 말했다.

"사람은 얼마나 많았고!" 옥타비아가 첫 무도회 이야기를 하는 여학생처럼 말이 많아지는 것을 느끼며 계속 말했다. "발코니들은 방처럼 따뜻했어. 나는…… 그 무도회에서…… 무언가를 잃어버렸어." 마지막 문장은 수 킬로미터 철조망에서 가시를 떼어 내려는 의도로 발설되었다.

"나도 그랬어." 테디가 나직하게 말했다.

"장갑 한 짝." 옥타비아가 적군이 참호로 다가오는 것을 보고 뒤로 물러서면서 말했다.

"상류층의 특권을." 테디가 얼른 사선射線을 정지시키며 말했다. "나는 해머스미스 가의 광부 한 명과 어울려서 한참 동안 술을 마셨어. 그 사람은 두 손을 주머니에 꽂고 환원 공장과 수평 갱도와 사금 채취 틀 이야기를 했는데 그 모습이 꼭 대천사 같았어."

"은회색 장갑이었어, 거의 새것이었는데." 옥타비아가 한숨을 쉬었다.

"멋진 사람이었어, 그 매카들이란 친구는." 테디가 말했다. "올리브와 승강기를 싫어했지. 산을 크로켓 빵처럼 다루고 공중에 터널을 뚫던 친구, 평생토록 어리석은 말은 한마디도 하지 않은 친구. 그런데 마다마, 임대 갱신 서류에 서명했어? 31일까지 국유지 관리국에 접수해야 해."

테디는 느리게 머리를 돌렸다. 옥타비아의 의자는 비어 있었다.

운명의 길을 따라간 지네 한 마리가 상황을 밝혀 주었다. 어느 날 이른 아침, 옥타비아와 매킨타이어 부인은 서쪽 베란다에서 인동덩굴을 전지하고 있었다. 테디는 밤사이 뇌우에 숫양들이 흩어졌다는 말을 듣고 해 뜨기 전에 부리나케 나간 상태였다.

운명에 이끌린 지네가 베란다 바닥에 나타났고, 두 여자의 비명을 신호 삼아 노란 다리들을 힘껏 움직여 서쪽 끝에 있는 테디의 방으로 달려갔다. 옥타비아와 매킨타이어 부인은 실쭉한 가성용품을 아무거나 무기로 잡아 들고 그것을 따라갔다. 치맛자락을 움켜잡는 일과 공격대의 후방을 차지하려는 승강이에 많은 힘이 들어갔다.

지네는 다시 사라진 것 같았고, 그 살상조는 희생 제물을 철저하게 수색했다.

그렇게 위험하고 정신 집중이 필요한 모험을 하면서도 옥타비아는 자신이 테디의 성소에 들어왔다는 사실에 놀라움과 호기심을 느꼈다. 그는 그 방에 혼자 앉아서 이제 아무하고도 공유하지 않는 생각을 벗 삼아 지내고 아무도 해석할 수 없는 꿈을 꾸었다.

그 방은 스파르타인 또는 군인의 방이었다. 한쪽 모퉁이에 범포 천을 씌운 넓은 야전침대가 있었고, 다른 모퉁이에는 작은 책장이 있었다. 또 다른 모퉁이에는 윈체스터 총과 엽총을 세워 둔 음울한 거치대가 있었다. 넓은 탁자에는 편지, 신문, 서류가 흩어져 있고, 그 한쪽에는 칸칸으로 구획된 작은 수납장이 올라앉아 있었다.

지네는 그렇게 썰렁한 방에서도 용케 몸을 숨기는 재주를 발휘했다. 매킨타이어 부인은 책장 뒤편을 빗자루로 쑤셨다. 옥타비아는 테디의 야전침대로 다가갔다. 방은 그가 서둘러 떠난 상태 그대로였다. 멕시코인 하녀는 아직 방을 정리하지 않았다. 그의 큰 베개에는 여전히 머리

자국이 패어 있었다. 그녀는 그 못된 벌레가 야전침대로 기어 올라가 테디를 물려고 숨어 있을지도 모른다는 생각이 들었다. 지네들은 그렇게 목장 감독에게 잔인하고 지독했다.

옥타비아는 조심스레 베개를 뒤집었다가 길고 가늘고 거뭇거뭇한 물체를 보고 지원병을 부르려고 했다. 하지만 바로 소리를 억누르면서 장갑을, 은회색 장갑을 집어 들었다. 그것은 —아마도— 해머스미스 무도회를 잊은 남자의 베개 밑에서 수년 수개월 밤을 눌려 지낸 탓에 납작해져 있었다. 테디는 그날 아침 서둘러 떠나는 통에 장갑을 낮 동안 보관하는 곳에 옮겨 두지 못한 것 같았다. 교활하기로 유명한 목장 감독들도 딱 걸릴 때가 있다.

옥타비아는 회색 장갑을 여름 아침용 실내복 가슴팍에 넣었다. 그것은 그녀의 것이었다. 튼튼한 철조망 안에 자신을 가둔 남자, 해머스미스 무도회에 대해서도 사금 채취 틀밖에 기억하지 못하는 남자는 이런 물건을 가지고 있을 수 없었다.

이 평원은 결국 얼마나 멋진 천국인가! 잃어버린 줄 알았던 것을 찾았을 때 그곳은 장미처럼 피어났다! 창밖에서 불어 드는 아침 바람은 노란 금잔화의 싱싱한 향기로 달콤하기 이를 데 없었다! 잠시 자리에 서서 반짝이는 눈으로 아련히 먼 곳을 바라보며 지난날의 실수가 바로잡히기를 꿈꿀 수 있지 않을까?

매킨타이어 부인은 왜 저렇게 바보같이 빗자루를 쑤셔 대고 있는 거지?

"찾았어요. 여기 있어요." 매킨타이어 부인이 문을 쾅 치며 말했다.

"부인도 무얼 잃어버렸나요?" 옥타비아가 상냥하고 예의 바르지만 건성으로 말했다.

"나쁜 벌레! 그놈을 벌써 잊으셨어요?" 매킨타이어 부인이 열이 올라 말했다.

두 사람은 힘을 합해 지네를 살해했다. 그렇게 지네는 해머스미스 무도회에서 잃어버린 것을 찾게 해준 보답을 받았다.

장갑을 기억하고 있었던 테디는 저물녘 집에 돌아와서 그것을 열심히 찾는 것 같았다. 그는 저녁이 되어 달빛이 동쪽 베란다에 들었을 때에야 그것을 찾았다. 그것은 그가 영원히 놓친 줄 알았던 손에 끼워져 있었고, 그래시 그는 다시는 하지 않기로 한 어리석은 말을 반복하고 싶은 마음이 들었다. 테디의 울타리는 내려갔다.

이번에는 두 사람 사이를 가로막은 야심이 없었기에, 사랑의 고백은 열렬한 남자 목동이 다정한 여자 목동에게 하듯이 자연스럽게 이루어졌다.

평원은 정원이 되었다. 란초 데 라스 솜브라스는 빛의 목장이 되었다.

며칠 뒤 옥타비아는 사업과 관련해서 배니스터 씨에게 보낸 편지의 답장을 받았다. 그 내용의 일부는 다음과 같았다.

텍사스 목장에 대한 부인의 언급이 몹시 당혹스럽습니다. 부인께서 그곳으로 떠나고 두 달 뒤에 보프리 대령에게 그곳의 소유권이 없다는 사실이 밝혀졌습니다. 대령께서 돌아가시기 전에 그곳을 처분하신 권리증이 나타났습니다. 그 일은 감독인 웨스트레이크 씨에게 보고되었고, 그러자 감독이 바로 목장을 매입했습니다. 부인께서 어떻게 지금까지 그 사실을 모르고 계실 수 있었던 건지 저로서는 도저히 이해할 수가 없습니다. 지금 즉시 목장 감독과 의논하시면 그분께서 어쨌건 제 말을 확인해 줄 겁니다.

옥타비아는 전투적인 눈빛으로 테디를 찾았다.

"너는 이 농장에서 무얼 위해 일하고 있는 거지?" 그녀가 다시 물었다.

"100달러……" 그는 다시 말하다가 그녀의 얼굴을 보고 사태를 깨달았다. 그녀는 손에 배니스터 씨의 편지를 들고 있었다. 그는 이제 밝혀야 할 때가 왔다는 것을 알았다.

"그래, 여기는 내 목장이야." 테디가 나쁜 짓을 하다가 들킨 남학생처럼 말했다. "몇 년 동안 일해 놓고도 주인의 사업을 인수하지 못하는 목장 감독은 형편없는 감독이야."

"왜 여기서 일하고 있었던 거지?" 옥타비아가 계속 테디의 수수께끼를 풀려고 애쓰며 물었다.

"사실을 말하면 옥타비아," 테디가 솔직하게 말했다. "돈 때문은 아니었어. 그건 내게 시가와 선 로션을 대어 줬을 뿐이야. 나를 남쪽으로 보낸 건 의사였어. 과도한 폴로와 체육 활동으로 오른쪽 폐가 나빠졌거든. 내겐 이런 기후와 오존과 휴식과 환경이 필요했어."

옥타비아는 바로 그 문제 있는 기관 앞으로 바짝 다가갔다. 배니스터 씨의 편지는 바닥에 떨어졌다.

"지금은…… 지금은 괜찮은 거지, 테디?"

"메스키트 더미처럼 튼튼해. 나는 너한테 한 가지 사실을 숨겼어. 너한테 소유권이 없다는 사실을 알게 되자마자 내가 5만 달러에 목장을 샀어. 여기서 양들을 돌보는 동안 그 정도 돈은 모았고 그 일은 특가 할인 매장에서 횡재하는 것하고 비슷했어. 그리고 그 물건에는 내가 벌지 않은 소득도 있었지. 어때, 옥타비아, 나는 요트 돛대에 흰 리본을 매고 신혼여행을 하고 싶어. 지중해로 갔다가 헤브리디스 제도를 지나고 노르웨이로 내려가서 자위더르 해로."

"내가 생각하는 신혼여행은," 옥타비아가 나직하게 말했다. "나의 목장 감독이랑 말을 타고 양 떼 사이를 달리고 돌아와서 매킨타이어 부인하고 베란다에서 피로연을 하는 거야. 어쩌면 식탁 위에 걸린 빨간 단지에 오렌지 꽃가지를 꽂아 둘 수도 있어."

테디가 웃으며 나직이 노래를 불렀다.

"꼬마 보피프가 양을 잃고서
어디 갔는지 알지를 못하네.
걱정 말아요, 알아서 올 테니.
또……"

옥타비아가 그의 머리를 잡아 내리고 귓속말로 속삭였다.
하지만 그것은 우리들은 알 수 없는 이야기다.

붉은 추장의 몸값
The Ransom of Red Chief

그것은 좋은 생각 같았다. 하지만 먼저 내 이야기를 들어 보라. 우리, 그러니까 빌 드리스콜과 나는 남부 앨라배마 주에 있을 때 이 유괴 계획을 착안했다. 빌이 나중에 말했듯이 그것은 '허깨비에 홀렸던 순간'의 일이었지만, 우리는 그 사실을 시간이 지난 뒤에야 깨달았다.

그곳에는 팬케이크처럼 납작한 소읍이 있었는데, 이름은 반대로 서밋* 이었다. 거기에는 5월 봄 축제에 몰려든 어떤 농부 집단 못지않게 순하고 자족적인 주민들이 살았다.

빌과 나는 자금이 도합 600달러 있었고, 일리노이 주 서부에서 시유지 관련 사기를 실행하려면 2천 달러가 더 필요했다. 우리는 호텔 앞 계

---

* '꼭대기, 정상'이라는 뜻.

단에서 그 돈을 구할 방법을 논의했다. 도시와 시골의 성격이 섞인 이런 지역은 자식을 소중히 여기니 유괴가 좋을 것이다. 또 유괴는 기자들이 사람들 틈을 쑤시고 다니는 신문사가 가까운 곳보다 여기서 하는 게 더 좋을 것이다. 서밋이 우리에게 가할 수 있는 위협은 기껏해야 순경을 보내거나 기운 없는 블러드하운드를 푸는 것, 그리고 《주간 농민 소식》에 두어 번 비난 기사를 싣는 것 정도일 것이다. 그래서 그 생각은 괜찮아 보였다.

우리는 에버니저 도싯이라는 지역 유지의 외동아이를 유괴 대상으로 선택했다. 그 아버지는 점잖고 꼼꼼한 고리대금업자로, 헌금 접시를 옆으로 그냥 통과시키는 일이나 저당 잡힌 주택을 압류하는 일에 아주 결연했다. 아이는 열 살짜리 남자아이로 주근깨가 튀어나올 듯 진했고, 머리칼은 우리가 기차를 타러 갈 때 가판대에서 사는 잡지 표지 같은 붉은 색깔이었다. 빌과 나는 에버니저에게서 2천 달러의 몸값을 쉽게 우려낼 수 있을 거라고 생각했다. 하지만 일단 이야기를 들어 보라.

서밋에서 3킬로미터 거리에 삼나무가 우거진 작은 산이 하나 있었고, 이 산의 뒤쪽 약간 높은 곳에 동굴이 있었다. 우리는 거기다 식량과 짐을 보관했다. 그리고 어느 날 저녁 해가 진 뒤 경마차를 타고 도싯의 집 앞에 갔다. 아이는 집 앞에서 맞은편 울타리에 앉은 새끼 고양이에게 돌을 던지고 있었다.

"꼬마! 사탕 한 봉지 줄까? 잠깐 마차를 타고 노는 건 어때?" 빌이 말했다.

아이는 벽돌 조각을 던져서 빌의 눈을 정확히 맞혔다.

"이 대가로 500달러를 추가하겠어." 빌이 마차에서 내리며 말했다.

아이는 웰터급 불곰처럼 거세게 저항했지만 우리는 아이를 경마차 바닥에 태우고 떠났다. 동굴에 도착한 뒤 나는 말을 삼나무 숲에 매어 두었고, 날이 어두워지자 마차를 몰고 그것을 빌린 5킬로미터 거리의 작은 마을로 갔다가 걸어서 산으로 돌아왔다.

빌은 얼굴에 난 상처와 멍에 반창고를 붙이고 있었다. 동굴 입구의 큰 바위 안쪽에 불이 타올랐고, 아이는 불에 얹은 커피 주전자를 바라보고 있었는데, 붉은 머리에 말똥가리 꽁지깃 두 개가 꽂혀 있었다. 내가 다가가자 아이는 막대기로 나를 가리키며 말했다.

"저주받은 흰둥이, 감히 평원의 폭군 붉은 추장의 야영지에 들어오는 거냐?"

"아이는 괜찮아." 빌이 바지를 걷고 정강이의 상처를 살피며 말했다. "인디언 놀이를 하고 있거든. 이것에 비하면 버펄로 빌 쇼* 따위는 시청에서 환등기로 팔레스타인 풍경을 보는 거나 마찬가지야. 나는 덫사냥꾼 올드 행크인데, 지금 붉은 추장에게 포로로 잡혔고 내일 동틀 녘에 머리 가죽이 벗겨질 거야. 제로니모시여! 저 아이는 제대로 노는 법을 알아."

그랬다. 아이는 다시없이 즐겁게 노는 것 같았고, 야영의 즐거움에 스스로가 포로라는 사실을 잊고 있었다. 아이는 나에게 즉시 첩자 스네이크아이라는 이름을 붙여 주고, 자신의 용사들이 전투에서 돌아오면 해가 뜰 때 바로 말뚝에 묶어 화형시킬 거라고 선언했다.

그런 뒤 저녁을 먹었는데, 아이는 입에 베이컨과 빵과 육즙을 욱여넣고 말했다. 아이의 식사 중 연설은 다음과 같았다.

"정말 좋은걸. 나는 야영은 해본 적 없지만 애완 주머니쥐는 있었어.

*서부의 모험을 소재로 한 보드빌 공연.

나는 이제 아홉 살이야. 학교는 정말 싫어. 쥐 새끼들이 지미 탤벗의 이모네 얼룩 암탉이 낳은 달걀 열여섯 개를 훔쳐 먹었어. 이 숲에 진짜 인디언이 있는 거야? 육즙 좀 더 줘. 나무가 움직여서 바람이 부는 거야? 우리 집에는 강아지가 다섯 마리야. 올드 행크, 아저씨 코는 왜 그렇게 빨개? 우리 아버지는 돈이 많아. 별은 뜨거워? 토요일에 나는 에드 워커를 두 번 때렸어. 난 여자애들이 싫어. 두꺼비를 잡으려면 끈이 있어야 돼. 황소도 울어? 오렌지는 왜 동그란 거야? 동굴에 침대는 있어? 에이머스 머리는 발가락이 여섯 개야. 앵무새는 말을 하는데 원숭이하고 물고기는 못해. 열두 개가 되려면 몇 개하고 몇 개가 있어야 돼?"

아이는 몇 분마다 자신이 성가신 인디언이라는 걸 기억하고 막대기 총을 든 채 까치발로 동굴 입구로 나가서 사악한 흰둥이들이 오는지를 살폈다. 그리고 이따금 괴성을 질러서 덫사냥꾼 올드 행크를 떨게 했다. 빌은 처음부터 아이에게 겁을 먹었다.

"붉은 추장님, 집에 가고 싶습니까?" 내가 아이에게 물었다.

"그럴 리가!" 아이가 말했다. "집은 재미없어. 학교도 가기 싫어. 야영이 좋아. 설마 나를 집에 데려가려는 건 아니겠지, 스네이크아이?"

"당장은 아닙니다. 당분간은 이 동굴에서 지낼 겁니다." 내가 말했다.

"좋아!" 그가 말했다. "그러면 아주 좋아. 평생 이렇게 재미있는 건 처음이야."

우리는 11시께 잠자리에 들었다. 동굴 바닥에 넓은 이불을 깔고 붉은 추장을 가운데 누였다. 아이가 달아날 거란 걱정은 들지 않았다. 하지만 우리는 세 시간 동안 잠을 자지 못했다. 아이가 계속 나뭇가지나 나뭇잎이 바스락거린다고, 무법자 일당이 몰래 다가오는 신호라고 벌떡 일어나 총을 집어 들고 나와 빌의 귀에 "일어나, 친구들!" 하고 소리쳤기 때문이다. 나는 마침내 힘겹게 잠이 들었고, 붉은 머리 해적이 나를 납치해서 나무에 묶는 꿈을 꾸었다.

동틀 녘에 나는 빌의 무시무시한 비명에 잠이 깼다. 그것은 남자의 발성기관이 낼 거라 예상되는 그런 고함, 외침, 함성이 아니었다. 그것은 여자가 유령이나 송충이를 보고 내는 부끄럽고 겁먹고 굴욕적인 비명이었다. 대담한 일을 꾸미는 강인하고 뚱뚱한 남자가 동틀 녘의 동굴에서 그런 비명을 지르는 것은 어이없는 일이었다.

나는 무슨 일인지 보려고 벌떡 일어났다. 붉은 추장이 빌의 가슴팍에 올라앉아서 한 손을 빌의 머리카락 속에 쑤셔 넣고 있었다. 다른 손에는 우리가 베이컨을 자르는 날카로운 칼을 들고 있었다. 어제 저녁에 선언한 대로 정말로 빌의 머리 가죽을 벗기려는 것 같았다.

나는 아이에게서 칼을 빼앗고 아이를 다시 자리에 눕혔다. 하지만 그 순간 빌은 기가 완전히 꺾였다. 이부자리에 모로 누웠지만 아이와 함께 있는 동안 한 번도 눈을 감고 자지 않았다. 나는 잠시 졸았지만 해가 떠오르자 붉은 추장이 해가 뜨면 나를 말뚝에 묶고 화형시키겠다고 한 말이 떠올랐다. 나는 걱정이 되거나 겁이 나는 것은 아니었지만 일어나서 파이프에 불을 붙이고 바위에 기대앉았다.

"왜 이렇게 일찍 일어나는 거지, 샘?" 빌이 물었다.

"나 말이야? 아, 어깨가 좀 아파서. 앉아서 쉬려고." 내가 말했다.

"거짓말!" 빌이 말했다. "너도 겁나는 거야. 너는 해가 뜨면 화형될 처지고 그게 겁나는 거야. 그리고 아이는 성냥만 찾으면 분명히 그 일을 할 거야. 어처구니가 없어. 사람들이 저 꼬마 도깨비를 집에 도로 데려오려고 돈을 줄까?"

"당연하지." 내가 말했다. "부모들은 저런 악동을 더 애지중지하는 법이야. 이제 너하고 추장이 일어나서 아침 식사를 준비해. 나는 산꼭대기에 올라가서 정황을 살펴보고 올게.”

나는 산꼭대기에 올라가서 주변을 둘러보았다. 서밋 쪽을 볼 때는 사악한 납치범을 찾아 낫과 갈퀴를 들고 나온 강건한 농민 부대를 기대했다. 하지만 눈에 보이는 것은 한 남자가 갈색 노새를 데리고 밭을 가는 평화로운 풍경뿐이었다. 개울 바닥을 긁는 사람은 아무도 없었다. 혼이 빠진 부모에게 아무 소식 없다는 소식을 전하러 정신없이 뛰어다니는 심부름꾼도 없었다. 내 눈앞에 펼쳐진 앨라배마 주 그 지역의 표면에는 나른한 목가적 분위기만 가득했다. “아마 늑대들이 골짜기의 어린 양을 물어 갔다는 소식이 아직 전해지지 않은 모양이야. 하늘이여, 늑대를 도우소서!” 나는 그렇게 중얼거리고 아침을 먹으러 내려갔다.

내가 동굴에 들어갔을 때 빌은 동굴 벽에 등을 붙인 채 숨을 헐떡이고 있었고, 소년은 코코넛 반만 한 돌멩이를 던지겠다고 그를 위협하고 있었다.

“아이가 펄펄 끓는 감자를 내 등에 넣고 발로 밟아서 으깼어.” 빌이 설명했다. “그래서 내가 따귀를 때렸지. 샘, 너 혹시 총 있어?”

나는 아이의 손에서 돌멩이를 빼앗고, 둘의 싸움을 봉합했다. “가만두지 않겠어.” 아이가 빌에게 말했다. “붉은 추장을 때리고 대가를 받지 않은 사람은 아무도 없어. 두고 봐!”

아침을 먹은 뒤 아이는 주머니에서 끈을 둘둘 만 가죽 조각을 꺼내더니 그 끈을 풀면서 동굴 바깥으로 나갔다.

“또 뭘 하는 거지? 설마 달아나는 건 아니겠지, 샘?” 빌이 걱정스럽게 말했다.

“걱정 마.” 내가 말했다. “저 애는 집을 별로 좋아하지 않는 것 같아. 하지만 이제 우리는 몸값 받을 방법을 마련해야 돼. 저 애가 사라졌다고 서밋에 큰 난리가 난 것 같지는 않아. 하지만 아직 아이가 없어진 걸 모를 수도 있어. 이모네 집이나 이웃집에서 자고 온다고 생각할 수도 있지. 어쨌건 아이는 오늘도 집에 안 갈 거고, 우리는 오늘 밤 아버지에게 아이를 돌려주는 대가로 2천 달러를 요구하는 전갈을 넣어야 돼."

바로 그때 요란한 함성이 들렸다. 다윗이 골리앗을 쓰러뜨렸을 때 냈을 법한 소리였다. 붉은 추장이 주머니에서 꺼낸 것은 돌팔매 끈이었고, 아이는 그것을 머리 위로 흔들었다.

나는 피했지만 쩍 소리와 함께 빌에게서 한숨 비슷한 소리가 났다. 말의 안장을 떼어 낼 때 내는 소리와 비슷했다. 달걀만 한 검은 돌멩이가 빌의 왼쪽 귀 뒤쪽에 맞았다. 빌은 그릇을 씻으려고 불에 얹어 물을 끓이고 있던 프라이팬 위로 힘을 잃고 쓰러졌다. 나는 그를 끌어내서 30분 동안 머리에 찬물을 부어 주었다.

빌은 잠시 후 일어나 앉아 귀 뒤를 만져 보고 말했다. "샘, 내가 성경에서 제일 좋아하는 사람이 누군지 알아?"

"걱정 마. 금방 정신이 돌아올 거야." 내가 말했다.

"헤롯 왕이야.* 나를 혼자 두고 나가지 않을 거지, 샘?" 빌이 말했다.

나는 밖에 나가서 아이를 붙잡아다 주근깨가 덜그럭거릴 때까지 흔들었다.

"얌전하게 있지 않으면 바로 집에 보내 버린다. 말 들을 거야, 안 들을 거야?" 내가 말했다.

"그냥 장난친 거예요." 아이가 침울해져서 말했다. "올드 행크를 해치려

---

*예수 탄생 무렵 헤롯 왕은 어린아이를 모두 학살할 것을 명령했다.

는 생각은 없었어요. 하지만 올드 행크는 왜 나를 때렸죠? 말 잘 들을게요, 스네이크아이. 집에만 보내지 말아 줘요. 그리고 오늘 밤 검은 첩자 놀이를 해줘요."

"난 그게 무슨 놀이인지 몰라." 내가 말했다. "너하고 빌이 결정해. 오늘은 빌이 너랑 놀아 줄 거야. 나는 잠깐 내려가서 일을 보고 와야 돼. 이제 들어가서 빌 아저씨한테 미안하다고 말해. 안 그러면 바로 집에 보낼 거야."

나는 아이와 빌을 악수시킨 뒤, 빌에게 이제 나는 5킬로미터 거리에 있는 작은 마을 포플러 코브에 가서 납치 사건에 대한 서밋의 반응을 알아보겠다고 말했다. 또 도싯에게 편지를 보내서 몸값을 요구하고, 그것을 지불할 방법도 일러 주어야겠다고 생각했다.

"있잖아, 샘." 빌이 말했다. "나는 지진, 화재, 홍수가 났을 때도 또 포커 게임, 다이너마이트 폭발, 경찰 습격, 기차 강도, 태풍 때도 눈 하나 깜박 않고 네 곁을 지켰어. 이 다리 둘 달린 폭죽 같은 아이를 납치하기 전에는 내가 용기를 잃은 적이 없어. 그런데 이 아이랑 같이 있으면 돌아 버릴 것 같아. 아이하고 나하고 둘이 오래 두면 안 돼."

"오후에 바로 돌아올게." 내가 말했다. "내가 돌아올 때까지 아이랑 놀아 주면서 잘 데리고 있어. 그러면 이제 도싯에게 보낼 편지를 쓰자."

빌과 나는 종이에 연필로 편지를 썼고, 붉은 추장은 몸에 이불을 두르고 우쭐우쭐 걸어 다니며 동굴 입구를 지켰다. 빌은 눈물이 그렁그렁해져서 2천 달러를 1,500달러로 줄이자고 빌었다. "부모 사랑의 숭고한 가치를 얕보자는 것은 아니지만 우리는 사람하고 협상을 하는 거고, 사람이라면 누구든지 20킬로그램짜리 주근깨 망나니 때문에 2천 달러를 내주고 싶지 않을 것 같아. 나는 1,500달러에 운명을 맡기고 싶어. 차액은 내가 감당할게."

그래서 나는 빌을 안심시키기 위해 그 제안을 받아들이고 함께 이런 편지를 작성했다.

에버니저 도싯 씨께

우리는 댁의 아드님을 서밋에서 멀리 떨어진 모처에 숨겨 두고 있습니다. 도싯 씨도 또 아무리 유능한 형사도 아이를 찾을 수 없을 것입니다. 아이를 되찾을 수 있는 조건은 이것뿐입니다. 고액지폐로 1,500달러를 마련하십시오. 돈은 오늘 밤 자정에 아래에 설명해 놓은 상자에 넣어 설명해 놓은 장소에 놓으십시오. 이 조건에 응하시겠다면 답장을 심부름꾼 한 명에게 들려서 오늘 밤 8시 반에 보내십시오. 아울 천을 건너 포플러 코브로 가는 길에 거리가 각각 100미터 정도 떨어진 큰 나무가 세 그루 있습니다. 나무들 오른쪽에는 밀밭 울타리가 바짝 붙어 있습니다. 세 번째 나무옆 울타리 기둥 밑에 작은 종이 상자가 있을 것입니다.

심부름꾼은 그 상자에 답장을 넣고 바로 서밋으로 돌아가야 합니다.

배신을 시도하거나 우리가 말한 방식으로 답장하지 않으면, 다시는 아드님을 보지 못할 것입니다.

요구한 돈을 지불하면 아드님은 세 시간 안에 안전하게 돌아갈 것입니다. 조건에 대한 협상은 불가능하고 여기 응하지 않으면 더 이상의 교신도 없을 것입니다.

무모한 두 남자

나는 이 편지에 도싯 가의 주소를 적고 주머니에 넣었다. 내가 떠나려고 하자 아이가 다가와서 말했다.

"스네이크아이, 아저씨가 없는 동안 검은 첩자 놀이를 해도 된다고 했지?"

"그래, 빌 아저씨가 너하고 놀아 줄 거야." 내가 말했다. "그런데 그게 무슨 놀이니?"

"내가 검은 첩자고, 목책까지 가서 주민들한테 인디언이 온다고 알려야 해." 붉은 추장이 말했다. "난 이제 인디언 하기 싫어. 검은 첩자가 되고 싶어."

"좋아, 내가 볼 때는 괜찮은 것 같구나." 내가 말했다. "빌 아저씨가 네가 성가신 인디언을 격퇴하게 도와줄 거야."

"내가 뭘 해야 되지?" 빌이 아이를 의심스럽게 바라보며 물었다.

"아저씨는 말이 돼야 해." 검은 첩자가 말했다. "네 발로 엎드려. 말 없이 목책까지 어떻게 가?"

"내가 일을 마치고 올 때까지 재미있게 놀아 줘. 긴장 풀고." 내가 말했다.

빌은 네 발로 엎드렸고, 두 눈은 덫에 걸린 토끼 같은 표정이 되었다.

"목책까지 거리가 얼마나 되니?" 그가 꺼칠한 목소리로 물었다.

"150킬로미터." 검은 첩자가 말했다. "늦지 않게 가려면 열심히 달려야 돼. 이랴, 이랴!"

검은 첩자는 빌의 등에서 펄쩍펄쩍 뛰면서 발뒤꿈치로 그의 옆구리를 찼다.

"아이쿠." 빌이 말했다. "되도록 빨리 돌아와, 샘. 몸값을 1천 달러 아래로 하는 게 좋았을 것 같은데. 그만 좀 차. 안 그러면 일어나서 너를 두드려 팰 거야."

나는 포플러 코브까지 걸어간 뒤 우체국 겸 가게 주변에 앉아서 물건을 사러 온 시골 사람들과 이야기를 했다. 한 털보 남자가 에버니저 도싯 가의 아이가 실종됐는지 납치됐는지 해서 서밋이 뒤집혔다는 말을 들었다고 했다. 내가 알고 싶은 건 그게 다였다. 나는 담배를 사고 동부콩 가격에 대해 잡담을 주고받으며 편지를 슬쩍 부치고 나왔다. 우체국장은 한 시간 뒤에 우체부가 와서 우편물을 서밋에 가지고 간다고 했다.

동굴에 돌아와 보니 빌과 아이가 보이지 않았다. 동굴 주변을 찾아보고 한두 차례 위험을 무릅쓰고 요들송도 불러보았지만 반응이 없었다.

그래서 나는 파이프에 불을 붙이고 이끼 긴 둑에 앉아서 어떻게 될지 기다려 보았다.

30분쯤 지났을 때 덤불이 부스럭거리더니 빌이 동굴 앞 빈터로 절뚝거리며 나왔다. 빌의 등 뒤에는 아이가 웃음 가득한 얼굴로 첩자처럼 조심조심 따라오고 있었다. 빌은 걸음을 멈추고 모자를 벗어 붉은 손수건으로 얼굴을 닦았다. 아이는 2.5미터 정도 뒤에서 멈추었다.

"샘, 나더러 배신자라고 해도 어쩔 수 없어." 빌이 말했다. "나도 어엿한 남자고 자기 방어를 할 줄 아는 성인이지만, 어떤 자부심도 통제력도 통하지 않을 때가 있어. 아이는 갔어. 내가 집으로 보냈어. 다 끝났어. 예전에는 자신을 즐겁게 해준 특정 사기술을 포기하느니 차라리 죽음을 택한 순교자들이 있었지. 하지만 그 사람들 가운데 나처럼 초현실적인 고문을 받은 사람은 없어. 나는 우리 약탈품에 충실하려고 했지만 한계가 왔어."

"무슨 소리야, 빌?" 내가 물었다.

"나는 목책까지 꼬박 150킬로미터를 달렸어. 그리고 주민들을 구하자 귀리를 받았어. 그런데 모래는 훌륭한 식량이 아니야. 그런 뒤에는 한 시간 동안 아이에게 온갖 설명을 했어. 왜 구멍은 비어 있는지, 길은 왜 양방향으로 나 있는지, 풀은 왜 녹색인지. 샘, 인간은 그 이상은 견딜 수 없어. 나는 아이 옷깃을 잡고 산 아래로 끌고 갔어. 아이가 나를 뻥뻥 차서 내 무릎과 정강이는 푸르딩딩해졌고, 손도 두세 군데 물어서 소독해야 했어.

하지만 이제 아이는 갔어. 집으로 갔어. 나는 아이한테 서밋으로 가는 길을 보여 주고 발로 뻥 차서 2미터 정도 날려 보냈어. 돈을 못 받는 게 안타깝지만 그렇게 안 했으면 이 빌 드리스콜이 정신병원에 갔을 거야."

빌은 숨을 헐떡였지만 발갛게 달아오른 그의 이목구비에는 뭐라 말할 수 없는 평화와 만족이 어려 있었다.

"빌, 혹시 너희 집안에 심장병 내력 있어?" 내가 물었다.

"아니, 말라리아와 사고를 빼고 고질적인 건 없어. 왜?" 빌이 물었다.

"그러면 뒤로 돌아서 한번 봐." 내가 말했다.

빌은 돌아서서 소년을 보더니 창백한 얼굴로 바닥에 주저앉아서 풀과 작은 가지를 아무렇게나 잡아 뜯었다. 한 시간 동안 나는 빌의 정신 건강을 걱정했다. 그런 뒤 빌에게 이제 계획이 실행될 테고, 도싯이 제안에 응하면 우리는 몸값을 받고 자정에 떠날 거라고 말했다. 그러자 빌은 기운을 내고 아이에게 희미한 미소를 지어 보인 뒤, 기운을 좀 회복하면 러일전쟁에서 러시아군 역할을 맡겠다고 약속했다.

나는 전문 납치범들을 잡으려는 반대 계략에 걸릴 위험 없이 돈을 받을 계획이 있었다. 도싯이 답장을 ―그리고 나중에는 돈을― 넣을 상자가 있는 나무는 도로 울타리와 가까웠고 사방은 넓고 텅 빈 들판이었다. 경찰이 거기 잠복해서 누가 편지를 가지러 오는지 지켜본다면 멀리서 들판을 가로질러 오든지 도로를 통해 오는 사람만을 찾을 것이다. 하지만 나는 그렇게 하지 않을 것이다! 나는 8시 반에 청개구리처럼 잘 위장하고 나무 위에 올라가서 심부름꾼이 오는지를 볼 것이다.

정각에 어중간한 나이의 소년이 자전거를 타고 와서 울타리 기둥 밑의 종이 상자를 보고 거기 쪽지를 넣은 뒤 서밋 쪽으로 페달을 밟아 갔다.

나는 한 시간을 기다린 뒤 이제 안전하다고 판단하고 나무에서 내려왔다. 그런 뒤 쪽지를 손에 넣고 울타리 옆을 걸어 숲에 이르렀고, 30분쯤 뒤에 동굴에 돌아왔다. 나는 랜턴을 곁에 놓고 쪽지를 펼쳐 빌에게 읽어 주었다. 꼬불꼬불한 악필로 쓴 내용은 이랬다.

무모한 두 남자에게

오늘 우편으로 아들의 몸값을 요구하는 편지를 받았습니다. 나는 두 분의 요구가 조금 과도하다고 생각하고, 두 분이 받아들일 거라 보는 역제안을 하고자 합니다. 두 분이 조니를 집으로 데리고 와서 내게 현금으로 250달러를 주면, 나는 즉시 아이를 받아들이겠습니다. 밤에 오시는 게 좋을 것입니다. 이웃들은 그 아이가 실종되었다고 믿고 있기에, 누가 아이를 데려오는 모습을 보면 시끄러운 일이 생길지 모르기 때문입니다.

존경을 담아
에버니저 도싯

"이런 펜잰스* 해적 같은 놈. 뻔뻔스럽기도……" 내가 말했다.

하지만 빌의 얼굴을 보니 더 이상 말을 이을 수가 없었다. 그는 내가 얼간이 또는 말하는 짐승의 얼굴에서 본 가장 간절한 눈빛을 하고 있었다.

"샘, 250달러라면 괜찮잖아?" 빌이 말했다. "우리는 그만한 돈이 있어. 이 아이하고 하룻밤을 더 보내면 나는 정신병원에 가고 말 거야. 도싯 씨는 훌륭한 신사고 이렇게 관대한 제안을 하는 걸 보니 정말이지 너그러운 분 같아. 설마 이 기회를 저버리지는 않을 거지?"

"솔직히 말하면 빌," 내가 말했다. "이 어린 양은 내 신성에도 아주 피곤해졌어. 아이를 데리고 가서 몸값을 주고 바로 떠나자."

우리는 그날 밤 아이를 데리고 그 집으로 갔다. 아버지가 은장식 라이플 총과 모카신 한 켤레를 사두었고, 내일 우리가 너와 함께 곰 사냥을 나갈 거라는 말로 아이를 꼬드겨서.

우리는 정각 12시에 에버니저의 집 현관을 두드렸다. 본래 계획에 따르면 내가 나무 밑 상자에서 1,500달러를 꺼내야 할 그 시각에 빌은 250달러를 세어 도싯의 손에 건네주었다.

우리가 자기를 집에 두고 가려 한다는 것을 알게 되자 아이는 칼리오페** 처럼 울부짖으며 거머리처럼 빌의 다리에 매달렸다. 아이 아버지가 파스를 떼듯 천천히 아이를 떼어 냈다.

"아이를 얼마나 오래 붙들고 계실 수 있나요?" 빌이 물었다.

"저는 옛날만큼 튼튼하지 않아요." 도싯 씨가 말했다. "하지만 10분은 약속드릴 수 있습니다."

"충분합니다." 빌이 말한다. "10분이면 저는 중부, 남부, 중서부의 여러 주를 넘어서 캐나다 국경으로 달려갈 겁니다."

---

*웨일스의 항구도시로, 해적이 출몰하는 것으로 유명했다.
**그리스 신화 속 서사시의 여신.

날은 어두웠고 빌은 뚱뚱한 데다 달리기 솜씨가 나와 비슷한데도, 나는 서밋을 2.5킬로미터가량 벗어난 뒤에야 빌을 따라잡을 수 있었다.

도시의 목소리
The Voice of the City

25년 전에 어린 학생들은 수업 내용을 소리 내서 읊었다. 그 소리는 감독교회 목사의 설교와 지친 기계톱 소리 중간의 어떤 단조로운 레시터티브*였다. 그게 나쁘다는 게 아니다. 우리한테는 목재와 톱밥이 필요하다.

생물 시간에 들은 아름답고 유익한 가사 하나가 기억난다. 가장 인상적인 대목은 이랬다.

"정강이-뼈는 인체에-서 가장 기-인 뼈다."

인간의 육체와 정신에 관한 모든 사실을 그렇게 음률에 맞추어 체계적으로 아이들 머리에 주입했다면 얼마나 좋았을까! 하지만 우리는 해

*오페라에서 낭독하듯 노래하는 부분.

부학, 음악, 철학에서 미미한 지식만을 얻었을 뿐이다.

어느 날 나는 혼란스러웠다. 빛이 필요했다. 나는 도움을 찾아 학창 시절로 돌아갔다. 하지만 우리가 딱딱한 의자에 앉아서 읊조리던 그 비음 섞인 화음 속에서 인간 집단의 목소리를 다룬 것은 떠오르지 않았다.

그러니까 한데 뭉친 인간의 다중 음성 신호를 다룬 것은.

그러니까 대도시의 목소리를 다룬 것은.

개별적인 목소리는 부족하지 않다. 우리는 시인의 노래, 냇물의 조잘거림, 다음 주 월요일까지 5달러가 필요한 사람의 말뜻, 파라오 무덤의 비문, 꽃말, 지휘자의 '활기차게', 새벽 4시의 우유 깡통 소리를 이해한다. 귀가 큰 어떤 사람들은 심지어 H. 제임스 씨가 발하는 공기의 울림에 따른 고막의 진동도 이해한다고 주장한다. 하지만 도시의 목소리의 의미를 이해하는 사람은 없는가?

나는 그것을 알아보러 나갔다.

나는 먼저 오릴리어에게 물었다. 그녀는 얇은 흰색 면직물 옷을 입고 꽃 모자를 쓰고 팔랑거리는 리본 따위를 여기저기 달고 있었다.

"말해 줘. 이 큰…… 아니 거대한…… 아니 어마어마한 도시가 무슨 말을 하는지." 내가 더듬더듬 말했다. 나는 나 자신의 목소리가 없기 때문이다. "이 도시는 분명 어떤 목소리를 가지고 있을 거야. 그걸 들은 적 있어? 그 의미를 어떻게 해석해? 덩어리가 크겠지만 그래도 열쇠가 있을 거야."

"여행용 궤짝처럼?" 오릴리어가 물었다.

"아니, 뚜껑은 언급하지 말아 줘." 내가 말했다. "나는 모든 도시에 목소리가 있다고 생각해. 각 도시는 귀 있는 자에게 무슨 말인가 해. 이 도시가 너한테 뭐라고 말하지?"

"모든 도시는 다 똑같은 말을 해." 오릴리어가 생각해 보며 말했다. "도시들이 말을 마치면 필라델피아가 그걸 메아리로 울리지. 그러니까 그건 다 똑같아."

"여기는 섬 하나에 400만 명이 밀집돼서 살아." 내가 따지며 말했다. "대부분 월 스트리트 물에 둘러싸인 새끼 양이지. 이렇게 좁은 공간에 이렇게 많은 개인이 밀집되면 어떤 개성이 생기게 마련이야. 아니면 공동의 통로로 표현되는 특징이. 그건 말하자면 '도시의 목소리'에 드러나는 구체적, 전반적 개념에 집중하는 번역의 합의야. 그게 무언지 말해 줄 수 있어?"

오릴리어는 눈부신 미소를 지었다. 그녀는 높은 현관 계단에 앉아 있었다. 거만한 담쟁이 잔가지가 오른쪽 귀 옆에서 달싹거렸다. 무례한 달빛 한 줄기가 코에서 깜박거렸다. 하지만 나는 니켈 도금한 듯 흔들리지 않았다.

"나는 이 도시의 목소리가 무엇인지 찾아야 해." 내가 말했다. "다른 도시들은 목소리가 있어. 이건 과제야. 나는 찾아야 해." 내 목소리가 커졌다. "뉴욕은 내게 시가나 건네면서 '친구, 나는 공개적으로 말할 수 없어' 하면 안 돼. 다른 도시들은 그러지 않아. 시카고는 주저 없이 '내가 하겠어' 해. 필라델피아는 '내가 해야 돼' 해. 뉴올리언스는 '나는 전에 했어' 해. 루이빌은 '해도 상관없어' 하지. 세인트루이스는 '미안해' 하고 말해. 피츠버그는 '다 말해'라고 해. 그런데 뉴욕은……"

오릴리어는 싱긋 웃었다.

"좋아. 다른 데 가서 알아봐야겠다." 내가 말했다.

나는 바닥에 타일이 깔리고, 천사가 천장을 뒤덮고, 경찰과 아무 문제가 없는 궁전으로 들어갔다. 그러고는 놋쇠 난간에 발을 얹고서 우리 교구 최고의 바텐더인 빌리 매그너스에게 말했다.

"빌리, 자네는 뉴욕에서 오랜 세월을 살았어. 이 대도시가 자네에게 어떤 넋두리를 늘어놓는지 말해 줘. 그러니까 이 도시의 잡담이 뒤섞인 정보의 형태로 바를 넘어 자네에게 오느냐고. 도시에 들어맞는 일종의 경구로……"

"잠깐. 누가 옆문 버튼을 누르고 있어." 빌리가 말했다.

그는 나갔다가 빈 주석 양동이를 가지고 돌아와서는, 그것을 채워서 다시 나갔다가 돌아와서 말했다.

"메임이었어. 메임은 벨을 두 번 울리거든. 저녁으로는 맥주를 좋아하지. 메임도 아이도. 그 장난꾸러기가 높은 의자에 씩씩하게 앉아서 맥주를 마시는 걸 자네도 봤어야 했는데. 그런데 뭐라고 했지? 벨이 두 번 울릴 때 약간 흥분해서 제대로 못 들었어. 나한테 물어본 게 야구 점수였어, 아니면 진피즈 칵테일 이야기였어?"

"진저에일이야." 내가 대답했다.

나는 브로드웨이를 걸어갔다. 모퉁이에 경찰이 보였다. 경찰은 아이를 보호하고 여자의 통행을 도와주고 남자를 잡아간다. 나는 경찰에게 다가가서 말했다.

"제가 수다 제한을 어기는 게 아니라면 하나 여쭙겠습니다. 당신은 호출 가능 시간의 뉴욕을 보십니다. 도시의 음향을 보존하는 건 당신은 물론 다른 경찰 형제들의 임무죠. 그러니까 분명 경찰들이 듣는 도시의 목소리가 있을 겁니다. 그 혼란스러운 외침의 핵심은 무엇입니까? 이 도시가 당신에게 뭐라고 말합니까?"

"친구, 도시는 아무 말도 하지 않습니다." 경찰이 곤봉을 돌리며 말했다. "나는 위에서 명령을 받을 뿐이고요. 선생은 문제없어 보이네요. 잠간 여기 서서 순회 경찰이 오는지 살펴 주십시오.”

그 경찰은 어두운 옆길로 사라졌다가 10분 후에 돌아왔다.

“지난 화요일에 결혼했습니다.” 그가 약간 거칠게 말했다. “그들이 어떤지 알 거예요. 그녀는 매일 밤 9시에 저 모퉁이에 와서 ‘안녕!’ 하고 말해요. 나는 대개 그 자리에 가 있죠. 조금 전에 뭐라고 물으셨죠? 도시에 무슨 일이 있냐고요? 아, 최근에 열두 블록 떨어진 곳에 옥상정원 한두 개가 문을 열었어요.”

나는 주름진 전찻길을 건너고 그늘진 공원을 둘러 갔다. 금박을 한 디아나 조각상이 탑 위에서 거대하고 차분하고 바람에 시달린 모습으로 맑은 달빛 속에 아른거렸다. 모자를 쓰고 머리칼도 있는 나의 시인이 강약약, 강강, 강약약 운율로 바쁘게 다가왔다. 나는 그를 잡았다.

“빌. 나를 태워다 줘.” 내가 말했다. (잡지에서 그의 이름은 클리언이다.) “나는 도시의 목소리를 찾는 과제를 수행 중이야. 이건 특별 명령이야. 보통의 토론회는 헨리 클루스, 존 L. 설리번, 에드윈 마컴, 메이 어윈, 찰스 슈워브*의 견해가 제출되면 그걸로 끝이지. 하지만 이건 다른 문제야. 우리가 원하는 것은 도시의 영혼과 의미를 광범위적, 시적, 비의적 방식으로 음성에 담는 거야. 자네는 내게 실마리를 줄 사람이야. 몇 년 전에 어떤 사람이 나이아가라 폭포에 가서 우리에게 그 음정을 일러 주었지. 그 음은 피아노의 가장 낮은 솔에서 60센티미터 아래에 있었어. 이제 우리는 그 이상의 보증이 있어야 뉴욕을 음정에 담을 수 있어. 하지만 도시가 입을 연다면 과연 뭐라고 말할지 힌트를 좀 줘. 그 소리는 아주 크고도 멀리까지 미칠 게 분명해. 우리가 거기 도달하려면 낮

---

*각각 유명 조각가, 권투 선수, 시인, 보드빌 배우, 기업가.

의 교통 소음, 밤의 웃음과 음악, 파커스트 박사의 엄숙한 목소리, 래그타임 음악, 울음, 조용하게 구르는 마차 바퀴 소리, 홍보 담당자의 외침, 옥상정원 분수 소리, 딸기 판매원과 《에브리바디스 매거진》 표지의 법석, 공원에 있는 애인들의 속삭임…… 이 모든 소리가 자네 목소리로 들어가야 해. 결합되는 게 아니라 혼합되고, 그 혼합물에서 진액이 나오고 그 진액에서 추출물이 만들어지지. 귀에 들리는 추출물, 그걸 한 방울만 띨구어도 우리가 찾는 게 나올 거야."

"우리가 지난주에 스티버의 화실에서 만난 캘리포니아 여자 기억해?" 시인이 웃으며 물었다. "나는 지금 그 여자를 만나러 가는 길이야. 그 여자는 내 시 「봄의 찬사」를 한 구절 한 구절 그대로 읊었어. 그 여자는 지금 이 도시에서 가장 현명한 상대야. 이 빌어먹을 넥타이 어때? 네 개를 망치고 하나를 제대로 맸어."

"내가 질문한 목소리에 대해서는 어떻게 생각해?" 내가 물었다.

"아, 그 여자는 노래하지 않아." 클리언이 말했다. "하지만 자네도 그 여자가 읊는 내 시 「해풍의 천사」를 들어 봐야 해."

나는 그를 떠났다. 그런 뒤 한 신문 판매원을 구석으로 데려갔다. 그는 내게 시계의 큰 바늘을 두 바퀴나 앞서 소식을 전하는 분홍빛의 예언적 신문을 흔들었다.

"너는 도시가 가끔 말할 수 있어야 한다는 생각이 안 드니?" 내가 주머니 속 동전을 찾는 척하며 말했다. "날이면 날마다 이런 법석과 웃기는 일과 이상한 사건이 벌어지잖아. 도시가 말할 수 있다면 뭐라고 말할 것 같니?"

"농담은 싫어요." 소년이 말했다. "무슨 신문을 드릴까요? 시간 없어요. 오늘은 매그 생일이고, 30센트를 벌어야 선물을 살 수 있어요."

소년은 도시 대변인의 통역사가 아니었다. 나는 신문을 사고 거기 실린 아직 선언하지 않은 조약과 실행하지 않은 살인과 싸우지 않은 전투를 쓰레기통에 넣었다.

나는 다시 공원에 가서 달빛 그늘에 앉았다. 생각하고 또 생각해 봐도 왜 아무도 내 질문에 답을 못해 주는지 의아했다.

그때 항성의 빛처럼 빠른 속도로 내게 답이 왔다. 나는 일어나서 많은 추론자들이 그러듯이 본래의 자리로 서둘러 돌아갔다. 나는 답을 알았다. 그래서 누군가 나를 멈춰 세우고 비밀을 물어볼까 두려워 그것을 품에 꼭 안고 달려갔다.

오릴리어는 아직도 현관 계단에 있었다. 달은 더 높아졌고 담쟁이 그늘은 더 깊어졌다. 나는 그녀 옆에 앉았고, 우리는 작은 구름이 달을 찌르고 창백한 좌절 속에 갈라지는 것을 보았다.

그러자 경이 중의 경이, 기쁨 중의 기쁨으로, 우리의 두 손이 우리도 모르게 서로를 잡았다. 손가락이 서로 얽혀 떨어지지 않았다.

30분 뒤에 오릴리어가 그녀 특유의 미소를 지으며 말했다.

"너는 돌아온 뒤 한마디도 안 했어!"

"그게 도시의 목소리야." 내가 총명하게 고개를 끄덕이며 말했다.

피미엔타 팬케이크
The Pimienta Pancakes

나는 프리오 강 바닥에서 트라이앵글로 목장의 소를 몰던 중 비죽 튀어나온 죽은 메스키트 가지에 나무 등자가 걸려서 발목을 삐었고, 그 바람에 야영지에서 일주일을 누워 있었다.

본의 아니게 게으름뱅이가 된 사흘째 날에 나는 식량 마차 근처로 기어가서, 야영지 요리사인 저드슨 오덤의 속사포 같은 대화를 무력하게 들으며 누워 있었다. 저드는 천성적인 수다쟁이였지만, 운명은 흔히 그러듯 그에게 대부분의 시간 동안 이야기 상대가 없는 직업을 안겨 주었다.

그래서 나는 저드에게 침묵의 황야에 내려진 만나와도 같았다.

나는 마침 '식량' 범주에 포함되지 않는 먹을 것에 대한 병자 특유의 열망에 사로잡혀 있었다. 나는 '첫사랑처럼 깊고 후회처럼 강렬한' 어머니의 요리가 떠올라서 물었다.

"저드, 혹시 팬케이크 만들어 줄 수 있어?"

저드는 영양 스테이크를 두드리려고 집어 든 6연발총을 내려놓고 상당히 위협적인 태도로 나를 내려다보았다. 차가운 의심을 담고 나를 빤히 바라보는 연청색 눈동자는 그 자세가 분노의 자세라는 느낌을 더 강하게 해주었다.

"이봐." 그가 억제하기는 했지만 기분 나쁜 기색이 역력한 목소리로 말했다. "그거 징밀 만들어 달라는 거야, 아니면 나를 엿 먹이려는 거야? 여기 사람들이 그 팬케이크 소동 이야기를 해준 거지?"

"아냐, 저드." 내가 정직하게 말했다. "말 그대로야. 노릇노릇하게 구워서 버터를 바른 팬케이크에 갓 만든 뉴올리언스 시럽을 얹어 먹을 수 있다면 조랑말과 안장까지도 내줄 수 있을 것 같아. 팬케이크에 무슨 사연이 있어?"

저드는 내게 다른 뜻이 없다는 것을 확인하자 바로 누그러들었다. 그러고는 식량 마차에서 신기한 가방과 함석 상자들을 가져와서 내가 누운 팽나무 그늘에 늘어놓았다. 나는 그가 그것들을 여유롭게 정렬하고 거기 달린 수많은 끈을 푸는 모습을 지켜보았다.

"별 사연은 아냐." 저드가 계속 손을 움직이며 말했다. "그저 나와 마이어드 퓰 목장의 빨간 눈 양치기와 월렐라 리어라이트가 얽힌 누구나 짐작할 수 있는 사건일 뿐이지. 그래, 자네한테 털어놔도 괜찮겠지.

그 시절 나는 산미겔 강가에서 빌 투미 목장의 가축을 돌보았어. 어느 날 갑자기 음매 소리도 매애 소리도 꿀꿀 소리도 꼬꼬댁 소리도 낸 적 없는 통조림 음식을 먹고 싶어졌지. 그래서 말을 타고 바람을 거슬러 뉴에이서스 강가의 피미엔타 크로싱에 있는 엉클 엠즐리 텔페어의 가게로 향했어.

오후 3시경에 메스키트 가지에 고삐를 던지고는, 20미터를 걸어서 엉클 엠즐리의 가게에 들어갔어. 그러고는 카운터 앞에 가서 엉클 엠즐리에게 세계의 과일 비축량을 축내고 싶다고 말했지. 1분 후에 나는 크래커 한 봉지와 길쭉한 숟가락을 들고, 뚜껑을 딴 살구, 파인애플, 버찌, 녹색 자두 통조림을 옆에 두게 되었어. 엉클 엠즐리는 도끼로 황도 통조림 뚜껑을 부지런히 따고 있었지. 나는 사과 축제 전에 태어난 아담이 된 것 같았고, 박차를 카운터 옆면에 두드리며 길이가 60센티미터나 되는 숟가락으로 열심히 통조림을 먹다가 창밖으로 가게 옆에 있는 엉클 엠즐리 집 마당을 내다보았어.

한 여자가 —외지에서 온 여자였어— 마당에서 크로케 방망이를 가볍게 휘두르며 내가 과일 통조림 산업에 기여하는 모습을 즐겁게 바라보고 있더군.

나는 카운터 앞을 벗어나서 숟가락을 든 채 엉클 엠즐리에게 갔지.

'내 조카딸이야.' 엉클 엠즐리가 말했어. '이름은 윌렐라 리어라이트고, 팔레스타인*에 사는데 여기 놀러 왔어. 소개해 줄까?'

'성지 출신이군.' 내가 혼자 중얼거렸지. 머릿속에 떠오르는 온갖 생각을 아무리 우리에 몰아넣으려고 해도 되지 않았어. 나는 엉클 엠즐리에게 말했어. '네, 소개해 주세요. 팔레스타인은 천사들의 땅이었어요. 좋아요, 엉클 엠즐리. 리어라이트 양을 만나고 싶어요.'

엉클 엠즐리는 나를 마당으로 데려가서 서로의 이름을 알려 주었어.

나는 여자 앞에서 소심하지 않아. 나는 아침 식사 전에 야생마를 길들이고 어둠 속에서 면도를 하는 남자들이 캘리코 드레스 앞에서 바보

---

*텍사스 주 동부의 도시로, 성서 속에서 이스라엘 민족이 찾아간 가나안 땅인 팔레스타인과 같은 이름이라 저드슨은 그곳으로 착각하고 있다.

가 되어 땀을 삐질삐질 흘리고 헛소리를 하는 걸 이해 못 해. 8분도 지나지 않아서 나와 윌렐라 양은 6촌 남매처럼 다정하게 크로케 공을 치며 놀았지. 그녀는 내가 먹은 과일 통조림 양이 엄청나다며 웃었고, 나는 최초의 공유지에서 과일 문제를 처음 일으킨 건 이브라는 이름의 여자였다고 바로 반박했어. '그게 팔레스타인이었죠, 아마?' 내가 말했어. 한 살짜리 소를 묶는 것만큼 손쉬웠지.

그렇게 해서 나는 윌렐라 리어라이트에게 다가갈 수 있는 호감을 얻었어. 시간이 갈수록 서로의 호감은 더 커졌어. 그녀가 피미엔타 크로싱에 온 건 건강과 날씨 때문이었어. 건강은 좋았고, 날씨는 팔레스타인의 40퍼센트 정도였지만. 나는 한동안 일주일에 한 번씩 말을 타고 윌렐라를 보러 갔어. 그러다가 거기 두 배로 가면 그녀를 두 배로 자주 볼 거라는 사실을 깨달았지.

어느 날 나는 그 주에 세 번째로 피미엔타에 갔는데, 바로 그날 팬케이크와 빨간 눈 양치기가 우리 사이에 끼어들었어.

그날 저녁, 나는 카운터 위에 복숭아를 놓고 입에 자두 두 개를 물고서 엉클 엠즐리에게 윌렐라 양은 어디 있냐고 물었어.

'그 애는 잭슨 버드하고 말을 타고 나갔어. 마이어드 뮬 목장의 양치기 말이야.' 엉클 엠즐리가 말했어.

나는 복숭아 씨와 자두 씨 두 개를 꿀꺽 삼켰지. 내가 없는 사이에 누가 가게 카운터에 고삐를 던진 거였어. 그래서 나는 바로 나가서 말을 묶어 둔 메스키트 나무 앞으로 갔어.

'윌렐라가 말을 타고 나갔대.' 내가 말의 귀에 속삭였어. '마이어드 뮬 목장의 양치기 노새 잭슨 버드하고 같이. 알고 있었니?'

말은 자기 식으로 울었어. 녀석은 소치기 말로 자라서 양치기를 싫어

했거든.

나는 엉클 엠즐리에게 돌아가서 말했어. '양치기라고 하셨나요?'

'그래, 양치기야.' 엉클 엠즐리가 말했어. '자네도 잭슨 버드 이야기를 들어 봤을걸. 북극권 남쪽에 20평방킬로미터의 목초지와 고급 메리노 양 4천 두가 있지.'

나는 나가서 가게 그늘에 있는 프리클리페어 선인장에 기대앉았어. 그러고는 그 잭슨이라는 이름의 새에 대해 한참 혼잣말을 한 뒤 아무 생각 없이 모래를 손가락 사이로 흘려 부츠에 넣었지.

나는 그때까지 양치기를 해치려는 생각은 한 적이 없었어. 어느 날은 말을 타고 라틴어 문법책을 읽는 양치기를 봤지만 그래도 가만두었어! 다른 소치기들은 대개 양치기를 싫어해도 나는 그러지 않았어. 식탁에서 밥을 먹고 작은 구두를 신고 이런저런 화제를 논한다고 양치기들을 해치고 싶어? 나는 언제나 산토끼를 보내듯 그들을 통과시켰어. 예의 바른 인사와 날씨 이야기를 나누었지만 굳이 먹을 것까지는 나누지 않았지. 나는 양치기하고 원수가 되어야 한다는 생각은 하지 않았어. 그렇게 느긋하게 놈들을 살려 주었더니 그중 한 놈이 윌렐라 리어라이트 양하고 말을 타고 나간 거야!

한 시간쯤 지나니까 둘이 돌아와서 엉클 엠즐리 가게 앞에 서더군. 양치기가 여자를 내려 주었지. 둘은 잠시 서서 경쾌한 말을 주고받았어. 그런 뒤 그 잭슨 아무개는 안장에 올라타더니 냄비 같은 모자를 들어 인사하고는 자기 양고기 목장으로 달려갔지. 나는 그때 이미 부츠의 모래를 쏟고 프리클리페어 선인장에서 등을 떼었어. 잭슨이 피미엔타에서 800미터쯤 벗어났을 때 내가 말을 타고 그의 옆에 나타났지.

나는 그 양치기가 빨간 눈이라고 했지만 사실은 그렇지 않았어. 시각기관은 회색이지만 속눈썹이 분홍색이고 머리칼이 갈색이라서 그렇게 부르기로 한 거야. 양치기? 양 중에서도 새끼 양이나 칠 부류였어. 목에는 노란 실크 손수건을 둘렀고 구두는 나비매듭이었어.

'안녕하시오!' 내가 그 친구에게 말했어. '지금 형씨 옆을 달리는 이 사람은 총 솜씨 때문에 죽음의 사신이라는 별명이 붙은 저드슨이오. 낯선 이에게 나를 알리고 싶으면 나는 총을 뽑기 전에 항상 나를 소개하지요. 유령하고 악수하고 싶지는 않으니까.'

'아, 저드슨 씨, 알게 돼서 반갑습니다.' 그는 딱 그렇게 말했어. '나는 마이어드 뮬 목장의 잭슨 버드입니다.'

그때 내 한쪽 눈에 로드러너 새가 타란툴라 거미를 물고 언덕 아래로 달려 내려오는 게 보였고, 다른 쪽 눈으로는 수리가 느릅나무 죽은 가지에 앉아 있는 게 보였어. 나는 그 친구에게 보여 주기 위해 45구경 총으로 놈들을 차례로 쏘고는 말했지. '셋 중에 우선 둘. 새들은 어디서건 자연스럽게 내 총알을 끌어당긴다오.'

'사격 솜씨가 좋군요.' 양치기가 전혀 놀라지 않고 말했어. '하지만 세 번째 과녁은 종종 놓칠 것 같습니다. 지난주에는 어린 풀들에게 좋은 비가 내리지 않았나요, 저드슨 씨?'

'이봐, 병아리.' 내가 그의 조랑말 곁에 바짝 붙어 달리며 말했어. '자네의 분별없는 부모님은 자네에게 잭슨이라는 이름을 주었을지 몰라도 자네는 실제로는 삐악거리는 병아리야. 비가 어쩌고 하는 소리는 다 집어치우고 앵무새 소리가 아닌 말을 해봐. 자네가 피미엔타에서 젊은 여자들하고 말을 타고 다니는 건 고약한 버릇이야. 내가 아는 새들은 그만 못한 일로도 토스트 재료가 되었어. 윌렐라 양은 잭슨 과 병아리가 양털로 지은 둥지는 원하지 않아. 이제 여기서 그만둘 거야, 아니면 이 죽

음의 사신에 맞설 거야? 이 별명의 의미를 확실히 느끼게 해주지.'

잭슨 버드는 약간 얼굴을 붉히더니 웃으며 말했어.

'저드슨 씨, 엉뚱한 생각을 하시는군요. 나는 리어라이트 양을 몇 번 만났지만 저드슨 씨가 생각하는 그런 의도는 없었어요. 내 방문 목적은 순전히 미식을 위한 거였습니다.'

나는 총으로 손을 뻗으며 말했어.

'불명예를 자랑하는 코요테라도……'

'잠깐, 내 말을 들어요.' 그 버드라는 작자가 말했어. '나는 아내가 필요 없어요. 저드슨 씨가 우리 목장을 한번 보시면 좋을 텐데! 요리도 수선도 내가 다 해요. 먹는 것, 그게 양을 치면서 얻는 유일한 기쁨이지요. 저드슨 씨, 리어라이트 양이 만든 팬케이크를 먹어 본 적이 있나요?'

'내가? 아니. 나는 웰렐라 양이 요리를 한다는 말은 들어 본 적 없어.' 내가 그에게 말했지.

'그건 황금빛 햇살이라고 말해도 좋아요.' 그가 말했어. '에피쿠로스 신찬의 불로 구운 듯한 꿀빛이지요. 그 팬케이크 비법을 알 수만 있다면 내 목숨의 2년을 내주어도 좋아요. 그래서 내가 리어라이트 양을 찾아간 겁니다. 하지만 비법을 알아내지는 못했어요. 그건 그 집안에 75년 동안 전해지는 비법이지요. 아랫세대에게 전할 뿐 외부인에게는 알려 주지 않아요. 그 비법만 안다면 목장에서 내가 직접 만들어 먹을 수 있을 테고, 그러면 정말 행복할 텐데 말입니다.'

'형씨가 노리는 게 팬케이크를 만드는 사람이 아니라 팬케이크인 게 확실한 거요?' 내가 그에게 물었어.

'확실합니다.' 잭슨이 말했어. '리어라이트 양은 훌륭한 아가씨지만, 내 의도는 오직 미식……' 하지만 내가 총집에 손을 뻗는 걸 보고 표현을

바꾸어서 말을 맺었지. '팬케이크 비법 때문이라는 걸 장담합니다.'

'형씨는 아주 나쁜 사람은 아니군.' 나는 공정을 기하려고 했어. '형씨의 양들을 고아로 만들어 버릴까 생각했지만 이번에는 놓아주겠어. 하지만 팬케이크에만 집중하고 감정을 시럽으로 착각하면 안 돼. 그러면 형씨 목장에 노래가 울려 퍼져도 형씨는 듣지 못할 거야.'

'그럼 내가 진심이라는 걸 당신이 알 수 있도록 도움을 청하겠습니다.' 양치기가 말했어. '리어라이드 양은 나보다는 지드슨 씨 당신과 친할 테니, 당신에게는 그 팬케이크 비법을 일러 줄지 몰라요. 그걸 캐내 알려 주시면 다시는 그 아가씨 곁에 얼씬거리지 않겠다고 약속하지요.'

'좋아, 가능하다면 기꺼이 알려 주지.' 나는 그렇게 말하고 잭슨 버드와 악수했어. 그런 뒤 잭슨은 넓은 선인장 바위 지대를 지나 마이어드 뮬 쪽으로 갔고, 나는 북서쪽에 있는 빌 투미 목장으로 갔지.

그 닷새 뒤에 나는 다시 피미엔타에 갈 기회가 생겼어. 그래서 윌렐라 양과 함께 엉클 엠즐리의 가게에서 즐거운 저녁 시간을 보냈지. 그녀는 오페라 속 노래를 하면서 피아노를 괴롭혔어. 나는 방울뱀 흉내를 내며 스네이키 맥피가 개발한 소가죽 벗기는 방법을 설명해 주고 세인트루이스 여행 이야기도 해주었지. 우리는 그렇게 계속 친분이 깊어졌어. 잭슨 버드만 찾아오지 않으면 내가 이길 것 같았지. 나는 팬케이크 비법 이야기를 떠올리고 그걸 윌렐라 양에게서 알아내 줘야겠다고 생각했어. 그런 뒤에도 만약 버드가 다시 마이어드 뮬을 나선다면 요절을 내줄 생각이었지.

그래서 10시가 가까워지자 나는 미소 띤 얼굴로 윌렐라 양에게 말했어. '내가 푸른 풀밭 위 붉은 송아지보다 더 보고 싶은 게 있다면 당밀을 듬뿍 얹은 따끈한 팬케이크예요.'

윌렐라 양은 피아노 의자에서 몸을 움찔하더니 이상한 표정으로 나를 보았어.

'네, 팬케이크는 좋지요.' 그녀가 말했어. '그런데 세인트루이스에서 오덤 씨가 모자를 잃어버린 거리 이름이 뭐라고 하셨죠?'

'팬케이크 대로요.' 나는 그렇게 말하고는, 내가 당신 가족에게 팬케이크 비법이 있음을 알고 있으며 그 주제에 집중할 거라는 뜻으로 한쪽 눈을 찡긋해 보였지. '윌렐라 양, 그걸 만드는 방법이 궁금하네요. 팬케이크가 머릿속에서 마차 바퀴처럼 뱅글뱅글 돌고 있어요. 시작해 볼까요? 밀가루 500그램, 달걀 아흔두 개, 그리고 또 재료가 어떻게 되나요?'

'잠시만요.' 윌렐라 양은 그렇게 말하고는 나를 힐끔 곁눈질하더니 의자에서 일어나 다른 방으로 들어갔고, 이어 엉클 엠즐리가 셔츠 바람에 주전자를 들고 나왔어. 그는 고개를 두리번거리더니 탁자에 있는 물 잔을 집어 들었어. 나는 그의 바지 뒷주머니에 45구경 총이 꽂힌 걸 보고 생각했어. 대단한걸! 이 집안은 요리 비법을 총으로 지킬 만큼 중요시해. 어떤 집안은 원수 가족에게도 총을 뽑지 않는데 말이야.

'이걸 마시지.' 엉클 엠즐리가 내게 물 잔을 건네며 말했어. '자네는 오늘 말을 너무 멀리 달려서 좀 들뜬 것 같아. 다른 걸 생각해 보도록 하게.'

'엉클 엠즐리는 팬케이크 만드는 법을 아시나요?' 내가 물었어.

'나는 몇몇 사람들과 달리 그것의 구조에 밝지 않아.' 엉클 엠즐리가 말했어. '하지만 아마 소석고 체와 밀가루 반죽, 베이킹 소다, 옥수숫가루가 필요하고, 거기 달걀과 버터밀크를 섞겠지. 올봄에 빌이 캔자스시티까지 육우를 싣고 갈까, 저드?'

내가 그날 밤 팬케이크에 대해 알아낼 수 있었던 건 그게 전부였어.

잭슨 버드가 팬케이크 요리법을 알아내지 못한 게 당연해 보였지. 그래서 나는 화제를 돌려 엉클 엠즐리와 잠시 소뿔과 태풍 이야기를 했어. 그런 뒤 윌렐라 양이 와서 인사를 했고 나는 목장으로 떠났지.

그 일주일 뒤에 나는 피미엔타로 가다가 거기서 오는 잭슨 버드를 만났고, 우리는 길에 서서 잠시 대화를 주고받았어.

'팬케이크 요리법 목록은 받았소?' 내가 물었어.

'아니요.' 잭슨이 말했어. '아무 진척도 없네요. 저드슨 씨는 시도해 봤나요?'

'해봤지.' 내가 말했어. '하지만 그건 땅콩 껍질로 프레리도그를 굴에서 빼내려는 짓 같았소. 그 팬케이크 비법을 보물단지처럼 움켜쥐고 놓지를 않더라고.'

'그냥 포기할까 생각 중이에요.' 잭슨이 말했는데 그 목소리가 어찌나 기운이 없었는지 내가 다 안타까웠어. '하지만 정말로 내 외로운 목장에서 그 팬케이크를 구워 먹고 싶었어요. 밤이면 자리에 누워서 그 맛을 생각해요.'

'포기하지 말아요.' 내가 그에게 말했어. '나도 계속 시도할 테니. 우리 둘 중 하나가 오래지 않아 그 비법을 알아낼 수 있을 거요. 그럼 잘 가시오, 잭슨.'

이렇듯 우리는 이때쯤 평화로운 사이가 되었어. 그가 윌렐라 양에게 구애하지 않는다는 걸 알게 되자 나는 갈색 머리 양치기에게 참을성이 생겼거든. 그리고 그의 미각의 소망을 위해서 윌렐라 양에게서 그 요리법을 알아내려고 계속 노력했어. 하지만 내가 팬케이크라는 말을 꺼낼 때마다 그녀는 눈빛이 불안해져서는 화제를 바꾸려 했어. 내가 그 이야기를 고집하면 자리를 빠져나가서, 물이 든 주전자를 들고 바지 뒷주머니에 권총을 꽂은 엉클 엠즐리를 보냈지.

어느 날 나는 들꽃 가득한 포이즌드 도그 평원에서 푸른 마편초 꽃을 한 다발 꺾어 들고 가게로 갔어. 엉클 엠즐리는 한 눈을 감은 채 그걸 보고 말했어.

'소식 들었어?'

'소 떼 소식요?' 내가 물었어.

'윌렐라하고 잭슨 버드가 어제 팔레스타인에서 결혼했어.' 엉클 엠즐리가 말했어. '오늘 아침에 편지가 왔어.'

나는 꽃을 떨어뜨리고는, 그 소식이 귓속을 흐른 뒤 왼쪽 셔츠 주머니를 지나서 발바닥에 이르게 했어.

'다시 말씀해 주시겠습니까, 엉클 엠즐리?' 내가 말했어. '내가 잘못 들은 걸 수도 있으니까요. 방금 아저씨 말씀은 그저 살아 있는 암소 가격이 4달러 80센트라거나 그 비슷한 내용이었을 수도 있으니까요.'

'어제 결혼해서 웨이코*와 나이아가라 폭포로 신혼여행을 갔어.' 엉클 엠즐리가 말했어. '그동안 눈치 못 챘어? 잭슨 버드는 처음 윌렐라하고 말을 타고 나갔을 때부터 그 애한테 구애했어.'

'그러면 그 팬케이크 어쩌고 하던 말은 다 뭡니까?' 나는 소리를 꽥 지르다시피 했어.

내가 팬케이크라는 말을 하자 엉클 엠즐리는 약간 회피하면서 뒤로 한 발 물러났어.

'그놈이 팬케이크 이야기로 나를 속였어요.' 내가 말했어. '그게 대체 뭐죠? 아저씨는 아시죠? 말해 주세요. 아니면 여기서 바로 그 반죽을 하

*텍사스 주 중부의 도시.

시든지요.'

나는 카운터를 넘어 엉클 엠즐리에게 갔어. 그는 총으로 손을 뻗었지만, 총은 서랍에 있어서 잡지 못했지. 나는 엉클 엠즐리의 먹살을 잡고 구석으로 밀고 가서 말했어.

'팬케이크 이야기를 해요. 아니면 아저씨를 팬케이크로 만들어 버리겠어요. 윌렐라 양이 그걸 만드는 거 맞아요?'

'그 애는 평생 팬케이크를 구워 본 적이 없고, 나도 팬케이크를 본 적이 없어.' 엉클 엠즐리가 나를 달래며 말했어. '이제 진정하게, 저드. 진정해. 자네는 지금 흥분했고, 머리에 입은 상처 때문에 총명함이 흐려지고 있어. 팬케이크 생각은 그만두게.'

'엉클 엠즐리,' 내가 말했어. '제 인지력은 아무 상처도 입지 않았습니다. 잭슨 버드는 자신이 윌렐라 양을 찾아오는 이유가 팬케이크 만드는 법을 알아내기 위해서라며 저한테도 그 요리법을 알아내 달라고 했어요. 저는 그렇게 했고, 결과는 아저씨도 아실 겁니다. 제가 빨간 눈의 양치기에게 당한 겁니까?'

'손을 놓으면 말해 주지. 그래, 잭슨 버드가 자네를 속인 것 같군. 그 친구가 윌렐라하고 처음 말을 타고 나갔던 날 돌아와서 나하고 윌렐라한테 이렇게 말했어. 만약 자네가 팬케이크 이야기를 꺼내면 조심하라고. 예전에 자네가 야영지에서 있다가 누구한테 프라이팬으로 머리를 맞아 상처를 입은 적이 있다고. 사람들이 팬케이크를 구울 때였다고. 잭슨 말로는, 자네는 흥분할 때마다 그 상처가 덧나서 정신이 흐려져 팬케이크 어쩌고 하면서 소란을 피운다더군. 그러니 그럴 때면 화제를 돌려 자네를 달래라고, 그러면 위험에서 벗어날 수 있다고 했어. 그래서 나와 윌렐라는 들은 대로 최선을 다했던 걸세. 잭슨 버드는 흔히 보는 양치기가 아닌 게 분명하군.' 엉클 엠즐리는 그렇게 말했어."

저드는 이야기를 하면서 느리지만 능숙한 솜씨로 자루와 통에 든 내용물을 혼합했다. 그리고 이야기가 끝나 갈 때 내 앞에 완성품을 내밀었다. 주석 접시에 놓인 뜨끈하고 먹음직스러운 팬케이크 두 장이었다. 어떤 비밀 저장소에서 꺼낸 고급 버터와 금빛 시럽도 곁들여져 있었다.

"그게 언제 일이지?" 내가 물었다.

"3년 전." 저드가 말했다. "두 사람은 이제 마이어드 뮬 목장에 살아. 하지만 그 뒤로는 한 번도 본 적이 없어. 사람들 말로는 잭슨 버드가 팬케이크 헛소리로 나를 바보로 만드는 동안 목장에 흔들의자를 들이고 커튼을 달고 하면서 그곳을 꾸몄다더군. 어쨌건 나는 얼마 후에 그 일을 다 잊었어. 하지만 친구들이 그 일을 계속 떠들고 다녔지."

"이 팬케이크는 그 유명한 요리법으로 만든 거야?" 내가 물었다.

"그런 요리법은 없다고 하지 않았어?" 저드가 말했다. "팬케이크가 먹고 싶은 일꾼들이 하도 팬케이크를 내놓으라고 해서, 신문에서 요리법을 오려 내서 만든 거야. 맛이 어때?"

"훌륭해." 내가 대답했다. "자네도 먹지그래, 저드?"

나는 분명히 한숨 소리를 들은 것 같았다.

"나? 나는 그거 절대 안 먹어." 저드가 말했다.

아르카디아*의 나그네들
Transients in Arcadia

　브로드웨이에 여름철 관광 안내 업체들이 미처 발견하지 못한 호텔이 하나 있다. 그곳은 깊고 넓고 서늘하다. 그곳의 방들은 시원한 검은 참나무로 마감되어 있다. 그곳의 선풍기 바람과 진녹색 관목 숲은 애디론댁 산맥의 기쁨을 주되 산의 불편함은 주지 않는다. 그곳에서 우리는 널따란 계단을 걸어 올라갈 수도 있고, 알프스 산 등반가는 경험하지 못한 고요한 즐거움 속에 놋쇠 단추 제복을 입은 안내원이 배치된 승강기를 타고 꿈꾸듯 미끄러져 올라갈 수도 있다. 주방에 있는 요리사는 화이트 산맥에서 나는 것보다 더 좋은 곤들매기와 올드 포인트 컴퍼트**를 질투로 불태울 해산물과 사냥터지기의 심장을 녹일 메인 주 사슴 고

*그리스 신화의 낙원.
**버지니아 주 항구도시 햄프턴 해변의 곳.

기를 요리해 줄 것이다.

소수의 사람만이 맨해튼의 7월 사막에 자리한 이 오아시스를 발견했다. 그때가 되면 천장 높은 호텔 식당의 어스름 속에 흩어져 앉은 단출해진 손님들이, 눈 덮인 황야처럼 하얗게 펼쳐진 손님 없는 식탁 너머로 서로를 바라보며 조용히 축하를 주고받는다.

여유롭고 주의 깊고 공기처럼 움직이는 종업원들은 주변을 떠돌면서 손님들이 말하기도 전에 필요한 것을 가져다준다. 온도는 항상 4월이다. 천장에는 여름 하늘을 그린 수채화 그림이 있고, 그 하늘에서는 자연과 달리 구름이 안타깝게 사라져 버리는 일이 없다.

브로드웨이의 유쾌하고 아득한 소음은 행복한 손님들의 상상 속에서 폭포 소리로 변형되어 숲에 평화로운 소리를 더해 준다. 손님들은 낯선 발소리가 들릴 때마다, 아무리 깊은 자연도 쑤시고 다니는 휴식 없는 행락객들이 자신들의 안식처인 이곳을 침범할지 모른다는 두려움과 불안 속에 귀를 기울인다.

그곳을 아는 소수의 사람들은 열기의 계절 동안 그렇게 한적한 숙박지에 몸을 숨긴 채 예술과 기술이 모아 바치는 산과 해변의 기쁨을 최고 수준으로 즐긴다.

그 7월에 한 사람이 호텔에 와서는 '마담 엘로이즈 다르시 보뭉'이라는 이름이 적힌 명함을 내밀고 숙박부를 작성했다.

마담 보뭉은 호텔 로터스가 사랑하는 부류의 손님이었다. 상류계급의 섬세한 분위기가 있었고, 거기 진정한 우아함이 더해져서 호텔 직원은 모두 그녀의 노예가 되었다. 벨보이들은 그녀의 종소리에 응답하는 영예를 위해 서로 다투었다. 직원들은 소유권 문제만 아니라면 호텔과 그 안의 내용물 전부를 그녀에게 양도했을 것이다. 다른 손님들은 그녀의 여성적 폐쇄성과 아름다움이 그곳을 더욱 완벽하게 만들어 준다고 여겼다.

이 눈부시도록 훌륭한 손님은 좀처럼 호텔 밖을 나가지 않았다. 그녀의 습관은 호텔 로터스의 안목 있는 손님들과 일치했다. 그 유쾌한 호텔을 만끽하려면 도시는 몇 킬로미터 바깥에 떨어져 있는 듯 잊어버려야 한다. 밤에는 인근 나들이가 좋다. 하지만 찌는 듯한 낮 동안에는 송어가 좋아하는 연못의 맑은 성소에 조용히 머물듯이 호텔 로터스의 견고한 그늘 안에 머물러야 한다.

마담 보몽은 호텔 로터스에서 혼자 지냈지만 그 외로움은 오직 지위에서 연유한 여왕 같은 위엄을 유지했다. 그녀는 10시에 식사했는데, 그 차분하고 온화하고 여유롭고 섬세한 모습은 식당 어스름 속에서 땅거미 속의 재스민 꽃처럼 부드럽게 빛났다.

하지만 마담 보몽의 영광이 최고조에 이르는 것은 저녁 식사 때였다. 그녀는 어느 산 계곡에 있는 미지의 큰 폭포에서 솟는 물안개처럼 아름답고 하늘거리는 드레스를 입었다. 이 드레스의 종류는 일개 작가가 짐작할 수 있는 수준이 아니다. 레이스로 장식한 드레스 앞면에는 언제나 주홍 장미들이 있었다. 그것은 수석 종업원이 문 앞에서 존경심으로 바라보고 맞이하는 드레스였다. 그것을 보면 파리가 떠오르고, 수수께끼의 백작 부인들도 떠오르고, 베르사유와 결투와 피스크 부인*과 루주에누아르 카드놀이도 떠오를 것이다. 호텔 로터스에는 마담 보몽이 세계를 누비는 사람이고, 그 가녀리고 하얀 손으로 국가들 사이의 어떤 줄을 러시아에 이로운 방향으로 당긴다는 확인할 수 없는 소문이 돌았다.

*당시의 유명 여배우 미니 매던 피스크.

마담 보몽이 정말로 세계의 평탄한 길들을 자유롭게 누비는 사람이라면, 뜨거운 한여름에는 세련된 환경의 호텔 로터스가 가장 바람직한 휴식 장소임을 그녀가 재빨리 알아차린 것은 놀라운 일이 아니었다.

마담 보몽이 호텔에 온 지 사흘째 되던 날, 한 젊은이가 와서 숙박부에 이름을 적었다. 그의 옷은 ─그의 장점을 순서대로 말하자면─ 차분하지만 유행에 맞았고, 그의 이목구비는 단정하고 깔끔했다. 그의 표정은 침착하면서도 세상 물정을 아는 세련된 면모가 있었다. 그는 직원에게 사나흘 정도 머물 거라고 말하고, 유럽행 기선과 관련해서 몇 가지 질문을 한 뒤 몹시 마음에 드는 숙소에 든 여행자의 만족감 속에 최상 호텔의 축복된 무위에 빠져들었다.

젊은이─숙박부에 적힌 내용을 의심하지 않는다면─는 해럴드 파링턴이었다. 그는 호텔 로터스의 폐쇄적이고 잔잔한 흐름 속에 능숙하고도 소리 없이 섞여 들어서, 동료 휴식 추구자들을 동요시키는 잔물결 하나 일으키지 않았다. 그는 호텔 로터스에서 식사를 했고, 또 로터스를 먹은 전설 속 사람들처럼* 축복된 평화를 누렸다. 그는 하루 만에 자신의 식탁과 종업원을 얻었고, 브로드웨이를 달구는 휴식 추구자들이 헐떡이며 뛰어 들어와 가까운 곳에 숨어 있는 이 안식처를 파괴할지 모른다는 두려움도 얻었다.

해럴드 파링턴이 도착한 다음 날 저녁 식사를 마쳤을 때, 마담 보몽이 지나가다가 손수건을 떨구었다. 파링턴 씨가 그것을 주워서, 과도한 열의로 교제를 청하는 일 없이 그녀에게 돌려주었다.

호텔 로터스의 안목 있는 고객들 사이에는 수수께끼의 교감이 있는지

---

*로터스는 그리스 신화 속 열매로, 먹으면 세상을 잊고 행복감에 빠진다고 한다.

도 모른다. 어쩌면 브로드웨이에서 가장 훌륭한 여름 휴양 호텔을 발견했다는 공통의 행운이 그들 서로를 끌리게 하는지도 모른다. 두 사람은 격식에서 벗어나기를 주저하며 섬세하고 예의 바른 말을 나누었다. 그러자 진짜 여름 휴양지의 편리한 분위기에서처럼, 그 자리에 친분이라는 요술 식물이 자라나 꽃을 피우고 열매를 맺었다. 그들은 잠시 복도 끝 발코니에 서서 깃털처럼 가벼운 대화를 나누었다.

"전통적 휴양지는 피곤해요." 마담 보몽이 희미하지만 다정한 미소를 짓고 말했다. "소음과 먼지를 피하러 산으로 가고 바다로 갈 필요가 있나요? 바로 그런 걸 만드는 사람들이 다 그리로 몰려가는데."

"속물들은 바다 위에서도 우리 곁에 있지요." 파링턴이 슬픈 목소리로 말했다. "탑승 자격을 엄격히 제한하는 기선도 여객선보다 나을 게 없어요. 제발 여름 휴양객들이 로터스 호텔이 사우즌드 섬이나 매키낙 섬처럼 브로드웨이에서 아주 멀리 떨어져 있다고 생각하기를."

"어쨌건 우리의 비밀이 일주일 동안은 무사하기를 바랍니다." 마담이 한숨과 미소 속에 말했다. "사랑하는 로터스로 사람들이 밀려들면 제가 어디로 가야 할지 몰라요. 제가 아는 곳 가운데 여름에 이렇게 쾌적한 곳은 여기 말고는 한 곳뿐이죠. 그곳은 우랄 산맥에 있는 폴린스키 백작의 성이에요."

"바덴바덴과 칸도 이 계절에 사람이 별로 없다고 알고 있습니다." 파링턴이 말했다. "전통적 휴양지들은 해마다 평가가 하락해요. 아마 다른 사람들도 우리처럼 남들이 잘 모르는 조용한 곳을 찾고 있을 겁니다."

"저는 이 쾌적한 휴식을 사흘만 더 취할 수 있어요." 마담 보몽이 말했다. "월요일에 세드릭 호가 떠나거든요."

해럴드 파링턴의 눈에 안타까움이 떠올랐다. "저도 월요일에 떠납니다. 외국으로 가는 건 아니지만."

마담 보몽이 둥근 어깨 한쪽을 외국 사람처럼 으쓱 들었다 내렸다.

"아무리 매력적이라도 여기 영원히 숨어 있을 수는 없어요. 그 성은 제가 한 달도 넘게 지낼 수 있게 준비되어 있어요. 하지만 거기서 치러야 하는 파티들은 정말 귀찮죠! 로터스 호텔에서 보낸 일주일은 잊지 못할 거예요."

"저도 그렇습니다." 파링턴이 나직하게 말했다. "그리고 저는 세드릭 호를 용서하지 못할 겁니다."

사흘 뒤인 일요일 저녁에 두 사람은 같은 발코니의 작은 탁자에 앉았다. 점잖은 웨이터가 얼음과 작은 클라레컵* 두 잔을 가져왔다.

마담 보몽은 매일 저녁 식사 때 입는 그 아름다운 드레스를 입었다. 그녀는 생각에 잠긴 것 같았다. 탁자에 내려놓은 손 옆에 작은 손가방이 있었다. 그녀는 얼음을 먹더니 손가방을 열고 1달러 지폐를 꺼냈다.

"파링턴 씨." 그녀가 호텔 로터스를 사로잡은 미소를 짓고 말했다. "드릴 말씀이 있어요. 저는 내일 아침 식전에 떠나요. 다시 일을 해야 하니까요. 저는 케이시 매머스 양말 상점의 점원이고 휴가는 내일 8시까지예요. 그 지폐는 다음 주 토요일 밤에 8달러 주급을 받을 때까지 제게 남은 마지막 돈이에요. 파링턴 씨는 진정한 신사시고 저에게 잘해 주셨기에, 떠나기 전에 사실을 말씀드리고 싶었어요.

저는 1년 동안 오직 이 휴가를 위해 봉급을 저축했어요. 일주일 동안은 정말로 귀부인처럼 보내고 싶었어요. 매일 아침 7시에 억지로 출근하는 생활을 잊고 내가 원할 때 일어나고 싶었어요. 최고의 것을 누리고

---

*적포도주에 브랜디, 레몬, 설탕 등을 섞어 차게 만든 음료.

사람들의 시중을 받고 부자들처럼 무언가 필요할 때마다 종을 울리고 싶었어요. 이번에 저는 그렇게 하면서 제 인생에서 가장 행복한 시간을 보냈어요. 그리고 이제 다시 1년 동안 제 직장과 조그만 셋방으로 돌아갑니다. 그 말씀을 드리고 싶었어요, 파링턴 씨. 왜냐면 당신이…… 저를 좋아하시는 것 같고, 저도…… 당신을 좋아하는 것 같아서요. 하지만 저는 당신을 속이지 않을 수 없었어요. 이 모든 일이 제게는 다 동화 같았으니까요. 그래서 저는 유럽 이야기를, 책에서 읽은 다른 나라 이야기를 하면서 귀부인 흉내를 냈어요.

제가 입은 이 드레스는 제 몸에 맞는 유일한 드레스인데, 오다우드 앤드 레빈스키 상점에서 할부로 산 거예요.

가격은 75달러고 맞춤 모델이에요. 지금까지 10달러를 냈고, 지불 완료 시까지 일주일에 1달러씩 내야 돼요. 제 이야기는 이게 다예요, 파링턴 씨. 더 할 말은 제 이름이 마담 보몽이 아니라 메이미 시버터라는 것과 당신의 관심에 감사드린다는 것뿐이에요. 이 1달러로는 내일 몫의 드레스 할부금을 내야 해요. 이제 제 방으로 올라가야겠네요."

해럴드 파링턴은 무감각한 얼굴로 호텔 로터스에서 가장 사랑스러운 손님의 이야기를 들었다. 이야기가 끝나자 그는 외투 주머니에서 수표책처럼 생긴 작은 수첩을 꺼냈다. 그러고는 몽당연필로 거기 글씨를 쓰더니 종잇장을 찢어서 그녀에게 던져 주고 지폐를 집어 들었다.

"저도 내일 아침에 출근해야 돼요." 그가 말했다. "그러니 지금 바로 일을 시작해도 괜찮을 것 같습니다. 그건 1달러 할부금 영수증이에요. 저는 3년 전부터 오다우드 앤드 레빈스키 상점 수금원으로 일하고 있습니다. 재미있지 않나요? 우리 두 사람이 같은 데서 휴가를 보낼 생각을 했다는 게요. 저는 늘 고급 호텔에 묵기를 꿈꾸었고, 주급 20달러의 일부를 저축해서 그 소원을 이뤘어요. 그러니까 말인데요 메임, 토요일 밤에 같이 배를 타고 코니 아일랜드에 놀러 가는 건 어떨까요?"

가짜 마담 엘로이즈 다르시 보몽의 얼굴이 밝게 빛났다.

"당연히 가야죠, 파링턴 씨. 가게는 토요일은 12시까지예요. 우리가 아무리 최고급 호텔에서 일주일을 보냈다고 해도 코니 아일랜드는 좋을 것 같아요."

발코니 아래로는 땀에 젖은 도시가 7월 밤 속에 우르릉거렸다. 호텔 로터스 안에는 서늘한 그림자가 가득했고, 낮은 창 옆에는 세심한 종업원들이 마담과 젊은이의 고갯짓 한 번에 달려올 준비를 하고 가볍게 떠돌았다.

승강기 앞에서 파링턴이 인사했고 마담 보몽은 마지막으로 승강기에 올랐다. 하지만 그들이 그 소음 없는 새장에 도착하기 전에 남자가 말했다. "'해럴드 파링턴'이란 이름은 잊어 주세요. 제 이름은 맥매너스예요, 제임스 맥매너스요. 어떤 사람들은 지미라고 부르죠."

"잘 자요, 지미." 마담이 말했다.

녹색의 문
The Green Door

당신이 저녁을 먹고 나서 브로드웨이를 산책한다고 생각해 보라. 시가를 피울 시간은 10분이고, 그사이에 당신은 즐거운 비극과 심각한 희극 사이에서 선택해야 한다. 그때 갑자기 누가 당신의 팔에 손을 댄다. 돌아보니 다이아몬드와 러시아 산 검은 담비 모피를 두른 미녀가 타오르는 눈으로 당신을 바라본다. 그녀는 당신 손에 뜨거운 버터 빵을 쥐어 주고는 작은 가위를 꺼내서 당신 외투의 두 번째 단추를 자르고 '평행사변형!'이라는 말을 의미심장하게 내뱉고 옆길로 사라지며 두려운 눈길로 등 뒤를 바라본다.

그런 일은 순수한 모험일 것이다. 당신은 그것을 받아들이겠는가? 그러지 않을 것이다. 당신은 당황해서 얼굴을 붉힐 것이다. 슬그머니 빵을 떨구고 브로드웨이를 계속 걸어가며, 단추가 떨어진 자리를 기운 없이 더듬을 것이다. 당신이 순수한 모험 정신이 살아 있는 축복받은 소수가 아니라면 그럴 것이다.

진정한 모험가는 흔치 않다. 진정한 모험가로 기록된 이들은 대개 새로운 사업을 개발한 사업가들이었다. 그들은 황금 양피건 성배건 애인이건 보물이건 왕관과 명성이건 자신이 원하는 것을 찾아 나섰다. 진정한 모험가는 목적도 없고 계산도 없이 미지의 운명을 맞으러 나아간다. 성서에 니오는 탕자가 좋은 예고, 특히 그가 집에 돌아오기 시작했을 때가 그러하다.

절반쯤의 모험가는 많았고, 그들 역시 용감하고 눈부신 인물이었다. 십자군에서 허드슨 강 암벽 순례자들까지 그들은 역사와 소설, 그리고 역사소설을 풍부하게 했다. 하지만 그들은 저마다 받아야 할 상이나 올려야 할 득점, 갈아야 할 도끼, 달려야 할 경주, 찔러야 할 칼, 새겨야 할 이름 또는 해야 할 말이 있었다. 그래서 그들은 진정한 모험가였다고 할 수 없다.

대도시에는 언제나 로맨스와 모험이라는 쌍둥이 정신이 구애자를 찾아 떠돈다. 우리가 거리를 떠돌 때 그것들은 교활한 눈빛으로 우리를 바라보며 스무 가지 변장을 하고 우리에게 도전한다. 우리는 이유도 모르고 문득 고개를 들었다가 창문에서 우리 심장 속 내밀한 화랑에 걸린 친근한 초상화의 얼굴을 본다. 잠든 대로변의 덧창을 꼭꼭 닫은 빈집에서 고통과 공포의 외침이 터져 나오는 것을 듣는다. 마부가 우리를 낯선 문 앞에 내려놓으면, 그 문이 미소 속에 열리며 우리에게 들어오라고 손짓한다. 공중에 매달린 '우연'의 격자창에서 쪽지 한 장이 발밑으로 팔랑팔랑 내려온다. 우리는 바쁘게 지나가는 군중 속 낯선 이들과 순간적인 미움과 애정, 두려움을 주고받는다. 갑자기 비가 내렸을 때 우리가 우산을 씌워 주는 이가 보름달의 딸과 항성계의 사촌일지도 모른다. 모퉁이마다 손수건이 떨어지고 손짓이 일고 시선이 오가면서 실종자, 고독자, 열광자, 미지의 사람들, 위험한 사람들, 모험의 다양한 실마리가 우리 손안에 들어온다. 하지만 우리 가운데 그것을 움켜쥐고 거기 따르는 사람은 별로 없다. 우리는 등에 인습의 잣대를 빳빳하게 꽂고, 그냥 스쳐 지나간다. 그리고 어느 날 아주 지루한 인생의 끝을 맞이했을 때, 우리의 로맨스란 창백하게도 한두 번의 결혼, 서랍 깊은 곳에 간직한 공단 장미, 평생에 걸친 스팀 히터와의 싸움으로 이루어졌음을 깨닫는다.

그러나 루돌프 스타이너는 진정한 모험가였다. 그는 거의 매일 저녁 예기치 못한 엄청난 것을 찾아 자신이 기거하는 현관 옆방을 나갔다. 그는 자기 인생에서 가장 흥미로운 일은 다음번 모퉁이에서 벌어질지도 모른다고 생각했다. 운명을 유혹하는 이런 강한 의지 때문에 그는 때로 이상한 길에 들어서기도 했다. 두 번에 걸쳐 기차 역사에서 밤을 보냈고, 여러 차례 능숙한 사기꾼들에게 당했다. 그의 시계와 돈은 한차례의 매혹의 대가로 사라졌다. 하지만 그는 시들지 않는 열정으로 자기 앞의 도전을 남김없이 받아들이고 즐거운 모험을 이어 갔다.

어느 날 저녁, 루돌프는 도시 중심지 구시가의 도로를 걸었다. 인파는 서둘러 귀가하는 무리와 집을 버리고 불빛 휘황한 싸구려 식당의 그럴듯한 환대의 품으로 뛰어드는 불안한 무리의 두 줄기 물결로 길을 메웠다.

젊은 모험가 루돌프는 경쾌했고, 차분하면서도 주의 깊게 길을 갔다. 그는 낮에는 피아노 상점의 판매원으로 일했다. 넥타이에는 핀을 꽂지 않고 황옥 고리를 꿰었다. 한번은 잡지사에 로라 진 리비의 『주니의 사랑의 시련』이 자기 인생에 가장 큰 영향을 미친 책이라는 글도 보냈다.

산책 중 어느 노변에 있는 유리 상자에서 이빨이 딱딱 부딪치는 소리가 들렸다. 그는 처음에는 (불안해하며) 그 바로 뒤쪽의 레스토랑을 보았지만, 다시 보니 그 옆 건물 높직한 곳에 전기로 불을 밝힌 치과 진료소 간판이 보였다. 붉은 코트와 노란 바지와 군용 모자의 환상적인 차림을 한 덩치 큰 흑인이 행인들 중 손을 내미는 사람들에게 신중하게 광고 카드를 나누어 주고 있었다.

루돌프는 그런 방식의 치과 홍보에 익숙했다. 그는 대개 카드 배포자기 손에 든 분량을 줄여 주지 않고 그 앞을 지나쳤다. 하지만 오늘 밤 흑인은 그의 손에 카드를 아주 능숙하게 쥐어 주었고, 그는 그 수완에 약간 미소까지 지으며 그것을 받아 들었다.

그는 몇 미터 걸어간 뒤 무심코 카드를 보았다. 그랬다가 놀라서 그것을 뒤집어 보았다. 카드 한 면은 백지였고, 반대편에는 잉크로 '녹색 문'이라는 두 단어가 적혀 있었다. 루돌프의 세 걸음 앞에서 한 남자가 흑인이 준 카드를 버리고 갔다. 루돌프는 그것을 주워 들었다. 거기에는 치과 의사의 이름과 주소와 '플레이트 작업' '브리지 작업' '크라운 작업' 일정과 '통증 없이' 시술한다는 약속이 새겨져 있었다.

모험을 사랑하는 피아노 판매원은 모퉁이에 서서 생각했다. 그리고 길을 건너 한 블록을 걸어갔다가 다시 길을 건너서 사람들 틈에 섞인 채 오던 길을 되짚어 내려갔다. 그리고 흑인을 의식하는 기색 없이 두 번째로 그 앞을 지나가면서 자기 앞에 내민 카드를 무심한 척 받았다. 열 걸음 걸어가서 카드를 보았다. 첫 번째 카드와 똑같은 손글씨로 '녹색 문'이라고 적혀 있었다. 그의 앞뒤로 행인들이 버린 카드 서너 장이 길에 흩어져 있었다. 모두 백면이 위쪽이었다. 루돌프는 그것들을 뒤집어 보았다. 하나같이 치과 진료소 광고만을 담고 있었다.

장난기 가득한 모험의 신은 자신의 진정한 추종자 루돌프 스타이너에게 굳이 두 번 손짓할 필요도 없었다. 하지만 어쨌건 손짓은 그렇게 두 번 이루어졌고, 탐험의 여정이 시작되었다.

루돌프는 딱딱거리는 이빨 상자 옆에 선 덩치 큰 흑인 앞으로 천천히 돌아갔다. 이번에는 지나가도 카드를 받을 수 없었다. 요란하고 우스꽝스러운 복장에도 불구하고, 어떤 사람에게는 부드럽게 카드를 건네고 어떤 사람은 편안히 그냥 보내는 그 흑인의 태도에는 자연스러우면서도 야성적인 위엄이 깃들어 있었다. 흑인은 전차 차장의 말이나 그랜드오페라의 한 구절처럼 알아듣기 어려운 말을 30초마다 중얼거렸다. 그는 이번에는 루돌프에게 카드를 주지 않을 뿐 아니라 반짝이는 큰 얼굴에 차가운 경멸의 표정을 지어 보이는 듯했다.

그 표정이 모험가를 자극했다. 그것은 너는 부족하다는 비난을 담은 것 같았다. 카드에 적힌 수수께끼의 말이 무슨 뜻이건, 흑인은 군중 가운데서 그를 두 번이나 선택해서 카드를 주었다. 그리고 이제는 그가 수수께끼에 참여할 재치와 기백이 없다고 비난하는 것 같았다.

젊은 모험가는 군중들 틈에서 비껴 서서 모험이 놓인 듯한 건물을 훑어보았다. 건물은 5층 높이였다. 지하에는 작은 식당이 있었다.

이제 문을 닫은 1층은 모자 상점 아니면 모피 상점 같았다. 2층은 전기 간판이 깜빡이는 치과 진료소였고, 그 위층에는 온갖 언어로 된 간판들이 손금 보는 집, 드레스 상점, 음악 교습소, 진료소 등을 알렸다. 더 위층은 커튼을 치고 창턱에 우유병을 놓은 모습으로 보아 가정집 같았다.

탐색을 마친 뒤 루돌프는 건물의 돌계단을 씩씩하게 올라갔다. 그리고 카펫 깔린 계단의 두 번째 층계참에서 멈춰 섰다. 복도에는 희미한 가스등 두 개가 흐릿하게 빛났다. 하나는 오른쪽 멀리 있고, 다른 하나는 가까이 왼쪽에 있었다. 가까운 곳에 있는 빛으로 눈길을 돌리자, 창백한 원광 속에 녹색 문이 보였다. 그는 잠시 망설였다. 그러자 흑인의 차가운 비웃음이 느껴졌다. 그는 녹색 문 앞으로 가서 문을 두드렸다.

응답을 받기 전까지 기다리는 순간에는 진정한 모험심으로 숨이 가빠지게 마련이다. 저 녹색 문 뒤에는 무엇이 있을지 모른다! 노름하는 도박꾼들, 교묘한 솜씨로 덫을 놓는 악당들, 용자에게 구애받을 계획을 짜는 미녀, 위험, 죽음, 사랑, 실망, 조롱…… 그중 어느 것이 대담무쌍한 노크에 응답할지 모른다.

바스락거리는 소리가 나더니 천천히 문이 열렸다. 스무 살도 안 되는 여자가 서 있었는데, 얼굴이 하얗고 몹시 연약해 보였다. 여자는 손잡이를 놓더니 한 손을 휘저으며 비틀거렸다. 루돌프는 여자를 잡아서 벽 앞의 낡은 소파로 데려가서 누였다. 그런 뒤 문을 닫고 펄럭이는 가스등 아래 방을 둘러보았다. 깔끔한 방이었지만 지독한 빈곤의 이야기가 서려 있었다.

여자는 기절한 듯 가만히 누워 있었다. 루돌프는 흥분 속에 방을 둘러보며 큰 술통을 찾았다. 이럴 때는 술통 위에 엎어 놓고 굴려야 하지 않는가. 아니다, 그건 물에 빠졌을 때다. 그는 모자로 여자에게 부채질을 해주었다. 그것이 통했다. 모자챙이 여자의 코를 치자 여자가 눈을 뜬 것이다. 그때 루돌프는 그 얼굴이 그의 심장 속 화랑에서 사라진 얼굴임을 알았다. 꾸밈없는 회색 눈, 위로 경쾌하게 올라간 작은 코, 완두콩 덩굴처럼 꼬불꼬불한 밤색 머리는 그의 눈부신 모험 행로의 적절한 목적지이자 보상 같았다. 하지만 그 얼굴은 애처로울 만큼 여위고 창백했다.

여자가 차분히 그를 보고 미소 지었다.

"기절했었죠?" 여자가 힘없이 말했다. "달리 어쩌겠어요. 사흘 동안 아무엇도 안 먹어 보세요!"

"히멜!"* 루돌프가 펄쩍 일어서면서 소리쳤다. "내가 돌아올 때까지 기다려요."

그는 녹색 문 밖으로 나가서 계단을 달려 내려갔다. 그리고 20분 뒤에 돌아와 문을 열라고 발끝으로 문을 두드렸다. 그의 품에는 식품점과 레스토랑에서 산 물건이 가득했다. 그는 그것을 식탁에 내려놓았다. 버터 빵, 냉육, 케이크, 파이, 피클, 굴, 닭구이, 병에 든 우유와 역시 병에 든 뜨거운 차.

"배를 곯며 지내다니 말도 안 돼요." 루돌프가 호통치듯 말했다. "이런 도박은 그만둬야 해요. 여기 저녁거리를 준비해 왔어요." 그는 여자를 식탁 앞 의자에 앉히고 물었다. "차를 따를 컵 있어요?" "창가 선반에 있어요." 컵을 가져온 그의 눈에, 그녀가 여자의 직감으로 종이 가방에 든 큼직한 피클을 찾아 그것부터 꺼내 먹는 모습이 보였다. 그는 웃으면서 피클을 빼앗고는 컵에 우유를 따라 주며 명령하듯 말했다. "이것부터 마셔요. 그런 다음에 차를 먹고, 다음에는 닭 날개를 먹어요. 말을 잘 들으면 내일은 피클을 먹게 해줄게요. 이제 나를 손님으로 허락해 준다면 함께 저녁을 먹겠어요."

그는 다른 의자를 끌어왔다. 차를 마시자 여자는 눈빛이 밝아지고, 혈색도 약간이나마 살아났다. 그녀는 굶주린 야생동물처럼, 얌전하지만 맹렬하게 먹었다. 루돌프의 존재와 그가 베푸는 도움을 아주 자연스럽게 여기는 것 같았다. 관습을 무시해서 그러는 것이 아니라, 닥친 곤경으로 인해 인위적인 것들은 잠시 옆으로 치워 둔 것 같았다. 하지만 차츰 기

---

* '천사'라는 뜻의 독일어.

력과 편안함을 되찾자 다시 관습을 의식하게 되었다. 그녀는 자신의 사연을 이야기해 주었다. 그것은 도시에서 날마다 듣는 수천 개의 지루한 이야기 가운데 하나였다. 저임금을 받는 여점원이 그마저 '벌금'으로 빼앗겨 상점을 살찌우다가, 병으로 시급을 잃고 직장도 희망도 잃었을 때 모험가가 찾아와 녹색 문을 두드렸다는 이야기였다.

하지만 루돌프에게 그 이야기는 『일리아드』 또는 『주니의 사랑의 시린』속 위기 장면만큼이나 대단했다.

"그런 일을 견뎠다니." 그가 소리쳤다.

"힘들었어요." 여자가 진지하게 말했다.

"이 도시에 친척도 친구도 없어요?"

"없어요."

"나도 이 세상에 혼자예요." 루돌프가 잠시 쉬었다가 말했다.

"그 말씀을 들으니 기쁘네요." 여자가 바로 말했다. 그리고 웬일인지 그의 결핍이 기쁘다는 그녀의 말이 그에게도 기뻤다.

갑자기 여자가 눈을 떨구고 깊은 한숨을 쉬며 말했다.

"너무 졸려요. 하지만 기분은 좋아요."

루돌프는 일어나서 모자를 집어 들었다. "오늘은 이만 인사를 해야겠네요. 밤새 푹 자는 게 좋을 거예요."

그가 손을 내밀자 여자가 손을 잡고 말했다. "안녕히 가세요." 하지만 그녀의 눈이 너무도 간절하고 솔직하고 안타까운 질문을 던져서 그는 소리 내서 대답하지 않을 수 없었다.

"아, 내일 다시 와서 좀 어떤지 볼게요. 나를 떼어 내기가 그리 쉽지는 않을 거예요."

문 앞에 서자 그가 왔다는 사실에 비하면 그가 어떻게 왔는지는 아주 시시한 일인 것처럼 여자가 물었다. "그런데 어떻게 제 집에 오시게 됐나요?"

그는 잠시 여자를 보고 카드를 떠올렸다. 그러자 격렬한 질투심이 일었다. 그 카드가 다른 모험가들 손에도 들어간다면 어떻게 될 것인가? 여자에게 진실을 알려 주면 안 될 것 같았다. 그는 그녀가 곤경에 떠밀려 사용한 이상한 수단을 모르는 척하기로 마음먹었다.

"우리 피아노 가게의 조율사 한 명이 이 건물에 살아요." 그가 말했다. "그런데 실수로 이 집 문을 두드리게 되었어요."

녹색 문이 닫히기 전에 그가 마지막으로 본 것은 그녀의 미소였다.

그는 계단 꼭대기에 서서 호기심 어린 눈길로 주변을 둘러보았다. 그런 뒤 복도 반대편 끝까지 걸어갔다가 돌아와서 위층까지 모험을 계속했다. 그 건물 안의 문은 모두 녹색이었다.

그는 의아해하며 길로 내려왔다. 환상적인 흑인은 아직 그 자리에 있었다. 루돌프는 카드 두 장을 쥐고 그의 앞에 가서 물었다.

"왜 나한테 이 카드들을 주었지요? 그리고 이게 무슨 뜻인지요?"

흑인이 밝고 선량한 미소를 짓자, 그를 고용한 치과를 광고하듯 멋진 이가 가지런히 보였다.

"저겁니다, 선생님." 그가 거리 저편을 가리키며 말했다. "하지만 1막을 보기에는 좀 늦었을 겁니다."

그가 가리킨 곳은 극장이었고, 거기에는 신작 연극 〈녹색 문〉의 전기 간판이 켜져 있었다.

"일류 공연이라고 합니다." 흑인이 말했다. "극장 사람들이 1달러를 주면서 의사 카드들 틈에 자기네 선전 카드도 돌려 달라고 했습니다. 의사의 카드를 드릴까요?"

집 근처에 왔을 때 루돌프는 잠시 술집에 들러 맥주 한 잔을 마시고 시가를 피웠다. 불붙인 담배를 물고 밖으로 나온 뒤 그는 외투 단추를 잠그고 모자를 뒤로 슬쩍 밀고는 모퉁이의 가로등 기둥에 대고 말했다.

"어쨌거나 나를 그녀에게 인도해 준 것은 운명의 손길이었다고 생각해."

그 상황에서 그런 결론을 내렸다는 사실은 루돌프 스타이너가 진정한 로맨스와 모험의 사도라는 깃을 말해 준다.

학교와 학교들

Schools and Schools

I

제롬 워런은 이스트 오십 몇 번로 35번지에 있는 10만 달러짜리 주택에 살았다. 그는 시내 중심가의 주식 중개인이었는데, 돈이 몹시 많아서 아침마다 사무소 방향으로 ―건강을 위해― 몇 블록 걸어가다가 마차를 부를 여유가 있었다.

그에게는 옛 친구의 아들인 길버트라는 양자가 있었는데 ―시릴 스콧이라면 그의 역할을 멋지게 해낼 것이다― 그 수양아들은 물감을 짜내는 속도만큼이나 빠르게 화가로 이름을 얻고 있었다. 다른 가족 한 명은 바버라 로스라는 수양 조카였다. 사람은 태어나면 고생을 하기 마련이다. 그래서 자녀가 없는 제롬은 다른 사람들의 짐을 기꺼이 떠맡았다.

길버트와 바버라는 아주 잘 지냈다. 사람들은 모두 암묵적, 전술적으로 두 사람이 어느 좋은 날, 꽃을 휘감은 종 아래 서서 목사에게 제롬의 재산을 뒤흔들기로 맹세할 거라고 생각했다. 하지만 이 지점에서 말썽거리가 끼어들었다.

30년 전 제롬이 아직 젊었을 때, 그에게는 딕이라는 동생이 있었다. 딕은 자신의 또는 다른 사람의 재산을 찾아 서부로 떠났다. 그런 뒤 제롬은 동생에게서 아무 소식도 듣지 못하다가 어느 날 편지 한 통을 받았다. 베이컨과 커피 냄새가 밴 줄 친 종이에 힘겹게 쓴 편지였다. 글은 천식을 앓는 것 같았고, 철자는 멋대로 춤을 추었다.

딕은 행운을 붙들어 자기편으로 만드는 대신 적의 손에 사로잡힌 것 같았다. 편지가 밝히듯이 그는 술로도 막을 수 없는 복잡한 여러 가지 병으로 죽어 가고 있었다. 30년에 걸친 금광 탐색 후에 자신에게 남은 것은 열아홉 살짜리 딸 하나가 전부인데, 그것을 이제 배송료 선불로 뉴욕에 보내니 그 아이가 자연 생명을 다하거나 결혼해 곁을 떠날 때까지 형이 먹이고 입히고 돌보고 사랑해 달라고 했다.

제롬 워런은 발판이었다. 온 세상이 아틀라스*의 어깨로 지탱된다는 것은 모두가 안다. 그 아틀라스는 울타리에 서 있고, 울타리는 거북 등 위에 서 있다. 그리고 거북도 무언가 위에 서 있어야 한다. 그것은 제롬 워런 같은 사람들로 만들어진 발판이다.

사람이 불멸의 삶을 얻을 수 있는지 어쩐지 나는 모른다. 하지만 그게 불가능하다면, 제롬 워런 같은 사람이 언제 정당한 보답을 받을지 알고 싶다.

*그리스 신화에 나오는 거인 신.

그들은 기차역에서 네바다 워런을 만났다. 어린 소녀 네바다는 볕에 그을리고 건강해 보였으며, 태도는 솔직하고 단순했지만 시가 상인조차 함부로 말을 걸지 못할 강단이 있었다. 짧은 치마에 가죽 각반을 차고 유리 공을 총으로 쏘거나 야생마를 길들이는 것이 상상되는 모습이었다. 하지만 흰 블라우스와 검은 치마 차림은 다른 상상도 일으켰다. 그녀는 튼튼한 팔로 무거운 가방을 가볍게 휘둘렀다. 제복 입은 짐꾼이 그녀에게서 짐 가방을 뺏으려 했지만 실패했다.

"우리는 아주 잘 지낼 거야." 바버라가 네바다의 탄탄하고 검은 뺨에 가볍게 입을 맞추며 말했다.

"나도 그랬으면 좋겠어." 네바다가 말했다.

"사랑하는 조카딸아." 제롬이 말했다. "우리 집을 네 아버지 집이라 여기고 편하게 지내렴."

"고맙습니다." 네바다가 말했다.

"나는 너를 '사촌'이라고 부를게." 길버트가 상냥한 미소를 띠고 말했다.

"가방 좀 들어 줘. 엄청나게 무거워." 네바다가 말했다. "아빠의 금광 견본 여섯 개가 들었거든." 그녀가 바버라에게 설명했다. "천 톤당 9센트밖에 안 될 물건이지만, 아빠한테 이걸 갖고 가겠다고 약속해서 어쩔 수가 없었어."

II

한 남자와 두 여자 또는 한 여자와 두 남자 또는 그 비슷한 어떤 세 사람 사이에 발생하는 복잡한 문제는 흔히 삼각관계라고 부른다. 하지만 삼각형이라고 아무 삼각형이나 거기 해당하지는 않는다. 그것은 늘 정삼각형이 아니라 이등변삼각형이다. 네바다 워런이 오면서 그녀와 길버트와 바버라 로스는 그런 이등변삼각형 속으로 들어갔고, 그 삼각형에서 바버라가 빗변을 이루게 되었다.

어느 날 아침 제롬 워런은 아침 식사를 하고는, 투자자들을 뜯어먹는 주식 중개 사무소로 출근하기 전에 그 도시에서 가장 재미없는 신문을 읽으며 미적거렸다. 그는 죽은 동생의 조용한 독립심과 의심할 바 없이 솔직한 성품을 네바다에게서 발견하고, 그녀를 아주 예뻐하게 되었다.

하녀가 네바다 워런에게 편지를 들고 와서 말했다.

"심부름꾼 소년이 문 앞에서 이걸 전했습니다. 그리고 답을 받아 가겠다고 합니다."

이를 다물고 스페인 왈츠를 휘파람으로 불며 도로를 지나는 마차와 자동차를 내다보던 네바다는 그 편지를 받아 들었다. 봉투 왼쪽 위 귀퉁이의 금색 물감 자국을 보니 봉투를 열지 않아도 길버트가 보낸 것임을 알 수 있었다.

편지를 개봉하고 그녀는 잠시 거기 적힌 내용을 뚫어져라 들여다보았다. 그런 뒤 진지한 얼굴로 백부 옆에 가서 섰다.

"큰아버지, 길버트는 좋은 청년이죠?"

"그럼, 당연하지." 제롬 워런이 요란한 소리로 신문을 펼치며 말했다. "내가 직접 키운 아이다."

"다른 사람들이 알거나 읽어서는 안 되는 내용을 편지로 써 보내지는 않겠죠?"

"그 애가 그러는 걸 보고 싶구나." 제롬이 신문을 한 움큼 찢어 내면서 말했다. "왜, 무슨……"

"길버트가 제게 보낸 편지를 보세요, 큰아버지. 그리고 이게 올바르고 적절한지 판단해 주세요. 저는 도시 사람들도 그 사람들의 행동 방식도 잘 모르니까요."

제롬 워런은 신문을 바닥에 던지고 두 발로 밟았다. 그러고는 길버트의 편지를 받아 들고 열심히 두 번 읽고는 다시 한 번 읽었다.

"얘야, 너 때문에 내가 놀랐구나." 그가 말했다. "내가 그 아이를 잘 알고 있는데도 말이다. 그 아이는 제 아비를 빼다 박았고, 그 아비는 금을 두른 다이아몬드였지. 길버트가 너하고 바버라에게 오늘 오후 4시에 자기랑 같이 롱아일랜드까지 자동차 나들이를 갈 수 있는지 묻고 있어. 편지지 색깔을 빼고는 나무랄 게 없어 보이는구나. 나는 옛날부터 이런 파란색이 싫었어."

"가도 될까요?" 네바다가 들떠서 물었다.

"그럼, 되고말고. 안 될 이유가 어디 있니? 어쨌거나 네가 그렇게 조심스럽고 솔직한 모습을 보이니 기쁘구나. 얼마든지 가렴."

"저는 판단이 안 서서 큰아버지한테 물어보기로 한 거예요." 네바다가 새침하게 말했다. "큰아버지도 같이 가면 안 되나요?"

"내가? 안 된다, 안 돼! 그 아이가 운전하는 자동차에 한 번 탄 적이 있어. 다시는 절대 안 탄다! 너하고 바버라가 가는 건 좋아. 좋고말고. 하지만 나는 안 간다. 절대로!"

네바다는 문 앞으로 가서 하녀에게 말했다.

"가겠다고 전해 주세요. 바버라도 갈 거고요. 심부름꾼에게 길버트 워런 씨한테 그렇게 전해 달라고 하세요. 갈 거라고요."

"네바다." 제롬이 말했다. "심부름꾼에게 편지를 써 보내는 게 좋지 않겠니? 한 줄이면 될 거다."

"아뇨, 그건 좀 번거로워요." 네바다가 가볍게 말했다. "길버트는 이해할 거예요. 길버트는 늘 이해하니까요. 저는 자동차를 타본 적이 없어요. 하지만 리틀데빌 강에서 카누를 타고 로스트 호스 협곡을 지나가본 적은 있어요. 그것보다 재미있을지 궁금해요!"

III

두 달 정도가 지나갔다.

바버라는 10만 달러짜리 주택의 서재에 앉아 있었다. 그곳은 그녀에게 좋은 곳이었다. 세상에는 남자와 여자가 여러 가지 어려움을 떨치러 가는 장소들이 있다. 수도원, 통곡장, 고해소, 외딴 암자, 법률 사무소, 미용실, 비행선, 서재. 그중에 가장 좋은 곳은 서재다.

빗변은 대개 오랜 시간이 지나야 자신이 삼각형의 가장 긴 변임을 깨닫는다. 하지만 그 긴 선은 꺾이는 지점이 없다.

바버라는 혼자 있었다. 제롬과 네바다는 극장에 갔다. 바버라는 같이 가고 싶지 않았다. 그냥 집에 남아서 서재에서 공부하고 싶었다. 만약 당신이 멋진 뉴욕 여자인데, 볕에 그을리고 솔직한 서부 마녀가 매일같이 당신이 열망하는 젊은이에게 올가미를 거는 모습을 본다면, 당신도 뮤지컬 희극의 은빛 무대에 흥미를 잃을 것이다.

바버라는 나이테가 촘촘한 참나무 탁자 곁에 앉아 있었다. 탁자에 오른팔을 얹고 오른손으로 봉인된 편지를 불안하게 만지작거렸다. 편지는 네바다 워런 앞으로 온 것이었고, 봉투의 왼쪽 위 귀퉁이에 길버트의 금색 물감 자국이 있었다. 편지는 네바다가 나간 후 9시에 배달되었다.

편지 내용을 알 수 있다면 바버라는 진주 목걸이라도 줄 수 있을 것 같았지만, 수증기로도 펜 꽂이로도 머리핀으로도 또 일반적으로 승인되는 어떤 방법으로도 그것을 열어서 읽어 볼 수 없었다. 그녀의 사회적 지위가 그런 행동을 금지시켰다. 그녀는 편지지와 편지 봉투를 밀착시켜 강렬한 불빛 앞에 들고 몇 줄이라도 읽어 보려고 했다. 하지만 길버트는 좋은 편지지와 봉투를 썼기에 그 일은 불가능했다.

11시 30분에 극장에 갔던 사람들이 돌아왔다. 멋진 겨울밤이었다. 그들은 마차에서 문 앞까지 짧은 길을 걷는 동안에도 동쪽에서 사선으로 쏟아지는 커다란 눈송이들에 폭격을 당했다. 제롬은 마부의 고약한 서비스와 막힌 도로들에 대해 온화하게 불평했다. 사파이어 같은 눈을 반짝이며 장미처럼 상기된 네바다는 아버지의 오두막이 있던 산에서 맞았던 폭풍 치던 밤들을 유쾌하게 조잘거렸다. 이 모든 겨울 이야기가 이어지는 동안, 바버라는 차가운 심장으로 가만히 하던 일을 계속했다. 그녀가 생각할 수 있는 유일하게 적절한 일이었다.

제롬은 얼른 온수 주머니와 키니네가 기다리는 위층으로 올라갔다. 네바다는 불을 밝힌 유일한 방인 서재로 날아들어서 안락의자에 주저앉았고, 팔꿈치까지 오는 긴 장갑의 단추를 푸는 끝없는 작업을 시작하면서 '공연'의 단점에 대해 이야기했다.

"그래, 필즈 씨는 멋있어, 가끔은." 바버라가 말했다. "여기 너한테 편지가 왔어. 네가 떠난 다음에 특송된 거야."

"누가 보낸 건데?" 네바다가 단추를 잡아당기며 물었다.

"글쎄." 바버라가 미소 지으며 말했다. "정확히는 모르겠지만, 봉투 한쪽 구석에 길버트가 팔레트라고 부르는 금색 무늬가 있어. 나한테는 꼭

여학생이 연애 카드에 그리는 금박 하트처럼 보이지만."

"무슨 이야기를 썼는지 궁금한걸." 네바다가 기운 없이 말했다.

"우리 여자들은 다 똑같아." 바버라가 말했다. "소인을 보면서 편지가 무슨 내용인지 추측하려고 하지. 그리고 마지막에야 가위로 편지를 열고 편지도 아래에서 위로 읽어. 자, 여기 있어."

바버라가 편지를 네바다 쪽의 탁자 위로 던지려는 시늉을 했다.

"아이 참!" 네바다가 소리쳤다. "이 장갑 단추들은 정말 귀찮아. 나는 그냥 짧은 사슴 가죽 장갑이 좋아. 바버라, 네가 편지를 뜯어서 읽어 줘. 자정이나 돼야 내가 이 장갑을 벗을 것 같아!"

"설마, 길버트가 너한테 보낸 편지를 나더러 뜯어보라는 거야? 너한테 온 편지를 다른 사람이 읽는 게 싫지 않아?"

네바다는 차분한 사파이어 빛 눈을 장갑에서 떼고 말했다.

"다른 사람이 읽으면 안 되는 내용을 나한테 편지로 보내는 사람은 없어. 읽어 줘, 바버라. 길버트가 내일 다시 자동차 나들이를 가자고 하는 걸 수도 있어."

호기심은 고양이만 죽이는 게 아니다. 그리고 여성적이라고 여겨지는 감정들이 고양이의 목숨에 해롭다면, 질투는 온 세상 고양이를 박멸시킬 것이다. 바버라는 너그럽고도 약간 지루한 듯한 태도로 결국 편지를 개봉했다.

"네가 원한다면 읽어 줄게."

그녀는 그렇게 말한 후 봉투를 가르고 빠른 눈으로 편지를 읽었다. 그리고 다시 한 번 읽고는, 네바다를 날카롭게 곁눈질했다. 계속 온 신경을 장갑에만 기울이고 있는 네바다는, 전도유망한 화가의 편지를 화성에서 온 편지만큼 가볍게 여기는 것 같았다.

바버라는 기이한 눈으로 15초 동안 차분하게 네바다를 바라보았다. 입이 1.5밀리미터밖에 커지지 않고, 눈이 1.2밀리미터밖에 좁아지지 않은 아주 작은 미소가 재빠른 생각처럼 바버라의 얼굴을 지나갔다.

태초부터 여자는 다른 여자에게 수수께끼가 아니었다. 여자들은 빛의 속도로 다른 여자의 감정과 정신을 꿰뚫고, 자매의 교묘한 거짓말을 걸러 내고, 깊이 감춘 욕망을 읽고, 빗에서 머리카락을 빼듯 교활한 말에서 궤변을 빼내서 경멸 속에 만지작거린 뒤 근본적 의심의 바람에 띄워 보낸다. 오래전에 이브의 아들은 낯선 여자를 데리고 낙원 동산에 있는 가족 거처에 가서 이브에게 소개했다. 이브는 며느리를 옆으로 밀치고 고전적으로 눈썹을 치켜세웠다.

"놋의 땅에 계셨죠?" 신부가 나른하게 야자 잎을 만지작거리며 말했다.

"벌써 오래전 일이야" 이브가 흔들리지 않고 말했다. "그곳은 사과 소스가 형편없지 않던? 그 뽕잎 옷이 괜찮아 보이네. 하지만 물론 거기 진짜 무화과 제품은 없겠지. 남자들이 셀러리 음료에 물을 타는 동안 라일락 나무 뒤로 와. 송충이가 갉아 먹어 옷 뒤쪽에 구멍이 난 것 같구나."

그리하여 —기록에 따르면— 지구상에서 둘뿐인 여자들이 연합하게 되었고, 여자는 영원히 다른 여자에게 유리판처럼 —그때 아직 유리는 없었지만— 투명해야 하고 남자에게는 수수께끼가 되어야 한다는 합의가 이루어졌다.

바버라는 망설이는 것 같았다.

"네바다." 그녀가 당황한 기색으로 말했다. "나더러 이걸 읽어 보라고 한 게 잘못 같다. 다른 사람이 알면 안 되는 내용 같아."

네바다는 잠시 장갑을 잊고 말했다.

"그래도 읽어 줘. 너는 어차피 읽었으니 상관없고, 길버트 워런이 다른 사람이 알면 안 되는 내용을 적어 보냈다면 그거야말로 모든 사람이 알아야 하는 이유야."

"음, 이렇게 적혀 있어." 바버라가 말했다. "사랑하는 네바다, 오늘 밤 12시에 내 화실로 와줘. 꼭." 바버라는 일어나서 네바다의 무릎에 편지를 떨구었다. "내가 알게 돼서 미안해. 길버트답지 않은걸. 뭔가 착오가 있는 것 같아. 너는 그냥 내가 모른다고 생각해. 나는 내 방에 올라가야겠어. 머리가 아파. 편지 내용도 잘 이해가 안 돼. 아마 길버트가 저녁을 너무 잘 먹었는지도 몰라. 어쨌건 길버트가 설명해 주겠지. 안녕!"

IV

네바다는 살금살금 복도로 나가서 위층에서 바버라의 방문이 닫히는 소리를 들었다. 서재의 청동 시계는 12시 15분 전을 가리켰다. 그녀는 얼른 현관으로 달려가서 눈보라 속으로 나갔다. 길버트 워런의 화실은 집에서 여섯 블록 거리에 있었다.

조용한 눈보라의 군대는 공기의 나룻배를 타고 음울한 이스트 강 너머에서 도시를 공격했다. 눈은 이미 도로를 30센티미터 두께로 덮었고, 눈 더미는 포위된 도시의 성벽을 기어오르는 접이사다리처럼 차곡차곡 쌓여 올라갔다. 대로는 폼페이 거리처럼 조용했다. 이따금 마차들이 흰 날개의 갈매기처럼 달빛 어린 대양을 스치고 날아갔다. 그보다 수가 적은 자동차들은 —비유를 계속하자면— 유쾌하고 위험한 여행에 나선 잠수함처럼 거품 이는 물결을 헤치고 나아갔다.

네바다는 바람을 탄 바다제비처럼 달려갔다. 고개를 들어 보니 길 위로 솟아올라 구름에 덮인 건물 꼭대기들의 울퉁불퉁한 능선이 밤 불빛과 얼어붙은 증기 그늘에 진회색, 녹갈색, 연회색, 연보라색, 암갈색, 하늘색이 되어 있었다. 그 모습이 고향 서부의 겨울 산과 너무도 비슷해서 네바다는 10만 달러짜리 주택에서는 얻지 못한 만족감을 느꼈다.

모퉁이에 이르렀을 때 경찰관이 날카로운 눈과 육중한 체구만으로 그녀를 당황시켰다.

"이봐요! 밖에 다니기에는 좀 늦은 시간 아닌가요?" 경찰관이 말했다.

"그, 그냥 약국에 가려고요." 네바다가 그렇게 말하고는 얼른 그를 지나쳤다.

그 핑계는 대부분의 도시 사람들에게 통행증 역할을 한다. 그것 또한 여자는 진보하지 않는다는 것, 혹은 여자는 아담의 갈비뼈에서 온전한 지성과 간계를 갖추고 태어났다는 것을 입증하는 것일까?

동쪽으로 돌자 맞바람이 네바다의 속도를 반으로 줄였다. 그녀는 눈속을 비틀비틀 나아갔다. 하지만 그녀는 잣나무 묘목처럼 튼튼했고, 역시 잣나무 묘목처럼 우아하게 몸을 굽혔다. 익숙한 화실 건물이 잘 아는 협곡 위의 절벽처럼 홀연히 떠올랐다. 사업과 그것을 적대하는 예술이 나란히 서식하는 그곳은 어둡고 조용했다. 승강기는 10층에서 멈추어 있었다.

네바다는 어두운 계단을 8층까지 올라가서 89호라고 적힌 문을 두드렸다. 그곳은 바버라와 제롬 백부와 함께 여러 번 온 곳이었다.

길버트가 문을 열었다. 한 손에 크레용을 들고, 눈 위에 녹색 눈가리개를 하고, 입에는 파이프를 물고 있었다. 파이프가 바닥에 떨어졌다.

"혹시 내가 늦었어?" 네바다가 물었다. "최대한 빨리 온 거야. 큰아버지하고 같이 극장에 갔었거든. 하지만 이렇게 왔어, 길버트!"

길버트는 피그말리온과 갈라테이아 같은 행동을 했다.* 명한 석상에서 해결할 문제를 가진 젊은이로 변한 것이다. 그는 네바다를 안으로 들이고 큰 솔로 옷에서 눈을 털어 주었다. 녹색 갓을 씌운 커다란 램프가 이젤 위에 걸려 있었고, 이젤에는 길버트가 크레용으로 스케치하던 그림이 있었다.

"네가 불러서 왔어." 네바다가 단순하게 말했다. "편지에 그렇게 썼잖아. 왜 나를 부른 거야?"

"내 편지를 읽었어?" 길버트가 눈치를 살피며 물었다.

"바버라가 읽어 줬어. 나도 나중에 봤고. '오늘 밤 12시에 내 화실로 와줘. 꼭'이라고 썼잖아. 나는 네가 아픈 줄 알았는데 그게 아닌 것 같네."

"아하, 그랬구나!" 길버트가 어색하게 말했다. "내가 너한테 왜 오라고 했는지 말할게, 네바다. 나는 너하고 결혼하고 싶어, 오늘 밤 당장. 눈보라가 좀 친다고 무슨 상관이야? 어때, 결혼해 주겠어?"

"내가 진작부터 그러고 싶어 한 걸 너도 알았을걸." 네바다가 말했다. "그리고 눈보라 치는 밤이라는 것도 좋아. 나는 대낮에 꽃으로 둘러싼 교회에서 결혼하는 건 싫거든. 길버트, 나는 네가 이런 식으로 청혼할 만큼 대담한 줄 몰랐어. 사람들을 놀라게 하자. 화를 자초하는 일이라고 해도."

"그래!" 길버트가 말했다. "그런데 내가 저 표현을 어디서 들었더라?" 그는 그렇게 혼잣말을 했다. "잠깐, 네바다. 전화 좀 하고 올게."

*그리스 신화 속 피그말리온은 갈라테이아라는 완벽한 여자의 조각상을 만들고, 간절한 기도로 갈라테이아를 사람이 되게 한다.

그는 작은 옷방에 들어간 뒤 로맨스 없는 숫자와 지역으로 요약된 전기 신호를 보냈다.

"잭? 이 잠꾸러기야! 그래, 일어나. 나야. 그래! 아그네스를 깨워. 그리고 다시 전화할 생각 말고 아그네스도 데려와. 꼭 와야 돼! 아그네스가 론콘커머 호수에 빠졌을 때 내가 목숨 구해 준 일을 말해. 이런 말까지 하는 건 조금 치사하지만 어쨌건 아그네스도 같이 와야 돼. 그래, 네바다가 와서 기다리고 있어. 우리는 약혼한 지 좀 됐어. 친척들이 반대해서 이런 식으로 할 수밖에 없어. 너를 기다리고 있어. 아그네스 말 듣지 말고 그냥 데려와! 그럴 거지? 그래, 고마워! 너한테 긴급 마차를 보낼게. 이런 망할, 잭, 괜찮아!"

길버트는 네바다가 기다리는 방으로 돌아와서 말했다.

"원래 내 친구 잭 페이턴이랑 여동생이 12시 15분 전에 오기로 했어. 하지만 잭은 느려 터졌어. 내가 두 사람한테 얼른 오라고 전화했어. 몇 분이면 올 거야. 네바다, 나는 지금 세상에서 가장 행복한 남자야! 내가 오늘 보낸 편지는 어떻게 했어?"

"여기 가지고 있어." 네바다가 망토 아래에서 편지를 꺼냈다.

길버트는 편지 봉투를 받아 들고 유심히 살펴보았다. 그러더니 네바다를 주의 깊게 보고 말했다.

"내가 자정에 너를 화실로 부른 게 이상하지 않았어?"

"아니." 네바다가 눈이 동그래져서 말했다. "너한테 내가 필요하다면 이상할 거 없지. 서부에서는 친구가 어서 오라고 부르면 ─너도 그런 거 아냐?─ 우리는 일단 가고 자세한 이야기는 소동이 가라앉은 다음에 해. 그리고 서부에선 무슨 일이 있을 때 주로 눈이 와. 그래서 신경 쓰지 않았어."

길버트는 다른 방으로 들어가서 비, 바람, 눈을 모두 막아 준다고 광고하는 두꺼운 외투들을 가지고 돌아왔다.

"이 우비를 입어." 그가 옷을 내밀고 말했다. "400미터 정도 가야 돼." 그가 무거운 외투를 힘들게 입으며 말했다. "아, 네바다. 탁자 위 석간신문들 1면을 봐. 너의 서부에 대한 거야. 너한테 흥미로운 이야기야."

그는 1분 동안 외투를 입느라 씨름하는 척하다가 돌아섰다. 네바다는 가만히 있었다. 그녀는 이상하고 서글프고 솔직한 표정으로 그를 바라보았다. 그 뺨은 바람과 눈이 만든 색깔 이상으로 발그레했다. 하지만 눈은 차분했다.

"너한테 말하려고 했어." 그녀가 말했다. "우리가…… 아 어쨌건 미리. 아빠는 나를 학교에 보내지 않았어. 나는 글을 읽을 줄도 쓸 줄도 몰라. 이제……"

졸린 잭과 고마워하는 아그네스의 발소리가 삐거덕거리는 계단을 두드리며 올라왔다.

V

예식을 마친 길버트 워런 부부가 마차 문을 닫고 조용히 집으로 갈 때 길버트가 말했다.

"네바다, 오늘 밤 편지에 내가 뭐라고 썼는지 알고 싶어?"

"어서 말해 줘!" 신부가 말했다.

"정확히 이렇게 썼어." 길버트가 말했다. "'그 꽃은 네 말이 맞았어. 라일락이 아니라 수국이었어.'"

"그랬구나." 네바다가 말했다. "하지만 이젠 그냥 잊어버리자. 바버라가 자기 꾀에 당한 거니까."

늑대 벗겨 먹기
Shearing the Wolf

제프 피터스는 자기 직업의 윤리를 말할 때 언제나 능변이었다.

"나와 앤디 터커의 진심이 엇갈렸던 때는," 그가 말했다. "신종 사기술의 도덕적 측면에 대해 의견이 갈렸을 때뿐입니다. 앤디는 자기 기준이 있고 나는 내 기준이 있었지요. 나는 사람들의 주머니를 터는 앤디의 모든 계획을 찬성하지 않았고, 앤디는 내가 양심을 너무 자주 개입시켜서 회사의 재정에 방해가 된다고 생각했습니다. 우리는 때로 상당한 격론을 벌였습니다. 이야기가 이어지던 중 앤디가 나를 보면 록펠러가 생각난다고 말했습니다.

'나는 그 말이 무슨 뜻인지 몰라, 앤디.' 내가 말했습니다. '하지만 자네가 나중에 후회할 조롱에 마음이 상하기에는 우린 너무 오랫동안 친구로 지냈어. 나는 아직 법원의 부름을 받은 적이 없어.'

어느 해 여름 나와 앤디는 켄터키 주 산악 지대에 있는 그래스데일이라는 작은 마을에 얼마간 머물기로 했습니다. 그래스데일 사람들은 우리를 여름휴가를 보내러 온 말몰이꾼이자 선량한 시민으로 여겼지요. 그 사람들은 우리를 좋아했고, 나와 앤디는 거기 있는 동안 적대적인 행위를 중단하기로, 고무 개발권 안내 전단지나 브라질 다이아몬드를 내보이는 일조차 하지 않기로 했습니다.

어느 날 그래스데일 제일의 철물 상인이 나와 앤디가 묵는 호텔에 와서 옆 현관에서 우리와 함께 사교 담배를 피웠습니다. 우리는 법원 마당에서 여러 차례 고리 던지기 놀이를 하면서 그와 친해졌습니다. 그는 시끄럽고 얼굴이 붉고 숨이 가쁜 사람이었지만, 어처구니없을 만큼 뚱뚱하고 위신이 높기도 했습니다.

그날의 주요 화제를 이야기한 뒤에 이 머키슨—그 사람 이름이 그랬습니다—은 외투 주머니에서 별 신경 쓰지 않는 듯한 태도로 편지 한 통을 꺼내서 우리에게 읽어 보라고 건넸습니다.

'어떻게들 생각하시나? 나한테 이런 편지를 보내다니!' 그가 웃으며 말했습니다.

나와 앤디는 한눈에 그걸 알아보았지만, 주의 깊게 읽는 척했습니다. 그것은 타자기로 친 편지였는데 지난날의 위조지폐 사기 유형으로, 천 달러만 내면 전문가도 구별하지 못하는 지폐로 5천 달러를 주겠다는 내용을 담고 있었습니다. 그 위폐는 재무부 직원이 훔쳐 낸 판으로 인쇄한다면서요.

'나한테 이런 편지를 보내다니!' 머키슨이 다시 말했습니다.

'선량한 많은 분들이 이 편지를 받습니다.' 앤디가 말했습니다. '그냥 아무 답장 안 하시면 됩니다. 하지만 답장을 하시면 그 사람들은 돈을

가지고 와서 거래를 하자는 편지를 보낼 겁니다.'

'하지만 나한테 이런 편지를 쓰다니!' 머키슨이 또 한 번 말했습니다.

며칠 뒤에 그가 다시 들렀습니다.

'친구들, 자네들 말이 옳았어.' 그가 말했습니다. '안 그랬으면 이렇게 털어놓지 않을 거야. 나는 그냥 재미로 그 악당들에게 답장을 했어. 그 랬더니 나더러 시카고로 오라는 답장을 보냈더군. 출발할 때 J. 스미스에게 전보를 치라면서. 거기 와서 어느 길모퉁이에서 기다리다가 회색 양복을 입은 남자가 내 앞에 신문을 떨어뜨리면 그 사람에게 분위기가 어떠냐고 물으라더군. 그런 방식으로 서로를 확인한대나.'

'그렇죠,' 앤디가 입을 벌리고 말했습니다. '진부한 수법이에요. 신문에 자주 났어요. 그러면 그 사람이 사장님을 존스 씨가 기다리는 호텔의 도살장으로 데려가죠. 그리고 사장님께 빳빳한 진짜 새 돈을 보여 주 면서 한 장 가격에 다섯 장을 팝니다. 우리는 눈앞에서 그게 가방에 담 기는 걸 똑똑히 보지만, 나중에 다시 보면 물론 그건 갈색 종이 뭉치일 뿐이죠.'

'아, 그 사람들이 나한테 바꿔치기를 할 수는 없어.' 머키슨이 말했습니다. '내가 아무 재주 없이 그래스데일 최고의 사업체를 꾸린 건 아니 야. 터커 씨는 그자들이 진짜 돈을 보여 준다고 했지?'

'저는 늘…… 신문에서 보면 늘 그렇습니다.' 앤디가 말했습니다.

'친구들,' 머키슨이 말했습니다. '나는 그자들이 나를 속일 수 없다고 생각해. 나는 바지에 2천 달러를 넣고 가서 그 일을 해낼 거야. 빌 머키 슨의 눈길은 그자들이 보여 주는 지폐에 한 번 닿으면 절대 거기서 떨 어지지 않을 거야. 그자들은 1달러에 5달러를 주겠다고 했고, 내가 흥 정을 시작하면 그 조건을 고수해야 할 거야. 빌 머키슨은 그런 사업가거

든. 그래, 나는 시카고에 가서 J. 스미스와 5대 1 거래를 할 거야. 분위기는 꽤 괜찮을 거라고 봐.'

나와 앤디는 머키슨의 머리에서 그런 착각을 빼내려고 했지만, 차라리 이쑤시개로 땅콩 굴리는 남자가 대선 내기에서 브라이언에게 거는 걸 막는 게 나았을 겁니다.* 그렇습니다. 그 사람은 그 위폐범들에게 역으로 사기를 치는 공공의 의무를 수행할 작정이었습니다. 그들에게 교훈을 줄 수 있을 거라 여기면서요.

머키슨이 떠난 뒤 나와 앤디는 한동안 앉아서 침묵의 명상과 우리만의 추론에 빠졌습니다. 우리는 한가로운 시간이면 언제나 논리적 추론과 지적 사고로 스스로를 계발했습니다.

'제프!' 앤디가 한참 후에 말했습니다. '자네가 사업하는 양심적 방법이 어쩌고 떠들 때 자네를 욕하고 싶을 때가 한두 번이 아니었어. 내가 틀렸을 때도 많았겠지. 하지만 이번 경우는 우리가 서로 동의할 수 있을 것 같아. 머키슨 씨가 그 시카고 위폐범들을 혼자 만나게 두면 안 될 것 같아. 이 일을 끝낼 방법은 하나뿐이야. 우리가 개입해서 막아야 할 것 같지 않아?'

나는 일어나서 앤디 터커의 손을 잡고 길고 강하게 악수했습니다.

'앤디.' 내가 말했습니다. '내가 자네의 무정한 사업 방식에 두어 차례 반감을 품은 적이 있었다 해도 이제 그것을 거둬야겠군. 자네도 딱딱한 껍질 안쪽에는 친절한 마음을 품은 사람이야. 그건 자네의 미덕이지. 나도 자네와 똑같은 생각을 했어. 우리가 머키슨 씨를 가만두는 건 명예에도 미덕에도 맞지 않아. 그분이 굳이 가겠다면 우리가 동행해서 이 사기

---

*1900년 전후에 미국에서는 선거 결과를 놓고 내기를 걸고, 진 사람이 이쑤시개 하나로 땅콩을 굴리며 먼 거리를 가는 벌칙을 받는 일들이 있었다.

행위를 막아야 돼.'

앤디도 동의했고, 나는 그가 진심으로 이 위조지폐 사기를 막고자 하는 것이 기뻤습니다.

'나는 종교적인 사람도 아니고, 도덕적 완벽함을 추구하는 사람도 아니야.' 내가 말했습니다. '하지만 자기 노력과 머리로 자수성가한 사람이 공공선을 위협하는 사기꾼들에게 털리게 둘 수는 없어.'

'그래, 맞아, 제프.' 앤디가 말했습니다. '그분이 꼭 가겠다고 하면 우리가 함께 가서 이 수작을 막아야 해. 나도 자네만큼이나 이곳 사람 누가 당하는 걸 보기 싫어.'

그래서 우리는 머키슨에게 갔습니다.

'아냐, 친구들.' 그가 말했습니다. '이 시카고 마녀의 노래를 주변 사람들한테까지 들려줄 수는 없어. 나는 이 도깨비불로 그자들을 불태우거나 그자들 냄비에 구멍을 내겠지만 자네들을 데리고 갈 수는 없어. 그런데 어쩌면 자네들이 그 5대 1 거래를 성사시키는 데 도움이 될지도 모르겠군. 그래, 자네들이 동행한다면 그 일은 내게 즐거운 오락이자 멋진 성찬이 될 거야.'

머키슨은 며칠 동안 피터스 씨와 터커 씨와 함께 웨스트버지니아의 철광 지대를 살펴보러 간다고 그래스데일에 알렸습니다. 그리고 J. 스미스에게 전보를 쳐서 거미줄에 발을 들일 때를 알려 주었지요. 그런 뒤 우리 셋은 시카고로 달려갔습니다.

가는 동안 머키슨은 여러 가지 예견과 유쾌한 상상으로 즐거워했습니다.

'장소는 워배시 가와 레이크 로의 남서쪽 모퉁이야.' 그가 말했습니다. '거기서 회색 양복을 입은 친구가 신문을 떨구면 내가 분위기가 어떠냐고 물어. 이런, 세상에!' 그리고 그는 다시 5분 동안 웃었습니다.

가끔 머키슨은 심각해져서 자기 계획에 스스로 반대했습니다.

'친구들, 이 일은 천 달러의 열 곱을 준대도 그래스데일에 알리지 않을 거야. 내 평판이 망가질 테니까. 하지만 자네들이라면 괜찮아. 세상을 등쳐 먹는 이 도둑놈들에게 본때를 보여 주는 건 시민의 의무라고 봐. 놈들에게 분위기가 좋은지 어떤지 보여 주겠어. 1달러에 5달러, J. 스미스가 제안하는 게 그거지. 빌 머키슨하고 거래하려면 그 계약을 지켜야 할 거야.'

우리는 오후 7시 무렵에 시카고에 닿았습니다. 머키슨은 9시 반에 회색 양복의 남자를 만나기로 되어 있었습니다. 우리는 호텔에서 저녁을 먹고 그때까지 시간을 때우기 위해 머키슨의 방으로 올라갔습니다.

'이제 친구들,' 머키슨이 말했습니다. '우리의 재치를 한데 모아서 적을 물리칠 계획을 짜볼까. 내가 회색 양복 사기꾼과 그 허무맹랑한 소리를 주고받을 때 자네들이 지나가다가 우연히 나를 본 듯 안녕하세요, 머크, 하고 소리치고 반갑게 악수를 하는 거야. 그러면 내가 사기꾼을 옆으로 살짝 데려가서 자네들을 젠킨스와 브라운이라고 알려 주고는, 그래스데일에서 식품점을 하는 선량한 사람들인데 고향 밖에서 행운을 잡아 보고 싶을지도 모른다고 말하는 거야.

저 사람들도 투자하기 원한다면 데려가죠, 그자는 이렇게 말할 거야. 이 계획이 어때?'

'제프, 자네는 어때?' 앤디가 나를 보며 말했습니다.

'제 생각을 말씀드리죠.' 내가 말했습니다. '이 문제는 바로 해결하는 게 좋을 것 같습니다. 시간을 낭비할 필요가 없어요.' 그러고는 나는 주머니에서 니켈 도금된 38구경 총을 꺼내서 탄창을 두어 번 돌렸습니다.

'불경하고 사악하고 교활한 돼지.' 내가 머키슨에게 말했습니다. '2천 달러를 꺼내서 탁자에 올려놔요. 얼른 시키는 대로 해요. 안 그러면 대안이 기다리고 있습니다. 나는 대체로 온건함을 지향하지만 가끔은 극단으로 치닫습니다.' 그가 돈을 꺼내 놓자 나는 말을 이었습니다. '당신 같은 사람 때문에 감옥과 법원이 유지되는 겁니다. 당신은 사람들의 돈을 빼앗으려고 왔어요. 그 사람들이 당신을 벗겨 먹으려고 한다는 게 평계가 됩니까? 아니, 당신은 평범한 피터를 털고 폴을 뜯어먹으려고 왔어요. 그 위폐범들보다 열 배는 더 나빠요. 고향에서는 교회에 출석하고 선량하게 사는 척하지만, 시카고에 와서는 당신 같은 악당을 상대로 건실한 사업을 일구어 온 사람들을 털어먹으려 하고 있어요. 위폐범의 벌이에 대가족의 생계가 걸려 있을지 어떻게 압니까? 존경할 만한 시민이라는 자들은 언제나 무언가를 공짜로 얻으려고 하죠. 그것이 이 나라의 복권, 탐색 시굴, 주식 거래, 도청을 지탱하고 있습니다. 당신들이 아니라면 다 시장에서 사라질 일들입니다. 당신이 털려는 위폐범은 수년 동안 자기 일을 익혔을지도 모릅니다. 그 사람의 행동 하나하나는 돈과 자유와 어쩌면 목숨까지도 건 일입니다. 당신은 사회적 지위와 번듯한 우편 주소로 무장하고서 그 사람을 속이려고 여기 왔습니다. 만약 그가 돈을 벌면 당신은 경찰에 일러바칠 수 있어요. 그러나 당신이 돈을 벌면 그는 회색 양복을 전당해 저녁을 사 먹고는 아무 말도 못 하겠지요. 터커 씨와 나는 그 속을 간파하고 당신에게 응분의 대가를 안겨 주려고 따라왔어요. 돈을 내놔요, 이 위선자.'

나는 20달러 지폐로 이루어진 2천 달러를 안주머니에 넣었습니다.

'그리고 시계를 풀어요.' 내가 머키슨에게 말했습니다. '아니, 가져가겠다는 게 아니에요. 그걸 탁자 위에 놓고 앉아서 한 시간이 지난 뒤에 나가요. 무슨 소리를 내거나 그 시간 전에 떠나면 온 그래스데일에 전단을 뿌려 당신의 소행을 알릴 겁니다. 당신의 지위는 아마 2천 달러 가치는 넘을 겁니다.'

그런 뒤 나와 앤디는 그곳을 떠났습니다.

기차에서 앤디는 오랫동안 아무 말이 없었습니다. 그런 뒤 마침내 말했습니다. '제프, 한 가지 물어도 돼?'

'두 가지, 사십 가지를 물어도 돼.' 내가 말했습니다.

'머키슨을 따라 나설 때부터 그런 생각을 했던 거야?'

'당연하지. 달리 언제 생각했겠어?' 내가 말했습니다. '자네도 그렇게 생각했던 것 아냐?'

30분쯤 후에 앤디가 다시 말했습니다. 때로 앤디는 내 윤리와 정신 건강 체계를 이해하지 못하는 것 같습니다.

'제프, 나중에 시간 있을 때 자네 양심을 그림표로 만들어서 설명을 달아 줬으면 좋겠어. 때때로 참고하게.' 그가 말했습니다."

추수감사절의 두 신사
Two Thanksgiving Day Gentleman

우리의 명절인 날이 있다. 자수성가하지 않은 우리 모든 미국인이 옛 집으로 돌아가서 소다빵을 먹고 낡은 펌프가 예전보다 현관에 훨씬 더 가까워 보인다고 놀라는 날이 있다. 그날을 축복하라. 루스벨트 대통령이 우리에게 그날을 준다. 우리는 청교도 이야기를 듣지만 그들이 누군지 모른다. 어쨌건 그 사람들이 다시 상륙하려고 하면 우리는 그들을 물리칠 수 있다. 플리머스록? 사적보다는 닭 쪽이 더 귀에 친숙하다.*
칠면조 기업들이 독점 연합을 형성한 뒤 우리 중 많은 이가 칠면조에서 닭으로 내려가야 했다. 하지만 워싱턴의 누군가는 그들에게 추수감사절 선포에 대한 선행 정보를 누설하고 있다.

---

*추수감사절은 1620년에 플리머스에 도착한 청교도가 그 이듬해 벌인 잔치가 기원이다. 플리머스록은 청교도의 도착을 기리는 사적이지만, 닭의 한 품종을 가리키는 말이기도 하다.

크랜베리 습지 동쪽의 대도시*에서 추수감사절은 제도가 되었다. 11월 마지막 목요일은 이 도시가 1년 중 바다 건너 나머지 미국을 인식하는 유일한 날이다. 그날은 온전히 미국적인 날이다. 그렇다, 그것은 온전히 미국만의 명절이다.

그리고 이제 할 이야기는 대서양 이편에도 영국의 전통들보다 훨씬 빠른 속도로 나이를 먹는 —우리의 추진력과 개척 정신 덕분이다— 전통이 있다는 것을 증명해 줄 것이다.

스터피 피트는 유니언 광장 동쪽 문으로 들어가서 분수 맞은편 산책로에 있는 오른쪽 세 번째 벤치에 앉았다. 지난 9년 동안 추수감사절마다 그는 항상 1시에 그곳에 가서 앉았다. 그때마다 무슨 일이 일어났기 때문이다. 조끼를 입은 가슴이 부풀고 등조차 튀어나오게 만드는 찰스 디킨스의 소설 같은 일이.

하지만 오늘 스터피 피트가 그 연례 행사장에 나타난 것은 그토록 띄엄띄엄한 간격으로 가난한 이들을 괴롭히는 연례 허기—자선가들은 그렇게 생각하는 것 같다—가 아니라 습관 때문인 것 같았다.

피트는 배가 고프지 않았기 때문이다. 그는 막 성찬에서 돌아왔고, 배가 너무 부른 나머지 간신히 숨 쉬고 거동할 힘밖에 없었다. 두 눈은 퉁퉁 붓고 기름기가 흐르는 물렁 가면에 박힌 허연 구스베리 같았다. 숨은 씨근덕거렸다. 두꺼운 지방질은 세운 외투 깃과 어울리지 않았다. 일주일 전에 친절한 구세군 사람이 꿰매 준 단추들은 땅바닥에 떨어져 흙을 튀기며 팝콘처럼 날아갔다. 스터피 피트는 가슴팍까지 찢어진 셔츠를 비롯해서 누더기 차림이었지만, 고운 눈가루를 실은 11월의 산들바

*뉴욕을 가리킨다.

람이 고마운 서늘함으로 느껴졌다. 그는 한없이 너그러웠던 식사가 생산해 준 열로 초과 충전되어 있었기 때문이다. 굴로 시작해서 자두 푸딩으로 끝난 그 식사는 (그가 볼 때) 세상의 모든 칠면조 구이와 감자 구이, 닭고기 샐러드, 호박 파이, 아이스크림을 모아 놓은 것 같았다. 그래서 그는 포식 후의 불쾌감 속에서 세상을 내다보았다.

식사는 예상치 못한 것이었다. 그는 5번 가 초입의 어느 붉은 벽돌 저택 앞을 지나갔다. 그런데 그 집에는 유서 깊은 집안 출신으로 전통을 존중하는 두 노파가 살았다. 그들은 심지어 뉴욕의 존재마저 부정했고, 추수감사절은 오직 워싱턴 광장을 위해서 선포되었다고 믿었다. 그들의 전통적 습관 하나는 뒷문에 하인 하나를 세워 두고 정오 후에 그곳을 가장 먼저 지나가는 배고픈 방랑자를 집에 들여서 완벽한 식사를 대접하는 것이었다. 스터피 피트는 공원으로 가는 길에 그곳을 지나게 되었고, 집사들이 그를 데리고 들어가서 성채의 관습을 준수했다.

스터피 피트는 시선을 돌리고픈 아무런 욕망을 느끼지 않고 10분 동안 눈앞에 펼쳐진 풍경만을 바라보았다. 그러다가 큰 힘을 기울여 고개를 천천히 왼쪽으로 돌렸다. 그러자 공포로 두 눈이 튀어나왔고 숨이 목에 걸렸으며, 낡은 신발을 신은 짧은 다리는 덜덜 떨리며 자갈 위에서 부스럭거렸다.

노신사가 그 벤치를 향해 4번 가를 걸어오고 있었기 때문이다.

지난 9년 동안 추수감사절마다 그 노신사는 거기 와서 벤치에 앉은 스터피 피트를 만났다. 노신사는 그 일을 전통으로 만들려고 했다. 9년 동안 추수감사절마다 그는 거기서 스터피 피트를 만나고, 레스토랑으로 데려가서 푸짐한 식사를 대접하며 그가 먹는 모습을 지켜보았다. 영국인들도 무의식적으로 그런 일을 한다. 하지만 여기는 신생국가고, 9년이면 꽤 훌륭한 것이다. 노신사는 완강한 애국자로서 자신을 미국 전통의 개척자로 여겼다. 전통을 제대로 만들려면 한 가지 일을 무슨 일이 있어도 빼먹지 않고 계속해야 한다. 간이 생명보험이 매주 10센트를 수거해 가는 것처럼. 아니면 거리를 청소하는 것처럼.

노신사는 자신이 진흥하는 제도를 향해 위엄 있게 다가왔다. 해마다 스터피 피트에게 식사를 대접하는 일은 그 자체로 보면 영국의 대헌장이나 아침 식사에 잼을 곁들이는 일처럼 전국적인 것이 아니었다. 하지만 그것은 첫걸음이었다. 거의 봉건적이라고까지 할 수 있었다. 그것은 적어도 뉴욕, 아니 미국에서 관습을 확립하는 일이 불가능하지 않다는 것을 보여 주었다.

노신사는 여위고 키가 컸으며 나이는 예순이었다. 전체가 검은 옷차림이었고, 코에는 자꾸만 미끄러지는 구식 안경을 썼다. 머리는 지난해보다 더 세고 성글어졌으며, 다리는 크고 울퉁불퉁한 꼬부랑 지팡이에 더많이 의존하는 것 같았다.

익숙한 자선가가 다가오자 스터피는 가쁜 숨을 쉬고, 여자가 키우는 뚱뚱한 퍼그가 길에서 털을 곤두세운 떠돌이 개와 마주쳤을 때처럼 몸을 부르르 떨었다. 도망가고 싶었지만 산투스두몽*의 모든 재주를 동원한다 해도 벤치에서 몸을 일으킬 수가 없었다. 아까 두 노파의 하인들이 맡은 직무를 몹시도 충실하게 수행했기 때문이다.

"안녕하시오." 노신사가 말했다. "다사다난한 한 해를 또 잘 보내고 이렇게 건강하게 아름다운 세상 속에 살아남은 모습을 보니 기쁘구려. 그 축복만으로도 추수감사절은 우리 두 사람 모두에게 좋은 일이오. 나와

---

*Alberto Santos-Dumont(1873∼1932). 현대 경비행기의 전신을 만든 브라질 항공기 산업의 선구자.

함께 간다면 선생의 육신도 정신만큼 기운차게 해줄 식사를 대접하겠소."

노신사는 매번 그렇게 말했다. 9년 동안 추수감사절마다. 그 말 자체가 거의 제도가 될 지경이었다. 독립선언문 말고는 그것과 비교할 만한 것이 없었다. 예전에 그 말은 언제나 스터피의 귀에 음악처럼 아름다웠다. 하지만 이제 그는 자신만의 고통 속에서 노신사의 얼굴을 올려다보았다. 고운 눈가루는 그의 땀 흐르는 이마에 닿아 지글거렸다. 하지만 노신사는 약간 떨며 바람을 등지고 서 있었다.

스터피는 노신사가 왜 약간 슬픈 기색으로 그 말을 하는지 언제나 궁금했다. 노신사에게 그 일을 이어 갈 아들이 없기 때문임을 그는 몰랐다. 노신사가 떠난 뒤에도 거기 올 아들, 당당하고 강하게 스터피의 후계자 앞에 서서 '우리 아버지를 기리기 위해'라고 말할 아들이 있다면, 그렇다면 이 일은 정말로 제도가 될 것이다.

하지만 노신사는 가족이 없었다. 그는 공원 동쪽 조용한 거리에 있는 낡은 적갈색 석조 주택에 세 들어 살았다. 겨울이면 궤짝만 한 온실에 푸크시아 꽃을 키웠다. 봄이면 부활절 행진에 참여했다. 여름이면 뉴저지 언덕의 농장 주택에 있는 버들고리 안락의자에 앉아 언젠가 발견하고자 하는 '오르니톱테라 암프리시우스' 종 제비 이야기를 했다. 가을이면 스터피에게 식사를 대접했다. 이것이 노신사가 하는 일이었다.

스터피 피트는 30초 동안 그를 올려다보며 자기 연민 속에 무력하게 땀을 흘렸다. 노신사의 눈은 자선의 기쁨으로 빛났다. 그의 얼굴은 해마다 주름이 늘었지만 검은 넥타이는 변함없이 경쾌한 나비넥타이였고, 셔츠는 하얗고 보기 좋았으며, 희끗희끗한 콧수염은 끝부분이 단정하게 말려 있었다. 스터피는 마침내 완두가 냄비에서 끓는 것 같은 소리를 냈다. 말이 의도된 소리였다. 노신사는 예전에 아홉 번 그 소리를 들었을 때와 마찬가지로 그것을 스터피의 수락의 말로 해석했다.

"고맙습니다. 함께 가지요. 진심으로 감사합니다. 저는 몹시 배가 고픕니다."

포식의 혼수상태 속에서도 스터피는 자신이 한 제도의 토대라는 의식을 떨칠 수가 없었다. 그의 추수감사절 식욕은 자신의 것이 아니었다. 그것은 공소시효법은 아니라 해도 모든 관습의 신성한 권리에 의해 그것을 선점한 노신사에게 속하는 것이었다. 물론 미국은 자유국가다. 하지만 전통을 확립하려면 누군가 후렴이, 순환소수가 되어야 한다. 영웅이 모두 강철과 황금의 사람인 것은 아니다. 여기 무기라고는 엉성하게 은도금한 철과 주석뿐인 이 사람을 보라.

노신사는 자선 대상자에게 해마다 성찬을 대접한 남쪽의 레스토랑으로 들어갔다. 사람들은 그들을 알아보았다.

"그 노인이 오네." 종업원이 말했다. "해마다 추수감사절이면 똑같은 떠돌이를 데려와서 밥을 먹인다니까."

노신사는 그을린 진주처럼 빛을 내며 미래의 오랜 전통의 주춧돌 앞에 앉았다. 종업원들이 식탁에 명절 음식을 산더미처럼 쌓았고, 스터피는 배고픔의 표현이라 오해받은 한숨을 쉬며 나이프와 포크를 집어 들고 스스로가 쓸 불멸의 월계관을 깎아 나갔다.

그보다 더 용맹하게 적진을 뚫고 들어간 용사는 없었다. 칠면조, 쇠고기, 수프, 채소, 파이가 식탁에 놓이기 무섭게 사라졌다. 레스토랑에 들어갈 때 이미 목구멍까지 차 있었기에 음식 냄새만 맡아도 신사의 품위를 잃을 만큼 속이 뒤집혔지만, 그는 진정한 기사처럼 정신을 집중했다. 노신사의 얼굴에는 자선을 베푸는 자의 행복이 어려 있었다. 푸크시아

꽃과 오르니톱테라 암프리시우스조차 가져다주지 못할 만큼 큰 행복이었다. 그리고 스터피는 그것을 시들게 할 만큼 무정한 사람이 아니었다.

한 시간 뒤에 스터피는 전투에서 이기고 의자에 기대앉았다. "고맙습니다." 그는 구멍 난 스팀 파이프처럼 숨을 헐떡였다. "푸짐한 식사 감사합니다." 그런 뒤 멍한 눈으로 무겁게 일어나서 부엌을 향해 갔다. 종업원이 그를 팽이처럼 돌려 주고 문 쪽을 가리켰다. 노신사는 은동전으로 1달러 30센트를 조심스레 세어 주었고, 팁으로 15센트를 남겼다.

그들은 해마다 그랬듯이 문 앞에서 헤어졌다. 그리고 노신사는 남쪽으로 스터피는 북쪽으로 갔다.

스터피는 첫 번째 모퉁이에서 돌아서서 잠시 서 있었다. 그런 뒤 올빼미가 깃털을 부풀리듯 누더기 옷이 부푸는 것 같더니 일사병 걸린 말처럼 길 위로 쓰러졌다.

구급차가 왔을 때 젊은 의사와 운전사는 그의 체중에 대해 나직하게 욕을 했다. 경찰차로 옮길 술 냄새는 나지 않았기에 스터피와 두 번의 식사는 병원으로 갔다. 병원 사람들은 그를 침대에 눕히고 문제의 가능성을 찾아 강철관으로 이상한 질병들을 검사했다.

그런데 이런! 한 시간 뒤에 구급차는 노신사를 싣고 왔다. 사람들은 그를 다른 침대에 눕히고 맹장염이라고 말했다. 그는 돈을 낼 수 있을 것 같았기 때문이다.

얼마 후 한 젊은 의사가 자기 마음에 드는 눈을 한 젊은 간호사 한 명을 만나서 두 환자에 대해 이야기했다.

"저쪽에 있는 노신사가 거의 기아 상태라는 말은 믿기 힘들겠지요. 아마 자존심 강한 옛 가문 출신인가 봐요. 사흘 동안 아무것도 먹지 못했다네요."

새롭게 발견하는 익숙함

오 헨리는 우리나라에서 모든 영미권 작가를 통틀어서 손에 꼽힐 만큼 잘 알려진 작가다. 「마지막 잎새」와 「경찰과 송가」 그리고 흔히 '크리스마스 선물'이라고 번역된 「동방박사의 선물」은, 작품을 실제로 읽지 않은 사람들에게도 매우 친숙한 이야기다. 이 세 작품에는 공통점이 있다. '반전이 있는 따뜻한 이야기'라는 것이다. 그 점에서 어느 정도 동화 비슷한 분위기가 있고, 그래서 어린이용으로 무수히 각색되었으며, 그래서 지금의 유명세가 만들어진 것인지도 모른다.

하지만 오 헨리는 동화 같은 이야기만을 쓴 말랑말랑한 작가가 아니다. 그는 짧은 인생 동안 일반인들의 평균치를 훌쩍 뛰어넘는 다양하고 극적인 경험을 했고, 그것을 작품에 충실하게 담아낸 현실의 작가다.

오 헨리는 언젠가 웬만한 소설은 "내 인생의 낭만에 비하면 시시해 보인다"고 말한 일이 있다. 누구도 그 말을 부정할 수 없을 만큼 그의 인생은 모험과 낭만(작품에도 이 말이 얼마나 자주 등장하는가!)으로 가득 차 있다. 게다가 그의 최초의 전기 작가인 찰스 알폰소 스미스가 말하듯이, 신기하게도 그의 작품은 그 구조가 대체로 그의 극적인 인생과 닮은꼴을 이룬다.

먼저 조용하지만 흥미로운 시작이다. 오 헨리는 1862년 미국 남부 노스캐롤라이나 주의 작은 도시 그린즈버러에서 태어났다. 세 살 때 어머니가 돌아가시기는 했지만, 오 헨리는 책임감 강하고 사려 깊은 할머니와 고모의 손에서 책과 그림을 좋아하는 다정한 청년으로 잘 자랐다. 오 헨리의 작품들도 도입부에서는 아주 평범한 정경을 보여 주고, 거기서 어떤 특별한 일이 펼쳐질지 쉽게 짐작할 수 없다.

두 번째 단계는 예기치 못한 변화다. 스토리가 새로운 국면에 접어들면서 독자들은 작품이 어떻게 전개될지 짐작해 보지만 여전히 안갯속이다. 오 헨리의 인생에서 이 단계는 텍사스 농장 시절이다. 그는 느닷없이 양치기가 되었다. 하지만 그러면서도 예전처럼 그림을 그리고 글을 썼다. 그가 양치기로 남을지, 그림을 그릴지, 글을 쓸지 어쩔지는 아직 아무도 알 수 없었다.

세 번째 단계는 우리의 짐작이 틀렸음이 드러나는 단계이자, 첫 번째 반전이 일어나는 단계다. 이야기는 우리 생각대로 진행되지 않고 독자들은 판단을 유보한다. 오 헨리의 인생에서 이 단계는 횡령 혐의로 기소, 해외 도주, 콜럼버스 교도소 수감으로 이어지는 연속된 불운의 시기다. (게다가 사랑하던 아내도 죽는다.) 하지만 이때 오 헨리는 글쓰기를 직업으로 삼기로 마음먹고 실제로 작품 활동을 시작한다.

네 번째이자 마지막 단계는 두 번째 반전이 있는 단계다. 그리고 그 반전은 즐거운 반전이다. 하지만 잘 들여다보면 그 반전은 처음부터 숨어 있었다는 걸 알 수 있다. 이 시기는 오 헨리의 뉴욕 시절이다. 그는 필명으로만 알려졌고 대중에게는 수수께끼의 인물이었지만, 왕성한 창작력으로 큰 인기를 누리며 '미국의 키플링', '미국의 모파상', '미국의 고골', 'YMCA 보카치오' 같은 명예로운 별명을 얻었다. 어린 시절부터 만화를 그리며 순간을 포착하고 젊은 시절에 유머 글과 칼럼을 썼던 오 헨리에게 단편소설은 아주 잘 맞는 장르였고, 그는 1890년대 이후 쇠퇴하던 미국 단편소설계에 마지막으로 빛나는 별이 되었다.

오 헨리는 진지한 글로는 단편소설만을 썼다. 말년에 장편소설을 쓰고자 했지만 때 이른 죽음으로 뜻을 이루지 못했다. 그의 작품은 단편소설치고도 아주 짧다. 앉은 자리에서 몇 편씩 읽을 수 있다. 또 많은 작품이 유쾌한 반전을 품고 있다. 반전이 유쾌한 것은 한편으로는 유머러스하기 때문이며 또 한편으로는 행복한 방향의 반전이기 때문이다.

이런 점들 때문에 오 헨리의 작품은 일반 독서 대중은 물론 책을 그다지 읽지 않는 사람들에게도 널리 읽혔다. 그의 책은 1920년까지 무려 500만 부가 팔렸는데, 이것은 당시의 출판 시장 규모를 생각하면 놀라운 성과였다.

하지만 오 헨리는 금세 눈에 띄는 이런 특징 아래 조금 더 진지하게 살펴봐야 할 특징들도 숨겨져 있는 작가다.

하나는 그가 미국의 특징을 물씬 잡아낸 작가라는 것이다. 당시 미국에서는 '지역색'을 통해 미국을 표현하는 움직임이 있었다. 남북전쟁 이후 미국인들은 사회적 분리와 통합을 동시에 달성하려는 열망을 품었고, 그것은 각기 다른 지역의 특징을 생생하게 포착해서 미국이라는 거대한 모자이크를 이루고자 하는 움직임이 되었다. 브렛 하트는 서부를 다루고, 조지 워싱턴 케이블은 미국 최남부 4주Deep South를 탐구하는 식이었다.

오 헨리 또한 이렇게 '지역의 개성을 담아서 미국의 통일성에 기여한' 작가다. 그런데 여기에 속하는 여타의 작가들과 달리 오 헨리는 한 지역이 아니라 여러 지역을 두루 훑었다. 그는 남부 지역인 노스캐롤라이나에서 태어났고, 서부 지역인 텍사스에서 젊은 날의 14년을 보냈으며, 생의 마지막 시기에는 동부의 대도시 뉴욕에서 8년을 살았다. 그리고 이 모든 지역이 날카롭되 애정 어린 시선 속에 작품에 담겼다. 낡고 편견이 많지만 점잖은 자부심을 품은 남부(「어느 도시의 보고서」, 「하그레이브스의 가면」)가 있고, 거칠지만 생명력이 넘치는 서부(「목장의 보피프 부인」, 「피미엔타 팬케이크」)도 있다. 하지만 오 헨리 작품 세계의 절정을 함께한 것은 뉴욕이고, 뉴욕 이야기는 분량 면에서도 그의 작품 대부분을 차지한다.

뉴욕 시를 배경으로 한 그의 작품에는 중요한 특징이 또 하나 있다. 바로 하층계급 사람들에게 깊은 관심과 연민을 품고 있다는 것이다. 그의 뉴욕 이야기에 등장하는 사람들은 상류사회 인사나 세련된 멋쟁이가 아니다. 그들은 여공이고 여점원이고 가난한 연인/부부고, 공원 벤치를 집으로 삼은 떠돌이들이다. 그들은 끼니를 잇지 못해 기절하고(「지붕창이 있는 방」, 「녹색의 문」), 배우자를 위해 눈물겨운 희생을 하고(「동방박사의 선물」, 「사랑의 헌신」), 때로는 사랑이나 목숨을 포기하는 비극을 겪는다(「끝나지 않은 이야기」, 「가구가 딸린 셋방」).

그들은 대체로 젊은이들이다. 말하자면 그의 작품은 번영하는 대도시가 시골의 젊은이를 끌어들여 착취하는 풍경을 배경으로 삼고 있다. 하지만 몇몇 비극적인 이야기를 빼면 오 헨리는 고통스러운 삶 가운데서 빛나는 작고 예기치 못한 행복의 순간을 포착한다. 그래서 오 헨리의 작품은 매우 현실적이면서도 낭만적인 이중성이 있다.

우리가 미처 몰랐던 오 헨리의 또 한 가지 특징은 작품 제재의 폭이 놀라울 만큼 넓다는 것이다. 이것은 그의 다양한 인생 경험에 힘입은 바 크다. 「아이키 쇼엔스타인의 사랑의 묘약」을 읽으면 자연스럽게 그의 약국 조수 시절이 떠오르고, 제프 피터스의 이야기나 「되찾은 새 삶」을 읽으면 그가 수감 시절에 만났을 여러 수인들이 떠오른다. 심지어 온두라스 도피 시절도 작품집 하나(『양배추와 왕들』)를 이룰 만한 경험을 제공해 주었다(이 책에 실린 작품들 중에는 「잃어버린 비법」과 「기사 옆 광고」가 그 시절의 경험을 바탕으로 한 것이다). 텍사스 변경의 도적 떼마저 그의 시야 바깥에 있지 않다(「블랙 이글의 실종」).

그래서 오 헨리의 작품에는 순진한 처녀, 소심한 총각, 사랑에 빠진 연인도 많지만, 온갖 종류의 범죄자나 건달도 득시글거린다. 하지만 이들 중 진정한 악당은 별로 없다. 모두가 어떤 면에서는 사랑스러운 데가 있다. 그래서 가끔은 현실성이 결여되고 감상적으로 흐르는 듯한 느낌도 준다. 그 점 또한 엄혹한 현실을 그리면서도 낭만성을 잃지 않는 오 헨리의 특징을 이룬다.

그런데 오 헨리가 기본적으로 인간에 대해 따뜻한 시각을 갖고 있기는 하지만, '정치적 올바름'을 의식하는 오늘날의 시각으로 보면 불편하게 읽히는 대목도 꽤 있다. 하지만 그는 이미 백 년 전의 작가고, 오늘날의 독자로서는 이것을 일종의 '시대색'으로 읽어야 하지 않을까 싶다.

마지막으로 오 헨리를 말할 때 그의 재치 넘치는 문장을 빼놓을 수 없을 것 같다. 작가에게 뛰어난 언어 구사야 당연하게 여겨지는 것이지만, 유머를 담고 허를 툭툭 찌르며, 예기치 못한 비유를 곳곳에서 빛내는 오 헨리의 문장은 다른 작가들에게서 보기 힘든 고유한 매력을 발산한다.

역자도 이 책을 번역하기 전에 오 헨리의 작품을 접한 경험은 청소년기에 읽은 선집이 전부였고, 그것은 아마 크게 각색된 것으로 추측된다. 오 헨리가 이토록 재치 넘치는 언어를 구사한다고 느낀 기억이 없기 때문이다.

하지만 외국 작가의 뛰어난 표현은 번역가에게 지옥이 되는 경우가 허다하다. 그 때문에 고생이 되면서도 잊고 있던 보석의 가치를 새로 발견한 기쁨이 컸다. 그 가치가 이 책에 얼마나 담겼는지를 생각하면 두려움을 피할 길이 없다. 귤이 회수를 건너 탱자가 되지 않았기를 바랄 뿐이다.

1862	9월 11일 윌리엄 시드니 포터(오 헨리의 본명)가 노스캐롤라이나 주 그린즈버러에서 아버지 앨저넌 시드니 포터와 어머니 메리 제인 스 웨임 포터 사이의 3남 중 2남으로 출생. (동생은 어려서 죽음.) 아버 지는 의사였고, 어머니도 대학 교육을 받은 사람이었음. 포터는 어머 니에게서는 예술(특히 시와 그림)에 대한 감수성을, 아버지에게서는 따뜻하고 너그러운 성품을 물려받음.
1863	에이브러햄 링컨 대통령이 노예해방을 선포.
1865	어머니가 폐결핵으로 사망. 아버지는 아들들과 함께 친모의 집으로 이사. 이후 포터는 할머니 루스 워스 포터와 고모 이블리나 마리아

포터(애칭 '리나')에게 양육됨. 이후 포터의 아버지는 의사 일보다 성과 없는 발명에 몰두하면서 술에 의존하게 됨. 링컨 암살됨.

1867 리나 고모가 할머니의 농장에서 운영하는 사립 초등학교에 다님. 리나는 훌륭한 교사였고, 포터에게 어머니 겸 교사로서 막대한 영향을 끼침. 포터는 리나에게서 글쓰기와 그림을 배웠고, 나중에 이때 문학과 미술에 대한 관심을 키웠다고 회고함. 이 시절에는 특히 그림에 많은 재능을 보임.

1877 15세에 학업을 마치고 클라크 숙부가 운영하는 W. C. 포터 약국에서 조수로 일함. 약국은 지역의 작은 사교 장소 중 하나였고, 포터는 이곳에서 많은 사람을 만남. 특히 만화 솜씨로 그린즈버러 일대에서 유명해짐.

1881 노스캐롤라이나 주 제약협회에서 약제사 면허를 받음.

1882 기침이 계속되자 약제사 일을 그만두고 건조한 기후를 찾아 텍사스 주 라살 카운티로 감. 거기서 2년 동안 리처드 홀의 목장에서 일하면서 만화도 그리고 많은 책을 읽음. 멕시코인 일꾼들과 어울리면서 스페인어도 익힘.

1884 텍사스 주 오스틴으로 이주해서 장래의 아내 애설 에스티스(당시 17세)를 만남. 애설의 새아버지는 부유한 사업가였음.

1887	애설의 부모가 결혼을 반대했지만, 이를 무릅쓰고 비밀 결혼을 함. 리처드 홀의 소개로 텍사스 주 국유지 관리국에 제도사로 취직해서 지도를 작성하고 토지를 측량하는 등의 일을 함. 글쓰기에 진지한 관심을 품고, 다양한 잡문을 쓰기 시작함.
1888	아들이 태어나지만 몇 시간 만에 사망함. 9월 30일 아버지 앨저넌 사망.
1889	딸 마거릿 워스 포터가 태어남. 본래도 허약했던 애설은 출산 후 건강이 더욱 악화됨.
1890	할머니 루스 사망.
1891	국유지 관리국을 그만두고 오스틴의 퍼스트 내셔널 은행에 취직.
1894	《구르는 돌 *The Roling Stone*》이라는 8쪽짜리 주간 유머 잡지를 창간. 잡지는 유머 글, 만화 등을 담아 1년 정도 좋은 반응을 얻었지만, 그 후로 재정적 어려움에 빠짐. 하지만 이 일을 계기로 글쓰기를 직업으로 삼을 것을 고려하게 됨. 12월 은행 감사 결과 포터의 계좌에 문제가 발견되어 횡령 혐의로 기소됨. 포터는 무죄를 주장.
1895	재정 악화로 《구르는 돌》 폐간. 횡령 혐의에 대해 증거 불충분 판결을 받음. 가족과 함께 텍사스 주 휴스턴으로 이주. 〈휴스턴 포스트〉의 기자, 칼럼니스트, 삽화가로 일함.

1896	2월에 같은 혐의로 다시 체포됨. 하지만 애설의 새아버지가 보석금 을 내서 재판 때까지 풀려남. 7월에 재판을 받으러 오스틴으로 가는 도중 기차를 갈아타고 뉴올리언스로 도주하고 이어 화물선을 타고 온두라스로 도망. 이때 포터는 곧 가족까지 불러 온두라스에 완전 히 이주할 계획이었던 것으로 보임. 하지만 애설의 건강이 좋지 않아 서 그 계획은 실행되지 못함.

1897	애설이 폐결핵으로 위독하다는 소식에 아내의 임종을 위해 귀국. 애 설은 7월 25일에 사망하면서 포터의 작품 활동을 격려함. 12월 《매 클루어 매거진McClure's Magazine》에 첫 작품 「용암 협곡의 기적Miracle of Lava Canyon」을 발표하면서 미들 네임 Sidney를 Sydney로 바꿈.

1898	2월에 재판 시작(재판이 벌어진 연방 건물은 나중에 오 헨리 홀로 이름이 바뀜). 4월 25일에 유죄 판결과 5년 형을 선고받고 오하이오 주 콜럼버스의 연방 교도소에 수감됨(수인 번호 30664). 이때 재판 은 증거에 오류가 많았고, 포터는 2년 전의 도주 사건이 아니라면 무 죄 판결을 받았을 가능성이 높았지만, 당시 포터는 아내의 죽음으 로 자기변호에 열의가 없었음. 감옥에서는 약제사로 일하면서 감방 이 아닌 병원에서 지내며 많은 사람을 만나고 이야기를 들음. 그리 고 틈나는 대로 단편소설을 쓰기 시작함.

1899	《매클루어 매거진》에 「휘파람 부는 딕의 크리스마스 양말Whistling Dick's Christmas Stocking」 발표. 이후 수감 기간 동안 텍사스와 중앙 아메리카를 무대로 15편의 단편소설을 발표. 올리비에 헨리Olivier

Henry 등 몇 가지 필명을 시도한 후에 오 헨리라는 필명에 정착함. (당시 독자들은 포터가 죽을 때까지 포터의 수감 경력을 몰랐음.)

1901   3년 복역 후 모범수로 출감.

1902   뉴욕으로 이주. 인기 작가로 발돋움하고 이후 8년 동안 죽기 직전까지 왕성한 창작 활동을 펼침.

1903   12월부터 1906년까지 《뉴욕 월드 선데이 매거진*New York World Sunday Magazine*》에 매주 한 작품씩 발표하고 그 밖의 매체에도 많은 작품을 발표함.

1904   처녀 작품집 『양배추와 왕들*Cabbages and Kings*』 출간. 상당수 작품이 온두라스 도피 시절의 경험에 토대함. 이해는 포터가 가장 창작력이 왕성했던 해로 모두 65편의 작품을 발표.

1905   역시 왕성한 창작력을 발휘해서 50편의 작품을 발표.

1906   두 번째 작품집 『400만*Four Million*』 출간. 대부분의 작품이 뉴욕 시 생활 경험에 토대함. 뉴욕의 거리를 다니며 다양한 사람들을 만나고 관찰함. ("산은 백 년을 보아도 아무 아이디어를 얻지 못할 수 있지만, 시내 거리는 한 블록만 걸으면 문장이 떠오르고(…) 작품이 생겨난다.")

1907	어린 시절 친구 세라 린지 콜먼과 재혼. 텍사스 남서부를 주제로 한 작품집 『서부의 심장*The Heart of the West*』과 또 다른 작품집 『손질한 등불*The Trimmed Lamp*』 출간.
1908	작품집 『도시의 목소리*The Voice of the City*』와 『점잖은 사기꾼*The Gentle Grafter*』 출간. 폭음을 자주 하고, 건강이 쇠하기 시작함.
1909	작품집 『운명의 갈림길*Roads of Destiny*』, 『선택*Options*』 출간. 두 번째 아내 세라와 결별.
1910	작품집 『철저하게 사업적*Strictly Business*』과 『회오리*Whirligigs*』 출간. 6월 3일 병원으로 실려 감. 6월 5일에 당뇨병, 간경변 및 여러 질병의 합병증으로 사망. 마지막 남긴 말은 "불을 켜주십시오. 어둠 속에 집에 가고 싶지 않습니다"였음. 사망 당시 미국 최고 인기 작가 중 하나였지만 재산은 거의 없었음. 노스캐롤라이나 주 애슈빌에 묻힘. 포터는 짧은 작품 활동 기간 중 총 270편의 단편소설을 남겼고, 장편소설을 쓰고 싶어 했지만 건강 문제로 뜻을 이루지 못함.
1911	『뒤죽박죽*Sixes and Sevens*』 출간.
1912	『구르는 돌*The Rolling Stones*』 출간.
1916	찰스 알폰소 스미스가 쓴 최초의 오 헨리 전기 출간.

1917   『떠돌이들*Waifs and Strays*』출간.

1918   예술과학협회The Society of Arts and Sciences가 오 헨리 상을 설립해 매
            해 미국과 캐나다의 최고 단편소설에 수여함.

세계문학 단편선을 펴내며

세상의 모든 이야기는 단편으로 시작되었다. 성서와 그리스 신화를 비롯해 인류의 많은 신화와 설화는 단편의 형식으로 사물의 기원, 제도와 금기의 탄생, 운명이라는 이름의 삶의 보편적 형식을 설명했다.

〈세계문학 단편선〉은 모든 산문의 형식 중 가장 응축적이고 예술성이 높은 단편소설에 포커스를 맞추어 세계문학을 바라보는 새로운 관점을 제시하고자 한다. 단편소설을 언급할 때 빼놓을 수 없는 작가들의 작품들은 물론이고, 한두 편의 장편소설로만 우리에게 알려진 세계적 작가들이 남긴 주옥같은 단편들을 통해 대가의 진면모를 총체적으로 바라볼 수 있게 할 것이다. 또한 우리에게 문학의 변방으로 여겨져 왔던 나라들의 대표적 단편 작가들도 활발히 소개할 것이며 이미 순문학과의 경계가 불분명해진 장르문학의 형성과 발전에 크게 기여한 작가들의 작품 역시 새롭게 조명해 나갈 것이다.

에드거 앨런 포는 문학작품은 독자가 앉은자리에서 다 읽을 수 있을 정도로 짧아야 한다고 했다. 바쁜 일상의 삶을 사는 현대인들에게 〈세계문학 단편선〉은 삶과 사회, 나아가 세계를 바라볼 수 있게 하는 더할 나위 없이 좋은 친구가 될 것이라 확신한다.

21세기인 현재에 이르기까지 단편소설은 그리스 신화가 그러했듯이 삶의 불변하는 조건들을 응축된 예술적 형식으로 꾸준히 생산해 왔다. 그리고 새로운 문학적 기법과 실험적 시도를 통해 단편소설은 현재도 계속 진화, 확장되고 있다. 작가의 치열한 예술적 열정이 가장 뜨겁게 반영된 다양한 개성으로 빛나는 정교한 단편들을 통해 문학의 진정한 존재 이유를 독자들이 느낄 수 있기를 소망하며 이번 〈세계문학 단편선〉을 펴낸다.

현대문학 편집부

ℍ 세계문학 단편선

오 헨리

초판 1쇄 펴낸날 2014년 5월 10일
초판 4쇄 펴낸날 2021년 5월 20일

지은이 오 헨리
옮긴이 고정아
펴낸이 김영정

펴낸곳 (주)현대문학
등록번호 제1-452호
주소 06532 서울시 서초구 신반포로 321 (잠원동, 미래엔)
전화 02-2017-0280
팩스 02-516-5433
홈페이지 www.hdmh.co.kr

ISBN 978-89-7275-669-9 04840
세트 978-89-7275-672-9